TOM FINNEK

GEGEN ALLE ZEIT

Historischer Roman

Dieser Roman erschien erstmals 2011 im Bastei Lübbe Verlag, Köln.
Die vorliegende Ausgabe ist vollständig überarbeitet und entspricht den
Regeln der neuen Rechtschreibung.

Bibliografische Information der Deutschen Nationalbibliothek:
Die Deutsche Nationalbibliothek verzeichnet diese Publikation in der
Deutschen Nationalbibliografie; detaillierte bibliografische Daten sind im
Internet über http://dnb.d-nb.de abrufbar.

© 2017 Tom Finnek
Herstellung und Verlag: Books on Demand GmbH, Norderstedt
Illustration: Jack Sheppard in the room called the Castle in Newgate
Prison, Kupferstich, 18. Jh.
Printed in Germany
ISBN 978-3-7431-8101-4

Die handelnden Personen

Die Gauner und Huren
Henry Ingram, genannt *Captain Macheath*, Schauspieler
Jack Sheppard, Räuberhauptmann und Ausbrecherkönig
Edgworth Bess, eigentlich *Elizabeth Lyon*, Hure und Jacks Geliebte
Poll Maggott, Hure und Diebin
Joseph Blake, genannt *Blueskin*, Dieb und Räuber, Jacks Freund
Hope, Blueskins Schwester
Jane Blake, ihre Mutter, Besitzerin eines Gin-Shops
George und *Godfrey*, zwei diebische Zwillinge
Will(iam) Page, Jacks Kumpan
Jenny Diver, Beutelschneiderin
Geoff(rey) Ingram, genannt *der irre Geoff*, einbeiniger Bettler
Mutter Needham, Kupplerin in der Cross Keys Tavern

Die Diebesfänger
Jonathan Wild, »Generaldiebesfänger« und Bandenführer
James Sykes, genannt *Hell and Fury*, Mr. Wilds Spitzel
Quilt Arnold, Mr. Wilds Handlanger und Mann fürs Grobe
William Pitt, Hauptwärter im Newgate-Gefängnis

Die Künstler
John Gay, Dichter und Autor der *Bettleroper*
Johann Christoph Pepusch, Kapellmeister und Komponist der *Bettleroper*
John Arbuthnot, genannt *der Doktor*, Schriftsteller und Mathematiker
Albrecht Niemeyer, Oboist

In Little Stanmore
Mr. Hornby, Wirt im Little Stanmore Inn und Konstabler
Mr. Milton, Stallknecht im Inn
Tessa und *Violet*, seine Töchter
Matthew Lyon, verstorbener Küster von Whitchurch, Gatte von Bess
Mr. und Mrs. Lyon, seine Eltern, Küsterehepaar

In Bedlam
Dr. Featherstone, Anstaltsleiter
Gavin Bramble, Wundarzt
Duncan, sein Lehrling
Bernie und *Seamus*, zwei Wärter

Jack Sheppard *in the Room Called the* Castle, *in* Newgate.

ERSTER TEIL

Henry Ingram

Player: But now I see it is time for us to withdraw;
the Actors are preparing to begin. Play away the Overture.

(Schauspieler: Aber jetzt ist es Zeit, dass wir uns zurückziehen; die Schauspieler bereiten sich vor anzufangen. Spielt die Ouvertüre.)

John Gay, The Beggar's Opera, Einführung

1

Henry konnte sich nicht erinnern, jemals mit einem solchen Kater aufgewacht zu sein. Vor allem hatte er keine Ahnung, wie es zu diesem Kater gekommen war. Die Ereignisse der letzten Nacht waren wie weggeblasen, und auch an den vorhergehenden Abend hatte er nur undeutliche und zudem sehr unschöne Erinnerungen. In seinem Kopf hämmerte es, als würde die Schädeldecke von innen mit einem Schlagbohrer bearbeitet, gleichzeitig fühlte es sich an, als steckten seine Schläfen in einer Schraubzwinge, und seine Augen schmerzten, als würden sie von hinten aus den Höhlen gedrückt werden. Henrys Zunge klebte am Gaumen und war rau wie Schmirgelpapier, der Geschmack in seinem Mund war ekelerregend, und in seinem Magen rumorte es, als müsste er sich jeden Augenblick übergeben. Wenn er seiner Nase trauen durfte, hatte er das längst getan. Es roch säuerlich und modrig, wie in einem Stall oder einer öffentlichen Toilette. Er lag rücklings auf einem feuchten Steinboden, der mit muffigem Stroh oder Heu ausgelegt war, und durch zwei schmale Schlitze in etwa sechs Fuß· Höhe drang schummriges Licht in den Raum, ohne wirklich etwas zu erhellen.

Henry hatte keine Ahnung, wo er sich befand. Oder wie er hierher gekommen war. Dem Geruch, der Feuchtigkeit und der Dunkelheit nach zu urteilen war dies ein Keller oder eine unterirdische Garage, und an dem Schnarchen und leisen Gurgeln, das er um sich herum vernahm, erkannte er, dass er die Nacht nicht allein in diesem Loch verbracht hatte. Henry wollte sich erheben, doch seine Muskeln und Sehnen folgten den Befehlen des Gehirns nicht. Und jede noch so kleine Bewegung

---

· Anmerkungen und Übersetzungen im Anhang ab Seite 363

seines Oberkörpers wurde prompt mit Explosionen in seinem Schädel bestraft. Er wollte auf seine Armbanduhr schauen, doch als er mit letzter Kraft den Arm hob, bemerkte er, dass er seine Uhr nicht mehr trug. Dafür stellte er erstaunt fest, dass er immer noch sein Theaterkostüm anhatte.

Das Theater! Ja, daran erinnerte er sich. Und an das, was er nach dem letzten Vorhang hinter der Bühne hatte sehen müssen. Einen »Inzest« der besonderen und abscheulichen Art!

Es war sein erster professioneller Auftritt als Schauspieler gewesen. Sah man einmal von den lausigen Aufführungen des Schultheaters und den selbst konzipierten Stücken ab, bei denen er und Sarah während ihrer Zeit an der Schauspielschule mitgewirkt hatten. Die *Bettleroper* jedoch war echtes und ernstzunehmendes Theater und ein Klassiker obendrein, auf einer richtigen Bühne, vor zahlendem Publikum, das nicht nur aus wohlmeinenden Freunden und Familienmitgliedern bestand. Zwar war das Rosemary Lane in der Royal Mint Street, unweit des Towers, nur ein unbedeutendes Kellertheater und eine Art Ableger des gleichnamigen Restaurants im Erdgeschoss, doch Henry bekam eine Gage, die diesen Namen annähernd verdiente, und spielte zudem die Hauptrolle des Gaunerhauptmanns Macheath. Und Sarah, die ihm diese Rolle verschafft hatte, war bei der Premiere als seine Geliebte Polly Peachum gefeiert worden.

Zumindest *auf* der Bühne war sie seine Geliebte gewesen. Denn *hinter* der Bühne, nach Ende der Vorstellung, hatte sie es vorgezogen, mit ihrem Bühnen-Vater Mr. Peachum, dem Fernsehseriendarsteller Sean Leigh, herumzuknutschen und sich von ihm befingern zu lassen. Und Henry, noch ganz benommen von seinem Erfolg in der Rolle des räuberischen Frauenhelden, war Zeuge dieses unwürdigen Schauspiels geworden und hatte die anschließende Premierenfeier dazu genutzt, sich und seinen Liebeskummer mit Gin zu begießen. Alles Weitere war nur noch ein schwarzes Loch in seiner Erinnerung.

Und in einem ebenso finsteren Loch war er nun aufgewacht.

Ein Tritt gegen seine Schulter riss Henry aus seinen Gedanken. Er zuckte zusammen und hob den Kopf. Und im nächsten Augenblick trat ihm jemand mit dem Stiefel auf die Hand.

»Ah, verdammt!«, schrie Henry und bereute es sofort, weil der Schrei in seinem Kopf einen noch viel größeren Schmerz nach sich zog. »Pass doch auf, wo du hintrittst!«

»Was liegst 'n auch mitten im Raum?«, knurrte eine raue Männerstimme. »Scher dich an die Wand, Kerl! Man kann sich ja die Haxen brechen, Herrgott, Sakrament.« Der Mann schien sehr alt zu sein und sprach mit einem seltsam übertriebenen Cockney-Akzent, er nuschelte und verschluckte jede zweite Silbe, wobei seine Wortwahl irgendwie antiquiert erschien. »*Herrgott, Sakrament!*« Diesen Ausdruck hatte Henry vor einer Ewigkeit zuletzt gehört.

Der Mann zog den Rotz hoch, spuckte zu Boden, direkt neben Henrys Kopf, und setzte knurrig hinzu: »Herrschaftszeiten!« Dann stapfte er weiter zu einer steinernen Treppe in der Ecke, die nach wenigen Stufen zu einer niedrigen Holztür führte. *Tock, tock* machte es auf dem Steinboden und den Stufen. Vermutlich benutzte der Mann einen Gehstock oder eine hölzerne Krücke. Als er die Tür öffnete, drang für einen Moment Sonnenlicht in den Keller und blendete Henry, sodass er die Augen schließen musste. Kurz darauf fiel die Tür ins Schloss, und es war wieder finster wie im Grab.

Henry riss erschrocken die Augen auf. Hatte er das gerade richtig gesehen? Als der Mann in der offenen Tür gestanden hatte, hatte Henry dessen Schattenriss im gleißenden Licht gesehen. Und auch wenn er seinen Sinnen im Moment nicht trauen wollte, war er sich doch sicher, dass der Mann einen Dreispitz auf dem Kopf getragen hatte. Und unterhalb seines linken Knies einen Holzstumpf! Eine plumpe Beinprothese wie aus einem alten Piratenfilm. Der Schiffskoch Long John Silver aus *Die Schatzinsel*, dachte Henry. Fehlte nur der Papagei auf der Schulter.

Er lachte ungläubig und schaffte es schließlich, sich aufzurappeln. Er hatte weder Schuhe noch Socken an den Füßen, wollte aber auf dem klebrigen und schmierigen Boden nicht danach tasten. Dann erst fiel ihm ein, dass er gestern auf der Bühne keine Schuhe getragen hatte. Also setzte er seine Mütze auf und wankte barfuß und mit wackligen Knien zur Treppe. Dort schaute er sich noch einmal in dem stinkenden Verlies um, ohne wirklich etwas erkennen zu können, hielt sich schützend die Hand vor die Augen und trat hinaus ins Freie.

Es musste bereits Mittag sein. Die Sonne stand hoch am wolkenlosen Himmel, eine sengende Hitze schlug Henry entgegen, der Gehweg zu seinen Füßen war staubtrocken und sandig, was umso erstaunlicher war, weil es gestern, kurz vor der Premiere, wie aus Kübeln gegossen hatte und für heute das gleiche Regenwetter vorhergesagt worden war. Was Henry aber viel mehr verwirrte und vollends an seinem Verstand zweifeln ließ, spielte sich nicht am Himmel, sondern auf der Erde ab, direkt vor seiner Nase. Denn er war mitten in einem Film gelandet. Oder besser gesagt, in einer Filmkulisse.

Die Straße vor ihm war eng bebaut und mit holprigem Kopfstein gepflastert, über den in diesem Augenblick eine zweispännige Pferdekutsche ratterte. In einer breiten Rinne in der Mitte der Straße warteten Unrat, Abfälle und allerlei tierischer Kot darauf, vom nächsten Regenguss weggespült zu werden. Eine Art Sänfte wurde von zwei livrierten Lakaien vorbeigetragen. Männer mit voll beladenen Handkarren eilten über das Pflaster, Frauen mit riesigen Körben auf dem Rücken folgten

7

ihnen und wurden von verlotterten Kindern beobachtet, die im Rinnstein saßen und sich den Platz mit frei herumlaufenden Schweinen und diversem Federvieh teilten. Die Häuser auf beiden Straßenseiten waren niedrig, schmal und windschief. Sie ragten ab dem ersten Stockwerk in die Gasse hinein, als wollten sie am Himmel zusammenwachsen. Die meisten von ihnen waren aus Fachwerk oder gänzlich aus Holz gebaut, und die wenigen Steinhäuser, die Henry sah, wirkten ebenfalls wie Relikte aus einer anderen Zeit. Gleiches galt für die Kleidung der Leute. Sie trugen, genau wie Henry, allesamt Kostüme. Die Männer hatten Schlapphüte oder Lockenperücken auf dem Kopf und trugen Hemden mit riesigen Kragen und ebensolchen Ärmelaufschlägen sowie Kniebundhosen. Die Frauen trugen Hauben und stramme Mieder, Brusttücher und gebauschte Petticoats, die unter den schäbigen, meist bräunlichen oder grauen Kleidern hervorlugten. Für Henry konnte es keinen Zweifel geben: Er befand sich auf dem Gelände eines Filmstudios. Alle um ihn herum, er selbst einbegriffen, sahen aus, als wären sie einer Daniel-Defoe-Verfilmung entfleucht.

Aber wo waren die Kameras? Wo befanden sich die Scheinwerfer, die Mikrofone, das Regie-Pult, der Catering-Wagen, die Chemie-Toiletten? Und wo, zum Teufel, war die Crew? Wer drehte diesen Film? Wer hatte Action! gerufen und die zahlreichen Komparsen losgeschickt?

In Henrys malträtiertem Kopf ging es drunter und drüber, doch bevor er weiter über diese Fragen nachdenken oder nach dem Ausgang des Studiogeländes suchen konnte, stand plötzlich ein junger Kerl neben ihm, klopfte ihm auf die Schulter und fragte: »Na, mein Guter, von den Toten auferstanden?«

Der Bursche war etwa in Henrys Alter, Anfang zwanzig, und trug eine Kleidung, die Henrys Theater-Outfit nicht unähnlich war: grobe Kniehosen, Leinenhemd, darüber einen Gehrock mit langen Schößen, außerdem eine Mütze auf dem Kopf, die an ein Barett oder eine Baskenmütze erinnerte. Das Auffälligste an dem Mann aber war seine Hautfarbe, sie war auffallend dunkel wie bei einem Südländer und beinahe bläulich schimmernd. Als wäre er in ein Tintenfass gefallen und hätte die Farbe nicht wieder völlig abbekommen.

Henry hatte den Kerl noch nie gesehen. Daran hätte er sich bestimmt erinnert, Alkoholkater hin oder her. Er starrte den Blauen an und fragte: »Kennen wir uns?«

»So schlimm, Henry?«, lachte der andere. »Hat Mutters Wacholderfluch dir den Garaus gemacht?«

»Wer? Was?«, stammelte Henry. »Wovon redest du?«

Der Mann lachte abermals und deutete auf ein hölzernes Schild, das nur wenige Zoll über Henrys Kopf baumelte und auf dem zu lesen war: »Mother Blake's Gin Shop«. Bebildert war das Schild mit einem Tonkrug und einem Zweig mit Beeren, von denen man annehmen konnte, dass es sich um Wacholder handelte.

»Wo, zum Henker, bin ich?«, entfuhr es Henry.

»Na, Rosemary Lane«, antwortete der andere.

»Das Theater?«

»Theater? Hier gibt's kein Theater! Ich meine die Straße.« Jetzt wies der Blaue nach Südwesten, wo hinter den Häusern am Ende der Gasse vier weiße Zwiebeltürme in den strahlend blauen Himmel ragten. »Da vorne ist der Tower, wie du siehst, und gleich rechts geht die Mansell Street ab.«

Henry sah die wohlbekannten Türme des Towers, und es handelte sich nicht etwa um aufgemalte Kulissen oder fadenscheinige Attrappen. Aber diese winzige Straße auf der rechten Seite konnte niemals die Mansell Street sein. Denn das war eine vierspurige Hauptverkehrsstraße, die direkt unter den Gleisen eines Bahndamms hindurchführte. Doch von den Gleisen, die zum nahe gelegenen Bahnhof Fenchurch Street führten, war ebenfalls weit und breit nichts zu sehen. Wieder schaute Henry zu den Türmen des White Towers, dann zur Sonne, dann wieder zum Tower. Wenn es jetzt Mittag war und die Sonne ungefähr im Süden stand, dann befand sich Henry genau an der Stelle, an der eigentlich die Royal Mint Street sein sollte. Doch das hier war angeblich die Rosemary Lane. So hatte die Straße geheißen, bevor die Königliche Münzanstalt vor zweihundert Jahren aus dem Tower hierher umgesiedelt war. Das hatte ihm zumindest der Besitzer des Rosemary Lane Theatre erzählt. Daher stammte nämlich der Name des Theaters und des Restaurants darüber.

»Was wird denn hier gedreht?«, wollte Henry wissen. »Fielding oder Thackeray oder was?«

»Wer? Wieso gedreht? Ich versteh nicht.«

»Welcher Film? Fernsehen oder Kino? Oder ist das hier so was wie ein Freiluft-Theater?«

»Was hast du nur ständig mit deinem verdammten Theater? Ich sag doch, hier gibt's kein Theater. Keine Ahnung, was meine Mutter dir letzte Nacht eingeschenkt hat, aber es ist dir anscheinend nicht bekommen. Du solltest die Finger vom Fusel lassen, wenn du ihn nicht verträgst.«

Henry sah auf das Schild und fragte: »Mutter Blake ist deine Mutter?«

»Ay, Sir!« Der Blaue verneigte sich grinsend und lüpfte die Mütze. Darunter kam nicht nur ein kahl geschorener Schädel, sondern auch eine breite Narbe zum Vorschein, die sich hell auf der dunklen Haut abzeichnete und kerzengerade vom linken Ohr direkt bis zum Scheitel des Kopfes führte.

»Wer bist du?«, fragte Henry.

»Eigentlich müsste ich jetzt beleidigt sein, aber da du offensichtlich keine Ahnung hast, was letzte Nacht passiert ist, will ich mich gern noch mal vorstellen: Gestatten, Joseph Blake, aber meine Freunde nennen mich Blueskin.«

»Blueskin Blake?« Woher der Spitzname rührte, war offensichtlich, aber wieso kam er Henry so bekannt vor? Irgendwo, irgendwann hatte er diesen Namen schon einmal gehört oder gelesen. Dann stutzte Henry plötzlich und fragte: »Was meinst du mit: ›Was letzte Nacht passiert ist?‹«

»Na, was wohl!« Blueskin griente verschmitzt und klopfte Henry erneut auf die Schulter. »Hast dich gut gehalten fürs erste Mal. Und keine Bange, auch wenn du dich nicht erinnern kannst, werd ich dich nicht um deinen Anteil betuppen. Hast ihn dir redlich verdient. Aber jetzt müssen wir los! Oder hast du es dir anders überlegt? Heute Nacht schienst du Feuer und Flamme zu sein.«

Als wäre das ihr Stichwort gewesen, kam in diesem Augenblick eine junge Frau aus der angeblichen Mansell Street, wartete an der Kreuzung und winkte ihnen zu.

»Da ist Poll«, sagte Blueskin, setzte seine Mütze wieder auf und zog Henry wie einen störrischen Jungen hinter sich her. »Komm schon!«

Henry kam sich vor wie in einem absurden Albtraum. Und er wartete darauf, endlich aufzuwachen. Das alles ergab überhaupt keinen Sinn. Irgendjemand erlaubte sich offensichtlich gerade einen üblen Scherz mit ihm, und es hätte ihn nicht erstaunt, wenn plötzlich eine versteckte Kamera aus einem dunklen Winkel aufgetaucht und er einer albernen Fernsehshow auf den Leim gegangen wäre. Doch kein Fernsehteam erschien, niemand rief: »April, April!« Der Albtraum ging einfach weiter, und Henry blieb nichts anderes übrig, als sich zu fügen und zu warten. Worauf auch immer.

»Wo ist Bess?«, begrüßte Blueskin die junge Frau und drückte ihr einen Kuss auf den Mund. »Sag nicht, sie will kneifen.«

»Bess ist schon am Newgate, sie wollte vorher noch was besorgen«, antwortete Poll und beäugte Henry misstrauisch. »Wer is'n der Kerl?«

»Darf ich vorstellen: Henry Ingram. Er ist neu bei uns und hat gestern seine Feuertaufe bestanden. Auch wenn er im Augenblick nicht ganz frisch aussieht und sich an nichts erinnern kann. Das Saufen muss er jedenfalls noch lernen.« Er grinste, deutete auf Poll und sagte: »Und das ist Poll Maggott. Die zweitbeste Hure von London.«

»Blödmann!«, zischte Poll und schlug ihm mit einem Fächer auf den Unterarm.

»Ehre, wem Ehre gebührt«, antwortete Blueskin, lachte dreckig und gab ihr einen Klaps auf den Hintern.

Henry starrte die Frau ungläubig und zugleich fasziniert an. Sie schien sehr jung zu sein, vielleicht siebzehn oder achtzehn Jahre alt, was jedoch nicht so einfach zu beurteilen war, weil sie sich das Gesicht weiß geschminkt und gepudert hatte, sodass es beinahe wie eine Maske wirkte. Wangen und Nase waren mit schwarzen Schönheitspflästerchen geradezu übersät, und auf ihrem hochgesteckten dunkelblonden Haar thronte ein Ungetüm von Federhut, der an einen ausgestopften Fasan erinnerte. Poll hatte ihr freizügig dekolletiertes Mieder derart fest verschnürt, dass die Brüste, die ebenfalls weiß gepudert und mit Schönheitspflastern beklebt waren, hervorquollen und herauszuhüpfen drohten. Poll geizte nicht mit ihren Reizen, aber gleichzeitig erschienen diese Reize so übertrieben und unnatürlich zur Schau gestellt, dass sie ihre Wirkung beinahe gänzlich verloren. Henry fühlte sich an die Wachsfiguren bei Madame Tussauds erinnert.

»Was gibt's 'n da zu glotzen?«, fauchte Poll ihn an, fächerte sich Luft zu und rümpfte verächtlich die Nase. »Hast du noch nie Titten gesehen?« Dann klappte sie den Fächer zu, fuhr auf dem Absatz herum und stapfte in Richtung Tower davon.

Blueskin stieß Henry verschwörerisch mit dem Ellbogen an, hob die Augenbrauen und grinste vielsagend. »Poll ist 'ne wilde Katze. Nimm dich in Acht, mein Lieber, sie hat scharfe Klauen.«

»Wer ist denn die beste Hure?«, fragte Henry etwas verwirrt, während sie Poll folgten und unweit des Towers auf die alte Stadtmauer stießen, die den Blick nach Westen versperrte.

»Hm?«, machte Blueskin.

»Du hast gesagt, dass Poll die zweitbeste Hure in London ist. Wer ist die beste?«

»Edgworth Bess natürlich. Jedenfalls behauptet sie das.« Er hob die Augenbrauen und fügte pikiert hinzu: »Ich selbst hatte noch nicht das Vergnügen.«

»Edgworth Bess?« Henry hätte beinahe laut losgelacht. »*Die* Edgworth Bess?«

»Kenn nur die eine!«

Das war es also! Plötzlich wusste Henry, wieso ihm der Name Blueskin Blake so bekannt vorgekommen war. Er konnte es nicht fassen. Nur mit Mühe zwang er sich, ernst zu bleiben und nicht erkennen zu geben, dass er den Scherz durchschaut hatte. Auch wenn er den Sinn des Ganzen nach wie vor nicht verstand.

Er fragte: »Dieselbe Bess, die am Newgate auf uns wartet?«

»Ay.«

»Und was werden wir dort tun?«

»Na, was wohl! Wir holen Jack aus dem Gefängnis. Also eigentlich holen ihn Bess und Poll aus dem Gefängnis, wir anderen sorgen nur für ein wenig Ablenkung und Verwirrung. Bess hat alles mit Jack besprochen.«

»Ich vermute, du redest von Jack Sheppard«, sagte Henry, ohne sich ein Grinsen verkneifen zu können. »Dem großen Jack Sheppard.«

»Freut mich, dass die Erinnerung zurückkommt«, meinte Blueskin und zog Henry nach rechts, wo sie nun an der mehr als zehn Fuß hohen Stadtmauer entlang nach Norden gingen. »Aber *groß* würde ich Jack nicht unbedingt nennen.« Er lachte schelmisch und setzte hinzu: »Sieht man mal von seiner großen Klappe ab.«

»Ähm, sag mal … nur aus Interesse«, sagte Henry und wich einer schwarzgefleckten Sau aus, die mitten auf dem Weg im Dreck wühlte. »Welchen Tag haben wir heute?«

»Na, du stellst Fragen. Heute ist Montag, der letzte Tag im August, wenn ich mich nicht irre.«

»Und welches Jahr?«

»Fragst du das im Ernst?«

»Jetzt sag schon!«

»1724«, antwortete Blueskin und musterte ihn kopfschüttelnd.

»Natürlich!« Henry konnte sich nicht länger zusammenreißen, der Lachkrampf überkam ihn, und er konnte sich nicht dagegen wehren. »1724, was sonst? Wie dumm von mir!« Er drehte sich um die eigene Achse, breitete die Arme aus und rief: »Ihr könnt rauskommen, Leute! Ich hab's geschnallt.«

»Was is'n mit dem los?«, fragte Poll, die vor einem steinernen Tor in der Stadtmauer stehen geblieben war und auf sie gewartet hatte. »Verrückt geworden, oder was?«

Blueskin zuckte mit den Schultern und knurrte: »Mutters Wacholderfluch!«

2

Henry hatte sich gründlich auf seine Rolle in der *Bettleroper* vorbereitet. Nicht nur den Text gelernt, wie es sich von selbst verstand, sondern sich auch in die historischen und literarischen Hintergründe eingearbeitet. Er hatte sich mit der Biografie des Autors John Gay befasst, hatte die Entstehungs- und Aufführungsgeschichte der *Bettleroper* recherchiert und wusste daher nicht nur, wie das Stück im Laufe der Jahrhunderte auf der Bühne interpretiert worden war, sondern auch, welche realen Figuren in dem Schauspiel verarbeitet worden waren. So war der Gaunerboss und Hehler Peachum einerseits dem berüchtigten Londoner Ganoven Jonathan Wild nachempfunden und andererseits als Karikatur auf den Politiker und Englands ersten Premierminister Robert Walpole angelegt. Auch für Captain Macheath, den Henry auf der Bühne verkörpert hatte, hatte es ein reales Vorbild aus dem frühen 18. Jahrhundert gegeben: Jack Sheppard, den später als Volkshelden gefeierten Räuber, der mit seinem Kumpan Blueskin die Straßen Londons unsicher gemacht und es geschafft hatte, gleich mehrmals und auf abenteuerliche Weise aus dem

Newgate-Gefängnis zu entkommen. Was besonders deswegen für Aufsehen sorgte, da das Newgate als völlig ausbruchsicher galt. Sheppards Geliebte und Gehilfin war die Hure Edgworth Bess gewesen, und diese Bess, oder Elizabeth Lyon, wie sie eigentlich hieß, war gleichzeitig eine der Vorlagen für Polly Peachum aus der *Bettleroper* gewesen.

Henry hatte keine Ahnung, was das genau zu bedeuten hatte und wie alles zusammenhing, aber er begriff nun, dass er das Opfer eines groß angelegten und aufwändig inszenierten Scherzes geworden war. Gestern Abend hatte er den Captain Macheath auf der Bühne gegeben, und heute sollte er Zeuge werden, wie Macheaths reales Vorbild Jack Sheppard aus dem Newgate-Gefängnis befreit wurde. Im Jahr 1724! Auf solch einen Unsinn konnte einfach nur das Fernsehen kommen. *Candid Camera*, *Verstehen Sie Spaß?*, *Punk'd* – es gab viele Versionen dieser Reality-Shows, die es darauf abgesehen hatten, irgendwelche Leute auf die Schippe zu nehmen. Und in einer dieser Shows war Henry gelandet – dessen war er sich inzwischen felsenfest sicher. Mehr denn je war er davon überzeugt, dass er sich auf einem Filmgelände befand, und hinter dieser zugegebenermaßen echt wirkenden Nachbildung der Stadtmauer von London (die es bekanntlich seit Jahrhunderten nicht mehr gab) lag das wirkliche Leben, das echte London, das Ende dieser albernen Fernseh-Inszenierung.

Henry wollte kein Spielverderber sein und kämpfte gegen seinen Lachkrampf an. Das Lachen tat seinem Kopf und seinem Magen ohnehin nicht gut. Und er fragte sich, welche Drogen sie ihm gestern verabreicht hatten, um einen solchen Filmriss und derartige Kopfschmerzen zu fabrizieren.

»Was 'n nu?«, schimpfte Poll mit Blueskin und deutete auf Henry. »Kommt der Kerl mit oder bleibt er hier? Du bist für ihn verantwortlich, Blueskin. Sieh zu, dass er keinen Unfug anstellt! Sonst kratzt dir Bess die Augen aus.«

»Es geht schon wieder«, schnaufte Henry und hielt sich den Schädel, in dem eine ganze Elefantenherde im Kreis zu marschieren schien. Dann deutete er auf das Steintor in der Stadtmauer und fragte: »Was ist das?«

»Das Aldgate, was sonst?!«, sagte Blueskin. »Müssen wir uns eigentlich ernsthaft Sorgen um dich machen?«

Henry kannte das ehemalige östliche Stadttor nur von alten Kupferstichen, die er vor ewigen Zeiten im Museum of London gesehen hatte. Zwei mächtige, rechteckige Türme mit Zinnen an der Brüstung und gemauerten Nischen für Statuen oder Reliefs flankierten einen gedrungenen und schmucklosen Rundbogen, der die Hauptstraße von Aldgate überspannte und zwei kleineren Fuhrwerken gleichzeitig Durchlass bot. Einen weiteren Durchgang für Fußgänger gab es im nördlichen der beiden Türme, und durch diesen schritt Poll nun, ohne sich noch einmal nach den beiden Männern umzuschauen. Henry wappnete sich innerlich für die Auflösung des Gags, die ganz sicher auf der anderen Seite des Tores auf ihn wartete.

Einen einzelnen Straßenzug, ein paar hölzerne und mit Mörtel verputzte Hausfassaden, die vier Türme des Towers oder eine alte römische Stadtmauer nachzubauen, war auf einem Filmgelände sicherlich ohne Weiteres möglich. Aber eine ganze Stadt? Undenkbar! Und deshalb würde der Spuk gleich vorbei sein.

Als Henry jedoch das Tor durchschritten hatte, bot sich ihm auf der Westseite ein Anblick, der ihm den Atem nahm und ihn einen leisen Schrei ausstoßen ließ. Das Grinsen auf seinen Lippen wich einem entsetzten Gesichtsausdruck, und er traute seinen Augen nicht. Weil das Aldgate höher gelegen war und das Gelände vor allem nach Süden hin, in Richtung Themse, merklich abfiel, lag die City von London gewissermaßen zu seinen Füßen. Vor ihm entfaltete sich ein Gewimmel von kleinen Gassen, niedrigen und gedrängt stehenden Häusern und zahlreichen Kirchtürmen, die die Silhouette der Stadt dominierten. Keine Hochhäuser, keine Wolkenkratzer, kein riesiger Swiss-Re-Tower, dessen seltsame Gurkenform ihm den Spottnamen »The Gherkin« eingebracht hatte. Keine Busse, keine Autos, kein Asphalt, keine Baukräne. Dafür eine Unzahl von Menschen, Tieren und altmodischen Gefährten auf den mit Kopfstein gepflasterten Straßen.

Wie benommen folgte Henry den beiden anderen die Leadenhall Street entlang in Richtung Westen, und je weiter sie gingen, desto unbegreiflicher war ihm, was er zu sehen bekam. Händler verkauften ihre Waren direkt vom Karren, fein gekleidete Bürger inspizierten die Auslagen der Geschäfte, Schilder aus Holz oder Messing verkündeten, welchem Gewerbe die Bewohner der Häuser nachgingen. Bettler lungerten herum und streckten ihre mit Ekzemen übersäten Hände gen Himmel, es wimmelte von Pferdekutschen, Sänften und schwer bepackten Dienstleuten, die eifrig wie Ameisen umherirrten.

Auf der rechten Seite erkannte er die alte Kirche von St. Katherine Cree mit ihrem niedlichen Eckürmchen. Hier hatte seine Schwester Zoe vor einigen Jahren ihren Mann James geheiratet, einen langweiligen Investmentbanker, der unbedingt im Londoner Finanzdistrikt hatte heiraten wollen. Doch während heutzutage die Kirche von riesigen Bürohäusern, Banken und Versicherungsgebäuden regelrecht umzingelt war und erdrückt wurde, bot sich Henry nun ein völlig anderer Anblick. Die Kirche stand auf einem alten Friedhof und überragte die umstehenden, meist dreistöckigen Fachwerkhäuser, deren dunkel angelaufene und schiefe Fassaden aus der Tudor-Zeit zu stammen schienen. Auf der gegenüberliegenden Seite hätte eigentlich der viktorianische Leadenhall Market mit seinen reich verzierten Gängen und imposanten Hallen stehen müssen, doch stattdessen sah Henry nur ein verfallenes Bauwerk aus

Backstein, dessen Holzdach löchrig war und aus dem es nach verwestem Fleisch und verrottendem Gemüse stank.

»Scheiße!«, murmelte Henry und hatte Angst, den Verstand zu verlieren. »Das kann doch alles nicht wahr sein.«

»Stinkt fürchterlich, nicht wahr?«, meinte Blueskin und deutete auf die Markthalle. »Wird Zeit, dass die schäbige Bude endlich abgerissen wird.«

Sie hatten inzwischen das Ende der Leadenhall Street erreicht, wo die Straße in den Cornhill überging und sich der Anblick der Stadt fast schlagartig änderte. Das schwarz-weiße Tudor-Fachwerk und die windschiefen Holzkonstruktionen waren weiter westlich nicht mehr zu sehen, dafür waren die meist vierstöckigen Häuser aus rotbraunem Backstein errichtet. Schmucklos gehaltene Reihenhäuser mit schmaler Front, ohne Erker oder Vorsprünge, alle mit der gleichen Traufenhöhe und sehr ähnlich im Aussehen.

Zur Linken führte eine steile Straße hinab zum Fluss, oder genauer gesagt, zur London Bridge. Unweit der Brücke ragte die steinerne Säule The Monument in den Himmel, die an den Großen Brand von 1666 erinnern sollte. Und plötzlich begriff Henry, was der seltsame und abrupte Wandel der Architektur zu bedeuten hatte. Bei dem Feuer war die gesamte Innenstadt niedergebrannt, weil beinahe sämtliche Häuser aus Fachwerk und Holz bestanden hatten. Nur die Bezirke auf der Südseite der Themse und die nordöstliche City rund ums Aldgate waren den Flammen entkommen, der gesamte Rest war dem Erdboden gleichgemacht worden. Und beim Wiederaufbau hatte man darauf geachtet, nur Häuser aus Stein zu errichten, die einem zukünftigen Feuer besser standhalten würden.

»He, Henry!«, wurde er von Blueskin aus seinen Gedanken gerissen.

»Was?«

»Es stimmt doch, dass Jack dich zu uns geschickt hat, oder?«

»Wer hat denn das behauptet?«, antwortete Henry ausweichend.

»Du!« Blueskin packte ihn plötzlich brutal am Kragen und schüttelte ihn derart heftig, dass sein Kopf regelrecht zu explodieren schien. »Du hast gesagt, dass du ein Freund von Jack bist und er dich geschickt hat. Du hast Jack als deinen Bürgen genannt.«

»Na, dann wird's wohl so sein«, murmelte Henry überrascht und riss sich los.

»Wehe, wenn nicht!«, knurrte Blueskin. Von seiner vorherigen, so demonstrativ zur Schau gestellten Heiterkeit war nichts übrig geblieben, stattdessen funkelte er Henry böse an und setzte hinzu: »Wenn du einer von Wilds Spitzeln bist, dann gnade dir Gott!«

»Hab doch meine Feuertaufe bestanden, oder etwa nicht?«

»Ich mach dich kalt, wenn du mit dem Mistkerl Wild unter einer Decke steckst«, stieß Blueskin wütend hervor, und sein finsterer Gesichtsausdruck unterstrich die Worte. Plötzlich jedoch grinste er wieder, boxte Henry freundschaftlich gegen den Oberarm, als wäre nichts gewesen, und deutete über Henrys Schulter nach vorn. »Schau! Da sind die anderen.«

Vor der Kirche von St. Mary-le-Bow an der Cheapside, deren Turm mit dem kreisrunden Säulengang zumindest genauso aussah, wie Henry ihn in Erinnerung hatte, schlossen sich zwei junge Kerle und eine Frau der kleinen Prozession an. Die Frau war etwa Mitte zwanzig, sah – gerade im Vergleich zur aufgetakelten Poll – recht unscheinbar aus und wurde Henry als Jenny Diver vorgestellt.

»Lass dich von ihrem schlichten Äußeren nicht täuschen, Henry«, meinte Blueskin lachend. »Sie trägt den Namen Diver nicht von ungefähr. Jenny ist die trickreichste Taschendiebin in der ganzen City. Pass also auf deinen Geldbeutel auf, mein Lieber!«

»Halt's Maul, Blueskin!«, sagte Jenny mit starkem irischen Akzent, schüttelte ihre rotbraunen Locken und bedachte Henry mit einem skeptischen Blick. »Geht den da gar nichts an.«

Auch Jennys Name war Henry bekannt, denn eines der Straßenmädchen aus der *Bettleroper* hieß Jenny Diver. Allerdings hatte Henry bislang nicht gewusst, dass es auch für sie ein reales Vorbild gegeben hatte.

Bei den beiden Männern an ihrer Seite handelte es sich um eineiige Zwillinge namens George und Godfrey, die sehr knabenhaft aussahen, auffallend knarzige Stimmen hatten, als hätten sie gerade erst den Stimmbruch hinter sich gebracht, und nur daran zu unterscheiden waren, dass der eine einen Schlapphut und der andere eine Mütze aus Biberfell auf dem Kopf trug. Godfrey, der Bursche mit dem Schlapphut, schlug Henry kameradschaftlich auf die Schulter und meinte: »Hast dich nicht gut gehalten seit letzter Nacht, Alter! Du siehst aus, als wärst du unter 'ne Kutsche geraten.«

»So fühl ich mich auch«, antwortete Henry und bemerkte, dass der junge Mann ein großes »T« auf seinem rechten Handrücken eingebrannt hatte. Vermutlich die Abkürzung für »Thief«. Kaum anzunehmen, dass sich der Bursche das hässlich verwachsene Brandzeichen aus modischen Gründen selbst zugefügt hatte. Unwillkürlich schaute Henry auf die rechte Hand des Zwillingsbruders, und tatsächlich, auch dort prangte das eingebrannte Schandmal. Familienehre!

Henry lachte bitter, obwohl ihm eher nach Weinen zumute war, und während sie die Cheapside entlanggingen und im Südwesten die imposante Kuppel der Kathedrale von St. Paul über den Hausdächern auftauchte, zerbrach er sich den Kopf darüber, was er nun tun und wie er aus diesem gottverdammten Schlamassel wieder herauskommen sollte. Sein erster Gedanke war, sich in eine der vielen winzigen und verwinkelten Seitengassen zu verdrücken und schleunigst das Weite zu suchen.

Auf keinen Fall wollte er daran mitwirken, einen notorischen Verbrecher aus dem Newgate-Gefängnis zu befreien. Entweder würden sie dabei ertappt und selbst eingesperrt werden, oder aber der befreite Jack Sheppard würde Henry als Schwindler und Hochstapler entlarven und Blueskin ihn kurzerhand ins Jenseits befördern. Ein Menschenleben galt bekanntlich wenig in dieser Zeit, und das Leben eines vermeintlichen Spitzels rein gar nichts.

Doch wohin sollte Henry gehen? An wen sollte er sich wenden? Wie wollte er sich an diesem Ort und in dieser sonderbaren Zeit zurechtfinden? Und vor allem: Wie würde er es schaffen, in die Gegenwart zurückzukehren? Oder besser gesagt, in die Zukunft?

Es war offensichtlich kein Zufall, dass es ihn ausgerechnet hierher und in diese finstere Gesellschaft verschlagen hatte. Der fiktive Gaunerhauptmann Macheath hatte ihn in das Jahr 1724 katapultiert, also musste der reale Gauner Sheppard, der den Macheath erst ermöglicht hatte, ihn wieder zurückbefördern. Der Schlüssel lag in der *Bettleroper*! Das klang nicht sehr logisch oder vernünftig, aber was hatte das alles schon mit Vernunft zu tun? Nichts! Es war der reine Irrsinn.

Und vielleicht lag ja genau darin die Lösung des Rätsels: Henry hatte den Verstand verloren. Alles nur krankhafte Einbildung und Wahn? Womöglich lag er just in diesem Augenblick in einer Nervenklinik und wurde wegen einer akuten Schizophrenie behandelt. Halluzinationen infolge irgendeiner Demenzkrankheit. Oder war er etwa auf einem Drogentrip hängengeblieben? In seinem Kopf spielte sich ein absurder Film ab. Er sah, hörte und fühlte etwas völlig Irreales, weil es in seinem Hirn einen Kurzschluss oder Defekt gegeben hatte. Es war zum Verrücktwerden!

Um herauszufinden, was das alles zu bedeuten hatte, musste er den eingeschlagenen Weg weitergehen. Die Flucht zu ergreifen, würde sein Schicksal nur besiegeln. Wenn er jemals wieder in »seine Welt« zurückkehren wollte, blieb ihm gar nichts anderes übrig, als sich seinen neuen Bekannten anzuvertrauen und auszuliefern. Er hatte keine andere Wahl!

»Da sind wir«, sagte Poll, deutete auf das steinerne und mit einem schweren Fallgitter versehene Tor, das die Newgate Street wie ein Nadelöhr blockierte, und wandte sich an Jenny. »Hättest dir ruhig was Hübscheres anziehen können. Wie sollen die Kerle riemig werden, wenn du aussiehst wie ein Bauerntrampel?«

»Was hätte ich sonst anziehen sollen? Etwa mein Schwangeren-Kostüm?«, meinte Jenny achselzuckend. »Für die Wärter wird's allemal reichen. Riemig sind die ohnehin den ganzen Tag.« Dennoch nahm sie das Brusttuch aus dem Ausschnitt, schob ihre Brüste nach oben, bis die Ansätze der Brustwarzen zu sehen waren, und fragte: »Besser so?«

»Wurde aber auch Zeit!«, hörte Henry plötzlich eine tiefe und heisere

Frauenstimme hinter sich. »Ich steh mir hier die Beine in den Bauch, und ihr habt nichts Besseres zu tun, als an euren Titten herumzuspielen.«

Als Henry sich umwandte, sah er eine groß gewachsene und stämmige Frau, die sich vor Jenny und Poll aufbaute und die Hände in die Seiten stemmte. Das war dann wohl Edgworth Bess. Ihre Kleidung ähnelte der von Poll und lenkte die Blicke unwillkürlich auf ihre üppigen, hoch geschnürten Brüste, allerdings war Bess nicht ganz so aufdringlich geschminkt und mit Schönheitspflästerchen beklebt, und auch der schlichte Hut auf ihrem Kopf stahl ihrem Haar nicht die Schau, sondern brachte die dunklen Locken erst richtig zur Geltung. Trotz ihrer fülligen Statur und dem rundlichen Gesicht war Bess eine ausgesprochen schöne Frau, die es nicht nötig hatte, durch weißes Puder, ausladende Federn oder bunte Perlen auf sich aufmerksam zu machen. Henry fühlte sich an Filmdiven der Vierziger- und Fünfzigerjahre erinnert. Obwohl sie noch keine zwanzig Jahre alt sein konnte, hatte sie eine Reibeisenstimme wie eine verlebte Matrone, die jahrzehntelang den Whisky in sich hineingeschüttet hatte. Ein seltsamer Widerspruch, der Henrys Interesse erst recht weckte.

»Wo habt ihr so lange gesteckt?«, wollte Bess wissen, wobei sie sich nur an Poll und Jenny wandte und für die anwesenden Männer keinen Blick übrig hatte.

»Krieg dich wieder ein, Bess!«, maulte Jenny und zog eine Grimasse.

»Wir sind ja da«, meinte Poll. »Mach hier nicht so 'nen Wirbel.«

»Der Exekutionsbefehl ist heute Morgen aus Windsor gekommen«, sagte Bess und schob Poll kurzerhand beiseite. »Nächsten Freitag soll Jack an den Galgen.«

»Dazu wird's nicht kommen«, antwortete Poll. »Dafür werden wir schon sorgen.«

»Dann los!«, befahl Bess und deutete auf eine Lederflasche in ihrer Hand. »Das wird uns die Arbeit erleichtern. Feinster Brandy aus dem Black Lion! Mit den besten Grüßen vom Wirt.«

»Seit wann gibt's im Black Lion feinen Brandy?«, lachte Godfrey. »Ich krieg dort immer nur billigen Fusel serviert.«

»Wie immer hast du noch ein Ass im Ärmel, Bess«, meinte Blueskin lächelnd und sah sie an, als hätten seine Worte einen geheimen Hintersinn.

»Wenn's sonst keiner hat«, antwortete Bess knapp, ohne ihn dabei anzuschauen. Ja, Henry hatte sogar das Gefühl, dass sie Blueskins Blick auswich. Weil sie ihre Augen zu Boden gerichtet hatte, stieß sie beinahe mit Henry zusammen, der sich nicht vom Fleck bewegt hatte und ihr im Weg stand.

»Platz da!«, schnauzte sie ihn an und schaute ihm eher beiläufig ins Gesicht.

18

»'tschuldigung«, sagte er kleinlaut und starrte Bess unverwandt an. Ohne es zu wollen und obwohl sie keinerlei Ähnlichkeit miteinander hatten, hatte Henry plötzlich Sarahs Gesicht vor Augen. Er sah ihre verwuschelten blonden Haare, die geröteten Wangen und ihren schuldbewussten Blick, als er sie mit Sean Leigh hinter der Bühne ertappt hatte. Miss Polly Peachum in den Händen ihres Vaters.

»Hast du 'nen Geist gesehen, oder warum glotzt du mich so an?«, fragte Bess.

»Kann man so sagen«, meinte Henry und räusperte sich. »Ein Geist, ja.«

Bess schüttelte ärgerlich den Kopf, stieß ihn beiseite und wandte sich an die Runde: »Wollt ihr hier noch lange Maulaffen feilhalten oder euch nützlich machen? Auf geht's!« Damit stapfte sie zum Tor, und alle anderen folgten ihr wie Gänseküken ihrer Mutter.

3

Das Newgate-Gefängnis war nur eines von unzähligen Gefängnissen in London, aber es war das mit Abstand bekannteste und berüchtigtste seiner Zeit. Einige Szenen der *Bettleroper* spielten in den Zellen von Newgate, und deshalb hatte Henry im Internet ein wenig über die grausigen Zustände in dem Gefängnis recherchiert. »Ein Ort der Not, ein Wohnhaus des Elends, eine bodenlose Grube der Gewalt«, so hatten Zeitgenossen das alte Newgate beschrieben. Das galt zumindest für jene Insassen, die es sich nicht leisten konnten, die Wärter und Schließer zu bestechen. Für alles und jedes musste ein Pfand oder Handgeld gezahlt werden, beim Eintritt wie bei der Entlassung war eine Zahlung an den Kerkermeister fällig, sogar für die bloße Unterkunft und Verpflegung wurde ein saftiger Obolus verlangt, geradeso als befände man sich in einem Hotel oder einer Herberge. Ja, selbst für Fesseln und Ketten musste man bezahlen.

Nichts war umsonst oder selbstverständlich, aber alles war für Bares zu bekommen, sogar Putzfrauen, Huren und Alkohol, der in der gefängniseigenen Kneipe gebrannt und verkauft wurde. Wer jedoch kein Geld hatte, um die exorbitanten Preise in diesem schauerlichen Gasthaus zu bezahlen, der landete unweigerlich in einer der düsteren Massenzellen und schlief unter einer zerfetzten Decke auf dem verdreckten Steinboden, den er sich nicht nur mit hunderten Leidensgenossen, sondern auch mit Flöhen, Läusen und Ratten teilen musste. Kein Wunder, dass ansteckende Krankheiten nicht die Ausnahme, sondern die Regel waren. Angeblich brachten Typhus und Fleckfieber jeden vierten Gefangenen von Newgate um, bevor der Galgen von Tyburn es tun konnte.

Von außen betrachtet machte das Gefängnis jedoch einen durchaus ansprechenden, fast angenehmen Eindruck. Das zentrale Torhaus, das nördlich und südlich der Newgate Street von zwei weiteren Gefängnisgebäuden gesäumt war, erinnerte Henry an eine herrschaftliche Festung oder Burg. Die beiden sechseckigen Türme waren fünf Stockwerke hoch und mit Zinnen bewehrt, und über dem Bogengang zwischen den Türmen waren Säulen mit hübschen Kapitellen, verschnörkelte Statuen und reich verzierte Ornamentfenster zu sehen, die so gar nicht zu einem Gefängnis passen wollten. Gerade im Vergleich zu dem plumpen Aldgate auf der anderen Seite der Stadt wirkte das Newgate beinahe einladend. Auch wenn niemand diese Einladung freiwillig annahm.

»Was war 'n das gerade mit dir und Bess?«, fragte Blueskin, als sie das Wärterhaus, die sogenannte Lodge, durch eine niedrige, mit Eisen beschlagene Holztür im südlichen Turm betraten und in einer Art Vorraum landeten, dessen Zweck Henry unklar blieb. Vielleicht hatte sich hier einmal der Zugang zu einem Treppenhaus befunden, jedenfalls gab es keine Möbel oder sonstige Gerätschaften in diesem kargen und dunklen Raum.

Henry zuckte mit den Schultern und antwortete mit einer Gegenfrage: »Bess scheint ihren Jack sehr zu lieben, oder? Jedenfalls unternimmt sie alles, um ihn aus seinem Elend zu befreien.«

»Das ist auch das Mindeste«, knurrte Blueskin leise und bedachte Bess, die durch einen gemauerten Durchlass in das angrenzende Wärterzimmer schaute, mit einem skeptischen und beinahe feindseligen Blick. Dann zog er sich eine weite Kapuze über den Kopf, sodass nur noch seine Nasenspitze zu sehen war.

»Wie meinst du das?«, fragte Henry.

»Dreimal darfst du raten«, antwortete Blueskin. »Ohne Bess säße Jack doch gar nicht hier. Sie hat ihn ja selbst an Wild verpfiffen. Im Suff zwar, aber trotzdem. Kein Wunder, dass sie ein schlechtes Gewissen hat. Verdammtes Luder!«

Bevor Henry etwas darauf erwidern konnte, wandte sich Bess an Godfrey und George: »Ihr wisst, was zu tun ist?«

Die Zwillinge nickten und grinsten.

»Hast du alles, was wir brauchen, Poll?«

Poll deutete unter ihren Rock und nickte.

Bess reichte Jenny die Lederflasche und befahl: »Los, Mädels!«

Gemeinsam betraten die drei Frauen die Lodge, die vom Korridor aus nur zum Teil einzusehen war. Das Wärterzimmer war durch mehrere Pfeiler, Säulen, Nischen und Mauervorsprünge in kleinere Abschnitte unterteilt und wirkte sehr verwinkelt und unübersichtlich. Auch die Deckenhöhen und der Wandputz variierten, als wäre dieser Raum aus mehreren Kammern zusammengefügt worden. Im hinteren Teil der Lodge führte eine steile Steintreppe in die oberen Stockwerke, zur Linken befand sich vor einer Regalwand eine Art längliches Pult oder Tresen, hinter dem ein schwarz gekleideter Mann mit Perücke auf einem Schemel hockte und gelangweilt in großformatigen Büchern blätterte, und zur Rechten führte eine hölzerne Halbtreppe zu einem höher gelegenen Gewölbe, aus dem die Stimmen mehrerer Männer zu hören waren, die sich angeregt unterhielten und lachten. Während Bess und Poll sich nach links wandten und den Wärter hinter dem Pult ansprachen, stieg Jenny die Stufen zum Gewölbe hinauf und verschwand hinter einem Pfeiler.

»Der Warteraum«, sagte Blueskin, bevor Henry überhaupt fragen konnte.

»Auch wenn es darin meistens zugeht wie in einer Schänke«, ergänzte George abfällig, »und man sogar fürs Warten bezahlen muss.«

Kurz darauf war aus der Richtung des Warteraums lautes Grölen und anerkennendes Pfeifen zu vernehmen.

»Die Wärter haben den Brandy gekostet«, vermutete Godfrey und zog den Schlapphut tief in die Stirn.

»Oder Jennys Titten«, antwortete sein Bruder und grinste dreckig.

»Wie auch immer«, meinte Blueskin, der sich in einer Mauernische neben dem Durchlass regelrecht verkrochen hatte. »Auf jeden Fall sind die Kerle für eine Weile beschäftigt.«

Bess und Poll hatten inzwischen dem Wärter am Pult das Besuchsgeld gegeben und wurden von ihm auf Gegenstände wie Feilen, Nägel oder Sägeblätter durchsucht. Der Mann ließ es sich dabei nicht nehmen, vor allem die Dekolletés und die Hinterteile der Frauen zu inspizieren und unter ihre Petticoats zu grapschen. Die beiden Huren ließen die erniedrigende Prozedur stoisch über sich ergehen, und Poll schaffte es sogar, schallend zu lachen und dem Wärter ganz nebenbei in den Schritt zu fassen. Vermutlich um den Mann von dem abzulenken, was sie unter ihrem Rock versteckt hatte - was auch immer das sein mochte. Schließlich hatte der Wärter sich ausreichend aufgegeilt, ohne dabei fündig geworden zu sein, und ließ die Frauen passieren.

»Sheppard, Jack!«, rief er über seine Schulter. »Besuch!«

Direkt hinter dem Pult führte ein schmaler und dunkler Gang zu einer Gittertür, die nun von einem zweiten Wärter geöffnet wurde. Bess und Poll betraten den niedrigen Gang und verschwanden im Dunkeln.

»Wohin geht's da?«, wollte Henry wissen, der das Geschehen gebannt verfolgt hatte und nun weiteren Besuchern Platz machte, die das Wärterzimmer betreten wollten.

»Zu den Todeszellen«, sagte Blueskin, der inzwischen vollends in seiner Nische verschwunden war und nicht einmal mehr seine Nasenspitze herausstreckte. »Sie dürfen aber nicht hinein, sondern müssen durch eine schmale, mit Eisenspitzen versehene Öffnung mit ihm reden.«

»Und wie will er da rauskommen?«

»Das lass nur Jacks Sorge sein«, meinte George und lachte. »Wenn er uns herbestellt hat, dann wird er schon einen Weg finden. Jack ist 'n gerissener Fuchs, kannst dich drauf verlassen.«

»Und was machen wir jetzt?«, wollte Henry wissen.

»Warten«, sagte Godfrey. »Wie besprochen.«

»Willst du Bess nicht helfen, Jack zu befreien?«, wandte sich Henry an Blueskin. »Immerhin seid ihr Freunde, oder?«

»Wenn ich da reingehe«, antwortete Blueskin und deutete mit dem Daumen in die Lodge, »dann ich kann ich mich auch gleich selbst am Triple Tree in Tyburn aufknöpfen. Den Gefallen will ich Mr. William Pitt nicht machen.«

»William Pitt?«, wunderte sich Henry. »Meinst du den älteren oder den jüngeren?« Er war sich ziemlich sicher, dass beide Politiker im Jahr 1724 noch gar nicht geboren oder zumindest in Amt und Würden waren.

»Kenn nur den einen«, knurrte Blueskin und deutete auf den Wärter hinter dem Pult. »Und das ist der Hauptwärter von Newgate, der nur darauf wartet, mich in die Hände zu bekommen. Nee, Junge, ich bin doch nicht lebensmüde! Bei dem Einbruch, für den sie Jack drangekriegt haben, hab ich schließlich auch mitgemacht, und unter den Wärtern bin ich bekannt wie 'n bunter Hund.«

»Wie 'n blauer Hund, um genau zu sein«, meinte Godfrey und kicherte über seinen Witz.

Blueskin fuhr herum, sprang ihm wütend an die Gurgel und drückte mit beiden Händen zu.

»He, lass gut sein«, zischte George und zerrte an Blueskins Armen. »Du bringst ihn ja um.«

Widerwillig lockerte Blueskin den Griff, hatte die Hände aber immer noch um Godfreys Hals gelegt.

»War nicht so gemeint«, stotterte Godfrey und rang nach Luft. »Tut mir leid, Joseph.«

»Ich besorg uns schon mal 'ne Kutsche«, knurrte Blueskin, ließ von Godfrey ab und verschwand ohne weiteren Kommentar nach draußen.

»Immer so empfindlich, der Gute«, meinte George kopfschüttelnd.

»Ein verdammter Irrer, wenn du mich fragst«, sagte Godfrey und rieb sich den Hals. »Im einen Augenblick macht er Scherze und im nächsten geht er dir an die Gurgel, als hätte ihn der Teufel geritten. Bei dem Mistkerl weiß man nie!«

George zuckte lediglich mit den Schultern und wandte sich dann an Henry: »Also? Wie sieht's aus, Kumpel? Machst du mit?«

»Ich bin dabei«, antwortete Henry, bevor er sich auf die Lippen beißen konnte. »Wie besprochen.«

Die Zwillinge betraten gemeinsam die Lodge, und Henry folgte ihnen dicht auf den Fersen, als wollte er hinter ihnen Deckung suchen. Doch weder der Kerkermeister Mr. Pitt, der von den nächsten Besuchern das Handgeld einstrich, noch der Schließer an der Gittertür beachteten die drei. Als Henry in das höher gelegene Gewölbe schaute, das sich direkt über dem Torbogen von Newgate befand, bot sich ihm ein erstaunliches Bild. Der Raum war tatsächlich wie eine Schankstube eingerichtet, mit Bänken und Tischen und einem Regal an der hinteren Wand, in dem sich zahlreiche Zinnkrüge, Holzbecher und Tassen befanden. Auf einem Stehtisch vor dem Regal standen verschiedene Karaffen und Tonkrüge sowie eine halbvolle Weinflasche.

In einer Ecke des Raumes, gleich neben einem Bleiglasfenster, saß Jenny Diver auf einer Holzbank zwischen zwei schwarz gekleideten Wärtern, die immer abwechselnd entweder die Frau befingerten oder sich den Brandy an den Hals setzten und dabei unentwegt wie kleine Kinder kicherten. Dass weitere Gefängnisbesucher in unmittelbarer Nähe saßen und verlegen auf ihre Füße starrten, schien ihnen nichts auszumachen. Sie waren zu abgelenkt und betrunken, um es überhaupt zu bemerken. Für die Neuankömmlinge hatten sie ebenfalls kein Auge.

Als Jenny die Zwillinge sah, nickte sie ihnen unmerklich zu und schlug gleichzeitig einem der Wärter auf die Nase, der sich allzu aufdringlich mit seinen Lippen ihrem entblößten Ausschnitt genähert hatte.

»Jenny hat recht gehabt«, sagte George. »Riemig wie alte Böcke.«

Godfrey stieß seinen Bruder an, deutete nach links und sagte: »Es geht los!«

In dem schmalen Gang, der zu den Todeszellen führte, war eine Bewegung zu erkennen. Zwei Frauen näherten sich der Gittertür und wandten sich an den Schließer, der auf einem Hocker hinter einem Tisch gedöst hatte. Im zuckenden Kerzenschein sah Henry die schlanke Gestalt von Poll, die sich mit dem Schließer unterhielt, doch er musste zweimal hingucken, um sie zu erkennen, denn statt des riesigen Fasanenfederhuts trug sie nun eine einfache Haube auf dem dunkelblonden Haar. Der ausgestopfte Fasan war stattdessen auf dem Kopf der anderen Frau gelandet, allerdings handelte es sich dabei nicht um Edgworth Bess. Die zweite Frau war trotz des Huts deutlich kleiner als Poll und noch schmächtiger gebaut. Sie trug ein schlichtes braunes Kleid, ohne Mieder und Dekolleté, mit langen Ärmeln und hoch geschlossenem Kragen. Die Kleidung einer Puritanerin oder Gesindefrau, sah man einmal von dem unpassenden Federschmuck auf ihrem Kopf ab. Auch der Fächer aus Seide und Spitze, den sie halb vors Gesicht hielt, wollte nicht zu einer einfachen Magd passen.

Dem Schließer schien dieser Widerspruch nicht aufzufallen. Auch dass eine der beiden Frauen vorhin nicht von ihm in den Todestrakt hineingelassen worden war, schien ihm zu entgehen. Wenn sie drinnen waren, mussten sie schließlich auch hineingelangt sein. Und zwar durch diese Tür. Er erhob sich schwerfällig von seinem Hocker und schaute in seine Liste, die vor ihm auf dem Tisch lag. Dann öffnete er gelangweilt die Gittertür, ließ die Frauen mit einem Kopfnicken passieren und wollte die Tür wieder schließen, als plötzlich ein Tumult im Wärterraum ausbrach.

Genau in dem Moment, als der Schließer die Gittertür geöffnet hatte, stieß Godfrey seinen Bruder George an, und dieser prallte, wie von einer Kanonenkugel getroffen, rücklings gegen das Wärterpult, sodass einer der schweren Folianten auf dem Boden landete und der Wärter erschrocken zur Seite sprang.

»Was fällt dir ein, mich anzurempeln, Kerl?«, schrie Godfrey außer sich.

»Wer hat hier wen angerempelt?«, fauchte George und setzte die verrutschte Biberfellmütze wieder gerade auf seinen Kopf. »Dir werd ich's zeigen, Halunke!« Und schon stürzte er sich auf seinen Bruder, als ginge es um sein Leben.

Während die beiden Männer sich wie balgende Kinder auf dem Boden herumwälzten und dabei gegen jedes Mobiliar stießen, das irgendwie in Reichweite stand, beeilten sich Poll und ihre schmächtige Begleiterin, sich zum Ausgang zu begeben. Niemand schenkte ihnen Beachtung, alle Augen waren auf die Kämpfenden gerichtet, und so verschwanden sie schleunigst durch den Korridor nach draußen.

»Heda, Kerle!«, schrie der Wärter am Pult. »Aufhören mit dem Unsinn!« Doch George und Godfrey hatte sich derart ineinander verkeilt, dass sie wie eine verbeulte Kugel durch den Raum kullerten.

Die beiden Wärter im Gewölbe wollten sich ebenfalls ins Getümmel werfen, wurden aber von Jenny zurückgehalten, die sich nun regelrecht auf die beiden Männer warf und sie unter sich begrub. Zur gleichen Zeit hatte der andere Wärter hinter dem Pult einen hölzernen Prügel hervorgeholt und schlug damit auf die Kampfhähne ein, deren Schmerzensschreie nun sehr viel glaubhafter wirkten.

Auch der Schließer an der Gittertür wollte seinen Anteil am Geschehen haben und verließ seinen Posten hinter der Tür, doch im gleichen Augenblick wurde er von dem Hauptwärter angeschnauzt: »Was soll das, Schwachkopf? Scher dich zurück hinters Gitter! Du hast hier vorne nichts verloren.«

Der derart Gescholtene ging zurück an seinen Platz und stieß beinahe mit Bess zusammen, die ihm aus dem Dunkeln entgegenkam und im gleichen Augenblick durch die Tür wollte.

»He, wo kommst du denn her?«, rief der Schließer verdutzt, schob Bess zurück in den Todestrakt und zog die Gittertür ins Schloss. Er starrte abwechselnd auf seine Liste und in Bess' Gesicht und schüttelte den Kopf. »Wer bist du?«

»Verdammt!«, hörte Henry die Stimme von Jenny im Gewölbe. Und wie auf einen unhörbaren Befehl hin stellten die beiden Kampfhähne auf dem Boden ihre unsinnige Keilerei ein.

»Raus mit euch!«, fauchte der Wärter und drosch abermals mit dem Prügel auf die Zwillinge ein. Die beiden Wärter aus dem Warteraum hatten sich inzwischen der entsetzt und wie versteinert wirkenden Jenny entledigt und halfen ihrem Chef, die Streithähne vor die Tür zu setzen. Godfrey und George ließen es ohne jeden Widerstand geschehen, wurden mit Fußtritten und Fausthieben zum Vorraum getrieben und von dort wie Abfall in die Gosse geworfen.

Jenny Diver hastete ebenfalls zum Ausgang und raunte Henry im Vorbeigehen zu: »Los, raus mit dir! Wir können nichts für sie tun.«

Doch Henry blieb wie angewurzelt an Ort und Stelle stehen. Er kam sich vor wie im Kino und schaute gebannt zu Bess, die hinter dem Gitter auf den Schließer einredete, aber nur verständnisloses Kopfschütteln erntete. Mr. Pitt, der Kerkermeister, war noch nicht wieder an seinem Platz hinter dem Pult, und auch die beiden Wärter aus dem Gewölbe standen noch im Korridor, um Jenny ein paar Handgreiflichkeiten mit auf den Weg zu geben. Es war Eile geboten, und bevor sich Henry recht überlegen konnte, was er eigentlich vorhatte, schrie er plötzlich: »Ach, da bist du! Verdammt! Was treibst du denn jetzt schon wieder?« Mit diesen Worten lief er zur Gittertür und zerrte durch das Gitter an Bess' Ärmel. »Komm sofort da raus!«

»Gehört diese Frau zu Euch, Sir?«, fragte der Schließer.

»Jawohl, Sir! Leider!«, sagte Henry kopfschüttelnd. »Eine wahre Plage!«

»Und was macht sie hier?«

»Das wüsste ich auch gern«, antwortete Henry und zerrte erneut an Bess' Ärmel. »Antworte gefälligst, wenn man dich was fragt. Wie kommst du hinter das Gitter, verdammt? Oder soll ich die Antwort aus dir rausprügeln?«

»Also ... das war so«, stotterte Bess und schaute Henry scheinbar verstört und eingeschüchtert an. »Als die beiden Männer zu kämpfen anfingen, hab ich's mit der Angst zu tun bekommen. Drum bin ich hinters Gitter gelaufen. Die Tür stand offen. Konnte ja nicht wissen, dass ...«

»Hatte ich dir nicht gesagt, du sollst am Pult stehen bleiben, bis ich wiederkomme?«, unterbrach Henry sie und wandte sich dann entschuldigend an den Schließer: »Wie ein kleines Kind, meine Missis. Ständig muss man auf sie aufpassen, als wär sie nicht bei Trost. Kaum dreht man sich einmal um, schon hat sie sich eingesperrt.« Er schnaufte abfällig und zwinkerte dem Schließer komplizenhaft zu. »Nichts als Scherereien mit den Weibern.«

»Passt das nächste Mal besser auf eure Missis auf, Sir«, meinte der

Schließer, lächelte nachsichtig und öffnete schließlich die Gittertür. »Sonst landet sie wirklich noch mal in der Todeszelle.«
»Wär nicht schade drum«, fauchte Henry, fasste Bess grob am Handgelenk und zerrte sie hinter sich her. »Und jetzt raus mit dir!«
»Was ist denn hier schon wieder los?« Der Kerkermeister stand plötzlich vor ihnen, den hölzernen Prügel noch in der Hand, und versperrte ihnen den Weg. »Wie ist Euer Name, Sir?«
Henry verneigte sich, überlegte kurz und sagte: »Captain Macheath, Sir!«
»Und warum schreit Ihr so, Captain?« Mr. Pitt schaute Henry abschätzig von oben bis unten an, und sein Blick blieb an der schäbigen Kleidung und den nackten Füßen haften. »Was geht hier vor? Was wollt Ihr von der Frau?«
»Verdammte Weiber«, knurrte Henry und wusste plötzlich nicht mehr weiter. »Sie hat … Ich wollte …« Er hatte den Faden verloren und ahnte, dass er beim Kerkermeister mit einer plumpen Lüge nicht durchkommen würde. Er öffnete den Mund, aber kein Ton kam ihm über die Lippen. Nichts! Blackout! Dann jedoch erinnerte er sich mit einem Mal an einen Spruch seines Improvisations-Lehrers an der Theaterschule: »Wenn du keine Ahnung hast, was du sagen sollst, dann mach etwas Unerwartetes! Überrumple das Publikum!« Und deshalb fuhr Henry auf dem Fuß herum, gab der völlig überraschten Bess eine schallende Ohrfeige, sodass sie nach hinten taumelte und beinahe rücklings zu Boden ging.
»Mach das nie wieder!«, rief Henry und holte erneut aus.
»He, sachte!«, sagte Mr. Pitt und griff ihm in den Arm. »Kein Grund, gleich so rabiat zu werden, Captain Macheath.« Er zögerte einen Augenblick und befahl dann: »Nehmt Eure Missis und schert Euch weg!«
Henry murmelte etwas Unverständliches, starrte zu Boden und zog Bess hinter sich her zum Ausgang. Die beiden Wärter standen immer noch in der Tür und schauten sich verwundert an.
»Sind denn heute alle verrückt geworden?«, fragte einer der beiden.
»Scheint so«, meinte der andere. »Dabei ist nicht mal Vollmond.«
Als sie auf der Straße waren und die schwere Tür hinter ihnen ins Schloss fiel, riss Bess sich los, strich sich über das Kleid, als hätte sie sich beschmutzt, und richtete ihren Hut auf dem Kopf. Dann rannte sie plötzlich westwärts durchs Stadttor hinaus. Henry atmete tief durch, schaute sich um und erkannte, dass von den anderen Gaunern niemand mehr da war. Vermutlich waren sie mit der Kutsche gefahren, die Blueskin hatte besorgen wollen. Henry rannte ebenfalls durchs Tor und sah gerade noch, dass Bess linker Hand in eine schmale Gasse einbog und am alten Gerichtsgebäude von Old Bailey vorbeihastete. Jedenfalls vermutete er, dass es sich um das Old Bailey handelte, weil das Gebäude am selben Ort stand. Rein äußerlich hatte der Gerichtshof allerdings

nichts mit dem heutigen Gebäude gemein und erinnerte eher an eine Markthalle mit umzäuntem Vorplatz. Henry hatte Mühe, Bess zu folgen, denn seine nackten Füße taten ihm weh und ihn plagte heftiges Seitenstechen. Von dem Dröhnen in seinem Kopf ganz zu schweigen. Erst kurz vor Ludgate Hill erreichte er sie, als sie unter einem schmalen Torbogen zwischen zwei Häusern innehielt und auf ihn zu warten schien.

Henry näherte sich ihr langsam und hob entschuldigend die Hände. »Tut mir leid, dass ich dich geschlagen habe«, sagte er und schnaufte atemlos. »Aber mir blieb nichts anderes übrig. Ich wusste nicht, was ich sonst tun sollte.«

Bess sah ihn lange und eindringlich an. Ihr Kiefer mahlte unruhig, ihr Busen hob und senkte sich bei jedem Atemzug. Dann nickte sie schließlich, streckte wie zur Versöhnung die Hand nach ihm aus und rammte ihm, als er sich ihr näherte, das Knie mit voller Macht zwischen die Beine.

Henry ging wie ein gefällter Baum zu Boden. Während er röchelnd und sich windend im Dreck lag, sich den Unterleib hielt und nach Luft schnappte, kam Bess seinem Gesicht ganz nahe und sagte ruhig und ohne jede erkennbare Regung: »Mach das nie wieder!«

Henry rappelte sich unter Schmerzen auf, hielt sich nur mühsam auf den Beinen und meinte: »Ein einfaches ›Dankeschön‹ hätte es auch getan.«

Bess lachte abfällig und schüttelte den Kopf. »Jetzt jammer nicht rum, Macheath! Die Wärter werden den Braten bald riechen, und dann gibt's hier ringsum einen Heidenaufstand.«

»Okay«, murmelte Henry.

»Was?« Bess sah ihn verständnislos an.

»Ay, in Ordnung«, verbesserte sich Henry.

Bess nickte und sagte: »Wir sollten schleunigst verschwinden.«

»Wohin?«

»Zum Black Lion Inn. Die anderen warten vermutlich längst da.«

»Und wo ist das?«

»Das weißt du nicht?!« Bess sah ihn entgeistert an und fuhr sich mit der Zunge über die Schneidezähne, als wollte sie Essensreste entfernen. »In der Drury Lane. Die wirst du hoffentlich kennen.«

»Und ob!«, sagte Henry und unterdrückte ein Grinsen. »Die kenn ich.«

»Wir gehen lieber getrennt«, meinte Bess mit finsterem Blick und deutete zum Ludgate Hill. »Nach unserem Auftritt im Newgate sollten wir nicht zusammen gesehen werden. Warte, bis ich außer Sichtweite bin!«

Sie wandte sich ab, doch Henry hielt sie am Ärmel fest und sagte: »Eine Frage noch! Wie ist Jack eigentlich rausgekommen?«

»In Frauenkleidern«, antwortete Bess knapp. »Hast du doch gesehen.«

»Nein, ich meine, wie ist er aus der Zelle gekommen?«

»Mit 'ner Feile und viel Glück«, sagte sie und lachte plötzlich wie über einen Witz. »Bis vor einer Woche saß Jack mit 'nem armen Teufel in der Zelle, der wie er auf die Hinrichtung wartete. Dieser Mann hat die eisernen Spitzen in dem Sichtfenster zwischen Todeszelle und Besucherraum mit einer Feile bearbeitet. Da man nur bei Besuch die Hand- und Fußfesseln gelöst bekommt, hat er Wochen dafür gebraucht. Dummerweise wurde er am Galgen aufgeknöpft, bevor er fertig war und selbst die Biege machen konnte. Und als er nach Tyburn gebracht wurde, hat er Jack seine Feile dagelassen. Der Rest war ein Kinderspiel, jedenfalls für einen schmächtigen Mann wie Jack.« Sie überlegte und setzte dann hinzu: »Das mit den Frauenkleidern war übrigens meine Idee.«

»Respekt«, sagte Henry.

»Respekt?«, wunderte sich Bess, zuckte mit den Schultern und hastete davon, ohne sich noch einmal umzuschauen. Sie bog rechts in die Fleet Street ein und verschwand im Getümmel.

4

Wann war Henry das letzte Mal in der Fleet Street gewesen? Das musste Jahre her gewesen sein. Als seine Schwester Zoe noch als Anwältin gearbeitet hatte – also vor ihrer bedauernswerten Heirat mit dem stinkreichen James –, hatte sie sich mit drei weiteren Anwälten eine kleine Kanzlei in den südlich der Straße gelegenen Inns of Courts geteilt. Damals hatte sich Henry manchmal mit Zoe auf ein Feierabendbier im Ye Olde Cheshire Cheese getroffen, einem düsteren und höchst eigenwilligen Pub nördlich der Fleet Street, der von sich behauptete, einer der ältesten in der City zu sein. Nur wenige Touristen, dafür allerlei Anwälte flanierten heute noch die einst ruhmreiche Fleet Street entlang, zumeist auf dem Weg zu The Temple, den labyrinthartig angeordneten Gebäuden der altehrwürdigen Anwaltskammern. Im Mittelalter hatte dieses Gelände zwischen Fleet Street und Themse den Tempelrittern gehört – daher auch der Name –, und noch heute wirkte der Temple wie eine geheimnisvolle Stadt in der Stadt. Die angrenzende Fleet Street selbst hatte wenig Vergleichbares zu bieten, den einstigen Ruf als Presse- und Zeitungsmeile hatte die Straße bereits vor Jahrzehnten eingebüßt. Keine renommierte Zeitung wurde hier noch gedruckt, kein namhaftes Verlagshaus hatte seinen Sitz in der Straße. Die Fleet Street war nichts weiter als eine laute Durchgangsstraße mit hässlichen Bürogebäuden, ein paar alten Kirchen und einigen wenigen Hausfassaden aus der Tudorzeit.

Wie anders war jedoch der Anblick der Straße, als Henry nun die Fleet Street betrat und sich vor Erstaunen einmal um die eigene Achse drehte. Im Osten sah er das mit einem schweren Fallgitter versehene Ludgate, das westlichste der sieben Tore in der alten Stadtmauer, und dahinter die mächtige Kuppel der Kathedrale von St. Paul. Nach Westen hin erblickte er eine schnurgerade Straße, auf der sich die Kutschen, Karren, Sänften, Reiter, Fußgänger und Haustiere gegenseitig den Platz streitig machten. Gesäumt wurde die Straße von zahllosen Weinhäusern, Buchhändlern, Kaffeehäusern, Tuchhändlern und Tavernen. An beinahe jedem Haus hingen Schilder, oft mehrere übereinander, überall wurden Dienstleistungen oder Waren angeboten. Barbiere, Apotheker, Wundärzte, Drucker, Bäcker, Gin-Händler.

Henry war wie vor den Kopf geschlagen und konnte kaum fassen, was er hörte und sah. Besonders beeindruckte ihn das Spektakel, das auf einer kleinen Brücke unweit von Ludgate Hill veranstaltet wurde. Zahlreiche Schausteller und Artisten, Feuerschlucker, Quacksalber und Akrobaten präsentierten dort wie auf einem Jahrmarkt ihre Künste und Fähigkeiten und baten um angemessene oder zumindest milde Gabe. Henry begriff zunächst nicht, was das für eine Brücke war, doch als er zur Linken die Kirche von St. Bride sah, deren Turm an eine in die Länge gezogene mehrstöckige Hochzeitstorte erinnerte und deren Aussehen sich in den letzten drei Jahrhunderten kaum verändert hatte, dämmerte ihm, dass diese Brücke über den Fleet führte. Einen Fluss, den es inzwischen nur noch dem Namen nach gab, der aber jetzt einen solch bestialischen Fäkaliengestank verströmte, dass Henry begriff, warum man ihn vor langer Zeit zugeschüttet hatte.

Auf der Nordseite der Straße, unweit des Flusses, sah er eine kleine, recht unscheinbare Schänke, auf deren Schild ein Stück Hartkäse abgebildet war. »Ye Olde Cheshire Cheese« stand in schnörkeliger Schrift darunter.

Beim Anblick der Schänke überfiel Henry ein unerklärlicher Schrecken; er fuhr herum und rannte beinahe panisch auf der Fleet Street in westlicher Richtung. Weil es keinen Gehsteig gab, wäre er um Haaresbreite unter die Räder einer der zahlreichen Mietkutschen geraten, die sich auf der Straße regelrechte Wettrennen lieferten. Er flüchtete sich in einen Torweg, atmete tief durch und betrachtete die Auslagen eines Buchhändlers, als könnte er darin die Lösung des Rätsels finden. Er merkte, wie ihm die Tränen in die Augen stiegen, und wischte sie ärgerlich fort. Verzweiflung half ihm nicht weiter, und er schalt sich innerlich für seinen Anflug von Panik.

Schließlich hatte er sich so weit beruhigt, dass er seinen Weg fortsetzen konnte. Nach einer Weile erreichte er einen Torbogen, der die Straße in ganzer Breite überspannte. Dies war die Temple Bar, ein wunderschöner und reich verzierter Torbau aus weißem Kalkstein, der das westliche Ende der Stadt London markierte. Dahinter begann die City von Westminster. Seltsamerweise kam Henry das Tor bekannt vor, obwohl heutzutage an derselben Stelle nur eine Steinsäule mit einer Drachenstatue auf die einstige Stadtgrenze hinwies. Erst als er das Tor durch einen der beiden seitlichen Durchlässe passierte, erinnerte er sich, dass er erst vor wenigen Tagen durch genau diesen Durchlass gegangen war. Heute stand derselbe Torbogen nämlich am Eingang zum neu gestalteten Paternoster Square, nördlich der Kathedrale von St. Paul, flankiert von Starbucks und McDonald's.

Von der Temple Bar bis zur Drury Lane war es nur ein Katzensprung, vorbei an der Kirche von St. Clement Danes, wo eine schmale und dicht bebaute Gasse nach Norden hin abbog. Als Edgworth Bess ihn vorhin gefragt hatte, ob er die Drury Lane kannte, hatte Henry nur mühsam ein Grinsen unterdrückt. Natürlich kannte er die Straße, immerhin war er Schauspieler. Dort befand sich das Theatre Royal, das älteste Theater Londons, das an gleicher Stelle bereits im 17. Jahrhundert existiert hatte. Auch das New London Theatre war in der Drury Lane, und wie bei seinem ungleich bekannteren Nachbarn gingen auch hier die Ursprünge bis in die Zeit der Stuart-Könige zurück. Erst vor wenigen Wochen hatte Henry im Theatre Royal die Aufführung des Musicals *Shrek* gesehen, frei nach dem gleichnamigen Hollywood-Zeichentrickfilm.

Im Jahr 1724 allerdings verdankte die Drury Lane ihren weithin bekannten Ruf nicht dem königlichen Theater, sondern den zahlreichen Hurenhäusern, Kneipen, Wetthöhlen und zwielichtigen Gin-Palästen, die sich hier wie Perlen an einer Kette aneinanderreihten. Das gesamte Gebiet rund um St. Giles-in-the-Fields war ein einziger Slum, und die Drury Lane bildete gewissermaßen das Zentrum. Eine Hochburg des Lasters, des Verbrechens und des Alkoholexzesses. Henry erinnerte sich, dass die Große Pest des Jahres 1665 in der Drury Lane ihren Anfang genommen hatte, und bei seinen Recherchen zur *Bettleroper* war er immer wieder auf den zweifelhaften und berüchtigten Charakter dieser Straße gestoßen.

Als er nun die dunkle Gasse betrat und die heruntergekommenen Häuser sah, deren schäbige und schiefe Fassaden oft nur durch Stützbalken zwischen den Häusern vor dem Einsturz bewahrt wurden, wurde es ihm mulmig zumute, und er verlangsamte seinen Schritt. Was für ein Kontrast zu der geschäftigen Atmosphäre der Fleet Street, die doch nur einen Steinwurf weit entfernt war. Der Putz bröckelte ringsum von den Wänden, die Fenster hatten keine Läden und waren meist mit Sacktuch verhangen, die hölzernen Schilder waren verwittert, der Dreck türmte sich in der Gosse, und auch die Menschen schienen hier von anderem Schlag zu sein. Nicht nur wegen der ärmlichen Kleidung, sondern auch wegen des verhärmten Gesichtsausdrucks. Vielleicht bildete er es sich nur ein, aber es kam ihm vor, als schauten ihn die Leute auf der Straße misstrauisch oder argwöhnisch an. Obwohl er in seiner fadenscheinigen und zerrissenen Kleidung nicht weiter auffiel, schienen sie den Fremden zu riechen und begegneten ihm mit einer Mischung aus Neugier und

Ablehnung. Sie starrten ihn an und wandten sich dann ruckartig ab, als wäre er ein Aussätziger. Auffällig war ebenfalls, dass es hier keine Bettler und Schausteller auf der Straße gab. Wen hätten sie auch anbetteln oder wem etwas andrehen wollen? Hier wohnte Ihresgleichen, zur Arbeit gingen sie in die feineren Gegenden, wo die Menschen sich ihr gutes Gewissen mit etwas Barmherzigkeit erkauften.

Henry hielt Ausschau nach dem Black Lion Inn, doch weil es von Pubs und Tavernen nur so wimmelte und auf den Schildern oft kaum noch etwas zu erkennen war, wandte er sich an einen kleinen Jungen, der im Schneidersitz auf dem Pflaster saß und seine vor Dreck strotzenden Füße anstarrte, als wären sie ein erbaulicher Anblick.

»Weißt du, wo ich das Black Lion finde?«

»Ay, weiß ich«, antwortete der Junge, ohne aufzublicken.

»Und verrätst du es mir?«

»Habt es schon gefunden, Sir.«

Henry verstand nicht und fragte: »Was heißt das?«

Statt einer Antwort deutete der Junge mit einem Kopfnicken auf die gegenüberliegende Straßenseite.

»In dem Durchgang da?«, fragte Henry.

»Ay«, sagte der Junge, »beim Theater.«

»Das Theatre Royal?«

»Welches sonst?« Der Junge schaute Henry zum ersten Mal an und streckte ihm die offene Hand entgegen. »Gegenüber vom Friedhof von St. Mary, gleich neben dem Theater.« Er bleckte die Zähne und fügte hinzu: »Macht 'n Penny.«

Henry lachte, zuckte bedauernd mit den Schultern und fuhr sich mit beiden Händen in die leeren Hosentaschen. Nur um sicherzugehen, klopfte er sich anschließend auf die Außentaschen seines Gehrocks und stellte erstaunt fest, dass es in der rechten Tasche klimperte. Er griff hinein und holte eine kleine Münze und einen Silberring heraus. Bei dem Geldstück handelte es sich um eine 20-Pence-Münze, die er dem Jungen achtlos in die Hand drückte. Der Ring war ein Solitär mit einem winzigen Brillanten, und als Henry ihn erblickte, stockte ihm der Atem. Diesen Ring hatte er Sarah zu ihrem zweiten Jahrestag geschenkt, auf der Innenseite war eingraviert: »In Liebe Henry«.

»Was soll 'n das sein?«, mokierte sich der Junge und bestaunte das kleine Geldstück mit den sieben abgerundeten Ecken. »Hat da jemand was abgeknabbert? Und was ist 'n das für 'ne Königin? Soll das Queen Anne sein? Die hab ich ja noch nie gesehen.«

»Elizabeth II.«, antwortete Henry gedankenverloren. Er wandte sich ab und betrachtete den Ring, der auf der Innenseite verschmutzt war, als hätte er im Schlamm gelegen. Als er den rostbräunlichen Dreck abkratzte, zwischen den Fingern zerrieb und daran schnupperte, kam es ihm vor, als röche es nach Blut. Aber das war vermutlich nur Einbildung. Seine Finger stanken derart nach Schweiß und Schmiere, dass es kaum möglich war, feinere Gerüche zu unterscheiden.

»Verscheißern kann ich mich alleine«, schnauzte der Junge, steckte die unbekannte Münze aber dennoch ein, senkte den Kopf und starrte wieder auf seine Füße, als hätte er nie etwas anderes getan.

Henry betrat den schmalen Durchgang auf der anderen Straßenseite, der laut einem Holzschild Vinegar Yard hieß, und lief durch die dunkle Passage, ohne wirklich auf die Umgebung zu achten. Er versuchte krampfhaft, sich zu erinnern, wann Sarah ihm den Ring zurückgegeben hatte. Er hatte keine Ahnung. Direkt nach der Theateraufführung hatte er nicht mit ihr gesprochen, so viel wusste er noch. Zu schockiert und entsetzt war er gewesen, um sie auf das anzusprechen, was er hinter der Bühne gesehen hatte. Und als Sarah wenig später Arm in Arm mit ihrem selbstgefällig grinsenden Sean bei der Premierenfeier erschien, hatte Henry sich bereits derart betrunken, dass er Sarah eine peinliche Szene machte, woraufhin sie das Rosemary Lane umgehend in der Begleitung ihres neuen Freundes verließ. So weit Henrys Erinnerung. Der Solitär tauchte darin nicht auf. Aber nun hielt er ihn in der Hand, wie das Insigne seiner Schmach: »In Liebe Henry.«

Er steckte den Ring wieder ein, zuckte mit den Schultern und schaute sich um. Der düstere Vinegar Yard führte zu einem kleinen, ringsum bebauten Platz, der offensichtlich nicht als solcher geplant gewesen war, sondern dadurch entstanden war, dass an dieser Stelle die Rückseiten mehrerer Gebäude oder Gemäuer aufeinanderstießen. Auf der linken Seite sah Henry eine mannshohe Mauer aus Backstein, hinter der mehrere Steinkreuze oder Statuen in die Höhe ragten. Das spitze Türmchen einer Kapelle war ebenfalls zu erkennen. Dies musste der Friedhof sein, von dem der Junge gesprochen hatte. Zur Rechten führte eine weitere Passage unter Balkonen und Erkern zum Eingang des Theatre Royal. Von dem eigentlichen Theatergebäude war jedoch nur das Dach zu sehen, weil es von anderen Häusern und Gemäuern wie umzingelt war. Ein kleines Schild in Pfeilform war mit den Worten »Galerie & Loge« beschriftet. Darunter hing ein großformatiges Plakat, das auf die nächste Vorstellung hinwies:

COLLEY CIBBER
präsentiert
BARTON BOOTH
in
»THE ROVER«
von
APHRA BEHN

Drei berühmte Namen des klassischen englischen Theaters auf einem einzigen Plakat! Wie gern hätte Henry sich die abendliche Vorstellung angeschaut, doch für Theater hatte er im Augenblick weder Zeit noch Muße.

Geradeaus am Platz, zwischen Friedhof und Theater, befanden sich mehrere Wohnhäuser und kleinere Ställe, doch ein Schild mit der Aufschrift The Black Lion suchte Henry vergebens. Vielleicht befand sich der Eingang auf der rückwärts gelegenen Seite. Er wollte bereits wieder kehrtmachen, als er links neben dem Theatereingang einen winzigen Durchlass erkannte, der ebenfalls mit einem Pfeilschild versehen war. »Parkett« stand darauf. Offensichtlich gab es getrennte Eingänge für die teuren und die billigen Plätze. Der Durchlass führte zu einer Sackgasse, die an einer hohen und fensterlosen Mauer aus Sandstein endete. Dies musste das Theatergebäude sein. Neben einer niedrigen Holztür hing ein weiteres, allerdings etwas kleineres Plakat zu dem Stück *The Rover*. Kaum zu glauben, dass hinter dieser unscheinbaren Tür englische Theatergeschichte geschrieben wurde.

»Da bist du ja!«, wurde Henry durch eine knarrende Jungmännerstimme aus seinen Gedanken gerissen. »Wir dachten schon, sie hätten dich auch geschnappt.«

Als Henry sich umwandte, sah er George vor einem Kellereingang stehen, die Biberfellmütze in der einen und eine qualmende Pfeife in der anderen Hand. Der Eingang gehörte zu einem schmalen, nach oben hin vorkragenden Fachwerkhaus, dessen ehemals weiß getünchte Wände inzwischen von einem schmutzigen Graubraun waren und dessen Fenster allesamt mit Holzläden oder Brettern verrammelt waren. Erst jetzt fiel Henry das kleine Messingschild am Erker des Hauses auf, auf dem ein brüllender Löwe mit erhobener Tatze abgebildet war.

Henry wunderte sich, dass sich die Bande des Jack Sheppard, nach der vermutlich bereits sämtliche Konstabler und Wachmänner Londons fahndeten, ausgerechnet am Ende einer Sackgasse traf. Aber vermutlich befand sich der Haupteingang zu der Kneipe auf der anderen Seite des Hauses.

Henry fragte: »Stehst du Wache?«

Da George es nicht für nötig befand, auf diese blöde Frage zu antworten, beließ er es bei einem Achselzucken, paffte an der Pfeife, deutete auf den Giebel des Hauses und meinte: »Die anderen sind unterm Dach.«

»Ist Bess schon da?«, fragte Henry über die Schulter, während er die Stufen zum Eingang hinunterstieg. George fiel beinahe die Pfeife aus dem Mund, und er starrte Henry überrascht an. Dies war Henry Antwort genug, er winkte ab und betrat das Black Lion Inn.

Die Kellertür führte zu einem großen und unmöblierten Raum, dessen Boden mit Stroh bedeckt war und in dem es nach Alkohol und Erbrochenem roch. Henry fühlte sich augenblicklich an den stinkenden Keller erinnert, in dem er heute Morgen aufgewacht war, und er begriff, dass wahrscheinlich jedes Schankhaus in London einen solchen Raum besaß, in dem die Säufer ihren Rausch ausschlafen konnten. Das Stroh diente dabei nicht in erster Linie der Bequemlichkeit, sondern vermutlich dem leichteren Entfernen der Exkremente. Wie in einem Kuhstall.

Eine schmale Holztreppe führte hinauf ins Erdgeschoss, in dem sich nur wenige Gäste aufhielten. Am hinteren Ende des Schankraums befand sich, wie Henry vermutet hatte, der eigentliche Eingang zur Schänke, und durch ein Fenster neben der Tür sah er Poll Maggott, die betont gelangweilt auf der Straße herumlungerte. Wie eine Hure auf Kundenfang.

»Na, wo soll's denn hingehen?«, rief der Wirt hinter dem Schanktisch, als Henry sich anschickte, eine weitere Stiege hinaufzusteigen, die zu den oberen Etagen führte. Der Mann war feist und fett und hatte ein durch Pockennarben verunstaltetes Gesicht, das einem auch aus der Entfernung einen Schauer über den Rücken jagte. »Da oben ist niemand!«, brüllte der Mann, als müsste er sich in einer überfüllten Markthalle Gehör verschaffen. »Nur private Räume.«

»Schon gut«, sagte Henry und hob die Hand zum Gruß. Obwohl ihm das Herz vor Aufregung bis zum Hals schlug, versuchte er, möglichst ungezwungen zu wirken. »Jack und Blueskin und die anderen warten oben auf mich.«

»Kenn keinen Jack Blueskin«, knurrte der Wirt. »Und keine anderen.«

»Besser für dich«, meinte Henry und ging weiter, ohne sich noch einmal umzudrehen. Tatsächlich machte der Wirt keinerlei Anzeichen, hinter seinem Tisch hervorzutreten, sondern hob lediglich missbilligend die Augenbrauen. Und so ging Henry auf der immer schmaler und steiler werdenden Stiege bis zum Dachstuhl. Dort endete die Treppe vor einer noch oben hin spitz zulaufenden Tür, hinter der lärmende und aufgebrachte Stimmen zu hören waren.

»Was hätten wir denn deiner Meinung nach tun sollen?«, rief jemand. Der knarzigen Stimme nach hätte es Godfrey sein können. »Wir können froh sein, dass wir nicht allesamt eingebuchtet wurden.«

»Um Bess ist es ohnehin nicht schade!« Das war Blueskins Stimme. »Ich werd sie nicht vermissen. Ein Grund mehr zu feiern! Auf Jack! Wohlsein!«

»Du bist so ein Mistkerl«, antwortete ihm eine Frauenstimme. »Und ein verdammter Feigling obendrein.« Henry erkannte den irischen Akzent von Jenny Diver.

»Ist doch wahr!«, entgegnete Blueskin. »Wer hat uns denn das alles eingebrockt? Von mir aus kann sie im Newgate verrotten. Lasst uns lieber auf Jacks Freiheit anstoßen!«

»Sch-Schnauze! Alle miteinander!«, wurde das Lärmen zu einem abrupten Ende gebracht. »D-Das bringt doch nichts. Verdammt noch mal, jetzt dreht nicht durch! Immer mit der R-Ruhe! Wir werden uns um B-Bess kümmern, wenn's so weit ist.« Die Stimme des Stotterers war trotz der Lautstärke sanft und beinahe feminin, gehörte aber dennoch einem erwachsenen Mann, wie Henry glaubte. Und die absolute Stille, die seinen Worten folgte, bewies, dass dieser Mann in der Runde große Autorität besaß. Jack Sheppard!

Entgegen seinem ersten Impuls, einfach wieder umzukehren und die Flucht zu ergreifen, fasste Henry sich ein Herz, öffnete mitten in der Stille die Tür und betrat die Dachkammer. Vielleicht war es der Schauspieler in ihm, der schlichtweg der Versuchung eines großen Auftritts nicht widerstehen konnte. Wie in einer Boulevardkomödie, wo immer zur rechten Zeit irgendjemand durch eine Tür die Bühne betrat und für eine überraschende Wendung sorgte.

Auf einen Schlag wandten sich ihm alle Gesichter zu. Blueskin sprang in die Höhe und zog ein Messer aus einer unsichtbaren Scheide am Hosenbund. Und Jenny stieß einen spitzen Schrei aus, als wäre sie einem Gespenst begegnet. Die Bande saß unter einem runden Giebelfenster an einem Tisch, auf dem eine gläserne Karaffe und verschiedene Trinkbecher standen. Außerdem befand sich ein dampfender Eintopf auf dem Tisch, dessen strenger und deftiger Geruch Henry daran erinnerte, dass er heute noch nichts gegessen hatte. Auf der einen Seite des Tisches saßen Jenny, Godfrey und Blueskin, auf der anderen Seite sah Henry drei ihm unbekannte Gesichter.

»Wen haben wir denn da?«, sagte ein Mann von etwa dreißig Jahren, der wie ein eitler Stutzer gekleidet war und eine dunkle Lockenperücke auf dem Kopf trug. Sowohl sein Hemdkragen wie auch die Ärmel und das Revers des Gehrocks waren reichlich mit Seide und Spitze versehen, was seiner Kleidung etwas Weibisches gab. An seiner Seite hing ein Degen in einer hübsch ziselierten Scheide. »Der verlorene Sohn, wie ich vermute«, setzte er hinzu.

Direkt hinter dem Mann saß eine junge Frau mit hellblonden Haaren, spitzer Nase und mürrischem Gesichtsausdruck, die sich bei der dritten Person angeschmiegt hatte, die hinter ihr auf der Bank, direkt vor dem Fenster saß. Diese dritte Person war ein sehr kleiner und schmächtiger Mann mit ungleichmäßig kurz geschorenen Haaren, bleichem Gesicht und dunklen Augen. Vor ihm auf dem Tisch lagen ein schlichtes braunes Frauenkleid, ein zusammengeklappter Fächer und der auffällige Fasanenfederhut, den Poll Maggott vorhin getragen hatte. Das musste Jack Sheppard sein, und bei seinem Anblick musste Henry an Blueskins Worte vom Morgen denken: »*Aber groß würde ich Jack nicht gerade nennen. Sieht man einmal von seiner großen Klappe ab.*«

Jack Sheppard war ein wahrer Hänfling, kaum mehr als fünf Fuß groß und von der Statur eines heranwachsenden Knaben. Nahm man die sanfte Stimme und das leichte Stottern hinzu, so ergab sich das Bild eines verschüchterten und zarten Jünglings, das so gar nicht zu dem großen Räuber, Bandenführer und Weiberhelden passte, zu dem er (nicht zuletzt dank der *Bettleroper*) mit den Jahrhunderten gemacht worden war. Henry stellte sich diesen schmächtigen Knaben neben seiner üppigen Geliebten Bess vor, die ihn um mindestens einen Kopf überragte und von etwa doppeltem Körpervolumen war, und musste ein Schmunzeln unterdrücken.

»Henry! Gott sei Dank!«, rief Blueskin und steckte das Messer wieder ein. »Wir dachten schon, sie hätten dich ...«

»Ich weiß«, sagte Henry und blieb neben der Tür stehen. Für alle Fälle. »Und dass ich heil aus dem Newgate-Gefängnis rausgekommen bin, hab ich bestimmt nicht euch zu verdanken.«

»Was soll 'n das heißen?«, beschwerte sich Godfrey, vermied es aber, Henrys Blick zu begegnen. »Was können wir denn dafür, dass du plötzlich wie ein Kaninchen vor der Schlange stehst und dich nicht mehr von der Stelle rührst?«

In der Zwischenzeit hatte sich Jack Sheppard von seiner Bank erhoben und näherte sich Henry mit hinter dem Rücken verschränkten Armen und einem süffisanten Lächeln im Gesicht, das Henry nicht recht zu deuten wusste.

»Henry Ingram, alter F-Freund«, sagte Jack und baute sich vor, oder besser gesagt unter ihm auf. »L-Lange nicht gesehen. Stimmt's, Kumpel?«

Henry schaute zu Blueskin, dessen Miene einen lauernden Ausdruck angenommen hatte. Es war klar, dass Blueskin seinem Kumpan Jack von dessen vermeintlichem Freund Henry und dem plötzlichen Auftauchen in der Rosemary Lane berichtet hatte. Und wieder ging Blueskins Hand zum Hosenbund.

»Kann mich nicht erinnern, dich schon mal gesehen zu haben, Jack«, sagte Henry wahrheitsgemäß und kam sich in diesem Augenblick tatsächlich wie ein Schauspieler auf der Bühne vor. Er versuchte sogar, einen leichten Cockney-Slang anzunehmen, den er eigentlich hasste, obwohl er gebürtiger Londoner war. »Nein, Jack«, setzte Henry hinzu, »dass ich mich Blueskin gegenüber als deinen Freund ausgegeben habe, war bloß 'ne kleine Lüge, um in euren illustren Kreis zu gelangen.«

»Wie?!«, rief Blueskin und wollte sich auf Henry stürzen.

Jack Sheppard hielt seinen Freund mit einer einzigen Handbewegung zurück und wandte sich erneut lächelnd an Henry: »So, so, 'ne kleine L-Lüge. Und was hast du damit bezweckt? War doch k-klar, dass du damit auffliegst. Bist du etwa lebensmüde?«

»Ich hab viel über dich gehört, Jack«, sagte Henry und verneigte sich. Um ein Haar hätte er »gelesen« gesagt. »Und was man sich erzählt, hat mich mächtig beeindruckt. Deshalb hab ich Blueskin das Märchen aufgetischt. Denn ich wollte unbedingt dabei sein, wenn man dich aus dem Gefängnis herausholt.«

»Das konntest du gar nicht wissen«, meinte Jack. »N-Niemand wusste das. Nur Bess und ich. Und Blueskin.«

Ich weiß mehr über dich, als du ahnen kannst, dachte Henry. *Zum Beispiel, dass du in weniger als drei Monaten als toter Mann am Galgen baumeln wirst. Genauso wie dein heißblütiger Freund Blueskin.* Doch das sprach Henry natürlich nicht aus, stattdessen sagte er: »Ich weiß eine Menge über dich. Wo du geboren bist, wen du beraubt hast und mit wem, wer deine Freunde sind, wie deine Feinde heißen. Und bald wird es das ganze Königreich wissen. Das lass nur meine Sorge sein.«

»Was bist du, ein Wahrsager?«, lachte Jack, doch seinen Augen war abzulesen, dass er sich geschmeichelt fühlte und Henry sein Interesse geweckt hatte.

»Nur ein unbedeutender Schauspieler«, antwortete Henry wahrheitsgemäß und fügte eine Lüge hinzu: »Und ein Dichter. Dein Hofdichter, wenn du willst.«

»Hofnarr« scheint mir besser zu p-passen«, meinte Jack und lachte erneut. »Aber glaub ja nicht, dass du deswegen N-Narrenfreiheit besitzt. Dummköpfe kann ich nämlich nicht l-leiden.« Allmählich glaubte Henry zu begreifen, worin das Besondere und Anziehende des Jack Sheppard verborgen lag. Er hatte ein ungemein gewinnendes Wesen, ein offenes und intelligentes Gesicht, ein ansteckendes Lachen und eine erstaunlich verbindliche und unverstellte Art. Ein netter Kerl! Ganz anders als sein Kumpel Blueskin.

»Genug geschwätzt!«, fuhr dieser dazwischen und hielt Henry den Dolch an die Kehle. »Einen Blueskin führt keiner hinters Licht. Der Kerl ist ein verdammter Spitzel, wenn du mich fragst, Jack.« Dann wandte er sich an die anderen: »Was sagt ihr?«

»William Page sagt: ›Ay, Sir‹«, antwortete der Stutzer mit der Perücke, und Henry brauchte eine Weile, um zu begreifen, dass der Mann von sich in der dritten Person sprach.

»Rück schon damit raus!«, fuhr Blueskin Henry an und drückte ihm die Klinge ins Fleisch. »Hat Jonathan Wild dich geschickt?«

Henry hatte noch nie in seinem Leben ein Messer am Hals gehabt und war kurz davor, in Panik zu geraten. Doch mit aller Konzentration, die er noch aufbieten konnte, versuchte er weiter, seine Rolle zu spielen. »Hältst du Mr. Wild wirklich für so dämlich?«, stieß er hervor. »Jack hat völlig recht: War doch klar, dass ich mit meiner Lügengeschichte auffliege. Und was nützt ein toter Spitzel?«

Wieder lächelte Jack geschmeichelt, schüttelte dann belustigt den Kopf und sagte:»Nein, du bist kein D-Dummkopf, Henry. Ganz gewiss nicht.« Anschließend klopfte er Blueskin sanft auf die Schulter, machte eine ernste Miene und sagte:»Stich ihn ab! Er ist ein Spitzel.«

Selbst Blueskin war so überrascht, dass er einen Augenblick innehielt und seinen Freund verdutzt anstarrte. Und das rettete Henry das Leben. Denn im nächsten Moment flog die Tür auf, und Edgworth Bess stand im Raum.

»Captain Macheath gehört zu mir!«, rief sie und baute sich vor Blueskin auf.»Und wehe, einer vergreift sich an ihm!«

»Boulevardtheater!«, schoss es Henry durch den Kopf, und er hätte sicherlich laut gelacht, wenn ihm nicht so hundeelend gewesen wäre und ihm Blueskin nicht vor Schreck die Messerspitze in den Hals gepiekst hätte.

»Bess!«, riefen alle, sprangen von ihren Sitzen auf und wollten auf sie losstürzen. Doch wieder hielt Jack Sheppard sie mit einer Handbewegung zurück und fragte:»Bess, mein Schatz! W-Wie bist du entkommen?« Vielleicht hatte seine Frage allzu misstrauisch und zweifelnd geklungen, deshalb beeilte er sich hinzuzufügen:»Wie schön, dass du's geschafft hast, mein L-Liebling.« Besonders liebevoll klang es allerdings nicht.

»Ohne den da säße ich immer noch hinter Gittern«, sagte Bess und deutete auf Henry, der sich den blutenden Hals hielt und sich einige Schritte von Blueskin entfernt hatte.»Captain Macheath war der einzige, der mir zu Hilfe kam. Alle anderen haben den Schwanz eingekniffen und sich verdrückt.«

»Captain Macheath?«, knurrte William Page und zupfte an den Locken seiner Perücke.»Der Mann heißt Henry Ingram und ist einer von Wilds Spitzeln.«

»Unsinn! Er gehört zu mir«, wiederholte Bess und reichte Henry ein Tuch, damit er sich den blutenden Hals verbinden konnte.»Wenn ihr ihn umlegen wollt, müsst ihr erst mich abstechen.«

»S-sachte, sachte«, sagte Jack und hob beschwichtigend die Hände. Er näherte sich Bess und schlang seine dürren Ärmchen um sie. Es sah irgendwie komisch aus, fand Henry, aber das Lachen war ihm längst vergangen.»Ganz wie du willst«, meinte Jack schließlich und gab Bess einen äußerst flüchtigen Kuss auf die Wange.»Aber du bist für den K-Kerl verantwortlich.«

»Das lass nur meine Sorge sein!«, entgegnete Bess und wischte sich unmerklich mit dem Ärmel über das Gesicht, während Jack sich wieder neben die Blondine mit der spitzen Nase auf die Bank setzte.

»Wo hast du so lange gesteckt?«, wandte sich Henry flüsternd an Bess.

»Geht dich 'n Dreck an!«, knurrte sie zurück. Sie funkelte ihn mit wütend aufgerissenen Augen an und zischte leise: »Jetzt sind wir quitt, Macheath!«

»Mein Name ist Henry.«

»Mir doch egal!«

»Jetzt lasst uns endlich feiern!«, rief Jenny und klopfte mit dem Trinkbecher auf den Tisch. »Auf Jack und Bess!«

»Auf Jack und Bess!«, echoten Godfrey und William Page und hielten die Becher in die Höhe.

»Auf Jack!«, riefen Blueskin und die Blondine.

Im gleichen Augenblick erklang von draußen ein lauter Pfiff. Dann noch einer, diesmal von der Rückseite des Hauses. Und erneut ein gellender Pfiff von der Straße. Dann Getrappel und Gerenne auf dem Pflaster.

»Das ist die Frau! Da vorne!«, rief jemand. »Schnappt sie euch! Schnell, sonst entkommt sie. Herrschaftszeiten, was seid ihr doch für Trottel!«

»Verflucht!«, schrie Blueskin. »Da sind sie!«

Die Tür flog auf. George stürzte ins Zimmer und rief: »Die Konstabler! Und eine ganze Horde von Handlangern.«

»Schneller als g-gedacht«, meinte Jack und wandte sich an William: »Du und Kate, ihr bleibt hier. Jenny auch, der können sie nichts. Wir treffen uns heute Abend am verabredeten Ort.« Er stand auf, drehte sich einmal im Kreis, wobei er die Arme wie ein Prediger ausstreckte, und setzte hinzu: »Alle anderen raus!«

»Raus?«, wunderte sich Henry. »Wohin? Wir sitzen in der Falle!«

»Du bist anscheinend doch d-dümmer, als ich dachte!«, lachte Jack und gab Blueskin ein Zeichen. Gemeinsam mit Godfrey schob dieser eine niedrige Kommode zur Seite. Dahinter war die Wand mit einem festen dunklen Stoff bespannt, einer Art Damast, und als Godfrey den Stoff an der Seite löste und nach oben schlug, tat sich ein Loch in der Wand auf. Nacheinander verschwanden Blueskin, Godfrey, George und Bess in dem Loch, wobei vor allem die Letztere Schwierigkeiten hatte, ihren breiten Hintern durch die enge Öffnung zu bugsieren. Jack half nach, indem er mit den Händen schob, und als Bess sich am anderen Ende lauthals beschwerte, lachte er: »Seit w-wann hast du was dagegen, dass ich deinen Arsch anfasse?« Dann wurde er schlagartig wieder ernst und wandte sich an Henry: »Nach dir, mein L-Lieber! Ich möchte dich nicht in meinem Rücken haben.«

Henry war alles recht. Er krabbelte, so schnell er konnte, durch das Loch und landete in einem stockfinsteren Raum, in dem es wie in einem verkoteten Viehstall oder Vogelkäfig roch. Über seinem Kopf und zu seinen Füßen gurrte, fiepte und raschelte es, und als er sich aufrichtete, stieß er mit dem Kopf gegen einen Balken. Im nächsten Augenblick öffnete Godfrey eine Luke unter dem Dachfirst. Er stand auf einer langen Holzleiter, die er an einen der waagerechten Kehlbalken gelehnt hatte. Weil das schräg einfallende Licht den winzig schmalen Raum erhellte, konnte Henry erkennen, dass es außer dem Loch in der Wand und der Luke im Dach keine weiteren Öffnungen gab. Weder Fenster noch Türen.

»Weiter!«, befahl Jack, der es von allen am leichtesten hatte, durch das Loch zu kriechen. In der Hand hielt er die bei der Flucht aus dem Gefängnis verwendeten Frauenkleider, und auf seinem Kopf trug er Polls albernen Fasanenhut. Hinter ihm wurden der Stoff und die Kommode in ihre ursprünglichen Position versetzt, und in Windeseile kraxelten sie alle die Leiter hinauf und stiegen durch die Luke aufs Dach.

»Und jetzt?«, flüsterte Henry, als er mit wackligen Knien nach unten schaute und in die dunkle Sackgasse blickte, durch die er vorhin gekommen war. Als er sich weit nach vorn beugte, sah er vor der Kellertür der Schänke einen Mann in einem dunklen Mantel, der einen langen, weißen Stab in der Hand hielt, sowie einen weiteren Schwarzbemantelten, der einen Degen gezückt hatte und damit herumfuchtelte, als müsste er irgendwelche Gegner abwehren.

»Springen«, murmelte Blueskin am anderen Ende des Daches und machte es ihm vor. Vom First aus landete er mit einem großen Satz auf dem relativ breiten Dachsims des Nachbargebäudes. George und Godfrey taten es ihm im nächsten Augenblick nach, und wie es sich für Zwillinge gehörte, sprangen sie gleichzeitig.

Sie hatten offensichtlich alle viel Erfahrung darin, sich katzengleich zu bewegen, denn die Konstabler vor der Tür bemerkten nicht, was über ihren Köpfen vor sich ging. Und selbst wenn sie nach oben geschaut hätten, hätte ihnen die vorkragende Fassade die Sicht auf die Flüchtenden genommen.

»Das schaff ich nicht«, sagte Bess und hielt sich an einem der Schornsteine fest. »So weit kann ich nicht springen.«

»Das musst du auch nicht«, meinte Jack, der die Luke hinter sich geschlossen hatte und nun wie ein Zirkusclown mit der langen Holzleiter in den Händen und dem Federhut auf dem Kopf den Dachfirst entlangbalancierte. Er stellte die Leiter auf den seitlichen Giebelvorsprung, trat mit dem Fuß auf die unterste Sprosse und ließ das andere Ende vorsichtig zu George auf das benachbarte Dachsims fallen. »Bitte schön, M-Madame!«

Auf allen vieren kroch Bess über die Leiter, zwanzig Fuß unter sich einen dampfenden Misthaufen, zwei Schweine in einer Suhle und die Latrinen der Schänke, und wurde vom belustigt feixenden George in Empfang genommen. Nachdem Henry und Jack ebenfalls das Nachbarhaus erreicht hatten, zog George die Leiter zu sich herüber und versteckte sie hinter einer niedrigen Balustrade aus hellem Sandstein. Erst als Henry diese mit Ornamenten verzierte und für ein Wohnhaus höchst ungewöhnliche Balustrade sah, begriff er, dass sie sich auf einem seitlichen Vordach des Theatre Royal befanden. Als hätte Jack seine Gedanken gelesen, klopfte er ihm auf die Schulter und flüsterte ihm ins Ohr: »Na, Schauspieler, Lust auf ein bisschen T-Theater?« Und statt eine Antwort abzuwarten, kroch er flink wie eine Katze auf den Knien den Dachsims entlang, vorbei an den beiden Theatereingängen, bis er die zur Drury Lane hin gelegene Seite des Theaters erreicht hatte. Dort angekommen, grinste er und deutete nach unten. An einem Seil, das offensichtlich genau für diesen Zweck an einem eisernen Ring befestigt war, ließ er sich hinab auf die Straße. Als die anderen, ebenfalls auf Händen und Knien, an dem im Mauerwerk verankerten Eisenring ankamen, war Jack Sheppard längst im Gewimmel der schmalen Gassen und düsteren Hohlwege verschwunden.

5

Was wusste Henry über Zeitreisen? Eigentlich nichts, außer dass es sie nicht gab. Dass sie ein verlockendes Gedankenspiel, aber eben völlig unmöglich waren. Jedenfalls solange die Menschen sich nicht mit Lichtgeschwindigkeit oder noch schneller fortbewegten (wenn er das Wenige, das er über Einsteins Theorien gehört hatte, richtig verstand). Oder galt das nur für Reisen in die Zukunft? Und was hatte es nochmal mit dieser seltsamen Raum-Zeit-Krümmung auf sich?

Nein, Zeitreisen waren nichts als Fantasie und Fiktion. Hanebüchener Stoff für Romane und Filme. Science-Fiction! Ein wenig ärgerte er sich, dass er sich bislang nicht so sehr für diese Art von Geschichten interessiert hatte. Zwar hatte er H. G. Wells' *Die Zeitmaschine* gelesen, und natürlich hatte er die *Zurück in die Zukunft*-Filme und *Time Bandits* im Fernsehen gesehen, aber für Science-Fiction und Fantasy-Romane hatte er nie etwas übrig gehabt. Zeitreisen hatten ihn stets ebenso angeödet wie Fahrten in Raumschiffen und Spekulationen über außerirdisches Leben.

Vor einigen Jahren hatte er einmal eine ziemlich originelle BBC-Krimiserie gesehen, in der ein Polizist aus dem heutigen Manchester oder Liverpool nach einem Autounfall in den 1970er Jahren aus der Ohnmacht aufwachte und dort ein Verbrechen aufklären musste, das direkt mit seiner eigenen Vergangenheit zusammenhing. Was des Rätsels Lösung gewesen und ob der Polizist am Ende in die Gegenwart zurückgekehrt war, daran konnte sich Henry nicht erinnern, aber beinahe wünschte er sich, ihm wäre es wie dem Polizisten in der Serie ergangen. Was waren schon die Siebziger des 20. Jahrhunderts gegen die Dreißiger des 18. Jahrhunderts? Henry war nicht nur dreißig, sondern beinahe dreihundert Jahre durch die Zeit gereist. Was natürlich völlig unmöglich oder irrsinnig war. Undenkbar! Und damit schloss sich der Kreis.

Wenn er aber kein Zeitreisender war, was folgte daraus? Was hatte er den ganzen Tag getrieben? Und vor allem wo und mit wem? Wenn dies alles nur Hirngespinst und Einbildung war (dass es sich bei all dem um eine Fernsehshow oder eine bloße Nachbildung handelte, konnte er inzwischen getrost ausschließen), wo befand er sich dann tatsächlich? War es überhaupt möglich, sich all diese Leute und Orte in sämtlichen historischen Details vorzugaukeln? Wer war die Frau, die just in diesem Augenblick im Nachbarraum ihrem Beruf nachging und sich geräuschvoll von einem Freier besteigen ließ? Und konnte es wirklich ein Zufall sein, dass es ihn in dieses Hurenhaus in Little Britain verschlagen hatte? Ausgerechnet Little Britain! Die Straße, in der Sarah wohnte! Oder besser: in dreihundert Jahren wohnen würde.

Vielleicht hatte Bess recht gehabt, als sie vorhin gemutmaßt hatte, Henry sei womöglich auf der Flucht. Und sie wolle gar nicht wissen, vor wem und aus welchem Grund er Reißaus genommen habe. Nach ihrem Entkommen aus dem Black Lion Inn waren sie wie in einem Labyrinth quer durch St. Giles-in-the-Fields gegangen, und Henry war der Hure wie ein Dackel seinem Frauchen hinterhergetrottet. Nachdem sie sich unbemerkt vom Dach des Theatre Royal gerettet hatten, hatte sich die Gruppe von Gaunern rasch aufgelöst. Blueskin hatte sich als erster verabschiedet und Henry lediglich zugeraunt, er solle am Abend zu Mutter Blakes Gin-Bude kommen, um sich seinen Anteil von der nächtlichen Beute abzuholen. »Wenn du dich traust«, hatte er mit schiefem Grinsen hinzugefügt.

Die Zwillinge George und Godfrey waren kurz darauf in die entgegengesetzte Richtung davongelaufen und hatten sich mit einem lapidaren »Wir sehen uns!« verabschiedet. Und Henry war Bess anschließend durch das Gewimmel von Gassen und Höfen gefolgt, bis er jegliche Orientierung verloren hatte.

»Wo willst du hin?«, hatte Bess ihn schließlich angeschnauzt, als sie einen großen, von herrschaftlichen Häusern gesäumten Park oder Garten erreicht hatten, bei dem es sich vermutlich um Lincoln's Inn Fields handelte. »Warum läufst du mir hinterher? Hast du kein Zuhause?«

»Keine Ahnung«, entgegnete Henry.

»Du bist 'n komischer Vogel, weißt du das?«

Henry nickte und sagte: »Ich gehör hier nicht hin.« Er deutete auf den Park, den er als große, mit Bäumen bestandene Liegewiese kannte, der nun aber wie eine ringsum bewehrte und verriegelte Gartenanlage erschien. »Mir ist das alles völlig fremd. Ich kenn mich nicht aus.«

»Dann geh dahin zurück, wo du hergekommen bist.«

»Liebend gern«, antwortete er. »Aber das geht leider nicht.«

»Bist auf der Flucht, was?«

In dem Moment, als sie es ausgesprochen hatte, wusste er, dass Bess damit der Wahrheit näher kam, als sie ahnen konnte. Ja, er war auf der Flucht. Er hatte sich zunächst in den Alkoholrausch und dann in die Vergangenheit geflüchtet, weil er die Gegenwart nicht mehr ertragen konnte. Oder weil die Gegenwart für ihn zu bedrohlich geworden war? Henry stutzte. Was mochte bedrohlicher sein als der Umgang mit Räubern, Dieben und Messerstechern, die ihn für einen Spitzel hielten und ihm nach dem Leben trachteten? Nein, das ergab alles keinen Sinn. Doch dann hatte er plötzlich wieder dieses Bild vor Augen, das ihm heute schon mehrmals wie ein Spuk durch den Kopf gegangen war: blutige Hände! Wie ein Blitzlicht war das Bild aufgetaucht und ebenso schnell wieder verschwunden. *Seine* Hände, rot von Blut, ohne dass er irgendwo am Leib eine Wunde hatte. Und er hatte keine Ahnung, wo das Blut hergekommen war. Wenn es sich denn überhaupt um Blut handelte.

»Also was jetzt?«, riss Bess ihn aus seinen Gedanken. »Was hast du vor?«

Henry zuckte mit den Schultern und sagte: »Ich hab Kohldampf.« Als er Bess' verständnislosen Blick sah, verbesserte er sich: »Hunger. Mein Magen knurrt. Und ich bin müde und würde mich gern ins Bett legen.«

»Komm bloß nicht auf Gedanken«, erwiderte Bess lachend und schüttelte den Kopf. »In mein Bett kommst du nur, wenn du dafür bezahlst.« Sie zögerte einen Augenblick, schien mit sich zu ringen und sagte dann: »Aber ich kann dir ein Zimmer besorgen, wenn du willst. Für ein paar Tage jedenfalls und nur, wenn es dir nichts ausmacht, in einem Hurenhaus zu schlafen.«

Diesmal war es Henry, der lachte und den Kopf schüttelte.

»Heißt das Ja oder Nein?«

»Ja.«

»Dann komm!«

Es war inzwischen früher Abend. Die Sonne stand tief über dem Viertel von St. Giles und warf lange Schatten vor ihre Füße. Von Lincoln's Inn Fields aus gingen sie in östlicher Richtung, bis sie schließlich wieder auf das Flüsschen Fleet stießen, das an dieser Stelle nach Süden hin unterirdisch verlief, was den bestialischen Gestank ein wenig milderte. Wie bei seinem Gang durch die Fleet Street erkannte Henry nichts von *seinem* London wieder, und nur einige Kirchen, augenscheinlich neu errichtet, kamen ihm vage bekannt vor. Auch als sie den riesigen Viehmarkt von Smithfield und daneben das Krankenhaus von St. Bartholomew erreichten, erkannte er das nur daran, dass sich über dem Nordeingang des Krankenhauses die berühmte Statue Heinrichs VIII. befand. Die einzige Statue des Tudor-Königs, die noch heute in London zu bewundern war.

Hinter dem Krankenhaus, das von allen nur liebevoll »Barts« genannt wurde, stießen sie auf die alte Stadtmauer. In deren Schatten sah Henry eine Art Grube von der Größe eines Fußballfelds, die mit allerlei Unrat, Kadavern und Exkrementen gefüllt war. Und dieser stinkenden Grube näherte sich Bess nun.

»Was, zum Teufel, ist das?«, fragte Henry und hielt sich die Nase zu.

»Der Town Ditch«, antwortete Bess und betrat einen Trampelpfad, der sich direkt zwischen der Rückseite des Krankenhauses und dem Rand der Grube befand. »Der alte Stadtgraben ist aber inzwischen nichts weiter als ein öffentlicher Misthaufen. Angeblich haben sie früher die Pestkranken aus dem Krankenhaus hier verscharrt.« Als sie Henrys pikierten Blick sah, machte sie eine verächtliche Miene und rief: »Jetzt hab dich nicht so! Ist 'ne Abkürzung. Oder willst du etwa durchs Newgate und den Wärtern in die Arme laufen? Ganz London sucht nach dir, das ist dir doch klar, oder?« Sie deutete nach Nordosten und setzte hinzu: »Komm schon, es ist nicht mehr weit. Auf der anderen Seite ist Little Britain, gleich neben dem Friedhof von St. Botolph.«

»Little Britain?«, entfuhr es Henry. »Was willst du denn da?«

»Dort wohne ich«, sagte sie und lachte. »Und du auch! Oder hast du es dir anders überlegt?«

Henry war wie vor den Kopf geschlagen, seine Knie zitterten, und er hatte Mühe, sich auf dem schmalen Trampelpfad zu halten und nicht seitwärts in die Grube zu stürzen. Was hatte das nun wieder zu bedeuten? Er kam sich vor wie in einem schlechten Witz, über den er nicht lachen konnte.

Vom Town Ditch führte ein weiterer Pfad durch einen schmalen Torbogen zu einem Hinterhof, der laut einem Holzschild über dem Eingang »Pelican Court« hieß. Obwohl er noch nie hier gewesen war und heutzutage nichts mehr von diesem Hof und seinen schäbigen Fachwerkbauten übrig war, wusste er sehr genau, was es mit dem »Pelican Court« auf sich hatte. Sarah hatte es ihm erzählt. Sie engagierte sich in einem gemeinnützigen Verein, der sich mit der Geschichte ihrer Nachbarschaft beschäftigte und den albernen Namen »Friends of Little Britain« trug. Sarah hatte ihm voller Stolz erzählt, in der Gegend habe es früher einmal eine ganze Kolonie von Druckereien, Verlegern und Buchhändlern gegeben, und einer dieser Verlage, der so genannte »Pelican«, habe sich auf alchemistische und sonstige obskure Schriften spezialisiert.

»Wo genau wohnst du?«, fragte Henry, obwohl er die Antwort zu wissen glaubte.

»Cross Keys«, sagte Bess, als sie auf die Straße traten.

»Cross Key Square«, murmelte Henry und nickte abwesend.

»Nein, Cross Keys Tavern«, verbesserte Bess und deutete auf ein unscheinbares dreistöckiges Gebäude auf der Nordseite der Straße, schräg gegenüber der Kirche von St. Botolph.

Sarah wohnte in 1 Little Britain, City of London EC1A, so jedenfalls lautete die korrekte Post-Adresse, doch alle nannten das Gebäude nur das »White Horse House«, benannt nach einer Kneipe, die sich dort einmal befunden hatte. Das Haus stammte aus dem späten 19. Jahrhundert und war aus rotem Backstein erbaut, mit zahlreichen Erkern, geschwungenen Fenstersimsen und breiten Querstreben aus hellem Sandstein. In einen dieser Sandsteine, zwischen dem zweiten und dem dritten Obergeschoss, war der Name der Kneipe eingemeißelt: »The White Horse«. Und über der Hofeinfahrt wies eine weitere Inschrift auf den dahinter liegenden Hof: »Cross Key Square«.

Welch einen Unterschied bot das gutbürgerliche viktorianische Haus mit dem verspielten Backsteingiebel und den säulenartigen Verzierungen zu dem schmucklosen und gedrungen wirkenden Haus, vor dem Henry nun stand. Er schaute auf die andere Seite der Straße. Zwar sah die Kirche von St. Botolph ganz anders aus, als er sie in Erinnerung hatte, und wo heute der adrette Postman's Park mit seinen Gärten und Bänken zum Dösen und Verschnaufen einlud, befand sich jetzt ein düsterer, von einer hohen Mauer umgebener Friedhof, doch es konnte kein Zweifel bestehen, dies war die Stelle, an der in einigen Jahrhunderten das »White Horse House« stehen würde. Und als bedürfte es noch eines weiteren Beweis, sah Henry in diesem Augenblick das hölzerne Schild, das seitlich neben der Hofeinfahrt hing: Cross Keys Tavern.

»Worauf wartest du?«, fragte Bess und ging durch die Einfahrt in den Hof, der zu einem lang gezogenen, zweistöckigen Gebäude führte, das an einen Stall oder eine Remise erinnerte. War das Haus an der Straße zwar schlicht, aber doch aus Backstein errichtet, so war dieser Stall aus Holz und Lehm gebaut und schien jederzeit in sich zusammenfallen zu können. Über einer niedrigen Tür hing ein Schild, auf dem zwei gekreuzte Schlüssel zu sehen waren. Ein beliebtes christliches Symbol: die Schlüssel, die Jesus seinem Jünger Petrus zum Öffnen der Himmelspforten übergeben hatte. Doch statt des Himmels erwartete den Besucher ein Hurenhaus. Was für manchen aufs Gleiche hinauslief.

»Wenn Mutter Needham dich fragt, dann bist du ein Bruder von Deirdre«, sagte Bess und betrat die Taverne. »Deirdre ist für ein paar Tage bei einem Gentleman in Surrey. So lange kannst du ihr Zimmer benutzen. Ich werde das mit Mutter Needham regeln. Sag am besten so wenig wie möglich.«

Der Schankraum, den sie nun betraten, verdiente diesen Namen kaum. Zwar gab es einen Schanktisch und einen Regalschrank mit Karaffen, Krügen und Bechern, aber für Gäste war kaum Platz in diesem winzigen Raum, dessen einziges Fenster mit Leintuch verhangen war. Nur ein Tisch mit zwei altersschwachen Stühlen stand in der Ecke, doch dort saß niemand, und dem Dreck nach zu urteilen, der auf dem Tisch lag, hatte dort schon lange niemand mehr gesessen. Wer das Cross Keys betrat, trank sein Bier oder seinen Wein nicht im Schankraum, sondern ließ es sich aufs Zimmer bringen.

»Wer is'n der?«, knurrte eine alte Frau hinter dem Schanktisch. »'n Freier?« Sie war trotz der Hitze in mehrere Lagen aus Seide und Samt gehüllt und trug über ihrer mit Spitze verzierten Haube noch eine Kapuze. Das bleiche Gesicht, das darunter zum Vorschein kam, war mit schwarzen Schönheitspflästerchen beklebt, welche die zahlreichen Narben und Pusteln auf der Haut nur leidlich bedeckten. Zunächst dachte Henry, es wären Pockennarben, doch dann fand er eine weitaus wahrscheinlichere Lösung: Syphilis! Dafür sprach auch die seltsam verwachsene Nase, die einem Boxer gut zu Gesicht gestanden hätte.

»Ich bin der Bruder von Deirdre«, sagte Henry und machte unwillkürlich einen Schritt zurück. »Deirdre hat mich ...«

»Hab ich dich gefragt?«, schnauzte die Alte und spuckte dabei in die Kerze, die vor ihr auf dem Tisch stand.

»Deirdres Bruder Henry«, sagte Bess. »Er ist zu Besuch aus Cumberland.«

»Wer's glaubt«, meinte Mutter Needham. »Zwei Shilling die Woche.«

»Aber Deirdre hat die Miete doch schon bezahlt.«

»Umsonst ist der Tod.«

»Sixpence.«

»Ein Shilling. Aber nur, weil du's bist, Bess«, knurrte Mutter Needham und hielt die Hand auf.

Bess kramte einen Lederbeutel unter dem Kleid hervor und drückte der Alten eine Münze in die Hand.

»Beeil dich«, sagte Mutter Needham. »Der Colonel kommt gleich.«

»Charteris?«, antwortete Bess erstaunt. »Ich dachte, der ist erst morgen dran.«

»Vielleicht juckt's ihn zwischen den Beinen«, sagte die Alte, lachte kläffend und schob die Münze in eine Schublade unter dem Schanktisch. »Ab mit euch!« Und mit skeptischem Blick auf Henry fügte sie hinzu: »Und keine Scherereien!«

»Ay, Ma'am!« Henry versuchte, wie der Bruder einer Hure aus Cumberland zu klingen.

Bess nahm ihn an der Hand und führte ihn eine schmale Treppe hinauf und anschließend einen dunklen Gang entlang, von dem links und rechts insgesamt vier Türen abgingen. Mindestens hinter einer dieser Türen glaubte er leises Keuchen oder Stöhnen hören zu können.

»Kriegst das Geld zurück«, sagte Henry. »Heute Abend noch.«

»Sicher«, meinte Bess und öffnete eine Tür am Ende des Ganges. »Dein Zimmer. Meins ist gleich nebenan. Schlaf gut!«

»Du auch«, hätte Henry fast gesagt, doch dann murmelte er: »Danke!«

Bess nickte und verschwand kommentarlos in ihrem Raum.

Henry betrat Deirdres Zimmer, in dem es zugleich süßlich und muffig roch. Wie eine Mischung aus Rosenwasser und Moschus. Er nahm seine Mütze ab und legte sich auf das breite Bett, das erstaunlich gut gefedert und gepolstert war. Während er die hölzerne Decke anstarrte, die ihm fast zum Greifen nahe schien, fasste er in seine Jackentasche und holte Sarahs Ring heraus. Wieder roch er daran und fuhr mit der Fingerkuppe über die Inschrift. Unsinn!, schalt er sich und steckte ihn wieder ein. Das Keuchen aus einem der Nachbarzimmer wurde lauter, steigerte sich zu einem wohligen Grunzen und verebbte schließlich.

Dann fielen ihm die Augen zu.

6

Mit einem Schrecken fuhr Henry in die Höhe. Er wusste nicht, ob er den Schrei, der ihn geweckt hatte, wirklich gehört oder nur geträumt hatte. Für einen kurzen Moment hoffte er, der ganze Albtraum sei endlich vorüber, doch dann nahm er den süßlichen Geruch wahr und ertastete in der Dunkelheit das fremde Bett.

Mit der ernüchternden Erkenntnis kam die Erinnerung an den grässlichen Traum, der ihn so jäh aus dem Schlaf gerissen hatte. Wieder hatte er die blutigen Hände gesehen. Und mehr als das. Eine Bank im nächtlichen Postman's Park. Ein länglicher Schatten auf dem Boden. Neben einer dunklen Pfütze. Sarah, die wie eine Furie geschrien hatte: »Du hast ihn umgebracht!« Und als er mit den blutigen Händen nach ihr gegriffen hatte, da war sie vor ihm zurückgewichen, als hätte sie Angst um ihr Leben.

Im gleichen Augenblick hörte er erneut einen Schrei. Diesmal nicht in der Erinnerung, sondern aus dem Nachbarzimmer. Schmerzensschreie einer Frau. Und den wütenden Befehl eines Mannes: »Halt's Maul, verdammt, sonst schlag ich dich tot!« Als Antwort schrie die Frau ein weiteres Mal.

Sofort war Henry auf den Beinen, schlich hinaus in den Flur und horchte an Bess' Zimmertür. Das Schreien war inzwischen zu einem Winseln oder Wimmern geworden. Und der Mann triumphierte mit unverkennbarem schottischen Akzent: »Wusst ich's doch, dass dir das Spaß macht. Verdammte Hündin!«

Wieder ein Schmerzensschrei!

»Keine Scherereien!«, hatte Mutter Needham gesagt. Doch Henry konnte nicht anders. Er öffnete die Tür einen Spalt breit und spähte in den von einer Kerze spärlich erleuchteten Raum. Das Erste, was er erkannte, war ein älterer Mann mit weißer Lockenperücke, der vollständig bekleidet, aber mit heruntergelassener Hose auf dem Bett kniete. Erst

47

beim zweiten Hinsehen begriff Henry, dass das weiße Bündel, das vor dem Mann auf dem Bett lag, die ebenfalls kniende und gefesselte Bess war. Sie war nackt, hatte ein schwarzes Tuch vor den Augen und eine Art Lederband um den Hals, an dem der Mann wie an einer Hundeleine zog. Bess waren die Hände auf dem Rücken gebunden, und ihr Hintern wurde von dem Mann mit einer Art Reitgerte bearbeitet. Während sie auf diese Weise gepeinigt und dabei von hinten genommen wurde, winselte sie wie die Hündin, die der Mann in ihr zu sehen schien.

»O mein Gott!«, entfuhr es Henry.

Plötzlich war es mucksmäuschenstill im Raum.

»Was um alles ...«, murmelte der Schotte und ließ von Bess ab.

»Alles in Ordnung, Bess?«, fragte Henry.

»Henry?« Bess richtete sich auf und zischte: »Was willst du? Verzieh dich, du Blödmann!« Sie klang nun gar nicht mehr gepeinigt, sondern erbost. »Hau ab!«

»Wer ist der Kerl, verdammt?!«, schimpfte der Mann.

»Niemand, der uns kümmern muss. Macht einfach weiter, Colonel!« Damit beugte sie sich wieder nach vorne und fing abermals zu winseln an.

Henry wäre vor Scham am liebsten im Boden versunken. Er murmelte ein »'tschuldigung«, schloss leise die Tür und atmete tief durch. Von drinnen hörte er den Mann fluchen: »Das wirst du mir büßen, Hündin!«

Und als Antwort wimmerte sie ganz elendig und theatralisch: »O nein, Herr, tut mir nichts zuleide! Ich flehe Euch an.«

Wie peinlich! Henry lief den Gang entlang, stürzte in der Dunkelheit beinahe die Treppe hinunter und rannte durch den verwaisten Schankraum nach draußen und auf die Straße. Es war inzwischen finstere Nacht, und erst als er das östliche Ende von Little Britain erreicht hatte und rechter Hand das mit Fackeln und Laternen beleuchtete Stadttor von Aldersgate sah, fragte er sich, was er nun machen sollte. Er musste zur Rosemary Lane, zu Mutter Blakes Gin-Shop, wie Blueskin es ihm vorhin in der Drury Lane zugeraunt hatte. Um seinen Anteil an der nächtlichen Beute abzuholen. Nicht so sicher war er jedoch, wie er dort hinkommen sollte. Der direkte Weg zum East End führte mitten durch die City, doch dafür hätte er zwei Stadttore passieren müssen. Und es stand zu befürchten, dass die Tore bewacht waren und alle Nachtwächter und Konstabler Londons nach ihm Ausschau hielten. Oder nach einem Captain Macheath, der der Hure Edgworth Bess dabei geholfen hatte, ihren Geliebten Jack Sheppard aus dem Newgate zu befreien.

»Ganz London sucht nach dir«, hatte Bess vorhin gesagt und damit vermutlich nicht einmal übertrieben.

Henry musste unwillkürlich schmunzeln, denn wenn er es recht bedachte, dann hatte er heute Nachmittag den Namen Macheath in die

Annalen der Stadt eingetragen. Und John Gay, der in wenigen Jahren die *Bettleroper* schreiben würde, hatte womöglich nur deshalb seinem Helden den Namen Macheath gegeben. Aber das war doch alles absurd!

Henry beschloss, die City und die Stadttore zu meiden und sich entlang der Mauer bis zum East End vorzuarbeiten. Er folgte einer relativ breiten Straße, machte Bögen um Cripplegate und Moorgate, passierte das berüchtigte Irrenhaus von Bedlam, das direkt in die alte Stadtmauer eingebaut war, und stieß schließlich südlich von Bishopsgate auf den Hounds Ditch. Wenn es stimmte, was Bess über den Town Ditch auf der anderen Seite der City gesagt hatte, dann wollte er gar nicht wissen, woher der Stadtgraben an dieser Stelle seinen Namen hatte und was darin verscharrt lag.

Bald hatte er den Tower erreicht, und von dort war es nur noch ein Katzensprung bis zu Mutter Blakes Gin-Shop. Allein bei dem Gedanken drehte sich ihm der Magen um, allerdings wusste er nicht, ob vor Ekel oder Hunger. Er hatte den ganzen Tag keinen Bissen zu sich genommen. Und Durst hatte er obendrein. Allerdings nicht auf Mutter Blakes Wacholderfluch.

»Wenn du dich traust«, hatte Blueskin gesagt. Doch was blieb ihm anderes übrig? Jetzt war ohnehin alles zu spät, und er hatte keine Ahnung, was er sonst hätte tun sollen.

7

Die Gin-Absteige von Mutter Blake war anders als jeder Pub, den Henry bislang betreten hatte. Auch mit dem Black Lion Inn hatte sie nur den Ausnüchterungskeller und das Schild über der Tür gemein. Davon abgesehen war die Kneipe ein ganz normales, wenn auch reichlich heruntergekommenes Wohnhaus, mit einer winzigen Küche, einer Wohnstube und etlichen Räumen, die noch entfernt als Schlafzimmer oder Rumpelkammern erkennbar waren. Außer in der Stube gab es nirgendwo Tische oder Bänke. Die Gäste saßen auf dreibeinigen Hockern oder gleich auf dem Boden, der an einigen Stellen mit Stroh oder Heu ausgelegt war. Im ganzen Haus roch es modrig, nach vergorenem Getreide und Wacholdersud, und an dem riesigen Kupferkessel auf dem Herd erkannte Henry, dass Mutter Blake ihren Gin selbst brannte. Das Angebot an Getränken war entsprechend überschaubar. Es gab weder Wein noch Bier, dafür Gin im Becher, Gin in der Flasche oder Gin im Eimer. Wobei die Becher derart vor Schmutz starrten, dass Henry sich fragte, ob sie jemals gereinigt wurden oder überhaupt in Gebrauch waren. Der Wacholderschnaps war so billig zu haben, dass es sich nicht lohnte, ihn in kleineren Mengen zu kaufen. Eine Kneipen-Inschrift auf einer berühmten Zeichnung aus dem 18. Jahrhundert kam Henry in den Sinn: »Betrunken für 'nen Penny, sturzbetrunken für zwei Pence, frisches Stroh umsonst.« Als Henry die hagere Wirtin nach Blueskin und Jack fragte, tat sie zunächst ahnungslos und schüttelte den Kopf, der übrigens keinerlei Blaufärbung aufwies. Was auch immer Blueskins dunkle Hautfarbe verursacht hatte, seine Mutter hatte sie ihm nicht vererbt.

»Mein Name ist Henry Ingram«, stellte er sich vor.

»Bist du mit dem irren Geoff verwandt?«, fragte Mutter Blake, lächelte plötzlich und machte einen Kratzfuß. Sie fasste Henry am Ärmel, legte ihren Zeigefinger auf die Lippen und führte ihn durch einen schmalen Korridor zu einem Hinterzimmer, dessen niedrige, kaum brusthohe Tür hinter einem klobigen Kleiderschrank verborgen war.

»Sicher ist sicher«, meinte die Frau und bleckte ihren zahnlosen Kiefer. »Nach dem, was mit Jack passiert ist.«

»Was ist denn mit Jack passiert?«

»Na, was wohl?«, knurrte Mutter Blake und stieß ihren knochigen Zeigefinger in Henrys Brust. »Hier haben Wilds Leute den armen Jack doch geschnappt. Weil die besoffene Bess ihr Maul nicht halten konnte. Treulose Hure! 'nen guten Monat ist das jetzt her. Jacks Pistole ist ihm krepiert, sonst hätten sie ihn niemals erwischt. Niedergeknallt hätte er sie. Verfluchte Bande!«

»Ist Jack hier?«

»Nay«, sagte die Alte und schüttelte ihren Kopf, der kahl zu sein schien. Jedenfalls waren unter der schmutzigen und löchrigen Haube keinerlei Haare zu sehen. »Jack wär schön blöd, wenn er noch mal herkommen würde. Und an deiner Stelle wär ich auch vorsichtig. Die Konstabler waren heut Nachmittag schon mal da. Denen stinkt's gewaltig, dass Jack ausgebrochen ist. Ist ja bereits das dritte Mal, dass er ausgebüxt ist. Guter Junge!«

»Wo sind die anderen?«

»Mein Joseph ist längst weg, vermutlich in St. Giles, weiß der Teufel, wo der sich immer rumtreibt. Undankbarer Nichtsnutz! Nichts als Ärger hat man mit den Kindern. Poll und Jenny sind auch verschwunden, aber die Zwillinge müssten noch da sein.« Damit schob sie den großen Schrank zur Seite, als wäre er aus Pappe, und öffnete Henry die Tür: »Hereinspaziert, Euer Berühmtheit!«

Bevor Henry etwas auf diese seltsame Anrede erwidern konnte, hatte Mutter Blake die Tür bereits wieder geschlossen und den Schrank vorgeschoben.

»Oi, Captain Macheath!«, wurde Henry von George begrüßt. Er lüpfte seine Biberfellmütze und war so betrunken, dass er die Augen kaum aufhalten konnte.

»Er heißt Ingram«, meinte Godfrey lallend.

Die beiden Brüder saßen auf einer Bank unter einem schmalen Fenster, das jedoch vollständig zugemauert war. Außer der Bank und einem Hocker gab es kein Mobiliar in diesem kargen Raum, der von einer Talgkerze auf dem Boden mehr schlecht als recht beleuchtet wurde. Sämtliche Wände waren mit Teppichen abgehängt, was den Stimmen einen seltsam gedämpften Ton gab.

»Ingram?«, lachte George und schob Henry den Hocker hin. »Jetzt nicht mehr!«

»Bist inzwischen ein Held«, stimmte Godfrey in das Lachen ein und reichte Henry die Flasche. »Genau wie Bess. Und Jack natürlich.«

»Nur unsereins kriegt nichts vom Ruhm ab«, sagte George, der vergeblich gegen einen Schluckauf ankämpfte.

»Dafür wird auch nicht nach euch gefahndet«, sagte Henry, nahm einen Schluck aus der Flasche und spuckte den Fusel sofort wieder aus. »Pfui Deibel! Was ist denn das für ein Gesöff?«

»Schmeckt wie Pferdepisse«, kicherte George, schnappte sich die Flasche und setzte sie sich an die Lippen. »Aber man gewöhnt sich dran«, sagte er nach einem großen Schluck und rülpste laut.

»Wo ist Blueskin?«, fragte Henry.

»Weg«, sagten die Zwillinge wie aus einem Mund.

Als Henry nachhaken wollte, reichte ihm George einen Stoffbeutel und meinte: »Dein Anteil, wie versprochen. Obwohl Blueskin drauf wetten wollte, dass du dich nicht in die Höhle des Löwen traust.«

»Die Wette hätte er verloren«, sagte Henry und holte vier kleine Silbermünzen aus dem Beutel. »Mehr nicht?«, entfuhr es ihm.

»Vier Shilling!«, antwortete Godfrey. »Was hast du erwartet? Captain Kidds Piratenschatz?« Er lachte, riss seinem Bruder die Flasche aus der Hand und setzte hinzu: »Fürs Schmierestehen kannst du nicht mehr erwarten. Blueskin wollte dir gar nichts geben, weil er dich für einen von Wilds Handlangern hält. Du könntest froh sein, wenn er dir nicht die Kehle durchschneidet, hat er gemeint. Bess hin oder her.« Wieder reichte er Henry die Flasche.

»Was hat Blueskin nur immer mit seinem verdammten Jonathan Wild?«, fragte Henry, nahm von Godfrey die Flasche in Empfang und nippte daran, ohne dass ihm dabei auch nur ein Tropfen über die Lippen kam.

»Wild hat ihn für anderthalb Jahre hinter Gitter gebracht«, sagte George und hatte Mühe, seinen Blick auf Henry zu fokussieren. »Erst vor zwei Monaten ist Blueskin aus dem Wood Street Compter entlassen worden.«

»Hast du die Narbe an Blueskins Kopf gesehen?«, fragte Godfrey. Henry nickte.

»Ein Andenken von Jonathan Wild. Bei seiner Verhaftung hat Blueskin

sich mit Händen und Füßen gewehrt, und Wild hat ihm den Degen über den Schädel gezogen. Vom Scheitel bis zum Ohr.« George presste vielsagend die Lippen aufeinander, grinste dann und sagte: »Kein Wunder, dass Blueskin nicht gut auf den Diebesfänger zu sprechen ist.«
»Generaldiebesfänger«, verbesserte Godfrey lachend.
»Von Großbritannien und Irland«, setzte George hinzu, und beide Zwillinge schüttelten sich vor Lachen.
»Wo finde ich Jack?«, wollte Henry wissen, nachdem die Brüder sich wieder einigermaßen beruhigt hatten.
»Vermutlich bei Kate.«
»Die Blonde?«, fragte Henry. »Ist das seine neue Freundin?«
»Eine von vielen«, sagte George achselzuckend und ein wenig neidisch, wie es Henry schien. »Aber du brauchst nicht nach Jack zu suchen. Er findet *dich*.«
»Wenn er will«, ergänzte Godfrey.
»Und was passiert jetzt?«, wunderte sich Henry.
»Nichts«, meinte George und grinste blöde. »Tauch am besten ein paar Tage unter, bis sich die Aufregung gelegt hat. Das ist eben der Nachteil, wenn man berühmt ist. Als Volksheld hat man kein ruhiges Leben mehr.«
»Wie bist du eigentlich auf den Namen Macheath gekommen?«, wollte Godfrey wissen. »Klingt nach 'nem schottischen Bauerntrampel.«
»Hab ich irgendwo gelesen.«
»Dämlicher Name«, meinte George und hickste. »Captain hin oder her. Kann man das nicht abkürzen?«
»Wie wär's mit ›Mack the Knife‹?«, antwortete Henry und lachte über den Witz, den die beiden anderen natürlich nicht verstehen konnten. *Mackie Messer aus der Dreigroschenoper!*
»Nicht schlecht«, sagte Godfrey.
Im gleichen Augenblick knarrte es draußen vor der Tür. Der Schrank wurde zur Seite geschoben, die Tür öffnete sich, und Mutter Blake betrat das Hinterzimmer. In der einen Hand hielt sie eine Flasche Gin und eine Kerze, in der anderen eine dampfende Schüssel, aus der ein stechender Geruch aufstieg, der Henry auf Anhieb an stinkende Chemieklos erinnerte.
»Etwas Stew und ›Mutters Wacholderfluch‹ für unseren Helden«, sagte die Wirtin und stellte Flasche und Tonschüssel vor Henry auf den Boden. »Geht aufs Haus. Jacks Freunde sind auch meine Freunde. Lass es dir schmecken, mein Junge.«
Während Mutter Blake die neue Kerze an dem Stummel auf dem Boden entzündete, starrte Henry auf den Eintopf, rührte mit einem Holzlöffel darin herum und versuchte zu erkennen, woraus er bestand. Trotz seines Hungers brachte er den Löffel nur mit Mühe an seine Lippen,

doch dann stellte er erstaunt fest, dass das bis zur Unkenntlichkeit verkochte Zeug besser schmeckte als es roch, und dass Mutter Blake offensichtlich mehr Talent zur Köchin als zur Schnapsbrennerin hatte.

»Rindfleisch?«, meinte George.

»Schwein«, vermutete Godfrey und stierte hungrig auf die Fleischbrocken.

»Schafsinnereien«, sagte Mutter Blake und entfernte den alten Kerzenstummel von einer kleinen schwarzen Platte, auf der die Kerze mit Wachs festgetropft war. »Ganz frisch aus der Butcher's Row. Schafsmagen gab's leider nicht, sonst hätte ich Haggis gemacht. Aber Stew tut's auch, oder?«

Henry blieb der Eintopf beinahe im Halse stecken. Es war allerdings nicht der Ekel vor den Innereien, der ihn das Essen in die Schüssel zurückspucken ließ, sondern die blanke Überraschung. Er hatte etwas entdeckt, das nicht hierher gehörte, das eigentlich gar nicht hier sein konnte. Genauso wie er selbst. Er war völlig perplex und starrte wie gebannt auf Mutter Blakes Hände.

Die kleine schwarze Platte, auf der die Kerze gestanden hatte und die Henry zunächst für ein Stück Schiefer oder polierten Stein gehalten hatte, war nichts anderes als – ein Handy. Ein schwarzes Smartphone der neuesten Generation, mit Touchscreen, Digitalkamera, Internet-Zugang und MP3-Player. *Sein* Handy!

»Woher hast du das?«, fragte er, stellte die Schüssel beiseite und riss Mutter Blake das Handy aus der Hand.

»Hab's im Keller gefunden«, antwortete Mutter Blake und wich erschrocken zurück. Sie hätte beinahe die brennende Kerze fallen lassen und stellte sie schleunigst auf den Boden. »Scheint aus Glas zu sein. Oder Marmor.«

»Marmor ist weiß«, meinte Godfrey und zog die Schüssel zu sich rüber.

»Es gehört mir«, sagte Henry, knibbelte den Wachs von der Oberfläche ab und drückte auf den seitlich angebrachten Einschaltknopf. Nichts geschah. Als er das Telefon umdrehte, sah er, dass nicht nur die hintere Abdeckung fehlte, sondern auch das Batteriefach leer war. »War noch irgendwas dabei?«, wollte er von Mutter Blake wissen. »Hast du sonst noch was im Keller gefunden?«

Sie schüttelte irritiert den Kopf. Doch dann lächelte sie verschämt, nickte schließlich und zog eine Armbanduhr aus einer Innentasche ihres Kleides. Es war Henrys Uhr, das Glas war zersprungen und das Zifferblatt eingedrückt. Der Sekundenzeiger bewegte sich nicht von der Stelle. Die Uhr war um kurz nach zwei stehen geblieben.

»Was ist 'n das für 'ne komische Uhr?«, meinte George.

Henry tat ahnungslos, zuckte gleichgültig mit den Achseln und gab Mutter Blake die Uhr zurück.

»Kann ich den haben?«, fragte Godfrey und deutete auf den Eintopf. Statt einer Antwort sprang Henry plötzlich auf, nahm die brennende Kerze vom Boden und rannte aus dem Raum.

8

Er lief hinunter in den Keller, der zu diesem Zeitpunkt noch nicht mit Schnapsleichen gefüllt war, und stürzte sich auf die Stelle, an der er am Morgen aufgewacht war. Jedenfalls soweit er sich erinnern konnte. Im Funzellicht der Kerze tastete er den schmierigen Boden ab und mied den Gedanken daran, was er gerade alles anfasste. Das Stroh und der Steinboden darunter stanken erbärmlich, und wenn dies die Stelle war, an der er geschlafen hatte, dann hatte er vermutlich selbst den Grund für den Gestank geliefert.

Immer hektischer suchte er den Boden ab, doch da war nichts. Jedenfalls nichts, was sich wie ein Akku anfühlte. Was er fand und sich im Kerzenschein besah, waren ein paar abgenagte Hühnerknochen, die Überreste einer toten Maus, eine winzige Kupfermünze und ein abgerissener Knopf. Das war's.

»Suchst du das hier?«, hörte er plötzlich ein raue Männerstimme aus einer dunklen Nische des Kellers. Als er die Kerze anhob und in die Richtung der Stimme ging, erkannte er den Mann mit dem Dreispitz von heute Morgen. Long John Silver mit dem Holzbein. Er schien jede Nacht in diesem Keller zu schlafen, auch wenn er gar nicht betrunken wirkte. Vielleicht hatte er kein Zuhause.

»Was hast du da?«, fragte Henry und erkannte, dass der alte Mann etwas von der Größe einer Streichholzschachtel in der Hand hielt.

»Was ist es dir wert, Macheath?«, antwortete der Mann.

»Du kennst mich?«, fragte Henry verwundert und versuchte zugleich, sich seine Aufregung nicht anmerken zu lassen. Der flache, graue Gegenstand, den der Kerl nun in die Höhe hielt, war eindeutig der Akkublock seines Mobiltelefons. Er erkannte ihn an dem neongrünen Hologramm darauf.

Der Alte hob die Schultern und wiederholte seine Frage: »Wieviel?«

»Es gehört mir«, meinte Henry. »Ich hab's heute Morgen hier verloren.«

Wieder zuckte Long John Silver mit den Schultern und wollte den Akku bereits in seiner Jackentasche verstauen, als Henry ihm die kleine Kupfermünze hinhielt.

»'n Farthing?«, lachte der Einbeinige. »Willst du mich verscheißern?«

Henry griff in seinen Geldbeutel und holte eine der Shilling-Münzen heraus.

»Na also«, sagte der Alte und gab ihm den Akku im Tausch gegen die

Münze. »Und nimm dich in Acht, Macheath. Sie sind dir auf den Fersen.«

»Wer?«, wollte Henry wissen. »Wovon redest du? Wer bist du überhaupt?«

»Geoffrey Ingram, zu Diensten«, antwortete der Alte und griff sich an den Dreispitz. »Meine Freunde nennen mich Geoff.«

»Der irre Geoff!«, entfuhr es Henry. »Mutter Blake hat dich erwähnt.«

»Was weiß die schon!« Der Mann knurrte abfällig, lehnte sich gegen die Wand, schob sich den Dreispitz über die Augen und gab keinen Ton mehr von sich.

Ingram! Noch so ein Zufall! Aber Henry war's einerlei. So selten war sein Name nun auch wieder nicht. Andererseits war dieser Geoffrey Ingram womöglich ein Urahn von ihm, wer konnte das schon wissen? Henrys Vater hatte sich vor ein paar Jahren daran gemacht, den Stammbaum der Ingrams zu ergründen und hatte die Familienlinie bis ins 18. Jahrhundert zurückverfolgt. Angeblich stammten sie alle von einem angesehenen Kaffeehaus-Besitzer an der Piccadilly namens Jeremiah Ingram ab. Kaum anzunehmen, dass dieser einbeinige Irre etwas mit dem Geschäftsmann aus Westminster zu tun hatte.

Henry wandte sich grußlos ab, rannte über die Treppe nach draußen, lief in Richtung Tower und verkroch sich im Schatten der Festung hinter einem Mauervorsprung. Er wartete eine Weile, als wollte er sichergehen, dass niemand ihm gefolgt war, dann legte er den Akku ins Fach und hielt ihn wegen der fehlenden Abdeckung mit den Fingern in dieser Position. Er drückte auf den Einschaltknopf, das Display leuchtete, Henry gab seine PIN ein, und die Willkommens-Fanfare des Handys ertönte.

»Ja!«, entfuhr es Henry, obwohl er nicht so recht wusste, worüber er sich eigentlich freute. Nach kurzer Zeit erschien eine Textmeldung auf dem Bildschirm: »Netzsuche.« Und dann: »Kein Empfang.« Obwohl ihm bewusst war, dass er nichts anderes hätte erwarten können, war er doch enttäuscht. Es wäre auch zu schön gewesen!

Als nächstes ging er ins Menü des Handys und durchforstete die Ruflisten. Unter dem Menüpunkt »Gewählte Nummern« fand er als letzten Eintrag: »Sarah Mobil«. Leider merkte sich das Gerät nicht, wann er diesen Anruf getätigt hatte. Er schaute unter »Angenommene Anrufe« und fand abermals als letzten Eintrag: »Sarah Mobil«. Diesmal konnte er Datum und Uhrzeit erkennen: Heute Morgen um 0 Uhr 35. Nun wusste er immerhin, dass er sich um diese Zeit noch im 21. Jahrhundert befunden hatte. Was ihn allerdings nicht wirklich weiterbrachte.

Henry wollte das Telefon bereits wieder ausschalten, als ihm etwas einfiel. Nur so ein Gedanke! Er klickte den Menüpunkt »SMS« an und fand unter »Eingang« fünfundvierzig alte Mitteilungen. Die letzte SMS hatte er ebenfalls von Sarah erhalten. Er wählte den Eintrag und las:

31.08. Mi. 00:59
Hör auf mit dem Mist
Komm her oder verpiss dich
S.

Womit sollte er aufhören? Und wohin sollte er kommen? Besser gefragt: War er hingegangen oder hatte er sich verpisst? Was, zum Teufel, war bloß in der vergangenen Nacht geschehen?
Wieder sah er den Schatten eines Mannes auf dem Boden im Postman's Park. Die dunkle Pfütze daneben. Seine Hände. Er hörte Sarah schreien: »Du hast ihn umgebracht!« Und plötzlich wusste er: Er *war* hingegangen. Nach Little Britain. Und mit blutigen Händen davongerannt. Nein, geflüchtet.

ZWEITER TEIL

Edgworth Bess

Macheath: Pretty Polly, say, When I was away
Did your fancy never stray to some newer lover?

Polly: Without disguise, Heaving sighs,
Doting eyes, My constant heart discover

(Macheath: Hübsche Polly, sag, als ich weg war,
streunte deine Liebe niemals zu einem neuen Geliebten?

Polly: Ohne Verkleidung, Aufseufzen,
vernarrte Augen, mein treues Herz entdecke)

John Gay, The Beggar's Opera,
Akt I, Szene XIII, Air XIV

1

Bess konnte nicht genau sagen, warum sie nach wie vor mit Jack zusammen war. Wenn sie denn überhaupt noch ein Paar waren. Manchmal erschien ihr ihre Liebschaft oder Affäre (sie wusste selbst nicht, wie sie es nennen sollte) wie eine bloße Reihe von Rückzugsgefechten in einem längst verlorenen Krieg. Es ging bei diesen Scharmützeln nur noch darum, Schulden zu begleichen und Schaden wiedergutzumachen. Ja, vielleicht waren es genau diese Schuldgefühle, die Bess bei Jack hielten, sie abhängig machten und nicht von ihm loskommen ließen. Solange sie nicht mit sich und Jack im Reinen war, kam sie nicht von ihm los. Und die verfluchte Sache mit Jonathan Wild hatte alles nur noch schlimmer gemacht. Doch das war nun erledigt, mit Jacks Flucht aus dem Newgate waren sie quitt, bald würde Bess sich selbst die Absolution erteilen können. Und dann wäre sie endlich in der Lage, eine andere Schuld zu sühnen. Diesmal jedoch nicht als Schuldnerin, sondern als Gläubigerin.

Manchmal wurde Bess geradezu wehmütig, wenn sie daran dachte, wie sie Jack Sheppard im Black Lion Inn kennengelernt hatte. Damals im Dezember 1722, als er noch kein Dieb und gefeierter Gefängnis-Ausbrecher, sondern einfach »Jack the Lad« gewesen war. Ein gutmütiger Junge, ein gewiefter und schlitzohriger Tischlerlehrling, der sich in den Tavernen und Hurenhäusern der Drury Lane herumtrieb, weil es ihm im nahe gelegenen Hause seines Meisters zu eng und langweilig geworden war.

Bess war damals seit etwa einem Jahr in London und arbeitete für die Kupplerin Mutter Needham, zu der sie nach ihrer schändlichen Vertreibung aus Edgworth verfrachtet worden war. Zunächst hatte sie in deren Hurenhaus nahe Covent Garden gewohnt, und weil das Black Lion Inn nicht weit entfernt war und unter den Huren einen guten Ruf besaß, zählte es zu Bess' bevorzugten Lokalitäten, um Männer aufzugabeln oder ihnen an den Geldbeutel zu gehen. Bess war eine so genannte »Buttock and File«, eine Hure und Taschendiebin, die von Mutter Needham darin unterrichtet worden war, ihren Freiern während des Akts oder kurz danach die Taschen zu leeren. Und weil sie eine fleißige Schülerin war und ein unverkennbares Talent besaß, für die Hurerei wie für das Beutelschneiden, galt sie bald als Mutter Needhams Lieblingshure. Das beste Pferd im Stall, wie es die Kupplerin und Hehlerin ausdrückte.

Mutter Needham war es auch, die ihr den Namen »Edgworth Bess« verpasste. Quasi als Künstlernamen, denn auf ihrem Gebiet sei sie ja eine Künstlerin, ob ihr das nun passe oder nicht. Ihren wirklichen Namen, Elizabeth Lyon, geborene Woodlawn, legte Bess wie ein abgewetztes und fadenscheiniges Kleidungsstück ab. Er gehörte zu einem früheren Leben, mit dem sie abgeschlossen hatte. Nicht freiwillig, aber für immer. Auch wenn noch einige Rechnungen zu begleichen waren.

Es war kurz vor Weihnachten, als sie Jack das erste Mal zu Gesicht bekam. Er war noch ein Jüngling, kaum zwanzig Jahre alt und somit nur wenig älter als Bess, und ein kleiner, schmächtiger Mann obendrein. Doch trotz seiner jungenhaften Statur und seines leichten Sprachfehlers war er bei den Frauen, namentlich den Huren von St. Giles, sehr beliebt. Jack war ein hübscher Bursche mit feinen Gesichtszügen, doch Bess erinnerte sich, dass es vor allem sein ansteckendes Lachen und seine unverstellte und erfrischende Art waren, die sie von Beginn an für Jack eingenommen hatten. Er war mit seinen gerade einmal fünf Fuß und vier Zoll kein stattlicher Mann, aber ein lustiger Kerl und alles andere als ein Dummkopf. Womit er sich merklich von dem Gros seiner Geschlechtsgenossen unterschied. Andere Männer wollten groß sein oder zumindest erscheinen, sie plusterten sich auf und spielten mit den Muskeln, Jack hingegen wollte Großes *tun*, seine äußere Erscheinung war ihm egal, ihm kam es allein auf die Wirkung an. Und das erklärte seinen Erfolg. Bei den Frauen wie bei seinen Kumpanen.

Es machte Spaß, Jack zuzuhören und mit ihm zusammen zu sein, und mehr als einmal ließ Bess ihn unter ihren Rock, ohne Geld dafür zu verlangen. Nicht weil sie in ihn verliebt gewesen wäre, sondern weil schlichtweg nichts dagegen sprach. Bess mochte Jack, sie konnte ihn gut leiden und fand ihn äußerst unterhaltsam. Warum sollte sie ihn also nicht dann und wann dafür belohnen, dass er sie zum Lachen brachte. Ein Lachen, das ihr zuvor so lange im Halse stecken geblieben war. Doch schon bald merkte sie, dass er Gefühle für sie hegte, die sie nicht in gleichem Maße erwidern konnte. Gefühle, die sie nie wieder erwidern wollte, bei niemandem – das hatte sie sich geschworen.

Jack war vernarrt in sie, himmelte sie an und folgte ihr auf Schritt und Tritt, ja einmal ertappte sie ihn sogar dabei, dass er vor ihrer Zimmertür saß, während sie drinnen mit einem Freier beschäftigt war. Sie lachte ihn deswegen aus, doch statt beleidigt zu sein, stimmte er in das Lachen mit ein. Bess gab ihm klar zu verstehen, dass sie ihn niemals lieben würde, doch das schien Jack nur umso mehr anzustacheln und herauszufordern. Je distanzierter oder gleichgültiger sie sich gab, desto deutlicher suchte er ihre Nähe. Jack umgarnte Bess, machte ihr in aller Form den Hof, spielte ihren Beschützer oder Unterhalter und war dabei klug genug, gleichzeitig der Mutter Needham Honig um den von der französischen Krankheit entstellten Mund zu schmieren und nicht den Anschein zu erwecken, hinter ihrem Rücken zu agieren. Nicht nötig zu erwähnen, dass Mutter Needham den »kleinen Jack«, wie sie ihn nannte, beinahe wie einen eigenen Sohn behandelte.

Bess und Jack galten bald als Liebespaar, obwohl sie es gar nicht waren. Jedenfalls nicht, wenn man Bess danach gefragt hätte. Sie ließ sich weiterhin für das Beiliegen bezahlen und hätte den Gedanken vermutlich absurd gefunden, Jack als ihren Liebsten zu betrachten. Zu unterschiedlich waren sie, allein was die äußere Erscheinung anlangte, aber auch hinsichtlich ihres Wesens. Sie waren wie eine Ansammlung von Gegensätzen und Widersprüchen. Jack war offen und freundlich, dabei aber zielstrebig und energisch. Bess gab sich verschlossen und galt als unzugänglich, was sie jedoch vor allem als Selbstschutz verstand. Er liebte es, in Gesellschaft zu sein und einen guten Eindruck zu hinterlassen, sie hingegen scherte sich nicht um die Meinung anderer und ganz gewiss nicht um die der Männer. Nein, sie waren kein Paar. Aber zumindest waren sie sich in gewisser Weise ebenbürtig.

Dieses Gleichgewicht erhielt jedoch völlig unvermittelt einen Schlag, und die Waage kippte. Mit einem Mal stand sie in Jacks Schuld, und es war offensichtlich, was er als Gegenleistung wünschte. Auch wenn er es nie ausdrücklich verlangte.

Es war vor anderthalb Jahren, im März 1723. Bess hatte den dummen Fehler begangen, einen Freier nach Hause zu begleiten. Auf fremdes Terrain, das hatte ihr Mutter Needham eingebläut, durfte man sich nur im Ausnahmefall begeben. Ihr Zimmer im Hurenhaus, die Dachkammer im Black Lion, einige Gassen und Hinterhöfe in der Nähe der Drury Lane – das war sicherer Hafen und bot Schutz. Alles andere war zu gefährlich. Jedenfalls wenn der Freier einem nicht persönlich bekannt war.

Doch der Mann hatte ihr als Belohnung für ihre Dienste das Doppelte des üblichen Preises geboten. Bess war schwach geworden, und als sie die erniedrigende und schmerzhafte Prozedur in der Stadtvilla des Gentlemans in Soho hinter sich gebracht hatte, hatte sie sich revanchiert, indem sie eine goldene Taschenuhr von einer Kommode im Schlafzimmer mitnahm. Dummerweise hatte der Mann einen solchen Diebstahl vorhergesehen und entsprechende Vorsichtsmaßnahmen getroffen. Als Bess zur Tür hinaus wollte, wurde sie von einem Bediensteten aufgehalten und von Kopf bis Fuß abgetastet. Schnell war die Uhr unter ihrem Petticoat gefunden, und ebenso bald hatte der Gentleman die Konstabler der Gemeinde gerufen. Bess wurde zum Roundhouse von St. Giles, dem winzigen Gefängnis des Kirchspiels, gebracht und dem dortigen Pedell, einem gewissen Mr. Brown, übergeben.

Am folgenden Tag sollte Bess zum New Prison in Clerkenwell überstellt werden, damit ihr während der nächsten Gerichtssession am Old Bailey der Prozess gemacht wurde. Doch daraus wurde glücklicherweise nichts. Als Jack am frühen Morgen erfuhr, dass Bess im Roundhouse einsaß, ging er schnurstracks zum Gefängnis und forderte den alten Mr. Brown auf, die Gefangene freizulassen. Als der Kirchenpedell sich weigerte, schlug Jack ihn kurzerhand mit einem Stuhl nieder, fesselte und knebelte ihn, nahm ihm die Schlüssel ab und befreite Bess.

Bei den Huren und Gaunern von St. Giles sowie bei Mutter Needham galt Jack fortan als strahlender Held, der alle Mühen und Risiken auf sich genommen hatte, um seine Liebste aus dem Gefängnis zu befreien. Dass es sich bei dem Roundhouse lediglich um ein kaum gesichertes Gemeindehaus und bei dem Pedell um einen greisen und gebrechlichen Kirchendiener gehandelt hatte, spielte keine Rolle und wurde in den Erzählungen, die in den Schänken kursierten, leicht abgewandelt oder übergangen. Jack war plötzlich in aller Munde und ließ sich gebührend feiern, ohne dabei prahlerisch oder überheblich zu wirken. Ganz der bescheidene Jack, der es sich sogar nicht nehmen ließ, bei den Lobhudeleien rote Wangen zu bekommen und verschämt den Blick zu senken.

Auch wenn Bess natürlich froh war, dass sie befreit und vor einem Prozess bewahrt worden war, beschlich sie dennoch ein ungutes und mulmiges Gefühl, denn von nun an war sie Jack etwas schuldig. Sie war ihm zu Dank verpflichtet, was ihr zutiefst unangenehm und grundsätzlich zuwider war, und sie hatte den Eindruck, dass weit mehr als nur Dank von ihr erwartet wurde. Jack hatte ihr auf geradezu ritterliche Weise seine Liebe bezeugt, und nun war es an ihr, es ihm ihn gleicher Währung zurückzuzahlen. Mit aufrichtig empfundener Liebe konnte sie nicht dienen, also gab sie ihm ihren Körper und wurde seine Mistress. Mit Wissen und Billigung der sichtlich gerührten Kupplerin.

Was folgte, war eine Zeit des Übergangs. So betrachtete es Bess zumindest im Nachhinein. Nach außen hin änderte sich nicht viel. Sie logierte weiterhin in Mutter Needhams Hurenhaus in Covent Garden, während Jack im Hause seines Meisters, Owen Wood, in der Wych Street wohnte, auch wenn er die Nächte immer häufiger außerhalb der Tischlerei verbrachte. Doch im Sommer 1723 traf Jack eine folgenschwere Entscheidung. Er begann seine Laufbahn als Dieb und Gauner. Zunächst entwendete er lediglich Kleinigkeiten und Kinkerlitzchen aus den Häusern der Kunden, für die er irgendwelche Schreinerarbeiten ausführte. Dabei war er so geschickt, dass der Verdacht stets auf das Hausgesinde, nicht aber auf den allseits beliebten und scheinbar gutmütigen Schreinerlehrling fiel. Mit der Zeit allerdings wurde Jack immer dreister und gieriger, er beließ es nicht mehr nur dabei, während der Arbeit ein paar Silberlöffel oder Münzen mitgehen zu lassen, sondern kehrte in der Nacht zurück, um in die betreffenden Häuser einzubrechen. Jack war ein äußerst geschickter Tischler, und seine Arbeit ermöglichte es ihm, die Fenster und Läden so zu präparieren, dass sie mit einem leichten Kniff von außen zu öffnen waren, oder er fertigte Zweitschlüssel für die Haustüren an, die er zuvor repariert hatte.

Bess störte sich nicht daran, dass Jack ein Dieb und Einbrecher wurde. Es war ihr letztlich egal, womit er sein Geld verdiente, auch wenn sie ihn mehr als einmal bat, seine Lehre nicht leichtfertig aufs Spiel zu setzen. Allerdings gewann sie mehr und mehr den Eindruck, dass Jack vor allem deshalb zum Gauner wurde, um sie, Bess, zu beeindrucken. Dafür sprach nicht nur die Tatsache, dass er ihr die erbeuteten Schätze geradezu aufnötigte – was sie rundheraus ablehnte –, sondern auch, dass er anschließend von ihr für sein gewieftes Tun gelobt werden wollte und beleidigt war, wenn sie ihm stattdessen ins Gewissen redete. Bess war zwar eine Hure und Taschendiebin, aber das war sie nicht aus freien Stücken geworden, und sie begriff nicht, weshalb Jack solch einen Gefallen daran fand, sich unnötig und freiwillig in Gefahr zu bringen. Bess machte sich in diesem Punkt nichts vor: Jeder Dieb und jede Hure endeten irgendwann am Schandpfahl, als Sklave in den amerikanischen Kolonien oder am Galgen von Tyburn. Doch der Erfolg gab Jack recht und berauschte ihn geradezu, Huren wie Poll Maggott oder Kate Cook schenkten ihm die Anerkennung, die Bess ihm verweigerte, und so wurden seine Einbrüche und Diebestouren immer waghalsiger und verwegener.

Schließlich kam es, wie es kommen musste. Als er bei einem Stoffhändler namens Bains gleich fünfundzwanzig Yards eines teuren Barchent-Stoffes entwendete und diesen in seinem Schrankkoffer in der Schreinerei zwischenlagerte, wurde er von einem anderen Lehrling gesehen und an den Meister verraten. Jack wurde von Mr. Wood zur Rede gestellt und bestritt den Diebstahl. Er beteuerte, er habe den Barchent von seiner Mutter in Spitalfields geschenkt bekommen. Die arme Mary Sheppard, deren Verstand seit Jahren durch übermäßiges Gintrinken angegriffen war und die kaum einen zusammenhängenden Satz über die Lippen brachte, bestätigte die Aussage ihres Sohnes, ohne recht zu wissen, worum es überhaupt ging. Ja, sie machte sich sogar auf die Suche nach dem nicht existierenden Schneider in der Brick Lane, bei dem sie angeblich den Stoff gekauft hatte, geriet dabei völlig in Verwirrung und aus der Fassung und flehte den Meister auf Knien an, ihren kleinen Jack zu verschonen. Owen Wood glaubte den Sheppards kein Wort, und Mr. Bains drohte unverhohlen, Jack vors Gericht zu bringen. Also nahm Jack kurzerhand Reißaus und quartierte sich in einem Zimmer in Fulham ein, einige Meilen flussaufwärts und fernab der City.

Nun kam für Bess die Zeit, ihre Schuld zu begleichen, und seltsamerweise war es ausgerechnet Mutter Needham, die sie dazu aufforderte, Jack nach Fulham zu folgen und ihm getreulich zur Seite zu stehen. Für eine Weile jedenfalls, bis Gras über die Sache gewachsen sei und sie beide nach London zurückkehren könnten. Bess willigte ein, allerdings nicht, weil sie es für notwendig oder erstrebenswert hielt, mit Jack zusammenzuwohnen, sondern weil sie sich verpflichtet fühlte, ihn nicht im Stich zu lassen. Und so war sie auch nicht besonders traurig, dass ihr Ausflug nach Fulham bereits nach wenigen Tagen wieder beendet war. Wie der Zufall es wollte, lebte ein Bruder von Meister Wood nur einen Steinwurf von Jacks Wohnung entfernt und erkannte den Lehrling auf der Straße. Jack wurde gefasst, in Fesseln nach London zurückgebracht und von Mr. Wood dazu gezwungen, den Barchent-Stoff zurückzugeben. Im Gegenzug ließ Mr. Bains, der die Mühen und Kosten eines Prozesses scheute, die Anklage fallen und die unselige Sache auf sich beruhen. Jacks Vertrag mit Mr. Wood wurde nur wenige Monate vor Beendigung der Lehre aufgehoben, und Jack zog unbeschadet von dannen. Er war noch einmal glimpflich davongekommen.

Mit seiner Lehre war es nun unwiderruflich vorbei, doch das schien er nicht als Makel zu empfinden. Ganz im Gegenteil. Er mietete für sich und Bess (die er diesbezüglich gar nicht erst um ihre Meinung bat) eine Wohnung am oberen Ende von Piccadilly und lebte mit ihr für eine Weile von der Beute, die er in den letzten Wochen ergaunert hatte. Dann und wann verdiente er sich ein wenig Geld mit Aushilfsarbeiten für einen befreundeten Tischler, doch in den Nächten spielte und trank er in den Schänken und hielt Ausschau nach Gebäuden, in die es sich einzubrechen lohnte. Bess arbeitete derweil wieder für Mutter Needham, ohne jedoch in ihrem Haus zu logieren, und Jack erging sich in hochtrabenden Plänen für ihre gemeinsame Zukunft. Strahlend und gewinnbringend sollte sie sein, ein Held würde er werden, stolz sollte Bess auf ihren Jack sein.

Sie lebten wie Mann und Frau, Bess nannte sich sogar Mrs. Sheppard, und beinahe kam sie sich auch so vor. Jack las ihr jeden Wunsch von den Lippen ab, behandelte sie wie eine Königin, und auch wenn sie ihn nach wie vor nicht von ganzem Herzen lieben konnte, so waren seine gute Laune und sein unverbrüchlicher Optimismus dennoch ansteckend. Bess mochte Jack, sie mochte ihn wirklich, und das war etwas, was sie von keinem anderen Mann behaupten konnte. Zwar störte es sie, dass Jack zu sehr dem Alkohol zusprach und sein sauer ergaunertes Geld nicht selten am Spieltisch verprasste, doch es war eine schöne Zeit, an die sie sich im Nachhinein gerne erinnerte. Auch wenn sie inzwischen wusste, dass es nur die trügerische Ruhe vor dem Sturm gewesen war. Denn im Herbst 1723 erschien plötzlich Tom Sheppard, Jacks älterer Bruder, im Black Lion Inn, und die Dinge nahmen eine unglückliche Wendung.

2

Tom war drei Jahre älter als Jack und in allem das genaue Gegenteil seines Bruders. Er war groß, kräftig, plump und dumm. Und zu allem Überfluss hatte er sich im August bei einem Diebstahl erwischen lassen, war unlängst am Old Bailey verurteilt worden und kam mit einem nur leidlich verheilten Brandmal auf dem Handrücken ins Black Lion.

»T wie Tom«, meinte er lachend und nahm seinen kleinen Bruder in die Arme.

Tom hatte gehört, dass Jack ihm in krimineller Hinsicht nacheiferte, und beglückwünschte ihn zu seinem Entschluss. Tom schlug vor, sie sollten sich zusammentun und die Einbrüche gemeinsam begehen. Schließlich seien sie Brüder und in gewisser Weise ein eingespieltes Team. »Wie früher in Spitalfields«, meinte Tom und schlug Jack auf die Schultern. »Und Mutter würde sich freuen.«

»Die kriegt doch eh nichts mehr mit«, antwortete Jack lachend.

»Freuen würde sie sich trotzdem«, beharrte Tom.

Bess warnte Jack vor seinem Bruder, aber weil sie außer einem unbestimmten Bauchgefühl nichts gegen Tom vorzubringen hatte, wehrte Jack all ihre Einwände ab. Bess konnte Tom auf Anhieb nicht leiden, sie hielt ihn für einen gefährlichen Dummkopf, der sich nur deshalb an Jack heranmachte, weil dieser mehr Verstand und Talent besaß. Die Verbindung der Brüder brachte Tom sehr viel, Jack hingegen gar nichts ein. Das Brandmal auf seiner Hand beschränkte Toms Betätigungsfeld als Taschendieb merklich, und nur durch Jacks Fertigkeiten war es ihm möglich, an Einbrüchen teilzuhaben, für deren Planung und Ausführung er allein keinerlei Voraussetzung besessen hätte.

»T wie Tom?«, höhnte Bess. »T wie Trottel, das trifft's eher.«

Tom war wie eine Zecke, die bei ihrem Wirt schmarotzte, sich dann gesättigt davonmachte und eine schmerzende Wunde hinterließ. So jedenfalls sah es Bess, und sie sollte bald erfahren, dass sie mit ihrer Einschätzung nicht ganz falsch lag.

Im Dezember brachen Tom und Jack in den Laden einer Leinenhändlerin am Clare Market ein, und wieder beging Bess einen Fehler, indem sie sich auf unbekanntes Terrain begab. Sie willigte ein, vor dem Laden Schmiere zu stehen, während die Sheppard-Brüder den Laden ausräumten, und half anschließend dabei, die Beute zu dem Versteck nahe der Pferdefähre in Westminster zu bringen. Der Einbruch und der Transport der Beute verliefen ohne große Probleme. Das eigentliche Problem war ganz anderer Art und hieß Tom Sheppard. Weil er es nicht abwarten konnte, das erbeutete Gut in bare Münze zu verwandeln, hielt er sich nicht an die Abmachung, erst Gras über die Sache wachsen zu lassen, und bot die Diebesware voreilig und ohne jede Vorsichtsmaßnahme zum Kauf an. Ob er an einen Spitzel des Diebesfängers Jonathan Wild geriet oder was sonst zu seiner Entlarvung führte, war Bess nicht bekannt. Tatsache war jedoch, dass er noch im Januar verhaftet und ihm im Februar der Prozess gemacht wurde.

Tom war vorbestraft, und so drohte ihm nun der Galgen. Die Tat zu leugnen, erschien sinnlos, denn es waren Gegenstände aus dem Besitz der Leinenhändlerin bei ihm gefunden worden. So behalf er sich damit, den Einbruch zu gestehen und die Milde der Richter zu erwirken, indem er gegen Jack und Bess aussagte. Sein Bruder und dessen Geliebte hätten den Einbruch geplant, und er, Tom, habe nur als Handlanger gedient. Sein Plan ging auf; statt zum Tode wurde Tom zur Deportation auf die amerikanischen Plantagen verurteilt. Und Jack und Bess wurden fortan per Steckbrief und von allen Diebesfängern in London gesucht.

T wie Tom, T wie Trottel, und wie sich nun erwiesen hatte: T wie *traitor*.

In dieser misslichen Situation zeigte sich ein weiterer markanter Wesensunterschied zwischen Bess und Jack. Während sie aufbrauste, herumkeifte, mit hochrotem Kopf durch die Wohnung lief und mit Gegenständen um sich warf, bewahrte er nach außen hin die Fassung, verlor kein Wort mehr über seinen Bruder und kanalisierte seine Wut, indem er präzise, pragmatisch und logisch vorging. In seinem Inneren musste es getobt haben, aber er ließ dieses Toben nicht heraus. Es habe keinen Sinn, vergossenem Bier nachzuweinen, meinte er. Stattdessen beschloss er mit scheinbar kühlem Kopf, was nun zu tun sei: Sie mussten die Wohnung in Piccadilly aufgeben und sich einen neuen Unterschlupf suchen, bestenfalls getrennt. Bess könne wieder bei Mutter Needham logieren, allerdings nicht wie zuvor in Covent Garden, sondern in der Cross Keys Tavern, dem nicht ganz so vornehmen Hurenhaus in Little Britain. Und er, Jack, werde sich bei einem guten und verschwiegenen

Freund in der King Street einquartieren. Wenn sie sich sehen wollten, dann nur im Black Lion oder im Cross Keys. Alles andere sei bis auf Weiteres zu gefährlich.

Doch all die Vorsichtsmaßnahmen sollten sich als nutzlos erweisen. Jonathan Wild lag längst auf der Lauer und hatte seine Fallen gestellt.

Bess kannte Jonathan Wild zu diesem Zeitpunkt nur dem Namen nach. Er selbst nannte sich »Generaldiebesfänger von Großbritannien und Irland«, aber alle Gauner von London wussten, dass dies allenfalls die halbe Wahrheit war. Mr. Wild unterhielt ein »Büro für verlorenes Eigentum« in Little Old Bailey, unweit des Gerichtsgebäudes. Wenn irgendwo in London etwas gestohlen worden war, so war es für den Geschädigten ratsam, zunächst Mr. Wild aufzusuchen und ihn mit dem »Wiederfinden« des Diebesguts zu beauftragen. Mr. Wild behauptete, er habe eine ganze Kompanie von Agenten und Informanten, die beinahe jeden Diebstahl aufklären und das Gestohlene zurückbringen konnten. Als zusätzliches Lockmittel für seine Kunden bot er ihnen an, nur im Falle des Erfolgs einen Anteil des Erbrachten als Gebühr zu nehmen. War Mr. Wild nicht in der Lage, den Diebstahl aufzuklären oder den Dieb zur Rückgabe der gestohlenen Sachen zu bewegen, so blieben seine Bemühungen unbezahlt.

Dass der Diebesfänger so überaus erfolgreich war, lag nicht zuletzt daran, dass Jonathan Wild selbst einer der größten Hehler und mächtigsten Bandenchefs in London war. Er unterhielt nicht nur eine Kompanie von Spitzeln, sondern auch eine Armee von Dieben und Räubern. Oft war Jonathan Wild selbst für den Diebstahl verantwortlich, dessen Beute er anschließend dem überglücklichen Eigentümer zurückgeben konnte – gegen eine üppige Gebühr versteht sich. Oder er lieferte den Konstablern und Friedensrichtern gegen ein Kopfgeld jene Gauner ans Messer, für die er keine Verwendung mehr hatte, die ihm gefährlich werden konnten oder die sich weigerten, für ihn zu arbeiten. All dies war in den Gaunervierteln der Stadt ein offenes Geheimnis, aber die feinen Bürger wollten davon nichts hören und ließen nichts auf ihren glorreichen Diebesfänger kommen. Selbst am Hof des Königs wurde Mr. Wild als rechtschaffener Hüter von Gesetz und Ordnung gefeiert.

Der Diebesfänger selbst machte sich nie die Hände schmutzig. Wie eine Spinne saß er unsichtbar im Dunkeln, während überall in London seine klebrigen Netze aufgespannt waren. Jonathan Wild war eine Macht, der sich jeder Ganove der Hauptstadt früher oder später stellen musste, zumeist indem er sich bedingungslos unterordnete und Befehlsempfänger wurde. Dass Mr. Wild stets den Überblick behielt, was in den Gaunervierteln vor sich ging, dafür sorgten seine unzähligen Informanten und Agenten. Er war ein Meister der Erpressung und der Bestechung, und so konnte man sich nie sicher sein, ob der Kumpan, mit dem man auf Raubfang ging, der Wirt, dessen Bier man trank, oder die Kupplerin, deren Huren man bestieg, nicht in Wirklichkeit zu Jonathan Wilds Söldnern zählten. Und genau das wurde Jack zum Verhängnis.

Im April 1724 wurde Jack im Black Lion von einem Mann angesprochen, der auf den Namen James Sykes hörte, den aber alle Welt nur als »Hell and Fury« kannte. Seinen Spitznamen »Hölle und Wut« hatte er aus seiner Zeit als Rennläufer, in der er sich mit seinen Rennen ein kleines Vermögen erlaufen hatte. Inzwischen war er nicht mehr ganz so schnell und hatte das Geld verprasst, sodass er sich als Sänftenträger und Botengänger verdingte. Diesen Sykes kannte Jack vom Hörensagen als berüchtigten Spieler und Betrüger, und so war er nicht überrascht, als Sykes ihm berichtete, er habe ein paar Trottel vom Land ausgemacht, die unbedingt eine Partie Skittles gegen hohen Einsatz spielen wollten. Diese Art des Rasenkegelns beherrschte Jack wie kaum ein anderer, und so willigte er ein, Sykes beim Schröpfen der Dummköpfe behilflich zu sein. Einem Spiel um hohen Einsatz war Jack niemals abgeneigt, vor allem, wenn keine Gefahr bestand, das Spiel zu verlieren. Leider jedoch wartete statt der Dorftrottel bereits Jonathan Wild in der Begleitung eines Konstablers auf Jack und verhaftete ihn wegen des Einbruchs bei der Leinenhändlerin. Mr. Wild brachte ihn für die Nacht ins Roundhouse von St. Giles, um ihn am nächsten Morgen dem Richter vorzuführen.

Dieses Roundhouse war dasselbe, aus dem Jack vor ziemlich genau einem Jahr Bess befreit hatte, und Mr. Brown, der Pedell, musste ebenso erstaunt wie erfreut gewesen sein, den Halunken, der ihn einst niedergeschlagen hatte, wieder in seinem kleinen Gefängnis begrüßen zu dürfen. Vor lauter Freude oder auch aus Angst vor erneuter Prügel vergaß Mr. Brown jedoch, Jacks Kleidung zu durchsuchen, und so konnte der ein altes Rasiermesser, das er stets in seiner Hosentasche trug, in seine Zelle unter dem Dach schmuggeln.

Sobald Jack allein war, machte er sich daran, mit der Rasierklinge das Metallgestell aus dem Sitz eines Stuhles zu schneiden und mit diesem die Zimmerdecke aufzustemmen. Bald hatte er sich bis zu den Dachziegeln durchgearbeitet und diese von den Dachbalken gelöst. Leider jedoch fiel dabei ein Ziegel auf die Straße und landete mit lautem Getöse direkt vor den Füßen eines entsetzten Passanten. Es war noch früh am Abend, und rings um die Kirche von St. Giles wimmelte es von Menschen, die nun zum Roundhouse starrten und den Ausbruch aus dem Dach bemerkten. Um keine Zeit zu vergeuden, stieß Jack mit aller Macht von innen gegen die Dachbalken, was eine regelrechte Ziegellawine und einen entsprechenden Aufruhr auf der Straße zur Folge hatte. Jack nutzte die Verwirrung der Zuschauer, zwängte sich durch das Loch, sprang vom Gefängnisdach in den benachbarten Kirchhof und kletterte über eine kleine

Mauer auf die Straße, wo er sich unter das gaffende Volk mischte und anschließend unbehelligt seiner Wege ging.

Die Geschichte dieses Ausbruchs ging in Windeseile von Mund zu Mund und machte Jack endgültig zum Helden. Und der bedauernswerte Mr. Brown wurde ein weiteres Mal zum Gespött der Leute. Doch mit dem gestiegenen Ansehen, das Jack wie ein kleines Kind genoss und auskostete, auch wenn er sich nach außen hin unbeeindruckt gab, kam die Last des Ruhms. Nicht nur jedes Gossenkind in London kannte Jack dem Namen und der Beschreibung nach, sondern auch jeder Konstabler, jeder Diebesfänger und sämtliche Spitzel der Stadt. Und sie betrachteten es geradezu als persönliche Herausforderung, dem vorwitzigen Ganoven das Handwerk zu legen. Dass Jacks kleine Gestalt, sein hübsches Gesicht und sein ständiges, wenn auch nur leichtes Stottern ihn unschwer erkennbar machten, sollte sich als weitere Bürde erweisen.

So war es kein Wunder, dass ein Sergeant der Wache vor dem Leicester House, dem Jack nur wenige Wochen später nach einem missglückten Taschendiebstahl in den Leicester Fields in die Arme lief, keine Mühe hatte, in dem Taschendieb den gesuchten Ausbrecher Jack Sheppard zu erkennen. Sofort machte er ihn mit weiteren Wachmännern dingfest und brachte ihn zum nächstgelegenen Gemeindegefängnis von Soho.

Diesmal wurde Jack gründlich durchsucht, und sämtliche Gegenstände, die bei einer Flucht behilflich sein konnten, wurden ihm abgenommen, sodass Jack nichts anderes übrig blieb, als auf Hilfe von außen zu hoffen.

Bess erfuhr am nächsten Morgen, dass Jack im Gefängnis saß, und sie sah endlich die Gelegenheit gekommen, ihre Schuld bei ihm zu begleichen. Also besuchte sie ihn im Roundhouse mit der Absicht, ihm die Spitze einer Hellebarde in die Zelle zu schmuggeln, die sie unter ihrem Petticoat versteckt hatte. Leider jedoch waren die Wärter in Soho gewarnt und gewappnet, hielten ihren berühmten Insassen unter ständiger Beobachtung und ertappten Bess auf frischer Tat. Statt Jack zu befreien, wurde Bess ebenfalls verhaftet und gemeinsam mit ihm zum New Prison in Clerkenwell gebracht. Und dies war ein Gefängnis, das seinen Namen verdiente.

Captain Geary, der Hauptwärter des Gefängnisses, hatte von Jacks und Bess' Ausbrüchen aus dem Roundhouse von St. Giles gehört, wollte nichts Ähnliches erleben und ließ Jack Fußeisen anlegen. Allerdings gestattete er den beiden steckbrieflich gesuchten Verbrechern die Unterbringung in einer gemeinsamen Zelle, weil sie sich als Eheleute zu erkennen gaben. Ebenfalls erlaubt war der Besuch von Freunden und Verwandten, jedoch nur unter den wachsamen Augen des Captain Geary. Die Gefahr, erwischt zu werden, war groß, und so bat Jack einen der Besucher, die schwangere Jenny Diver zu holen.

»Jenny ist nicht schwanger«, meinte der Besucher verwundert.
»Das lass mal meine Sorge sein«, antwortete Jack augenzwinkernd.

Jenny Diver hatte sich als Taschendiebin darauf spezialisiert, ihren Opfern ganz offen und dennoch unsichtbar an die Geldbeutel zu gehen. Dazu hatte sie sich ein Kleid geschneidert und am Bauch mit Wolle ausgestopft, das sie wie eine Hochschwangere aussehen ließ. Der eigentliche Witz dieser Verkleidung bestand allerdings darin, dass ein falscher linker Arm samt Handschuh aufgenäht war. Wenn Jenny ihre rechte Hand auf den vermeintlich schwangeren Bauch legte, dann sah es aus, als kreuzte sie die Arme. In Wirklichkeit jedoch war ihre linke Hand unter dem Kleid versteckt und konnte durch eine seitliche Öffnung in fremden Taschen tätig werden.

Auf diese Weise schmuggelte Jenny eine Feile und einen Handbohrer in die Zelle, und am Abend des Pfingstsonntags, dem 24. Mai 1724, verhalfen diese Werkzeuge Bess und Jack zur Flucht. Zunächst feilte Jack die Kette zwischen den Fußschellen durch, dann machte er sich daran, eine der Eisenstangen am Fenster mit der Feile zu bearbeiten. Das Haupthindernis bestand jedoch in einem mächtigen Eichenbalken, der das Fenster zusätzlich versperrte. Mit dem Bohrer trieb Jack viele kleine Löcher in das Holz, wie Perlen an einer Kette, sodass es ihm schließlich möglich war, ein großes Stück des durchlöcherten Balkens herauszubrechen. Zwar war die Öffnung nun breit genug, doch die Zelle befand sich im obersten Stockwerk des Gefängnisses, 25 Fuß über dem Boden, und an einen Sprung in die Tiefe war nicht zu denken.

»Da kommen wir nie runter«, sagte Bess, als sie nach unten schaute.
»Zieh dich aus!«, war Jacks Entgegnung.
»Was?«
»Ausziehen!«, befahl Jack lachend. »Das Unterkleid kannst du anbehalten.«

Er knotete Bess' und seine eigene Kleidung mit dem Bettzeug zusammen und bastelte daraus ein langes Seil, das er Bess um die Hüften band. Anschließend ließ er sie langsam mit dem Seil hinab, bis sie festen Boden unter den Füßen hatte, band dann das Seil am Rest des Eichenbalkens fest und kletterte selbst hinunter. Dummerweise befanden sie sich nun im Hof des Gefängnisses, umgeben von Mauern, die beinahe so hoch waren wie das Zellenfenster und zudem gespickt mit schmiedeeisernen Nägeln. Doch wieder wusste Jack einen Ausweg, hatte sich das weitere Vorgehen offensichtlich bereits gründlich überlegt. Er schlang einen Teil des zusammengeknoteten Seils um seinen Hals, kletterte wie ein Eichhörnchen an einem Tor hoch, wobei er die Scharniere und Angeln als Fußtritte benutzte, und zog Bess anschließend mit dem Seil zu sich hinauf auf die Mauerkrone. Das war umso erstaunlicher, weil er ja ein äußerst schmächtiger Mann war und Bess eine groß gewachsene und üppige Frau. Doch Jack war kräftiger als es schien, und was ihm an Muskeln fehlte, ersetzte er durch Willenskraft. Tatsächlich bugsierte er Bess auf die Mauer, befestigte dann das Seil an einem der Eisennägel, sodass sie beiden auf der anderen Seite hinunterklettern konnten und mit einem letzten Sprung in der Freiheit landeten.

War Jack zuvor bereits in ganz London bekannt und berüchtigt gewesen, so wurde er durch diese Flucht endgültig zur lebenden Legende. Die spektakulären Umstände des Ausbruchs und die Tatsache, dass er seine geliebte Bess dabei wie einen eroberten Schatz mitgeschleppt hatte, brachten ihm höchste Anerkennung und aufrichtige Ehrerbietung nicht nur der Gauner und Huren ein. Selbst angesehene Bürger, darunter einige Angehörige der schreibenden Zunft, zollten dem entflohenen Häftling ihren Respekt, auch wenn sie dies nur hinter vorgehaltener Hand oder unter einem Pseudonym taten. Er war nun »Jail-breaker Jack«, der ungekrönte Ausbrecherkönig von London.

Auch Bess war beeindruckt von ihrem Jack. Allerdings war es nicht allein der Ausbruch selbst, der ihre Achtung vor ihm auf ein Höchstmaß steigen ließ, sondern vor allem die gemeinsam verbrachte Zeit in der Zelle in Clerkenwell. Was Bess ein ums andere Mal erstaunte, war die Selbstverständlichkeit und Unbekümmertheit, mit der Jack bis zum Schluss an ein gutes Ende geglaubt hatte. Nie verließ ihn der Mut, selten verlor er seine gute Laune, stets schaffte er es, alles in einem günstigen Licht zu sehen und darzustellen. Die Tage im New Prison schienen ihm wie ein harmloses Abenteuer vorzukommen, das es mit frohem Sinn zu bestehen galt. Zweifel schien er nicht zu kennen. Gleichzeitig stellte Bess voller Bewunderung fest, wie präzise und genau Jacks Verstand arbeitete und wie wenig dieser Verstand durch äußere Widrigkeiten aus dem Takt geriet. Während er gleichzeitig herumscherzte und sich über seine Gegner oder mögliche Hindernisse lustig machte, arbeitete er in seinem Inneren wie ein Besessener daran, diese Gegner auszuschalten und alle Hindernisse zu überwinden. Auf alles wusste er eine Antwort.

Jack imponierte Bess, und sie war stolz, an seiner Seite zu sein. Doch zugleich war sie ihm auf beinahe widersinnige Weise böse. Denn er hatte sie nun noch verbundener und abhängiger gemacht. Die Waage der Schuld war weiter ins Ungleichgewicht geraten. Zum zweiten Mal hatte Jack ihr die Freiheit geschenkt, hatte sie aus einer Zelle befreit, und doch hatte Bess das Gefühl, als wären ihr Ketten angelegt worden. Unsichtbare Ketten, für die es keine Feilen gab.

Nur wenige Tage nach ihrer Flucht aus dem New Prison erschien Blueskin auf der Bildfläche und diente sich dem allseits umjubelten Jack als treuer Freund und tatkräftiger Mann fürs Grobe an. Blueskin, der eigentlich Joseph Blake hieß, war unlängst aus dem Gefängnis in der

Wood Street entlassen worden, in das ihn Jonathan Wild vor knapp zwei Jahren gebracht hatte. Mit Billigung des Diebesfängers, wenn nicht gar auf dessen Geheiß, war er nun vorzeitig auf freien Fuß gesetzt worden. Es hieß, Blueskin habe sich seine Freiheit mit dem Verrat der ehemaligen Weggefährten erkauft, die allesamt hingerichtet worden waren. Vielleicht nur ein Gerücht. Und wahrscheinlich nur ein Zufall, dass die Freilassung mit Jacks Flucht zusammenfiel. Doch an Zufälle glaubte Bess schon lange nicht mehr. Zufälle waren eine Erfindung der Gutgläubigen und Einfältigen.

Und deshalb hatte sie jetzt so alarmiert reagiert, als plötzlich und wie aus dem Nichts dieser Henry Ingram aufgetaucht war und ihr im Newgate aus der Patsche geholfen hatte.

3

»Sagt dir eigentlich der Name John Gay etwas?«

Bess wäre beinahe der Löffel aus der Hand gefallen. Nur mit Mühe schaffte sie es, in ihre Schüssel mit Biersuppe zu starren und ihrem Gegenüber nicht zu erkennen zu geben, dass die Frage sie aus der Fassung gebracht hatte.

»John *Wer*?«, fragte sie, nachdem sie sich geräuspert und ihre Überraschung mit einem getränkten Stück Brot heruntergeschluckt hatte.

»Gay«, antwortete Henry Ingram, alias Captain Macheath, und fügte schmatzend hinzu: »Ein Dichter und Schriftsteller der Bühne.«

Sie saßen sich am Ecktisch im Schankraum der Cross Keys Tavern gegenüber und löffelten die mit Butter und Brotkrumen angedickte Biersuppe, die Mutter Needhams Köchin ihnen zum Frühstück aufgetischt hatte. Bess versuchte aus Ingrams Gesicht abzulesen, ob seine Frage einen bestimmten Hintersinn hatte und warum er so dumm oder dreist war, diese Frage zu stellen. Doch der junge Mann, der ihr so seltsam und zugleich so undurchdringlich erschien, schaute sie freundlich lächelnd an und tat so, als wäre es das Natürlichste auf der Welt, sich ausgerechnet nach jenem Menschen zu erkundigen, den Bess am heutigen Tag aufsuchen wollte. Und nach dem sie monatelang Ausschau gehalten hatte.

»Nie gehört«, sagte sie und senkte den Blick. »Was willst du denn von dem Dichter? Bist du ein Schauspieler oder so was?«

»Oder so was«, wiederholte Ingram, lachte leise und nickte. »Jedenfalls war ich das mal. Ich hoffe, dass Mr. Gay mir helfen kann, nach Hause zu kommen. Das ist zwar nicht sehr wahrscheinlich, aber was ist an all dem hier schon wahrscheinlich?« Er breitete die Arme aus und machte eine ausladende Bewegung.

»Wo ist dein Zuhause?«, fragte Bess, die peinlich darauf achtete, dass keine Suppe auf ihr Kleid tropfte. Sie hatte das schlichte Kleid aus dunkelrotem Samt mit Bedacht ausgewählt. Es war im Dekolleté nicht allzu freizügig geschnitten und wirkte zugleich elegant und bescheiden. Zwar war es für die Sommerzeit eigentlich zu warm, doch es war ihr einziges Kleid, das nicht sofort die Hure verriet.

»Ich wohne in Lower Marsh, Lambeth«, antwortete Ingram und lachte, als wäre das ein besonders lustiger Witz.

»Den Weg zum Lambeth Marsh kann ich dir zeigen, dafür brauchst du keinen Dichter oder Schriftsteller. Du gehst einfach über die London Bridge und ...«

»Ich hab mich nicht verlaufen, Bess«, unterbrach er sie und hob abwehrend die Hand. »Das heißt, in gewisser Weise schon, aber nicht so, wie es sich jetzt vielleicht anhören mag. Ich kenne den Weg nach Lambeth, aber er nützt mir nichts. Denn er führt nur in die Irre.«

Bess schüttelte verwirrt den Kopf. »Du bist ein komischer Vogel, Macheath.«

»Das sagtest du bereits«, antwortete er. »Aber mein Name ist Henry Ingram.«

»Das sagtest *du* bereits«, erwiderte sie und zuckte mit den Schultern. Dann löffelten sie beide schweigend ihre Suppen.

Henry Ingram war Bess ein Rätsel. Und er war ihr zugleich suspekt und unheimlich. Dass er einer von Jonathan Wilds Spitzeln sein musste, lag auf der Hand, aber andererseits benahm er sich nicht wie ein Informant. Statt sich unauffällig zu verhalten und bedeckt zu halten, führte er sich wie ein Trampel oder Depp auf, der allerlei Lärm verursachte und für Aufsehen sorgte. Was ihm erst im Newgate und anschließend im Black Lion beinahe zum Verhängnis geworden wäre. Hinzu kam der seltsame Widerspruch zwischen seinem Aussehen und seinem Gehabe. Er trug fadenscheinige Fetzen am Leib und keine Schuhe an den Füßen, aber er sprach wie ein Gentleman oder Gelehrter und benutzte immer wieder Wörter, die Bess noch nie zuvor gehört hatte. Wenn er tatsächlich ein Schauspieler war, dann kein besonders guter, das stand jedenfalls fest.

Vor allem aber begriff Bess nicht, warum Jonathan Wild einen weiteren Spitzel auf Jack ansetzte. Mit Blueskin hatte er doch bereits einen Agenten in unmittelbarer Nähe seines Ziels gepflanzt. Was konnte also Ingram noch bewirken oder herausfinden? Oder war der Kerl gar nicht auf Jack angesetzt, sondern auf Blueskin? Oder gar auf sie selbst?

Solange sie nicht wusste, was Ingram umtrieb und warum Mr. Wild ihn geschickt hatte, hielt sie es für ratsam, den seltsamen Kauz in ihrer Nähe zu haben und möglichst nicht aus den Augen zu lassen. Nur deshalb hatte sie ihn mitgeschleift und bei Mutter Needham untergebracht. Sie wollte wissen, was das alles zu bedeuten hatte und wen sie vor sich hatte. Ingrams Frage nach John Gay bewies ihr nur, dass sie recht daran getan hatte, ihn unter ihre Fittiche zu nehmen. Der Kerl wusste Sachen, die nicht einmal Jonathan Wild wissen konnte. Oder er war ein tollpatschiger Dummschwätzer, der aufs Geratewohl ins Schwarze traf.

Wie um Bess' Vermutung zu bestätigen, fragte er plötzlich: »Warum hast du eigentlich Jack verraten?«

Bess verschluckte sich und hustete: »Hab ich das?«

»So wird's gemunkelt.«

»Du solltest nicht alles glauben, was Blueskin dir erzählt.«

»Godfrey und George behaupten es ebenfalls.«

»Weil Blueskin es ihnen eingetrichtert hat.«

»Also hast du Jack *nicht* verraten?«

Bess zögerte einen Augenblick und wusste nicht, ob und wie sie antworten sollte. Sie kannte diesen Kerl doch gar nicht, und er stellte peinliche Fragen, als wären sie alte Freunde oder als wäre er ihr Richter. Andererseits, was konnte es schaden? Vielleicht nützte es ja sogar etwas, einen Verbündeten zu haben. Also zuckte sie mit den Schultern und sagte: »Um ehrlich zu sein, ich weiß es nicht. Ich war an dem Abend so betrunken, dass ich mich an nichts erinnern kann.«

»Hat Wild dich betrunken gemacht?«, fragte Ingram. »Um aus dir herauszubekommen, wo Jack sich versteckt hielt?«

Wieder hob sie die Schultern und sagte: »Frag doch Blueskin, der kann dir sicher 'ne Antwort geben.«

»Ich frage lieber dich.«

»Ja, verdammt!«, platzte es aus ihr heraus. »Mr. Wild hat mich in irgendeinem Inn an der Temple Bar abgegriffen und so mit Gin abgefüllt, dass ich bis heute nicht weiß, wie ich anschließend nach Hause gekommen bin. Ich hab nicht die geringste Ahnung, was in dieser Nacht passiert ist.«

»Filmriss«, bekräftigte Ingram.

»Was soll 'n das nun wieder heißen?«

»Vergiss es!« Er winkte ab und sagte: »Erzähl weiter.«

»Es gibt nichts weiter zu erzählen. Am nächsten Morgen war Jack verhaftet, einen Tag später saß er bereits im Newgate, und alle Welt behauptete, ich hätte ihn verraten.« Sie lachte gallig, schob die restliche Biersuppe von sich und setzte hinzu: »Dabei wusste ich doch gar nicht, dass Jack in Mutter Blakes Gin-Shop war. Jedenfalls nicht mit Sicherheit.«

»Aber Jack hält dich nun auch für eine Verräterin«, sagte Ingram nickend.

»Dafür hat Blueskin schon gesorgt.«

»Du kannst ihn nicht leiden, was?«

»Darum geht's doch gar nicht!«, entfuhr es Bess, und sie schlug mit der flachen Hand auf den Tisch. »Hat sich eigentlich irgendwer mal gefragt, welche Rolle Blueskin bei der ganzen Sache gespielt hat?«

»Was meinst du damit?«

»Na, denk doch mal nach!«, zischte Bess und deutete mit dem Zeigefinger auf ihr Gegenüber. »Kaum waren Jack und ich aus dem New Prison getürmt, schon tauchte Blueskin bei uns auf und buckelte vor Jack, dass es geradezu erbärmlich war. Ich hab Jack gewarnt, wie ich's auch bei seinem Bruder Tom getan hab, aber Ratschläge hört Jack nun mal nicht gern.« Sie fasste sich an die Nase und schob sie mit dem Zeigefinger in die Höhe. »Gleich der erste Einbruch mit Blueskin geht in die Hose und bringt Jack das Todesurteil ein. Und warum? Weil sie ihre Beute an einen Hehler namens Field verkaufen, der dummerweise für Jonathan Wild arbeitet. Wie kann das passieren, wenn doch Blueskin jahrelang für Mr. Wild tätig war und sogar noch im Gefängnis von ihm bezahlt wurde? Blueskin muss diesen Mr. Field gekannt haben! Alles andere wäre schon sehr verwunderlich. Jack wurde von Blueskin und Field in die Falle gelockt.«

»Das ist nur eine Vermutung.«

»Ach ja?«, rief Bess und verschränkte ihre Arme vor der Brust. »Und warum wurde Blueskin nicht verhaftet? Er war doch an dem Abend auch im Laden seiner Mutter. Wieso schnappen sie sich Jack und lassen Blueskin entkommen? Das stinkt doch zum Himmel.«

»Hast du Jack diese Fragen mal gestellt?«

»Jack will davon nichts hören. Auf seinen Kumpel Blueskin lässt er nichts kommen. Als ich ihn im Newgate besucht hab, da hat er mich angeschrien und eine gemeine Verräterin genannt. Ich würde Blueskin nur beschuldigen, um von meiner eigenen Schuld abzulenken, hat er behauptet.«

»Könnte was dran sein, oder?«, lachte Ingram. »Jack ist schließlich kein Dummkopf. Vielleicht bist du auf Blueskin nur so sauer, weil seine Behauptung schlicht und einfach der Wahrheit entspricht. Wie willst du das wissen, wenn du dich an nichts erinnern kannst?«

Bess war wie vor den Kopf geschlagen, sie starrte Ingram an, und ihr Kiefer klappte herunter. Dann jedoch überkam sie die Wut, und sie spuckte ihm unvermittelt ins Gesicht. Ingram erwiderte nichts, er reagierte nicht, sondern wischte sich lediglich die Spucke von den Wangen und lächelte seltsam.

»Was kümmert dich das eigentlich?«, schnauzte Bess und sprang auf. »Warum liegt dir so viel an Jack? Gestern hätte er dich um ein Haar abstechen lassen, und heute tust du so, als wärt ihr die besten Freunde. Das ist doch verrückt!«

»Jack tut mir leid«, sagte Ingram und stand ebenfalls auf.

»Er tut dir leid?«, wunderte sich Bess, die bereits zur Tür gegangen war und sich jetzt noch einmal umdrehte. »Der große Jack Sheppard, der

Volksheld und Liebling aller Londoner Gauner, ausgerechnet Jack tut dir leid? Warum?«

»Weil er nicht mehr lange leben wird«, antwortete Ingram, und es schien fast so, als wären ihm die Worte wider Willen entschlüpft.

»Mach dir mal um Jack keine Sorgen«, lachte Bess und öffnete die Haustür. »Er hat neun Leben. Wie eine Katze.«

»Mag sein«, antwortete Ingram nachdenklich. »Aber dann lebt er gerade sein neuntes.« Er schüttelte plötzlich den Kopf und verbesserte sich: »Nein, sein achtes. Eine Wiedergeburt bleibt ihm noch.«

Bess wusste nicht, was sie auf diese eigentümlichen Worte erwidern sollte. Sie schnaufte abfällig, setzte ihren Hut auf und verließ den Schankraum.

4

Burlington House befand sich am östlichen Ende der Piccadilly, auf der Nordseite der Straße, nur einen Steinwurf von dem Haus entfernt, in dem Bess und Jack im vergangenen Jahr für kurze Zeit gewohnt hatten. Bess kannte das weitläufige und hochherrschaftliche Anwesen, das dem jungen Grafen von Burlington gehörte, natürlich von außen, doch abgesehen von dem prächtigen Torbogen und den im Halbkreis errichteten Säulengängen, die das Haus von der Straße trennten, hatte Bess bislang nichts von dem dahinter verborgenen Herrensitz zu Gesicht bekommen.

Und sie hätte nie gedacht, dass sie eines Tages versuchen würde, das Gelände heimlich durch einen Schweinestall zu betreten. Zwar hatte sie sich darauf gefasst gemacht, nicht ohne Weiteres durch das steinerne Tor auf den Hof spazieren zu können, doch dass das Haus wie eine Festung gesichert war, hatte sie überrascht. Zunächst hatte sie es einfach an der Piccadilly-Einfahrt versucht und dem Wärter an der Pforte mitgeteilt, sie sei eine Nichte des Dichters John Gay und wolle ihren Onkel besuchen. Doch der Pförtner hatte lediglich mit dem Kopf geschüttelt und behauptet, einen John Gay gäbe es in Burlington House nicht. Auf Bess' Einwand, sie habe ihren Onkel doch unlängst an selbiger Stelle besucht, reagierte der Mann mit abermaligem Kopfschütteln und der Bemerkung, das wage er stark zu bezweifeln, da ja, wie er bereits gesagt habe, kein Mann dieses Namens in Burlington House zu finden sei.

Damit blieb die Toreinfahrt für Bess versperrt, und so versuchte sie es an dem seitlichen Lieferanteneingang, der sich zwischen dem westlichen Säulengang und dem rückwärtigen Nebengebäude befand. Doch auch hier stand ein Wärter und verlangte entweder einen Passierschein oder einen Auftrag für die Lieferung. Da sie weder ein Papier noch irgendetwas Lieferbares bei sich trug, wurde sie abgewiesen und fortgeschickt.

Zuletzt ging sie zu einer kleinen, aber ebenfalls bewachten Eisenpforte, die zu einem der Gesindehäuser führte, und versuchte es mit der Ausrede, sie sei die Tochter einer Hausmagd und müsse dieser etwas ausrichten, doch darauf fragte der Wärter lediglich nach dem Namen der Betreffenden und erklärte, diese müsse ihre Tochter am Eingang abholen. Ohne Bürgen oder Passierschein werde niemand auf den Hof gelassen.

Bess war so erstaunt, dass sie sich kommentarlos abwandte und schleunigst davonlief. So etwas Seltsames hatte sie noch nicht erlebt. Dass das eigentliche Herrenhaus vor Bettlern, Hausierern und anderen unwillkommenen Besuchern beschützt wurde, konnte sie ja verstehen, aber dass gleich das ganze Gelände samt Hof und Gesindehäusern wie unter Quarantäne gehalten wurde, das wollte ihr nicht einleuchten. Von Colonel Charteris, der ihr am gestrigen Abend den entscheidenden Hinweis auf den Dichter John Gay gegeben hatte, wusste sie, dass der Graf von Burlington ein Förderer der Künste und selbst ein angesehener Architekt war. Charteris hatte berichtet, ein berühmter deutscher Komponist habe eine Zeitlang unter seinem Dach gewohnt, und zu den Gästen des Grafen hätten immer wieder auch Künstler zweifelhaften Rufs gezählt, die aus politischen oder finanziellen Gründen in ihrer Heimat oder bei ihren Gläubigern nicht gut gelitten gewesen seien. Vermutlich war dies der Grund für die übertriebenen Vorsichtsmaßnahmen.

Bess konnte sich nicht mehr genau erinnern, wie sie auf das Thema gekommen waren. Vermutlich hatte der Colonel mal wieder damit angegeben, welche hochrangigen Persönlichkeiten und gefeierten Künstler zu seinen Bekannten zählten. Bess kannte dieses wichtigtuerische Protzen und gab wenig darauf. Aber als Charteris eher beiläufig von einem deutschen Komponisten erzählt hatte, der früher einmal in Cannons House in Middlesex und ebenso im Burlington House an der Piccadilly gewohnt habe, war Bess vor Schreck und Aufregung beinahe das Herz stehen geblieben. Bei den Begriffen »deutscher Komponist« und »Cannons House« war sie wie unter Peitschenhieben zusammengefahren und hatte sich regelrecht in den Arm des Colonels verkrallt.

»Sachte, Mädchen!«, hatte der Colonel gelacht. »Den brauche ich noch! Und sei es nur, um dir den Arsch zu versohlen.«

Bess hatte neben ihm auf dem Bett gelegen, den Hintern voller roter Striemen von den albernen Spielchen des Colonels, und hatte sich mit zittriger Stimme nach dem Namen des Komponisten erkundigt: »Hieß der Mann zufällig Pepusch?«

»Pepusch?« Der Colonel hatte den Kopf geschüttelt. »Nein, der Name kommt mir zwar bekannt vor, aber der Komponist, den ich meine, hieß Händel. Ein Mann mit Verbindungen bis hinauf ins Königshaus. Kein Wunder, bei der deutschen Inzucht am Hof. Als braver Brite ist man ja ein Fremder in der Heimat, und der König von Großbritannien ist der Sprache seines eigenen Volkes nicht mächtig. Es ist eine Schande!«

Zunächst war Bess enttäuscht gewesen, doch dann war der Colonel, in einer Mischung aus Erregung und Entspannung, ins Plaudern und Schwadronieren geraten. Zunächst hatte er, obwohl selbst kein Engländer, sondern Schotte, noch ein wenig über König George und die vermeintliche Plage aus Hannover gelästert, aber schließlich hatte er von seinem letzten Besuch in Burlington House erzählt und ganz nebenbei einen gewissen John Gay erwähnt, den er dort getroffen habe. Das sei ein talentierter Dichter und zudem ein guter Freund der ehrenwerten Herren Jonathan Swift und Alexander Pope, wie der Colonel prahlerisch hinzugefügt hatte. Vor einiger Zeit habe Mr. Gay jedoch bei einer Börsenspekulation nicht nur sein ganzes Geld, sondern beinahe auch den Verstand verloren, und nun werde er vom braven Grafen von Burlington durchgefüttert und aufgepäppelt. Ein Schatten von einem Mann, dieser Mr. Gay, hatte Charteris behauptet. Ein Jammer!

Und genau deshalb war Bess nun hier in Westminster, und aus diesem Grunde würde sie sich nicht so leicht abwimmeln lassen. Zu lange hatte sie nach einer Spur gesucht, und auch wenn John Gay nur mittelbar etwas mit den Vorfällen in Cannons zu tun hatte, so war er doch ein Freund des Kapellmeisters Pepusch und ein Bekannter des jungen deutschen Oboisten, dessen Name ihr auch heute noch wie eine Gewehrsalve in den Ohren klang: Albrecht Niemeyer! Jener Mann, der sie erst zur Witwe und dann zur Hure gemacht hatte.

Ohne rechten Plan ging Bess auf der Bond Street in nördlicher Richtung, immer entlang des hohen und mit Spitzen bewehrten Zauns, der das gesamte Gelände umgab. Sie hielt Ausschau nach Pforten oder durchgerosteten Gitterstäben, doch ihre Suche blieb erfolglos. Durch die Eisenstäbe konnte sie einen Blick auf den rückwärtigen Park und die Gartenanlagen werfen, die nur von einzelnen Remisen und Stallungen gesäumt waren. Die herrschaftlichen Gebäude, aber auch die meisten Unterkünfte der Dienerschaft befanden sich im vorderen Teil, unweit der Piccadilly, und je näher Bess der Glasshouse Street kam, desto schmuckloser und unansehnlicher wurden die Häuser und Hütten. Als sie beinahe das Ende des Parks erreicht hatte und bereits rechter Hand in die Nebenstraße einbiegen wollte, sah sie einen Pferdekarren, der aus einer Stallung auf die Bond Street einbog. Der Stall befand sich in der äußersten Ecke des Burlington Parks und war sozusagen Teil oder Abschluss der Ummauerung, allerdings besaß das backsteinerne Gebäude ein zweiflügliges Tor zur Straße hin, das so hoch und breit war, dass es den Fuhrwerken die Durchfahrt ermöglichte. Der Karren, der gerade den Stall verlassen hatte, war mit dampfendem Dung oder Mist beladen, und der Mann auf dem Kutschbock pfiff zweimal auf den Fingern, als wollte er jemandem ein Zeichen geben. Als nichts geschah, pfiff er erneut, doch niemand antwortete. Mürrisch stieg er vom Kutschbock und ging zum Tor, das er schloss, aber nicht verriegeln konnte, weil sich der Riegel auf der Innenseite befand.

Eine Weile wartete er unentschlossen, dann pfiff er erneut, und als wiederum nichts geschah, winkte er ab und knurrte: »Hol's der Teufel!« Damit stapfte er zu seinem Karren zurück, stieg auf den Bock und gab dem Pferd die Peitsche.

Bess hatte sich inzwischen dem Tor genähert und wartete, bis der Pferdekarren weit genug entfernt war. Dann öffnete sie den rechten Flügel des Tors einen Spaltbreit und zwängte sich hindurch. Im Inneren des Stalls empfing sie ein diffuses Licht und ein erbärmlicher Gestank. Sie befand sich unverkennbar in einem Schweinestall, auch wenn im Augenblick keine Tiere in den hölzernen Gevierten waren. Doch bevor sie sich genauer orientieren konnte, wurde am anderen Ende des Stalls eine kleine Tür geöffnet, und ein Knecht betrat das Gebäude. Bess duckte sich und versteckte sich hinter einem Handkarren, der neben der Einfahrt abgestellt war.

»Was soll 'n das?«, knurrte der Knecht und stapfte zum Tor. Kopfschüttelnd legte er den Riegel vor und knurrte: »Hätte ja mal 'n Ton sagen können, der blöde Kerl!« Dann drehte er sich um und verließ den Stall, wie er gekommen war.

Bess atmete tief durch, achtete dabei allerdings darauf, durch den Mund zu atmen, und wartete eine geraume Weile, bevor sie sich zu der Holztür begab, die zu den angrenzenden Gärten führte. Es war inzwischen Mittag, und die Sonne stand hoch am Himmel. Als sie durch die Tür trat, blendete sie das Licht, und sie kroch schleunigst hinter eine Buchsbaumhecke, in den Schatten und in Deckung. Doch ihre Vorsicht war unnötig – weit und breit war keine Menschenseele zu sehen. Auf der anderen Seite des Stalls sah sie eine Weide, auf der die Schweine in der Sonne dösten oder sich in den ausgetrockneten Pfützen suhlten, und direkt vor ihr begann der Nutzgarten, der durch niedrige Hecken in Parzellen aufgeteilt war.

Am südlichen Ende des Gartens befand sich eine mannshohe und mit Efeu bewachsene Mauer mit einem reich verzierten, schmiedeeisernen Tor, durch das sie einen Blick auf den Burlington Park werfen konnte. Schon das Wenige, das sie von der Bond Street aus durch die Gitterstäbe gesehen hatte, war beeindruckend gewesen, doch erst wenn man den Park der Länge nach und mit Blick auf das Herrenhaus in Augenschein nahm, entfaltete sich der ganze Reichtum des Gartens. Zwar hatte Bess einen ähnlich prächtigen Park bereits in Cannons gesehen, hier wie da waren die dichten Hecken zu Irrgärten oder Säulengängen zurechtgeschnitten, die Rasenflächen erinnerten an Ornamente, und die bunten Blumenrabatten wirkten beinahe wie Stickereien, doch dieser Garten hatte zudem etwas Verwunschenes oder Verträumtes an sich. Und erst jetzt erkannte Bess, dass die Häuser und Hütten, die sie für verfallen oder etwas schäbig gehalten hatte, gar nicht alt und baufällig waren, sondern nur so aussehen sollten. Ja, es gab sogar ruinenartige Gebäude und etliche Säulen oder Pfeiler, die nicht nur keinen Aufbau trugen, sondern denen auch der Kopf oder Abschluss fehlte und die nutzlos in der Gegend herumstanden. Bess kam es so vor, als hätte sich jemand sehr viel Mühe gemacht, das Ganze unfertig oder vernachlässigt aussehen zu lassen. Ein seltsamer Widerspruch. Oder ein Witz, über den nur Adelige lachen konnten.

Der Gedanke an Cannons erinnerte sie daran, weshalb sie hergekommen war, und so verließ sie den Küchengarten und ging auf einem schmalen, sich um alte Bäume herumschlängelnden Weg am Rande des Anwesens in Richtung Herrenhaus. Als Gast des Grafen würde John Gay vermutlich in den herrschaftlichen Gebäuden an der Piccadilly untergebracht sein, und da sich auch die Gesindehäuser, wo Bess sich als erstes umhören wollte, dort befanden, lief sie in südlicher Richtung und achtete darauf, von niemandem angesprochen zu werden. Das war einfacher als gedacht, denn außer einem kahlköpfigen Gärtner, der vor seinem Häuschen in der Sonne döste, einem livrierten Bediensteten, der mit einem Weidenkorb über den Rasen eilte, und einer Magd, die hinter den Gesindehäusern Wäsche aufhängte, begegnete sie keinem Menschen. Es schien beinahe so, als befände sich Burlington House im Mittagsschlaf.

Doch plötzlich wurde Bess aus ihren Gedanken gerissen. »Ma'am!«, rief eine laute Stimme hinter ihr, und als sie sich umschaute, erblickte sie den Gärtner, der sich erhoben und ihr genähert hatte.

»Ay?«, fragte Bess erschrocken.

»Ma'am«, wiederholte der Glatzkopf und lächelte seltsam. »Wusste ich es doch, dass Ihr es seid, Mistress ...« Er suchte nach dem Namen und fand ihn schließlich: »Lyon! Richtig, Elizabeth Lyon, nicht wahr?«

»Woher kennt Ihr mich?«, fragte Bess erstaunt und zugleich alarmiert. Seit Jahren war sie nicht mehr »Ma'am« und »Mistress Lyon« genannt worden. Mrs. Elizabeth Lyon war tot, begraben auf dem Schandanger, neben ihrem Mann Matthew, auch wenn ihre sterbliche Hülle noch unter dem Namen Edgworth Bess herumgeisterte.

»Habe ich mich so verändert?«, fragte der Gärtner und schaute an sich hinab. Er hob entschuldigend die Achseln und setzte dann eine dunkelrote, samtene Ballonmütze auf, die nicht so recht zu dem grobleinenen Gärtnerkittel passen wollte. »Als wir uns das letzte Mal gesehen haben ...« Er unterbrach sich, klopfte sich auf die Brust und rülpste laut. Dann riss er die Augen auf und presste die Lippen aufeinander, als wollte er einen weiteren Rülpser unterdrücken, und schwankte auf der Stelle hin und her. Schließlich sagte er: »Lange her ... damals.«

Erst jetzt begriff Bess, dass der Mann betrunken oder zumindest angetrunken war, und sie betrachtete ihn noch eingehender. Das Auffallendste an ihm waren seine großen braunen Augen und die hervorstehende spitze Nase, doch davon abgesehen war sein Gesicht nicht gerade bemerkenswert. Das Alter des Mannes war schwer zu schätzen, er mochte vierzig oder auch fünfzig Jahre alt sein, der eingefallenen, knittrigen Haut nach zu urteilen vielleicht sogar älter. Bess kramte in ihrem Gedächtnis, doch sie wurde nicht fündig. Lediglich die rote Samtmütze kam ihr irgendwie bekannt vor.

»Was meint Ihr mit *damals*?«, fragte sie.

»Na, meine Zeit in Cannons House, was sonst?«, meinte der Kahlkopf und beendete seinen Satz mit dem Rülpser, den er zuvor zu unterdrücken versucht hatte.

»Cannons?«, entfuhr es Bess. Und als wäre sie bisher von allen guten Geistern verlassen gewesen, schlug sie sich mit der flachen Hand gegen die Stirn und murmelte: »Natürlich! Ihr seid ...«

»John Gay, mit Verlaub«, antwortete er und verbeugte sich, wobei er beinahe das Gleichgewicht verlor und sich an einem Baum abstützen musste. »Hoppla!«

Bess konnte es kaum glauben. Vor drei Jahren hatte sie Mr. Gay zuletzt gesehen, doch damals war er ein junger Mann mit pausbackigem Lausbubengesicht gewesen. Zwar hatte er bereits eine hohe Stirn und etwas schütteres Haupthaar gehabt, doch das hatte er mit langen Locken wettgemacht, die ihm vom Hinterkopf bis auf die Schultern fielen. Wie hatte der Colonel gesagt? »Der Schatten von einem Mann!« Und nun verstand Bess, was er damit gemeint hatte. Die Haare waren ihm gänzlich ausgegangen, die Wangen wirkten eingefallen, und die Haut war rissig wie bei einem Krätzekranken. Er war in der kurzen Zeit wie um Jahrzehnte gealtert. Aus dem schelmischen Lausejungen, den Bess in Erinnerung hatte, war ein abgehalfterter Trinker geworden. Und wieder fielen ihr Charteris' Worte ein: »Ein Jammer!«

»Was treibt Euch nach Burlington House? Arbeitet Ihr jetzt als Dienstmagd für den Grafen?«, fragte Mr. Gay und deutete auf den Stuhl vor dem Gartenhäuschen, auf dem er vorhin gedöst hatte. »Wollt Ihr Euch setzen und ein wenig mit mir plaudern? Ich langweile mich ... zu Tode.«

Bess schüttelte den Kopf und antwortete: »Ihr werdet lachen, aber ich war auf der Suche nach Euch. Und jetzt habt Ihr mir direkt gegenübergestanden, und ich hab Euch beinahe nicht erkannt. Was ist mit Euch geschehen? Ihr seht ...«

»Alt aus?«, ergänzte Mr. Gay. »Heruntergekommen? Elend? Erbärmlich?« Er zuckte achtlos mit den Schultern und setzte sich auf den Stuhl, den Bess ausgeschlagen hatte. »Ich sehe nur so aus, wie ich mich fühle. Mir ist es in den letzten drei Jahren ... nicht besonders gut ergangen.«

»Wem sagt Ihr das!«, raunte Bess und schaute zu Boden.

Mr. Gay horchte auf und schaute sie neugierig an. Doch dann winkte er ab und deutete auf eine Weinflasche, die auf einem kleinen Holztisch stand. »Wollt Ihr? Aus dem erlauchten Weinkeller des Grafen.«

Wieder schüttelte Bess den Kopf. »Ich suche einen Freund von Euch: Mr. Pepusch. Oder besser gesagt, ich bin auf der Suche nach einem Freund von Mr. Pepusch. Einem Musiker namens …«

»Niemeyer!« Mr. Gay nickte, schenkte sich Wein in ein Glas und leerte es in einem Zug. »Albrecht Niemeyer. Ja, ich erinnere mich. Ein genialer Musiker, aber ein ebenso widerlicher Kerl. Habt Ihr es schon in Cannons House versucht?«

Bess starrte ihn an, als hätte er den Verstand verloren.

»Verstehe«, sagte Mr. Gay und räusperte sich. »Ja, sicher. Eine dumme Geschichte.«

»Dumm? Ist das alles, was Euch dazu einfällt?«, empörte sich Bess und trat nahe an Mr. Gay heran. »Mein Mann ist tot!«

»Gewiss, gewiss, aber daran wart Ihr nicht ganz unbeteiligt, wenn ich mich recht entsinne.« Er grinste anzüglich, schlug die Beine übereinander und füllte sich erneut das Glas. »Und überhaupt: Was hab ich mit der unseligen Sache zu schaffen? Mr. Niemeyer interessiert mich nicht, er war schon damals ein elender Mistkerl. Es war Eure eigene Torheit, auf ihn reinzufallen. Versteh einer die Weiber! Ich kann Euch nicht helfen, Madam, und will es auch nicht. Schert Euch zum Teufel!«

»Ich hatte Euch anders in Erinnerung«, murmelte Bess und schob wütend die Unterlippe vor. »Ihr wart einmal ein Gentleman. Von all den Dichtern und Musikern in Cannons wart Ihr der einzige, den ich als aufrichtig kennengelernt habe. Jedenfalls nicht so verlogen und herzlos wie der Rest der Bande.«

»Nun, Pech, meine Liebe«, knurrte Mr. Gay und knallte das Glas auf den Tisch. »Ihr seht ja, was es mir eingebracht hat. Warmherzigkeit und Ehrlichkeit muss man sich leisten können. Meine Zeit als Gentleman ist vorbei. Heute helfe ich dem Gärtner des Grafen dabei, die pflanzlichen Sperenzchen seines Herrn in Form zu halten, und spiele ansonsten den Hofnarren für eine Hand voll Schotten, die dem König von Großbritannien nach dem Leben trachten. Ich darf den kulturlosen Banausen aus dem Norden nach dem Essen frivole Schäfergedichte vortragen. Damit sie beim Furzen und Verdauen was zu lachen haben.«

»Dem König nach dem Leben trachten?«, entfuhr es Bess.

Mr. Gay lachte und griff wieder nach dem Glas. »Was glaubt Ihr, warum Burlington House wie eine Festung gesichert ist? Etwa weil mir die Gläubiger auf der Spur sind? Oder weil der Graf Angst vor der Rache einer seiner vielen Geliebten hat? Oh nein, in Burlington House wird das Hohelied auf die Jakobiten gesungen. Die Stuarts werden wie Götzen angebetet. Das mag zwar vor allem auf dem katholischen Mist von Lady Burlington gewachsen sein, aber der Graf mischt munter mit. Jedenfalls unternimmt er nichts dagegen.«

»Lord Burlington ist ein Katholik und Jakobit?«, wunderte sich Bess.

»So weit würde ich nicht gehen, er ist schließlich kein Dummkopf, aber er hält sich alle Optionen offen«, lachte Mr. Gay und verschluckte sich an dem Wein. »Nur für den Fall, dass doch mal einer der vielen ungeschickten Aufstände der Jakobiten erfolgreich ist und die Stuarts irgendwann wieder den Thron besteigen. Man weiß schließlich nie. Auch ein blindes Huhn findet bekanntlich mal ein Korn. Oder einen mächtigen Verbündeten in Europa. Vor zwei Jahren hätte es ja beinahe schon mal geklappt.«

»Und Ihr?«, fragte Bess. »Haltet Ihr Euch auch alle Optionen offen?«

»Ich habe keine Optionen mehr«, antwortete Mr. Gay, wischte sich über das unrasierte Kinn und erhob sich schwerfällig. Er nahm die Ballonmütze vom Kopf und stapfte zu dem Häuschen, dessen abgerundete Fassade einem alten Tempel nachempfunden war. »Ich singe Trinklieder für kulturlose Banausen und dichte Spottverse auf Protestanten und Hannoveraner, gerade so, wie man es von mir verlangt. Davon abgesehen will ich nichts als meine Ruhe.«

»Ihr habt einmal anders gesprochen.«

»Ja, und ich habe sogar einmal anders geschrieben. Ein langes Gedicht auf das Straßenleben von London habe ich verfasst. Dem Volk aufs Maul geschaut, wie man so sagt. Das Problem ist nur, dass niemand es lesen wollte.« Er lachte gallig und setzte hinzu: »Die Reichen nicht, weil sie ungern ungeschminkt in den Spiegel gucken. Und die Armen nicht, weil sie eben nicht lesen können.«

»Ihr habt Angst vor dem wahren Leben!«, entfuhr es Bess.

»Seltsam«, meinte Mr. Gay und schaute sie überrascht an. »Das hat Swift auch gesagt. Zum Henker mit den Pastoralen und Schäferspielen! Her mit den Räubern und Dirnen! So oder ähnlich hat er geschimpft. Das ist leicht gesagt, wenn man sich um das tägliche Brot nicht sorgen muss.«

»Mit Räubern und Dirnen könnte ich dienen«, antwortete Bess nachdenklich.

»Zu spät, meine Liebe. Zu spät! Das wahre Leben kann mir gestohlen bleiben! Ich halte es mit den alten Römern: in vino veritas!« Damit verschwand er im Inneren des Häuschens und schloss grußlos die Tür.

»Dann langweilt Euch nur weiter zu Tode! Und trinkt Euch ins Grab!«, rief Bess und hätte vor Wut und Enttäuschung beinahe geweint. Doch sie presste die Lippen aufeinander und unterdrückte die Tränen. Dann raffte sie ihr Samtkleid, unter dem ihr der Schweiß kalt über den Körper lief, und hastete eilig davon.

»Lincoln's Inn Fields!«
Bess fuhr zusammen und wandte sich um.
»Lincoln's Inn Fields!«, wiederholte John Gay. Er stand vor dem Häuschen und trat unruhig auf der Stelle, als plagte ihn die Blase. »Versucht es im New Theatre an der Portugal Street. Als ich Maestro Pepusch das letzte Mal gesehen habe, hat er dort als Kapellmeister gearbeitet. Ist allerdings schon eine Weile her.«
»Danke«, sagte Bess erleichtert und lächelte.
Mr. Gay winkte ab und antwortete: »Grüßt das wahre Leben von mir! Und sagt ihm, dass es sich gefälligst von mir fernhalten soll.« Dann griff er nach der Weinflasche, setzte sie sich an den Mund und verschwand wieder in seiner Hütte.

5

Während Bess auf der Piccadilly nach Osten ging, in Richtung Soho, schossen ihr die Gedanken wie Sternschnuppen durch den Kopf, hell aufleuchtend, aber ohne erkennbares Ziel und nach kurzer Zeit verloschen, als hätte es sie nie gegeben. Doch je näher sie Covent Garden kam und je vertrauter ihr die Gegend wurde, in der sie in den ersten Monaten nach ihrer Ankunft in London gewohnt hatte, desto weniger achtete sie auf ihre Umgebung und desto deutlicher und fassbarer wurden ihre Gedanken.

Als sie schließlich die Maiden Lane betrat, in der sich das vornehmere der beiden Hurenhäuser von Mutter Needham befand, kam ihr ein seltsamer Vergleich in den Sinn. Bess hatte nie ganz verstanden, mit welchem Recht sich die Künstler für etwas Besseres hielten und worauf sie ihren Dünkel und ihre Selbstgefälligkeit gründeten. In Bess' Augen waren sie nichts weiter als männliche Huren, die sich für Geld oder Gefälligkeiten verkauften. Burlington House war in gewisser Weise ein Hurenhaus der Künste, mit dem Grafen von Burlington als Kuppler und Hehler, und auch in Cannons House war es nicht anders gewesen. Der dortige Herzog von Chandos, ein unvorstellbar reicher und ebenso freigiebiger Mann, hatte sich seine Dichter, Maler und Musiker genauso gehalten, wie er die Mätressen und Geliebten um sich geschart hatte. Doch während die Mistresses (egal ob wohlhabende Madams oder besitzlose Mägde) sich ihrer niederen Position zumeist bewusst waren und nur heimlich oder bei Nacht in Erscheinung traten, ließen sich die Künstler hofieren, als wären nicht sie es, die wie Bettler von der Hand in den Mund lebten, sondern als täten sie dem Herzog einen unschätzbaren Gefallen, wenn sie sich von ihm aushalten ließen. Manche von ihnen hatten überhaupt kein eigenes Zuhause, sondern wanderten von einem Förderer und Gönner zum nächsten, stets darauf bedacht, kein Geld für

Unterkunft oder Kost aufbringen zu müssen. Parasiten mit Schreibfeder oder Musikinstrument.

Bess war damals Dienstmagd in Cannons gewesen und hatte einige dieser eingebildeten Pinsel erlebt, die sich wie selbstherrliche Könige aufführten und meist nur untereinander verkehrten, in so genannten Zirkeln oder Clubs, die sie wie Geheimbünde pflegten. Den Umgang mit dem gewöhnlichen Volk mieden sie wie die französische Krankheit. Dabei waren sie längst von einer Seuche befallen, die nach Bess' Meinung viel schlimmer war als die Syphilis: Erbärmlichkeit!

Einer dieser Künstlerzirkel nannte sich »Scriblerus Club« und bestand unter anderem aus den drei befreundeten Schriftstellern Alexander Pope, John Arbuthnot und John Gay. Hin und wieder trafen sie sich im zehn Meilen nördlich von London gelegenen Cannons House, dem angeblich schönsten und teuersten Herrenhaus in ganz England, und weil sie darauf bestanden, dass Bess, die damals noch Elizabeth genannt wurde, sie während ihrer Treffen mit Speisen und Alkohol versorgte, erhielt sie eine besondere und eigenartige Lektion darin, was man gemeinhin unter den schönen Künsten verstand. Es war vor allem der jüngste von ihnen, Mr. Pope, der keine andere Dienstmagd akzeptierte und geradezu darauf versessen war, von Elizabeth bedient zu werden, allerdings nur, um sie dabei mit seinen Blicken zu verschlingen und mit seinen knochigen Fingern zu betatschen.

Mr. Alexander Pope war der wohl hässlichste und jämmerlichste junge Mann, den Elizabeth je zu Gesicht bekommen hatte. Er war kleinwüchsig, keine fünf Fuß groß, und hatte stets entzündete Augen, die in seinem milchweißen Gesicht wie leuchtende Furunkel aussahen. Das Schlimmste aber war sein verkrüppelter Rücken. Sein Rückgrat war verbogen wie eine Uhrfeder und endete unterhalb des Kopfes in einem riesigen Buckel, mit dem er auf jedem Jahrmarkt hätte auftreten können. Doch trotz seines abstoßenden Äußeren war dieser Mr. Pope zugleich der selbstgefälligste und eitelste Mensch, den Elizabeth in ihren damals sechzehn Lebensjahren getroffen hatte. Er plusterte sich vor ihr auf, zierte sich wie eine Opernsängerin und hielt lange und verschnörkelte Lobreden auf ihre Schönheit, ihre Weiblichkeit und ihre Jungfräulichkeit, während er ihr gleichzeitig unter die Röcke griff und sich nichts sehnlicher zu wünschen schien, als ihr ebendiese Jungfräulichkeit zu nehmen. Wäre Mr. Gay seinem widerlichen Freund, der zudem den Alkohol nicht vertrug, nicht manches Mal in die Hand gefallen, so hätte Mr. Pope sich vermutlich an ihr vergangen, wenn er sich gegen Elizabeth hätte behaupten können.

Das dritte Mitglied des Clubs war eigentlich Arzt und Mathematiker und wurde von den anderen stets nur »Doktor« genannt. Dr. Arbuthnot war der Älteste von ihnen und unterschied sich von seinen Mitstreitern darin, dass er keine Gedichte über die Anmut der Frauen oder Hymnen auf die Schönheit der Natur schrieb, sondern über alles lästerte und jeden herzog, der ihm unter die Augen kam. Ihm schien die ganze Welt zuwider zu sein, und diesen Widerwillen verbarg er hinter abfälligem Lachen und süffisantem Grinsen. Wenn er den Mund auftat, so konnte man sicher sein, dass eine humorvoll gestaltete Gemeinheit herauskam. Aber wenigstens ließ er Elizabeth in Ruhe, ja er schien sie nicht einmal zu bemerken, wenn sie ihm Wein nachgoss oder die angetrocknete Bratensoße vom Kinn tupfte.

Immer wieder nahmen weitere Freunde und Kollegen an den Treffen der Scribler teil. Zu diesen Freunden zählte auch Johann Christoph Pepusch, und obwohl er Musiker und kein Dichter war, schien er ein gern gesehener Gast bei den Treffen in Cannons House zu sein. Mr. Pepusch war Deutscher und arbeitete als Kapellmeister in Whitchurch, der Kirche von St. Lawrence. Diese Kirche, nur einen Steinwurf vom Herrenhaus entfernt, hatte der Herzog von Chandos vor einigen Jahren für viel Geld und mit ebenso viel Liebe herrichten lassen. Die Wände und Decken waren von italienischen Malern bepinselt, die Umbauten von namhaften Architekten durchgeführt und der aufwändig gestaltete Altarraum mit einer herrlichen Orgel ausgestattet worden. Und damit der Herzog in der sonntäglichen Messe nicht immer das Gleiche zu hören bekam, hatte er einen deutschen Kapellmeister und Komponisten engagiert, der ihm in regelmäßigen Abständen ein neues Musikstück zu arrangieren und zu präsentieren hatte.

Wie fast alle Deutschen, die Elizabeth in Cannons oder auch später in den Diensten von Mutter Needham erlebt hatte, war Mr. Pepusch mürrisch, maulfaul und vollends humorlos. Und vielleicht war es gerade das, was ihn bei den lärmenden und lästernden Dichtern so beliebt machte. Mr. Pope konnte sich hinsichtlich seines scharfen Geistes überlegen fühlen, Mr. Gay schien den spröden Deutschen wie ein interessantes und seltenes Insekt zu studieren, und Dr. Arbuthnot hatte anschließend ausreichend Material für seinen beißenden Spott. Mr. Pepusch schien sich daran nicht zu stören, ja er lachte sogar über die Witze, die auf seine Kosten gemacht wurden. Vielleicht weil er sie schlichtweg nicht verstand.

Der Herzog von Chandos hatte jedoch nicht nur einen Kapellmeister in seinen Diensten, sondern auch die dazugehörige Kapelle samt Chor, welche die sonntäglichen Messen in der Hauskirche von Whitchurch begleiteten und gestalteten. Elizabeth verstand nicht viel von Musik und von Kirchenmusik noch weniger, aber wenn sie in der schmalen Gesindeloge saß, gleich neben der herrschaftlichen Loge auf der Empore über dem Eingang, und den Klängen der Instrumente und Stimmen lauschte, dann ging ihr das Herz über, und sie fühlte sich Gott so nah, wie es der

Komponist gewesen sein musste, als er diese Musik erschaffen hatte. Der Lobgesang »Te Deum Laudamus«, der immer ein Höhepunkt der Messe war, verursachte ihr in regelmäßigen Abständen eine Gänsehaut und ließ sie nicht selten die erhabenen Worte mitflüstern: »Dich, Gott, loben wir. Dich, Herr, preisen wir.«

Ihr Mann Matthew, obwohl Küster von St. Lawrence und entfernt verwandt mit Reverend Gunn, dem Vikar der Gemeinde, konnte mit ihrer Begeisterung für das herzogliche Orchester wenig anfangen und verfolgte ihre Hinwendung zur Kirchenmusik mit Skepsis und Argwohn. Matthew Lyon war ein herzensguter, aber schlicht gestrickter Kerl, den Elizabeth im jungen Alter von sechzehn Jahren geheiratet hatte, schlicht weil er der Erste gewesen war, der um ihre Hand angehalten hatte. Sie hätte vermutlich jeden Freier akzeptiert, der sie aus dem beengten Elternhaus befreite. Und aus der Sicht der Eltern war er eine gute Partie. Matthew war zehn Jahre älter als Elizabeth, kannte die Familie des Tagelöhners Woodlawn seit seiner Kindheit und hatte Elizabeth im Sommer 1720 die Stelle als Dienstmagd in Cannons verschafft – vermutlich um sie in seiner unmittelbaren Nähe zu haben. Dass sie wenig später heirateten, war in gewisser Weise naheliegend und letztlich der gebührende Dank für ihre Befreiung.

Elizabeth konnte zwar nicht behaupten, je in Matthew verliebt gewesen zu sein, aber davon abgesehen konnte sie nichts Nachteiliges über ihn sagen. Er schlug sie nicht, trank nicht, fluchte nie und ließ ihr in den meisten Dingen ihren Willen. Nur dass sie sich so häufig in der Kirche herumschlich, um heimlich von der Empore aus die Proben des Orchesters zu belauschen, wollte ihm nicht gefallen und führte oftmals zu Streitereien. Er behauptete, als Kirchendiener müsse er darauf achten, dass die Proben in Whitchurch störungsfrei verliefen. So laute der ausdrückliche Befehl des Herzogs. Vielleicht ahnte Matthew aber auch, dass Elizabeths plötzliche Liebe zur Musik einer Vorliebe für ein bestimmtes Instrument entsprang. Oder besser gesagt, ihrer Vorliebe für den Virtuosen, der dieses Instrument so meisterlich beherrschte.

Albrecht Niemeyer war Oboist in Mr. Pepuschs Kapelle und galt als einer der begnadetsten Holzbläser, den es in jener Zeit in London zu bewundern gab. Angeblich hatte sich der Herzog höchstselbst derart bewundernd über den deutschen Oboisten geäußert.

Mr. Niemeyer war ein groß gewachsener Mann mit feinen Gesichtszügen und stets ernstem Blick. Er hatte langes, dunkles und lockiges Haar, das er nicht unter einer gepuderten Perücke verstecken musste. Das Auffälligste aber waren seine schmalen und zierlichen Hände, die Elizabeth an die Hände einer Frau erinnerten. Und wenn seine Finger die Oboe bedienten, dann sah es beinahe aus, als liebkoste er eine Frau. Womöglich kam es Elizabeth auch nur so vor, weil sie sich insgeheim

85

wünschte, diese Hände auf ihrem Körper zu spüren. Das Oboespiel des Albrecht Niemeyer erzeugte in ihr eine Wollust, die sie noch nie zuvor gespürt hatte, die ihr Angst machte und die umso verwerflicher war, weil ihr diese unkeuschen Gedanken in einem Gotteshaus kamen. Und um diese frevelhaften Gedanken zu vertreiben, sang sie umso inbrünstiger das *Te Deum Laudamus*.

»Laudanum?« Eine krächzende Männerstimme riss Bess aus ihren Gedanken. »Habt Ihr Schmerzen, Ma'am?«

»Hm?«, antwortete sie verwirrt und starrte einem ihr völlig unbekannten Mann ins ungewaschene und mit Pickeln übersäte Gesicht.

»Ihr habt was von Laudanum gesungen, Ma'am«, antwortete der Mann und grinste. »Ich kann Euch was besorgen, wenn Ihr wollt. Kostet Sixpence. Meine Schwester stellt's her, nach 'nem Geheimrezept.«

Bess fuhr erschrocken zusammen. Hatte sie eben etwa auf offener Straße das *Te Deum Laudamus* gesungen? Sie schaute sich um und stellte erstaunt fest, dass sie direkt vor dem Haupteingang des Black Lion Inn stand. Sie wusste selbst nicht, wie sie hierhergekommen war und wie lange sie schon hier stand, doch dann fiel ihr wieder ein, wohin sie wollte und dass sie auf dem Weg nach Lincoln's Inn zwangsläufig das Gasthaus passieren musste.

»Scher dich zum Teufel!«, knurrte sie den Mann an und schaute, als der Kerl sich grimmig knurrend verdrückt hatte, an der Fassade des Black Lion nach oben. Am Giebelfenster sah sie einen Mann, der mit dem Rücken zum Fenster stand und ausholende Bewegungen mit den Armen machte, als ruderte er in einem Boot. Im gleichen Augenblick ließ er die Arme sinken, wandte sich um und schaute auf die Straße.

»Ingram«, murmelte Bess und wusste selbst nicht, wieso sie so überrascht war. Vielleicht weil dies der Ort war, an dem er gestern beinahe ermordet worden wäre.

Henry Ingram seinerseits lächelte und nickte ihr zu. Er deutete mit dem Zeigefinger nach unten und wiederholte, weil sie verständnislos mit den Schultern zuckte, das Zeichen mit beiden Zeigefingern. Im nächsten Moment jedoch trat ein zweiter Mann neben ihn und stieß ihn grob zur Seite. Der Anblick von Blueskins hässlicher dunkler Visage ließ Bess zusammenfahren und erschrocken den Blick abwenden. Eilig lief sie in Richtung Drury Lane davon.

6

Zu den Feldern von Lincoln's Inn war es nur ein Katzensprung. Doch je näher sie dem weitläufigen Platz kam, desto zögerlicher und kleiner wurden ihre Schritte. Wie so oft in letzter Zeit dachte sie darüber nach, was sie eigentlich zu tun beabsichtigte. Und ihr kamen Zweifel an dem, was sie sich in Gedanken immer wieder zurechtgelegt und eingeredet hatte. Was glaubte oder hoffte sie zu erfahren? Und was würde daraus folgen? Sie wollte eine Rechnung begleichen und Gerechtigkeit erfahren! Sie wollte Rache! Aber würde diese Rache wirklich irgendetwas wiedergutmachen? Oder nur weiteres Unglück verursachen? Und wer gab ihr überhaupt das Recht, sich zu rächen? Wie hatte Mr. Gay gesagt? *Daran wart Ihr nicht ganz unbeteiligt, wenn ich mich recht entsinne.* Und womöglich lag er damit nicht einmal falsch. Vielleicht sollte sie die Toten ruhen lassen. Ihre Vergangenheit konnte sie nicht mehr ändern, aber ihre Zukunft zerstören. Dann aber schalt sie sich für ihren Wankelmut und fauchte: »Meine Zukunft? Welche Zukunft soll das sein?«

Die Glocken der nahe gelegenen Kirche von St. Clement Danes schlugen zwei Mal, als Bess den Clare Market erreichte. Von hier aus sah sie bereits den großzügig angelegten Platz, der vom riesigen Newcastle House auf der Westseite und den altehrwürdigen Anwaltskammern von Lincoln's Inn auf der Ostseite dominiert wurde. Die Portugal Street lag auf der Südseite der Fields, dort befand sich das New Theatre, von dem Mr. Gay gesprochen hatte. Das eigentliche Gebäude stand in einem Hinterhof, ganz ähnlich wie beim Theatre Royal in der Drury Lane, doch das New Theatre, das erst vor wenigen Jahren errichtet worden war, besaß an der Straße einen riesigen Torbogen aus weißem Stein, der sich über drei Stockwerke spannte und ein höchst beeindruckendes Theaterportal darstellte. Leider war das Tor durch eine hohe zweiflügige, schmiedeeiserne Gittertür versperrt, und auch in der winzigen Pförtnerloge neben dem Tor war niemand zu sehen. Vor der Tür zum Pförtnerhäuschen hing ein Plakat, das auf ein Singspiel hinwies, das am Abend aufgeführt wurde. Es hieß *Die Tragikomödie der Dafne*. Auf dem Plakat waren einige Namen aufgelistet, und unter diesen fand Bess zwei deutsche: Heinrich Schütz, so hieß der Komponist, und Johann C. Pepusch, der Kapellmeister.

Bess lächelte triumphierend und ärgerte sich im selben Augenblick über sich selbst. Wie oft war sie in den letzten Wochen und Monaten an den Lincoln's Inn Fields vorbeigegangen. Die Felder lagen auf dem direkten Weg zwischen dem Black Lion Inn in der Drury Lane und der Cross Keys Tavern in Little Britain. Vermutlich hatte sie dutzende Male auf die Werbeschilder des Theaters geschaut, ohne den Text genauer in Augenschein zu nehmen. Zwar machte es ihr ein wenig Mühe, die einzelnen Buchstaben zu Worten zu formen, aber sie war des Lesens und Schreibens zumindest grundsätzlich fähig und hätte schon oft über den Namen Pepusch stolpern müssen. Wie dumm von ihr!

Sie wollte sich bereits wieder abwenden, um am Abend zurückzukehren, wenn die Pforten des Theaters für Besucher geöffnet waren, als sie einen alten Bettler bemerkte, der vor dem schmiedeeisernen Tor auf dem Boden saß und ihr die verdreckte Hand hinhielt.

»Milde Gabe für 'nen alten Krüppel?«, murmelte er und klopfte auf das Holzbein, das seinen linken Unterschenkel ersetzte.

Bess schüttelte den Kopf, hielt dann inne, gab dem Mann einen Farthing und fragte: »Gibt's eigentlich einen Hintereingang zum Theater?«

»Gibt immer 'nen Hintereingang«, lachte der Alte, steckte die Münze ein und lüpfte zum Dank den Dreispitz. Er deutete mit dem schwarzen Daumen über seine Schulter und wisperte: »Portugal Row.«

»Das hier ist doch die Portugal«, wunderte sich Bess.

»Street«, antwortete der Bettler kopfschüttelnd. »Row ist hinten.« Wieder wies sein Daumen über die Schulter. »Aber ich würde jetzt nicht ins Theater gehen. Keine gute Zeit dafür.«

»Warum?«

»Keine gute Zeit«, wiederholte er statt einer Antwort und lüpfte abermals den Hut. »Ich würd's lassen, Ma'am.«

»Probt das Orchester?«, fragte Bess.

Der Alte lachte plötzlich und verschluckte sich. »Guter Witz, Ma'am, sehr guter!« Er rang nach Luft, räusperte sich, spuckte dann auf den Boden und sagte mit todernster Miene: »Keine gute Zeit! Hölle und Wut! Jawohl, Hölle und Wut. Mehr sag ich nicht.« Und wieder lachte er lauthals.

Bess bedachte den Bettler, dessen Verstand offensichtlich angegriffen war, mit einem missfälligen Kopfschütteln und wandte sich ab. »Das werden wir ja sehen«, murmelte sie und ging davon.

Um zur Rückseite des Theaters zu gelangen, musste sie zunächst zurück zum Clare Market und von dort in eine winzige Gasse, die auf den ersten Blick gar nicht als solche zu erkennen war. Die Portugal Row war so schmal, dass sie für breitere Kutschen unpassierbar war, und wegen der überstehenden Erker so niedrig, dass selbst Sänften nicht hindurchgepasst hätten. Es war dunkel wie in einer Höhle und stank nach Unrat und Fäkalien. Gerade als Bess die Gasse betrat, kamen ihr drei junge Männer entgegen, die längliche Koffer oder Ledertaschen trugen und sich lautstark über irgendetwas mokierten.

»So was hab ich noch nicht erlebt!«, rief der eine kopfschüttelnd und rückte seinen Federhut gerade. »Wer war denn der Kerl?«

»Eine Probe einfach so abzusagen«, pflichtete ihm der zweite bei. Er klopfte auf seinen Geigenkasten und setzte hinzu: »Und ganz ohne Begründung. Habt ihr das bleiche Gesicht des Maestros gesehen?«

»Ich geh ins Dark Horse«, meinte der dritte, der den größten Instrumentenkoffer trug und unter seiner Last ächzte. »Kommt ihr mit?«

»Ay«, antworteten die anderen und verschwanden in Richtung Covent Garden.

Bess ging weiter und fand schließlich die Rückseite des Theaters, die sich merklich von dem imposanten Portal unterschied. Das Gebäude war aus rotem Backstein und fiel nicht nur durch seine Größe, sondern auch durch die helle, noch nicht vom Ruß geschwärzte Farbe der Steine auf. Allerdings war die Fassade so schmucklos und unansehnlich, wie man es sich nur vorstellen konnte. Eine schmale und erstaunlich niedrige Holztür führte, wie auf einem Schild zu lesen war, zum dahinterliegenden Bühnenraum, und auf den drei Stockwerken darüber zählte Bess lediglich sechs winzige Fenster, durch die wegen der Enge der Gasse ohnehin nicht viel Licht ins Innere gelangte.

Bess rüttelte an der verschlossenen Bühnentür und fuhr erschrocken zurück, als die Tür im selben Augenblick von innen mit Schwung aufgestoßen wurde. Sie schlug gegen ihre Schulter und schickte sie rücklings zu Boden. Während sie sich mühsam aufrappelte und dabei den Dreck der Gosse vom Hintern wischte, eilte ein von Kopf bis Fuß schwarz gekleideter Mann an ihr vorbei nach Osten, in Richtung Chancery Lane. Er trug einen großen Schlapphut und starrte grimmig zu Boden, ohne dabei Notiz von Bess zu nehmen, geschweige denn, ihr aufzuhelfen. Er hielt einen Stock in der Hand, den Bess für einen Gehstock gehalten hätte, wenn der Mann nicht gerade etwas Langes und Spitzes von oben hineingeschoben hätte. Der Schwarzgekleidete war so in Eile oder in Gedanken versunken, dass er vergaß oder sich nicht darum scherte, die Bühnentür hinter sich zu schließen. Bess nutzte die Gelegenheit, betrat das Theater und schloss die Tür hinter sich.

Es dauerte eine Weile, bis Bess sich an die Lichtverhältnisse im Inneren gewöhnt hatte. Sie stand in einem kleinen Korridor, der sich linker Hand entlang der Außenmauer hinzog und an einer hölzernen Stiege endete, die sowohl in den Keller als auch in die oberen Stockwerke führte. Gleich gegenüber der Bühnentür sah Bess eine weitere Tür, die offen stand und zu einem zweiten Korridor führte. Von diesem Korridor gingen links und rechts mehrere Türen ab, vermutlich die Garderoben der Schauspieler und Musiker. Zumindest waren an einigen Türen Namensschilder oder Buchstabenkürzel angebracht.

Bess entschied sich für die Stiege und das obere Stockwerk, doch als sie den Fuß auf die erste Stufe setzen wollte, hörte sie ein leises Wimmern oder Weinen, das aus dem Untergeschoss zu kommen schien. Nach kurzem Zögern ging sie auf der Treppe nach unten, wobei sie darauf achtete, keinen Mucks von sich zu geben und ihre Schritte vorsichtig zu setzen. Die Stiege führte zu einem niedrigen Keller, an dessen hinterem Ende schwacher Lichtschein durch eine geöffnete Tür drang. Die Decke des Kellers war aus unverputztem Holz, und in dem Raum wimmelte es von Stützpfeilern und seltsamen Vorrichtungen, deren Zweck Bess nicht klar war. Einige dieser Gerätschaften bestanden aus ineinandergreifenden Zahnrädern, andere aus Seilwerk mit daran befestigten, gefüllten Säcken, wie bei einem Flaschenzug, außerdem sah sie zangenartige Stellhebel und kleinere Leitern, die scheinbar sinnlos zur Decke führten. Es dauerte eine Weile, bis sie begriff, dass sie sich direkt unter der Bühne befand, und dass all diese Hebel, Zahnräder, Falltüren und Treppen dazu dienten, das Geschehen auf der Bühne zu unterstützen. Vor einigen Wochen erst hatte sie, in Begleitung von Colonel Charteris, ein höchst frivoles Lustspiel in einem Theater am Covent Garden gesehen und sich darüber gewundert, wie die Schauspieler es geschafft hatten, hinter irgendwelchen Dekorationen im wahrsten Sinn des Wortes im Boden zu versinken. Nun wusste sie es.

Ein lautes Röcheln und ein darauf folgender Schmerzensschrei ließen Bess zusammenfahren. Sie stieß gegen ein kleines, mit Leinwand bezogenes Stellbrett, das mit einem lauten Knall zu Boden ging und eine dichte Staubwolke aufwirbelte. Das Röcheln und Schreien verstummte schlagartig. Und im nächsten Moment sah Bess den Schatten eines Mannes an der hinteren Tür.

»Was wollt Ihr denn noch?«, fragte der Mann mit ausländischem Akzent und anscheinend unter Schmerzen. »Ich hab Euch alles gesagt. Mehr weiß ich nicht.« Er sog heftig die Luft ein, als müsste er einen weiteren Schrei unterdrücken, und setzte gepresst hinzu: »Bitte lasst mich leben!«

Bess hatte sich der hinteren Tür genähert und erkannte nun, dass sie zu dem Orchestergraben zwischen Bühne und Zuschauerraum führte. Als sie den Kopf durch die Öffnung steckte und den Mann sah, der so wehleidig gesprochen hatte, stieß sie einen Schrei aus: »O mein Gott!«

Mr. Pepusch saß auf dem Boden, die Beine gerade von sich gestreckt, und starrte Bess seinerseits verständnislos an. Sein Gesicht war blutüberströmt, vor allem die Nase war eine einzige rot triefende Masse, das Blut floss von dort über die Lippen zum Kinn und tropfte unentwegt auf Mr. Pepuschs Brust. Zunächst glaubte Bess, man hätte dem Kapellmeister das Nasenbein gebrochen, doch dann erkannte sie, dass man ihm die Nase gleich mehrfach aufgeschlitzt hatte. Die Schnitte an den Nasenflügeln waren deutlich im Kerzenschein zu sehen.

»Was wollt Ihr? Wer seid Ihr?«, krächzte Mr. Pepusch und konnte seine Erleichterung doch nicht verbergen. Er schob sich die weiße Perücke, die ihm in den Nacken gerutscht war, nach vorn und sagte: »Ihr habt hier nichts zu suchen.«

»Was ist geschehen?«, fragte Bess, beugte sich über den Verwundeten und reichte ihm ein weißes Tuch, das sie aus ihrem Ausschnitt gezogen hatte.

»Nichts!«, knurrte Mr. Pepusch und riss ihr das Tuch beinahe widerwillig aus den Händen. »Ich bin gefallen.«

»Auf ein Messer gefallen?«, fragte Bess ungläubig. »Und gleich mehrfach?« Sie musste an den schwarz gekleideten Mann denken, und an das längliche spitze Ding, das er von oben in seinen Spazierstock geschoben hatte. »Wer hat Euch das angetan? Und warum?«

»Niemand! Ich sagte doch, ich bin gefallen.« Während er sprach, bildeten sich Blasen aus Blut vor seinem Mund.

»Hölle und Wut!«, entfuhr es ihr. Das waren die Worte des einbeinigen Bettlers gewesen. Und nun erkannte Bess, dass sie keineswegs unsinnig gewesen waren, sondern einem Mann gegolten hatten: *Hell and Fury!*

Mr. Pepusch starrte sie erschrocken an, schüttelte vehement den Kopf und schrie im selben Augenblick gepeinigt auf. Er drückte das Tuch auf die Wunde, und als der Schmerz nachgelassen hatte, wiederholte er seine Frage: »Wer, zum Teufel, seid Ihr?«

»Elizabeth Lyon, Sir.« Da Mr. Pepusch sie verständnislos anstarrte, setzte sie hinzu: »Cannons House. Oder sollte ich sagen: Whitchurch?«

Der Kapellmeister runzelte die Stirn und murmelte: »Lyon?« Schließlich weiteten sich seine Augen über dem blutbefleckten Tuch, und er fragte: »Die Frau des Küsters?«

»Die Witwe des Küsters«, verbesserte Bess. »Und deshalb bin ich hier. Ich bin auf der Suche nach Albrecht Niemeyer. Wisst Ihr, wo ich ihn finde?«

Mr. Pepusch lachte plötzlich, wobei ihm vor Schmerz die Tränen in die Augen schossen, und zischte: »Ihr kommt zu spät, Ma'am!«

»Ist er bereits gegangen?«, fragte Bess und reichte Mr. Pepusch, der sich mühsam und unter Schmerzen aufrappelte, die Hand. »Wo finde ich ihn, Sir?«

»Albrecht spielt schon lange nicht mehr in meiner Kapelle«, antwortete er und schlug ihre Hilfe aus. »Ich sagte doch, Ihr kommt zu spät. Ihr habt Euch einen schlechten Tag ausgewählt, Mrs. Lyon.« Das Tuch war inzwischen blutgetränkt, und Mr. Pepusch legte den Kopf in den Nacken, als hätte er nur ein leichtes Nasenbluten. »Was wollt Ihr überhaupt von ihm?«, knurrte er und fuhr sich mit dem Ärmel über das blutverschmierte Kinn.

»Könnt Ihr Euch das nicht denken?« Da der Kapellmeister nicht antwortete, setzte sie hinzu: »Er hat meinen Mann auf dem Gewissen.«

»Unsinn!«, rief Mr. Pepusch und stieg eine kurze Treppe zur Bühne hinauf. »Euer Mann hat sich umgebracht. Eine Kugel in den Kopf gejagt.«

»So sagt man«, erwiderte sie und folgte ihm auf die Bühne, in dessen Mitte ein riesiger Lorbeerstrauch von verschiedenen bemalten Stellwänden umstellt war. »Aber Ihr wisst es besser, Sir. Mein Mann wurde ermordet.«

»Papperlapapp!«, rief Mr. Pepusch und hielt sich an einer Leinwand

fest. Darauf war eine barbusige Frau zu sehen, die einen Jagdbogen in der Hand hielt. »Euer Mann hat sich selbst gerichtet.«
»Gerichtet?« Bess starrte den Kapellmeister verwirrt an und fragte: »Mit Mr. Niemeyers Pistole?«
»Und wenn schon! Es wurde doch alles gründlichst untersucht«, erwiderte Mr. Pepusch und deutete auf eine Tür am hinteren Ende der Bühne. »Geht nach Hause, Ma'am! Ihr habt offensichtlich keine Ahnung, worum es hier geht. Ihr begreift überhaupt nichts, und Ihr könnt mir glauben, das ist besser so!«
»Was wollt Ihr damit sagen?«
»Euer Mann hat bereits mit dem Leben bezahlt«, antwortete er und schritt schwankend über die Bühne. »Reicht Euch das nicht?«
»Gerade deshalb muss ich mit Mr. Niemeyer sprechen.«
»Ihr könnt ihm nicht mehr helfen, Ma'am«, sagte Mr. Pepusch, öffnete die Tür und stand am oberen Ende der Stiege, die zum hinteren Korridor führte. Er hielt sich mühsam am Geländer fest, und für einen kurzen Augenblick sah es so aus, als würde er kopfüber hinunterstürzen, doch dann fing er sich und wandte sich um. »Niemand kann das. Er hat sein Leben verwirkt. Er hätte in Frankreich bleiben sollen. Verdammter Dummkopf!«
Bess verstand nicht, wovon der Mann sprach. Wieso sollte ausgerechnet sie Albrecht Niemeyer helfen? Weshalb war er überhaupt auf Hilfe angewiesen? Und was hatte das mit Frankreich zu bedeuten? Bess war völlig durcheinander und schüttelte den Kopf: »Wo ist Albrecht?« Zum ersten Mal seit damals nannte sie ihn beim Vornamen. »Ihr müsst es mir sagen! Ich muss es wissen!«
Mr. Pepusch setzte sich auf die oberste Stufe der Stiege, neigte resignierend den Kopf zur Seite und sagte: »Ich habe nicht mit Euch gesprochen, verstanden?«
Bess stutzte zunächst und nickte dann.
»Kennt Ihr das Olde Cheshire Cheese in der Fleet Street?«
»Ay, Sir«, log sie. Sie kannte es nicht, aber sie würde es finden.
»Über dem Gasthaus befindet sich eine Druckerei. Sie gehört einem gewissen Mr. Wilkins. Albrecht wohnt bei ihm zur Untermiete. In der Dachstube.« Er hob den Kopf und schaute Bess eindringlich an. »Aber seid vorsichtig!«
»Danke.« Bess wollte an dem Kapellmeister vorbei die Treppe hinunter, doch er hielt sie am Rockschoß fest und schüttelte den Kopf.
»Ihr wisst nicht, worauf Ihr Euch einlasst«, sagte er und hielt ihren Saum umklammert, als hinge sein Wohlergehen davon ab. »Geht nach Hause, Mrs. Lyon, wenn Euch Euer Leben lieb ist.«
Jetzt erst begriff Bess. »Der Mann, der Euch überfallen hat«, sagte sie und hob abwehrend die Hand, als Mr. Pepusch ihr das blutige Tuch

zurückgeben wollte. »Hell and Fury. Was wollte der von Euch?« Und mit einem Schrecken setzte sie hinzu: »Wen hat er gesucht?«

»Albrecht Niemeyer war heute ein gefragter Mann«, antwortete der Kapellmeister und lächelte bitter. »Wie zu seiner besten Zeit.«

In diesem Augenblick erklang aus dem Zuschauerraum eine männliche Stimme: »Maestro Pepusch? Wo seid Ihr? Hallo! Ist da jemand?«

Und eine zweite Stimme rief: »Wo stecken denn alle? Maestro Pepusch?!«

Bess riss sich los, lief die Stiege hinunter und rannte zur Bühnentür hinaus.

»Ein gefragter Mann«, lachte Mr. Pepusch, dann fiel die Tür ins Schloss.

Draußen in der Gasse stieß Bess beinahe mit dem einbeinigen Bettler zusammen, der direkt vor der Bühnentür auf dem Boden saß und sie seltsam grinsend anschaute.

»Keine Probe. Ay, Ma'am?«, krächzte der Mann.

Bess hätte ihm am liebsten das dumme Grinsen aus dem Gesicht geschlagen, doch dann beachtete sie ihn nicht weiter und versuchte sich zu orientieren. Schließlich wandte sie sich nach Osten. Dies war der Weg, den der Schwarzgekleidete gegangen war.

7

Während Bess auf der Fleet Street in Richtung Stadtmauer ging, schwirrte ihr der Kopf, als schwärmte darin ein Bienenvolk. Immer wieder sagte sie zu sich: »Euer Mann hat sich selbst gerichtet.« Es war ihr egal, dass sie die Worte des Kapellmeisters laut aussprach und die Passanten sie argwöhnisch beäugten. Konnte Mr. Pepusch tatsächlich so unwissend sein? Oder war er vielmehr der Wissende und sie, Bess, die Dumme? »Ihr begreift überhaupt nichts«, hatte der Kapellmeister gesagt. Oh, wie recht er damit hatte. Sie verstand es einfach nicht.

Nur wenige Monate hatte ihre Liebschaft mit Albrecht Niemeyer gedauert, doch wie folgenschwer und fatal waren die Konsequenzen für alle Beteiligten gewesen! Vor nunmehr drei Jahren hatte alles angefangen. Elizabeth war damals seit etwa einem halben Jahr mit Matthew Lyon verheiratet gewesen und hatte sich in den jungen deutschen Oboisten verliebt, ohne auch nur ein einziges persönliches Wort mit ihm gewechselt zu haben. Nur sein Aussehen und seine Musik hatten dies bewirkt. Heute kam ihr das kindisch und dumm vor, aber genau so war es geschehen.

Bis zum Sommer 1721 hatten sich die Dienstmagd und der Oboist nur aus der Ferne gesehen und nie mehr als beiläufige Blicke und leichtes Kopfnicken ausgetauscht. Anders als Mr. Pepusch oder auch Mr. Gay wohnte Mr. Niemeyer nicht in Cannons House, sondern in einem Gasthof in Little Stanmore, auf halbem Wege nach Edgworth, wo die meisten der herzoglichen Musiker untergebracht waren. Zum ersten Mal Aug in Aug und auf Armeslänge gegenüber standen sich Elizabeth und der Musiker bei einem der Treffen des Scriblerus Clubs. Wie stets bei diesen Anlässen war Elizabeth damit beauftragt worden, die Gentlemen zu bedienen, doch bei dieser Zusammenkunft war vieles anders als sonst. Mr. Gay fehlte, obwohl er als Bewohner von Cannons House bei allen bisherigen Treffen zugegen gewesen war, dafür waren mit Mr. Pepusch und Mr. Niemeyer gleich zwei deutsche Musiker der herzoglichen Kapelle anwesend. Das Erstaunlichste aber war, dass der Herzog von Chandos selbst Teil der literarischen Runde war, und ungewohnt hemdsärmelig mit den Künstlern debattierte und dabei manche Flasche Wein mit ihnen leerte. Vielleicht war das auch der Grund dafür, dass Elizabeth den Raum nach dem Auftischen und Nachschenken sofort wieder verlassen musste und dass die Anwesenden in seltsames Schweigen verfielen, sobald sie mit den Speisen und Getränken den Raum betrat. Nicht einmal der aufdringliche Mr. Pope wagte, sie währenddessen zu begaffen und zu befingern, wie es sonst seine penetrante Art war. Nur an den Schweißperlen auf seiner Stirn war zu erkennen, dass er unter der Haut (und vermutlich in der Hose) glühte.

Nach dem Ende des ungewöhnlich langen Treffens bot sich Mr. Niemeyer selbstlos an, Elizabeth zum Cottage des Küsters zu begleiten. Dieses Häuschen war zwar nur einen Steinwurf von Whitchurch entfernt, und der Weg vom Herrenhaus zur Kirche war, wie es sich für den herzoglichen Kirchweg ziemte, sehr breit und gut ausgebaut, doch weil dichter Nebel waberte und es zudem Neumond war, ließ der Musiker es sich nicht nehmen, die Dienstmagd sicher nach Hause zu bringen. Für alle Fälle, wie er augenzwinkernd meinte. Außerdem liege das Cottage ohnehin auf seinem Heimweg.

Elizabeth schlug das Herz bis bis zum Hals, als sie weit nach Mitternacht neben Mr. Niemeyer den Park durchquerte und schließlich von ihm auf den Kirchhof von Whitchurch geführt wurde. Sie konnte sich nicht mehr genau erinnern, wie es dazu gekommen war, aber Mr. Niemeyer hatte einige Anmerkungen gemacht, die darauf schließen ließen, dass er Elizabeth während der Proben auf der Empore gesehen hatte, und er fügte lachend hinzu, er würde Elizabeth sein Instrument gerne einmal aus der Nähe präsentieren. Zwar war sein Englisch mehr als dürftig und oft vertauschte oder verdrehte er die Worte, aber weil er gleichzeitig seine Hand auf Elizabeths Hintern legte, war seine Bemerkung kaum misszuverstehen.

Elizabeth konnte nicht anders. Sie warf sich ihm an den Hals, wurde von ihm gepackt und landete unversehens hinter einem großen Grabstein, wo der Musiker sie mit genau jener Leidenschaft und Ausdauer nahm, die Elizabeth sich in ihren Träumen ausgemalt und bei ihrem biederen Gatten bislang vermisst hatte. Zum ersten Mal in ihrem Leben fühlte sie sich wie eine erwachsene Frau. Auch wenn sie sich gleichzeitig wie eine alberne Göre vorkam, die einen Mann anhimmelte, nur weil er ein berühmter Musiker war.

In den dreieinhalb Monaten ihrer unseligen Liaison nutzten Elizabeth und Albrecht jede sich bietende Gelegenheit und jeden nur erdenklichen Ort, um sich die Kleider vom Leibe zu reißen und mit Begierde und Wollust übereinander herzufallen. Dabei wechselten sie nur wenige Worte und ließen stattdessen ihre Finger und Lippen sprechen. Die Sprachlosigkeit rührte zum Teil daher, dass Albrecht nicht sicher Englisch sprach und oft Mühe hatte, Elizabeths ländlich gefärbten Middlesex-Akzent zu verstehen. Aber in der Liebe war Schweigen ohnehin Gold. Wenn Elizabeth etwas von Albrecht hören wollte, so reichte ihr sein betörendes Oboenspiel am Sonntag. Worte interessierten sie nicht, und womöglich geheuchelte Liebesschwüre hätten sie nur in Verlegenheit gebracht.

In der Kirche von St. Lawrence Whitchurch gab es einen kleinen Abstellraum unterhalb der Wendeltreppe zur herzoglichen Empore, in dem der Vikar und auch Matthew einige belanglose Gerätschaften ablegten, die nicht in der Sakristei oder in der Krypta unter dem Chorraum aufbewahrt werden mussten. Dieser ebenso winzige wie verwinkelte Raum war nach oben hin durch die hölzernen Treppenstufen und Stützbalken und zum Kirchenschiff hin durch ein an Scharnieren befestigtes Brett begrenzt. Dieses Klappbrett, das auf der Langhaus-Seite mit einem biblischen Motiv bemalt war, war Teil einer Nische, in der sich der Taufstein befand. Die staubige und von Spinnweben überzogene Abstellkammer war der häufigste, weil günstigste Treffpunkt der beiden Liebenden, hier konnten sie nach den Proben der Kapelle unbeobachtet und ungestört zusammen sein und sich einander zügellos hingeben. Kein Mensch schöpfte Verdacht, wenn sie anschließend auf unterschiedlichem Wege und zeitlich versetzt die Kirche verließen. Albrecht Niemeyer gehörte schließlich zu den Musikern in Whitchurch, und Elizabeth war die Küsterfrau. Auf ihre erhitzten Gesichter und die staubfleckigen Kleider achtete niemand. Und Matthew war weit entfernt davon, eifersüchtig oder argwöhnisch zu sein. Er hatte unbegrenztes und blindes Vertrauen zu seiner jungen Gattin.

Im Herbst jedoch geschah ein Missgeschick, das Bess heute beinahe lachhaft erschien, das aber umgehend zur Katastrophe führte. Während Elizabeth und Albrecht unter der Treppe ihrem Liebesspiel nachgingen und dabei geräuschvoll dem Höhepunkt entgegenstrebten, erschien Matthew im Chorraum am östlichen Ende des Kirchenschiffes, um Kerzen für die Vesperandacht zu bringen. Ähnliches war zwar schon häufiger vorgekommen, aber nicht ein einziges Mal war er auf das Liebespaar in der Kammer aufmerksam geworden, weil Elizabeth und Albrecht stets abrupt in ihrem Tun innegehalten hatten. Dieses Mal jedoch lag Albrecht so ungünstig auf Elizabeth, dass er einen Krampf im Oberschenkel bekam. Beim Versuch, eine weniger verfängliche Position zu finden, verhedderte sich Albrechts Schuhwerk in Elizabeths Unterkleid. Der Krampf wurde noch schmerzhafter, und mit einem verzweifelten Fußtritt befreite sich Albrecht aus der peinlichen Lage. Dummerweise stieß er dabei gegen das Klappbrett in der Nische. Das Brett, das auf der Kirchenseite durch einen Holzriegel versperrt war, riss aus der Verankerung und kippte gegen den Taufstein, auf dem wiederum ein Messingdeckel ins Wanken geriet und scheppernd zu Boden fiel. Elizabeth spürte, wie ihr im selben Augenblick vor Entsetzen das Blut gefror.

Als Matthew sich der Taufnische bis auf wenige Schritte genähert hatte, um nach dem Rechten zu sehen, hockte Albrecht zwar nicht mehr mit heruntergelassener Hose auf Elizabeth, und auch sie hatte ihre Kleider einigermaßen gerichtet, doch die Situation war dennoch unverkennbar. Überrascht stieß Matthew einen ungläubigen Entsetzenslaut aus, ließ die Kerzen fallen, fasste sich an den Mund, als müsste er sich übergeben, und rannte davon.

Elizabeth war so schockiert, dass sie mit gespreizten Beinen auf dem Boden saß, das Gesicht in den Händen vergrub und nur fassungslos mit dem Kopf schütteln konnte. Noch entsetzter war sie jedoch, als sie Albrecht hilfesuchend anschaute und dieser ihren flehentlichen Blick mit einem albernen und völlig unangemessenen Lachen beantwortete.

Er kroch durch die Öffnung ins Kirchenschiff, klopfte sich den Staub von den Kleidern und rief: »Jemine!« Dann lachte er wieder wie über einen harmlosen Scherz. Als wären sie kleine Kinder, die gerade beim Kirschenklauen ertappt worden waren.

Im selben Moment erkannte Elizabeth, dass auf Albrecht Niemeyer kein Verlass sein würde, dass er alles nur als belangloses Spiel und eitles, ja selbstverliebtes Vergnügen betrachtet hatte. Das Schlimmste aber war die Erkenntnis, dass es ihr ganz ähnlich ergangen war. Auch sie hatte nur an ihr Begehren, aber nicht einen Augenblick lang an die möglichen Konsequenzen ihres schändlichen Handelns gedacht. Und dafür würde sie nun büßen müssen.

Als Elizabeth nach geraumer Zeit, in der sie sich weder nach Cannons House noch nach Hause getraut hatte, im Cottage erschien, saß Matthew in der Stube und schaute sie nicht etwa wutverzerrt noch vorwurfsvoll, sondern lediglich maßlos traurig und enttäuscht an. Elizabeth warf sich ihm vor die Füße, blieb in hockender Stellung auf dem Boden und beichtete unter Tränen alles, was sich in den letzten Monaten zugetragen hatte. Sie ging hart mit sich selbst ins Gericht, beschönigte nichts, suchte nicht nach Ausflüchten oder Schuldzuweisungen und bat ihren Mann schluchzend um Verzeihung.

Statt einer Antwort stand Matthew wortlos auf, nahm seine Joppe vom Haken, ging zur Tür und sagte: »Geh zu Bett, Elizabeth! Ich werde das in Ordnung bringen.« Dann stiefelte er hinaus in die Nacht.

Zwei Stunden später wurde seine Leiche gefunden. In einem Stall unweit des Gasthofs in Little Stanmore, wo Albrecht Niemeyer und die anderen Musiker untergebracht waren. Er hatte eine Kugel im Schädel und hielt eine Pistole in der Hand, an der sich deutliche Pulver- und Schmauchspuren fanden.

Bei der gerichtlichen Untersuchung durch den Coroner wurde festgestellt, dass die Waffe dem Musiker Albrecht Niemeyer gehörte. Dieser behauptete, Mr. Lyon habe ihn in seinem Zimmer aufgesucht, aufs Gröbste beschimpft und tätlich angegriffen, woraufhin Mr. Niemeyer die Pistole gezogen habe, um den Angreifer in Schach zu halten. Mr. Lyon habe jedoch dem Musiker die Pistole aus der Hand gerissen und sei mit dieser davongerannt. Anschließend habe er sich dem Anschein nach im Stall des Inns das Leben genommen.

Der Coroner bezweifelte die Aussage des Musikers in keiner Weise, fand sie durch die auffallenden Pulverspuren und den Bericht des Wirtes bestätigt und stellte abschließend als Todesursache »Selbsttötung mittels einer Handfeuerwaffe« fest. Wie gemunkelt wurde, hatte der Herzog von Chandos beim Coroner auf dieses Urteil gedrängt und dem Beamten bei entsprechendem Befund eine Belohnung für seine Bemühungen in Aussicht gestellt. Vermutlich aus der Angst heraus, der Verlust des Oboisten könnte seiner Kapelle erheblichen Schaden verursachen, hatte der Herzog vor Gericht seine Macht genutzt. Mit gewünschtem Erfolg.

Warum Mr. Niemeyer eine geladene Pistole in seinem Zimmer hatte und weshalb er nach der Flucht des angeblichen Angreifers und dem Diebstahl der Pistole keine Hilfe geholt hatte, wurde nie geklärt und schien nicht von Interesse zu sein. Auch wunderte es niemanden, dass so viel Pulver an Matthews Händen war, obwohl er die Waffe doch gar nicht selbst geladen hatte.

Elizabeth glaubte Albrecht kein Wort, doch als sie ihn darauf ansprach, hielt er es nicht für nötig, sich weitergehend zu erklären. Albrecht behandelte sie wie eine Fremde und ließ sie spüren, dass er für sie keine weitere Verwendung hatte. Sie hätten ihren Spaß gehabt, doch das sei nun vorbei und sie solle sich einen anderen Dummen suchen, dem sie die Unschuld vom Lande vorspielen könne. Der Fall Matthew Lyon wurde zu den Akten gelegt und der gottesfürchtige Küster auf dem Schandanger von St. Lawrence ohne christlichen Beistand begraben. Neben Gottlosen und anderen Selbstmördern.

Da während der Untersuchung das Motiv für die vermeintliche Selbsttötung von wesentlichem Belang war und Mr. Niemeyer vor dem Coroner in dieser Hinsicht kein Blatt vor den Mund nahm, wurde Elizabeths Untreue und lasterhaftes Gebaren ruchbar, und sie wurde fortan in Cannons und Edgworth wie eine Aussätzige behandelt. Die Leute spuckten vor ihr aus und wechselten die Straßenseite, wenn sie ihnen entgegenkam. Kinder warfen mit Steinen nach ihr, und selbst Mr. Pope, dem sie einmal auf dem Weg nach Edgworth begegnete, blickte mit hochrotem Kopf zu Boden und tat so, als hätte er sie nicht gesehen.

Die Anstellung als Dienstmagd wurde ihr gekündigt, Matthews Eltern vertrieben sie aus dem Cottage, und selbst die eigenen Eltern wandten sich von ihr ab und schlugen ihr die Tür vor der Nase zu. Elizabeth flüchtete sich ins Armenhaus, betäubte ihren Schmerz und ihren Selbsthass mit Gin, der hier, wie überall im Land, billig zu haben war, und dachte bereits daran, sich das Leben zu nehmen. Gleichzeitig jedoch erzählte sie jedem, der es hören wollte, dass ihr Mann umgebracht worden sei und sie sich dafür rächen werde. Wodurch sie sich nur umso mehr zum Gespött der Leute machte.

Eines Tages jedoch, es war inzwischen bald Weihnachten, stand ein fremder Mann vor der Tür des Armenhauses und bot ihr an, sie nach London zu bringen. Einflussreiche Freunde von Mr. Niemeyer hätten alles in die Wege geleitet. Der junge Musiker werde sie leider nicht selbst begleiten können, doch eine gewisse Mutter Needham warte bereits in Covent Garden auf sie und werde sie unter ihre schützenden Fittiche nehmen.

Elizabeth wunderte sich über den plötzlichen Sinneswandel ihres ehemaligen Geliebten und ahnte, dass diese Wendung nicht so selbstlos war, wie es den Anschein hatte. An eine milde Gabe zu Weihnachten glaubte sie nicht, eher schien es ihr, dass Albrecht sie aus dem Weg haben wollte, um ihre Anschuldigungen nicht länger vernehmen zu müssen. Doch ihr blieb keine Wahl, und so fügte sie sich in ihr Schicksal. Was hatte sie schon zu verlieren? Ihr elendes Leben im Armenhaus? Ihre Unschuld? Ihren guten Ruf? Zum Teufel damit! Sie willigte ein und wurde in das Bordell in der Maiden Lane gebracht – aus der jungen Witwe Elizabeth Lyon wurde die Hure Edgworth Bess.

Albrecht Niemeyer aber sah sie nie wieder. Er verschwand spurlos.

8

Noch bevor sie das Olde Cheshire Cheese erreicht hatte, spürte Bess, dass sie verfolgt wurde. Es war nur ein unbestimmtes Gefühl, und jedes Mal, wenn sie sich umwandte, konnte sie nichts Auffälliges in dem dichten Getümmel auf der Straße entdecken, doch sie war sich sicher, dass ihr seit der Temple Bar jemand folgte. Wie ein Schatten, der sich nicht fassen ließ.

Das Wirtshaus befand sich schräg gegenüber der Kirche von St. Bride, und wirkte von außen unscheinbar und gewöhnlich. Eine der unzähligen Schänken, die nach dem Brand von London aus Stein errichtet und in Erinnerung an die guten alten Zeiten im Erdgeschoss mit dunklem Fachwerk verkleidet worden waren. Auf dem Holzschild über dem Eingang war ein runder Hartkäse abgebildet, und gleich darüber war ein zweites Schild angebracht: Ein aufgeschlagenes Buch und ein Federkiel wiesen auf den Namen der Druckerei hin – »The Book and Quill«.

Bess schaute sich ein letztes Mal prüfend um, betrat dann die Schänke und wartete, ob nach ihr jemand das Gasthaus betrat. Doch sie wartete vergebens, die Tür blieb geschlossen, und so wandte sie sich an den Wirt und fragte nach Mr. Wilkins, dem Drucker.

»Eingang auf dem Hof«, knurrte der Mann, deutete mit dem Daumen aus dem Fenster und setzte erklärend hinzu: »Wine Court.«

Bess dankte nickend, verließ die Schänke durch den Vordereingang – und stieß auf der Straße mit Henry Ingram zusammen, der gerade das Haus betreten wollte. Er hielt sie fest, als müsste sie sonst umfallen.

»Ingram!«, entfuhr es ihr, und sie fasste sich an den Busen. »Hast du mich erschreckt! Was willst du denn hier?«

»Ye Olde Cheshire Cheese!« Er lachte und rief: »Wenn ich das meiner Schwester erzähle, glaubt sie mir kein Wort.«

»Deine Schwester? Wovon redest du überhaupt?« Sie sah ihn verständnislos an, und wieder einmal zweifelte sie an dem Verstand des komischen Kauzes. Dann jedoch stieß sie ihn von sich und fuhr ihn wütend an: »Seit wann folgst du mir? Und warum? Was, zum Teufel, willst du von mir?«

Ingram hob entschuldigend die Hände und setzte zu einer Entgegnung an. Doch bevor er antworten konnte, wurde er durch einen Schrei aus dem Obergeschoss des Hauses unterbrochen. Das Jammern oder Schluchzen einer Frau schallte auf die Straße, gefolgt von einem schrillen Hilferuf. Die Passanten blieben stehen und schauten irritiert nach oben. Ein Erkerfenster unter dem Dach wurde in diesem Augenblick aufgerissen, und der Kopf einer Frau erschien am Fenster. »Hilfe!«, rief die Frau. »Zu Hilfe! Bringt einen Arzt! Schnell!«

Bess reagierte als erste. Sie ließ Ingram verdutzt stehen, rannte in den angrenzenden Wine Court, der ringsum von Häusern und Stallungen umstanden war, und betrat das Wirtshaus durch den Hintereingang. Eine schmale Stiege führte in die oberen Stockwerke, im zweiten Obergeschoss befand sich die Druckerei »The Book and Quill«, vor deren Tür ein junger Mann im fleckigen grauen Kittel stand und neugierig nach oben starrte. Bess rannte an ihm vorbei, nahm zwei Stufen auf einmal und stand im nächsten Moment vor dem niedrigen Eingang zur Dachstube. Die Tür war sperrangelweit geöffnet, und Bess betrat die Wohnung, die aus zwei Kammern zu bestehen schien. Linker Hand erkannte Bess das Erkerzimmer, dessen bleiverglaste Fenster zur Fleet Street gingen und in dem die Dienstmagd immer noch wie von Sinnen nach Hilfe schrie. Geradeaus befand sich eine zweite Kammer, die durch eine Luke in der Dachschräge erhellt wurde. Ein Schatten bewegte sich über die Wand, hin und her, aber diese Bewegung hatte etwas Unnatürliches, fast geisterhaft Schwebendes.

Langsam näherte sich Bess der hinteren Kammer, und als sie den Raum betrat, bot sich ihr ein Bild, das sich ihr wie ein Feuerzeichen einbrannte. Selbst als sie entsetzt die Augen schloss, konnte sie das Bild noch vor sich sehen. In der Mitte des Raumes, direkt unter der Dachluke, stand ein Tisch, und auf diesem Tisch wiederum stand ein Mann im grauen Kittel, der einen zweiten Mann wie einen Mehlsack über der Schulter trug. In der Hand hielt der Graukittel ein langes Messer. Über seinem Kopf, unterhalb der Luke, war an einem waagerechten Kehlbalken ein Seil befestigt, dessen unteres Ende durchtrennt war und hin und her baumelte. Was Bess vor sich sah, wirkte zunächst widersinnig und grotesk, doch dann begriff sie, und auch sie schrie laut auf.

»Hört mit dem Gekreische auf, Ma'am, und helft mir lieber!«, rief der Mann im Kittel, der sichtlich unter seiner Last schwankte. »Vielleicht ist er noch zu retten.«

Doch Bess rührte sich nicht vom Fleck und starrte wie gebannt auf den Mann, den der Graukittel vom Strick geschnitten hatte. Die Schlinge hing noch um seinen Hals, die Augen traten ihm aus den Höhlen, und das Gesicht wirkte verquollen und wie aufgeblasen. Nichts erinnerte in diesem Augenblick an das hübsche Antlitz des Oboisten, das Bess vor Jahren so in den Bann gezogen hatte. Albrecht Niemeyers Gesicht war zu einer hässlichen Fratze geworden, die Bess sogar im Tode noch die blau angelaufene Zunge herausstreckte.

»Zur Seite, Ma'am!«, wurde Bess aus ihren Gedanken gerissen und im selben Augenblick in den Raum geschubst. Der junge Mann, den sie vorhin vor der Druckerei gesehen hatte, zwängte sich an ihr vorbei und fragte: »Was soll ich tun, Master Wilkins?«

Während der Druckergehilfe seinem Meister zur Hand ging und die beiden Kittelträger dem Musiker die Schlinge vom Hals nahmen, wurde Bess' Blick wie von einem Magneten von einigen Musikinstrumenten angezogen, die neben einem drehbaren Schemel auf dem Boden lagen. Es handelte sich um drei Oboen von unterschiedlicher Länge und Stärke, die erste befand sich in einem geöffneten und mit rotem Samt ausgeschlagenen Holzkästchen, die zweite lag unverpackt und in zwei Stücke zerbrochen auf den Dielen, und die dritte stand senkrecht auf einem vierbeinigen Ständer. Außerdem waren überall auf dem Boden Notenpapiere verstreut, die meisten von ihnen zerknüllt oder zerrissen. Bess ließ sich auf den Schemel fallen und nahm die beiden Teile der zerbrochenen Oboe in die Hand. Sie hielt das rohrartige Mundstück an ihre Nase und nahm den säuerlichen Geruch nach Speichel wahr. Auf diesem Instrument war vor kurzem noch gespielt worden. Und plötzlich konnte sie sich nicht mehr gegen die Tränen wehren, die ihr regelrecht aus den Augen schossen und alles um sie herum wie mit einem Schleier bedeckten.

»Der ist hin, Master!«, hörte sie den Gehilfen sagen.

»Dabei hab ich ihn vorhin noch auf seiner Blockflöte spielen gehört«, antwortete der Meister. »Wer kann denn so was ahnen? Sich einfach so aufzuknüpfen!«

»Es ist eine Oboe«, sagte Bess, ohne ihren Blick von dem Instrument zu nehmen. »Und er hat sich nicht aufgeknüpft.«

»Na, der heilige Geist wird's wohl kaum gewesen sein«, meinte der Gehilfe.

Um nicht den auf dem Boden liegenden Leichnam anschauen zu müssen, blickte Bess zur Wohnungstür und erkannte, dass sich auf dem Treppenabsatz eine Traube von Schaulustigen gebildet hatte. Sie wischte sich die Tränen aus dem Gesicht, legte die zerbrochene Oboe wieder auf den Boden und erhob sich. Plötzlich fuhr sie zusammen und starrte ins Treppenhaus, als hätte sie einen Geist gesehen.

»Hell and Fury!« rief sie und deutete hinaus. »Haltet den Mann!«

Im gleichen Augenblick entstand eine Bewegung auf der Treppe, ein Mann duckte sich, sprang nach unten und stieß die auf den Stufen Stehenden mit einem Spazierstock zur Seite.

»He, was soll 'n das? Trittst mir ja auf die Füße, Kerl! Nimm doch deinen Stock runter!«, riefen die Leute und machten erschrocken Platz.

Bess wollte ihm bereits hinterher und lief zur Tür, doch auf dem Treppenabsatz versperrte ihr ein kleiner Mann mit einem silbernen Schwert den Weg. Noch bevor sie das hagere und vernarbte Gesicht des Mannes sah, wusste Bess, dass Jonathan Wild vor ihr stand und es um sie geschehen war. Direkt hinter dem »Generaldiebesfänger« baute sich der hünenhafte Quilt Arnold auf, Mr. Wilds grobschlächtiger Handlanger, der dabei gewesen war, als Mr. Wild sie vor einigen Wochen in einer Kneipe aufgespürt und betrunken gemacht hatte, um Jacks Versteck zu erfahren. Quilt Arnold war es auch gewesen, der Jack tags darauf in Mutter Blakes Gin-Shop verhaftet hatte.

»Na, so eine Überraschung, wen haben wir denn hier?«, fragte Mr. Wild mit seiner dünnen und so unangenehm schrillen Fistelstimme, die sich Bess seit ihrer letzten Begegnung regelrecht eingebrannt hatte. Er grinste und fuhr sich mit der Hand über die Narben im Gesicht, die von

101

diversen Schuss- und Hiebverletzungen stammten und dem eigentlich unscheinbaren Mann ein wildes Aussehen gaben.»Mrs. Lyon, welche Ehre! Ich hatte Euch schon vermisst. Habt Ihr wieder einmal einen armen Mann in den Selbstmord getrieben?«

Bess hätte sich darüber wundern können, dass Mr. Wild von dem erhängten Albrecht wusste, ohne die Wohnung überhaupt betreten zu haben, doch das tat sie nicht. Nein, seitdem sie James Sykes alias »Hell and Fury« auf der Treppe gesehen hatte, wunderte sie gar nichts mehr. Zwar verstand sie nicht, was hier vorging und was Jonathan Wild mit Albrecht Niemeyer zu schaffen hatte, aber dass der Diebesfänger nicht zufällig an Ort und Stelle war, lag auf der Hand.

Mr. Wild machte Quilt Arnold mit der Hand ein Zeichen, und der Riese packte Bess an der Schulter und riss sie wie ein Ringkämpfer an sich.

»Au!«, schrie Bess. »Du tust mir weh, Mistkerl!«

Hinter Arnold bemerkte Bess eine Bewegung, und als im nächsten Augenblick Henry Ingrams Gesicht über Arnolds Schulter auftauchte, gab sie ihm mit einem Kopfschütteln zu verstehen, sich bloß nicht einzumischen. Doch Jonathan Wild und Quilt Arnold hatten Bess' Kopfschütteln gesehen und wandten sich ruckartig um – aber Henry hatte sich bereits auf der Treppe abgewandt und war nach unten verschwunden.

»Schaff sie weg!«, befahl Mr. Wild und steckte sein Schwert in die Scheide.

»Chick Lane?«, wollte Quilt Arnold wissen.

»Was sonst?«, antwortete Mr. Wild ungehalten und betrat die Wohnung. »Dann wollen wir uns mal das Malheur anschauen.«

Bess wurde, immer noch im Würgegriff, die Treppe hinuntergebugsiert und zu einer einspännigen Kutsche geführt, die auf der Fleet Street wartete. Als Bess den Einspänner bestieg, erkannte sie auf der anderen Straßenseite Henry Ingram. Sie nickte ihm unmerklich durchs Fenster zu, und er nickte zurück. Dann setzte sich die Kutsche in Bewegung.

9

Es gab Häuser und Gebäude, die waren einem bis ins kleinste Detail vertraut und bekannt, obwohl man sie noch nie betreten hatte. Nicht weil es ähnliche oder vergleichbare Gebäude gab, sondern eben weil sie so unvergleichlich und außergewöhnlich waren und jedermann, der darin gewesen war, geradezu darauf versessen war, allen haarklein zu verkünden, wie es darin aussah oder was es mit diesen Häusern auf sich hatte. Das Gefängnis von Newgate war solch ein Gebäude oder der Tower von London, aber auch das verschnörkelte Nonesuch House auf der London Bridge. Es gab derart viele Geschichten, Gerüchte und Beschreibungen von ihnen, dass man sich in ihnen vermutlich zurechtgefunden hätte, als hätte man einen Grundriss der Mauern oder ein farbenfrohes Gemälde der Einrichtung vor Augen.

Ganz ähnlich erging es Bess, als sie das Haus in der Chick Lane betrat. »Wild's House«, wie es in Londons Gaunervierteln genannt wurde, obwohl niemand einen handfesten Beweis dafür hätte bringen können, dass Jonathan Wild tatsächlich der Eigentümer oder auch nur einer der vielen Bewohner dieses Hauses war. Eigentlich waren es zwei nebeneinanderstehende Gebäude, die mit ihren Remisen, umfriedeten Höfen und Stallungen zu einem verwirrenden Häuserkomplex zusammengefügt und zugleich durch hohe Mauern von den umliegenden Gebäuden abgeschottet worden waren. Die Chick Lane befand sich etwas nördlich von Holborn Hill und überquerte das Flüsschen Fleet, das allerdings an dieser Stelle kaum mehr als ein stinkender Graben voller Schlamm, Unrat und Fäkalien war. Wild's House lag auf der Südseite der Straße und stieß mit seiner Westseite an den Fleet-Graben, von dem aus es einen Zugang zum Keller des Gebäudes gab. In einem der beiden Häuser an der Straße befand sich eine Taverne, in dem anderen ein unscheinbarer Krämerladen, doch diese Lokalitäten waren nichts als die fadenscheinige Fassade für das geheime und geheimnisvolle Reich des Jonathan Wild.

Bess hatte viel von dem unüberschaubaren und undurchdringlichen Labyrinth gehört, das die Bewohner von Wild's House durch nachträglich eingebaute Treppenhäuser, unsichtbare Falltüren und Schiebewände, Geheimgänge und dunkle Nischen aus den ehemals gewöhnlichen Wohnhäusern gemacht hatten. So gab es zwei unterirdische Stockwerke, die allerdings nicht miteinander verbunden und nur über verwinkelte Treppen und tunnelartige Gänge zu erreichen waren. Überhaupt war das Erdreich unter der Chick Lane wie ein Schwamm durchlöchert, und es hieß, einer dieser Tunnel führe unter dem Fleet-Graben hindurch bis zu Wilds offiziellem Büro in der Nähe von Old Bailey. Um die Verwirrung komplett zu machen, wimmelte es in dem Haus von Sackgassen und halbherzig versteckten, scheinbar nutzlosen Räumen, die nur dazu da waren, neugierige Eindringlinge aufs Glatteis zu führen und von den wirklich interessanten Kammern abzulenken, in denen flüchtige Verbrecher, entführte Personen oder gestohlenes Gut vor Entdeckung sicher waren.

Blueskin hatte vor einigen Jahren als Taschendieb für Wild gearbeitet und war von dem »Diebesfänger« eine Zeit lang in der Chick Lane vor den Konstablern versteckt worden. Das hatte Blueskin zumindest behauptet, und weil sich seine Erzählungen mit denen deckten, die Bess von anderen Gaunern gehört hatte, glaubte sie ihm ausnahmsweise. Von Blueskin hatte sie auch zum ersten Mal von dem so genannten »Beichtstuhl« erfahren, einem kerkerartigen und fensterlosen Raum in einem der geheimen Kellergeschosse, in dem Gefangene gefoltert und Wissenswertes aus ihnen herausgepresst wurde. Und in diesen »Beichtstuhl« wurde Bess nach ihrer Verschleppung aus der Fleet Street von Quilt Arnold gebracht.

Sie hatten das Haus durch den Krämerladen betreten und waren durch eine tapezierte Schiebetür in den hinteren Teil des Hauses gelangt. Bess hatte sich zunächst gewundert, dass Arnold ihr nicht die Augen verband, doch nachdem er sie mehrmals durch sich plötzlich auftuende Öffnungen, über steile und verwinkelte Treppen und schließlich in irgendeinen Tunnel geschoben hatte, war ihr derart die Orientierung abhanden gekommen, dass sie niemals wieder den Weg hinausgefunden hätte. Geschweige denn den gleichen Weg noch einmal hätte gehen können. Sie hatte sogar das Gefühl, dass Arnold sie absichtlich im Kreis geführt hatte; mehrmals kamen sie an derselben Stelle vorbei, allerdings stets aus unterschiedlicher Richtung. Und all ihr vermeintliches Wissen über Wild's House war plötzlich weniger als einen Farthing wert.

Quilt Arnold hatte die ganze Zeit keinen Mucks von sich gegeben. Erst als sie vor einer niedrigen, mit Eisen beschlagenen Holztür standen, sagte er: »Rein mit dir!« und stieß Bess unsanft in den Raum. Da er mit der brennenden Kerze draußen geblieben war, landete sie in völliger Dunkelheit, und im nächsten Augenblick hörte sie, wie die Tür ins Schloss fiel und ein Riegel vorgeschoben wurde. Bess tastete den niedrigen und rechteckigen Raum ab, fand einen Tisch und einen Stuhl, und wusste, dass sie sich im »Beichtstuhl« befand, noch bevor sie die Ketten und Hand- oder Fußschellen an den Wänden ertastete. Eine weitere Schelle war etwa in Brusthöhe angebracht und schien größer als die anderen zu sein, groß genug, um einen Hals oder Kopf darin festzuklammern. Statt sich auf die Suche nach weiteren Folterwerkzeugen zu machen, hockte Bess sich auf den Stuhl, legte die Unterarme auf den Tisch, bettete ihren Kopf darauf und wartete. Auf den Generaldiebesfänger.

Bess konnte nicht sagen, wie spät es war und wie lange sie geschlafen hatte, doch als sie mit einem Schrecken aus unruhigen Träumen auffuhr, stand eine brennende Kerze auf dem Tisch, und auf der anderen Seite saß Jonathan Wild und rauchte eine Pfeife. Er hatte die Beine übereinandergeschlagen und lächelte sie freundlich an, als wäre er nur zum gemütlichen Plaudern gekommen.

»Trink etwas!«, sagte er mit piepsender Stimme und deutete auf einen irdenen Krug und einen hölzernen Becher, die auf dem Tisch standen. Da Bess nicht reagierte, lachte er und setzte hinzu: »Kein Bange, diesmal ist es kein Gin. Nur harmloses Gerstenwasser. Du wirst Durst haben, meine Liebe.«

Bess nahm einen gierigen Schluck, ließ aber nicht erkennen, wie gut ihr das erfrischende Getränk schmeckte, und fragte: »Was wollt Ihr von mir, Mr. Wild?«

»Warum so förmlich, Bess? Du kannst mich ruhig beim Vornamen nennen, schließlich sind wir uns nicht unbekannt, oder?« Er stand auf und stellte sich neben sie. Wieder fiel ihr auf, wie klein er war, kaum größer als Jack. Doch anders als dieser versuchte er den vermeintlichen männlichen Makel durch allerlei Firlefanz zu kaschieren. Er trug ein silbernes Schwert an der Seite, eine opulente weiße Perücke auf dem Kopf und darüber einen federgeschmückten Dreispitz. Kragen und Ärmel seines Hemdes waren mit Seide und Spitze besetzt, und auf der Brust seines Gehrockes prangten allerlei Orden oder Auszeichnungen, wie bei einem General oder Feldherrn.

»Was wollt Ihr von mir, Mr. Wild?«, wiederholte Bess ihre Frage und stand ebenfalls auf, wodurch sie ihr Gegenüber um einige Zoll überragte.

»Setz dich!«, befahl Mr. Wild und machte ein Gesicht, das seinem Namen alle Ehre machte und Bess einen Schauer über den Rücken jagte. Seine Augen funkelten wie die eines Bussards. Er wartete, bis Bess seinem Befehl Folge geleistet hatte, und fragte dann: »Wo ist Jack?«

»Woher soll ich das wissen?«, antwortete sie und führte den Becher zum Mund.

»Keine Spielchen!«, schrie er plötzlich schrill und schlug ihr den Becher aus der Hand. »Ich will von dir wissen, wo Jack Sheppard ist, und du wirst so lange hier bleiben, bis du es mir verraten hast.«

Bess starrte in Mr. Wilds vernarbtes Gesicht mit den tief liegenden Raubvogelaugen und sagte: »Dann werde ich bis zu meinem Lebensende hier bleiben müssen, denn ob Ihr es mir glaubt oder nicht, werter Mr. Wild, ich habe keine Ahnung, wo Jack steckt! Ich will es auch gar nicht wissen. Seit dem letzten Gespräch mit Euch hat sich mein Verhältnis zu Jack merklich abgekühlt. Wie Ihr sicherlich verstehen werdet.«

Mr. Wild lachte und fragte: »Und der andere Kerl?«

»Welcher andere Kerl?«, wunderte sich Bess. »Meint Ihr Blueskin?«

»Zum Teufel mit Blueskin!«, fauchte Mr. Wild und wollte mit der Faust auf den Tisch hauen. Doch im nächsten Augenblick überlegte er es sich anders, lächelte wieder leutselig, setzte sich auf seinen Stuhl und paffte genüsslich seine Pfeife. »Ich rede von Captain Macheath, wenn er denn so heißt. Ich meine den komischen Kauz, der dir geholfen hat, Jack zu befreien.«

»Was soll der Unsinn?«, antwortete Bess und versuchte von seinem Gesicht abzulesen, ob er sie auf die Probe stellen wollte. »Ihr solltet am besten wissen, wer Macheath ist und wie er wirklich heißt. Schließlich steht er in Euren Diensten.«

Statt einer Antwort lachte der Diebesfänger, doch das Lachen klang nicht belustigt, sondern überrascht oder ungläubig, und das wollte Bess nicht einleuchten. Es ergab keinen Sinn und wirkte unpassend.

»Du gibst also zu, dass du Jack bei seiner Flucht aus dem Newgate ge-

holfen hast?«, fragte Mr. Wild und stieß eine Rauchwolke aus. »Zusammen mit Poll Maggott. Und diesem Captain Macheath.«
»Warum sollte ich etwas leugnen, das ohnehin alle Welt weiß? Schließlich steht mein Name in der Besucherliste. Und die Wärter werden mich gewiss wiedererkennen. Außerdem ...« Bess wusste nicht, ob sie aussprechen sollte, was ihr seit ihrer Ankunft in der Chick Lane durch den Kopf gegangen war, doch dann ließ sie es darauf ankommen und sagte: »Es geht gar nicht um Jack, nicht wahr?«
»Worum sonst?«, antwortete Mr. Wild grinsend.
»Warum habt Ihr mich dann nicht ins nächste Roundhouse gebracht und Eure Belohnung kassiert? Wieso habt Ihr nicht die Konstabler geholt oder mich einem Richter vorgeführt, wenn es nur darum geht, ob ich Jack Sheppard bei der Flucht aus dem Gefängnis geholfen habe?« Sie wartete, ob Mr. Wild etwas erwidern würde, doch da er stumm blieb und weiterhin beinahe herausfordernd grinste, setzte sie hinzu: »Oh nein, dass ich hier in der Chick Lane sitze, hat nichts mit Jack oder dem Newgate zu tun. Und in gewisser Weise hat es auch nichts mit Edgworth Bess zu tun. Und deshalb frage ich Euch ein letztes Mal: Was wollt Ihr von mir, Mr. Wild?«
Der Diebesfänger schüttelte bedauernd den Kopf und stand auf. Er nahm die Kerze vom Tisch, ging zur Tür und klopfte dreimal ans Holz. Im nächsten Moment wurde die Tür geöffnet. Bevor er nach draußen verschwand und Bess im Dunkeln zurückließ, deutete Mr. Wild auf einen Strohsack in einer Ecke des Raumes und sagte: »Schlaft gut, Mistress Lyon. Wir reden später weiter.«
Dann krachte die Tür zu, und der Riegel knarrte.

10

Während einer unruhigen Nacht (wenn es überhaupt Nacht war, denn es drang kein Licht in den fensterlosen Kerker, das die Tageszeit verraten hätte) wurde Bess von quälenden Gedanken und wilden Träumen heimgesucht. Sie machte sich Vorwürfe, dass sie nicht den Mund gehalten und die Ahnungslose gespielt hatte. Wieso hatte sie bloß gesagt, das Ganze habe nichts mit Edgworth Bess zu tun? Dann wieder lachte sie über ihre Selbstvorwürfe, denn sie war ja tatsächlich eine Ahnungslose und musste gar nichts vorgeben und spielen. Was wusste sie schon? Nichts! »Ihr habt offensichtlich keine Ahnung, worum es hier geht.« Das hatte Maestro Pepusch gesagt, und zu dem Zeitpunkt hatte Albrecht Niemeyer noch nicht tot von der Decke gehangen. Bess ahnte, dass Hell and Fury etwas mit dem Tod zu tun hatte, aber was folgte daraus? Dass er im Auftrag von Jonathan Wild getötet hatte? Oder dass Mr. Wild wusste, wer hinter dem Auftrag steckte? War das Ganze womöglich doch nur ein dummer Zufall? Oder war Bess schlichtweg zur falschen Zeit am falschen Ort gewesen? Wie dem auch sei, Bess nahm sich vor, fortan vorsichtiger und weniger hochmütig zu sein. Einziges Ziel musste es nun sein, aus Wild's House herauszukommen. Auch wenn das bedeutete, den Kerker des Diebesfängers gegen eine Gefängniszelle in Newgate zu tauschen. Außerhalb dieser Mauern drohten ihr jahrelange Haft und Verbannung in die Kolonien, doch innerhalb des »Beichtstuhls« war sie ihres Lebens nicht sicher. Und mehr noch als den Tod fürchtete sie den Schmerz, der diesem vorangehen würde.

In Gedanken legte sie sich die Worte zurecht, mit denen sie auf Mr. Wilds Fragen antworten wollte, devot und respektvoll sollten sie sein, süß und schmeichelnd, aber nichtig und nichtssagend. Doch die Stunden verrannen, nichts geschah, niemand erschien. Und je länger es dauerte, desto verworrener wurden ihre Gedanken und desto sinnloser erschienen ihr jegliche Ausflüchte oder Lügen. Vielleicht sollte sie Mr. Wild einfach alles sagen, was sie wusste, auch wenn sie keine Ahnung hatte, was er von ihr hören wollte. Womöglich sollte sie sich ihm schlichtweg an den Hals werfen und ihre weiblichen Reize für sich sprechen lassen. Schon bei ihrer ersten Begegnung in jener Schänke war Bess aufgefallen, dass Mr. Wild kaum die Augen von ihren Brüsten hatte abwenden können. Und sie ärgerte sich, dass sie heute das hoch geschlossene Samtkleid trug, das ihren üppigen Busen nicht recht zur Geltung brachte. Vielleicht sollte sie das Kleid ablegen und ihm im Unterkleid entgegentreten? Oder gleich wie Gott sie erschaffen hatte? Doch dafür musste er erst einmal auftauchen! Mr. Wild natürlich, nicht Gott.

Mehrmals öffnete sich die Tür, doch stets wurde ihr nur ein neuer Krug Gerstenwasser gereicht und die Tür sofort wieder verschlossen. Die ständige und völlige Dunkelheit setzte ihr zu und ließ ihre Gedanken sich im Kreis drehen, bis sie glaubte, ihren Verstand zu verlieren. Sie hämmerte an die Tür und schrie sich die Lunge aus dem Leib, doch niemand antwortete darauf. Als hätte man sie vergessen. Obwohl sie viel trank und der Krug stets neu gefüllt wurde, hatte sie einen kaum zu stillenden Durst. Und je mehr sie trank, desto schlimmer wurde es. Vielleicht lag es daran, dass man ihr nichts zu essen gab. Nur Gerstenwasser. Das war zwar erfrischend und schmeckte nach Zitrone, aber gleichzeitig hatte es einen fauligen Beigeschmack, gerade so als hätte man das Wasser dafür aus dem Fleet geholt. Sie lachte, wenn auch mehr vor Schreck. Denn so schmeckte das giftige Bilsenkraut, mit dem die Wirkung mancher Biere verstärkt wurde.

Und plötzlich wusste sie, was es mit dem Gerstenwasser auf sich hatte. Wie hatte der fremde Mann vor dem Black Lion Inn gesagt? *»Ich kann Euch was besorgen, wenn Ihr wollt. Kostet Sixpence.«* Sie hatte das »Te Deum

Laudamus« gesungen! Nimmt die Schmerzen, benebelt die Sinne, macht wirre Träume. »*Meine Schwester stellt's her, nach 'nem Geheimrezept.*« Und leise flüsterte sie: »Laudanum!« Opiumtinktur mit einer Prise Bilsenkraut!

Im selben Augenblick öffnete sich die Tür, und Mr. Wild betrat mit einem Windlicht in der Hand den Kerker. Statt einer Begrüßung sagte er: »Dann wollen wir mal!« Und er setzte sich auf seinen Stuhl, als hätte er den Raum nur mal kurz zum Pinkeln verlassen.

Bess stand starr wie eine Statue neben dem Tisch und stierte auf den Krug. Beim letzten Mal hatten sie mit der plumpen Methode Erfolg gehabt und sie mit Gin betrunken gemacht. Diesmal waren sie geschickter vorgegangen und hatten sie gefügig gemacht, ohne dass sie es gemerkt hatte. Nur dass sie ihnen auf die Schliche gekommen war. Wenn auch zu spät!

»Mir ist schlecht«, sagte Bess und lehnte sich gegen die Wand. »Das Wasser ist faulig.« Und in Gedanken setzte sie hinzu: Sei auf der Hut, Bess! Sei auf der Hut!

»Das ist die Gerste«, antwortete Mr. Wild und lächelte milde. »Ist aber sehr bekömmlich.« Und mit einem irritierenden Gedankensprung setzte er hinzu: »Du wolltest mit mir über Albrecht Niemeyer sprechen?«

Bess starrte ihn überrascht an und wollte sagen: »Albrecht wer? Nie gehört.« Doch stattdessen sagte sie: »Ja, das wollte ich.«

»Na, dann schieß los.«

»Ich hab nichts gesehen.«

»Aha.«

»Ich meine, niemanden.« Bess versuchte, auf ihre Worte zu achten und sie zurückzuhalten, doch sie entschlüpften ohne ihr Dazutun. Als wären sie kleine Vögelchen, die tatenlustig dem Nest entfleuchten. Sie sagte: »Ich habe niemanden gesehen.«

»Und wen hast du nicht gesehen?«

»Hell and Fury, wen sonst?« Sie überlegte, ob es an der Zeit war, sich auszuziehen. Doch Mr. Wild starrte nicht auf ihre Brüste. Vielleicht war er doch nicht interessiert. »Eigentlich heißt er Sykes«, setzte sie unnötig hinzu.

»Aha.« Mr. Wild nickte verständnisvoll. »Und wo hast du ihn nicht gesehen?«

»Nirgendwo natürlich.« Bess war stolz auf sich. Sie war auf der Hut gewesen. So leicht war sie nicht auszutricksen.

»Sicher.« Wieder ein Nicken. »Und was wolltest du bei Albrecht Niemeyer?«

»Ihn umbringen!«, antwortete Bess so schnell, dass selbst Mr. Wild überrascht zusammenzuckte. »Aber er war schon tot. Aufgeknöpft.«

»Warum wolltest du ihn töten?«

»Weil er es verdient hat.«

»Du warst seine Geliebte, nicht wahr?«

»Er hat mich zur Hure gemacht.«

Diesmal antwortete Mr. Wild nicht mit einem Nicken, sondern lachte Bess ins Gesicht und rief: »Du warst schon eine Hure, bevor du in einem Bordell gelebt hast. Mach dir nichts vor, Bess, du warst nie etwas anderes!«

Bess sah ihn verständnislos und verwirrt an, doch dann grinste sie und nickte. Er war also doch interessiert. Und sie begann, sich das Mieder aufzuknöpfen.

Mr. Wild schaute sie angewidert an, sprang mit einem Mal auf und schlug ihr mit der flachen Hand ins Gesicht. Dann noch einmal, direkt auf die Nase. Ihr war, als wachte sie aus einem Traum auf; sie gab keinen Ton von sich und schaute ungläubig auf ihre Finger, die immer noch an ihrem Dekolleté herumnestelten.

»Jetzt spuck's schon aus!«, rief Mr. Wild. Seine ohnehin fistelige Stimme überschlug sich und klang schrill und quietschend.

»Ich weiß doch nichts«, jammerte sie und fuhr sich mit der Hand über die Nase, aus der das Blut tropfte. »Ich hab keine Ahnung. Das hat der Maestro ganz richtig gesagt. Ich weiß nicht, was das alles zu bedeuten hat.«

»Welcher Maestro?«

»Mr. Pepusch.«

»Was ist mit ihm?«

»Sykes hat ihm die Nase zerschnitten«, antwortete Bess, während sie sich gleichzeitig das Blut von der eigenen Nase wischte. »Er hat ein Messer in seinem Gehstock. Und dann hat er Albrecht umgebracht.«

Als sie in Mr. Wilds Gesicht blickte, das plötzlich zur starren Maske geworden war, wusste Bess, dass sie einen Fehler begangen hatte. Mehr als einen. Sie hatte gerade ihr Todesurteil unterschrieben.

»Warum?«, fragte der Diebesfänger.

»Warum was?«

»Warum hat Sykes den Flötenspieler umgebracht?«

»Oboe«, antwortete Bess und grinste unbeholfen. »Keine Flöte.« Doch plötzlich hatte sie einen klaren Moment. Wie eine sonnige Lichtung in einem nebligen Wald trat ihr mit einem Mal ein Bild vor die Augen: Matthew, mit der Pistole in der Hand und dem Loch im Schädel. Auch er war zur falschen Zeit am falschen Ort gewesen. Und deshalb sagte Bess: »Aus dem gleichen Grund, warum man meinen Mann umgebracht hat.«

Das dreimalige Klopfen an der Tür hörte sie kaum noch, und sie bemerkte Mr. Wilds Abwesenheit erst, als er längst den Raum verlassen hatte. Dass auch er seine Gedanken nicht bei sich gehabt hatte, erkannte sie daran, dass er seine Pfeife vergessen hatte. Und das Windlicht auf dem Tisch.

So würde sie die Stunden bis zu ihrem Tod wenigstens nicht im Dunkeln sitzen.

DRITTER TEIL

Captain Macheath

Macheath: Man may escape from Rope and Gun;
Nay, some have outliv'd the Doctor's Pill;
Who takes a Woman must be undone

(Macheath:Ein Mann kann Galgen und Gewehr entkommen.
Ja, einige haben des Doktors Pille überlebt.
Wer aber eine Frau nimmt, geht zugrunde)

John Gay, The Beggar's Opera,
Akt II, Szene VIII, Air XXVI

1

Die erste Nacht in der Cross Keys Tavern war eine der schrecklichsten, die Henry je erlebt hatte. Das lag nicht nur an dem ungewohnten Ort oder Henrys völlig absurder Situation, sondern vor allem an den peinigenden und sich im Kreis drehenden Gedanken, die einfach keinen Sinn ergeben wollten. Henry hatte Angst vor dem Schlaf, weil er befürchtete, von Albträumen gequält zu werden, die womöglich gar keine Träume, sondern Erinnerungen waren.

Im Zimmer nebenan war von Edgworth Bess nichts mehr zu hören, Colonel Charteris schien gegangen zu sein, und auch aus den anderen Hurenkammern kam kein Laut, trotzdem war an Schlaf nicht zu denken. Henry wendete und knetete die quälenden Gedanken wie einen Teig hin und her, bis daraus ein unverdaulicher Kloß geworden war.

»*Komm her oder verpiss dich.*« Vor wenigen Stunden erst hatte er sein Handy in Mutter Blakes Gin-Shop gefunden und Sarahs wütende Nachricht gelesen. Er dachte an die seltsamen Worte des irren Geoff: »Sie sind dir auf den Fersen.« Und plötzlich erinnerte sich Henry wieder an die dunkle Pfütze auf dem Boden im Postman's Park, an die blutigen Hände und seine Flucht in die Vergangenheit.

»*Du hast ihn umgebracht!*«

Es dämmerte bereits, als Henry schließlich einschlief, und als er mit einem Schrecken wieder aus den sich prompt einstellenden Albträumen erwachte, hatte er vermutlich kaum eine halbe Stunde geschlafen. Aus der Dämmerung war inzwischen diesiger Morgen geworden. Und der Albtraum ging unversehens weiter, denn er lag nach wie vor im Bett der ihm unbekannten Hure und hatte keine Ahnung, wie er aus diesem Irrsinn entkommen konnte. Oder ob das überhaupt ratsam war.

Wieder kam ihm der Gedanke in den Sinn, der ihn schon gestern beschäftigt hatte: Vielleicht lag der Schlüssel tatsächlich in der »Beggar's Opera«, die ja zum jetzigen Zeitpunkt noch gar nicht geschrieben war und erst in vier Jahren uraufgeführt werden würde. Henry erinnerte sich an einen der »Zurück in die Zukunft«-Filme, in dem der Held seine Eltern zusammenbringen musste, damit er selbst geboren werden und somit in der Zukunft leben konnte. Obwohl das nur eine blöde Hollywood-Schmonzette und auf seinen Fall überhaupt nicht zu übertragen war, hielt er sich an diesem Gedanken wie an einem Rettungsring fest. Er musste John Gay ausfindig machen und ihm – ja, was eigentlich? Ihm den Captain Macheath vorspielen? Ihm seinen unglaublichen Erfolg als Bühnenautor vorhersagen? Oder ihm den Gauner Sheppard als Vorlage eines Theaterhelden schmackhaft machen? Damit er, Henry, ihn im 21. Jahrhundert auf der Bühne des Rosemary-Lane-Theaters darstellen konnte? War diese ganze Zeitreise nichts anderes als eine Bewährungsprobe? Eine zweite Chance?

Vermutlich hätte er den Gedanken an John Gay gleich wieder verworfen, wenn Bess später beim Frühstück nicht so seltsam und alarmiert auf die Erwähnung des Autors reagiert hätte. Sie saßen sich im Schankraum gegenüber, und als er sie aufs Geratewohl nach dem Schriftsteller fragte, fiel ihr die sonst wie eingemeißelt wirkende Überheblichkeit geradezu aus dem Gesicht. Ihr Unterkiefer klappte nach unten, die Augen weiteten sich, und es verschlug ihr für einen Moment die Sprache. Sie überspielte ihre Verwirrtheit und löffelte ihre Biersuppe, als würde diese tatsächlich nach etwas schmecken, doch Henry hatte genug gesehen, um zu wissen, dass Mr. Gay eine nicht unwesentliche Rolle in Bess' Leben spielte. Und das bestärkte ihn in seinem Vorhaben.

Zunächst aber wollte er ins Black Lion Inn, um sich nach Jack Sheppard und Blueskin Blake zu erkundigen. Und sei es nur, um ihnen zu beweisen, dass sie sich gründlich in ihm irrten. Außerdem war er sich durchaus bewusst, dass er mit den paar Shilling, die er in der Tasche hatte, nicht weit kommen würde, und außer Jacks Bande hatte er niemanden, der ihm Geld oder einen Job verschaffte. Auch wenn das bedeutete, zum Dieb und Räuber zu werden. Darauf kam es jetzt auch nicht mehr an.

Als Henry eine Stunde später das Black Lion durch den Kellereingang betrat und einen kurzen Blick in die Schankstube im Erdgeschoss warf, hielt ihn der fette Wirt mit einer Handbewegung zurück. Er fuhr sich mit der speckigen Hand durch das Pockengesicht und rief: »Oi, Captain! Sag Jack, dass er schleunigst verschwinden soll!«

»Ist er oben?«, fragte Henry.

»Verschwinden soll er. Und die ganze Bande mit ihm«, sagte der Wirt statt einer Antwort. »Die Konstabler haben mir gestern die verdammte Bude auf den Kopf gestellt und gedroht, dass sie bald wiederkommen. Und ich hab keine Lust, es mir mit Mr. Wild zu verscherzen. Nay, kann ich drauf verzichten. Sag ihm das!«

»Ay, Sir«, sagte Henry, tippte sich mit dem Zeigefinger an die Stirn und kam sich wie ein schlechter Schauspieler vor. Dann stieg er die schmalen Treppen hinauf bis zum Dachstuhl und betrat das Erkerzimmer, vor dem Godfrey Wache stand.

»Captain M-Macheath!«, rief Jack strahlend aus und klopfte Henry erfreut auf die Schulter. »Ich hätte nicht gedacht, d-dich noch einmal zu sehen. Dir scheint dein L-Leben nicht viel wert zu sein.« Er lachte und forderte Henry mit sanfter Stimme auf: »S-Setz dich, Hofnarr!«

Außer Jack waren Blueskin, George und der Lackaffe William Page anwesend, dessen Äußeres sich aber seit gestern merklich verändert hatte. Er hatte seine Stutzerkleidung und die Lockenperücke abgelegt und trug stattdessen einen schlichten blauen Kittel und eine graue Wollschürze vor dem Bauch. Er erinnerte Henry an einen Schlachter oder Metzger.

»Der Wirt will, dass wir verschwinden«, sagte Henry und setzte sich unters Erkerfenster. »Ihm geht der Arsch auf Grundeis.«

»Ihm geht *was*?«, knurrte Blueskin.

»Er macht sich vor Angst in die Hosen«, erklärte Henry.

»Dann soll er W-Windeln anlegen«, lachte Jack gutmütig und setzte sich Henry gegenüber. »Aber Mr. Hynd kann beruhigt sein, wir sind so gut wie weg. William und ich werden London verlassen und ein wenig Landluft schnuppern.«

»Kann ich mitkommen?«

Statt einer Antwort lachte Jack wie über einen guten Witz. Er wiegte den hübschen Kopf hin und her, als müsste er ernsthaft nachdenken, und sagte dann: »Was meinst du, Blueskin? Kann er m-mitkommen?«

»Nur als Leiche«, antwortete der, zog seinen Dolch aus dem Hosenbund und säuberte sich damit die Fingernägel.

»Nur als L-Leiche«, wiederholte Jack und zuckte bedauernd mit den Achseln.

»Aber wo soll ich hin?«, meinte Henry und sprang auf. »Die ganze Stadt jagt mich, vermutlich hängen längst Steckbriefe aus, ein Preis ist auf meinen Kopf ausgesetzt, und ich hab keinen Penny in der Tasche.«

»B-Bess wird sich schon um dich kümmern«, sagte Jack, stand ebenfalls auf und begann plötzlich, sich auszuziehen. Er verstaute Rock und Hemd in einem Beutel und ließ sich von William eine weitere Wollschürze und einen Blaukittel reichen. »Außerdem bist du ein hübscher B-Bursche, damit lässt sich in London immer G-Geld machen. Frag Mutter

N-Needham.« Wieder lachte er lausbübisch, und die anderen stimmten belustigt ein.

»Was soll die Maskerade?«, wunderte sich Henry, als Jack in Kittel und Schürze vor ihm stand und eine abgegriffene Ledermütze aufsetzte.

»Williams Vater ist Schlachter«, erklärte George, der bis dahin schweigend neben dem geheimen Ausgang gestanden hatte und nun die Damast-Tapete anhob und die Kommode zur Seite rückte. »Am Clare Market.«

»Schnauze!«, brüllte Blueskin und warf den Dolch in Georges Richtung, der nur wenige Zoll neben dessen Biberfellmütze in der Wand stecken blieb.

»Lass g-gut sein, mein Freund«, sagte Jack und klopfte Blueskin auf die Schulter. »Bis bald, und bleib mir gewogen. Macht's gut, ihr L-Lieben!« Damit verschwand er mit William in dem Mauerloch, und anschließend wurde die Kommode wieder an ihren Platz gerückt.

»Was soll 'n der Scheiß?«, maulte George, deutete auf den Dolch und sah Blueskin böse an. Doch aus seinem vermeintlich wütenden Blick sprach die schiere Angst.

»Halt's Maul, Memme!«, knurrte Blueskin und zog den Dolch aus dem Holz.

Henry stand immer noch am Fenster und hob flehentlich die Arme, als könnte er das alles nicht fassen. Es war zum Verrücktwerden. Während Blueskin und George sich weiterhin lautstark beschimpften, und Godfrey mit gezücktem Degen zur Unterstützung seines Bruders hereinkam, wandte sich Henry von dem unsinnigen und kindischen Geschehen ab und schaute hinunter auf die Straße. Direkt vor dem Black Lion Inn stand Edgworth Bess und schaute zum Erkerfenster hinauf. Als hätten sie sich verabredet.

Henry winkte ihr zu und deutete nach unten, um ihr zu verstehen zu geben, dass sie auf ihn warten sollte, doch im nächsten Augenblick spürte er Blueskins Hand auf seiner Schulter, und fast gleichzeitig rannte Bess davon, soweit das in ihrem langen, dunkelroten Samtkleid möglich war.

»Wenn du Geld brauchst«, sagte Blueskin und wartete, bis Henry sich ihm zugewandt hatte. Dann setzte er mit undurchdringlicher Miene hinzu: »Komm heute Abend nach Sonnenuntergang nach St. Giles. Dirty Lane. Gleich neben dem Blue Bell Inn. Vielleicht hab ich was für dich. Wenn du nicht auch 'ne Memme bist.«

Henry nickte, obwohl er gewiss nicht so dumm war, in diese allzu plumpe Falle zu tappen, und er eilte schleunigst und grußlos nach unten. Als er auf der Straße war, bog das dunkelrote Samtkleid gerade rechts um die Ecke und verschwand in der Russel Street.

Ohne zu wissen, wieso, oder irgendeinem Plan zu folgen, lief Henry zur Straßenecke und schaute in die Richtung, in der Bess verschwunden war. Die Russel Street führte am Clare Market vorbei zu den Lincoln's Inn Fields. Bereits gestern war er mit Bess diesen Weg gegangen, und da er vermutete, dass sie auf dem Weg nach Little Britain war, schlenderte er ebenfalls in östliche Richtung. Als er die Gärten von Lincoln's Inn erreichte, war von Bess weit und breit nichts mehr zu sehen, dafür wurde sein Blick eher zufällig und doch wie magnetisch von einem Plakat angezogen, das gestern noch nicht hier gehangen hatte. Jedenfalls war es ihm nicht aufgefallen. Vor einem riesigen Torbogen auf der Südseite des Platzes stand eine Art Staffelei oder Holzbock, an dem ein Papier in A2-Format hing. Beinahe wie bei einem Flip-Chart. Auf dem Plakat wurde für ein Singspiel geworben, das am Abend in dem Theater hinter dem Torbogen aufgeführt wurde. Weder der Titel des Stücks noch der Komponist sagten Henry etwas, doch der Name des Kapellmeisters ließ ihn erstarren: Johann C. Pepusch.

Der Komponist der *Beggar's Opera*! Und Freund des Schriftstellers John Gay.

Beinahe noch überraschter war Henry, als plötzlich ein einbeiniger Bettler neben ihm stand und ihm kameradschaftlich die vor Dreck strotzende Hand auf die Schulter legte. »So sieht man sich wieder, eh?«, fragte der irre Geoff mit seiner heiseren Krächzstimme. »Willst du auch zur Probe?« Er stieß Henry verschwörerisch mit dem Ellbogen in die Seite und lachte rasselnd, als hätte er einen versauten Witz erzählt.

»Scher dich zum Teufel, Geoff!«

»Der Teufel war längst da«, antwortete der Bettler achselzuckend und kicherte albern. Dann verneigte er sich zum Abschied und humpelte in Richtung Clare Market davon. Tock, tock, tock!

Henry schüttelte ungläubig den Kopf, schaute sich verwirrt um, rüttelte dann an dem schmiedeeisernen Theaterportal, das jedoch verschlossen war, und wollte bereits den Rückzug antreten, als er hinter sich zwei junge Männer hörte, die sich dem Eingang näherten.

»Der Maestro wird vor Wut kochen«, sagte einer der Männer. »Du weißt, dass er es nicht ausstehen kann, wenn man zu spät kommt.« In der Hand hielt er ein Flötenetui, mit dem er Henry an die Schulter tippte und zur Seite scheuchte. Wie ein lästiges Tier.

»Besser spät als gar nicht«, lachte der andere und holte einen Schlüssel aus der Manteltasche, mit dem er die Gittertür öffnete. Auch dieser Mann trug ein Instrument bei sich, dem Koffer nach zu urteilen eine Geige oder Bratsche. »Und was soll Maestro Pepusch schon machen? Immerhin gehört das Theater meinem Vater, und niemand legt sich mit Mr. John Rich an. Nicht einmal sein undankbarer Sohnemann, und das will was heißen.« Er lachte, hakte sich bei seinem Kumpan unter, warf die Tür zu, unterließ es aber, sie hinter sich abzuschließen.

Henry wartete eine Weile, bis die Schritte verhallt waren, öffnete dann die Gittertür und betrat den überdachten Innenhof, der in gewisser Weise ein Vorhof war und zu dem rückwärtig gelegenen Theatergebäude führte. Wie bei dem Theater in der Drury Lane gab es auch hier mehrere Eingänge für die verschiedenen und unterschiedlich teuren Plätze: Galerie, Loge und Parkett. Erstaunt stellte Henry fest, dass es vom Hof aus auch einen Zugang zur Garderobe der Schauspieler und zum Bereich hinter der Bühne gab. Doch dann erinnerte er sich, dass es im 18. Jahrhundert durchaus üblich war, dass hochrangige Herrschaften oder hübsche Besucherinnen den Schauspielern vor oder nach der Aufführung in der Garderobe ihre Aufwartung machten. Und so entschied sich Henry, den Backstage-Bereich aufzusuchen.

Die kleine Tür im hintersten Winkel des Innenhofs führte zu einem schmalen und schnurgeraden Korridor, der nicht beleuchtet, aber scheinbar sehr lang war und von dem links und rechts zahlreiche Türen abgingen. Leider fiel nicht genug Licht in den Gang, um die Schilder zu lesen, die an den Türen befestigt waren. Henry schloss die Eingangstür hinter sich, und beinahe im selben Augenblick öffnete sich am anderen Ende des Korridors eine Tür, die zur Straße hinter dem Theater führte. Der Schattenriss einer Frau erschien im Türrahmen und verschwand nach draußen. Dann wurde es wieder dunkel.

Obwohl Henry nur für wenige Sekunden die Umrisse der Frau gesehen hatte, hatte er Edgworth Bess sofort erkannt und rannte ihr hinterher. Als er die Tür erreichte, warf er einen Blick in einen zweiten Korridor, der nach rechts führte und von einigen Fenstern in der hohen Außenmauer erhellt wurde. Auf der obersten Stufe einer Treppe saß ein Mann mit blutigem Gesicht, und hinter ihm hockten die beiden Musiker, die Henry vor dem Theater gesehen hatte.

»Halt, stehen bleiben!«, rief der Mann mit der Flöte und wollte sich erheben, was ihm aber nicht möglich war, weil der blutende Mann ihn am Kragen festhielt und immer nur mit dem Kopf schüttelte.

Der junge Mann mit dem Geigenkasten stand hinter ihnen und hielt ein rot triefendes Tuch in der Hand. Er rührte sich nicht von der Stelle, und dem Gesichtsausdruck nach zu urteilen, war er kurz davor, sich zu übergeben.

Henry riss die Tür auf, hastete hinaus und stieß auf der Straße beinahe mit Geoff Ingram zusammen, der wie ein Gespenst immer dort auftauchte, wo man ihn am wenigsten erwartete. Unheimlich!

»Da lang!«, sagte Geoff grinsend und deutete nach Osten. »Sie ist da lang, Captain.«

Henry wunderte sich nicht, dass Geoff wusste, wem er folgte, und lief in die gewiesene Richtung. Als er die Chancery Lane erreichte, sah er Bess nur wenige Schritte entfernt in die Fleet Street einbiegen.

Während er ihr vorsichtig und in gebührendem Abstand in Richtung Stadtmauer folgte, versuchte Henry, sich einen Reim auf das zu machen, was er gerade gesehen hatte. Hatte Bess dem Mann auf der Treppe das Gesicht blutig geschlagen? Und wieso war sie überhaupt im Theater gewesen? Oder besser: Was hatte sie mit Johann Christoph Pepusch zu schaffen? Denn inzwischen war sich Henry sicher, dass es sich bei dem verletzten Mann um den Kapellmeister gehandelt hatte. Und etwas anderes ging ihm durch den Sinn: Das Theater, das er gerade verlassen hatte, war das New Theatre. Jener Ort, an dem im Jahre 1728 die Uraufführung der *Bettleroper* stattfinden würde. Oder stattgefunden hatte.

In konfuse Gedanken versunken folgte er Bess bis zum Ye Olde Cheshire Cheese, in dem sie eilig verschwand. Ausgerechnet das Cheshire Cheese! Henry hätte fast laut gelacht, und vielleicht tat er es sogar. Doch im nächsten Moment kam Bess wieder heraus und sprang ihm beinahe in die Arme. Er hielt sie ohne Grund umklammert. Sie beschimpfte ihn und fluchte. Und dann überschlugen sich die Ereignisse.

Eine Frau schrie. Ein Fenster wurde aufgerissen. Weitere Hilferufe schallten auf die Straße. Bess riss sich los und rannte in den Hof. Menschen kamen zusammen, drängten sich vor dem Haus und gingen im Pulk zum Hof. Henry mittendrin. Dann durch den Seiteneingang und die enge Treppe hinauf bis in den zweiten Stock. »The Book and Quill«, las Henry auf einem Holzschild an der Tür. Ein junger Mann im Graukittel stand auf dem Absatz und wurde von der Menge mitgerissen. Bis unters Dach. Dort bildete sich eine Traube vor der Dachkammer. Henry schaute hinein und sah Bess in einem hinteren Zimmer auf einem Schemel sitzen, in der Hand hielt sie eine zerbrochene Oboe oder Klarinette. Dann schaute sie zur Tür, sprang auf und rief: »Hell and Fury!«

Was danach geschah und in welcher Reihenfolge, das war Henry auch anschließend nicht wirklich klar und verständlich. Er wurde von einem Schwarzgekleideten mit Schlapphut zur Seite gestoßen. Ein kleiner Mann mit Narbengesicht zückte ein Schwert. Ein riesiger Kerl folgte ihm, versperrte die Tür und schnappte sich Bess, die hinausrennen wollte.

»Au!«, schrie Bess. »Du tust mir weh, Mistkerl!«

Henry wollte dazwischengehen, doch Bess schaute ihn erschrocken an und schüttelte heftig den Kopf. Er verstand nicht, duckte sich aber instinktiv und verschwand nach unten.

»Schaff sie weg!«, hörte er den kleinen Mann mit schriller Fistelstimme sagen.

»Chick Lane?«, antwortete der Riese.

»Was sonst?«, sagte der Schwertträger.

Henry rannte hinaus auf die Straße und hinüber zur Kirche von St. Bride. Der Turm wie eine in die Länge gezogene Hochzeitstorte. Bess in den Händen des Riesen, den einen Arm auf dem Rücken verdreht, den

Hals im Würgegriff, die Füße über den Boden schleifend. Dann in einen bereitstehenden Einspänner. Ein letzter Blick aus dem Kutschenfenster, verängstigt und um Hilfe flehend. Henry nickte, obwohl er nichts begriff. Und weg war sie.

Henry brauchte eine Weile, um sich zu sammeln. Dann näherte er sich langsam wieder dem Hof. »Wine Court« stand auf einem verwitterten Holzschild. Immer noch standen die Menschen in Trauben beisammen, tuschelten mit wichtigtuerische Miene und tauschten Wissen oder Gerüchte aus. Dem Gerede entnahm er, dass sich in der Dachkammer ein Musiker das Leben genommen hatte. Ein Deutscher, wie es hieß. Ein hübscher Bursche, wie die Frauen fanden. Immer etwas hochnäsig, meinten die Männer. Und überhaupt, diese Deutschen! Aber sonst wusste niemand etwas über ihn zu sagen. Ein stiller und verschlossener Geselle. Nur die Musik habe man von ihm gehört. Die sei allerdings sehr schön gewesen. Das fanden sogar die Männer.

Als die mit einem Leinentuch bedeckte Leiche des Mannes in den Hof hinuntergebracht und auf einen Pferdekarren gelegt wurde, betrachtete Henry nicht den Toten, sondern den kleinen Mann mit dem Schwert, der die Prozedur überwachte. Er gab einem Konstabler knappe Anweisungen, denen dieser eifrig und mit unterwürfiger Miene nachkam. Das Gesicht des Mannes war von Narben übersät, allerdings stammten diese nicht von Pocken oder Akne, sondern waren länglich und gezackt, wie bei Schnittverletzungen.

»Wer ist der Mann mit dem Schwert?«, wandte sich Henry an eine Frau, die sich zuvor beim Tuscheln und Gerüchteverbreiten auffallend hervorgetan hatte.

Die Frau sah ihn an, als hätte er etwas sehr Dummes gefragt, und antwortete: »Mr. Jonathan Wild natürlich. Ihr seid noch nicht lange in London, was?«

Da er nicht wusste, was er darauf antworten sollte, lächelte er verlegen, zuckte mit den Schultern und verließ langsam und unauffällig den Hof.

2

Natürlich wusste Henry, dass viele Straßen im alten London sprechende Namen besaßen. In der Shoe Lane hatten die Schuster ihre Läden, in der Bread Street buken die Bäcker ihr Brot, in der Maiden Lane befanden sich die Hurenhäuser, und in der Cock, Cow oder Chick Lane wurde das Vieh zum Markt von Smithfield getrieben. Er hätte also beim Anblick der Dirty Lane eigentlich nicht überrascht sein dürfen, und doch verschlug es ihm die Sprache. Obwohl er vom berüchtigten Kirchspiel St. Giles-in-the-Fields schon manches gehört hatte, hätte er es niemals für möglich gehalten, dass sich so viel Dreck und Unrat auf so kleinem

Raum anhäufen konnte. Tierische und menschliche Exkremente, faulende Essensreste, Bruchglas und Tonscherben, zerbrochene Möbel und Fetzen von Stoff oder Papier, alles lag achtlos in der Gosse oder türmte sich vor den Häusern. Ratten tummelten sich und huschten nicht davon, wenn man sich ihnen näherte. Die Dirty Lane war nichts anderes als eine bewohnte Müllhalde, und niemand schien sich an dem Anblick oder dem Gestank zu stören.

Die kleine Sackgasse mit dem markanten Namen befand sich nördlich von Long Acre, unweit der Drury Lane, genau in der Gegend, in der vor sechzig Jahren die Große Pest ihren verheerenden Beutezug durch London gestartet hatte. Zu dumm, dass das Große Feuer ein Jahr später nicht bis nach St. Giles gereicht hatte, ging es Henry durch den Kopf, das hätte vielleicht einiges bereinigt und etliche Probleme von selbst gelöst. Vor allem die hygienischen.

Henry hatte keine Mühe, die »Dreckige Gasse« zu finden, er musste nur seiner Nase folgen. Und auch das Blue Bell Inn stach ihm sofort ins Auge. Es war das einzige Gebäude in der Sackgasse, dessen Fenster nicht vernagelt waren und dessen Fassade nicht baufällig war. Außerdem war es aus Backstein und nicht wie die umstehenden Häuser aus Holz und Lehm errichtet. Statt eines Schildes hing eine Schiffsglocke über der Eingangstür, aber blaue Farbe konnte Henry darauf nicht erkennen.

Es war inzwischen kurz vor Sonnenuntergang, und wie bei seiner gestrigen Ankunft in der Drury Lane wurde er von den herumlungernden und scheinbar beschäftigungslosen Bewohnern wie ein Eindringling und Störenfried beäugt. Als er sich an einen alten Mann wandte und nach Blueskin Blake fragte, bekam er als Antwort lediglich ein mürrisches Achselzucken. Auch ein kleines Mädchen, das wie apathisch in der Gosse hockte, schaute ihn nur blöde aus tief liegenden und blutunterlaufenen Augen an und grinste stumm. Bei genauerem Hinsehen konnte er den Eiter in ihren Augenwinkeln erkennen. Fortgeschrittene Bindehautentzündung, vermutete er.

Schließlich fragte Henry einen jungen Kerl, der gut gelaunt und offensichtlich betrunken aus der Schänke schwankte, und erhielt als Erwiderung ein rotziges: »Wer will das wissen?«

»Captain Macheath«, antwortete Henry, und als hätte er das »Sesam öffne dich!« gesprochen, wandelten sich die Gesichtsausdrücke der gerade noch so finster schauenden Leute um ihn herum. Der alte Mann lächelte und deutete auf ein einstöckiges und sehr schmales Fachwerkhaus am hinteren Ende der Sackgasse, das so aussah, als hätte man es in den letzten Jahrhunderten schlichtweg vergessen. Das Haus stand so schräg, dass man meinen konnte, es lehne sich am Nachbarhaus an, um nicht umzufallen.

Das Mädchen mit den eitrigen Augen rief: »Dort wohnt Hope.«

»Und wer ist Hope?«, wollte Henry wissen. »Blueskins Freundin?«
»Seine Schwester«, antwortete der junge Mann. »Aber sie ist nicht da. Es brennt kein Licht, und Hope hat Angst im Dunkeln.« Er ergriff Henrys Unterarm und klopfte ihm gleichzeitig auf die Schulter, als wäre es ihm eine Ehre, ihn zu berühren.

Schade, dass er keine Autogrammkarten dabeihatte, dachte Henry und unterdrückte ein Grinsen. Auf diese Weise hätte er vielleicht noch ein wenig Geld verdienen können. Er schlenderte bis zum Ende der Gasse, trat vor das Haus, das ihn an die Hexenhäuschen in alten Märchen erinnerte, und fand die Eingangstür verschlossen. Er klopfte, aber niemand öffnete, und von der Straße hörte er die Stimme des Mädchens: »Sie ist nicht da. Es brennt kein Licht.«

»Hope hat Angst im Dunkeln, ich weiß«, sagte Henry und setzte sich auf einen löchrigen und morschen Holzeimer, den er in der Gosse fand. Er überlegte, wie alt diese ängstliche Schwester wohl sein mochte, und sagte: »Ich warte hier.«

»Komm ins Blue Bell!«, rief der junge Kerl fröhlich und winkte ihm zu. »Ist gemütlicher. Die Jungs werden sich freuen.«

»Ich warte hier, danke!« wiederholte Henry. Und demonstrativ zog er sich die Mütze über die Augen. Auf »die Jungs« konnte er im Augenblick gern verzichten, und er hatte ohnehin kein Geld mehr. Seine letzten Münzen hatte er am Nachmittag für zwei Fleischpasteten, ein paar gebrauchte Schuhe, eine zerschlissene Joppe und ein rostiges Taschenmesser ausgegeben. Das Messer hatte er sich zugelegt, um sich in der Gesellschaft von Gaunern und Huren sicherer zu fühlen, doch seitdem er es in der Jackentasche trug, war das Gegenteil der Fall. Als hätte er plötzlich Angst, das Messer auch benutzen zu müssen. Wie ein böses Omen.

Nachdem Henry am Nachmittag den Wine Court an der Fleet Street verlassen hatte, war er zunächst nach Little Britain gegangen, um in der Cross Keys Tavern auf Bess zu warten. Auch wenn er ahnte, dass dieses Warten unnütz sein würde. Mutter Needham war äußerst ungehalten, weil Bess nicht aufgetaucht war und ein gut betuchter Freier, der nur ihretwegen im Bordell erschienen war, mit einer anderen Hure hatte Vorlieb nehmen müssen.

Henry berichtete der Puffmutter, was sich am Ye Olde Cheshire Cheese zugetragen und dass Jonathan Wild Bess verschleppt und in die Chick Lane gebracht hatte.

Mutter Needham zog bleich ab und starrte ihn einige Sekunden lang verwirrt an. »Chick Lane?«, fragte sie schließlich und versuchte, sich nicht anmerken zu lassen, wie überrascht und alarmiert sie war. »Weiß Jack schon Bescheid?«

»Er hat die Stadt heute Morgen verlassen«, antwortete Henry.

»Dann gnade ihr Gott!«, entfuhr es der Zuhälterin widerwillig. Damit beendete sie das Gespräch und wich fortan Henrys fragendem Blick aus, als müsste sie sonst wie beim Anblick der Medusa versteinern.

Weil er nicht wusste, was er tun oder an wen er sich wenden sollte, hatte sich Henry schließlich auf zur Dirty Lane gemacht. Das untätige Warten ging ihm auf die Nerven und ließ ihn nur noch unruhiger werden. Er musste etwas tun! An eine Falle glaubte er inzwischen nicht mehr, denn diese Falle wäre viel zu plump und offensichtlich gewesen. Es hätte dem verschlagenen Gauner nicht ähnlich gesehen. Von Blueskin Hilfe zu bekommen, war allerdings auch nicht sehr wahrscheinlich. Er konnte Bess nicht leiden und würde sicherlich keinen Finger für sie rühren, aber vielleicht würde Henry wenigstens von ihm erfahren, was das alles zu bedeuten hatte.

Henry war selbst überrascht, wie sehr ihm Bess' Schicksal zu Herzen ging. »Die beste Hure Londons«, wie Blueskin sie halb verächtlich genannt hatte, war Henry in den letzten beiden Tagen als eine resolute junge Frau erschienen, die sehr genau wusste, was sie wollte und wie sie es erreichen konnte, und die es vor allem nicht ausstehen konnte, auf fremde Hilfe angewiesen zu sein. Sie würde sich schon selbst zu helfen wissen. Und falls nicht, was kümmerte es Henry? Er kannte sie kaum und hatte aus ihrem Mund noch kein freundliches Wort gehört. Doch auch wenn er sich das nicht recht eingestehen wollte, er machte sich Sorgen um sie. Denn auf seltsame und unheilvolle Weise schien sein Schicksal mit dem der Edgworth Bess verbunden zu sein. Sie war der Schlüssel zu allem! Vielleicht.

»Besuch, Besuch!«, hörte er plötzlich eine tiefe Frauenstimme und fuhr aus seinen Gedanken auf. Offensichtlich war er im Sitzen auf seinem Holzeimer eingenickt; inzwischen war die Sonne untergegangen. Als er nach oben blickte, blendete ihn eine Laterne.

»Besuch?«, fragte die Frau lachend.

Obwohl er nur das eine Wort aus ihrem Mund gehört hatte, wusste Henry sofort, dass mit dieser Frau irgendetwas nicht stimmte. Sie sprach undeutlich, verschluckte die Silben und brummte dabei wie ein Bär. Als er sich an das Licht gewöhnt hatte und ihr ins Gesicht schaute, erkannte er, was mit ihr los war. Ihr Kopf war kugelrund, die Nase flach und stupsig, der Mund stand weit offen, und die mandelförmigen Augen lagen sehr nahe beieinander. Sie war offensichtlich ein Mädchen mit Down Syndrom.

»Hope?«, fragte Henry und stand mühsam auf. Seine rechte Pobacke war eingeschlafen und kribbelte.

»Ay!«, freute sie sich und kicherte. »Und du?«

»Was willst du hier?«, fauchte ihn da Blueskin an, der hinter seiner Schwester stand und die Laterne hielt. »Verschwinde, Ingram!«

»Du hast mich herbestellt, schon vergessen?«, meinte Henry, rieb sich den Hintern und bemühte sich, nicht zu lachen, als Hope ihn mit ihren dicken Fingern in die Seite puffte und immer wieder fragte: »Und du? Und du? Und du?«

»Hör auf damit!«, befahl Blueskin und hob die Hand, als wollte er sie schlagen.

Seine Schwester gehorchte aufs Wort und machte einen Schmollmund.

»Wild hat Bess geschnappt«, sagte Henry.

»So ein Pech«, erwiderte Blueskin grinsend und wandte sich zur Tür.

»Er hat sie in die Chick Lane gebracht.«

Das Grinsen verschwand aus Blueskins Gesicht. Wie schon Mutter Needham zuvor, so schien auch er ehrlich überrascht und fragte: »Warum?«

»Was hat es mit dieser verdammten Chick Lane auf sich?«, wollte Henry wissen.

»Nicht hier«, sagte Blueskin und schloss die Tür auf. »Lasst uns reingehen.«

Henry folgte den beiden ins Haus und betrat eine winzige Wohnstube, für die der Begriff Räuberhöhle eher zutreffend war. Auf engstem Raum stapelten sich unzählige Dinge, die vermutlich aus diversen Einbrüchen oder Raubzügen stammten und hier ohne erkennbare Ordnung abgelegt und gestapelt worden waren: Scheren, Tücher, Bücher, Gläser, Holzbecher, Bilderrahmen, Brillen, geräucherter Schinken, Dörrfisch, Bindfäden, Kerzenständer, Kleidungsstücke, Silberbesteck. Und überall Unschlittkerzen aus billigem Talg. Entsprechend roch es in dem Raum nach Ruß und Tierfett.

»Wohnst du auch hier?«, fragte er Blueskin.

»Ich wohne überall und nirgends.«

»Hm«, machte Henry ungeduldig. »Und was hat das alles zu bedeuten?«

»Das solltest du eigentlich am besten wissen, oder?«

»Joseph auch«, sagte Hope und sah ihren Bruder liebevoll und beinahe ehrfürchtig an. »Chick Lane.«

»Was meint sie damit?«, fragte Henry und deutete auf Hope. »Joseph auch?«

Da Blueskin nur abfällig grinste und keinen Ton von sich gab, rief Henry wütend: »Was, zum Teufel, ist in der Chick Lane?«

»Wild's House«, antwortete Blueskin und zündete einige Kerzen und eine irdene Öllampe auf dem Tisch an. »Sein heimliches Hauptquartier. Obwohl es so heimlich gar nicht ist, denn jeder weiß davon. Sogar die Konstabler, aber sie würden niemals auf die Idee kommen, es genauer unter die Lupe zu nehmen. Sie würden ohnehin nichts finden. Oder nur das, was sie finden sollen.«

»Und?«, wunderte sich Henry, während er neben Hope am Tisch Platz nahm und von ihr erneut mit ihren Stummelfingern traktiert wurde.

»Was heißt das?«

Blueskin hob die Achseln und sagte: »Für Wilds Leute bedeutet das Haus einen sicheren Unterschlupf. Eine uneinnehmbare Trutzburg und Festung.« Er schob die Unterlippe vor und setzte schnaufend hinzu: »Für alle anderen bedeutet es Gefängnis, Folterkeller oder Friedhof. Ganz nach Belieben oder Anlass. Allerdings nur ...«

Henry glaubte zu verstehen. »Allerdings nur, wenn aus ihnen etwas herauszuholen ist. Wenn es sich lohnt.«

Blueskin nickte, schüttelte dann ungläubig den Kopf und fragte: »Bist du sicher, dass er Bess in die Chick Lane gebracht hat? Warum sollte er das tun? Wenn er seine Belohnung kassieren will, dann bringt er sie in ein reguläres Gefängnis. Zum Newgate oder zum Wood Street Compter. Oder zum Friedensrichter.«

»Sie ist in der Chick Lane«, wiederholte Henry mit Nachdruck. Und zum zweiten Mal erzählte er von den Ereignissen des Nachmittags, und er registrierte, dass Blueskin beim Begriff »Hell and Fury« und bei der Erwähnung des Riesen in Menschengestalt zustimmend oder wissend nickte.

»Joseph auch«, brummte Hope, als Henry fertig war und Blueskin erwartungsvoll anschaute. »Auch in Chick Lane.« Sie stieß Henry verschwörerisch in die Seite und setzte hinzu: »Damals.«

»Halt's Maul, Hope!«

Sie streckte ihm die Zunge raus und rümpfte die Nase.

»Warum wohnt deine Schwester nicht bei eurer Mutter?«, stellte Henry die Frage, die ihm schon die ganze Zeit durch den Kopf gegangen war.

»Sie hat bis vor Kurzem bei ihr gewohnt. Aber Hope verträgt keinen Gin.« Blueskin ließ zunächst nicht erkennen, ob seine Antwort ernst gemeint oder ein Scherz war. Dann jedoch schnaufte er verächtlich und setzte hinzu: »Und sie verträgt keine Prügel und Dresche.«

»Mama haut«, bestätigte Hope und lachte dabei, als wäre das sehr witzig. Dann setzte sie mit ernster Miene hinzu: »Und die Männer auch.«

»Welche Männer?«

»Mamas böse Männer. Schwitzen immer so. Stinken aus dem Mund. Und ihre Dinger auch.«

Henry schaute Blueskin fragend an.

»Was glotzt du so blöde?«, fuhr der ihn aufbrausend an.

Henry hob abwehrend die Hände.

»Was glaubst du denn, was die besoffenen Dreckschweine mit ihr angestellt haben?«, rief Blueskin wütend. »Nehmen sich halt, was sie kriegen können. Auch wenn's nur 'ne Bekloppte ist. Hope konnte sich ja nicht wehren. Und Mutter hat daneben gestanden und die Hand aufgehalten.« Er machte eine Pause und fügte leise hinzu: »Ich musste Hope da rausholen, sonst wär sie eingegangen.«

Henry starrte erst Blueskin und dann Hope fassungslos an und schluckte. »Sie hat ihre eigene Tochter ...?«

»Eigene Tochter, dass ich nicht lache!«, schimpfte Blueskin. »Warum haben unsere Eltern sie wohl auf den Namen ›Hoffnung‹ getauft, hä?«

»Weil's ein schöner Name ist?«, fragte Henry, obwohl er es besser wusste.

»Weil sie der Hoffnung waren, dass Hope bald abkratzt und sie die Missgeburt nicht länger am Hals haben. Sollte nur leider nicht sein. War 'ne trügerische Hoffnung. Und dafür hat Mutter sich gerächt. Verdammte Schlampe!«

»Verstehe«, sagte Henry, räusperte sich und schaute sich dann in der mit Gerümpel zugestellten Stube um, um keines der beiden Geschwister anzusehen. »Aber ist Hope denn überhaupt in der Lage ...?«, druckste er herum und versuchte, Hopes unentwegtes Pieksen und Puffen abzuwehren. »Hat sie ... ich meine, kann sie sich allein ...?«

»Sie ist etwas langsam und schwer von Begriff, aber nicht völlig blöde. Sie ist wie ein kleines Kind«, antwortete er und fuhr plötzlich seine Schwester an: »Lass ihn endlich in Ruhe, verdammt noch mal! Sonst mach ich die Kerzen aus!«

»Nein, Joseph!«, rief sie erschrocken und erstarrte schlagartig. Sie legte ihre Hände auf die Tischplatte, schaute regungslos auf ihre Stummelfinger und brummte: »Bin ganz still.«

Henry betrachtete das Mädchen, dessen Alter er nur schwer zu schätzen vermochte, und wollte sich lieber nicht vorstellen, was sie im Haus ihrer Mutter durchgemacht hatte. Und wieso sie eine solche Angst vor der Dunkelheit hatte. Dann jedoch wunderte er sich über Blueskin, der in den wenigen Stunden, die Henry ihn kannte, so viele verschiedene und sich widersprechende Gesichter und Facetten gezeigt hatte, dass es unmöglich war, sein wahres Wesen zu erkennen. Mal gab er sich freundlich und kumpelhaft, dann gebärdete er sich plötzlich wie ein blutrünstiger Irrer, und jetzt entpuppte er sich als Beschützer seiner behinderten Schwester. Die er offensichtlich über alles liebte, auch wenn er das hinter Grobheiten und derben Scherzen zu verstecken suchte. Blueskin Blake war wie ein nicht fassbares Phantom. Und das machte ihn umso gefährlicher.

»Also was willst du von mir?«, fragte Blueskin.

»Wir müssen Bess rausholen«, antwortete Henry und merkte in dem Moment, da ihm die abgedroschen klingenden Worte über die Lippen kamen, dass er sie tatsächlich ernst meinte.

»Aus der Chick Lane?« Blueskin lachte ihm ins Gesicht und schüttelte den Kopf. »Vergiss es! Daran haben sich schon ganz andere die Zähne ausgebissen.«

»Ich *muss* sie da rausholen«, entfuhr es Henry wider Willen.

»Warum?«, fragte Blueskin verwundert.

Eine gute und einfache Frage, auf die Henry keine zwingende Antwort wusste. Als er Bess im Newgate-Gefängnis zu Hilfe gekommen war, da hatte er das aus dem Affekt heraus und ohne weiteres Nachdenken getan. Es hatte sich so ergeben, und hätte er die unangenehmen Folgen geahnt, hätte er es vermutlich gelassen. Doch inzwischen hatte sich einiges geändert. Bess war zu einem wichtigen Teil im Puzzle seiner unfreiwilligen Zeitreise geworden, sie war offensichtlich das Bindeglied – auch wenn Henry nicht genau wusste, was sie eigentlich verband. Doch was sollte er Blueskin auf seine Frage antworten? Dass er Bess brauchte, um in die Gegenwart zurückzukehren? Oder besser gesagt, in die Zukunft? Dass er sie für diejenige hielt, die in der Lage war, ihn aus diesem Albtraum zu befreien?

»Du willst ihr imponieren, was?«, nahm ihm Blueskin die Antwort ab. »Bist scharf auf das Miststück! Willst wieder den Captain Macheath spielen und ihr dein Schwert zwischen die Beine schieben.« Er lachte schallend und boxte ihm mit der Faust gegen den Oberarm. »Hat sie dich also auch schon eingewickelt!«

»Quatsch!«, rief Henry, doch es klang nicht sehr überzeugend. Und obwohl er wusste, dass es Unsinn war, setzte er hinzu: »Dann geh ich eben allein!«

»Gar nichts wirst du tun«, erwiderte Blueskin bestimmt. »Wir können nur abwarten und schauen, was passiert. Entweder bekommt Jonathan Wild, was er von Bess will ... was auch immer das sein mag.«

»Oder?«

»Oder wir können in Kürze ihre Leiche aus dem Fleet fischen.«

»Arme Bess«, seufzte Hope.

»Zum Teufel mit ihr!«, knurrte Blueskin. »Nichts als Ärger mit dem Weib!«

»Warum hast du eigentlich solche Angst vor Mr. Wild?«, murmelte Henry aufs Geratewohl. »Weil er dir ein hässliches Muster in deinen blauen Schädel geschnitzt hat? Oder weil er dich in der Hand hat?«

»Wer hat hier Angst vor Jonathan Wild?!«, schrie Blueskin und sprang auf.

»Ihr alle«, erwiderte Henry, griff unter dem Tisch nach seinem Taschenmesser und klappte es auf. »Wie buckelnde Höflinge vorm König. Ständig habt ihr eine große Klappe und schreit herum wie die Bauern auf dem Viehmarkt, aber ihr macht euch alle vor Angst in die Hosen, wenn nur sein Name genannt wird!«

Blueskin zog seinen Dolch und wollte sich über den Tisch auf ihn stürzen, doch im selben Augenblick ging Hope dazwischen. »Nein, Joseph, nicht wehtun!«

Es war eine zugleich bedrohliche und absurde Situation. Blueskin hockte kniend und mit gezücktem Dolch auf der Tischplatte, Henry hielt ihm seinerseits das rostige Taschenmesser vor die Nase, und Hope hüpfte wie ein Frosch auf der Stelle und schrie: »Nicht wehtun! Nicht wehtun!«

Diesmal war es Blueskin, der seiner Schwester gehorchte. Er stieß einen wilden Fluch aus, sprang seitlich vom Tisch und lief anschließend wie eine gefangene Raubkatze durch die Wohnstube. Minutenlang und ohne einen Mucks von sich zu geben. Immer im Kreis und dabei undeutliche Worte murmelnd. Dann blieb er mit einem Mal vor Henry stehen und sagte: »Wollen doch mal sehen, wer hier Angst hat.« Er rammte wütend seinen Dolch in die Tischplatte und setzte hinzu: »Und vor wem!«

»Du kommst also mit?«, fragte Henry und wusste nicht, ob er sich darüber freuen sollte.

»Soll ich dich Schwachkopf etwa allein gehen lassen?« Und als hätte Blueskin seine Gedanken gelesen, setzte er hinzu: »Wirst es noch bereuen, Ingram. Das wird kein Spaziergang werden. Du wirst deine Dummheit noch verfluchen! Und ich auch!«

»Ich will mit«, sagte Hope strahlend.

»Nein!«, antworteten Blueskin und Henry wie aus einem Mund und bekamen von Hope die Zunge rausgestreckt.

3

Seit über einer Stunde hockten Blueskin und Henry nun im morastigen Graben des Fleet und starrten Löcher in die Luft. So kam es Henry zumindest vor. Das Dreckwasser sickerte ihm in die löchrigen Schuhe, und er konnte den beißenden Gestank des schlammigen Rinnsals kaum noch ertragen. Doch Blueskin, der aus unerfindlichen Gründen einen langen Ast in der Hand hielt, schien irgendeinen Plan zu verfolgen oder auf etwas Bestimmtes zu warten. Jedenfalls waren es nicht Unentschlossenheit oder Angst, die ihn regungslos verharren ließen. Immer wieder fuhr er bei bestimmten Geräuschen zusammen, machte Henry ein Zeichen, sich ruhig zu verhalten, und schüttelte anschließend enttäuscht den Kopf. Das Erhoffte, was auch immer es war, war nicht eingetreten. Das Warten dauerte an.

Hope hatten sie in der Dirty Lane zurückgelassen. Blueskin hatte das Mädchen mit den eitrigen Augen geholt und ihr einige Pennys in die Hand gedrückt, damit sie bei seiner Schwester blieb, während diese in der Kammer unter dem Dach laut schnarchte und ihr typisches Bärenbrummen von sich gab. Eigentlich wohnte eine alte Hausmagd mit ihr in dem Hexenhäuschen, die auf Hope und die stets und überall brennenden

Kerzen aufpasste, wenn Blueskin unterwegs war, doch heute war sie nicht da. Ihr Sohn war am Morgen an einem Schlagfluss gestorben (Henry hatte keine Ahnung, was Blueskin damit meinte), und sie hielt mit ihrer Schwiegertochter Totenwache an seinem Sterbebett.

Auf diese Weise erfuhr Henry auch, weshalb Blueskin ihn am Mittag in die Dirty Lane beordert hatte: als Babysitter! Eigentlich hatten Blueskin und die Zwillinge George und Godfrey einem Pfandleiher in Old Jewry einen nächtlichen Besuch abstatten wollen, und Henry hätte derweil auf Hope aufpassen sollen, doch dann war irgendetwas dazwischengekommen und die ganze Sache abgeblasen worden.

»Kennst du eigentlich den irren Geoff?«, fragte Henry, nachdem Blueskin erneut ein Handzeichen gemacht und kurz darauf den Kopf geschüttelt hatte.

»Den kennt jeder«, antwortete Blueskin.

»Komischer Kauz, oder?«

»Deswegen heißt er ja ›irrer Geoff‹.«

»Gehört er zu Wilds Leuten?«

»Wie kommst du darauf?«

»Weil er immer so tut, als wüsste er was, von dem kein anderer eine Ahnung hat. Er redet wie ein verdammtes Orakel und taucht wie ein Gespenst auf, wenn man am wenigsten damit rechnet.«

Blueskin lachte seltsam, zögerte einen Moment und schüttelte dann den Kopf. »Geoff ist einfach nur ein brabbelnder Schwachkopf, der nichts als dummes Zeug erzählt. 'ne Zeit lang hat er allen in den Ohren gelegen, nur er allein wüsste, wie's zum Großen Feuer vor sechzig Jahren gekommen wär. Das hat er so lange gemacht, bis sie ihn kurzerhand in Bedlam eingesperrt haben. Das hat ihn zwar nicht kuriert, aber seitdem sagt er kein Wort mehr über das Feuer.«

»Bedlam?«, wunderte sich Henry. »Meinst du das Irrenhaus?«

Statt einer Antwort machte Blueskin abermals das Zeichen mit der Hand, und diesmal hatte auch Henry das Geräusch gehört. Es hörte sich an wie ein Knirschen oder Knarren. Im nächsten Augenblick öffnete sich etwa zehn Fuß über ihren Köpfen eine Tür, und ein schwacher Lichtschein fiel in den Graben.

Blueskin und Henry saßen im Schatten einer ehemaligen Anlegestelle am Rand des Fleet, direkt unterhalb einer Mauer, die zu einem mehrstöckigen Gebäude gehörte, das auf dieser Seite keinerlei Fenster und nur eine einzige Tür besaß. Von der Anlegestelle war eigentlich nur eine schmale Steintreppe übrig geblieben, die auch deshalb ihren Zweck verloren hatte, weil der Fleet kaum noch Wasser führte und die Treppe im Nichts endete. Sie klebte sinnlos an der Fassade des Hauses, auf halber Höhe zwischen Tür und Fleet, und zerbröckelte langsam zu Schutt.

Blueskin presste sich mit dem Rücken an die Mauer, und Henry tat es ihm nach. Gleichzeitig ertönte über ihnen in dem Türrahmen eine männliche Stimme: »Nun beeil dich! Die Ratten warten schon.«

Ein zweiter Mann lachte als Antwort und rief: »Kommt und holt es euch!« Und im nächsten Moment wurde ein großer Bottich mit Essensresten und anderem Abfall in den Fleet entleert. Irgendetwas Weiches und Stinkendes landete auf Henrys Schulter, und er musste einen angeekelten Aufschrei unterdrücken.

Die Männer mit dem Bottich verschwanden, ohne die beiden zu ihren Füßen bemerkt zu haben. Die Tür, die der erste Mann offen gehalten hatte, fiel von alleine zu, doch kurz bevor sie ins Schloss fallen konnte, hob Blueskin blitzschnell den Ast und schob ihn zwischen Tür und Rahmen. Er legte den Zeigefinger auf die Lippen und rührte sich nicht vom Fleck. Er wartete eine Weile, und als er sicher war, dass die beiden Männer nichts bemerkt hatten und nicht zurückkommen würden, nickte er und meinte grinsend: »Du hast einen Fischkopf auf der Schulter.«

Henry schüttelte sich angeekelt, fuhr sich mit der Hand über die Joppe und fragte: »Und jetzt? Machen wir 'ne Räuberleiter?«

»Was?«, antwortete Blueskin irritiert.

»Soll ich auf deine Schulter steigen?«

»Schwachsinn!«, knurrte Blueskin und kraxelte an der Mauer hinauf, indem er sich in die Fugen krallte und jeden noch so kleinen Mauervorsprung als Fußtritt benutzte. In Windeseile war er auf der Treppe, kletterte weiter nach oben, öffnete die schwere Holztür und schwang sich über die Schwelle.

Henry wollte ihm nacheifern, doch er rutschte ständig mit den Füßen ab, bekam keinen Halt mit den Fingern und landete immer wieder auf der Anlegestelle. Beinahe wäre er die glitschigen Steine hinuntergerutscht und im Morast gelandet.

»Wo bleibst du denn?«, zischte Blueskin und hielt Henry den Ast hin. »Bist ja ungeschickt wie 'n Weibsstück!« Er lachte und zog Henry hinauf, der sich panisch an dem Ast festhielt, um nicht rücklings in den Fleet zu fallen.

»War ja ein Kinderspiel«, sagte er etwas beschämt, als er oben angekommen war. »Nicht gerade eine Festung, wie du behauptet hast.«

»Dummkopf«, antwortete Blueskin, warf den Ast hinaus und schloss die Tür. »Glaubst du wirklich, wir wären so einfach reingekommen, wenn's hier irgendwas zu finden gäbe?«

»Sind wir etwa gar nicht in Wilds Haus?«

»Das schon, aber nur in dem Teil, den jeder sehen soll.« Blueskin deutete auf die Tür, die kaum auszumachen war. »Sonst wär an der Tür nicht nur ein lächerlicher Holzriegel. Oder sie hätten die Tür gleich zugemauert.«

»Wieso kennst du dich so gut aus?«, wollte Henry wissen und erinnerte sich an Hopes Worte. »Warst du hier als Gefangener oder als einer von Wilds Leuten?«

»Kommt doch im Endeffekt aufs Gleiche raus«, antwortete Blueskin und zog Henry an der Joppe hinter sich her. »Wenn uns jemand begegnet, dann halt gefälligst das Maul und benimm dich unauffällig. Schaffst du das?«

»Blöde Frage«, antwortete Henry beleidigt.

Blueskin knurrte abfällig und führte Henry den niedrigen Gang entlang, der nach hinten hin ein wenig anstieg und sich verbreiterte. Schließlich gelangten sie an eine Stelle, an der sich der Gang gabelte. Sie wandten sich nach rechts und befanden sich kurz darauf in völliger Finsternis. Wieder eine Gabelung und noch eine, und irgendwann sahen sie am Ende einer Sackgasse einen Lichtschein. Eine Leiter war an die Mauer gestellt und führte durch eine Öffnung in der Decke ins obere Stockwerk. Von dort stammte der Lichtschein, und leise Stimmen waren zu vernehmen.

»Dann mal los«, sagte Blueskin, atmete tief durch und stieg auf die unterste Sprosse.

»Du willst doch wohl nicht da rauf?«, zischte Henry leise und blieb stehen.

»Du kannst gern unten bleiben, aber dann wirst du Bess nie finden. Es gibt keinen anderen Weg.« Blueskin deutete nach oben und setzte augenzwinkernd hinzu: »Wer ist nun der Angsthase?«

Henry schluckte und verharrte reglos an Ort und Stelle. Plötzlich erkannte er das selbstmörderische Wagnis, auf das er sich eingelassen hatte. Falls Bess recht hatte und Blueskin einer von Wilds Spitzeln war, dann würde er Henry direkt in die Arme des Diebesfängers führen. Und wenn Blueskin kein Spitzel war, wie er behauptete, dann würde er auf der Stelle ertappt. Seine Hautfarbe würde ihn als Jack Sheppards Kumpan verraten.

»Memme!«, zischte Blueskin verächtlich und stieg die Leiter hinauf.

Henry zögerte einen Moment und folgte ihm dann. Wider besseres Wissen.

Durch die Öffnung gelangten sie in einen etwa quadratischen und fensterlosen Raum, von dem links und rechts mehrere Türen abgingen. Auf dem Boden standen allerlei Kisten und Truhen, und an der hinteren Wand befand sich ein Tisch, auf dem eine Kerze brannte. Zwei Männer saßen am Tisch und spielten Karten. Als sie die beiden Ankömmlinge sahen, sprangen sie auf, zogen einen Degen und ein Messer und bauten sich vor ihnen auf.

»Wo kommt ihr denn her?«, fragte der eine, ein dicker Kerl mit Vollbart.

»Aus dem Keller«, antwortete Blueskin.

»Das sehen wir auch«, meinte der zweite Mann, ein schmaler Jüngling mit Hakennase und fliehendem Kinn. Er betrachtete erstaunt Blueskins dunkles Gesicht, hielt ihm das Messer vor die Nase und fragte: »Und wo wollt ihr hin?«

»Quilt Arnold hat uns in den Weinkeller geschickt, aber irgendwie haben wir uns verlaufen. Wir standen plötzlich am Fleet. Ist ja wie ein Irrgarten.«

»Das ist der Sinn der Sache«, lachte die Hakennase und steckte das Messer ein. »Neu hier, was?«

»Eigentlich nicht«, antwortete Blueskin und schaute sein Gegenüber freundlich lächelnd an. »War aber lange nicht mehr in Mr. Wilds Haus. Hat sich 'ne Menge verändert in den letzten Jahren.«

»Du bist Blueskin«, sagte der Dicke mit dem Vollbart, und es klang nicht eben freundlich. »Hab 'ne Menge von dir gehört. Nicht nur Gutes!«

»*Der* Blueskin?«, fragte der Schmale mit der Hakennase.

»Unverkennbar«, sagte Blueskin, ohne auf die Bemerkung des Dicken einzugehen. Er hob die Mütze an und lachte.

»Ich dachte, du machst jetzt gemeinsame Sache mit Jack Sheppard.« Der Mann mit dem Vollbart hielt seinen Degen umklammert, kniff die Augen zusammen und setzte knurrend hinzu: »Wieso bist du hier?«

»Die Sache mit Jack ist mir zu heiß geworden.«

»Kann ich verstehen«, sagte der Mann mit der Hakennase, der etwas leutseliger und weniger argwöhnisch als sein Kollege wirkte. »Arbeitest du wieder für den General?«

»Hab keine Lust, am Galgen zu landen«, sagte Blueskin statt einer Antwort.

»Wer hat das schon?«, lachte der Schmale.

»Und du?«, wandte sich der Dicke an Henry. »Bist du stumm?«

»Nur wenn ich nichts Gescheites zu sagen hab«, antwortete Henry mit ernster Miene.

Die beiden Männer sahen sich verdutzt an, schüttelten die Köpfe und lachten dann. »Ein Spaßvogel, was?«, fragten sie Blueskin.

»Ein Dummkopf!« Blueskin zuckte mit den Schultern und grinste. »Wir müssen weiter.« Er wandte sich nach rechts und wollte durch die erste der beiden Türen, doch die beiden Männer hielten ihn zurück.

»Da lang!«, riefen sie im Chor und deuteten nach links.

»Habt ihr zufällig eine Kerze für uns?«, fragte Henry, bevor er Blueskin durch die hintere Tür folgte. »Sonst bekommt der gute Quilt Arnold nie seinen Wein.«

»Kann sein«, sagte der Dicke, holte einen Kerzenstummel aus der Schublade im Tisch und zündete sie an. Bevor er Henry die Kerze reichte, fragte er leise: »Kann man dem da trauen?« Sein Kopfnicken ging in Blueskins Richtung.

»Besser nicht«, meinte Henry, »außer man ist ein Dummkopf.«
»Seh ich genau so«, knurrte der Dicke, steckte den Degen in die Scheide und gab ihm die Kerze. »Hab nichts Gutes über ihn gehört.«
Henry nickte zum Abschied und verschwand durch die Tür.
»Das mit dem Dummkopf hab ich gehört«, wurde er von Blueskin empfangen.
»Umso besser«, antwortete Henry.
Blueskin wollte ihm die Kerze abnehmen, doch Henry hielt sie fest umklammert, als hinge sein Leben daran. Blueskin lachte, zuckte mit den Schultern und stapfte davon. Henry folgte ihm schweigend durch den Raum und anschließend einen Gang entlang, der sich mehrmals gabelte. Schließlich bog der Gang nach links ab, Blueskin verschwand aus Henrys Blickfeld, und als Henry an der Biegung angekommen war, war von ihm nichts mehr zu sehen. Blueskin hatte sich in Luft aufgelöst.

»Verflucht!«, murmelte Henry und leuchtete mit der Kerze die Wände ab. Nirgendwo befand sich eine Tür oder Öffnung, auch im Boden und an der Decke war nichts zu entdecken. Henry folgte weiter dem Gang und landete nach wenigen Schritten in einer Sackgasse. »Scheiße!«, entfuhr es ihm, und er drehte sich panisch im Kreis. »Blueskin, wo bist du?«, rief er und war sich zugleich sicher, in eine Falle getappt zu sein. Gleich würde Jonathan Wild oder einer seiner Handlanger auftauchen und ihn gefangen nehmen.

Doch nichts geschah. Niemand erschien. Kein Ton war zu hören. Henry wartete einige Minuten und ging dann zurück zu der Stelle, an der Blueskin so plötzlich verschwunden war. Er nahm die Wände erneut in Augenschein und tastete die Mauern ab, ohne zu wissen, wonach er eigentlich suchte. Nichts. Gar nichts. Die Angst kroch ihm wie ein Kälteschauer über den Rücken und packte ihn an der Gurgel, sodass er kaum noch Luft bekam. Sein Herz raste, der Atem ging flach, er hyperventilierte und fühlte sich, als müsste er jeden Augenblick in Ohnmacht fallen. Was hatte das alles zu bedeuten?

Schließlich hielt er das Warten und die bange Ungewissheit nicht mehr aus und ging den Weg zurück, den er vorhin mit Blueskin gegangen war. Zurück zu dem Dicken mit dem Vollbart und dem Schmalen mit der Hakennase. Und hoffentlich vorbei an deren Messer und Degen. Bloß raus aus Wilds Haus.

»Wo willst du denn hin?«, hörte er plötzlich Blueskins Stimme hinter sich. Als Henry sich umwandte und das Grinsen in Blueskins Gesicht sah, wusste er, dass er ihn auf die Probe gestellt hatte. Um zu sehen, ob Henry der Spitzel war, für den Blueskin ihn anscheinend immer noch hielt. Und Henry war froh, nicht zufällig die Geheimtür entdeckt zu haben, durch die Blueskin offensichtlich verschwunden war. Denn das hätte vermutlich seinen Tod bedeutet.

»Was soll der Scheiß?«, fauchte Henry, um seine Erleichterung zu kaschieren.

»Komm!«, befahl Blueskin, schob einen Stein in der Mauer zur Seite und drückte gegen die Mauer, die sich plötzlich auftat und einen kleinen Spalt freigab. Henry kam sich vor wie in einem billigen Gruselfilm und konnte ein hysterisches Kichern nicht unterdrücken.

»Schnauze!«, knurrte Blueskin. »Jetzt wird's ernst.«

Henry hatte Mühe, das Kichern herunterzuschlucken, folgte Blueskin durch den Spalt und landete in einem schmalen Treppenhaus, das in ein weiteres Kellergeschoss führte. Erstaunt registrierte Henry, dass sich dieser Teil des Kellers merklich von demjenigen unterschied, den sie auf der anderen Seite der Geheimtür durchschritten hatten. Während dort die Wände aus Stein gemauert und die Räume schmucklos und so gut wie leer waren, waren hier viele Wände aus Holz gezimmert, mit dicken Bohlen und Stützbalken, die scheinbar sinnlos durch die Räume irrten, und die Gänge und Kammern waren mit allerlei Gerümpel und Gerätschaften vollgestellt. Er kam sich vor wie hinter der Bühne eines Theaters. Und vielleicht war dieser Vergleich gar nicht mal so abwegig. Denn wie die Kulissen auf der Bühne nach Belieben geändert werden konnten, so bot die Holzkonstruktion die Möglichkeit, den Keller nach Bedarf umzubauen, neue Räume zu schaffen oder zu verbinden. Nur die Stützbalken blieben an Ort und Stelle, alles andere war variabel einsetzbar.

»Wo gehen wir hin?«, flüsterte Henry.

»Beichten«, antwortete Blueskin und legte den Finger auf die Lippen, um weitere Fragen zu unterbinden. Dann nahm er Henry die Kerze ab und öffnete die Tür zu einem Raum, der als Lager zu dienen schien. Gefüllte Säcke und pralle Schläuche waren in Regalen gestapelt, Krüge und Körbe standen auf dem Boden, und von der Decke hingen getrocknete Würste. Henry knurrte der Magen.

Blueskin nahm sich einen Sack, schulterte ihn und verließ das Lager auf der anderen Seite. Henry tat es ihm nach und betrat einen breiten Flur, in dem sich einige Männer aufhielten und eifrig irgendwelchen Beschäftigungen nachgingen. Der eine polierte ein Paar Stiefel, ein zweiter flickte den Ärmel seiner Jacke, und ein dritter wusch etwas in einer riesigen Tonschüssel. Blueskin bugsierte den Sack auf die andere Schulter, damit sein dunkles Gesicht von den Männern nicht gesehen wurde, und bog gleich wieder rechts in eine Art Gewölbetunnel ein. Als Henry ihm folgen wollte, wurde er von dem Mann mit den Stiefeln zurückgehalten.

»Wohin willst du, mein Freund?«, fragte der Mann und spuckte aufs Leder.

»Zur Beichte«, antwortete Henry und lachte nervös.

Der Mann nickte wissend und meinte: »Wenn du den General siehst, sag ihm, dass seine Stiefel wieder wie neu sind!« Er stellte die Stiefel beiseite und widmete sich dem nächsten Paar.

»Ay«, machte Henry und folgte Blueskin schleunigst in den niedrigen Tunnel. Das gemauerte Gewölbe fiel merklich nach hinten ab, bis es an einer hölzernen Treppe endete, die ohne Geländer steil nach unten führte. Henry hatte keine Ahnung, wie tief sie inzwischen unter der Erde waren, aber er wusste, dass er den Weg nach draußen niemals wiederfinden würde. Blueskin hatte den Sack, in dem sich irgendwelche Getreidekörner zu befinden schienen, inzwischen von der Schulter genommen und auf den Boden gestellt und wartete, bis Henry sich ebenfalls seiner Last entledigt hatte. Dann deutete er die Treppe hinunter.

»Da unten ist der Beichtstuhl«, flüsterte er und wehrte eine Nachfrage Henrys mit einer ungeduldigen Handbewegung ab. »Vermutlich werden wir Bess dort finden. Es gibt aber nur diesen einen Weg hinein, und keinen zweiten hinaus. Wenn sie uns dort unten erwischen, sitzen wir wie die Mäuse in der Falle.« Er bekräftigte seine Worte, indem er sich mit dem Zeigefinger über die Gurgel strich, stieg dann die Treppe hinab und leuchtete mit der Kerze in einen Gang, der ebenso niedrig war wie der Gewölbetunnel.

»Vermutlich ist Jonathan Wild im Beichtstuhl«, flüsterte Henry.

»Woher willst du das wissen?«

»Weil mir einer der Kerle eine Nachricht für ihn mitgegeben hat.«

Im gleichen Augenblick hörten sie schlurfende Schritte, die sich vom hinteren Ende des Gangs näherten. Sofort löschte Blueskin die Kerze und kroch durch einen seitlichen Spalt unter die Holztreppe. Henry stand wie paralysiert am oberen Ende der Stiege und rührte sich nicht vom Fleck.

»Verschwinde!«, zischte Blueskin.

Henry zögerte kurz, hastete dann die Treppe hinunter und wollte sich ebenfalls unter der Treppe verstecken, doch es war kein Platz mehr für ihn. Blueskin fluchte leise, als Henry ihm versehentlich auf die Hände trat, und stieß ihn von sich.

»Such dir ein anderes Versteck!«

Ein flackernder Lichtschein näherte sich und erleuchtete das hintere Ende des Ganges. Zwei Männer gingen in Richtung Treppe, der eine von ihnen war so groß, dass er gebückt gehen musste, um nicht mit dem Kopf gegen die Decke zu stoßen. In der Hand hielt er ein Windlicht. Der andere Mann war von kleiner und schmaler Statur und stapfte mit auf dem Rücken verschränkten Armen voran.

»Was machen wir jetzt mit ihr?«, fragte der Große.

»Du hast gehört, was sie gesagt hat?«, antwortete der Kleine mit unangenehm hoher Stimme.

»Ay!«

»Warum fragst du dann so dämlich?«

Verzweifelt suchte Henry nach einem Ausweg oder Versteck, wie ein Brummkreisel drehte er sich um die eigene Achse, bis ihm schwindlig war und er beinahe hingefallen wäre. Die Treppe!, schoss es ihm durch den Kopf. Was sonst! Doch statt nach oben zu flüchten, wie es auf der Hand lag, tat er das genaue Gegenteil und damit das Dümmste, was er überhaupt tun konnte: Er ging den beiden Männern entgegen. Er wusste selbst nicht genau, warum er es tat. Vielleicht war es eine Art panische Flucht nach vorn. Oder der schlichte Wunsch, alles möge bald ein Ende haben.

»Was treibst du hier, Kerl?«, fragte der kleine Mann, den Henry an seinem Narbengesicht und an der piepsigen Fistelstimme als Jonathan Wild erkannte.

»Ich soll Euch ausrichten, dass Eure Stiefel wie neu sind, Sir.«

Jonathan Wild lachte ungläubig und starrte Henry belustigt an. »Deshalb kommst du her? Um mir zu sagen, dass meine Stiefel geputzt sind?« Er schüttelte den Kopf und wandte sich an den Hünen, den Henry bereits aus dem Haus am Wine Court kannte. »Wer ist der Schwachkopf?«

Der Riese zuckte mit den Schultern und betrachtete Henry eindringlich, als überlegte er, woher er dessen Gesicht kannte.

»Ich bin niemand, Sir«, sagte Henry und wollte auf dem Absatz kehrtmachen, doch im selben Augenblick zuckte Mr. Wild wie unter einem Peitschenschlag zusammen.

»Die Kerze!«, rief er und griff sich an die Stirn.

»Was ist damit?«, wunderte sich der Riese.

»Ich hab sie im Beichtstuhl vergessen.«

»Na und?«

»Soll sie uns das verdammte Haus abfackeln, Blödmann?« Mr. Wild schlug dem großen Kerl wie einem kleinen Kind auf die Finger und rief: »Nun mach schon, Quilt! Aber lass mir das Licht hier.«

Quilt Arnold nickte ergeben, reichte seinem Herrn und Gebieter die Laterne und stapfte ins Dunkel davon. Schon nach wenigen Schritten war er nicht mehr zu sehen. Nur ein leiser werdendes Schlurfen hallte durch den Gang.

»Und jetzt zu dir!«, wandte sich Mr. Wild an Henry und packte ihn an der Schulter, dass ihm ein heißer Schmerz durch den Körper fuhr. Im selben Moment war ein dumpfer Schlag zu hören, sein fester Griff löste sich, Wild ging zu Boden und die Kerze mit ihm.

»Nein, zu dir, du Schwein!«, knurrte Blueskin, der den Generaldiebesfänger mit einem gezielten Faustschlag gegen die Schläfe niedergestreckt hatte und nun den am Boden Liegenden mit derben Fußtritten traktierte. Als er nach seinem Dolch im Hosenbund griff, hielt Henry ihn zurück und schüttelte den Kopf.

134

»Nicht! Lass das!« Henry nahm das Windlicht, dessen Glas gebrochen war, vom Boden auf und deutete zur Treppe. »Schnell, wir müssen ihn wegschaffen, bevor das Riesenbaby zurückkommt!«

Blueskin nickte zögerlich, und gemeinsam bugsierten sie den Bewusstlosen unter die Treppe, was leichter war als gedacht, da Jonathan Wild so klein und schmächtig war. Kaum hatten sie ihn unter der Schräge verstaut, und noch ehe sie ihre weiteren Schritte überdenken konnten, näherte sich ein Licht aus dem Tunnel am oberen Ende der Treppe. Henry und Blueskin erstarrten zu Salzsäulen, und im nächsten Augenblick erschien ein Mann am Kopf der Stiege, der in der einen Hand eine Kerze und in der anderen einen Holzeimer trug.

»Was glotzt ihr so?«, fuhr sie der Mann an, als er den Fuß der Treppe erreicht hatte. »Noch nie 'nen Eimer gesehen?«

Henry lachte albern, und Blueskin stieß ihn mit dem Ellbogen an.

Der Mann mit dem Eimer schüttelte ärgerlich den Kopf und betrat den Gang, der zum Beichtstuhl führte. Doch nach wenigen Schritten wandte er sich nach links, öffnete eine schmale und niedrige Holztür, die Henry bislang völlig übersehen hatte, und verschwand dahinter. Nur wenige Sekunden später tauchte er wieder auf und machte sich auf den Weg nach oben. Als er an den beiden regungslos dastehenden Männern vorbeiging, erkannte Henry, dass der Eimer nun mit Wasser oder einer anderen klaren Flüssigkeit gefüllt war.

»Kennen wir uns nicht?«, wandte sich der Mann an Blueskin.

»Höchstens von Steckbriefen«, antwortete Blueskin, ohne die Miene zu verziehen. »Auch wenn die mir gar nicht ähnlich sehen.«

Der Mann kommentierte die Antwort mit einer gehobenen Augenbraue, zuckte dann gleichgültig mit den Achseln, stieg die Treppe hinauf und verschwand im Gewölbetunnel.

»Das war knapp«, keuchte Henry, doch Blueskin schüttelte den Kopf und deutete über Henrys Schulter in den Gang zum Beichtstuhl. Ein schwacher Lichtschein kündigte die Rückkehr von Quilt Arnold an.

Diesmal war es Blueskin, der etwas scheinbar Dummes tat. Er nahm Henry die Kerze aus der Hand und stellte sie neben der Treppe auf den Boden. Das Licht beleuchtete nun den Körper des bewusstlosen Mr. Wild, dessen Füße seitlich unter der Schräge hervorlugten. Dann lief Blueskin die Treppe hinauf und verharrte oben auf dem Absatz.

»Los, komm!«, zischte er und winkte Henry zu sich.

Henry hatte keine Ahnung, was Blueskin vorhatte, doch da er selbst auch nicht wusste, was zu tun war, folgte er ihm und stellte sich neben ihn.

»Und jetzt?«, flüsterte Henry.

Blueskin deutete nach unten, doch er meinte nicht das Windlicht oder Mr. Wilds leblosen Körper, die sich direkt zu ihren Füßen befanden, sondern die beiden prall gefüllten Kornsäcke, die sie vorhin achtlos beiseite gelegt hatten.

Henry begriff und nickte.

Quilt Arnold erschien am vorderen Ende des Ganges und stellte verwundert fest, dass Jonathan Wild nicht auf ihn gewartet hatte. Dann ging er zur Treppe und sah die Kerze in dem zerbrochenen Windlicht auf dem Boden. Ein etwas dümmliches Brummen war zu hören, und dann ein Ausruf des Entsetzens, als er die Beine des Diebesfängers unter der Treppe bemerkte. Er kroch in den Spalt zwischen Mauer und Treppe, was ihm wegen seines Körperumfangs einige Mühe bereitete, zerrte an Mr. Wilds Füßen und schien erst jetzt zu begreifen, dass irgendetwas nicht stimmte. Dass er etwas übersehen oder vergessen hatte. Er hielt plötzlich inne, hielt das Licht in die Höhe und schaute nach oben.

Im nächsten Augenblick traf ihn Blueskins Getreidesack auf den Kopf. Quilt Arnold wurde nach hinten geschleudert und landete auf dem Hosenboden, doch bereits nach kurzem rappelte er sich wieder auf und schüttelte den Kopf, als hätte er lediglich eine Kopfnuss bekommen.

»Mach schon!«, schrie Blueskin.

Henry hob den zweiten Sack in die Höhe und warf ihn mit aller Macht nach unten. Wieder landete der Sack auf Quilts Schädel, doch diesmal knallte der Kopf seitlich gegen die Mauer, der Riese torkelte und ging dann wie ein gefällter Baum zu Boden. Das Licht in seiner Hand erlosch.

»Maßarbeit«, meinte Blueskin anerkennend. »Und jetzt nichts wie weg!«

Er wandte sich dem Gewölbe zu und wollte davonrennen, doch Henry hielt ihn am Ärmel fest und sagte: »Erst holen wir Bess!«

Henry wartete nicht auf eine Erwiderung, sondern lief die Treppe hinunter, nahm die brennende Kerze aus dem zerbrochenen Windlicht auf dem Boden und betrat den Gang zum Beichtstuhl. Er wusste, dass Blueskin ihm folgen würde. Nicht aus Überzeugung oder Sympathie, sondern weil er nicht als Feigling oder Verräter gelten wollte.

4

Nach etwa zwanzig Schritten machte der Gang eine Biegung nach links, dann eine weitere nach rechts und endete schließlich an einer niedrigen, aus dicken Bohlen gezimmerten Holztür, deren schwerer Eisenriegel vorgeschoben war.

»Ist das der Beichtstuhl?«, fragte Henry über seine Schulter.

»Hm«, machte Blueskin.

Henry schob den Riegel zur Seite und öffnete die Tür. Als er in den Kerkerraum blickte, glaubte er, seine Augen oder das funzlige Kerzenlicht würden ihm einen Streich spielen.

Edgworth Bess stand mit ausgebreiteten Armen in der Zelle, hüpfte auf der Stelle und rief: »Da kommt das Licht zurück! Wie schön! Muss ich doch nicht im Dunkeln sterben?« Sie lachte und klatschte wie ein kleines Kind in die Hände. Ebenso erstaunlich wie die Tatsache, dass sie wie eine Betrunkene auf der Stelle schwankte und ihr die Worte schwerfällig und lallend über die Lippen kamen, war der Zustand ihrer Kleider. Sie hatte das rote Samtkleid an den Schultern und vor der Brust nach unten gezogen und das Mieder darunter vollständig geöffnet, sodass ihre großen Brüste zu sehen waren. Beim Hüpfen wippten sie auf und ab. Henry konnte seinen Blick nicht von ihrem Dekolleté abwenden.

»Hab ich doch gewusst, dass sie Euch gefallen, Sir«, lachte Bess und begann hektisch, an ihrem Ausschnitt herumzufuchteln und ihm die Brüste entgegenzustrecken. »Wusste ich's doch! Eine Frau merkt so was. Nur Mut, greift ruhig zu! Ihr findet weit und breit nichts Vergleichbares.«

»Lass den Unsinn, Bess!«, rief Henry und wandte sich verwundert zu Blueskin um. »Was ist bloß in sie gefahren?«

Blueskin schien nicht erstaunt zu sein, er zuckte lediglich mit den Schultern und meinte: »Vermutlich haben sie ihr was ins Essen getan. Oder ins Wasser. Wäre nicht das erste Mal. Oder sie ist einfach übergeschnappt.«

»Te Deum Laudamus«, trällerte Bess und schlang ihre Arme um Henrys Hals. »Ich bin Euch auf die Schliche gekommen und hab aufgepasst. Nichts hab ich gesehen. Gar nichts! Und mein Mann hat sich eine Kugel in den Kopf gejagt. Ganz bestimmt hat er das. Dass Ihr bloß nicht auf dumme Gedanken kommt.« Dann schaute sie über Henrys Schulter und krächzte in Blueskins Richtung: »Was macht der denn hier? Verdammter Verräter!« Sie wollte ihm ins Gesicht spucken, doch die Spucke blieb an ihrer Lippe hängen.

»Na, wunderbar!«, rief Blueskin verächtlich und kratzte sich am Hinterkopf.

»Komm!«, befahl Henry und wand sich aus ihrer Umarmung. Er zog ihr das Mieder über die Brüste und sagte: »Und keinen Mucks!«

Erstaunlicherweise gehorchte Bess aufs Wort und ließ sich von Henry wie ein braves Mädchen an der Hand durch den Gang führen. Sie kicherte leise und irre, aber sie sagte kein Wort und sträubte sich nicht.

Als sie an der Treppe ankamen, atmete Henry erleichtert auf. Quilt Arnold lag nach wie vor bewusstlos und mit blutüberströmtem Schädel auf dem Boden. Doch Blueskin zuckte zusammen und rief: »Mist! Ich hätte ihm doch gleich die Kehle durchschneiden sollen!«

Jetzt sah auch Henry, was Blueskin so entsetzt hatte: Der Platz unter der Treppe war leer. Jonathan Wild war verschwunden. Und gleichzeitig mit dieser erschreckenden Erkenntnis vernahm Henry leise Stimmen und Schritte, die sich aus dem oberen Gewölbetunnel näherten. Sie saßen in der Falle!

Henry deutete auf die kleine Holztür, durch die vorhin der Mann mit dem Eimer gegangen war. »Was ist dahinter?«, fragte er.

»Die Zisterne«, antwortete Blueskin, zog den Dolch und machte sich zum Kampf bereit. Auch wenn sein finsterer Gesichtsausdruck zu erkennen gab, dass er diesen Kampf für aussichtslos hielt.

»Zisterne?«, wunderte sich Henry. »Für Regenwasser?«

»Regenwasser!«, lachte Blueskin. »Wir sind im Keller, du Blödmann!«

Henry zog Bess hinter sich her und öffnete die kleine Tür. »Hinein mit dir!«, flüsterte er ihr ins Ohr und schubste sie durch die Öffnung. Er folgte ihr und hielt die Kerze in die Höhe. Tatsächlich befand sich in dem winzigen und kaum mannshohen Raum lediglich eine Art Brunnen. Ein gemauertes Wasserbecken, das jedoch nicht sehr tief zu sein schien. Jedenfalls nicht tief genug, um darin unterzutauchen.

»Macht Platz!«, rief Blueskin und zwängte sich ebenfalls in die Kammer. Er pustete die Kerze aus und schloss die Tür.

Bess machte einen erschrockenen Laut, als das Licht ausging, doch Henry drückte ihre Hand und machte: »Psst! Leise.«

Die vage Hoffnung, dass die von Mr. Wild herbeigeholten Männer an der Holztür vorbei zum Beichtstuhl laufen und somit den Weg zur Treppe wieder freigeben würden, währte nicht lange. Durch die Tür war Mr. Wilds Befehl zu hören: »Ihr beiden bleibt hier und kümmert euch um Quilt! Du da bleibst oben auf der Treppe! Und die anderen kommen mit nach hinten! Los!«

Glücklicherweise kam zunächst niemand auf die Idee, im Brunnenraum nachzuschauen, doch spätestens wenn der leere Beichtstuhl entdeckt wäre, würde sich das schlagartig ändern. Mr. Wild würde jeden Winkel seines Hauses unter die Lupe nehmen. Es blieb dabei: Sie saßen in der Falle.

»Woher kommt das Wasser?«, flüsterte Henry in Blueskins Ohr.

»Was?«, entfuhr es Blueskin.

»Woher kommt das Wasser in dem Becken?«

»Was weiß denn ich?«

»Wird es in Fässern geliefert?«

»Was kümmert dich das bescheuerte Wasser?«

»Antworte bitte!«, flüsterte Henry eindringlich und griff nach Blueskins Arm.

»Nein, nicht in Fässern«, antwortete Blueskin, und obwohl Henry sein Gesicht nicht sehen konnte, wusste er, dass Blueskin die Augen verdrehte. »Es kommt vom Wasserwerk, glaub ich.«

»Ducking Pond«, murmelte Bess, und sie klang plötzlich nicht mehr ganz so betrunken. »Oben in Finsbury. Es kommt in unterirdischen Rohren. Mutter Needham bekommt ihr Wasser auch von dort. Ist mächtig stolz drauf.«

»Hm«, machte Henry und ließ sowohl Blueskins Ärmel als auch Bess' Hand los. Er zwängte sich zwischen Beckenrand und Wand, wo eine Art Graben von etwas mehr als einem Fuß Breite ringsum führte, und tastete sich an der Mauer entlang. Auf der Rückseite der Zisterne fand er, wonach er gesucht hatte: den Zufluss. Er konnte in der Dunkelheit zwar nichts sehen, aber es schien so, als führe ein Rohr durch die hintere Wand.

»Ulmen«, hörte er plötzlich Bess leise hinter sich wispern.

»Was?«

»Es sind ausgehöhlte Ulmenstämme«, sagte sie und kicherte leise. »Im Cross Keys ist mal eins kaputtgegangen. Gab 'ne Überschwemmung im Keller. Mutter Needham hat vielleicht geflucht!«

Das Rohr hatte einen Durchmesser von vielleicht zehn Zoll, kaum mehr. Doch an der Stelle, an der das Rohr in der Wand verschwand, war das Mauerwerk mit Brettern vernagelt.

»Was treibt ihr da hinten?«, zischte Blueskin von der Tür aus. »Lasst uns rausgehen! Mit den drei Kerlen können wir's allemal aufnehmen.«

»Mit unseren zwei Messern gegen Degen oder sogar Pistolen?«, fragte Henry und zerrte an dem obersten Brett. »Und Bess? Sollen wir sie hierlassen?« Es gab ein lautes Knacken, dann war das Brett aus der Wand gerissen. Henry hielt den Atem an, und Blueskin öffnete die Tür einen Spalt breit, um hinauszuschauen.

»Alles in Ordnung«, flüsterte er, als er die Tür wieder geschlossen hatte. »Sie haben alle Hände voll damit zu tun, Quilt die Treppe hochzuhieven.«

In der Zwischenzeit hatte Henry auch das zweite Brett herausgebrochen. Durch die Feuchtigkeit in dem Raum war das Holz morsch und wie aus Pappe. Als er das dritte Brett heraushebeln wollte, kroch ihm etwas über die Hand, und ein leises Fiepen war zu hören. Ratten! Henry schüttelte sich und trat kurzerhand die letzten Bretter aus der Wand. Wieder fiepte es, und die Ratten huschten davon. Allerdings nicht in Henrys, sondern in die entgegengesetzte Richtung.

»Es gibt einen Schacht«, stieß er erleichtert aus. »Hoffentlich nicht nur für Ratten.«

Er tastete die Öffnung in der Mauer ab und fand bestätigt, was er erhofft hatte. Die Rohre waren nicht in der blanken Erde, sondern in einer Art hölzernem Kanal oder ringsum verschaltem Graben verlegt. Entweder war dieser Kanal extra angelegt worden, um die Rohre leichter reparieren oder austauschen zu können, oder man hatte einen ohnehin vorhandenen Dränagegraben benutzt. Auf jeden Fall war der Graben groß genug, um bäuchlings hindurchzukriechen. Blieb nur zu hoffen, dass sich der Graben nicht zum Ende hin verjüngte.

»Zieh dich aus!«, befahl er Bess.

Bess kicherte und fragte: »Ganz?«

»Wenn's sein muss«, antwortete Henry und setzte hinzu: »Ich will dich nicht beleidigen, Bess, aber dein Hintern wird mit den Kleidern nicht durch den Schacht passen.«

»Hat sich noch nie einer über meinen Hintern beklagt«, murrte sie. Es raschelte, als sie ihr Samtkleid auszog. Nur das Unterkleid behielt sie an. »Das muss reichen.«

»Halt die Klappe!«, zischte Blueskin, der ebenfalls zur Rückseite des Bassins gekrochen war. »Sie kommen vom Beichtstuhl zurück. Los! Mach schon!«

Henry war mittlerweile mit den Füßen voran in den Schacht hineingekrochen und stellte erleichtert fest, dass der Durchmesser sich zunächst nicht änderte und das Fortbewegen zwar mühsam und mitunter schmerzhaft, aber durchaus möglich war. Selbst für Bess, die ihm mit dem Kopf voran gefolgt war, reichte der Platz, auch wenn sie sich die Hüften an den Holzwänden abschabte und mehrmals vor Schmerz aufjaulte. Wenn sie feststeckte oder sich in den Rohrkupplungen verhakt hatte, zog Henry an ihren Händen, bis sie wieder frei war. In dem Augenblick, als auch Blueskin in den Kanal gekrochen war, wurde die Tür zur Zisterne geöffnet. Dumpfe Männerstimmen waren zu hören. Kerzenlicht beleuchtete den Beckenraum.

Henry hoffte, dass die Ummauerung des Beckens hoch genug war, um die herausgerissenen Bretter dahinter zu verdecken. Und dass Bess ihr Kleid nicht über den Beckenrand gehängt hatte.

»Hier sind sie nicht«, war eine Stimme zu vernehmen.

»Habt ihr im Becken nachgeschaut?«

»So tief ist das Wasser doch nicht.« Dennoch war kurz darauf ein leises Platschen und Klatschen zu hören. Vermutlich stießen die Männer mit ihren Degen oder Säbeln ins Wasser. Dann erklang ein missmutiges: »Nichts!«

»Weiter!« Die Tür wurde wieder geschlossen.

»Los!«, sagte Blueskin. »Sie kommen bestimmt bald zurück, und dann werden sie genauer hinschauen.«

Die drei krochen weiter bäuchlings den Kanal entlang, der stetig anstieg und sich sogar ein wenig verbreiterte. Dennoch ließ die Dunkelheit und Beengtheit eine leichte Panik in Henry aufkommen. Ein Glück, dass er nicht unter Platzangst litt. Immer wieder fiepte es, und die Ratten krochen über sie hinweg. Henry hoffte, dass ihm keine ins Hosenbein kriechen würde. Schließlich stieß er mit den Füßen gegen einige Bretter, die genau wie auf der anderen Seite des Schachts den Ausgang versperrten. Er war froh, dass er sich entschieden hatte, rückwärts zu kriechen, denn so konnte er nicht nur Bess ziehen, sondern auch mögliche Hindernisse mit den Füßen beseitigen. Mit wenigen Tritten hatte Henry die vernagelten Bretter aus dem Mauerwerk getreten und gelangte in einen größeren Raum, in den von irgendwoher diffuses Licht fiel. Es war nicht sofort zu erkennen, ob es sich um morgendliches Dämmerlicht oder den Schein einer Lampe handelte. Der Raum war quadratisch und hatte weder Fenster noch Türen. Er beinhaltete ein weiteres Wasserreservoir, das aber viel größer war als jenes in Wilds Haus. Verschiedene Rohre führten von dem Becken aus in unterschiedliche Richtungen und verschwanden jeweils in der Wand. An jedem dieser Rohre befand sich eine Klappe oder besser eine Scheide aus einem beweglichen Holzbrett, das man in Längs- oder Querrichtung stellen konnte. Wie bei einem Ofenrohr. Auf diese Weise ließ sich die Zufuhr des Wassers regeln.

»Wo sind wir?«, wollte Henry wissen und suchte nach dem Ursprung des schwachen Lichts, das sie vermutlich nur wahrnahmen, weil sie aus der totalen Finsternis kamen.

»Beim Wasserverteiler«, meinte Bess, deren weißes Unterkleid völlig verschmutzt und an der Hüfte zerrissen war. Sie band sich das Mieder zu und setzte hinzu: »Fragt sich nur, wie wir hier rauskommen!«

Henry deutete nach oben. Er hatte erkannt, dass der Lichtschimmer durch einen kleinen Spalt in der Decke drang. Und direkt unter diesem Spalt stand eine Leiter an die Wand gelehnt. »Da geht's raus!«

Er stieg auf die Leiter, die zu einer Luke in der Decke führte. Diese Luke war wie bei einem Gully mit einem schweren Eisendeckel versperrt.

»Verflucht, sie kommen!«, rief Blueskin und deutete auf den Schacht zu Wilds Haus, aus dem nun kratzende Geräusche zu hören waren. Dann jedoch lachte er und trat wie ein Verrückter auf die ausgehöhlten Ulmenstämme, bis eine der Kupplungen zwischen zwei Rohren brach. Er bog das untere Rohr zur Seite und öffnete das Wasserventil an der Zisterne. Das Wasser schoss aus dem geborstenen Rohr und direkt in den Schacht. Das Fiepen einer Ratte war zu hören, dann laute und panische Stimmen.

»So ertränkt man Ratten«, meinte er grinsend.

Henry hatte inzwischen den eisernen Deckel in Augenschein genommen und erleichtert festgestellt, dass er lediglich mit einem Schnappschloss gesichert war, das von der Unterseite ohne Weiteres zu entriegeln war. Er klappte den Deckel hoch und stieg hinauf. Dann wartete er auf Bess und zog sie an den Händen nach oben. Blueskin war nur wenige Sekunden später bei ihnen, immer noch mit einem breiten Grinsen im Gesicht.

Sie waren in einer Art Lager oder Büro gelandet. Ein Schreibtisch stand mitten im Raum, direkt daneben ein Stehpult. An drei Wänden standen Regale, die mit schweren Folianten, Schreibwerkzeugen und allerlei sonstigen Geräten gefüllt waren. Eine Tür und ein Fenster befanden sich in der vierten Wand, und ein Blick hinaus ließ Henry erkennen, dass sie wieder auf ebener Erde waren und dass der Morgen dämmerte. Die Tür war verschlossen, also stiegen sie durchs Fenster in einen Hof, der ringsum bebaut war. Über der Eingangstür des Hauses, das sie gerade verlassen hatte, war ein Schild angebracht: »New River Company«.

Gleich neben dem Haus war eine Schänke, mit einem goldenen Schwan als Erkennungszeichen. »Das Swan Inn«, sagte Blueskin und deutete durch eine Toreinfahrt auf die Straße. »Dann muss das da vorne Holborn Hill sein. Wir haben's geschafft!«

»Und wohin jetzt?«, fragte Henry.

»Was ihr beiden Hübschen macht, interessiert mich nicht«, antwortete Blueskin und winkte mit der Hand. »Ich jedenfalls leg mich aufs Ohr.«

»Wild wird dich suchen«, sagte Henry.

»Aber nicht finden«, lachte Blueskin und empfahl sich.

»Warum hast du das gemacht?«, rief Bess ihm hinterher.

»Was meinst du?«

»Wieso hast du Macheath geholfen, mich aus dem Beichtstuhl rauszuholen?«

Blueskin lachte und zuckte mit den Schultern. »Weil ich ein verdammter Dummkopf bin«, sagte er und lief eilends auf die Straße. »Und übrigens, sein Name ist Ingram.«

5

Vom Holborn Hill zur Cross Keys Tavern war es nur ein Katzensprung, was auch deshalb ein Glück war, weil Bess in ihrem derangierten und halb entkleideten Zustand die neugierigen Blicke der morgendlichen Passanten auf sich zog. Also eilten Henry und Bess über den Markt von Smithfield, vorbei am St. Bartholomew's Krankenhaus und durch den stinkenden Town Ditch nach Little Britain. Doch wenn sie gedacht hatten, Mutter Needham wäre froh oder erleichtert, sie wohlbehalten in ihrem Haus wiederzusehen, so hatten sie sich gründlich getäuscht. Die Bordellbesitzerin war alles andere als begeistert und machte aus ihrer Besorgnis keinen Hehl.

»O mein Gott!«, waren ihre ersten Worte, als sie im Nachtkleid und mit langer Seidenmütze auf dem Kopf an der Tür erschien, um die beiden Ankömmlinge in die Schänke zu lassen. »Was wollt ihr denn hier?«

»Freut Ihr Euch gar nicht, dass ich befreit bin?«, wunderte sich Bess.

»Doch, doch, mein Kind«, beteuerte die Kupplerin, schaute dabei jedoch ängstlich nach draußen, um sich zu vergewissern, dass niemand sie verfolgt hatte, und schloss anschließend die Tür. Dann fügte sie atemlos hinzu: »Aber hier kannst du nicht bleiben, Bess. Mr. Wilds Leute werden mich umbringen, wenn sie dich hier finden.«

»Wo sollen wir denn hin?«, fragte Henry.

»Raus aus London, wenn's irgend geht«, antwortete Mutter Needham und wandte sich an Bess. »Pack deine Sachen und verschwinde so schnell du kannst! Ich vermag dir nicht zu helfen, meine Liebe. Mit Mr. Wild lege ich mich nicht an. So leid es mir tut.«

Nachdem sich die beiden den Dreck von Gesicht und Händen gewaschen hatten und Bess ein neues Kleid angezogen und die übrigen Kleider in einer Reisetasche verstaut hatte, reichte Mutter Needham ihr einen leidlich gefüllten Geldbeutel und ein wenig Proviant. »Für den Weg«, sagte sie. Wohin auch immer. Dann wiederholte sie: »Es tut mir leid, meine Liebe.«

Nur eine halbe Stunde, nachdem sie die Cross Keys Tavern betreten hatten, standen sie wieder auf der Straße. Henry schaute zum gegenüberliegenden Friedhof von St. Botolph und dachte erneut an die Nacht, in der er zum Mörder geworden war. Denn davon war er inzwischen überzeugt. Er hatte Sean Leigh im Postman's Park aus Eifersucht niedergeschlagen. Mit einer Eisenstange. Er konnte sich nicht erinnern, woher er sie hatte und wo sie geblieben war. Aber er wusste noch, dass sie schwer und rostig gewesen war. Und an ein Knacken glaubte er sich zu erinnern. Das Knacken von Knochen. Gefolgt von Sarahs entsetztem Schrei.

»Wohin?«, wurde er von Bess aus seinen Gedanken gerissen.

Henry erinnerte sich an Mutter Needhams Worte und antwortete: »Raus aus London. So weit wie möglich. Wie wär's mit Edgware?«

»Edgware?«

»Edgworth«, verbesserte er sich und fragte sich, wann dieser Teil von London oder besser das Dorf bei London umbenannt worden war. »Da kommst du doch her, oder? Wohnen deine Eltern noch dort?«

»Keine Ahnung«, antwortete sie und starrte dabei auf ihre Finger. »Ich weiß nicht einmal, ob sie noch leben. Sie haben mich verflucht und wie ein Tier vor die Tür gesetzt. Eher will ich sterben, bevor ich zu ihnen zurückkehre oder sie um Hilfe bitte.«

»Wenn du in London bleibst, wird dein Wunsch bald in Erfüllung gehen«, sagte Henry, nahm der wie angewurzelt dastehenden Bess die Reisetasche ab und zog sie mit sich in Richtung Aldersgate. »Dafür wird Mr. Wild schon sorgen. Was will der Kerl überhaupt von dir? Warum hat er dich in seinem Privatkerker eingesperrt und mit Drogen vollgepumpt? Was wollte er von dir hören? Und was hat das Ganze mit Mr. Pepusch und dem toten Musiker zu tun?«

Bess durchzuckte es wie ein Stromschlag. »Maestro Pepusch!«, rief sie und riss sich los. »Wir müssen ihn warnen. Sein Leben ist in Gefahr.«

»Was hat Pepusch mit Jonathan Wild zu schaffen?«, fragte Henry, als sie die Aldersgate Street erreicht hatten. »Ich dachte, es geht um Jack Sheppard.«

143

Bess schüttelte den Kopf und zuckte dann mit den Schultern. »Ich weiß es doch auch nicht!«, rief sie und wandte sich nach Norden. »Ich weiß nur, dass bisher zwei Menschen gestorben sind und ich beinahe der dritte gewesen wäre. Und Mr. Pepusch wird es als Nächsten treffen, wenn wir ihn nicht warnen.«

»Willst du mir nicht endlich erzählen, was los ist?«

Während sie nach Norden in Richtung Islington gingen, berichtete Bess in knappen, sprunghaften und für Henry oft unverständlichen Sätzen von dem, was ihr in den letzten Jahren widerfahren war. So erfuhr er von dem Oboisten Albrecht Niemeyer, mit dem sie einst eine Liebschaft gehabt hatte und der sich gestern angeblich in seiner Kammer erhängt hatte. Und von ihrem Gatten Matthew, der den beiden auf die Schliche gekommen war und sich vor drei Jahren anscheinend ebenfalls das Leben genommen hatte. Sie erwähnte den Herzog von Chandos und sein prächtiges Cannons House, den Schriftsteller John Gay, der inzwischen in der Gärtnerkate des Grafen von Burlington wohnte, und den deutschen Kapellmeister des Herzogs. Wie das jedoch alles zusammenhing und was Johann Pepusch mit Jonathan Wild zu tun hatte, das begriff Henry nicht. Bess schien es selbst nicht zu wissen, oder sie stand noch zu sehr unter der Einfluss des Opiums, um die Zusammenhänge durchschauen oder verständlich wiedergeben zu können. Immer wieder sagte sie: »Er war zur falschen Zeit am falschen Ort.«

»Wer?«

»Matthew.«

»Und welcher Ort war der falsche?«

»Little Stanmore Inn.«

Henry kannte eine Londoner U-Bahnstation namens Stanmore. Die nördliche Endhaltestelle der Jubilee Line. Nicht weit entfernt von einer anderen Endstation: Edgware. Deshalb fragte er: »In der Nähe von Edgworth?«

Bess nickte abwesend, blieb plötzlich stehen und schaute sich suchend um. Sie hatten mittlerweile die Goswell Road in Clerkenwell erreicht und standen vor einem Gasthaus, das gleichzeitig als Kutschstation diente.

»Wo sind wir?«, fragte sie und rieb sich die Augen, als wachte sie aus einem Traum auf.

»Auf halbem Weg nach Islington«, vermutete Henry.

Bess nahm ihm die Reisetasche ab, die er auf der Schulter getragen hatte, und fragte: »Würdest du mir einen Gefallen tun?«

»Kommt drauf an«, antwortete Henry vorsichtig.

»Finde Mr. Pepusch und sag ihm, dass er sich vorsehen soll.«

»Das weiß er auch so, ohne dass ich es ihm sage. Schließlich haben sie ihm gestern die Nase zerschnitten.«

»Nein«, beharrte Bess und drückte Henrys Hand. »Du musst ihn warnen, Macheath! Er soll sich verstecken.«

Henry zuckte mit den Achseln und fragte: »Und du?«

»Ich fahre nach Little Stanmore«, antwortete sie und betrachtete eine zweispännige Postkutsche, die vor der Schänke stand und deren Pferde von einem Knecht mit Wasser versorgt wurden. »Denn dort hat alles angefangen. Im Little Stanmore Inn.«

»Kann ich nicht mitkommen?«, fragte Henry, ohne Bess dabei anzuschauen.

Bess schüttelte den Kopf. »Finde Mr. Pepusch und bring ihn in Sicherheit! Versprich es mir!«

Henry nickte, hielt weiterhin ihre Hand und fragte: »Sehen wir uns wieder?«

»Du weißt, wo du mich findest«, antwortete Bess und schaute dabei zu Boden, als hätte sie dort etwas verloren. Dann entzog sie ihm ihre Hand, winkte ihm zum Abschied zu und rannte zur Postkutsche. Ein Mann in Uniform hatte gerade auf dem Kutschbock Platz genommen und griff zur Peitsche.

»Wo soll's hingehen, Ma'am?«, fragte er, als Bess herangestürmt kam.

»Nach Norden«, rief sie.

»Norden soll's sein«, antwortete der Kutscher lachend und wartete, bis Bess die Kutsche bestiegen hatte. Dann knallte die Peitsche, die Pferde schnaubten, und die Kutsche setzte sich ruckend in Bewegung.

6

Während Henry einigermaßen orientierungslos durch Clerkenwell irrte und vergeblich nach Gebäuden oder Straßen Ausschau hielt, die ihm irgendwie bekannt vorkamen, ging er in Gedanken noch einmal die verwirrenden und zusammenhangslosen Worte durch, die er aus Bess' Mund gehört hatte. Vor allem die Erwähnung des Schriftstellers John Gay hatte ihn aufhorchen lassen. Sein Verdacht in Bezug auf Bess war also richtig gewesen, und es kam ihm nun beinahe wie ein Geschenk des Himmels vor, dass Bess ganz beiläufig Gays Wohnort erwähnt hatte: Burlington House an der Piccadilly in Westminster. Heute befand sich in dem Gebäude die Royal Academy of Arts. Erst vor wenigen Monaten hatte Henry dort eine Kunstausstellung besucht. Nun würde er das Gebäude bald wiedersehen und hoffentlich auch betreten können. Oder zumindest das kleine Gärtnerhaus, das Bess erwähnt hatte.

Um Johann Christoph Pepusch machte sich Henry weniger Sorgen. Zwar hatte er Bess versprochen, den deutschen Kapellmeister zu suchen und vor Wild zu warnen, und er beabsichtigte keineswegs, dieses Versprechen zu brechen, doch anders als Bess glaubte er nicht, dass Pepusch in akuter Lebensgefahr war. Nein, er *wusste*, dass sein Leben nicht bedroht war. Erst in einigen Jahren würde Pepusch die Musik zur *Beggar's Opera* komponieren oder besser zusammenstellen (denn das meiste hatte er schlicht bei anderen Komponisten geklaut), also konnte er im Jahr 1724 nicht von Jonathan Wild ermordet werden. Denn dann gäbe es keine *Beggar's Opera*. Jedenfalls nicht in der heute bekannten Fassung.

Wie vom Blitz getroffen fuhr Henry plötzlich zusammen. Ein fürchterlicher Gedanke schoss ihm durch den Kopf und ließ ihn nicht mehr los. Wer sagte denn, dass Geschichte unveränderlich war? Wäre das so, dann hätte Henry in diesem Moment gar nicht an diesem Ort und in dieser Zeit sein dürfen! Er hatte bereits durch seine Zeitreise in die Abfolge der Geschehnisse eingegriffen! Und wenn Geschichte tatsächlich veränderbar war, dann konnte er sich auf das, was in der Zukunft sein würde, nicht verlassen. Es war durchaus denkbar, dass ein Komponist ermordet wurde, bevor er sein berühmtestes Werk geschaffen hatte. Und um das Werk wäre es damit geschehen! Mit Mr. Pepusch würde auch die *Bettleroper* sterben. Und Henry hätte niemals als Captain Macheath auf der Bühne des Rosemary Lane gestanden. Und wäre vermutlich nicht durch die Zeit gereist. Denn er hätte niemanden umgebracht. Und würde sich jetzt nicht erfolglos das Hirn zermartern.

Wieder verwirrten sich seine Gedanken und drehten sich im Kreis. Wie stets, wenn Henry versuchte, das Problem vernünftig oder logisch zu ergründen, stieß er an seine Grenzen. Denn mit Vernunft und Logik war das Rätsel nicht zu lösen. Das Ganze ergab keinen Sinn. Also war es müßig, nach einem Prinzip oder einem Muster zu suchen. Es war zum Haareraufen. Verrückt!

Während er durch schmale und verwinkelte Gassen mit sonderlichen Namen wie Rotten Row oder Hockley-in-the-Hole schlenderte, achtete Henry möglichst darauf, die Sonne in seinem Rücken oder auf seiner linken Seite zu haben, um nach Westen, in Richtung Holborn, zu gelangen. Doch erst als er nach geraumer Zeit und mit vernehmlich knurrendem Magen an den Feldern von Gray's Inn ankam und die nördlichste der vier alten Anwaltskammern vor sich sah, hatte er die Orientierung wiedergefunden. Von hier aus war es nicht weit nach High Holborn, und so überquerte er die lärmende Hauptstraße, klaute im Vorbeigehen einen Apfel bei einem Händler in der Chancery Lane und lenkte seine Schritte nach Lincoln's Inn Fields. Wenn er Maestro Pepusch finden wollte, musste seine Suche beim dortigen Theater beginnen.

Wie am vorherigen Tag war die große Eisenpforte des Theaters verschlossen, doch diesmal saß ein alter Pförtner in dem winzigen Häuschen nebenan und wandte sich mit mürrischer Miene an den Ankömmling.

»Das Theater ist geschlossen, junger Mann!«

»Ich will zur Probe«, sagte Henry und biss in seinen Apfel.
»Fällt aus.« Der Pförtner musterte ihn skeptisch und rümpfte die vom Alkohol gerötete und runzlige Nase. »Ihr seht mir nicht aus wie ein Musiker. Ihr habt kein Instrument.«
»Dafür habe ich eine Nachricht für Maestro Pepusch«, antwortete Henry kauend.
»Ist nicht da.«
»Eine Nachricht von Mr. Jonathan Wild.« Er spuckte einen Kern auf den Boden und setzte beiläufig hinzu: »Oder soll ich Mr. Wild sagen, der Pförtner des New Theatre hätte mich abgewiesen?«
Es war schon erstaunlich, welche Wirkung man mit der Nennung dieses Namens erzielen konnte. Der Pförtner schluckte, nickte erst, schüttelte dann vehement den Kopf und sagte in ungleich freundlicherem Ton: »Maestro Pepusch ist leider krank, daher muss die heutige Probe ausfallen. Nur deshalb sitze ich an diesem Morgen hier. Um den Musikern Bescheid zu geben. Weil der Maestro ... unpässlich ist.«
»Mr. Wild weiß, dass Mr. Pepusch krank ist. Deshalb schickt er mich ja.«
Das ergab zwar eigentlich keinen Sinn, aber der Pförtner schien den Widerspruch nicht zu bemerken, er nickte eifrig und sagte: »Sicher, ich verstehe.«
»Also?«, fragte Henry.
»Also was?«
»Wo finde ich den Maestro?«
»Ach so«, räusperte sich der alte Mann und gab bereitwillig Auskunft. »Covent Garden. Bedford Court. Gleich gegenüber dem Friedhof von St. Paul. Fragt im Three Kings nach Mr. Pepusch. Aber er ist ...«
»Unpässlich. Ich weiß, danke!« Henry tippte sich an die Stirn, warf den Rest des Apfels weg und eilte davon. Dass es so einfach sein würde, Pepuschs Adresse ausfindig zu machen, hätte er nicht gedacht. Und er war froh, dass nicht wieder der irre Geoff auftauchte, um mit seinen seltsamen Orakelsprüchen Eindruck zu schinden oder Verwirrung zu stiften.
Es war nur ein kurzer Fußweg bis zum Covent Garden. Henry überquerte die Drury Lane, folgte dem Long Acre, ließ die Dirty Lane samt Hopes Hexenhaus rechts liegen und stand nur wenige Minuten später vor der Kirche von St. Paul. Die war zwar dem gleichen Heiligen geweiht wie die Kathedrale in der City, hatte sonst aber wenig mit ihr gemein. Eher erinnerte die Kirche an einen antiken Tempel als an ein christliches Gotteshaus. Henry glaubte zu wissen, dass man die Kirche heutzutage »The Actors' Church« nannte, die Kirche der Schauspieler. Wegen der Nähe zu den Theatern in dieser Gegend.
Der Bedford Court und das Three Kings Inn waren bald gefunden,

und als Henry den Wirt nach Maestro Pepusch fragte, bekam er als Antwort ein gelangweiltes Nicken, einen Wink mit dem Daumen über die Schulter und ein knappes: »Erster Stock!«

Neben dem Schanktisch trennte eine schwere Flügeltür den Gastraum vom vermieteten Teil des Wirtshauses, und gleich hinter dem Durchgang führte eine schmale Stiege in die oberen Stockwerke. Auf halber Treppe kam Henry eine großgewachsene Frau in Trauerkleidung entgegen, sie hatte einen schwarzen Schleier vor dem Gesicht und trug eine Reisetasche aus Tuch in der linken und eine kleinen Lederkoffer in der rechten Hand. Henry quetschte sich an der Frau vorbei und grüßte mit einem Kopfnicken, das die Frau jedoch nur mit einem mürrischen Räuspern quittierte.

Henry stieg hinauf in den ersten Stock und klopfte an die Tür. Niemand öffnete, kein Geräusch war zu hören. Er klopfte erneut, und abermals geschah nichts. Henry griff zur Türklinke, um zu sehen, ob die Tür versperrt war, und er räusperte sich übertrieben laut, um nicht als heimlicher Eindringling zu erscheinen. Doch noch ehe er die Klinke in der Hand hielt, erstarrte er. Ein anderes Räuspern kam ihm plötzlich in den Sinn. Das Räuspern einer trauernden Frau. Es hatte tief und brummig geklungen, wie sein eigenes Räuspern. Und plötzlich wusste Henry, dass der schwarze Schleier kein trauriges Frauengesicht, sondern eine zerschnittene Nase verborgen hatte.

Rasch eilte er hinunter in den Wirtsraum, doch von Mr. Pepusch war nichts mehr zu sehen. »War gerade eine schwarz gekleidete Frau hier unten?«, wandte er sich an den Wirt.

»Seltsam, nicht?«, antwortete dieser und kratzte sich das stoppelige Kinn. »Hab sie gar nicht hinaufgehen sehen. Wär mir bestimmt aufgefallen.« Da er Henrys fragenden Blick sah, fügte der Wirt hinzu: »Sie ist raus auf die Straße.«

Als Henry nach draußen stürmte, sah er die schwarz gekleidete Person gerade am Friedhof vorbei nach Norden gehen. Er folgte ihr in geringem, aber unauffälligem Abstand bis zum Seven Dials, wo er sie beinahe im Gewimmel der sieben aufeinanderstoßenden Gassen aus den Augen verlor. Doch Henry hatte inzwischen Übung darin, Leute durch das ihm so vertraute und dennoch fremde London zu verfolgen. Genauso wie er Bess bis zum Ye Olde Cheshire Cheese gefolgt war, so hängte er sich nun an Mr. Pepuschs Fersen, ohne dass dieser auch nur das Geringste davon mitbekam. Zunächst ging der Kapellmeister weiterhin schnurstracks nach Norden, doch als er die Kirche von St. Giles erreicht hatte, bog er nach Westen ab und betrat die Tyburn Road, die heutige Oxford Street. Die berühmte Einkaufs- und Flaniermeile war im Jahr 1724 die berüchtigte Straße zum Galgen von Tyburn. Und Henry musste daran denken, dass sowohl Jack Sheppard als auch Blueskin Blake in nicht allzu ferner Zukunft in einem Ochsenkarren auf diesem Schandweg vom Newgate-Gefängnis zum Galgen gebracht würden.

Maestro Pepusch folgte der Tyburn Road nach Westen, ohne sich auch nur ein einziges Mal umzuschauen oder innezuhalten. Vermutlich fühlte er sich in seiner Verkleidung vor jeglicher Entdeckung oder Verfolgung sicher. Wohin es den Musiker trieb, blieb Henry zunächst ein Rätsel. Je weiter es nach Westen ging, desto dünner war die Gegend besiedelt. Vor allem nördlich der Straße waren immer wieder freie Ödflächen, kleinere Baumgruppen oder bewirtschaftete Felder zu sehen. Am Ende des Weges war bereits der dreibeinige Galgen, der direkt vor dem Hyde Park mitten auf der Straße stand, zu erkennen. Henry vermutete inzwischen, dass Mr. Pepusch die Stadt in Richtung Uxbridge oder Oxford verlassen wollte, als der Kapellmeister plötzlich linker Hand abbog.

Die kleine Nebenstraße führte zu einem riesigen Platz, der einer einzigen Baustelle glich. In der Mitte war ein rechteckiges Areal zu erkennen, das vermutlich einmal als Park dienen sollte, aber noch kaum bepflanzt war und als Lagerplatz für Baumaterial benutzt wurde. Steine wurden geschnitten und behauen, Bretter gesägt oder genagelt, in einem riesigen Bottich wurde Mörtel angerührt, in einem anderen Kalk gelöscht, sodass dicke Rauchwolken entstanden. Es zischte und lärmte, dass Henry sich die Ohren zuhalten musste. Rings um das Rechteck waren großzügige Häuser und herrschaftliche Villen in unterschiedlichsten Bauphasen und architektonischen Stilen gruppiert. Bei einigen war gerade erst der Keller ausgehoben, andere hatten bereits das Richtfest hinter sich, und die meisten waren noch mit hölzernen Konstruktionen eingerüstet. Ungelenke Kräne mit großen Winden und Zahnrädern schafften das Baumaterial in die oberen Stockwerke. Ein halbfertiges und seltsam uneinheitliches Neubaugebiet für die Reichen und Adeligen, das Henry erst nach langem Überlegen als Grosvenor Square erkannte.

Mr. Pepusch wich einigen Bauarbeitern aus, die ihre Schubkarren mit Steinen und Brettern beladen hatten und sie mal hierhin, mal dorthin schafften, und bog vom Platz aus in die Brook Street. Diese unscheinbare Straße war links und rechts von backsteinernen Reihenhäusern gesäumt, die ebenfalls erst unlängst errichtet worden waren und Henry an langweilige Vorstadtsiedlungen erinnerten. Beim Anblick dieser Straße wusste er endlich, was Mr. Pepusch in dieser Gegend wollte und wohin ihn seine komische Maskerade führte: In der Brook Street hatte Georg Friedrich Händel eine Zeit lang gelebt, in einem schmucklosen Haus, in dem sich heute das Händel House Museum befand.

Tatsächlich begab sich Mr. Pepusch direkt zu Händels Haus, stieg die Stufen zum Eingang hinauf und klopfte an die Tür. Eine Dienstbotin öffnete, hörte der schwarz gekleideten Person mit zunehmend irritiertem Gesichtsausdruck zu, nickte dann und entfernte sich. Kurz darauf erschien ein korpulenter Mann mit Doppelkinn und langem Hausmantel in der Tür und fuhr erschrocken zusammen, als sein Gegenüber den Schleier anhob und sein Gesicht zeigte. Händel griff Mr. Pepusch an der Schulter und zog ihn so heftig ins Haus, dass dieser beinahe über die Reisetasche stolperte, die er auf dem Treppenabsatz abgestellt hatte. Dann fiel die Tür ins Schloss.

Auftrag erledigt, dachte Henry zufrieden. Mr. Pepusch hatte also bereits einen Unterschlupf gefunden, und er hätte wahrlich einen weniger trefflichen Fürsprecher finden können als Georg Friedrich Händel, den Leiter der königlichen Oper und persönlichen Schützling des Königs. Allerdings wunderte sich Henry, dass Mr. Pepusch ausgerechnet die Hilfe von Händel suchte, denn nach allem, was er über den Komponisten der *Bettleroper* gelesen hatte, war ihm dessen Beziehung zu seinem deutschen Landsmann eher als eifersüchtige Konkurrenz denn als innige Freundschaft erschienen. Schließlich war es nicht zuletzt der immense Erfolg der frivolen englischen *Beggar's Opera* gewesen, der Händels opulenten italienischen Opern den Garaus gemacht hatte. Aber vielleicht war es zu diesem Streit und Wettbewerb der Komponisten erst Jahre später gekommen, oder es handelte sich bloß um eine der vielen Mythen und Legenden.

Henry konnte es egal sein. Zugleich aber merkte er, dass sich eine seltsame Aufgeregtheit in ihm breit machte. Erst jetzt und mit seltsamer Verzögerung wurde ihm bewusst, dass er gerade den großen Georg Friedrich Händel gesehen hatte. Den leibhaftigen Händel, den er bislang nur von Gemälden oder als glänzende Marmorstatue aus dem Victoria and Albert Museum kannte. Und als habe der große Meister Henrys Gedanken erraten und als wolle er ihm eine zweite Gelegenheit zum näheren Betrachten geben, öffnete sich in diesem Augenblick Händels Haustür, und die beiden Komponisten traten hinaus ins Freie.

Mr. Pepusch hatte seine Kopfbedeckung samt Schleier abgesetzt und hielt sie, zusammen mit Reisetasche und Lederkoffer, in den Händen. Er stürzte regelrecht die Treppenstufen hinunter und schimpfte lauthals auf Deutsch mit Händel, der händeringend in der Tür stand und seinen Kollegen, ebenfalls auf Deutsch, zu beschwichtigen versuchte. Doch Maestro Pepusch wurde nur noch lauter und aggressiver, und obwohl Henry kein Wort verstand, war offenkundig, dass er ausfallend und beleidigend wurde. Das war schon daran zu erkennen, dass Maestro Händel ebenfalls zu schreien anfing, drohend die Faust ballte, schließlich wutentbrannt ins Haus stürmte und die Tür hinter sich zuschlug.

Wie ein begossener Pudel stand Mr. Pepusch auf der Straße und wurde von neugierigen Passanten beäugt. Nicht nur, weil sie den lauten Streit gehört hatten, sondern auch, weil die seltsame Kleidung und die notdürftig verbundene und blutverkrustete Nase des Mannes alles andere als unauffällig waren. Dem Kapellmeister schien gar nicht bewusst zu sein, dass er ein merkwürdiges Schauspiel darstellte; er verharrte reglos an Ort und Stelle, schüttelte nur immer wieder den Kopf und murmelte ein deutsches Wort, das Henry dennoch verstand, weil es im Englischen beinahe identisch klang: »Bastard!«

Henry trat hinter dem Mauervorsprung hervor, hinter dem er sich versteckt gehalten hatte, ging auf Mr. Pepusch zu und tippte ihm von hinten an die Schulter.

Der Musiker zuckte erschrocken zusammen und fuhr herum.

»Setzt bitte Euren Hut auf, Mr. Pepusch!«, sagte Henry.

Sein Gegenüber schaute ihn nur fassungslos und entsetzt an.

»Kommt!«, befahl Henry, pflanzte Mr. Pepusch kurzerhand den Hut auf den Kopf, richtete den Schleier und führte ihn am Ärmel davon. »Wir müssen reden.«

»Wer seid Ihr?«, wisperte Mr. Pepusch ängstlich, machte aber keine Anstalten, sich zu wehren. »Wer schickt Euch?«

Henry zog den Kapellmeister in östliche Richtung, wo sie nach kurzer Zeit auf die Bond Street stießen. Linker Hand führte die Straße zurück zur Tyburn Road, und rechts ging es zur Piccadilly. Für einen Augenblick kam ihm der Gedanke, seinen Urahn Jeremiah Ingram und dessen Kaffeehaus zu besuchen. Doch dafür war nun wahrlich keine Zeit.

»Mein Name ist Macheath«, sagte Henry und schob Mr. Pepusch nach rechts, wo die Straße von Stallungen und Remisen gesäumt war. »Ich komme im Auftrag von Edgworth Bess.«

»Ich kenne keine Edgworth Bess«, erwiderte der Musiker.

»Mrs. Elizabeth Lyon«, sagte Henry und schaute sich suchend um. »Ihr wisst, was dem Oboisten widerfahren ist?«

Mr. Pepusch nickte und sagte: »Ich habe es heute Morgen erfahren.«

Gern hätte Henry gefragt, was das alles zu bedeuten hatte und wieso Mr. Wild ihnen nach dem Leben trachtete, doch dann hätte er seine Rolle aufgeben müssen, und er war schließlich Schauspieler genug, um zu wissen, dass man niemals aus der Rolle heraustreten durfte. Deshalb sagte er in bestimmtem Ton: »Mrs. Lyon hat mir aufgetragen, Euch in Sicherheit zu bringen.«

»Danke, aber das wird nicht nötig sein, Mr. Macheath. Ich kann allein auf mich aufpassen und brauche Eure Hilfe nicht.«

»Na, das sah vorhin aber nicht so aus«, lachte Henry und bugsierte den anderen auf die gegenüberliegende Straßenseite, wo ein hoher Gitterzaun ein herrschaftliches Anwesen umschloss. »Euer Freund, Mr. Händel, war nicht wirklich eine große Hilfe. Er hat Euch wie einen Hausierer vor die Tür gesetzt, nicht wahr?«

»Er ist nicht mein Freund«, knurrte Mr. Pepusch.

»Ich weiß«, antwortete Henry und betrachtete einen Viehstall oder

151

Schuppen, der den Abschluss des Zauns und quasi die äußerste Ecke des Anwesens bildete. »Und ich kann Euch verraten, dass Ihr und Mr. Händel bald die innigsten Feinde sein werdet. Das hoffe ich zumindest. Deshalb führe ich Euch nämlich hierher.«

Mr. Pepusch schüttelte den Kopf und ließ keinen Ton hinter seinem Schleier vernehmen. Es war anzunehmen, dass er kein Wort verstand.

»Kennt Ihr den Grafen von Burlington?«, fragte Henry.

Mr. Pepusch nickte und sagte: »Bin ihm einige Male in Cannons begegnet. Wieso fragt Ihr?«

»Ich möchte Euch seinem Gärtner vorstellen.« Mit diesen Worten und ohne auf eine Antwort des Musikers zu warten, hämmerte er mit beiden Fäusten gegen die zweiflügige Stalltür, dass es laut und scheppernd über die Straße schallte.

Der Gedanke, den Musiker Pepusch und den Schriftsteller Gay zusammenzubringen, war Henry schon mehrfach gekommen, seitdem er sich wider Willen im 18. Jahrhundert herumtrieb. Mr. Pepusch war ein Komponist, der seine beste Zeit in Cannons House hinter sich hatte und sich seitdem beruflich auf dem absteigenden Ast befand. Bei Mr. Gay war dieser absteigende Ast längst abgesägt. Gay war laut Bess ein abgehalfterter Trinker, der sein gesamtes Vermögen bei einer windigen Börsenspekulation verloren hatte, sich von reichen Gönnern aushalten ließ und nur noch zweitklassige Trinkverse zustande brachte. Die beiden Männer würden durch die *Bettleroper* wieder zu reichen und vor allem gefeierten Künstlern werden, und vielleicht war genau das die Aufgabe, die Henry zu erfüllen hatte: Dafür zu sorgen, dass der Komponist und der Dichter zusammenfanden und sich ans Werk machten. Denn die *Bettleroper* hatte Henry hierher gebracht. Also würde sie ihn bestimmt auch in die Gegenwart zurückschaffen, irgendwie.

»He, he, sachte!«, rief jemand im Stall, nachdem Henry zum wiederholten Mal an die Tür getrommelt hatte. »Immer langsam mit den jungen Pferden!« Im nächsten Augenblick öffnete sich einer der Torflügel, ein penetranter Gestank nach Schweinedung schlug ihnen entgegen, und ein alter und vom Rheuma gebeugter Knecht erschien und beäugte mürrisch die beiden Gestalten auf der Straße. »Was soll der Lärm?«

»Wir möchten zum Gärtner«, sagte Henry.

»Hier kommt keiner rein«, antwortete der Knecht und wollte das Tor wieder schließen. »Versucht es vorne an der Straße. Ihr braucht einen Passierschein.«

»Dann sagt bitte Mr. Gay, dass Mrs. Elizabeth Lyon auf ihn wartet«, bat Henry und stellte sich in die Tür. Er deutete auf die schwarz gekleidete Person mit dem Schleier und fügte hinzu: »Wir warten hier.«

»Mr. Gay ist nicht der Gärtner«, knurrte der Knecht.

»Wir warten trotzdem«, sagte Henry und rührte sich nicht vom Fleck.

»Und wie ist Euer Name?«, wollte der Alte wissen.

»Captain Macheath«, entschlüpfte es Henry.

»Verdamm mich!«, rief der Knecht, sah sein Gegenüber überrascht an, nickte dann ergeben, als hätte er einen Gentleman vor sich, und eilte schleunigst davon, ohne die Tür hinter sich zu schließen.

»Was war denn das?«, wunderte sich Mr. Pepusch.

»Ihr solltet Euch meinen Namen merken, Maestro«, antwortete Henry lächelnd. »Ihr werdet noch Verwendung für ihn haben. Er wird Euch gewiss von Nutzen sein.«

Sie durchquerten den Schweinestall, gingen über eine Viehweide und betraten einen Nutzgarten, der ringsum von Hecken und Mauern umgeben war. Ein schmiedeeisernes Tor führte auf der gegenüberliegenden Seite zum Burlington Park, der Henry wie eine aufgemalte Theaterkulisse vorkam. Mit falschen Ruinen, nutzlos in der Gegend herumstehenden Säulen und absichtlich aus Bruchstein errichteten Gebäuden, die wie eine Verhöhnung der ärmlichen Bauernkaten wirkten, auf die sie sich bezogen. Das gesamte auf alt und verfallen getrimmte Gelände erinnerte Henry an die Themenparks in Disneyland.

Im Hintergrund war das Herrenhaus an der Piccadilly zu sehen, in dem sich heutzutage die königliche Kunstakademie befand und das Henry viel bescheidener und niedriger erschien, als er es in Erinnerung hatte. Vermutlich waren dem ursprünglichen Gebäude im Laufe der Jahrhunderte einige zusätzliche Stockwerke aufgesetzt worden. Auf halbem Weg zum Haus gingen zwei Gestalten in Richtung Nutzgarten. Einer von ihnen war der alte Knecht, der unschwer an seiner schiefen und gebeugten Haltung zu erkennen war.

Mr. Pepusch, der die ganze Zeit still gewesen und Henry wie ein treuer Hund gefolgt war, zeigte auf die Männer und sagte: »Das ist ja …«

»Mr. John Gay«, vollendete Henry den Satz. »Der Euch hoffentlich helfen und verstecken wird.«

Der Knecht und der Dichter, beide hinsichtlich der schlichten und vor Schmutz starrenden Kleidung kaum zu unterscheiden, hatten inzwischen das eiserne Tor erreicht. Mr. Gay schaute zunächst Henry und dann die schwarz vermummte Person an, schüttelte plötzlich den Kopf und rief ärgerlich: »Das ist nicht Mrs. Lyon! Was soll der Unfug?«

Mr. Pepusch nahm den Hut samt Schleier vom Kopf, und Mr. Gay und der Knecht gaben erstaunte und erschrockene Laute von sich. Der Knecht vermutlich wegen der verbundenen und blutverkrusteten Nase, der Dichter, weil er den deutschen Musiker erkannte.

»Was ist Euch denn widerfahren, Mr. Pepusch? Was soll die Maskerade? Wieso gebt Ihr Euch als Mrs. Lyon aus? Was hat das alles zu bedeuten? Ich bitte um Erklärung, Maestro!«

»Ich bin in höchster Not, lieber Mr. Gay, und bitte freundlichst um

Eure Hilfe«, antwortete Mr. Pepusch in steifem Englisch und verneigte sich, so gut und tief es in den engen Frauenkleidern ging. »Mein Leben ist in Gefahr, und ich weiß mir keinen Rat.«

»Und deshalb schafft Ihr mir diesen steckbrieflich gesuchten Halunken her?«, erboste sich Mr. Gay und deutete auf Henry. »Damit auch ich in Gefahr gerate?« Der Knecht hatte ihm also berichtet, was es mit dem Mann namens Macheath auf sich hatte.

»Ich werde Euch nicht weiter belästigen, Gentlemen«, sagte Henry und verbeugte sich ebenfalls. »Mein Auftrag ist erfüllt. Des Bettlers Oper kann beginnen.« Und lächelnd zitierte er aus dem Prolog des Stücks: »*Aber jetzt ist es Zeit, dass wir uns zurückziehen. Die Schauspieler bereiten sich vor anzufangen. Spielt die Ouvertüre!*«

Mr. Gay und Mr. Pepusch starrten ihn an, als hielten sie ihn für geistesgestört. Der Kapellmeister wollte etwas erwidern, doch Henry unterbrach ihn und sagte: »Wenn Ihr mir oder Mrs. Lyon eine Nachricht zukommen lassen wollt, dann hinterlasst sie bei Mr. Hynd, dem Wirt des Black Lion in der Drury Lane, gleich neben dem Theater. Und haltet Euch ansonsten von der City fern, Sir. Vor allem von den Lincoln's Inn Fields und Eurer Wohnung in Covent Garden. Ich gebe Euch Bescheid, wenn es Neuigkeiten gibt.« Damit verabschiedete er sich und wandte sich um.

»Einen Augenblick!«, hielt ihn Mr. Gay zurück. »Werdet Ihr Mrs. Lyon treffen?«

»Das hoffe ich«, antwortete Henry.

»Dann richtet ihr bitte aus, dass ich ihren Ratschlag befolgen und mich dem wahren Leben stellen werde.« Er kratzte sich den kahlen Schädel und setzte leise hinzu: »Und wenn sie mir als Muse dienen will, so ist sie herzlich eingeladen.«

Henry wusste zwar nicht, was damit gemeint war, und eine unbestimmte Eifersucht überkam ihn, doch er nickte nur, hob die Hand zum Abschied und ging über die Weide davon.

Als er den Schweinestall betrat, hörte er hinter sich die Stimme des Knechts: »»Captain Macheath?«

»Ay?«

»War mir eine Ehre, Sir«, sagte der Alte und hielt sich das gekrümmte Kreuz. »Und grüßt den kleinen Jack von Onkel Samuel.«

»Ihr kennt Jack Sheppard?«, wunderte sich Henry.

»Seine Mutter ist meine Nichte«, antwortete der Knecht nicht ohne Stolz. »Jedenfalls so was Ähnliches wie 'ne Nichte. Die gute Mary, hab sie lange nicht in Spitalfields besucht. Ist bestimmt eine schwere Zeit für sie. Mit Jack auf der Flucht und seinem Bruder Tom im Gefängnis. Und um ihren Verstand ist es ja auch nicht so gut bestellt.«

Henry unterdrückte den Gedanken, dass bald noch weit schwerere

Zeiten auf Mutter Sheppard zukommen würden. Er nickte, klopfte dem Alten auf die Schulter und sagte: »Danke für Eure Hilfe, Samuel.«

»Stets zu Diensten, Captain«, antwortete der Knecht, machte einen Bückling, soweit das sein gebogenes Rückgrat zuließ, und schloss die Stalltür.

7

Das Schöne an der Schauspielerei war, dass man in fremde Rollen schlüpfen konnte, Applaus dafür bekam und anschließend die Schminke und das Kostüm ablegte und nach Hause ging. Wie Dr. Jekyll und Mr. Hyde. Die Rollen erschienen Henry mitunter wie kleine Fluchten, die den eigenen beschränkten Horizont erweiterten. Das Schauspiel allerdings, an dem er im Augenblick teilnahm, war von völlig anderer Art, denn es hörte nicht mehr auf und erdrückte den Schauspieler unter der Last der Rolle. Den Captain Macheath auf der Bühne zu geben, hatte ungeheuren Spaß gemacht. Den Captain Macheath im London des Jahres 1724 zu mimen, war einfach nur anstrengend und auslaugend. Und zugleich so widersprüchlich. Auf der einen Seite fühlte sich Henry den Menschen, denen er begegnete, um ein Vielfaches überlegen. Er wusste Dinge über das Leben und Sterben dieser Menschen, von denen sie nicht die leiseste Ahnung hatten, und er erkannte Zusammenhänge, die die betreffenden Personen überhaupt nicht durchschauten. Andererseits aber fühlte er sich immer wieder so dumm und hilflos wie ein kleines Kind. Was nützte ihm all das Wissen des 21. Jahrhunderts, wenn er mit dem ganz banalen Alltag des 18. Jahrhunderts überfordert war? Sein modernes Wissen war so nutzlos wie das Handy, das er immer noch in der Hosentasche mit sich herumtrug, denn es löste keines seiner Probleme: Henry hatte keine Wohnung, er hatte kein Geld, er hatte keine Arbeit, er hatte nichts zu essen.

Der Gedanke ans Essen ließ seinen Magen knurren. Außer dem Apfel am Morgen und einigen Schlucken bitter und faulig schmeckenden Wassers aus einer öffentlichen Pumpe hatte er noch nichts zu sich genommen. Auf dem Weg von Westminster in die City suchte er nach dem Gasthaus seines Vorfahren auf der Piccadilly, doch an der Straße wimmelte es von Kaffeehäusern und Pubs, und nirgendwo fand er den Namen Ingram auf den Schildern. Was hätte er seinem Urahn auch sagen sollen? »*Werter Jeremiah Ingram, ich bin Euer Ur-Ur-Ur-Ur-Urenkel aus der Zukunft. Könntet Ihr mir etwas zu essen und zu trinken geben?*« Undenkbar.

Nahe Charing Cross wollte Henry bei einem Bäcker eine gefüllte Teigtasche klauen, doch der Bäcker bemerkte es und vertrieb ihn, bevor Henry sein Beutestück in den Mund oder in die Tasche stecken konnte. Als Ladendieb war er noch nie besonders gut gewesen. Zwar hatte er als

Jugendlicher die üblichen Kaufhausmätzchen mitgemacht und hier und da etwas mitgehen lassen, aber in einem anonymen Selbstbedienungsladen einen Schokoriegel zu klauen, war keine Kunst. In zerrissenen Kleidern einen kleinen Laden zu betreten und dem misstrauischen Händler unter dessen Augen etwas zu entwenden, war allerdings etwas völlig anderes. Und deshalb kam Henry der Gedanke an den Covent Garden. Dort war heute Markt, zwar noch nicht in der prächtigen Markthalle, sondern unter freiem Himmel, aber schon jetzt einer der größten und wichtigsten in ganz England. Als er am Morgen zur Wohnung von Mr. Pepusch gegangen war, hatte er für den riesigen und sich langsam füllenden Marktplatz kaum einen Blick übrig gehabt und nur nach dem Three Kings Inn Ausschau gehalten. Nun aber zog es ihn zu den Marktständen, die auf der Ostseite der Kirche von St. Paul aufgebaut waren und eine Unmenge von Käufern und Händlern angezogen hatten. In der Zwischenzeit war der Markt zum Leben erwacht. Schon als Henry sich von der Themse her dem Covent Garden näherte, schlug ihm ein Lärmen entgegen, wie er es lange nicht gehört hatte. Lastkarren transportierten Waren und Güter den kurzen Weg zum Fluss hinunter und wieder zurück, Laufburschen und Dienstmägde schleppten säcke- oder eimerweise Lebensmittel durch die Gegend, Sänften und Mietkutschen drängelten sich auf den verstopften Straßen, und das misstönende Geschrei der Verkäufer erinnerte Henry an die hysterischen Börsenmakler der London Stock Exchange.

Zwar war der Covent Garden vor allem ein Markt für Obst, Gemüse und Blumen, doch auf der Ostseite gab es einen kleinen Bereich, in dem die Metzger, Bäcker, Fischhändler und Viehbauern ihre Produkte feilboten. Es war ein solches Drängeln und Schubsen vor den Marktständen, dass es selbst für einen Amateur wie Henry ein Leichtes war, etwas Essbares zu ergattern. Stets wartete er, bis der Händler in einem Verkaufsgespräch war, oder er hielt dem Verkäufer mit der einen Hand etwas hin, um den Preis zu erfragen, während er sich gleichzeitig mit der anderen Hand bediente. Und er war nicht der einzige, der das tat. Es wimmelte von zerlumpten und verlotterten Straßenkindern, die mit flinken und scheinbar unsichtbaren Händen zugriffen. Einmal wurde Henry sogar eine Fleischpastete, die er gerade gestohlen hatte, prompt aus der Hosentasche gezogen. Und als er sich umschaute, lachte ihm ein kleiner Junge dreist ins Gesicht und rief:»Elizabeth II., dass ich nicht lache!«

Henry erkannte den kleinen Lausbuben wieder, dem er vor ein paar Tagen in der Drury Lane ein Zwanzig-Pence-Stück in die Hand gedrückt hatte, doch als er ihm die Fleischpastete wieder entreißen wollte, verschwand der Kleine hurtig in der Menge. Nur seine piepsige Stimme war noch zu hören:»Verscheißern kann ich mich alleine!«

Henry ließ dem Jungen achselzuckend die Beute und stellte zufrieden fest, dass auch seine eigenen Diebesmühen nicht ohne Ertrag geblieben waren. Er hatte ein Stück Räuchermakrele, eine Spinattasche, ein rohes Ei und zwei seltsam schrumpelige Würste erbeutet, die nach Schwefel oder Essig rochen und entfernt an Blutwurst erinnerten. Er suchte sich ein ruhiges Plätzchen und hockte sich in einen Kellerzugang am südöstlichen Ende des Platzes. Die Tür am Fuß der Treppe war mit Brettern vernagelt und wurde offensichtlich nicht mehr als Eingang benutzt. Während Henry, mit dem Rücken an die Kellertür gelehnt, sein schwer verdientes Mittagessen gierig verschlang – wobei er sich bei den Würsten die Nase zuhielt, um nicht vor Ekel würgen zu müssen –, starrte er nach oben zum Eisengeländer, an dem die Schatten der Passanten vorbeihuschten. Er dachte an den Jungen und die zwanzig Pence, und dann fiel ihm plötzlich Sarahs Ring wieder ein, den er zusammen mit dem Geldstück in der Jackentasche gefunden hatte. Er tastete danach und stellte erleichtert fest, dass er immer noch an Ort und Stelle war. Wenn es gar nicht anders ging, konnte er den Ring bei einem Pfandleiher versetzen. Schließlich handelte es sich um einen Brillantring, auch wenn der Edelstein ein wenig mickrig war.

»In Liebe Henry« – Sarah hatte ihm den Ring in jener unseligen Nacht zurückgegeben. Plötzlich erinnerte sich Henry daran, und auch andere Einzelheiten des schrecklichen Abends sah Henry auf einmal ganz klar vor sich. Er hörte Sarahs Worte: »Nimm deinen Ring und lass mich in Ruhe, Henry! Es ist aus zwischen uns!« Sie hatten im Postman's Park gestanden, direkt gegenüber ihrer Wohnung im White Horse House, und Henry hatte wie ein Häufchen Elend gebettelt und gewinselt. Auf den Knien hatte er gehockt, auch weil er sich vor Trunkenheit kaum noch auf den Beinen halten konnte. Und dann war mit einem Mal dieser verfluchte Sean Leigh aufgetaucht, mit einer überheblichen Siegermiene in seiner verschrumpelten Altherren-Visage, und die Situation war eskaliert. Wie zwei Kampfhähne waren sie aufeinander losgegangen, zuerst mit Worten, dann mit Fäusten. Bis einer auf dem Boden lag. »Du hast ihn umgebracht!« Und danach der Blackout.

Ein heiteres Lachen riss Henry aus seinen finsteren Gedanken, die sich wieder einmal festgefahren hatten und sich im Kreis zu drehen begannen. Das Lachen kam ihm bekannt vor, und als er noch oben zur Straße schaute, sah er ein silbernes Schwert durch die Gitterstäbe ragen. Henry zuckte zusammen und kroch in die Ecke. Zunächst glaubte er, das Schwert zeige auf ihn, doch dann erkannte er, dass der Schwertträger mit dem Rücken ans Geländer gelehnt stand und sich mit einem zweiten Mann unterhielt, der von Henrys Platz aus nicht zu sehen war und in diesem Augenblick abermals lachte.

»Einverstanden«, sagte der Mann mit dem Schwert, dessen dünne Fistelstimme unangenehm in Henrys Ohren schrillte. Jonathan Wild! »Aber

komm nicht auf dumme Gedanken. Das würde ich dir nicht raten, wenn dir dein Leben lieb ist.«
Wieder lachte der andere, freundlich und einnehmend, und dann fragte er: »Und B-Blueskin? Habt Ihr meinen R-Rat befolgt?«
»Um den kümmere ich mich schon«, piepste Mr. Wild. »Das ist längst in die Wege geleitet. Jeder hat seine schwache Stelle, selbst ein Grobian wie Blueskin. Er wird noch bitter bereuen, was er getan hat.« Das folgende Lachen klang wie das Quietschen einer rostigen Eisentür. Mit Schwung stieß sich Mr. Wild vom Geländer ab, und die beiden Männer entfernten sich.
Henry wartete eine Weile, dann stieg er vorsichtig die Treppe hinauf, bis er mit den Augen auf Straßenhöhe war. Er lugte über das Pflaster und sah, wie ein kleiner Mann in schmucker Uniform, mit silbernem Schwert an der Seite und federgeschmücktem Dreispitz auf dem Kopf, gerade in die Russel Street einbog. Neben ihm ging ein zweiter Mann, ebenso klein wie der andere. Womöglich noch kleiner. Er trug einen groben Blaukittel und eine graue Wollschürze. Wie ein Schlachter.

8

Henry war viel zu verwirrt, um einen klaren Gedanken fassen zu können. Er konnte nicht begreifen, was er gerade gesehen und gehört hatte. Jack Sheppard und Jonathan Wild im vertraulichen, wenn auch nicht gerade freundschaftlichen Gespräch miteinander. Wie konnte das sein? War es nicht Mr. Wild gewesen, der Jack ins Newgate-Gefängnis gebracht hatte? Der Bess betrunken und zur Verräterin gemacht hatte, um Hand an seinen ärgsten Widersacher legen zu können? Und der nach Jacks Ausbruch alles daran gesetzt hatte, den flüchtigen Räuber aufzuspüren? Und nun gingen sie gemeinsam in Covent Garden spazieren und heckten etwas gegen Blueskin aus.
Plötzlich schoss es Henry glühend heiß den Rücken hinunter. Es war ihre nächtliche Aktion in Wild's House gewesen, die den Generaldiebesfänger zum Umdenken bewegt hatte. Natürlich! So musste es sein. Wieder einmal hatte Henrys Einmischung die Geschichte verändert, hatte den Schwerpunkt verlagert und alles durcheinandergebracht. Jetzt waren es Blueskin und Macheath, die für Mr. Wild Vorrang hatten. Er wollte sich rächen, weil sie ihn in seinem eigenen Haus angegriffen und lächerlich gemacht hatten. Denn so sah er es vermutlich. Und womöglich hatte er sich für diese Rache die Dienste von Jack gesichert. Mit einem Freibrief als Gegenleistung? Oder hatte Jack etwa die ganze Zeit in Wilds Diensten gestanden, und alles war nur eine perfide Inszenierung gewesen? Ein einziges Theater?!
Henry musste Blueskin warnen. Nicht vor Mr. Wild, sondern vor Jack!

Vor seinem vermeintlich besten Freund, für den er vermutlich sein Leben gegeben hätte. Doch wo sollte Henry ihn finden? »Ich wohne überall und nirgends«, hatte Blueskin gestern Abend gesagt. Und heute Morgen war er sich sicher gewesen, dass Mr. Wild ihn nicht finden würde. Doch der Diebesfänger hatte gerade etwas gesagt, das Henry nachdenklich stimmte: »Jeder hat seine schwache Stelle, selbst ein Grobian wie Blueskin.« Henry zuckte zusammen und wusste mit einem Mal, was er damit gemeint hatte. »Hope!«

Vom Covent Garden bis zur Dirty Lane waren es nur wenige Schritte, und bereits als er den Long Acre nördlich des Marktplatzes betrat, ahnte er, dass etwas nicht stimmte. Eine seltsame Hektik herrschte auf der Straße, die Leute liefen vor ihm weg – so schien es ihm jedenfalls zunächst, doch dann erkannte er, dass sie alle zur Kreuzung von Dirty Lane und Long Acre eilten. Und im gleichen Moment stieg Henry ein Geruch in die Nase, der ihn zugleich lähmte und seine Schritte beflügelte. Es roch nach verbranntem Holz! Und als er zum Himmel schaute, sah er die schwarze Wolke, die Unheil verkündend über den Häusern schwebte. Jetzt hörte Henry auch das leise Prasseln und Knistern. Als hätte plötzlich jemand die Stummschaltung eines Lautsprechers ausgeschaltet, hörte er ringsum das Schreien und die Befehle: »Feuer! Zum Brunnen! Holt Wasser! Schnell! Kette bilden! Es brennt! Feuer!«

Er rannte zur Dirty Lane und drängte sich durch die gaffende Menge, die nicht nur ihm, sondern auch den Wasserträgern den Weg versperrte. Schon von Weitem sah er die Funken fliegen und die Flammen gen Himmel schlagen. Das winzige und schiefe Hexenhäuschen im hintersten Winkel des Yards brannte lichterloh. Dichter, schwarzer Rauch stieg wie eine mächtige Säule aus dem geborstenen Dach, Feuerzungen schlugen aus den Fenstern, der ohrenbetäubende Lärm des Feuers war ebenso unerträglich wie die Hitze, die sich auf dem ringsum geschlossenen Platz staute. Der ganze Yard war wie ein glühender Ofen.

Alles rannte hin und her, doch was Henry zunächst wie ein kopfloses Durcheinander erschien, erwies sich als durchaus sinnvoll und durchdacht. Während die einen Wasser herbeischafften und lange Ketten zum nächsten Brunnen bildeten, waren die anderen damit beschäftigt, die umliegenden Häuser zu retten, indem alles Brennbare oder Brandbeschleunigende beiseitegeräumt oder abgerissen wurde. Etliche Tiere wurden aus Ställen oder Remisen auf den Platz und von dort zum Long Acre getrieben. Die Häuser, die direkt neben dem brennenden Häuschen standen, waren nicht mehr zu retten und wurden mit Äxten, Sägen und Hämmern bearbeitet, um eine Schneise zu schlagen und das Feuer am Übergreifen auf die noch nicht betroffenen Gebäude zu hindern. Glücklicherweise war es beinahe windstill, und die Flammen und Funken schossen senkrecht nach oben.

Henry hielt Ausschau nach Hope oder Blueskin, doch in dem Chaos war kaum jemand zu erkennen. Der Rauch verdunkelte den Himmel wie bei einer Sonnenfinsternis, und alle Leute hatten rußverschmierte Gesichter und ebensolche Kleider. Vor dem Blue Bell Inn sah Henry den alten Mann, den er gestern nach Blueskin gefragt hatte, und wollte von ihm wissen, ob Hope in dem Haus gewesen sei. Doch der Alte schien ihn gar nicht zu hören, schüttelte immer nur den Kopf und brummte: »So was Dummes. Hab ich doch gesagt, dass das Wahnsinn ist. All die brennenden Kerzen im Haus. Und das bekloppte Gör mittendrin. Konnte ja nicht gut gehen. Das kommt davon!«

»War Mistress Hope im Haus, als das Feuer ausbrach?«, versuchte Henry es ein zweites Mal. »Hat jemand Hope gesehen?«

»Dummes Ding!«, knurrte der alte Mann und schüttelte den Kopf. »Fackelt uns den ganzen Yard ab. Gott bewahre uns!« Dann aber versteinerte sich seine Miene plötzlich, er schaute an Henry vorbei, deutete auf das Feuer und rief entsetzt: »Was macht denn der Kerl da? Ist der verrückt?«

Als Henry herumfuhr, sah er einen länglichen Schatten in dem brennenden Haus verschwinden. Die Menschen schrien aufgeregt: »He, bist du wahnsinnig? Komm da raus! Da ist niemand mehr drin! Bist du lebensmüde? Komm zurück!« Doch der Schatten blieb verschwunden, und eine verzweifelte Männerstimme rief: »Hope? Hope! Wo bist du, mein Mädchen?«

Ein seltsames Krachen und Knacken übertönte plötzlich alle anderen Geräusche. Im nächsten Augenblick stürzte der vordere Dachgiebel ein. Mit Getöse und unter sengendem Funkenflug schlug der Giebel auf dem Boden auf, und nur einen Wimpernschlag später folgte die Wand darunter. Das Haus sackte mit einem letzten grässlichen Aufheulen in sich zusammen und begrub alles unter sich. Ein kollektiver Aufschrei ging durch die Menge.

»Blueskin!«, entfuhr es Henry. »Verdammter Dummkopf!« Er wollte zum Haus rennen, doch eine zierliche Hand legte sich von hinten auf seine Schulter und hielt ihn zurück.

»D-Du kannst nichts mehr für ihn t-tun«, sagte eine sanfte und jungenhafte Stimme. »Außer b-beten.«

»Zum Teufel mit dir, Jack!«, schrie Henry, ohne den Blick von dem fürchterlichen Schauspiel abzuwenden, das sich vor seinen Augen abspielte.

»Sachte, s-sachte, Macheath«, antwortete Jack und zog Henry am Ärmel beiseite. »Das Feuer ist nicht mein W-Werk, mein Freund.«

»Nein«, antwortete Henry, »es ist das Werk von Mr. Wild.« Beinahe hätte er etwas Dummes hinzugefügt, doch im letzten Moment biss er sich auf die Lippen und schluckte die Worte hinunter, die sein Wissen um Jacks Doppelspiel verraten hätten. Mit Tränen in den Augen deutete er auf die schwarz verkohlte und lodernde Ruine, und er wiederholte: »Das war Mr. Wilds Werk.«

»Mag sein oder auch nicht.« Jack Sheppard zuckte mit den Schultern und wollte Henry fortschaffen, doch der riss sich los und schrie: »Nein, das ist mein Werk! Wäre ich nicht gewesen, wäre nichts von alledem geschehen! Es ist meine Schuld!«

»Nun übertreib m-mal nicht!«, entgegnete Jack überrascht und versuchte vergeblich, Henry zu beruhigen: »Blueskin ist für sich selbst v-verantwortlich. Und für seine Schwester. Er hätte Hope bei seiner M-Mutter lassen sollen.«

»Was weißt denn du?!«, schnauzte Henry ihn an und boxte ihn gegen die Brust, dass der kleine Kerl beinahe rücklings zu Boden ging. »Du hast doch überhaupt keine Ahnung, Jack. Nicht die geringste!« Mit diesen Worten rannte er davon, und er wünschte, dieser Albtraum möge endlich aufhören. Oder es möge wenigstens ein anderer Albtraum beginnen.

VIERTER TEIL

Mistress Lyon

Polly: Nay, my Dear, I have no reason to doubt you, for I find in the romance you lent me, none of the great heroes were ever false in love.

(Polly: Nein, mein Liebster, ich habe keinen Grund, an dir zu zweifeln, denn in den Romanzen, die du mir geliehen hast, war keiner der großen Helden jemals falsch in der Liebe.)

John Gay, The Beggar's Opera, Akt I, Szene XIII

1

»Eher will ich sterben, bevor ich zu ihnen zurückkehre oder sie um Hilfe bitte.« Am Morgen erst hatte Bess dies zu Henry Ingram gesagt, und nie hätte sie gedacht, dass sie ihre Worte so bald Lügen strafen würde. Doch nun, am späten Nachmittag, stand sie vor dem kleinen strohgedeckten Cottage ihrer Eltern, gleich hinter der verfallenen und wie geflickt wirkenden Kirche von St. Margaret in Edgworth, und klopfte an die niedrige Tür, durch die sie in ihrem Leben so oft gegangen war, dass es ihr jetzt eine Gänsehaut verursachte. Sie wusste selbst nicht genau, wieso sie die Tagelöhnerkate der Woodlawns aufgesucht hatte, kaum dass sie der Kutsche aus London entstiegen war, aber ihre Schritte waren wie von einer unsichtbaren Kraft zum nahe gelegenen Häuschen der Eltern gelenkt worden. Wider besseres Wissen und gegen jede Vernunft.

Die Fahrt nach Edgworth hatte ewig gedauert. In Highgate hatte sie die Postkutsche wechseln müssen und war von dort aus durch die hügelige Heide von Hampstead und die öde Farmlandschaft von Middlesex gefahren. Während sie in der Kutsche durchgeschüttelt wurde, hatte sie versucht, ihre weiteren Schritte zu überlegen oder die bisherigen Ereignisse zu begreifen, doch als sie Stunden später in ihrem Heimatdorf ankam, war sie in Gedanken nicht weiter als bei Beginn ihrer Reise. Und vielleicht klopfte sie deshalb an die Tür ihres Elternhauses. Weil ihr nichts Besseres einfiel.

Auf ihr Klopfen hin öffnete nach einer Weile ein kleines pausbackiges Mädchen die Tür und starrte die Besucherin neugierig an.

»Wer bist du denn?«, wunderte sich Bess.

»Violet Milton«, antwortete das Mädchen. »Und du?«

»Mein Name ist Elizabeth.«

Das Mädchen nickte, machte aber keine Anstalten, Bess hineinzulassen. Stattdessen sagte sie: »Mama ist nicht da. Und die anderen auch nicht. Die sind auf den Feldern. Nur Papa nicht, der ist in der Schänke. Wahrscheinlich.«

»Und wer sind deine Eltern?«

Das Mädchen, das vielleicht fünf Jahre alt war, schien den Sinn der Frage nicht zu verstehen und sagte: »Na, Mama und Papa eben.«

Bess nickte und erwiderte: »Ich suche die Woodlawns.«

Wieder der verständnislose Blick und die krausgezogene Nase, doch dann schien die Kleine zu begreifen. »Meinst du die Leute, die früher hier gewohnt haben?«, fragte sie lächelnd und deutete an Bess vorbei zur Kirche von St. Margaret.

»In der Kirche?«, fragte Bess.

»Nein, auf dem Friedhof.«

»Sie sind tot?«

»Natürlich«, sagte Violet lachend. »Sonst könnten wir doch gar nicht hier wohnen. Wär doch gar kein Platz im Cottage. Mama sagt, ist eh schon eng genug für uns alle. Früher haben wir in Little Stanmore gewohnt, aber da war's auch nicht besser. Jedenfalls nicht viel.«

Bess war wie vor den Kopf geschlagen. Alles drehte sich vor ihren Augen, und sie musste sich am Türrahmen festhalten, um nicht in sich zusammenzusinken. »Wieso?«, fragte sie, ohne wirklich eine Antwort zu erwarten. »Wann?« Und dann noch mal: »Wieso?«

»Vor zwei Jahren«, sagte eine weibliche Stimme hinter Bess, und als sie sich umwandte, schaute sie in das ausgemergelte und graue Gesicht einer ihr unbekannten Frau, die einen mit Fallobst gefüllten Korb auf den Schultern trug. »Mr. und Mrs. Woodlawn sind vor zwei Jahren gestorben.«

»Woran?«

»Nervenfieber«, antwortete die Frau und stellte den Korb mit den wurmstichigen und halbfaulen Äpfeln auf dem Boden ab. »Haben sich gegenseitig den Tod gebracht. Sagen die Leute. Wir haben damals noch nicht in Edgworth gewohnt. Aber weshalb wollt Ihr das wissen, Ma'am? Wer seid Ihr überhaupt?«

»Das ist Elizabeth«, erklärte Violet wichtigtuerisch.

»Seid Ihr eine Verwandte?«

Bess zögerte, schüttelte dann den Kopf und fragte: »Wo liegen sie begraben?«

»Ich kann's dir zeigen«, meinte Violet und sah ihr Mutter flehend an.

»Meinetwegen«, knurrte die Frau und betrat das Cottage. »Aber dann kommst du zurück und hilfst mir mit den Äpfeln. Wenn's sonst schon keiner tut.«

»Ay, Ma'am!«, rief Violet und rannte hinaus.

Während Bess dem Mädchen zum Friedhof von St. Margaret folgte, dachte sie daran, dass sie nun die Letzte der Familie Woodlawn war. Drei jüngere Geschwister waren allesamt im Kindesalter gestorben, zwei Brüder an den Blattern und eine Schwester am Stickhusten, und nun hatte das Nervenfieber auch ihre Eltern dahingerafft. Bess erinnerte sich mit einem Schaudern daran, dass auch sie in der vergangenen Nacht beinahe gestorben wäre. Allerdings nicht an einer Krankheit.

»Hier ist es«, sagte das Mädchen und deutete auf zwei schlichte Holzkreuze in einer dunklen Ecke auf der Nordseite des Friedhofs, auf denen lediglich einige Initialen und Jahreszahlen eingekerbt waren: »N. W. 1674-1722« und »E. W. 1680-1722«. Ein namenloses Armengrab ohne Bepflanzung oder sonstigen Schmuck. Ringsum waren ähnliche Holzkreuze aufgestellt, deren Inschriften bereits verwittert und unleserlich waren.

Bess betrachtete das Grab ihrer Eltern, ohne wirklich Trauer zu empfinden. Der kurze Schwindel, der sie bei der Nachricht ihres Todes erfasst hatte, war mehr der Überraschung als dem Mitgefühl geschuldet gewesen. Die Erinnerung an ihre Eltern war wahrlich nicht ungetrübt, und Bess neigte keineswegs zu beschönigenden Verklärungen. Schon als kleines Mädchen hatte sie das Elternhaus als finsteres Gefängnis betrachtet, mit Ned und Emma Woodlawn als böswilligen Wärtern und Schließern. Nie hatte sie es den Eltern recht machen können, stets hatten sie etwas an ihr auszusetzen gehabt, und sei es die bloße Tatsache, dass sie nur ein Mädchen war und die nachgeborenen Brüder überlebt hatte. Das hatte Bess allzu deutlich und immer wieder schmerzhaft zu spüren bekommen. Vor allem aber dachte sie daran, wie ihre Eltern ihr vor drei Jahren die Tür vor der Nase zugeschlagen und gesagt hatten, sie solle sich zum Teufel scheren.

»Weinst du jetzt?«, fragte Violet.

Bess schüttelte unwirsch den Kopf und fragte: »Warum sollte ich?«

»Mama weint immer auf dem Friedhof«, antwortete das Mädchen. »Wegen Susan und Peter. Die liegen da drüben.« Sie deutete auf ein weiteres Armengrab, das sich jedoch von diesem hier dadurch unterschied, dass es mit Blumen und blühendem Heidekraut geschmückt war. Und ohne dass Bess gefragt hätte, fügte sie achselzuckend hinzu: »Sie waren schon tot, als sie geboren wurden.«

Bess stand auf und wandte sich wortlos ab. Sie hatte genug vom Friedhof und von den Toten, über die man hier überall stolperte. Sie wollte nichts mehr hören vom Sterben und Kranksein. Deshalb verließ sie eilends das Kirchgelände und schaute nach Nordwesten, wo sich in etwa anderthalb Meilen Entfernung das prächtige Anwesen des Herzogs von Chandos befand. Eine breite und schnurgerade Allee mit doppelten

Baumreihen auf beiden Seiten führte von hier aus zum Palast, vorbei an einem kreisrunden Springbrunnen und einem künstlich angelegten Teich. Die Leute in Edgworth, die eine Vorliebe für anschauliche Vereinfachungen hatten, nannten diese Wasserspielereien des Herzogs nur »das Becken« und »den See«.

»Wo willst du hin?«, rief ihr die kleine Violet hinterher. »Nach Cannons?«

»Gibt's das Little Stanmore Inn noch?«, antwortete Bess mit einer Gegenfrage.

»Klar«, meinte das Mädchen und wies auf einen schmalen Waldweg, der unweit der herzoglichen Allee nach Westen führte. »Da arbeitet doch Tessa.«

»Und wer ist Tessa?«

»Meine große Schwester. Und Papa ist vermutlich auch da. Aber der arbeitet nicht mehr im Inn. Früher war er mal Knecht dort, aber jetzt trinkt er da immer nur. Im Dorf kriegt er nichts mehr, sagt Mama, deshalb bettelt er bei Tessa. Aber nur, wenn der Master nicht da ist.« Sie hob die Achseln, winkte Bess zu und verabschiedete sich: »Ich muss jetzt zu den Äpfeln. Sonst kriegt Mama schlechte Laune, und es setzt wieder Prügel.«

»Dann aber hurtig!«, erwiderte Bess und hob die Hand zum Gruß. Sie schulterte ihre Reisetasche und wandte sich nach Westen, wo die Sonne noch eine Handbreit über dem bewaldeten Horizont stand.

2

Früher war das Little Stanmore Inn nur ein ärmliches Bauernhaus inmitten der Felder und Wiesen gewesen, dessen Besitzer einen kleinen Ausschank für die benachbarten Kleinbauern, Tagelöhner und Feldarbeiter betrieben hatte. Das heutige Gasthaus war, wie so vieles in der Gegend, ein Gebilde des Herzogs von Chandos, denn ohne dessen Gäste, Gesinde und Bedienstete sowie die zahlreichen Bittsteller, die den herzoglichen Palast wie Schmeißfliegen umlagerten, hätte das Inn in seiner jetzigen Größe gar nicht existieren können. In den Gastzimmern waren vor allem die Musiker der herzoglichen Kapelle untergebracht, aber auch Schriftsteller und Maler verkehrten gern und häufig in der Schänke, weshalb sie von den Leuten im Dorf auch »das Künstlerhaus« genannt wurde. Jedenfalls war das vor drei Jahren so gewesen, bevor Bess nach London gebracht worden war.

Das Inn befand sich auf halber Strecke zwischen Edgworth und Little Stanmore, direkt an dem schmalen und gewundenen Sandweg, der zur Kirche von St. Lawrence Whitchurch führte. Als Bess vor dem gedrungen wirkenden Fachwerkhaus stand, wunderte sie sich, wie verlassen und ausgestorben der Ort wirkte. Obwohl es längst dämmerte, brannte kein Licht hinter den Fenstern, Pferde oder Kutschen suchte man vergebens vor dem Inn oder im Hof, und auch von Bediensteten oder Gästen war weit und breit nichts zu sehen. Bess musste daran denken, dass dies der Ort war, an dem Albrecht Niemeyer gewohnt hatte und Matthew Lyon gestorben war. Seit dem Tod ihres Mannes hatte sie das Little Stanmore Inn wie einen verfluchten Ort gemieden, und als sie jetzt die Schänke betrat, fühlte sie sich wie ein Eindringling, wie ein Störenfried.

Im Schankraum jedoch nahm überhaupt niemand von ihr Kenntnis. Im schummerigen Halbdunkel sah Bess ein junges, recht zierliches Mädchen hinter dem Schanktisch sowie zwei einfach bis ärmlich gekleidete Männer, dem Anschein nach Kleinbauern oder Tagelöhner, auf der anderen Seite der Theke. Und in einer Ecke des Raumes war ein dritter Mann auf seiner Bank eingeschlafen und gab laute Schnarchgeräusche von sich.

Der Raum war so niedrig, dass Bess auf dem Weg zum Schanktisch beinahe mit der Stirn gegen die Deckenbohlen gestoßen wäre. Sie grüßte das Mädchen hinter der Theke, dessen Alter sie auf sechzehn Jahre schätzte, und fragte, ob noch ein Zimmer im Inn frei sei.

Als Antwort lachte das Mädchen, breitete die Arme aus und drehte sich einmal um die eigene Achse. »Ihr habt die freie Auswahl«, sagte sie und schnaubte abfällig. »Shilling Sixpence, die Woche. Einschließlich Essen und Wasser. Porter und Gin kosten extra.«

Bess nickte und wunderte sich über den geringen Preis. »Nicht viel los?«, fragte sie und stellte ihre Reisetasche ab.

»Ay, Ma'am.«

»Als ich das letzte Mal in der Gegend war, hat's hier nur so von Gästen gewimmelt«, meinte Bess verwundert. »Die meisten waren Musiker und Künstler. Von Whitchurch und Cannons, wenn ich mich nicht irre.«

»Lange her«, knurrte einer der Männer am Schanktisch. »Gibt keine Musikkapelle mehr in der Kirche und keine Musiker. Nur noch 'ne hübsche Orgel, auf der niemand spielt. Die fetten Jahre sind vorbei. Jetzt muss auch der Herzog kleine Brötchen backen. Und von Musik wird niemand satt.«

»Was treibt Euch nach Stanmore?«, fragte der zweite Mann, und fügte anzüglich lachend und augenzwinkernd hinzu: »So ganz allein?«

»Wer sagt, dass ich allein bin?«, antwortete Bess knapp.

»Ihr kommt mir bekannt vor«, sagte der andere und kratzte sich über das stoppelige Kinn. »Stammt Ihr aus der Gegend?«

»Bist du Tessa Milton?«, wandte sich Bess an das Schankmädchen, um nicht auf die Frage antworten zu müssen. »Ich soll dich von Violet grüßen. Sie hat mir den Weg gewiesen.«

Das Mädchen nickte stumm, und während sie eine Talgkerze anzündete, ging ihr Blick zu dem schlafenden Mann in der Ecke, dessen Kopf in diesem Augenblick zur Seite fiel und mit einem lauten Knall auf der Tischplatte landete. Es folgte ein ärgerliches Grunzen, dann ein friedliches Schnarchen, als wäre nichts geschehen.

»Dein Vater?«, fragte Bess und hob die Augenbrauen.

Tessa schaute sie überrascht an, verstand dann aber und knurrte: »Violet redet zu viel.« Sie trat hinter dem Schanktisch hervor, nahm Bess' Reisetasche und verließ den Schankraum durch eine niedrige Tür, die zum hinteren Teil des Hauses führte. »Kommt Ihr?«, fragte sie. »Oder habt Ihr es Euch anders überlegt?«

Bess folgte dem Mädchen zu einer schmalen und sehr steilen Treppe und schaute am Fuß der Stiege wie beiläufig zur Hintertür, die zum Hof und den rückwärtigen Ställen und Remisen führte. Und die Erinnerung schlug ihr wie eine Ohrfeige ins Gesicht. Wie oft hatte sie sich mitten in der Nacht durch diese Tür geschlichen? Wie oft war sie die knarrende Treppe hinaufgehuscht? Wie oft hatte sie sich auf leisen Sohlen zum Zimmer mit der Nummer zehn begeben und vorsichtig ans Holz geklopft? Wenn sie und Albrecht sich nicht in der geheimen Treppenkammer in der Kirche von Whitchurch getroffen hatten oder es wegen des Wetters nicht möglich gewesen war, sich unter freiem Himmel zu lieben, dann war Bess nachts zum Gasthof gekommen, um ihren Liebsten zu sehen. Und jedes Mal hatte es ihr eine Lust und ein Glücksgefühl verschafft, wie sie es seitdem nie wieder empfunden hatte.

»Wollt Ihr ein bestimmtes Zimmer?«, fragte Tessa, als sie merkte, dass Bess vor der Nummer zehn stehen blieb und auf die Tür starrte.

»Ist dieses Zimmer frei?«

»Alle zehn Zimmer sind frei«, antwortete die Schankfrau achselzuckend. »Bis auf die Nummer eins am Ende des Korridors. Dort wohnt der Doktor, aber nur noch ein paar Tage, bis der Herzog wieder da ist. Wenn Ihr wollt ...« Sie öffnete die Tür, trat ein und beleuchtete das Zimmer, das Bess so gut kannte und das ihr in diesem Augenblick dennoch so fremd vorkam. Weil sie immer nur nachts hier gewesen war. Und weil sie nie auf das Zimmer geachtet hatte.

»Soll mir recht sein«, meinte Bess und versuchte, ihre Aufregung zu unterdrücken. »Gibt's was zu essen?«, fragte sie und setzte sich aufs Bett, während Tessa die Reisetasche abstellte und eine Talgkerze auf dem Nachttisch entzündete.

»Ay, Ma'am«, antwortete die junge Frau. »Wenn Ihr keine Ansprüche stellt. Der Master und die Missis sind heute nicht da, und ich bin ganz allein unten. Ich kann Euch Linseneintopf bringen, wenn Ihr wollt.« Sie wandte sich zur Tür und drehte sich im Türrahmen um: »Ich bringe Euch Wasser und Tücher, sobald ich den Stew warm gemacht habe.«

Bess nickte und merkte kaum, wie das Mädchen das Zimmer verließ.

Sobald die Tür ins Schloss gefallen war, schossen ihr die Tränen in die Augen und liefen ihr heiß über die Wangen. Was, um alles in der Welt, machte sie hier? Was hoffte sie zu erreichen oder zu erfahren? Und an wen wollte sie sich wenden? »Im Little Stanmore Inn hat alles angefangen«, so hatte sie am Morgen zu Henry gesagt, und auch wenn das vielleicht stimmte, so half es ihr nicht weiter. Keiner der damaligen Musiker wohnte noch im Gasthof, niemand würde ihr sagen können, was sich in jenen Tagen zugetragen hatte. Der Wirt hatte schon damals nach Chandos' Pfeife getanzt, und es war nicht zu vermuten, dass sich daran etwas geändert hatte. Der einzige Mensch, der womöglich etwas wusste, war Maestro Pepusch, und der war in London. Wenn er noch lebte und Henry Ingram ihn rechtzeitig gewarnt hatte. Bess wünschte, sie könnte jetzt bei Henry sein, oder Henry bei ihr. Auch wenn sie bezweifelte, dass er ihr irgendeine Hilfe sein würde. So seltsam es auch war, sie vermisste diesen komischen Kauz, der ihr bereits zweimal aus der Patsche geholfen hatte. Gleichzeitig hasste sie ihn dafür, denn sie war ihm etwas schuldig. Wie sie auch Jack jahrelang etwas schuldig gewesen und deshalb nicht von ihm losgekommen war. Alles wie gehabt!

Bess schaute sich in dem Zimmer um und hatte plötzlich die alberne und dumme Hoffnung, irgendetwas zu entdecken, das sie an Albrecht Niemeyer und ihre gemeinsamen Nächte in diesen vier Wänden erinnerte. Doch sie fand nichts und schalt sich im selben Augenblick für ihre unangebrachte Sentimentalität. Sie war in einem verdammten Gasthaus. Hunderte Menschen hatten vermutlich seit damals in diesem Bett geschlafen. Nicht nur Albrecht und sie hatten hier Liebe gemacht. Und mit einem Mal fühlte sie sich wieder wie die schäbige Hure, die sie war. Die Albrecht aus ihr gemacht hatte.

Sie musste wider Willen lachen. Wie hatte Mr. Wild im Beichtstuhl gesagt? »Du warst schon eine Hure, bevor du in einem Bordell gelebt hast. Mach dir nichts vor, Bess, du warst nie etwas anderes!« Und er hatte recht damit gehabt. Das Einzige, was sie wirklich konnte und von Grund auf gelernt hatte, war, den Männern zu gefallen und die Beine breit zu machen. Wenn möglich, um ihnen gleichzeitig die Taschen zu leeren. Bravo, Bess!

Sie warf sich aufs Bett, vergrub ihren Kopf in den Kissen und schluchzte sich in den Schlaf, der sie wie ein Straßenräuber aus dem Hinterhalt überfiel.

3

Als sie aufwachte, war es draußen stockfinster. Die Kerze war beinahe niedergebrannt, und auf der Kommode standen ein gefüllter Waschbottich und ein Teller mit lauwarmem Lentil Stew, der einen stechenden Essiggeruch absonderte.

Bess war plötzlich hellwach. Sie sprang auf, kramte einen Kapuzenumhang aus der Reisetasche, warf ihn sich über die Schultern, löschte die Kerze, trat aus dem Zimmer, ging die Treppe hinunter und verließ das Gasthaus durch den Hintereingang. Im Hof schaute sie sich suchend um. Im schwachen Licht des abnehmenden Mondes sah sie den Ziehbrunnen in der Mitte des Yards, die Remisen zur Linken, den Pferdestall daneben, den Abtritt in der Ecke des Grundstücks und den Wagenschuppen auf der rechten Seite, gleich neben einem weiteren Stall, in dem die Schweine und das Kleinvieh untergebracht waren. Dies war das Gebäude, in dem Matthew sich angeblich das Leben genommen hatte, nachdem er Albrecht in dessen Zimmer die geladene Pistole aus den Händen gerissen hatte. Seine Leiche hatte man im Schweinedreck gefunden, und wenn nicht ein Knecht Essensreste in den Stall gebracht und Matthew entdeckt hätte, wären womöglich die gefräßigen Schweine über ihn hergefallen. Bess wurde ganz übel bei dem Gedanken.

In diesem Augenblick schlug eine Tür zu, ein Mann räusperte sich wohlig, und als Bess herumfuhr, sah sie einen Schatten vor den Latrinen, der sich dem Wirtshaus näherte. Nur ein Gast, der sich auf dem Donnerbalken Erleichterung verschafft hatte, doch Bess zuckte zusammen, als hätte man sie bei etwas Ungehörigem ertappt, und sie lief Hals über Kopf davon. Erst durch die Hofeinfahrt zum Sandweg und dann geradeaus nach Westen. In Richtung Cannons.

Der Mond stand als schmale Sichel am Himmel, doch weil der Weg von Bäumen und dichtem Gestrüpp gesäumt war, konnte sie den Boden zu ihren Füßen kaum erkennen und stolperte mehrmals über Baumwurzeln und wuchernde Grasbüschel. Schließlich erreichte sie völlig außer Atem Whitchurch, und als sie den alten Kirchturm mit seinen Zinnen und dem gemauerten Aufsatz für den Fahnenmast vor sich sah, zog sie sich die Kapuze über den Kopf, als hätte sie Angst, man könnte sie erkennen. Dabei war ringsum niemand zu sehen oder zu hören. Alles war totenstill und duster.

Bess betrat den Kirchhof auf der Südseite, ging im Zickzack um die steinernen Kreuze, Grabmäler und Skulpturen herum, die scheinbar ohne jede Ordnung aus dem Boden zu sprießen schienen, und gelangte schließlich auf die Nordseite des Geländes, wo die Totenkreuze aus Holz und die Grabsteine merklich unscheinbarer waren. Von hier aus führte eine weitere breite und kiesbedeckte Allee zum Palast des Herzogs, der jedoch in der Dunkelheit nicht auszumachen war. Rechter Hand führte ein schmaler Pfad zum Küsterhaus, das außerhalb des Kirchhofs, aber nur einen Steinwurf weit entfernt lag. Zwischen dem von Ulmen umstandenen Cottage und dem mit einer hohen Mauer umfriedeten Kirchgelände befand sich der Schandanger, auf dem die Toten ruhten, denen die gesegnete Erde des Kirchhofs verwehrt worden war. Weil sie Gottlose, ungetaufte Neugeborene oder Selbstmörder gewesen waren.

Hier war Matthew begraben worden, ohne jede kirchliche Zeremonie, ohne Singen, Beten oder Glockenläuten. Ohne Priester. Und ohne Witwe. Bess war der Beerdigung fern geblieben, weil ihre Gegenwart ausdrücklich unerwünscht gewesen war und ihr Erscheinen vermutlich für einen Aufruhr unter den Trauernden gesorgt hätte. Und so wusste sie nicht, an welcher Stelle man ihren Mann verscharrt hatte. Es tat auch nichts zur Sache, sie hätte ohnehin kein Verlangen gespürt, Matthews Grab zu besuchen. Warum auch? Um ihn posthum um Verzeihung zu bitten? Um sich die eigene Schande immer wieder vor Augen zu halten? Dafür brauchte sie kein gottverdammtes Grab!

Ein seltsames, unheimliches Gefühl beschlich Bess mit einem Mal. Sie fühlte sich beobachtet und wusste im selben Augenblick, dass sie nicht allein auf dem Schandanger war. Die Mondsichel stand inzwischen so tief, dass ein Großteil des Angers im Schatten der hohen Friedhofsmauer lag. Und dieser Schatten war so schwarz wie Kohle und verschluckte alles, was sich darin befand. Doch Bess war sich sicher, dass jemand da war und sie beäugte. Auch wenn kein Geräusch zu hören und keine Bewegung zu sehen war.

»Ist da jemand?«, fragte sie in die Dunkelheit und machte unwillkürlich einen Schritt zurück. Sie spürte ein Zerren an ihrem Mantel und fuhr herum, doch es war nur ein Rosenstrauch, der sich in dem Stoff des Umhangs verfangen hatte. Sie riss sich los und rief mit zittriger Stimme: »Warum sagt Ihr nichts? Ich weiß, dass jemand da ist! Zeigt Euch!«

»Was willst du hier, Elizabeth?«, antwortete die knarrende Stimme eines Mannes, die Bess bekannt vorkam, die sie jedoch nicht zuordnen konnte.

»Wer seid Ihr, Sir?« Bess wunderte sich, dass der Mann sie erkannt hatte, obwohl sie die Kapuze auf dem Kopf hatte und in der Dunkelheit kaum etwas zu sehen war. Vermutlich hatte ihre rauchige und markante Stimme sie verraten.

»Kennst du mich nicht mehr, oder willst du mich nicht erkennen?« Ein Mann trat aus dem Schatten, nur wenige Schritte von Bess entfernt, und wandte ihr sein knittriges und schmales Gesicht zu, das in dem fahlen Mondlicht wie das eines Geistes aussah.

»Mr. Lyon!«, entfuhr es Bess, und sie schlug erschrocken die Hand vor den Mund. »Was macht Ihr denn hier?«

»Das hatte ich dich gerade gefragt, Elizabeth«, sagte der alte Mann und baute sich mit in die Seiten gestemmten Armen vor Bess auf – was etwas merkwürdig aussah, da Bess den Alten um mehr als einen Kopf überragte.

Dennoch war Bess eingeschüchtert und senkte den Blick. Matthews Vater hatte sie um diese Zeit wahrlich nicht hier erwartet, und er war von allen Menschen in Little Stanmore derjenige, dem sie über den Weg zu laufen am allerwenigsten gewünscht hatte. Wie ein kleines Mädchen trat sie von einem Bein auf das andere und stotterte leise und verschämt: »Tut mir leid, Mr. Lyon. Ich weiß nicht ... ich weiß selbst nicht, was ... es tut mir leid.«

»Dafür ist es zu spät«, antwortete Mr. Lyon knapp, wandte sich ab und verschwand wieder im Schatten der Mauer. Bess folgte ihm, und als sich ihre Augen an die Dunkelheit gewöhnt hatten, sah sie das Grab, das es eigentlich nicht hätte geben sollen. Kein Kreuz und kein Grabstein durften auf die Ruhestätte eines Selbstmörders hinweisen. Hand an sich zu legen, galt als die schlimmste Sünde vor Gott. Wie ein verendetes Tier wurde der Selbstmörder verscharrt, weshalb man eine solche Beerdigung auch Eselsbegräbnis nannte, und wie bei einem Tier galt es als Sakrileg, dem Toten christliche Insignien zuzugestehen. Doch Bess erkannte, dass direkt an der Mauer ein hölzernes Kreuz auf dem Boden lag, umringt von Feldblumen: Margeriten, Silberdisteln und Astern. Allesamt mit weißen Blütenblättern. Und nun glaubte Bess zu verstehen, was Mr. Lyon in der tiefsten Dunkelheit auf den Friedhof trieb. Er machte den Schandanger zu einem Gottesanger und verschaffte seinem Sohn zumindest nachts ein christliches Grab. Geschmückt mit Blütenblättern in der Farbe der Barmherzigkeit und Unschuld.

»Matthew sollte eigentlich auf der anderen Seite der Mauer liegen«, sagte Bess und deutete zur Kirche. »Denn er ist kein Selbstmörder.«

»Ich weiß«, knurrte der Alte und bekreuzigte sich. »Aber das macht dich nicht weniger schuldig, Elizabeth. Du hast unseren Sohn auf dem Gewissen, auch wenn nicht du es warst, die ihn erschossen hat. Diese Schuld wird dir niemand erlassen. Und ich werde dich ewig dafür hassen!«

Bess schluckte, nickte beschämt und kniete neben dem Grab nieder. Zunächst befürchtete sie, Mr. Lyon würde sie verscheuchen, doch er war völlig in Gedanken versunken, hielt die Hände vor der Stirn gefaltet und schien zu beten. Dann erst begriff Bess, was Matthews Vater gerade gesagt hatte, und es brach aus ihr heraus: »Ihr *wisst*, dass Matthew kein Selbstmörder ist?!«

»Man hat ihn ermordet«, antwortete Mr. Lyon, ohne seine Haltung zu ändern.

»Wer?«

»Der Deutsche natürlich, dieser Niemeyer, aber das ist gar nicht entscheidend.« Der alte Mann zuckte mit den Schultern, starrte weiterhin aufs Grab und setzte hinzu: »Die Frage sollte lauten: *Wieso* hat er ihn getötet?«

»Aber …« Bess war völlig verwirrt und versuchte, Ordnung in ihre Gedanken zu bringen. »Als ich vor drei Jahren behauptet habe, dass man Matthew erschossen hat, da habt Ihr mich eine verlogene Hure geschimpft und wie einen Köter aus dem Haus vertrieben. Ihr wolltet davon nichts hören.«

»Weil die blanke Schuld und das schlechte Gewissen aus dir sprachen«, erwiderte Mr. Lyon und wandte ihr den Kopf zu. »Du konntest den Gedanken nicht ertragen, dass Matthew deinetwegen in der Hölle schmort, deshalb hast du von einem Anschlag gefaselt. Du warst ja nicht bei Sinnen und die meiste Zeit betrunken. Niemand hat dich ernst genommen!«

»Und jetzt habt Ihr Eure Meinung geändert?«

»Der Deutsche hat Matthew erschossen«, sagte Mr. Lyon deutlich und bestimmt. »Aber ich glaube nicht, dass er es deinetwegen getan hat, Elizabeth.« Und mit Abscheu in der Stimme fügte er hinzu: »Dafür warst du nicht wichtig genug. Jedenfalls nicht für den Flötenspieler.«

Bess unterdrückte das Bedürfnis, das falsche Instrument zu berichtigen, und fragte: »Was glaubt Ihr, Sir? Warum wurde Matthew erschossen?«

Mr. Lyon stand auf und wandte sich dem Küsterhaus zu. »Diese Frage habe ich damals dem Wirt in Little Stanmore gestellt, und er hat eine interessante Antwort darauf gegeben. Er hat gesagt: ›Matthew ist an den falschen Mann geraten und hat es mit dem Leben bezahlt.‹ Erst dachte ich, er meinte damit den Deutschen, doch das glaube ich inzwischen nicht mehr.«

»Sondern?«, fragte Bess, folgte dem Alten und war erstaunt, dass er direkt zum Küsterhaus ging und das Holzkreuz auf Matthews Grab liegen ließ.

»Nur wenige Tage, nachdem ich mit dem Wirt gesprochen habe, erschien der Herzog bei mir und bat mich, die Stellung meines Sohnes zu übernehmen. Bei doppeltem Lohn und freier Kost und Logis.«

»Ihr seid jetzt der Kirchdiener von Whitchurch?«, rief Bess erstaunt. Wenn sie sich recht erinnerte, dann war Mr. Lyon früher einmal Kornhändler gewesen, hatte aber wegen seiner angegriffenen Gesundheit das Geschäft aufgeben und immer wieder Matthews finanzielle Unterstützung in Anspruch nehmen müssen.

»Ein Diener der Kirche, jawohl. Aber nur unter der Bedingung, dass ich keine Fragen mehr stelle«, antwortete Mr. Lyon, und sein eingefallenes Gesicht sah aus, als würden ihm gleich die Tränen kommen. »Der Herzog hat mir und meiner Frau auf Lebzeiten ein gutes Auskommen verschafft und unser Schweigen erkauft.« Bitter lachend setzte er hinzu: »Für dreißig Silberlinge. Und den Blutacker des Judas Ischariot haben wir gleich vor der Nase.«

Mr. Lyon öffnete die kleine Pforte zum Garten des Küsterhauses und wollte sie hinter sich schließen, als Bess ihn mit einer Frage zurückhielt: »Was ist mit dem Kreuz auf Matthews Grab?«

»Keine Bange, morgen in der Frühe wird es nicht mehr dort liegen. Damit alles seine Ordnung hat und niemand von Gotteslästerung reden kann.« Da der Mond inzwischen untergegangen war, konnte Bess das Gesicht des Alten nicht sehen, doch ein leises Schluchzen verriet, dass er weinte. Schließlich zog er fast ärgerlich die Nase hoch, räusperte sich geräuschvoll und meinte: »Du hast vorhin meine Frage nicht beantwortet, Elizabeth.«

»Warum ich hier bin?«, erwiderte Bess und dachte eine Weile schweigend nach. Dann sagte sie: »Um Antworten zu bekommen. Auf die Fragen, die nicht gestellt werden dürfen. Damit das Kreuz auch bei Tage auf dem Grab bleiben kann.«

»Was du getan hast, lässt sich nicht wiedergutmachen!«, antwortete Mr. Lyon unversöhnlich und hart. Dann wiederholte er leise und kaum hörbar die Worte von vorhin: »Und ich werde dich ewig dafür hassen.«

Bess antwortete nichts. Als Mr. Lyon im Küsterhaus verschwunden war, sagte sie ebenso unversöhnlich: »Tut, was Ihr nicht lassen könnt!«

4

In dieser Nacht schlief Bess unruhig, und als sie am frühen Morgen aufwachte, fühlte sie sich, als hätte sie kein Auge zugetan. Die wilden und wirren Träume, die ihr den kalten Schweiß auf die Haut getrieben und die nächtliche Erholung geraubt hatten, hatten allerdings nichts mit Matthew oder Albrecht zu tun gehabt. Nein, es waren Blueskin und Henry Ingram, die ihr im Traum erschienen waren und sie geplagt hatten. Das Seltsame und Beunruhigende an diesen beiden Männern war eben, dass Bess nicht schlau aus ihnen wurde. Dass sie dem klaren und logischen Bild, das Bess sich von ihnen gemacht hatte, so plötzlich und unerwartet widersprachen. Dass sie, anders als die meisten Männer, nicht berechenbar waren.

Für Bess hatte es von Beginn an auf der Hand gelegen, dass sowohl Blueskin als auch Henry von Mr. Wild beauftragt worden waren und sie als dessen Spitzel agierten. Bei Henry hatte sie sich lediglich gefragt, auf wen er eigentlich vom Diebesfänger angesetzt worden war, doch bei Blueskin konnte es keinen Zweifel geben: Er hatte Jack Sheppard verraten und in die Falle gelockt. Alles andere wäre zu eigenartig gewesen.

Nur wenige Tage, nachdem Jack und Bess vor einigen Monaten, am Pfingstmontag, auf halsbrecherische Weise aus dem New Prison in Clerkenwell ausgebrochen waren, war plötzlich Blueskin Blake wie ein Theaterschauspieler aus der Versenkung erschienen und hatte die Handlung auf der Bühne an sich gerissen. Blueskin hatte es meisterlich verstanden, Jack gleichzeitig zu imponieren und zu schmeicheln, er war sowohl fauchend wie eine Katze als auch schwänzelnd wie ein Hund, verlor dabei aber nie sein Ziel aus den Augen. Blueskin war es gewesen, der Jack dazu überredet hatte, seinen alten Gönner und Meister, den Stoffhändler Mr. Kneebone, auszurauben. Und Blueskin hatte sich dafür starkgemacht, den erbeuteten Stoff ausgerechnet dem Hehler William Field anzubieten. Der daraufhin nichts Besseres zu tun hatte, als Mr. Wild aufzusuchen und die Diebe ans Messer zu liefern.

Alles sprach gegen Blueskin. Schon als Junge hatte er in einer von Wilds Banden die Straßen unsicher gemacht und sich als Taschendieb erprobt. Später hatte er einige Monate in der Chick Lane gelebt, kannte sich dort aus und war mit Mr. Wilds Handlangern und Spitzeln vertraut. Vermutlich auch mit Mr. Field, dem verräterischen Hehler. Es war offensichtlich, dass Blueskin nur deshalb im Black Lion Inn erschienen war und Jacks Freundschaft gesucht hatte, um ihn Mr. Wild auf dem Tablett zu servieren. Allerdings gab es auch einige Ungereimtheiten in seinem Leben, etwa die Tatsache, dass die hässliche Narbe auf seinem dunklen Schädel von Mr. Wilds Attacke mit dem Schwert herrührte, er aber dennoch im Gefängnis vom Diebesfänger bezahlt und protegiert wurde. Blueskin war Bess unheimlich, sie misstraute ihm zutiefst, und nur ein gutmütiger und netter Kerl wie Jack Sheppard konnte auf so einen hinterhältigen Bastard hereinfallen.

Doch dann tauchte Blueskin mit Henry Ingram in Wilds Haus auf, schlug Quilt Arnold und Mr. Wild nieder, ersäufte dessen Handlanger wie lästige Ratten – und alles nur, um Bess zu befreien und ihr das Leben zu retten. Das ergab schlicht und einfach keinen Sinn. Blueskin konnte Bess nicht ausstehen, das hatte er ihr oft genug und mehr als deutlich zu verstehen gegeben.

Bei Henry sah die Sache etwas anders aus, seine Blicke und sein leidlich unterdrücktes Bedürfnis, Bess zu berühren oder nahe zu sein, hatten ihn längst verraten. Zumindest in dieser Hinsicht unterschied er sich nicht von den meisten Männern. Aber seltsamerweise war ihr Henrys unverkennbare Zuneigung nicht geheuer. Es setzte sie unter Druck und machte sie zu einer Art Schuldnerin. Sie würde sich ihm auf Dauer ergeben müssen, und sei es nur dem Anschein nach, um ihn unter Kontrolle zu bekommen oder gefügig zu machen.

Der Gedanke daran war ihr zuwider. Nicht weil ihr Henry besonders zuwider war, sondern weil ihr all das Getue und Gehabe, das Betuppen und der ewige Schmu zum Hals heraushingen. Sie hatte genug davon. Ein für allemal.

Mit kaltem Wasser wusch sie sich die quälenden Gedanken aus dem Gesicht, zog ein leichtes Kleid an, dessen freizügiges Dekolleté sie mit einem seidenen Brusttuch bedeckte, und ging hinunter in den Schankraum, um zu frühstücken. Die Tür zur Küche stand offen, und sie sah Tessa am Herd mit einer zischenden Pfanne hantieren.

»Es gibt Eier mit Speck«, sagte das Schankmädchen, als sie Bess erblickte, und deutete zum Schanktisch, auf dem eine Holzschüssel und ein irdener Krug standen. »Und Porridge mit Sauermilch, wenn Ihr mögt.«

»Ay«, antwortete Bess, bediente sich selbst und setzte sich an einen Tisch unter einem der beiden Fenster, durch deren milchiges Glas nur diffuses Licht drang. Im Raum stank es nach kaltem Rauch, ranzigem Schweiß und verschüttetem Bier, der Boden klebte und starrte vor Dreck, und an den Wänden hingen einige Ölbilder und Federzeichnungen, die so dunkel angelaufen waren, dass kaum noch etwas auf ihnen zu erkennen war.

»Guten Morgen, Ma'am«, hörte Bess eine männliche Stimme aus einer dunklen Ecke des Zimmers, die auch deshalb so duster war, weil sie durch einen riesigen Wandschirm vom Rest des Schankraums abgetrennt war. »Die Sauermilch würde ich nicht probieren, wenn Euch Euer Magen lieb ist. Sie schmeckt, als hätte der Wirt die Kuh an der falschen Stelle gemolken.« Er lachte über seinen Witz und setzte hinzu: »Aber der Brei ist genießbar, auch ohne Zähne.«

»Ich habe meine Zähne noch, danke, Sir«, antwortete Bess und fragte sich, wieso ihr die Stimme und der spöttische Tonfall so bekannt vorkamen.

»Wollte Ihr Euch nicht zu mir setzen, Elizabeth?«

»Wer seid Ihr?«, reagierte Bess alarmiert und hätte sich beinahe an dem Porridge verschluckt. »Woher kennt Ihr meinen Namen?«

»Ich vergesse nie ein hübsches Gesicht«, antwortete der Mann, der in seiner dunklen Ecke verharrte und sich nicht zeigte. »Auch wenn ich mich dem Anschein nach nicht dafür interessiere. Das erhöht bekanntlich nur den Genuss.«

Bess erinnerte sich an Tessas Worte vom gestrigen Abend und fragte: »Ihr seid der Doktor, nicht wahr?«

»John Arbuthnot, Doktor der Medizin und Stümper vor dem Herrn, ganz zu Diensten.« Er stand auf, verbeugte sich feierlich und setzte sich wieder. »Ich hoffe, Ihr braucht meinen ärztlichen Beistand nicht.«

»Dr. Arbuthnot!«, entfuhr es Bess, als sie sein Gesicht sah, auf dem das Schelmengrinsen wie eingemeißelt war. »Was macht Ihr denn hier?«

»Frühstücken«, antwortete der Doktor, »und warten. Aber es wäre mir viel lieber, es in Eurer Gesellschaft zu tun, mein hübsches Kind. Wir haben uns lange nicht gesehen. Arbeitet Ihr jetzt in diesem Inn?«

»Auf wen oder was wartet Ihr?«, fragte Bess zurück, setzte sich wie gewünscht zum Doktor an den Tisch und starrte wie fasziniert auf ihren Porridge, um dem forschenden Blick des Mannes auszuweichen.

»Ihr antwortet mit einer Gegenfrage, sehr gut!«, lachte Dr. Arbuthnot und kratzte sich den Schädel, auf dem sein lichtes Haupthaar in Fransen unter der Ballonmütze hervorschaute. »Das bedeutet, dass ich einen wunden Punkt getroffen habe. Wie schön! Doch ich will Euch nicht unnötig quälen.« Er räusperte sich und sagte: »Worauf ich warte? Auf den Herzog natürlich. Oder genauer gesagt, auf seine Gemahlin. Denn es ist die Herzogin, die ich kurieren soll. Ihre Gnaden leiden an einer Krankheit, die es vermutlich nur im Hochadel gibt: Sterbenslangeweile infolge übermäßiger Beschäftigungslosigkeit.«

Bess schaute ihn fragend an.

»Ihr wisst vermutlich, dass die Herzogin früher einmal eine durchaus talentierte Schriftstellerin und Malerin war?«, erklärte der Doktor und schenkte sich Porter aus einer Karaffe nach. »Immerhin ist sie die Tochter eines Naturwissenschaftlers. Selbstverständlich war sie damals noch keine Herzogin, sondern einfach Mistress Cassandra Willoughby.«

»Und warum wartet Ihr ausgerechnet hier auf den Herzog?«, wunderte sich Bess. »Warum seid Ihr nicht in Cannons House?«

»Weil der Palast verlassen ist«, antwortete der Doktor achselzuckend. »Sieht man einmal von ein paar Knechten, Hausdienern, Wachleuten und Gärtnern ab. Eigentlich wollte Chandos bereits vor drei Tagen in Little Stanmore sein, aber irgendetwas scheint ihn in Nottinghamshire aufgehalten zu haben. Der Herzog verbringt nämlich die meiste Zeit des Jahres auf dem Familiensitz seiner Frau in Wollaton Hall. Cannons ist viel zu groß und zu teuer, um es das ganze Jahr zu bewirtschaften. Der arme Herzog muss lernen zu haushalten, und das ist weder nach seinem Geschmack noch eine seiner Stärken.«

»Ich hab davon gehört«, erwiderte Bess nickend, während Tessa die Spiegeleier und den gebratenen Speck brachte. »Es soll angeblich keine Kapelle mehr in Whitchurch geben. Deshalb ist das Gasthaus auch so leer.«

»Wann habt Ihr Cannons ... verlassen?« Der Doktor zögerte merklich, bevor er das letzte Wort aussprach, und es war offenkundig, dass er ein anderes, vermutlich deutlicheres Wort für Bess' unrühmlichen Abschied von Cannons House bevorzugt hätte.

»Vor drei Jahren«, antwortete Bess. »Damals lebte der Herzog nach in Saus und Braus. Und sein Haus war voller Künstler und Musiker. Über achtzig Menschen zählten zu seinem Haushalt.«

»Alles auf Pump, meine Liebe! Schon damals hatte der Herzog einen Großteil seines Geldes verloren, er wollte es nur noch nicht wahrhaben. Es ist eben nicht so einfach, sein pompöses Leben umzustellen, nur weil man es sich dummerweise nicht mehr leisten kann.« Er hob die Augenbrauen, tupfte sich etwas Eigelb vom Kinn und fügte hinzu: »Eine Zeit lang mussten die herzoglichen Musiker gleichzeitig als Hausangestellte und Diener in Cannons House arbeiten, aber das war natürlich keine Lösung. Entweder waren sie gute Dienstboten und schlechte Musiker oder gute Musiker und schlechte Dienstboten.« Dr. Arbuthnot lachte plötzlich und wies mit ausgebreiteten Armen auf die rußgeschwärzten Wände ringsum. »Habt Ihr Euch nie gefragt, warum die besten Musiker des Landes, ja von ganz Europa, in einer Kaschemme wie dieser untergebracht waren?«

Bess zuckte mit den Schultern. Sie hatte sich tatsächlich nie Gedanken darüber gemacht und stellte deshalb jetzt die Frage: »Warum?«

»Weil es billiger war, dem Wirt des Little Stanmore Inn ein paar Pfund die Woche in die Hand zu drücken, als den gesamten Tross der Musiker im Palast unterzubringen und zu verköstigen!« Der Doktor schlug mit der flachen Hand auf den Tisch, dass der Speck von seinem Teller fiel. »Bereits als Ihr noch in Cannons gearbeitet habt, war der Herzog so gut wie bankrott. Alles nur schöner Schein! Wenn er all seine derzeitigen Schulden auf einen Schlag bezahlen müsste, käme er nicht umhin, die gesamten Ländereien und Häuser zu verkaufen. Samt Inventar und Deckenbemalung. Und vermutlich bliebe immer noch ein Fehlbetrag übrig.«

»Aber wieso?«

»Habt Ihr schon mal etwas von der Südseeblase gehört?«

Bess schüttelte den Kopf und wollte etwas erwidern, doch im selben Augenblick öffnete sich die Eingangstür, und Tessas Vater wankte in den Raum. Mr. Milton wirkte noch zerzauster als am Vorabend, als er schnarchend auf der Bank gelegen hatte. In seinem Haar waren einzelne Strohhalme zu erkennen, sein Gesicht war auf der einen Seite schmutzig und voller Striemen, und sein Gehrock war grau vom Staub, was darauf schließen ließ, dass er die Nacht in einem der Ställe des Inns verbracht hatte.

Als Tessa ihren Vater sah, rief sie aufgebracht: »Du bist ja immer noch da! Ich hab dir doch gesagt, du sollst nach Hause gehen. Master Hornby und die Missis kommen bald aus London zurück. Sie wollten die Nachtkutsche nehmen und können jeden Augenblick hier auftauchen. Wenn sie dich in der Schänke sehen, dann gibt's ein Donnerwetter!«

»Ach was! Mr. Hornby kann mich mal«, grunzte Mr. Milton und wehrte wild gestikulierend mit der Hand ab, was ihm beinahe das Gleichgewicht nahm und ihn zu Boden gehen ließ. »Komm schon, Tessa. Nur noch einen für den Weg!«

»Kommt gar nicht infrage!«

»Bitte, Töchterchen! Nur einen Gin. Ich flehe dich an.«

»Nein, hab ich gesagt!«

»Um Himmels Willen, Mädchen, nun gib dem Mann schon seine Medizin! Er scheint sie nötig zu haben«, rief Dr. Arbuthnot dem Schankmädchen zu und haute auf den Tisch. »Ich zahle auch dafür, wenn ihr endlich mit eurem Gezeter aufhört.« Als die beiden Miltons vor Schreck oder Überraschung verstummt waren, wandte er sich wieder an Bess und fragte: »Wo waren wir stehengeblieben? Ach ja, bei der Südseeblase. Eine interessante und sehr lehrreiche Geschichte.« Er schien tatsächlich begierig zu sein, Bess mit seinen klugen oder spöttischen Reden zu unterhalten oder zu belehren. Vermutlich hatte er lange kein Publikum gehabt, und so fasste er die Gelegenheit beim Schopf. Auch wenn Bess nur die ehemalige Dienstmagd des Herzogs war und seine Ausführungen womöglich kaum zu schätzen wusste.

»Was für eine Blase soll das sein?«, fragte Bess nur leidlich interessiert, während sie gleichzeitig beobachtete, wie die sichtlich erboste Tessa ihrem Vater einen Becher mit Gin füllte, den dieser in einem Zug leerte und ihr zum sofortigen Wiederauffüllen hinstreckte. Seine Hand zitterte dabei merklich.

»Aktien, meine Liebe«, erwiderte der Doktor und fuchtelte mit seinem Messer in der Luft herum. »Das Gold unserer heutigen Zeit, nur dass sich Gold nicht so ohne Weiteres in Luft auflösen kann. Oder umgekehrt: Aus Luft lässt sich kein Gold machen, aber Aktien kann man daraus allemal herstellen. Eine ganz neue Form der Alchemie! Und genau das hat die South Sea Company getan, sie hat Geschäfte mit Luft gemacht, und alle wollten daran teilhaben.«

»Aha«, sagte Bess, obwohl sie nur die Hälfte verstand.

»Eigentlich ging es um exotische Früchte, Gewürze oder Sklaven «, fuhr der Doktor fort. »Alles, was es in der Südsee eben so zu holen gibt. Nur dass die Südseekompanie gar nicht erst damit gehandelt hat. Sie hat nur so getan als ob, aber das hat gereicht, um die Aktien in die Höhe schießen zu lassen und enorme Gewinne zu erwirtschaften. Mit Billigung der Regierung und des Königs übrigens.«

»Und was hat das mit dem Herzog zu tun?«, wollte Bess wissen, die noch nie so recht verstanden hatte, was es mit diesen Aktien und der Londoner Börse auf sich hatte. Vielleicht weil sie sich über Geld keine Gedanken zu machen brauchte – sie besaß ja ohnehin keines.

»Chandos hatte gerade enorme Summen für seinen schmucken Palast und den ganzen Firlefanz in der Kirche ausgegeben«, erklärte Dr. Arbuthnot und schob bedeutsam die Unterlippe vor. »Angeblich hat das Anwesen zweihunderttausend Pfund gekostet, und noch mal fünfzigtausend für die Innereien, das muss man sich mal vorstellen. Und irgendein schlauer Gimpel scheint ihm weisgemacht zu haben, dass er sich das Geld auf simple Weise zurückholen kann. Mit Aktien der Südseekompanie, die damals geradezu explodierten, obwohl niemand wusste, wieso eigentlich.« Er lachte spöttisch und schüttelte den Kopf. »Nur ein halbes Jahr später flog der ganze Schwindel auf, die Aktien stürzten ab, und der

Herzog war leider nicht so klug wie die Ratten, die es riechen können, wenn ein Schiff unterzugehen droht. König George war, nebenbei bemerkt, eine solche Schiffsratte, rein bildlich gesprochen, versteht sich. Der Herzog war nicht so schlau, er hat die Aktien bis zum Schluss behalten und alles verloren. Buchstäblich *alles*. Und er war beileibe nicht der einzige. Erinnert Ihr Euch an meinen Freund John Gay?«

Bess nickte eifrig und begann zu begreifen. Sie erinnerte sich, was Colonel Charteris über den Dichter berichtet hatte: Mr. Gay habe bei einer Börsenspekulation nicht nur sein ganzes Geld, sondern beinahe auch den Verstand verloren.

»Mr. Gay ist beim Grafen von Burlington untergekommen«, sagte Bess.

»Das wisst Ihr?«, wunderte sich der Doktor und beugte sich über den Tisch. »Tut mir den Gefallen, und erzählt es nicht herum. Der gute John braucht ein wenig Ruhe. Nicht nur vor seinen Gläubigern.« Er tat so, als tränke er aus einer Flasche, und verdrehte die Augen.

Wieder nickte Bess. Doch plötzlich kam ihr ein anderer Gedanke in den Sinn, der sie zusammenfahren ließ, und entsetzt hielt sie sich die Hand vor den Mund.

Dr. Arbuthnot erschrak und fragte: »Was ist mit Euch?«

»Wann war diese Südseeblase?«, rief sie aufgeregt.

»Ende 1720 stürzte der Kurs ins Bodenlose«, antwortete der Doktor irritiert. »Und 1721 war dann alles vorbei. Jedenfalls für die Anteilseigner. Ob Ihr's glaubt oder nicht, die elende Südseekompanie gibt's heute immer noch und geht ungestraft ihren faulen Geschäften nach.«

»1721?«, murmelte Bess nachdenklich.

»Gewiss. Wieso fragt Ihr?«

»Könnte diese Sache etwas mit dem Tod meines Mannes zu tun haben?«

»Euer Mann?« Dr. Arbuthnot zog die Stirn kraus. »Meint Ihr den Küster von Whitchurch? Besaß er denn Aktien?« Er hob die Achseln und setzte hinzu: »Viele haben sich damals aus Verzweiflung das Leben genommen, aber ich dachte immer, Euer Mann wäre ...« Er kam nicht mehr dazu, zu sagen, was er dachte, denn in diesem Moment wurde er von Mr. Milton unterbrochen.

»Seid Ihr die Witwe Lyon?«, fragte dieser Bess und warf sich in die Brust, als wollte er sich zum Kampf bereitmachen. Bereits während des Gesprächs über die Südseeblase hatte er sich zögerlich dem Tisch hinter dem Wandschirm genähert, doch weder Bess noch Dr. Arbuthnot hatten ihm Beachtung geschenkt. Vielleicht hatte er sich lediglich für den Gin bedanken oder um Nachschub bitten wollen. Doch nun stolperte er regelrecht nach vorne und beugte sich über den Tisch, dass sowohl Bess als auch Dr. Arbuthnot erschrocken zurückwichen.

179

»Vater!«, rief Tessa hinter dem Schanktisch. »Was soll das?«
»Milton!«, rief eine weitere Stimme von der Tür. Der Wirt hatte just in dem Augenblick den Schankraum betreten, als Tessas Vater sich über den Tisch geworfen hatte und Dr. Arbuthnot zu bedrohen schien. »Raus mit dir, du Saufkopf! Aber plötzlich! Sonst prügel ich dir alle Knochen im Leib kaputt! Was fällt dir ein, meine Gäste zu belästigen. Los, raus!«
Doch Mr. Milton verharrte am Tisch, hob abwehrend und beschwichtigend die Hände und wiederholte seine Frage: »Seid Ihr die Witwe?«
Bess nickte atemlos und brachte kein Wort heraus.
»Ich kann Euch sagen, was es damit auf sich hat.«
»Womit?«, fauchte der Wirt, packte Mr. Milton am Schlafittchen und riss ihn zurück. »Du sollst hier keine törichten Reden halten, Kerl!«
»Womit wohl?«, stieß Mr. Milton hervor, während er vom Wirt rücklings zur Tür geschleift wurde. »Mit dem Tod von Mr. Lyon! Ich weiß Bescheid, denn ich hab ihn ja gefunden. Jawohl, das hab ich.«
»Nichts hast du!«, schrie der Wirt wütend und schlug mit den Fäusten auf den Mann ein, als ginge von dem harmlosen Betrunkenen irgendeine Gefahr aus. »Nichts weißt du. Und nichts sagst du! Merk dir das!«
»Es war der Bischof! Merk *du* dir das, Hornby!«, rief Mr. Milton, bevor der Wirt ihn wie einen Sack voll Unrat hinauswarf und die Tür hinter ihm schloss.
Inzwischen hatte auch die Wirtin durch die Hintertür den Schankraum betreten und wandte sich vorwurfsvoll an die bleiche und völlig verstörte Tessa: »Wenn dein versoffener Vater noch einmal unsere Schänke betritt, dann kannst du dir eine neue Anstellung suchen, Tessa! Haben wir uns verstanden?«
»Ay, Ma'am.« Tessa nickte und machte einen Knicks. »Tut mir leid.«
»War das wirklich nötig?«, wandte sich Dr. Arbuthnot an den Wirt. »Der arme Kerl hat doch keinem was zuleide getan.«
»Eine verdammte Plage ist er«, knurrte Mr. Hornby und klatschte in die Hände, als wollte er sich die Hände säubern. »Der Gin hat ihm das letzte bisschen Verstand geraubt, und statt sich um seine Familie zu kümmern, versäuft er alles und bettelt wie ein Straßenköter. Vergrault uns die letzten Gäste!«
»Welchen Bischof meinte er?«, wollte Bess wissen.
»Ich weiß von keinem Bischof.« Der Wirt lachte höhnisch und deutete auf seine heruntergekommene Schänke. »Sieht das etwa so aus, als würden hier Bischöfe verkehren? Keine Ahnung, was der Trunkenbold sich wieder aus den Fingern gesogen hat. Nein, einen Bischof gibt's nicht. Hat's nie gegeben! Um an Schnaps zu kommen, denkt Milton sich die dreistesten Lügengeschichten aus.«
»Seinen Schnaps hatte er bereits von mir bekommen«, wandte Dr. Arbuthnot nachdenklich ein.

»Stimmt es, dass Mr. Milton die Leiche meines Mannes gefunden hat?«, fragte Bess, erhob sich und schaute abwechselnd Tessa und den Wirt an.

»Und wenn schon!«, fauchte Mr. Hornby und schaute Bess abschätzig, ja beinahe hasserfüllt an. »Habt Ihr nicht schon genug Schande über Euren Mann gebracht, Mistress Lyon? Lasst dem armen Kerl wenigstens im Tod seine Ruhe!« Mit diesen Worten verschwand der Wirt samt seiner Frau in einem Nebenraum, der vermutlich zu den Privatkammern der Schänke gehörte. Jedenfalls hing an der Tür ein Schild mit der Aufschrift: »Kein Zutritt«.

Bess schaute aus dem Fenster und erkannte, dass Mr. Milton mitten auf dem Weg nach Edgworth stand und nicht so recht zu wissen schien, in welche Richtung er gehen solle. Sie lief zur Tür und auf den Vorplatz hinaus, wobei sie dem orientierungslos wirkenden Mann durch Winken zu verstehen gab, dass er zurückkommen sollte. Doch Mr. Milton blieb wie angewurzelt stehen und schüttelte den Kopf. Er blutete aus der Nase und hatte eine üble Platzwunde über seiner linken Augenbraue.

Bess näherte sich ihm langsam und vorsichtig, wie einem geprügelten Hund, von dem man nicht weiß, ob er beißen wird, und stellte ihm schließlich die Frage, die sie auch dem Wirt gestellt hatte: »Welchen Bischof meintet Ihr, Mr. Milton?«

»Nicht jetzt«, antwortete der Mann und fuhr sich mit dem Ärmel seiner Joppe über die blutende Nase. »Und nicht hier.« Er deutete mit einer Kopfbewegung zur Schänke, und als Bess sich umwandte, sah sie den Wirt am Fenster stehen.

»Wann und wo?«, fragte sie.

»Kennt Ihr Piper's Green?«

Bess nickte.

»Kommt nach Sonnenuntergang zur alten Ulme. Dort können wir sprechen.« Er räusperte sich umständlich und zog eine schiefe Grimasse. »Und es wäre wirklich nett, wenn Ihr mir ... sozusagen als Dank für ...« Statt den Satz zu beenden, räusperte er sich erneut und verstummte.

»Das wird sich machen lassen«, antwortete Bess, nickte ihm zu und ging zurück zum Inn. Der Wirt war nicht mehr zu sehen; dafür stand nun seine Frau am Fenster und beobachtete Bess misstrauisch und übellaunig.

Vor der Tür wartete Dr. Arbuthnot auf sie und fragte: »Habt Ihr etwas erfahren?«

Bess schüttelte den Kopf und erwiderte: »Könnt Ihr Euch einen Reim auf all das machen?«

Als Antwort lachte der Doktor übertrieben laut, tippte sich an die Stirn und sagte: »Dafür reichen weder meine geistigen noch dichterischen Fähigkeiten.«

Ein Blick in sein Gesicht überzeugte Bess vom Gegenteil. Seine angestrengte Miene und die Unfähigkeit, ihr in die Augen zu schauen, verrieten starkes Unbehagen. Bess war augenblicklich klar, dass er mehr wusste oder ahnte als er vorgab, doch sie ließ es dabei bewenden und ging auf ihr Zimmer. Nach Sonnenuntergang würde sie schlauer sein, so hoffte sie.

5

Der Tag war so nutzlos und ergebnisarm verlaufen, wie sie es am gestrigen Abend vorhergesehen und darüber in Verzweiflung geraten war. Nichts hatte sie erfahren oder erreicht, niemand hatte mit ihr sprechen wollen, und wäre nicht ihre nächtliche Verabredung mit Mr. Milton gewesen, hätte sie sich vermutlich sofort wieder auf den Weg nach London gemacht. Am Morgen hatte sie sich in einem unbeobachteten Moment mit dem Stallknecht Paul unterhalten und ihn nach den Ereignissen des Herbstes 1721 gefragt, doch er hatte lediglich behauptet, er habe damals noch nicht im Little Stanmore Inn gearbeitet und wisse nichts davon. Außerdem habe der Wirt ihm ausdrücklich verboten, mit Bess zu sprechen. Das galt natürlich auch für Tessa Milton, deren flehentlicher Blick Bess davon abhielt, irgendwelche Fragen zu stellen. Das arme Mädchen hatte es als Miltons Tochter schwer genug, und Bess wollte nicht dafür verantwortlich sein, dass sie ihre Anstellung verlor.

Dr. Arbuthnot verließ kurz nach dem Mittagessen das Gasthaus, um sich die Beine zu vertreten und in Cannons nach dem Rechten zu schauen, wie er meinte, und nur eine Stunde später erschien eine der herzoglichen Kutschen beim Inn, um die Koffer und die Instrumententasche des Doktors zu holen. Offensichtlich waren Seine Gnaden, der Herzog, endlich in Cannons House angekommen, und der Doktor konnte mit der Behandlung Ihrer Gnaden, der Herzogin, beginnen und ihr die vornehme Langeweile kurieren.

Bess fragte den Kutscher, den sie noch aus ihrer Zeit als Hausmagd in Cannons kannte, ob er so nett wäre, sie nach Whitchurch mitzunehmen, was dieser etwas zögerlich und sichtlich verunsichert bejahte. Auf dem Weg zum herzoglichen Palast saß Bess neben ihm auf dem Kutschbock, erfuhr jedoch nur, dass sich der Kutscher nach den guten alten Zeiten sehnte und ihm dieses ständige Hin und Her zwischen Middlesex und Nottinghamshire zum Halse heraushing. Von den ehemals sechs Kutschern seien nur noch zwei übrig, und sie müssten zu allem Überfluss auch noch in der Küche aushelfen. Früher sei alles viel besser gewesen, meinte er, erinnerte sich dann daran, wer neben ihm saß und setzte seufzend hinzu: »Nun, vielleicht nicht alles, aber doch vieles.«

Als sie an der Kirche von St. Lawrence ankamen, stieg Bess vom Bock, bedankte sich artig und schaute der Kutsche nach, die am nördlichen

Kirchhof vorbeifuhr und in die breite Allee einbog, die zum Palast führte. Gestern Abend war das Anwesen in der Dunkelheit nicht zu sehen gewesen, doch jetzt erkannte Bess die wunderschöne und mit allerlei Säulen, Figuren und Ornamenten verzierte Südfassade des dreistöckigen Gebäudes, das jedes Herrenhaus in London in den Schatten stellte. Cannons House war gar nicht besonders groß oder ausladend, aber es waren die enorme Pracht und der Reichtum des Hauses, die seinen Reiz und seine Besonderheit ausmachten. Die Klinken und Schlösser waren aus Gold oder Silber, die breiten Treppen aus feinstem Marmor, die Wände und Decken allesamt von ausländischen Künstlern bemalt. Wie eine Kirche oder ein Tempel.

Das Gebäude bestand aus vier Flügeln, die ein Quadrat bildeten und einen großen Hof rahmten, in dem eine Reiterstatue des Königs aufgestellt war. Jede der vier Fassaden unterschied sich von den jeweils anderen und war auf ganz eigene Weise außergewöhnlich. Auf der Südseite, zu der die beiden Alleen von Whitchurch und Edgworth führten, empfingen riesige Säulen über einer Freitreppe die Besucher, und über jeder dieser Säulen thronte die Statue einer Frauenfigur im wallenden Gewand auf dem Dach. Auf der Nordseite führte eine riesige Terrasse zu dem parkähnlichen Garten, der ebenso weitläufig war wie der in Burlington House, aber einen ganz anderen Eindruck auf die darin umherwandelnden Spaziergänger machte. Während der Garten an der Piccadilly absichtlich verwittert und etwas vernachlässigt wirken sollte, war in Cannons Park nichts dem Zufall oder besser der Natur überlassen. Sämtliche Bäume und Hecken waren akkurat gestutzt und oft zu Figuren geschnitten, die Blumenbeete waren als Ornamente angelegt, und selbst der Kies auf den Wegen war nicht einfach gestreut, sondern wirkte wie gepflastert oder wie bei einem Mosaik gesetzt. Auf der Westseite des Herrenhauses und vor den Blicken der Ankommenden verborgen befanden sich die kleine Kapelle, die zu Bess' Zeit noch eine Baustelle gewesen war, sowie die Gesindehäuser und Arbeitsstätten. Hier waren die Küche, das Waschhaus und die Ställe zu finden. Außerdem hatte der Herzog ein eigenes Brauhaus errichten lassen, damit seine Gäste keinen Durst zu erleiden hatten.

Beim Anblick des Palastes, der Bess an die italienischen Palazzos oder griechischen Tempel auf den Deckengemälden im Inneren erinnerte, wollte sie kaum glauben, dass dieses Haus die meiste Zeit des Jahres brach lag und der Herzog sein Anwesen mit aller erdenklichen Pracht ausgestattet hatte, nur damit es jetzt leer stand und lediglich den Spinnen und Mäusen ein Zuhause war. Eine Schande!

»Hast du deine Antworten bekommen?«

Noch bevor Mr. Lyon die Frage gestellt hatte, hatte Bess seine Anwesenheit in ihrem Rücken gespürt, beinahe wie in der gestrigen Nacht an

Matthews Grab. Doch diesmal war sie nicht überrascht oder verängstigt und antwortete mit einem Kopfschütteln, ohne sich umzudrehen und den alten Küster anzuschauen. Sie stand an der Pforte in der Friedhofsmauer und schaute zur Allee, auf der ein Soldat im roten Mantel breitbeinig Wache stand. Es handelte sich um einen der sogenannten »Chelsea Pensioners«, einer Gruppe von altgedienten Kriegsveteranen des Royal Hospital Chelsea, aus denen der Herzog seit jeher seine Wachleute rekrutierte. Vermutlich auch dies aus Kostengründen.

»Antworten habe ich keine erhalten«, sagte sie schließlich und wandte sich zu Mr. Lyon um. »Dafür aber eine weitere Frage.«

»Und wie lautet sie?«, fragte Mr. Lyon, der eine Harke und eine Hacke in der Hand hielt und anscheinend dem Unkraut auf dem Friedhof zu Leibe rücken wollte.

»Kennt Ihr einen Bischof, der kurz vor Matthews Tod in Little Stanmore war?«

»Bischöfe sind damals in Cannons und Whitchurch ein und ausgegangen«, antwortete der Alte und runzelte die Stirn. »Das solltest du eigentlich wissen, Liz.«

Bess wunderte sich über die Koseform ihres Namens, die ihr Mann oft benutzt hatte, und entgegnete: »In Whitchurch schon, aber nicht im Little Stanmore Inn.«

»Nein, gewiss nicht«, erwiderte Mr. Lyon mit dem Anflug eines Lächelns im Gesicht. »Zumindest keine Bischöfe der Kirche von England.«

»Was meint Ihr damit?«

»Mr. Hornby ist Papist«, sagte der Küster voller Abscheu. »Auch wenn ich stark bezweifle, dass ihm irgendein Gott oder Papst heilig ist. Sein Götze ist der Mammon, und er huldigt ihm mit Gin und Porter.«

Bess wusste nicht so recht, was sie mit dieser Information anfangen sollte oder ob sie irgendetwas zur Sache tat. Sie nickte, wandte sich um und fuhr zusammen, als sie den Chelsea Pensionär direkt vor sich stehen sah. Er hatte sich dem Kirchhof genähert, ohne dass Bess seine Schritte auf dem Kies gehört hatte. Auch Mr. Lyon erschrak, weil er den Soldaten nicht hatte kommen sehen.

»Verzeihung, Ma'am«, sagte der Mann im Rotrock, tippte sich an den schwarzen Dreispitz und nickte Bess mit steifer Miene zu. »Seid Ihr Mistress Elizabeth Lyon?«

»Ay, die bin ich«, antwortete Bess verwundert.

»Dann muss ich Euch bitten, das Anwesen des Herzogs augenblicklich zu verlassen, Ma'am.« Er deutete auf den Sandweg vor der Kirche und wiederholte mit fester Stimme: »Augenblicklich.« Mit den goldenen Knöpfen auf dem Bauch, den goldgesäumten schwarzen Ärmelaufschlägen und den bunten Orden auf der Brust sah er sehr würdevoll aus.

»Warum?«, fragte Bess.

»Weil der Herzog es befiehlt«, antwortete der alte Soldat mit stoischer Miene.

Sie haben Angst vor mir, schoss es Bess durch den Kopf, während sie dem Blick des Mannes standhielt und sich nicht vom Fleck rührte.

»Ma'am, bitte!« Wieder der ausgestreckte Arm des Soldaten, der zum Waldweg wies. »Zwingt mich nicht, grob zu werden!« Diese Drohung war angesichts des fortgeschrittenen Alters des Mannes und Bess' körperlicher Größe nicht sehr einschüchternd. Bess rechnete jedenfalls nicht damit, dass er sein Schwert zog, das ihm in einer silbernen Scheide an der Seite baumelte, als diente es nur zur Zierde.

»Sie befindet sich nicht auf dem Anwesen des Herzogs«, mischte sich Mr. Lyon ein und machte einen Schritt nach vorne, wobei er, vermutlich ohne sich dessen bewusst zu sein, die Hacke wie eine Waffe in die Höhe hielt. »Der Friedhof gehört zur Kirche von St. Lawrence, und die befindet sich nicht im Besitz des Herzogs. Das sollte Euch eigentlich bekannt sein, Sergeant.«

»Ich habe meine Befehle«, antwortete der Soldat und konnte nur leidlich überspielen, dass er überrascht und ratlos war.

»Eure Befehle kommen vom Herzog«, erwiderte Mr. Lyon, »Mistress Lyon aber steht an diesem Ort unter dem Schutz der Kirche von England. Und damit unter dem direkten Schutz Gottes. Ihr wollt es nicht wirklich auf einen Wettstreit zwischen dem Herzog und unserem allmächtigen Herrn im Himmel ankommen lassen.«

Dem Sergeant wurde es sichtlich mulmig zumute, doch er gab nicht nach, blieb kerzengerade stehen, räusperte sich und wiederholte die auffordernde Handbewegung, die inzwischen aber etwas unbeholfen und abgenutzt wirkte.

Bess beendete die Pattsituation, indem sie sich zu Mr. Lyon umwandte, ihm die Hand auf den Unterarm legte und leise sagte: »Habt Dank, Mr. Lyon. Ich weiß es zu schätzen, dass Ihr Euch für mich einsetzt, aber ich will Euch nicht in Schwierigkeiten bringen. Macht Euch den Herzog nicht zum Gegner.« Zum Sergeant gewandt setzte sie hinzu: »Grüßt Dr. Arbuthnot von mir und richtet ihm bitte aus, dass ich seine dichterischen Fähigkeiten durchaus richtig einzuschätzen vermag. Er sollte sein Licht nicht unter den Scheffel stellen.« Damit verließ sie den Friedhof und machte sich auf den Weg zum Little Stanmore Inn. Um auf den Sonnenuntergang zu warten.

6

Die Stunden bis zum Abend verrannen zäh wie Baumharz. Bess fieberte dem Treffen mit dem ehemaligen Stallknecht derart entgegen, dass sie vom Abendessen – wieder gab es einen verkochten Eintopf, dessen Inhalt vor allem aus Essig zu bestehen schien – keinen Bissen hinuntergebracht hatte. Drei weitere Gäste hatten sich im Laufe des Tages im Inn eingefunden, offensichtlich hatte es sich in Windeseile herumgesprochen, dass der Herzog wieder auf seinem Herrensitz anzutreffen war, und die Bittsteller und fahrenden Händler ließen nicht lange auf sich warten.

Wie Bess von Tessa erfahren hatte, war auch der Pfarrer von Whitchurch in Little Stanmore eingetroffen, um seinem Herrn und Gönner seine Aufwartung zu machen. Dieser Pfarrer war ein französischer Hugenotte namens Desaguliers, der sich jedoch eher als Wissenschaftler und Philosoph verstand und seine Anwesenheit in der Pfarre auf das absolut Notwendigste reduzierte. Die meiste Zeit verbrachte er in London und überließ die banalen und unerquicklichen Alltagsgeschäfte eines Seelsorgers lieber dem Vikar oder gar dem Küster.

Als Bess noch in Cannons gearbeitet hatte, war das Gerücht umgegangen, dass der Herzog von Chandos dem Franzosen nur deshalb die Pfründe von St. Lawrence angeboten hätte, damit dieser sich um die Bewässerung seines Gartens kümmern konnte. Es hieß, der Reverend habe ein System von Wasserpumpen und hydraulischen Dränageanlagen entwickelt, mit dem sich riesige Parkanlagen erschließen und kultivieren ließen.

Von Matthew hatte Bess damals erfahren, dass der in der Gemeinde ungeliebte Hugenotte ein hohes Mitglied irgendeiner geheimen Verbindung von Männern sei, die sich seltsamerweise mit Handwerkstiteln ansprachen, Werkzeuge wie Maurerkelle oder Winkelmaß im Wappen trugen und sich in sogenannten »Pförtnerlogen« trafen.

Für einen kurzen Augenblick dachte Bess, dass womöglich dieser Geheimbund des Pfarrers etwas mit den Vorfällen vor drei Jahren zu tun haben könnte, doch dann erinnerte sie sich daran, dass Desaguliers gar nicht vor Ort gewesen war, als Matthew zu Tode gekommen war. Außerdem hatte Matthew gemeint, dieser Geheimbund sei keineswegs so geheim und erst recht nicht verschwörerisch. Sonst hätte er, Matthew, auch gar nichts über ihn gewusst.

Als endlich der Abend dämmerte, kaufte Bess eine in Korb geflochtene Tonflasche mit Gin beim Wirt, die dieser ihr mit einem schrägen Grinsen im Gesicht überreichte, und mit bangem Herzen machte sie sich auf den Weg nach Edgworth. Es war ein herrlicher Herbstabend, die Sonne stand bereits tief, und Bess' langer Schatten fiel auf den rötlich leuchtenden Sandweg, als wollte er ihr die Richtung weisen. Die kleine Anhöhe mit dem Namen Piper's Green befand sich auf halbem Weg zwischen dem Dorfkern und der alten Edgworthberry Farm, dem Hof des Gutsherrn von Edgworth. Wie es hieß, gehörte es einst zu den Pflichten des Gutsherrn, stets einen Spielmann oder Flötenspieler zur Belustigung seiner Pachtbauern in Diensten zu halten, doch außer dem

Flurnamen Piper's Green war von dieser alten Sitte nichts übriggeblieben.

Als Bess die Hauptstraße erreichte, die von London aus bis nach St. Albans führte und angeblich bereits von den alten Römern gebaut worden war, sah sie die späte Postkutsche aus London vor einem Inn halten. Das Innere der Kutsche war bis auf den letzten Platz gefüllt, und auch auf dem Kutschbock und dem Dach drängten sich einige Männer, die inmitten der Koffer und Reisetaschen saßen. Einer dieser Männer sprang in diesem Augenblick hinten von der Kofferablage, auf der er die Reise verbracht hatte, und verschwand im Inneren der Postschänke. Bess' Blick wanderte nach Süden, in Richtung London, und blieb am sogenannten Turnpike, der Mautstation, haften, die sich unweit von Edgworth befand und erst vor wenigen Jahren errichtet worden war. Zwei Reiter entrichteten gerade den Wegezoll, blieben aber mit ihren Pferden am Zollhaus stehen, auch als der Mautner längst wieder in seinem Haus verschwunden war. Bess konnte nur die Schatten der Reiter sehen, die anscheinend auf jemanden warteten, denn weder stiegen sie vom Sattel noch gaben sie den Pferden die Sporen.

Eine Glocke an der Postschänke ertönte – das Signal zur Abfahrt. Die Fahrgäste begaben sich wieder auf ihre Plätze, Koffer wurden verrückt und festgezurrt, und dann setzte sich die Postkutsche mit Peitschenknallen und lauten Kutscherkommandos in Bewegung. Der unbequeme Platz auf der hinteren Kofferablage blieb leer.

Bess schaute erneut zum Turnpike, doch die beiden Reiter waren nirgends mehr zu sehen. Seltsam, denn außer der Kutsche hatte niemand das Dorf auf der Hauptstraße passiert. Aber Bess hatte Wichtigeres im Sinn und ging weiter. Vor sich sah sie nun die Kirche von St. Margaret und direkt gegenüber das Cottage, das einst ihr Elternhaus gewesen war. Sie hatte die Absicht, ein Stück der Hauptstraße zu folgen und sich hinter dem Dorf nach Nordwesten zu halten, wo der grüne Hügel mit der alten Ulme weithin sichtbar war.

»Bess!«, rief in diesem Augenblick eine Männerstimme hinter ihr.

Bess fuhr herum und war wie vom Blitz getroffen, als plötzlich Henry Ingram vor ihr stand. Obwohl sie sich noch vor kurzem gewünscht hatte, den komischen Kauz an ihrer Seite zu haben, fuhr sie nun erschrocken und beinahe peinlich berührt zusammen und starrte den jungen Mann an, als wäre er ein Gespenst. Vielleicht lag das auch an Henrys seltsamem Gesichtsausdruck und seinem ganzen Gebaren. Er wirkte gehetzt und unruhig und hatte schwarze Ränder um die Augen, als hätte er seit ewigen Zeiten nicht geschlafen. Vor allem aber war es sein Blick, der ihr Angst machte. In seinen weit aufgerissenen Augen lag etwas Unheimliches und Alarmierendes.

»Henry!«, rief Bess und senkte den Blick, um ihm nicht länger in die Augen zu schauen. »Wie kommst du denn hierher?«

»Mit der Postkutsche«, antwortete Henry. »Der Kutscher hat mich eine Meile hinter Hampstead Heath aufgelesen und freundlicherweise auf der Ablage mitfahren lassen.« Er näherte sich bis auf Armeslänge und sagte unvermittelt: »Blueskin ist tot!«

»Oh, mein Gott!«, entfuhr es Bess. »Was ist passiert?«

Während sie gemeinsam der Hauptstraße in nördlicher Richtung folgten und dabei beide den Blick gesenkt hielten, berichtete Henry in hastigen und fahrigen Worten, was ihm seit ihrer Trennung am gestrigen Morgen widerfahren war. Erleichtert vernahm Bess, dass Mr. Pepusch Zuflucht bei Mr. Gay im Burlington House an der Piccadilly gefunden hatte und somit fürs Erste in Sicherheit war. Doch dieser guten Nachricht folgte umgehend die schlechte. Mit zunehmendem Schrecken hörte Bess, was Henry über den Brand des Hauses in der Dirty Lane und den Tod der Geschwister Blake zu erzählen wusste. Zwar hatte Henry die Leichen von Blueskin und Hope nicht gesehen, weil er sich noch während des Feuers entfernt und zu Fuß auf den beschwerlichen Weg nach Edgworth gemacht hatte, doch dass das geisteskranke Mädchen während des Brandes im Haus gewesen war, ergab sich laut Henry schon daraus, dass ihr Bruder sich wie ein Wahnsinniger in die Flammen gestürzt hatte. Und dass Blueskin in den Flammen umgekommen war, lag auf der Hand. Henry hatte mit eigenen Augen gesehen, wie das brennende Haus über ihm eingestürzt war. Und niemand hatte ihm zu Hilfe kommen können.

»Blueskin ist wie eine Ratte«, erwiderte Bess, der das Schicksal von Blueskin näher ging, als sie sich selbst eingestehen wollte. »Er findet immer irgendein Schlupfloch, durch das er entkommen kann. Er versengt sich höchstens ein bisschen das Fell. Den bringt so schnell nichts um.«

»Vielleicht hast du recht«, antwortete Henry, schüttelte aber gleichzeitig mit Bestimmtheit den Kopf. »Aber das ist nicht alles …« Er unterbrach sich, wandte sich um, als hätte er hinter sich etwas bemerkt, und schüttelte dann erneut den Kopf. »Ja, mag sein.«

Bess hatte den Eindruck, als hätte Henry noch Weiteres zu berichten und wüsste nicht, ob er sich ihr anvertrauen könne. Sie wiederholte seine Worte: »Aber das ist nicht alles?«

Henry lächelte gequält und fragte: »Hast du was von Jack gehört?«

»Nein, wie kommst du darauf? Er ist mit Will Page aus London verschwunden, das weißt du doch.« Sie schaute Henry von der Seite an und wurde dabei von der Sonne geblendet, die nun bereits die Baumwipfel im Westen berührte. »Warum fragst du?«

»Kannst du dir vorstellen, dass er in London geblieben sein könnte?«

»Warum hätte er das tun sollen?«, antwortete sie und deutete nach rechts, wo ein schmaler Trampelpfad entlang einer Hecke aus Hainbuchen nach Piper's Green führte. »Die halbe Stadt ist ihm auf den Fersen. Wilds Spitzel werden jeden Stein umdrehen, um ihn zu finden. Jack ist doch nicht lebensmüde. Und er ist kein Dummkopf!«

»Nein«, sagte Henry und folgte ihr auf dem schmalen Pfad, der von der Hauptstraße aus stetig anstieg. »Jack ist kein Dummkopf. Das bestimmt nicht.«

Wieder hatte Bess den Eindruck, dass Henry ihr etwas vorenthielt. Dass er mit sich rang und sich nicht dazu entschließen konnte, ihr sein Vertrauen zu schenken.

»Verschweigst du mir etwas?«, fragte sie geradeheraus.

»Wo willst du hin?«, antwortete er mit einer Gegenfrage. Bess erinnerte sich an die scharfsinnige Bemerkung des Dr. Arbuthnot, dass ihm ihre Gegenfrage gezeigt habe, dass er einen wunden Punkt bei ihr getroffen habe.

Bess würde auf diesen wunden Punkt bei Henry zurückkommen, das schwor sie sich, doch zunächst einmal vergalt sie Gleiches mit Gleichem und antwortete geheimnisvoll: »Das wirst du schon früh genug erfahren, Macheath.«

Sie gingen eine Weile schweigend nebeneinander her, während hinter ihnen die Sonne unterging und alles ringsum in ein dunkles Purpur getaucht wurde. Nur die alte Ulme zeichnete sich noch vage erkennbar vor dem östlichen Himmel ab.

Plötzlich blieb Henry stehen, fasste Bess bei der Hand und stieß hervor: »Bess!«

Die ebenso überraschende wie feste Berührung und die seltsame Betonung ihres Namens ließen Bess einen Schauer über den Rücken fahren. Sie wandte sich zu Henry um, atmete tief und wusste, was nun kommen würde. Sie machte sich bereit, eine Schuld zu begleichen. Wieder einmal.

Henry schluckte hörbar, sein Atem ging schwer, und obwohl Bess nur seine Umrisse erkennen konnte, wusste sie, dass er schwitzte und sich seine Wangenmuskeln spannten. Sie kannte das nur zu gut. Es war immer das Gleiche. Doch erneut wurde Bess von Henry überrascht, denn statt sich begierig auf sie zu stürzen, ließ er sie ebenso plötzlich wieder los und sagte: »Mr. Wild hat das Haus in der Dirty Lane angezündet. Er hat Hope getötet und Blueskin damit aus seinem Versteck gelockt. Es war eine Falle.«

»Was?« Da sie etwas völlig anderes erwartet – vielleicht sogar erhofft? – hatte, dauerte es eine Weile, bis sie die Bedeutung seiner Worte begriff. »Wer behauptet das?«

»Und ich trage die Schuld daran«, fuhr er statt einer Antwort fort. »Weil ich mich eingemischt habe, sind Blueskin und Hope jetzt tot. Es ist alles meine Schuld. Ich bin ein Mörder, Bess! Schlimmer als der Verräter, der Mr. Wild geholfen hat, die Falle für Blueskin zu stellen.« Wieder fasste er nach ihrer Hand, doch diesmal war der Händedruck weich und beinahe flehend.

Bess konnte nicht anders. Sie nahm Henry in die Arme und drückte ihn an sich. Wie ein Kind, das getröstet werden musste. Und wie einem solchen Kind liefen Henry nun die Tränen über die glühenden Wangen. Sie hörte ihn schluchzen und drückte ihn noch fester an sich. Und ja, sie gab ihm einen Kuss auf die Schläfe und roch an seinen verschwitzten Haaren. Weil sie es so wollte.

Plötzlich riss sich Henry los und rief: »Ich muss hier raus! Ich hab hier nichts zu suchen. Das ist doch alles Wahnsinn! Hilf mir, Bess! Bring mich wieder zurück! Ich will nach Hause!« Und dann rannte er davon. Wie von Sinnen. Wie auf der Flucht. Und verschwand in der Dunkelheit.

7

Bess war nach wie vor völlig durcheinander und konnte sich keinen Reim auf Henrys merkwürdiges Verhalten und seine unverständlichen Worte machen. Sie saß auf einem Stein unter der alten Feldulme, deren immer noch dichtes Blätterdach den Blick auf den wolkenlosen Sternenhimmel und die schmale Mondsichel versperrte, und versuchte zu ergründen, was um alles in der Welt in Henry Ingram gefahren war. Was hatte das zu bedeuten? Was wollte der Kerl von ihr? Wobei sollte sie ihm helfen? Und von welchem Verräter hatte er gesprochen?

Ebenso unbegreiflich und beinahe noch verstörender waren jedoch ihre eigenen widerstreitenden Gefühle und widersprüchlichen Gedanken. Ganz andere Fragen gingen ihr im Kopf herum: Was wollte *sie* von Henry? Wieso war sie so enttäuscht gewesen, als seiner festen Berührung kein fordernder Kuss gefolgt war? Und wieso raste ihr Herz bei dem Gedanken an Henrys verzweifelte Tränen und bei der Erinnerung an den ranzigen Geruch seiner Haare?

Bess hatte sich nicht unter Kontrolle, sie war nicht mehr Herrin ihrer selbst, und das machte ihr Angst. Es bedeutete Gefahr. Sie hatte das schon einmal erlebt und sehnte sich wahrlich nicht nach einer Wiederholung. Das hatte sie sich hoch und heilig geschworen!

Mit Gewalt musste sie ihre Gedanken wieder auf ihre jetzige Situation und Mission lenken. Die Sonne war seit Langem untergegangen, das dunkle Purpur des Himmels war zu einem undurchdringlichen Schwarz geworden. Bess hatte jedes Gefühl für die Zeit verloren, doch dass Mr. Milton nicht mehr zu ihrem Treffen erscheinen würde, begriff sie dennoch. Es musste inzwischen gegen Mitternacht gehen. Ob sie womöglich zu spät gekommen war? Nein, Mr. Milton hatte gesagt: »Kommt nach

Sonnenuntergang zur alten Ulme.« Und sie war da gewesen. Pünktlich. Mit dem Gin, den er sich als Dank erbeten hatte. Den würde sich der Trinker doch bestimmt nicht entgehen lassen. Nicht aus freien Stücken! Der Gedanke, der sich ihr mit einem Mal aufdrängte, war beunruhigend. Vielleicht war Mr. Milton daran gehindert worden, zur Ulme zu kommen. Und ohne rechten Grund hatte sie plötzlich das schiefe Grinsen des Wirts vor Augen, als er ihr die Flasche Gin verkauft hatte. Als hätte er bereits gewusst, dass sie mit dem Schnaps nichts mehr ausrichten könnte.

Sie fuhr erschrocken in die Höhe, raffte ihr Kleid und lief stolpernd den Hügel hinunter, bis sie die Hainbuchen erreicht hatte, welche die bewirtschafteten Felder in der Ebene umgaben. Für einen kurzen Augenblick hatte sie den Eindruck, dass sich hinter ihrem Rücken etwas bewegte, doch als sie zum Hügel von Piper's Green zurückblickte, konnte sie nichts erkennen.

»Mr. Milton?«, rief sie in die Dunkelheit, doch es antwortete ihr nur der Ruf einer Waldohreule. Bess wartete eine Weile, aber es blieb alles ruhig, und keinerlei Bewegung deutete darauf hin, dass sich außer ihr noch jemand in Piper's Green aufhielt.

Auf dem Weg nach Edgworth hielt sie nach allen Seiten Ausschau, ohne recht zu wissen, wen oder was sie zu sehen hoffte oder fürchtete. Kein Mensch begegnete ihr, kein verdächtiger Ton drang an ihr Ohr, bis sie die Kirche von St. Margaret erreicht hatte. Und als sie unweit der Kirche flackerndes Licht hinter den Butzenscheiben des Milton-Cottages sah, näherte sie sich der Kate und klopfte zögerlich an die Tür. Es plagte sie die bange Vorahnung, dass hinter dieser Tür weitere schlechte Nachrichten auf sie warteten.

Die niedrige Tür öffnete sich einen Spalt breit, und der Kopf von Mrs. Milton erschien. »Was wollt Ihr?«, fragte sie unfreundlich.

»Entschuldigt die späte Störung, Ma'am«, sagte Bess und neigte den Kopf. »Wisst Ihr zufällig, wo Euer Mann ist?«

»Zufällig? Was soll das denn heißen?«, erboste sich die Frau. »Natürlich weiß ich, wo mein Mann ist. Er sitzt drinnen in der Stube.«

»Er ist hier?«, entfuhr es Bess, halb erfreut, halb verblüfft.

»Wo soll er um diese Zeit sonst sein?«

»Kann ich ihn sprechen?«

Mrs. Milton zögerte merklich, zuckte schließlich mit den Schultern, öffnete die Tür und ließ Bess hinein.

Das Bild, das sich ihr in der Wohnstube bot, machte Bess sprachlos. Weil es allem widersprach, was sie sich in quälenden Gedanken ausgemalt hatte. Mr. Milton saß barfuß und mit dem geöffneten Hemd über der Kniebundhose in einem Lehnstuhl, hielt eine Tonpfeife in der Hand und paffte genüsslich vor sich hin.

»Mistress Lyon!«, rief er, als wäre er tatsächlich überrascht, sie zu sehen. »Entschuldigt meinen nachlässigen Aufzug. Aber mit Eurem Besuch konnte ich ja nicht rechnen. Eine ungewöhnliche Zeit für einen Besuch, das muss ich allerdings bemerken. Was verschafft uns die Ehre? Wollt Ihr Euch das Haus Eurer verstorbenen Eltern anschauen?«

Mrs. Milton stellte sich neben den Lehnstuhl ihres Mannes, verschränkte die Arme vor der Brust und beäugte Bess voller Abscheu. »Uns hat Mistress Lyon erzählt, dass sie mit den Woodlawns nicht verwandt ist. Na, was will man auch anderes erwarten?« Geringschätzig setzte sie hinzu: »Von so einer!«

Bess faltete die Hände vor dem Bauch, bemühte sich, nicht auf die Beschimpfungen der Frau zu hören, und wandte sich an Mr. Milton: »Ich habe an der Ulme in Piper's Green auf Euch gewartet, Sir.« Sie stellte die Korbflasche auf den Tisch und fügte süffisant hinzu: »*Ich* habe mein Versprechen gehalten.«

»Von einer Ulme ist mir nichts bekannt«, log Mr. Milton und starrte abwechselnd auf seine Pfeife und die Ginflasche. »Das muss ein Missverständnis sein.«

»Ihr wolltet mir etwas von einem Bischof erzählen.«

»Wir wissen nichts von keinem Bischof«, knurrte Mrs. Milton.

»Ihr hört, was meine Frau sagt«, fügte ihr Mann achselzuckend hinzu.

»Das hat Mr. Hornby heute Morgen auch behauptet«, sagte Bess, weil sie glaubte, Mr. Milton mit dem Wirt des Little Stanmore Inn aus der Reserve locken zu können. »Und Ihr habt Mr. Hornby deshalb einen Lügner geschimpft.«

»Niemals würde ich mich erdreisten, meinen Herrn der Lüge zu bezichtigen«, rief Mr. Milton und schlug theatralisch mit der Faust auf den Tisch. »Ich verbitte mir solche Unterstellungen. Was fällt Euch ein!«

»Euren Herrn?«, wunderte sich Bess. »Was heißt das?«

»Mr. Hornby war so freundlich, meinen Mann wieder als Stallknecht einzustellen«, antwortete Mrs. Milton anstelle ihres Gatten. »Es gab da einige Missverständnisse, doch die sind nun gütlich aus der Welt geschafft.« Für einen kurzen Augenblick wurde sie wieder zu der grauen, ausgemergelten Frau, die Bess am Vortag erlebt hatte, doch sofort riss sie sich wieder zusammen, setzte ihre unerbittliche Miene auf und wies mit ausgestrecktem Arm zur Tür. »Und jetzt muss ich Euch bitten, dieses Haus zu verlassen.«

Bess hatte verstanden. Statt Mr. Milton wie Albrecht an einem Strick aufzuknüpfen oder ihn wie Matthew kurzerhand niederzuschießen, hatten sie ihn auf viel einfachere Weise aus dem Weg geräumt. Sie hatten ihn gekauft. Mit einer Anstellung im Little Stanmore Inn. Jedenfalls fürs Erste.

Bess nickte resigniert und ging zur Tür.

»Eure Flasche«, sagte Mrs. Milton und deutete zum Tisch. Die Worte seiner Frau hatten auf Mr. Milton die gleiche Wirkung, als hätte man ihm einen Peitschenhieb versetzt. Beinahe hasserfüllt schaute er seine Frau an, und begehrend sah er anschließend zur Ginflasche.

»Ein Geschenk von Mr. Hornby«, antwortete Bess bitter. »Für geleistete und noch zu leistende Dienste. Ich hoffe, der Branntwein bekommt Euch, Sir!« Damit verließ sie das Haus und machte sich auf den Weg zum Little Stanmore Inn, um die Reisetasche zu packen.

Bess war den Tränen nah. Und nur die Wut und der Ärger hielten sie davon ab, es Henry nachzumachen und ungehemmt wie ein Kind loszuheulen. Ihre Fahrt nach Edgworth war ein einziger Schlag ins Wasser gewesen. Eine unbedachte und vermutlich folgenschwere Dummheit. Sie hatte nicht das Geringste in Erfahrung gebracht, sich dafür aber zur Zielscheibe gemacht und ihre Feinde (deren Identität und Beweggründe ihr nach wie vor ein Geheimnis waren) alarmiert. Und mit Bess würden sie nicht so nachsichtig umgehen wie mit dem jämmerlichen Mr. Milton, dessen war sie sich sicher.

»Elizabeth?«

Bess hatte bereits den Sandweg jenseits der Hauptstraße erreicht, als sie die quäkende Mädchenstimme hinter sich hörte.

»Was denn, Violet?«, fragte sie gereizt und ohne sich umzudrehen.

»Rochester.«

»Wie bitte?« Bess fuhr herum und sah das kleine Milton-Mädchen im Nachthemd am Wegesrand stehen. »Was meinst du damit?«

»Ich hab alles mitangehört«, antwortete Violet flüsternd und nickte bedeutsam. »Durch die breite Ritze im Boden. Die andern haben alle schon geschlafen, aber ich hab's gehört. Das von dem Bischof und der Ulme. Mama und Papa waren nicht nett zu dir.«

»Warum hast du ›Rochester‹ gesagt?«

»Weil's der Bischof von Rochester war«, sagte das Mädchen grinsend. »Papa hat mir das mal erzählt. Dass der Bischof von Rochester den Küster von Whitchurch auf dem Gewissen hat, und dass er, also Papa, das beweisen kann und dass sie sich noch alle wundern werden. Selbst der Herzog.« Violet machte eine Pause, setzte eine nachdenkliche Miene auf und fügte leise hinzu: »Wenn Papa trinkt, dann erzählt er immer so ein wildes Zeug. Das darf man nicht ernstnehmen, sagt Mama. Und das tut auch keiner im Dorf. Sie lachen alle über Papa, weil er nämlich ein Trunkenbold ist. Aber als du vorhin von dem Bischof gesprochen hast, da ist es mir wieder eingefallen. Rochester war's.«

»Warum erzählst du mir das?«, wunderte sich Bess.

»Weil ich ihn nicht ausstehen kann.«

»Deinen Papa?«

»Nein, Mr. Hornby.«

»Warum kannst du ihn nicht ausstehen?«

Violet zögerte, presste die Lippen aufeinander und murmelte dann: »Wegen Tessa.« Weil nämlich ...« Sie schob den Unterkiefer vor und schien nach den Worten zu suchen. In ihren Augen sammelten sich Tränen.

»Schon gut, Violet«, sagte Bess und legte dem Mädchen rasch die Hand auf die Schulter. »Du musst nichts weiter sagen. Ich verstehe schon.«

Violet schaute Bess dankbar an und nickte. Dann sagte sie: »Du wirst Papa nicht verraten, oder? Wir sind doch Freundinnen. Stimmt's, Elizabeth?«

»Stimmt, Violet«, antwortete Bess. »Versprochen! Und jetzt zurück ins Bett mit dir, bevor sie dich vermissen.«

»Ach, die schlafen alle.« Das Mädchen winkte zum Abschied und lief zurück zum Cottage.

»Danke!«, rief Bess ihr nach, doch sie war nicht sicher, ob Violet es gehört hatte.

8

Vor dem Ziehbrunnen im Hof hockte Henry und schlief. Er war im Sitzen eingeschlafen, hatte die Arme um die Knie geschlungen, den Kopf seitlich an die Mauer gelehnt und schnarchte leise. Ohne sein Schnarchen wäre Bess in der Dunkelheit vermutlich gar nicht auf ihn aufmerksam geworden, doch so weckte sie ihn, indem sie ihn unsanft an der Schulter packte, und befahl: »Komm!«

Es dauerte eine Weile, bis er begriff, wo er war. Er fragte: »Wohin?«

»Willst du etwa die ganze Nacht hier draußen schlafen?«

Henry reckte die steifen Glieder, gähnte und schüttelte den Kopf.

»Mach schon!« Bess ging zur Hintertür voraus, öffnete sie, horchte ins Innere und gab Henry mit einem Kopfnicken zu verstehen, dass die Luft rein war. Sie stiegen leise die Treppe hinauf, vergewisserten sich im Obergeschoss, dass nirgendwo Licht brannte und niemand sie sah, und verschwanden schließlich im Zimmer mit der Nummer Zehn.

Es war stockfinster im Raum. Der Mond war inzwischen untergegangen, und durch das Fenster fiel kein Licht ins Innere. Bess entledigte sich der Schuhe, zog die Strümpfe aus, öffnete das Mieder, nahm das Seidentuch aus dem Dekolleté, schlüpfte aus dem Kleid und legte sich im dünnen Unterrock ins Bett.

»Wo bist du?«, flüsterte Henry.

»Hier«, antwortete sie, »im Bett.«

»Und wo soll ich schlafen?«

Sie klopfte neben sich auf die Bettdecke.

Stille.

»Nun hab dich nicht so! Ich beiße nicht.«
Rascheln. Dann ein leises Poltern und ein unterdrückter Schmerzensschrei.
»Verdammt! Hast du kein Licht?«
»Du brauchst Licht, um dich auszuziehen?«
»Ja, nein, schon gut.« Wieder ein Rascheln und Rumpeln. Und dann spürte sie seinen Körper neben sich. Er war eiskalt, und als seine Füße ihre Waden berührten, stieß sie einen spitzen Schrei aus.
»'tschuldigung. War ganz schön kalt da draußen.«
»Kannst dich ruhig an mir wärmen.«
»Nicht nötig. Geht schon.«
»Unfug! Zier dich nicht so! Bist ja ganz durchgefroren.«
Sie drehte ihm den Rücken zu, streckte ihm den Po entgegen, und als er sich an sie schmiegte, spürte sie etwas Hartes an ihrem Steiß.
Bess lachte und fragte: »Willst du mit mir schlafen?«
»Was? Warum? ... Ach so, nein.« Er rückte ein wenig von ihr ab, was wegen der Enge des Bettes kaum möglich war. »Tut mir leid.«
»Muss dir nicht leid tun. Ich nehm's als Kompliment. Also? Willst du mit mir schlafen?« Sie drängte sich erneut an ihn. »Musst auch nicht dafür bezahlen. Geht aufs Haus.«
Sie hörte, wie er schluckte, und merkte, wie seine Erregung wuchs. Doch dann räusperte er sich und sagte: »Kann ich nicht einfach nur *neben* dir schlafen?«
»Weil ich eine Hure bin?«
»Nein, Bess.«
»Sondern?«
»Weil ich dich mag.«
»Versteh einer die Kerle«, sagte sie betont abfällig und versuchte nicht zu erkennen zu geben, dass seine Antwort sie in höchstem Maß erfreut hatte. Am liebsten hätte sie ihm einen Kuss gegeben, doch stattdessen nahm sie seine kalte Hand, legte sie sich auf den Bauch und sagte: »Gute Nacht, Henry.«
»Schlaf gut, Bess.«
Sie wartete, bis sie sein Schnarchen hörte. Und dann fielen ihr die Augen zu.

9

Als Bess aufwachte, war der Platz neben ihr verwaist. Die Sonne war gerade erst aufgegangen, es war bitterkalt im Zimmer, die Fensterscheiben waren beschlagen, und als Bess die Stelle befühlte, an der Henry gelegen hatte, spürte sie, dass das Laken noch warm war. Sie roch an dem Kopfkissen und ärgerte sich sogleich darüber. Wie konnte es sein, dass der Geruch nach fettigem Haar sie derart aus der Fassung brachte? »Reiß dich am Riemen, Bess!«, schalt sie sich, zog sich mit wütender Miene an und ging hinunter in die Schankstube, die zu dieser frühen Stunde noch leer war. Nur ein Brutzeln in der Küche und der Geruch nach gebratenem Speck verrieten ihr, dass das Frühstück bereitet wurde.

Sie öffnete die Tür einen Spalt breit und sah Tessa mit dem Kochlöffel in der Pfanne herumrühren, während der Wirt hinter ihr stand und ihr mit einer Hand an die Brust und mit der anderen von hinten unter das Kleid griff.

»Verbrennt Euch nicht, Sir!«, sagte Bess übertrieben laut.

Tessa zuckte erschrocken zusammen und fuhr herum, wobei sie Mr. Hornby mit der glühend heißen Pfanne am Handrücken streifte.

Der Wirt schrie vor Schmerz auf und starrte Bess hasserfüllt an. »In der Küche haben Gäste nichts zu suchen«, fauchte er und tauchte die verbrannte Hand in einen Eimer Wasser, der stets einsatzbereit neben dem Herd stand.

»Störe ich?«, fragte Bess.

»Raus!«, knurrte Mr. Hornby.

Bess sah Tessas flehentlichen, ja ängstlichen Blick und nickte. Sie ging zurück in den Schankraum und setzte sich in die dunkle Ecke hinter dem Wandschirm, in der sie gestern mit Dr. Arbuthnot gesessen hatte. Und wie am Vortag kam nach kurzer Zeit Mr. Milton zur Tür herein. Er war nicht betrunken, jedenfalls wankte er nicht wie gestern, und diesmal musste er auch nicht befürchten, vom Wirt unter Tritten und Nasenstübern hinausgeworfen zu werden. Als er Bess am Tisch sitzen sah, fuhr er wie ertappt zusammen, senkte schlagartig den Blick und rief: »Master Hornby? Seid Ihr da?«

Der Wirt kam aus der Küche, einen nassen Lappen um die Hand gewickelt, und fuhr den Stallknecht an: »Was willst du in der Schänke, Kerl? Ab in den Stall mit dir! Sattle den Rappen! Ich muss zur Edgworthberry Farm!«

»Dringende Geschäfte mit dem Gutsherrn?«, fragte Bess.

»Was geht Euch das an?«, fauchte Mr. Hornby und ballte die verbundene Hand. Doch sofort änderte er seinen Tonfall und Gestus. Er lächelte und warf sich in die Brust. »Ihr redet mit einem der beiden neuen Konstabler der Gemeinden Edgworth und Stanmore. Der Squire wird mir heute den Stab übergeben und mich in meine Pflichten einweisen.«

»Gratuliere«, sagte Bess, während Tessa ihr das Frühstück brachte.

»Wozu?«, gab sich der Wirt bescheiden. »Die Arbeit wird schließlich lausig bezahlt, und ich hab eigentlich Besseres zu tun, als Verbrechern das Handwerk zu legen und Landstreicher zu vertreiben. Aber es ist eben die Pflicht eines jeden Gemeindemitglieds, für Recht und Ordnung zu sorgen.«

»Für Ordnung vielleicht«, antwortete Bess und schaute zu Mr. Milton, der eine seltsame Grimasse zog und von einem Bein aufs andere trat, als hätte er eine volle Blase. »Aber mit dem Recht nimmt man es hier in Stanmore nicht so genau. Außer mit dem Recht des Stärkeren.«

Mr. Hornby lachte laut und fragte: »Wart Ihr nicht erfolgreich bei Euren Erkundungen? Das tut mir ausgesprochen leid.« Wieder lachte er, doch dann brüllte er völlig unvermittelt den Knecht an: »Was grinst du so blöde? Raus mit dir, du Mistkerl! Aber ein bisschen plötzlich, sonst ist dein erster Tag auch gleich dein letzter!«

»Ay, Sir!« Mr. Milton salutierte wie ein Soldat und hastete hinaus. In der Tür stieß er beinahe mit Henry Ingram zusammen, der die Schänke im gleichen Augenblick betreten wollte.

»Sachte, guter Mann!«, sagte Henry, schaute sich in dem Schankraum um, nickte dem Wirt zu und rief dann bei Bess' Anblick überrascht: »Mistress Lyon? Seid Ihr das? Was verschlägt Euch denn in diese Gegend? Darf ich mich zu Euch setzen?«

Henry war ein schlechter Schauspieler, fand Bess, doch für einen unbedarften Zuschauer wie Mr. Hornby reichte es allemal. Der Wirt fragte den neuen Gast: »Was kann ich Euch bringen, Sir?«

»Ich nehme das Gleiche«, antwortete Henry und deutete auf Bess' Eier und Speck. »Und ein Pint Bitter, bitte.«

»Bitter?«, fragte der Wirt verständnislos.

»Porter natürlich«, verbesserte sich Henry. Und als der Wirt sich zum Schanktisch umwandte, wandte er sich flüsternd an Bess: »Ich hoffe, du lädst mich ein. Ich hab nämlich keinen lausigen Penny mehr in der Tasche.«

»Sei mein Gast«, antwortete Bess ebenso leise und fügte dann laut hinzu: »Seid Ihr auf dem Weg nach Whitchurch, Mr. Ingram? Falls ja, dann könnt Ihr mich nach dem Frühstück begleiten. Ich beabsichtige, meine Schwiegereltern im Küsterhaus zu besuchen.«

»Na, so ein Zufall«, lachte Henry und klopfte auf den Tisch. »Ich möchte tatsächlich nach Whitchurch und will Euch gern zum Küster begleiten.«

»Schmierenkomödiant«, murmelte Bess tadelnd.

»Du bist nicht die Erste, die das behauptet«, antwortete er grinsend.

Der Wirt brachte das Bier und empfahl sich gleich anschließend.

»Grüßt den Squire von mir, Konstabler«, sagte Bess. »Und gute Besserung für Eure Hand.«

Der böse Blick, den sie erntete, war ihr Belohnung genug. Mr. Hornby knallte die Tür hinter sich zu und verschwand im Stiegenhaus.

Im nächsten Augenblick piepte irgendetwas drei Mal.

»Was war das?«, wunderte sich Bess.

Wieder piepte es drei Mal, und erst jetzt schien Henry zu begreifen, dass das seltsame Geräusch aus seiner Hose kam. Er griff in die Tasche und holte ein schwarzes Ding heraus, das wie eine kleine Schiefertafel aussah, obwohl es glänzte wie Marmor und spiegelte wie Glas.

»Was ist das denn?«, wollte Bess wissen.

Doch Henry antwortete nicht und drückte wie wild mit dem Daumen auf dem Ding herum. Gleichzeitig änderte sich seine Miene auffallend. War sie zunächst freudig überrascht gewesen, so zeigte sie schließlich Enttäuschung. Er fluchte: »Mist, nur der Akku! Er ist bald alle. Das war der Warnton.«

»Akku?«, fragte Bess.

»Nicht so wichtig«, antwortete Henry verärgert, lächelte dann plötzlich, hielt Bess die schwarze Tafel vor die Nase und sagte: »Hier ist das Vögelchen.«

»Spinnst du jetzt völlig?«

Im nächsten Augenblick machte es leise »Klick!«, und Henry sagte: »Danke!« Wieder drückte er mit dem Daumen auf dem Ding herum. Nur einen Wimpernschlag später machte die Tafel ein weiteres Geräusch. Diesmal klang es wie »Pong!«, und Henry kommentierte den Ton mit einem Achselzucken und einem »So, das war's. Ende.« Er schüttelte den Kopf, steckte das seltsame Gerät wieder in die Tasche und nahm einen Schluck Bier.

»Willst du gar nicht wissen, was ich vom Küster will?«, fragte Bess.

»Du wirst es mir schon sagen, wenn dir danach ist.« In diesem Augenblick brachte Tessa Henrys Essen, und weitere Gäste fanden sich zum Frühstück im Schankraum ein. Henry machte sich über die verbrutzelten Eier her, als hätte er seit Tagen nichts gegessen.

Bess betrachtete ihn lange und wartete darauf, dass sich ihre Blicke träfen, doch er starrte die ganze Zeit abwechselnd auf seinen Teller und sein Bier. Schließlich hielt sie es nicht mehr aus und fragte: »Was verschweigst du mir, Henry?«

Sie hatte erwartet, dass er nach Ausflüchten suchen oder es leugnen würde, doch stattdessen fragte er: »Liebst du Jack?«

»Jack?«, wunderte sie sich. »Was hat der denn damit zu tun?«

»Liebst du ihn?«, wiederholte er und setzte schüchtern hinzu: »Immer noch?«

Und plötzlich verstand Bess, warum er sie nicht ins Vertrauen gezogen hatte. Weil sie Jacks Geliebte gewesen war. »Wieso hältst du Jack für einen Verräter?«, fragte sie. »Ausgerechnet Jack?«

»Ich *halte* ihn nicht für einen Verräter. Ich *weiß*, dass er einer ist.« Er hielt im Essen inne und erzählte von einem angeblichen Gespräch zwischen Jack und Mr. Wild, das Henry in Covent Garden zufällig abgehört haben wollte und in dem die beiden irgendeinen gemeinsamen Plan gegen Blueskin ausgeheckt hatten.

»Jack kann Mr. Wild nicht ausstehen«, antwortete Bess kopfschüttelnd. »Und Mr. Wild hasst Jack Sheppard. Sie würden niemals gemeinsame Sache machen.« Und beinahe wütend setzte sie hinzu: »Niemals! Blueskin ist Jacks Freund.«

»Sicher«, sagte Henry, trank einen Schluck Porter und starrte auf seinen Teller. »Das *war* er. Aber gilt das auch umgekehrt?«

Bess wartete darauf, dass er fortführe, dass er seine Anschuldigungen erläutern würde oder irgendwelche Einzelheiten preisgäbe, doch stattdessen frühstückte er weiter, als hätte er Jacks Namen nie fallengelassen. Und Bess begriff mit einem Mal, dass er sie niemals ins Vertrauen ziehen würde, wenn sie ihm nicht ihrerseits vertraute. Dass er sich nicht verteidigen würde, weil er nicht gewillt war, sich angreifen zu lassen.

»Also gut, Henry«, sagte sie und legte ihre Hand auf seine, mit der er gerade das Messer zum Mund führen wollte. »Und was folgt daraus?«

»Das habe ich doch schon erzählt«, antwortete er gereizt. »Das Haus in der Dirty Lane ist abgebrannt. Und Blueskin ist in den Flammen umgekommen.«

»Du glaubst doch nicht im Ernst, dass Jack das Feuer gelegt hat?« Sie sah seinem finsteren Gesichtsausdruck an, dass er genau das glaubte, und fragte: »Aber wieso?«

»Das Hemd ist ihm eben näher als der Rock.«

»Was hat das nun wieder zu bedeuten?«, erboste sie sich und schlug mit der Faust auf den Tisch, dass sich die anderen Gäste nach ihr umschauten. »Kannst du nicht reden wie ein normaler Mensch?«, setzte sie flüsternd hinzu.

»Jack hat Blueskin ans Messer geliefert, um sein eigenes Leben zu retten«, antwortete Henry und verzog keine Miene. »Und Hope hat ihm als Lockvogel gedient, um Blueskin in die Falle zu locken.«

Bess dachte eine Weile darüber nach und schüttelte dann den Kopf. »Aber das ergibt doch keinen Sinn. Jack konnte schließlich nicht ahnen, dass Blueskin sich wie ein Verrückter in die Flammen stürzen würde.«

»Das nicht«, antwortete Henry nickend. »Ich glaube auch nicht, dass das von Jack oder Mr. Wild so beabsichtigt oder vorhergesehen war. Sie wollten Blueskin aus der Reserve locken. Und das haben sie wahrhaftig geschafft.«

»Aber warum dieser plötzliche Sinneswandel bei Mr. Wild? Wieso lässt er von Jack ab, nur um Blueskin an den Kragen zu gehen.«

»Wegen vorletzter Nacht.«

»In Wilds Haus«, ergänzte Bess und verstand nun, was Henry gestern mit seinem Gestammel von der Schuld gemeint und weshalb er sich selbst für einen Mörder gehalten hatte. Weil er Blueskin dazu überredet hatte, Bess aus dem Beichstuhl in der Chick Lane zu befreien. Sie schaute Henry direkt an und sagte: »Du gibst mir die Schuld an Blueskins Tod.«

Wäre ich nicht gewesen, hätte das alles nicht geschehen müssen. So ist es doch, oder?«

Er schüttelte den Kopf, doch es wirkte halbherzig und zögerlich. Dann sagte er: »Das Problem bin *ich*, Bess. Ich mische mich in Sachen ein, die mich nichts angehen. Ich bin ein Schauspieler, der sich nicht an seinen Text hält. Und dadurch gerät alles aus den Fugen.«

»Weil du mich magst«, erwiderte Bess und dachte an die letzte Nacht.

»Auch«, antwortete er und schob mit einem Ruck den Teller von sich. »Aber es ist alles viel komplizierter. Wenn ich dir erzählen würde, was tatsächlich mit mir los ist und woher ich komme, würdest du mich für durchgeknallt halten.«

»Ich weiß nicht, was du mit ›durchgeknallt‹ meinst, aber ganz bestimmt halte ich dich für verrückt. Und woher du kommst, hast du mir längst verraten: Lambeth Marsh! Von dort ist noch nie was Gescheites gekommen.« Sie lachte verkrampft, klopfte mit den Knöcheln auf den Tisch und stand auf. »Und jetzt komm! Ich will zur Kirche.«

Henry war die Erleichterung darüber anzusehen, dass Bess nicht weiter in ihn drang und keine womöglich peinigenden Erklärungen verlangte. Er wischte sich das fettige Kinn am Hemdsärmel ab und folgte Bess nach draußen.

10

Auf dem Weg nach Whitchurch berichtete Bess das Wenige, das sie in Edgworth und Little Stanmore in Erfahrung gebracht hatte. Sie erzählte von Dr. Arbuthnot und der Südseeblase, von Mr. Milton, dem Stallknecht, der plötzlich seine Meinung geändert und dafür vom Wirt belohnt worden war, und von dem ominösen Bischof, den Violet erwähnt hatte. Bess beendete ihre Ausführungen mit der Frage: »Kennst du den Bischof von Rochester?«

Henry schüttelte den Kopf. »Die Frage sollte vielmehr lauten: Kannte Matthew ihn? Oder kannte der Bischof deinen Mann? Wenn ja, woher? Was hatte der Bischof im Inn zu suchen? Und wieso wurde das Matthew zum Verhängnis?«

Bess nickte. Genau diese Fragen waren ihr seit gestern beinahe pausenlos durch den Kopf gegangen. Natürlich war es durchaus möglich, dass sich Matthew und der Bischof in Whitchurch über den Weg gelaufen waren. Mr. Lyon hatte ganz Recht gehabt, als er gesagt hatte, in Cannons und Whitchurch seien in den letzten Jahren die Bischöfe ein- und ausgegangen. Selbstverständlich hatte Matthew, als Kirchendiener von St. Lawrence, all die Würdenträger dem Sehen nach gekannt. Aber an eine weitere Verbindung glaubte Bess nicht. Wie hätte sie auch zustande gekommen sein sollen? Und zu welchem Zweck?

»Eine weitere Frage drängt sich auf«, fuhr Henry fort, während sie sich auf dem Sandweg der Kirche näherten. »Was hat das alles mit Mr. Wild und Mr. Pepusch zu tun? Und was verbindet Matthew mit Albrecht Niemeyer?« Er hielt plötzlich inne und deutete mit der Hand nach rechts. »Ist das Whitchurch?«

Zwischen den Bäumen und hinter der mannshohen Friedhofsmauer war der quadratische Kirchturm zu sehen. »Die Kirche von St. Lawrence«, antwortete Bess nickend. »Das Küsterhaus ist hinter der Kirche, in einem kleinen Wäldchen.«

»Niedliche Kirche«, meinte Henry. »Erstaunlich, dass der große Händel hier Orgel gespielt haben soll.«

»Das würdest du nicht sagen, wenn du das Innere der Kirche gesehen hättest. Und die Orgel gehört hättest.«

Sie betraten den südlichen Kirchhof durch den Torbogen, und Bess deutete nach Osten, in Richtung Chorraum. »Hinter der Sakristei führt ein Trampelpfad zum Küsterhaus. Es gibt keinen direkten Zugang von der Straße aus.«

Henry hob plötzlich die Augenbrauen, wandte sich um und fragte: »Und wer sind die beiden Männer dort?«

Links von der Kirche, im Schatten des Kirchturms, sah Bess den Reverend Desaguliers in Begleitung eines Mannes, der den Kopf gesenkt hielt und offenbar aufmerksam den Worten des Priesters lauschte. Die beiden Männer hatten den Friedhof auf der Nordseite betreten, und es war anzunehmen, dass sie von Cannons House her gekommen waren. Als der zweite Mann für einen Augenblick seinen Kopf hob, erkannte Bess unter der riesigen Ballonmütze das verschmitzt grinsende Gesicht von Dr. Arbuthnot.

»Der Reverend und der Doktor«, entfuhr es Bess, und sie versteckte sich hinter einem von Buchsbaum umwucherten Grabmal. »Den beiden möchte ich nicht unbedingt begegnen. Duck dich!«

Doch Henry tat nichts dergleichen. Er blieb aufrecht stehen und fragte: »Ist das Dr. Arbuthnot?«

»Ja doch!«, zischte Bess. »Und jetzt runter mit dir!«

»Geh du nur zum Küster und stell deine Fragen«, antwortete er lächelnd. »Ich kümmere mich in der Zwischenzeit um den Reverend und den Doktor.« Damit näherte er sich den beiden Männern und rief: »Guten Morgen, Reverend! Und Euch auch, Sir! Herrliches Wetter für einen Spaziergang, nicht wahr?«

Reverend Desaguliers betrachtete den schäbig gekleideten und vor Schmutz starrenden Ankömmling mit unverkennbarem Abscheu. Vor allem aber schien er verärgert darüber, dass er in seinen Ausführungen unterbrochen worden war.

201

Der Doktor jedoch musterte Henry deutlich vergnügter. Vermutlich war ihm die unverhoffte Unterbrechung gelegen gekommen. Er fragte lachend: »Ihr seht mir nicht unbedingt wie ein morgendlicher Kirchgänger aus, Sir. Wollt Ihr das Kirchengold stehlen oder um Almosen betteln?«
»Ihr werdet nicht vom Äußeren auf das Innere schließen«, antwortete Henry und verbeugte sich. »Dann wärt Ihr nicht Dr. Arbuthnot.«
»Ihr kennt mich?«
»Da, wo ich herkomme, werden Euer Witz und Euer Geist hoch geschätzt.«
Der Doktor lachte und meinte: »Dann kommt Ihr aber nicht aus diesem Königreich. In England wird der Geist nämlich nur im Schnaps verehrt.«
»Wo er bekanntlich das Verlangen befördert und das Tun dämpft.«
Dr. Arbuthnot schaute Henry geradezu fassungslos an und fragte: »Ihr kennt Christopher Marlowe?«
»William Shakespeare, Sir«, verbesserte Henry und verneigte sich. »Macbeth. Zweiter Akt. Die Pförtner-Szene.«
»Pardonnez mois! Entschuldigt, Sir«, unterbrach der Priester das Gespräch und zupfte sich ungeduldig die Ärmel seines Talars zurecht. »Ihr habt uns unterbrochen, junger Mann, und ich wäre Euch sehr dankbar, wenn Ihr Eures Weges ginget. Au revoir!«
»Nicht doch, lieber Reverend«, wehrte der Doktor ab und hakte sich bei Henry unter, als handelte es sich um einen alten Freund. »Wir haben hier offensichtlich einen Kenner des Theaters in unserer Mitte.«
Bess betrachtete die seltsame Szene kopfschüttelnd und zugleich anerkennend lächelnd. Wieder einmal hatte Henry sie überrascht, indem er etwas völlig Unvorhersehbares und eigentlich Unsinniges getan hatte. Bess nutzte die Gelegenheit und lief geduckt von Grabstein zu Grabstein, bis sie schließlich das Chorgemäuer erreichte und von dort zur Sakristei und auf die Nordseite des Friedhofs gelangte. Von hier aus waren es nur noch ein paar Schritte zum Schandanger und dem kleinen Ulmenwäldchen, von dem die Küsterei umgeben war. Als sie sich dem Haus näherte, spürte sie ähnliche Beklemmungen wie vor zwei Tagen, als sie zum ersten Mal seit langer Zeit ihr Elternhaus aufgesucht hatte. Verstärkt wurden diese Beklemmungen, als sie die niedrige Haustür einen Spalt breit offen stehend fand, aber niemand auf ihr mehrmaliges Klopfen und Rufen antwortete. Nach kurzem Zögern betrat sie das Häuschen, das einst ihr Zuhause gewesen war und ihr nun so fremd erschien, obwohl sich dem ersten Anschein nach nichts verändert hatte. In der Wohnstube war jedoch kaum etwas auszumachen. Das lag nicht allein an den Schatten der umstehenden Bäume, sondern auch an den Vorhängen aus Sacktuch, die vor beiden Fenstern hingen, als wollten sie mit aller

Macht jegliches Licht fernhalten. Oder als solle das Innere des Hauses vor der Außenwelt abgeschirmt werden.

In dem Augenblick, als ihr dieser verstörende Gedanke kam, hörte sie eine leise und gebrechliche Frauenstimme aus einer dunklen Ecke des Raumes: »Dass du dich hertraust! Hast du noch nicht genug Unheil angerichtet, Elizabeth?«

Bess war überrascht und erschrocken, ließ es sich jedoch nicht anmerken und sagte: »Ich wollte Euch nicht stören, Mrs. Lyon. Ich hatte geklopft, aber es hat niemand geantwortet, und weil die Tür nicht ...«

»Reicht es nicht, dass du Matthew vernichtet hast?«, unterbrach sie die Frau des Küsters, die in ihrer Ecke nur als dunkler Schemen zu erkennen war. »Willst du nun auch uns vernichten? Bist du deshalb zurückgekommen?«

»Was meint Ihr damit?«, wunderte sich Bess und stieß wie zufällig mit dem Fuß gegen die Tür, sodass sie krachend gegen die hintere Wand schlug und gleich wieder zufiel. Das einfallende trübe Licht hatte nur einen Wimpernschlag lang die Stube in ein Zwielicht getaucht, aber die Zeit hatte Bess gereicht, um zu verstehen, was mit Mrs. Lyon nicht stimmte. Sie saß zusammengesunken in einem Lehnstuhl, ihr Gesicht war eingefallen, die Augen lagen tief in den Höhlen, und die Nase ragte unnatürlich weit heraus. Das Auffallendste aber waren die Lippen und der Nacken, die verformt und wie aufgeblasen wirkten und von wulstigem Schorf überwuchert waren. Wie aufgebrochene Pestbeulen, nur ohne den Gestank. Die Skrofeln hatten Mrs. Lyons Gesicht entstellt. Das so genannte »Übel des Königs«, das angeblich nur durch Handauflegen des Monarchen geheilt werden konnte. Und vermutlich war das der Grund, warum die Fenster der Küsterei mit Sacktuch verhangen waren.

»Pass doch auf, verdammt!«, schrie die Küstersfrau und hielt sich die Hand vor die Augen, als hätte sie gleißender Sonnenschein geblendet.

»Entschuldigt, Ma'am!«, sagte Bess und wiederholte ihre Frage: »Was meint Ihr damit? Wieso sollte ich Euch vernichten wollen?«

»Deine törichten Fragen sind nicht ohne Folgen geblieben«, wisperte Matthews Mutter und setzte knurrend hinzu: »Der Chelsea-Sergeant hat dem Herzog berichtet, was auf dem Friedhof geschehen ist. Und Chandos hat Andrew zu sich bestellt, um ihm die Leviten zu lesen. Er ist gerade beim Herzog, und wir können froh sein, wenn wir nicht aus dem Haus gejagt werden. Alles nur wegen dir!«

»Der Herzog kann dem Küster von Whitchurch keine Weisungen erteilen, er ist nicht sein Dienstherr«, erwiderte Bess und war sich der Naivität ihrer Worte im gleichen Augenblick bewusst. »Außerdem hat Euer Mann nichts Unrechtes getan.«

»Ha!« Die Alte lachte gallig und verschluckte sich, sodass ihr Lachen in

203

böllernden Husten überging. Bess wollte ihr zu Hilfe kommen, doch Mrs. Lyon keuchte: »Bleib, wo du bist, du Hexe! Rühr mich nicht an!« Schließlich bekam sie wieder Luft und fügte flüsternd hinzu: »Auch Matthew hat nichts Unrechtes getan. Und dennoch ist er tot. Mit Recht oder Unrecht hat das gar nichts zu tun.«

»Verzeiht!«, sagte Bess leise und beschämt.

»Wir hätten niemals ins Küsterhaus ziehen dürfen. Das war nicht recht«, murmelte Mrs. Lyon, und es hörte sich an, als seien ihr die Worte wider Willen entschlüpft. Sofort machte sie ihren Anfall von Schwäche wett, indem sie Bess angiftete: »Was willst du noch hier? Scher dich zum Teufel, Elizabeth! Du machst alles nur noch schlimmer.«

»Beantwortet mir nur noch eine Frage, Ma'am, dann seid Ihr mich für immer los. Das verspreche ich.«

Die alte Frau antwortete mit einem eisigen Schweigen, das Bess als Einwilligung verstand. Sie fragte: »Wer ist der Bischof von Rochester?«

Mrs. Lyon lachte überrascht auf. Mit dieser Frage hatte sie offensichtlich nicht gerechnet, und sie antwortete nach einem belustigten Schnaufen: »Sein Name ist Samuel Bradford. Wieso willst du das wissen?«

»Der Bischof von Rochester hat Matthew getötet.«

»Unfug!«, krächzte die Küstersfrau. »Bradford war doch damals noch gar nicht Bischof. Er ist erst seit ...« Sie hielt plötzlich inne, murmelte etwas Unverständliches, verfiel dann in Schweigen und wiederholte schließlich, aber weit weniger überzeugt: »Unfug!«

Im selben Moment öffnete sich die Haustür, und der Küster betrat die Stube. Mr. Lyon fuhr erschrocken zusammen, als er Bess vor sich stehen sah, doch rasch fasste er sich wieder, reckte sich, als wolle er seinen Worten Nachdruck verleihen, und deutete zur Tür: »Geh fort, Liz! Ich darf nie wieder ein Wort mit dir wechseln. Geh, wenn dir unser Wohl und Matthews Andenken etwas bedeuten!«

Bess nickte und sagte: »Lebt wohl!« Sie zwängte sich an Mr. Lyon vorbei zur Tür. »Ihr werdet mich nicht wiedersehen. Ich wünsche Euch alles Gute.« Und mit diesen Worten verließ sie ihr altes Zuhause – diesmal für immer.

11

Der Friedhof lag verlassen in der bleichen Morgensonne. Henry war nirgendwo zu sehen, auch der Doktor und der Reverend waren verschwunden. Dafür stand die schwere Holztür auf der Westseite des alten Kirchturms weit offen, und obwohl sie wusste, dass sie es nicht tun sollte, betrat Bess die kleine Turmkapelle, die an ihrem hinteren Ende zum Treppenhaus der Kirche führte. Als sie die niedrige Tür unter der Wendeltreppe sah, hinter der sie sich so oft mit Albrecht Niemeyer vergnügt hatte, wurde ihr ganz heiß und mulmig zumute. Ein leichter Schwindel befiel sie. Nicht vor Erregung, sondern vor Scham. Heute konnte sie sich kaum noch vorstellen, wie einfältig und naiv sie gewesen war. Dass ihr Handeln unmoralisch und lasterhaft gewesen war, bekümmerte sie dabei weniger – seit damals hatten sich ihre Vorstellungen von Moral und Laster grundlegend geändert –, aber dass sie Albrecht gegenüber so gutgläubig und unbedarft gewesen war, ärgerte sie immer noch. Sie konnte es sich nicht verzeihen, dass sie sich wie ein dummer kleiner Backfisch verhalten hatte.

Ein säuselnd pfeifender Ton aus der Kirche riss sie aus ihren Gedanken, und als sie unter der Herzogsloge hindurch das hell erleuchtete Langhaus der Kirche betrat, erschallte plötzlich ein dröhnender Akkord von Orgeltönen, der das Gebälk der Kirche vibrieren ließ. Sie schaute zum Altar und dem dahinterliegenden Chorraum, in dem an prominenter Stelle die Orgel stand. Schon allein die Tatsache, dass das Musikinstrument erhöht hinter dem Altar und nicht wie bei anderen Kirchen auf einer dunklen Empore über dem Eingang stand, ließ erkennen, welchen Rang die Musik in dieser Kirche einnahm. Oder besser eingenommen hatte. Wo andernorts der gekreuzigte Herr Jesus hing, stand in Whitchurch die Orgel des Mr. Händel, umgeben von prächtigen Wandgemälden und umrahmt von hölzernen Säulen und einem mächtigen Bogen. Wie auf einer Theaterbühne. Gerade so, als hätte man den Chorraum um die Orgel herumgebaut.

Vor dem Spieltisch, mit dem Rücken zum Langhaus, saß Dr. Arbuthnot und ließ dem anfänglichen Tusch eine Reihe schiefer Töne folgen, in der Bess vergeblich eine Melodie zu erkennen suchte. Schon bald ging der Orgel die Puste aus, und die Pfeifen gaben einen letzten quäkenden Ton von sich, bevor sie verstummten.

»Soll ich Euer Balgtreter sein, Dr. Arbuthnot?«, rief Bess und klatschte wie zum Hohn in die Hände.

Dr. Arbuthnot drehte sich auf seinem Stuhl um, blieb aber vor der Orgel sitzen. »Macht Euch nicht über mich lustig, Mrs. Lyon!«, erwiderte er. »Dass ein Banause wie ich auf einer Orgel wie dieser spielt, erscheint mir auch ohne Euren Spott wie Blasphemie. Der gute Maestro Händel würde seine Hände über dem dicken Kopf zusammenschlagen, wenn er es wüsste.«

»Oder Maestro Pepusch?«, fragte Bess.

»Ja«, antwortete der Doktor knapp. »Der vermutlich auch.«

Eine peinliche und lange Pause entstand. Keiner sagte etwas, keiner rührte sich vom Fleck. Dann klopfte sich der Doktor plötzlich auf die Oberschenkel und sprang auf die Beine. Er kletterte von der Orgelbühne und näherte sich Bess, die reglos am hinteren Ende des Mittelgangs stand, mit raschen Schritten.

»Ich hatte gehofft, Euch nicht mehr zu sehen«, sagte Dr. Arbuthnot, als er schließlich vor ihr stand. »Dabei ist mir Euer Anblick durchaus nicht unangenehm. Ich hatte allerdings gedacht, Ihr wärt etwas vernünftiger. Und vorsichtiger.«

»Ihr wollt doch hoffentlich nicht behaupten, dass Ihr Angst vor mir habt, Sir«, lachte Bess und wunderte sich, als der Doktor sie plötzlich am Ellbogen fasste und beinahe grob ins Treppenhaus schob.

»*Vor* Euch nicht«, antwortete der Doktor, »aber *um* Euch. Glaubt mir, Ihr solltet Cannons schleunigst verlassen. Ihr befindet Euch wortwörtlich in der Höhle des Löwen. Ich weiß nicht genau, was man Euch vorwirft, aber man führt etwas gegen Euch im Schilde. Heute früh war der Gutsherr von Edgworth beim Herzog, und wenn ich mich nicht völlig irre, wart Ihr der Anlass dieses Treffens. Reverend Desaguliers war ebenfalls zugegen. Das Triumvirat hat über Euch zu Gericht gesessen.«

»Ist das nicht etwas zu viel der Ehre, um einer ehemaligen Dienstmagd zu Leibe zu rücken?« Bess versuchte, den spöttischen Ton beizubehalten, doch das anschließende Lachen missriet ihr, und als sie den finsteren und beinahe wilden Ausdruck in Dr. Arbuthnots Gesicht sah, versiegte es völlig.

»Bringt Euch in Sicherheit, Ma'am!«, sagte der Doktor mit Nachdruck und hielt gleichzeitig Bess' Hand in der seinen. »Unverzüglich! Bevor es zu spät ist.«

Bess nickte ernst, doch bevor sie die Kirche durch den Turmeingang verließ, fragte sie: »Wo ist eigentlich Henry Ingram geblieben?«

»Ingram?«, wunderte sich der Doktor. »Meint Ihr den naseweisen Kerl mit dem vorlauten Mundwerk? Ist er ein Freund von Euch?«

Bess zögerte kurz und sagte dann: »Ja, ein guter Freund.«

»Hätte ich mir eigentlich denken können! Ein interessanter Mensch, aber reichlich sonderbar.« Dr. Arbuthnot begleitete Bess hinaus, schaute vorsichtig zur Seite und deutete dann zur Straße. »Mitten im Gespräch hat er Reißaus genommen. In dem einen Augenblick redet er vom Theater und wie es seiner absurden Meinung nach in der Zukunft aussehen wird, und im nächsten Augenblick fährt er zusammen und rennt davon, als wäre er dem Leibhaftigen begegnet. Ohne ein Wort der Erklärung.«

»*Ist* er jemandem begegnet?«, wollte Bess wissen.

Dr. Arbuthnot zuckte mit den Schultern und schob bedauernd die Unterlippe vor. »Zwei junge Schlachterburschen ritten auf ihren Pferden vorbei, aber sonst habe ich niemanden gesehen.« Dann hob er zum Abschied die Hand und rief: »Rasch! Ab mit Euch! Bevor der Reverend sein Morgengeschäft erledigt hat.« Er grinste schelmisch und setzte augenzwinkernd hinzu: »Und bevor ich mir wieder seine ermüdenden Ausführungen über die Bewässerung des herzoglichen Rasens anhören muss.«

Bess lief zum Sandweg, drehte sich aber noch einmal um und fragte:

»Wieso warnt Ihr mich? Erst vor Kurzem habt Ihr dem Herzog von mir erzählt und seine Chelsea-Veteranen auf mich gehetzt.« Und als ahne sie, was er darauf erwidern würde, fügte sie hinzu: »Ihr braucht es gar nicht abzustreiten.«

»Manchmal ist es sinnvoll, mit den Wölfen zu heulen«, antwortete der Doktor und ließ für einen Augenblick sein Lausbubengrinsen verschwinden. »Auch wenn man selbst nicht zur Meute gehört. Oder gehören möchte.«

Bess wandte sich kommentarlos um und eilte auf die Straße, wo sie erneut vergeblich nach Henry Ausschau hielt. Dann raffte sie ihr Kleid und lief schleunigst zum Little Stanmore Inn. Um ihre Sachen zu packen.

12

Der Gasthof lag noch genauso verschlafen und verträumt da wie am frühen Morgen. Nichts hatte sich geändert, keine Pferde oder Kutschen standen vor dem Inn, nichts regte sich auf dem Hof, keine Menschenseele war zu sehen, nur einige Hühner scharrten im Dreck und suchten nach Fressen. Alles wie gehabt. Und doch war Bess beim Anblick der Schänke wie alarmiert und aufgeschreckt. Es war eben nicht mehr früher Morgen, sondern beinahe Mittag; das Little Stanmore Inn erschien ihr schlichtweg zu ruhig und leblos für die Uhrzeit. Als läge es auf der Lauer und hielte den Atem an.

Bess musste an Dr. Arbuthnots Worte von der Wolfsmeute denken und kam sich mit einem Mal wie ein Schaf vor, das gerissen werden sollte. Dennoch näherte sie sich dem Inn, als würde sie von einer höheren Macht gelenkt und hätte keinen eigenen Willen mehr. Sie musste ihre Tasche holen, redete sie sich ein, sämtliche Kleider waren darin, und zu allem Überfluss hatte sie ihren Geldbeutel unter der Matratze liegen lassen. Sie hatte keine andere Wahl! Zugleich aber wusste sie, dass sie besser auf der Stelle Reißaus nähme. Wie Henry es anscheinend getan hatte.

Als wäre der bloße Gedanke an ihn der Auslöser gewesen, hörte sie im gleichen Augenblick Henrys gepresste Stimme hinter sich: »Bess! Bleib stehen! Geh nicht rein! Bess!«

Sie wandte sich um und sah eine winkende Hand aus einem Dorngebüsch auf der anderen Seite des Sandweges herausragen. Schnell schlich sie hinüber, zwängte sich durch das Dickicht und hockte sich neben Henry hinter den Brombeerbusch, der in einem vertrockneten Entwässerungsgraben wucherte.

»Was soll das?«, fragte sie. »Was treibst du hier?«

»Jack ist hier«, antwortete er flüsternd und legte seinen Zeigefinger auf die Lippen. »Zusammen mit William Page. Ich hab sie gerade gesehen.«

»Wo?«

»Vor der Kirche. Sie haben sich als Schlachter verkleidet.«

»Jack als Schlachter?« Bess musste unwillkürlich lachen. »Was soll der Unsinn?«

»Das ist kein Unsinn«, erwiderte er mit finsterer Miene. »Williams Vater ist Schlachter am Clare Market. Ich war im Black Lion dabei, als die beiden die Schlachterkleidung angezogen haben. Zur Tarnung. Glaub mir, Jack und Will sind in Little Stanmore! Auf Geheiß von Mr. Wild, wie ich vermute. Frag mich nicht, wie sie hergekommen sind oder uns gefunden haben. Entweder hat der Wirt sie benachrichtigt, oder sie sind mir heimlich aus London gefolgt.«

Bess musste an die beiden Reiter denken, die sie am gestrigen Abend bei der Ankunft der Postkutsche an der Mautstation gesehen hatte und die sich anschließend in Luft aufgelöst hatten. Sie nickte und fragte: »Aber was wollen sie von uns?«

»Erinnerst du dich, was ich dir von dem Gespräch zwischen Jack und Mr. Wild in Covent Garden erzählt habe?«

Natürlich erinnerte sie sich. Wie sollte Bess das je vergessen?

Henry ergriff Bess' Hand und fuhr fort: »Bis eben hab ich gedacht, Jack und Mr. Wild hätten es auf Blueskin abgesehen. Weil das Haus in der Dirty Lane gebrannt hat und ich Jack dort über den Weg gelaufen bin. Aber das war vermutlich ein Fehlschluss. Es ging gar nicht um Blueskin, jedenfalls nicht in erster Linie. Es geht um dich, Bess! Mr. Wild hat Jack auf dich angesetzt, und der nette Jack rächt sich nun dafür, dass du ihn damals an den Diebesfänger verraten hast.«

Bess wollte etwas sagen, ihm widersprechen, ihn auslachen, doch ihr blieben die Worte und das Lachen im Halse stecken. Sie wollte das nicht glauben, aber welchen Grund hätte Henry, sie anzulügen? Sie räusperte sich schließlich, schüttelte Henrys Hand ab und fragte: »Wo sind die beiden jetzt?«

»Sie sind vor einer Viertelstunde im Inn verschwunden.« Henry wies mit einem Kopfnicken in Richtung Gasthof und setzte hinzu: »Sie warten auf dich!«

Bess schaute zum Inn und suchte das Fenster ihres Zimmers. Da die Sonne nun genau über dem Haus stand und die Nordseite im Schatten lag, war kaum etwas hinter der Scheibe zu erkennen. »Bist du sicher?«, fragte sie.

Henry schien es nicht für nötig zu halten, auf diese Frage zu antworten, und sagte stattdessen: »Ich ahne inzwischen auch, worum es bei der ganzen Sache geht.«

»Tatsächlich? Du meinst den Bischof von Rochester?«

Henry nickte. »Der Doktor war so freundlich, mir seinen Namen zu sagen. Ich hab ihn ganz beiläufig danach gefragt, und er war so nett, mir zu antworten. Der Bischof sei ein guter Freund von ihm, hat Dr. Arbuthnot behauptet. Und überhaupt ein Freund der englischen Literatur.«

»Der Doktor hat dir den Namen einfach so gesagt?«

»Warum nicht? Ist ja schließlich kein Geheimnis. Auch wenn der Reverend gar nicht erfreut darüber schien und dem Doktor am liebsten den Mund verboten hätte. Aus gutem Grund, wie ich annehme.«

»Der heutige Bischof heißt Samuel Bradford«, sagte Bess nachdenklich, »aber der war vor drei Jahren noch gar nicht im Amt.«

»Der damalige Bischof hieß Francis Atterbury. Sagt dir der Name was?«

»Nein«, wunderte sich Bess. »Kennst du ihn etwa?«

»Allerdings.«

»Woher?«

»Aus dem Geschichtsunterricht.«

»Was soll das nun wieder?«, schimpfte Bess und stieß Henry mit der Faust gegen den Oberarm. »Willst du mich verscheißern, oder was?«

»Nein, tut mir leid«, antwortete Henry, verdrehte die Augen und schien nach Worten zu suchen. Schließlich atmete er tief aus und fragte: »Hatte Matthew was mit den Jakobiten am Hut?«

»Am Hut?« Bess verlor allmählich die Geduld und schnauzte: »Nein, Matthew war *kein* Jakobit. Er konnte mit Papisten und Schotten nichts anfangen. Und mit den Stuarts erst recht nicht. Da konnte er sehr rabiat werden.«

»Und Albrecht Niemeyer?«

»Albrecht war Deutscher«, antwortete Bess unwirsch. »Genau wie König George. Wieso sollten ihm die alten Stuart-Könige nahe stehen?«

Henry zuckte mit den Schultern. »Dafür könnte es jede Menge Gründe geben. Geld, zum Beispiel, oder eine Anstellung als herzoglicher Musiker in Cannons. Längst nicht alle Jakobiten waren Katholiken oder Schotten.« Er hielt inne und seufzte, als bezweifelte er den Sinn dieses Gesprächs. Dann aber fuhr er fort: »Francis Atterbury war jedenfalls Jakobit. Ein jakobitischer Verschwörer, um genau zu sein. Er wollte dem König ans Leder, wurde aber verraten und geschnappt. Leider kann ich mich nicht an die Jahreszahlen erinnern oder was genau mit ihm geschehen ist. Geschichte hat mich nie besonders interessiert. Es kann sein, dass das alles erst in der Zukunft passiert. Also in einigen Jahren. Ich weiß es nicht.«

»Was redest du da für ein Zeug? In einigen Jahren! Hast du jetzt völlig den Verstand verloren? Was willst du überhaupt damit sagen?«

»Francis Atterbury war ein Jakobit. *Das* will ich damit sagen. Mehr nicht.«

Bess versuchte, die verschiedenen Informationen wie Papierschnipsel zu einem Bild zusammenzufügen. Sie schaute nachdenklich zum Inn und sagte: »Der Wirt, Mr. Hornby, ist Katholik. Das hat mir Matthews Vater erzählt.«

»Kann Zufall sein«, sagte Henry. »Muss aber nicht.«

»Es gibt keine Zufälle«, erwiderte Bess und fuhr plötzlich zusammen, als sich das Fenster ihres Zimmers öffnete und ein Gesicht im Rahmen erschien. »Jack!«, entfuhr es ihr.

Obwohl sie den Namen nur geflüstert hatte, schaute Jack mit einem Mal zu ihnen herüber und schien zu lächeln. Dann schaute er in eine andere Richtung, der Kopf verschwand wieder, und das Fenster wurde geschlossen.

»Wir müssen verschwinden!«, rief Henry.

»Meinst du, er hat uns gesehen?«

Henry presste die Lippen aufeinander und schüttelte den Kopf, aber es wirkte nicht sehr beruhigend auf Bess. Sie betrachtete ihr leuchtend rotes Kleid, das einen unpassenden Farbklecks in dem Grün und Braungelb ringsum bildete, und sagte: »Mein Geld ist noch oben.«

»Geld oder Leben«, antwortete Henry und zuckte die Achseln.

»Los!«, sagte Bess nickend. »Wir hauen ab.«

Im Schutz des Grabens und des Gestrüpps krochen sie in Richtung Edgworth und betraten den Sandweg erst, als das Little Stanmore Inn nicht mehr zu sehen war. Die Dornen hatten nicht nur Bess' Kleid ramponiert, sondern auch ihre Hände und Füße zerkratzt, doch sie ließ sich den Schmerz nicht anmerken, zog einige Dornen aus der Haut, tupfte das Blut ab und bemühte sich, mit Henry Schritt zu halten, der eilig voranschritt, ohne sich nach ihr umzuschauen.

Kurz vor Edgworth, der Kirchturm war bereits am Ende des Wegs zu sehen, kamen ihnen drei Reiter entgegen. Zwei von ihnen trugen lange Stäbe in den Händen und imposante Federhüte auf den Köpfen.

»Die Konstabler!«, rief Bess.

»Mr. Hornby!«, echote Henry.

Jetzt erkannte Bess auch den dritten Reiter, der von den beiden Konstablern flankiert wurde, sich majestätisch in seinem Sattel aufrichtete und nach seinem Schwert an der Seite griff. Es war Squire Edgworthberry, der Gutsherr von Edgworth. Die drei Pferde fielen gleichzeitig in den Galopp, und die Konstabler hielten ihre Stäbe wie Lanzen vor sich.

»Verflucht!«, schrie Henry, fuhr herum und wollte zurücklaufen. Doch noch ehe er einen Schritt getan hatte, rief er: »Wir sitzen in der Falle!«

Als Bess über ihre Schulter schaute, sah sie zwei weitere Reiter, die sich aus der Richtung des Inns näherten. Sie trugen schlichte blaue Schlachter-Kittel und dunkle Ledermützen. »Verdammt!«, entfuhr es ihr.

Der Squire und die Konstabler standen inzwischen direkt vor ihnen, und der Gutsherr fragte: »Seid Ihr Elizabeth Lyon, auch bekannt als Edgworth Bess?«

»Warum fragt Ihr, wenn Ihr es doch wisst?«

»Und ist der Mann in Eurer Begleitung ein gewisser Captain Macheath?«, fuhr der Squire unbeirrt fort. »Andernorts bekannt unter dem Namen Henry Ingram?«

Mr. Hornby war vom Pferd gesprungen, hielt Henry seinen Stab unter die Nase und sagte: »Ihr seid festgenommen, Sir! Und Ihr auch, Ma'am!«

»Weshalb?«, fragte Bess.

»Das werdet Ihr in London erfahren.«

»Und was ist mit denen da?«, rief Henry und deutete auf Jack und Will, die sich mittlerweile genähert hatten und von ihren Pferden gestiegen waren.

»Was soll mit ihnen sein?«, fragte Mr. Hornby. »Sie waren so freundlich, uns auf Eure Spur zu bringen.«

Bess schaute zu Jack, doch der starrte zu Boden und zog mit den Füßen Linien in Sand. »Verräter!«, murmelte sie und hätte ihm am liebsten die Augen aus dem Kopf gekratzt. Doch sie stand nur da und war wie gelähmt.

»Wisst Ihr überhaupt, wer dieser Mann ist?«, rief Henry und schüttelte den Kopf. »Wenn man nach uns fahndet, weil wir einen Gefangenen aus dem Newgate befreit haben, dann solltet Ihr auch nach ihm fahnden. Denn das ist Jack Sheppard, eben jener Räuber, den wir aus dem Gefängnis befreit haben.«

»Von einer Newgate-Befreiung und einem Mr. Sheppard ist mir nichts bekannt, junger Mann«, sagte der Squire, der als einziger noch im Sattel saß und das Ganze wie ein Feldherr aus der Ferne, mit dem Schwert in der Hand, betrachtete. »Wir wurden vielmehr darüber in Kenntnis gesetzt, dass zwei gemeingefährliche Irre aus der Anstalt in Moorfields geflüchtet sind und sich derzeit in Little Stanmore aufhalten. Ihr, Sir, und Ihr, Madam!«

»Lasst mich raten, wer Euch informiert hat, Squire«, sagte Bess und verschränkte die Arme vor der Brust. »Der Herzog von Chandos, nicht wahr? Oder war es Mr. Jonathan Wild?«

Der Gutsherr hob lediglich die Augenbrauen und befahl: »Abführen!«

»Wo bringt Ihr uns hin?«, rief Henry.

»Wo Ihr hergekommen seid«, antwortete Mr. Hornby und verdrehte Henry die Hand auf dem Rücken. »Nach Bethlem Hospital.«

»Bedlam!«, murmelte Bess erschrocken. Sie hatte so viele Gräuelgeschichten über das berüchtigte Irrenhaus in Moorfields gehört, dass ihr die Luft wegblieb und sie sich insgeheim wünschte, man möge sie wieder ins Newgate-Gefängnis stecken. Dort kannte sie sich wenigstens aus und war unter ihresgleichen.

»Finger weg!«, rief Henry plötzlich und stieß Mr. Hornby von sich, dass dieser rücklings zu Boden ging und wie ein Käfer auf dem Hinterteil zu liegen kam. Als der zweite Konstabler sich näherte, holte Henry ein Klappmesser aus der Jackentasche, klappte die Klinge heraus und rief: »Kommt mir keinen Schritt näher, Sir!«

Bess sah nur einen Schatten, der sich blitzschnell von hinten näherte, und noch ehe sie Henry warnen konnte, hatte Jack ihn mit einem gezielten Schlag ins Genick zu Boden befördert. Henry röchelte nur noch und wand sich wie ein Wurm. Mr. Hornby, der sich inzwischen wieder aufgerappelt hatte, trat mit voller Wucht auf den am Boden Liegenden ein. Ein heftiger Fußtritt gegen die Schläfe ließ Henry schließlich ohnmächtig werden.

»Du bist so eine feige Ratte!«, rief Bess und baute sich vor Jack auf, wobei sie ihn um einen ganzen Kopf überragte. »Erst Blueskin, jetzt wir! Wen von deinen Freunden willst du als nächsten ans Messer liefern? Du solltest nicht zu übereifrig sein, denn wenn du alle verraten hast und Mr. Wild keine Verwendung mehr für dich hat, wird er dich wieder wie einen Hasen hetzen. Du bist ein toter Mann!«

Jack lachte nur, tätschelte ihre Wangen und sagte: »B-Brave Bess! So l-liebe ich dich! Wild wie ein K-Katze.«

Bess spuckte ihm ins Gesicht.

Wieder lachte Jack, rieb sich über die Wangen und schaute sie mitleidig an.

Im nächsten Augenblick bückte sich Bess nach dem Messer, das Henry aus der Hand gefallen war. Wenn sie schon zum Teufel ging, dann sollte Jack sie begleiten. Doch noch bevor sie sich wieder erheben konnte, sauste der Stab des Konstablers auf ihren Schädel nieder, und ihr wurde schwarz vor Augen.

FÜNFTER TEIL

Blueskin Blake

Let us take the road. Hark! I hear the sound of coaches!
The hour of attack approaches. To your arms, brave boys, and load.

(Lasst uns die Straße nehmen. Horcht! Ich höre das Geräusch von Wagen! Die Stunde des Angriffs naht. An eure Waffen, mutige Jungs, und ladet.)

John Gay, The Beggar's Opera,
Akt II, Szene II, Air XX

1

Joseph Blake war tot und begraben. Und das konnte Blueskin nur recht sein. Es war zwar unwahrscheinlich, dass er sich noch lange Zeit vor aller Welt versteckt halten konnte – zu auffällig war seine Erscheinung und zu bekannt sein Gesicht –, doch dass man ihn für tot hielt und seine verbrannten Überreste in aller Eile auf dem Armenfriedhof von St. Andrew in Holborn beerdigt hatte, kam ihm mehr als gelegen. Es verschaffte ihm die nötige Zeit, seine nächsten Schritte zu überdenken. Denn er musste etwas unternehmen!

Blueskin hatte es einem bloßen Zufall zu verdanken, dass er lebend aus dem brennenden Haus in der Dirty Lane herausgekommen und dennoch für tot erklärt worden war. An jenem Mittwochmorgen, nach der absonderlichen Befreiung von Bess aus Wild's House, hatte er ein paar Stunden in einem seiner Verstecke nahe der Drury Lane geschlafen. Er besaß viele solcher geheimen Unterschlüpfe, doch sie befanden sich allesamt im Kirchspiel von St. Giles-in-the-Fields, nicht nur, weil das berüchtigte Gaunerviertel den besten Schutz vor neugierigen Fragen und übertrieben fleißigen Konstablern bot, sondern auch, weil Blueskin in der Nähe seiner Schwester sein wollte. Zwar hatte er dafür gesorgt, dass Hope niemals allein in ihrem Häuschen war, doch er fühlte sich wohler in seiner Haut, wenn er im Notfall binnen kürzester Zeit bei ihr sein konnte. Auch wenn das nicht immer möglich war – was ihm stets ein schlechtes Gewissen bereitete.

An diesem Mittwoch war er kurz vor Mittag aus seinem Versteck gekrochen und auf der überfüllten Drury Lane nach Norden gegangen, um sich am Long Acre etwas Essbares zu besorgen. Er war noch beschwingt und bester Laune von ihrem nächtlichen Bravourstück in der Chick Lane. Mr. Wild musste vor Wut und Ärger schäumen, und das verschaffte Blueskin eine solche Befriedigung, dass er ganz gedankenverloren voranschritt und erst sehr spät bemerkte, dass irgendetwas nicht stimmte. Die Drury Lane war dreckig und laut wie eh und je, aus den vielen Gin-Shops und Kneipen drang das Lärmen der morgendlichen Trinker, die Betteljungen und Huren hockten auf der Straße und lauerten den Passanten auf, Straßenhändler brüllten herum, als gälte es, die Kundschaft niederzuschreien. Und doch war etwas anders als sonst. Die vielen Leute auf der Straße gingen alle in eine Richtung. Nach Norden. Und auf ihren Gesichtern waren Neugier und Besorgnis zu erkennen. Als Blueskin ihnen folgte und schließlich die dunkle Rauchsäule am Himmel sah, ahnte er, dass seine gute und beschwingte Laune voreilig gewesen war. Noch bevor er den Long Acre erreicht hatte, wusste er, dass der Rauch nur einen Ursprung haben konnte: Hopes Häuschen in der Dirty Lane. Blueskin wurde schlagartig klar, dass er in der vergangenen Nacht eine unentschuldbare Dummheit begangen hatte. Mr. Wild war seit gestern nicht untätig geblieben und hatte sich das schwächste Glied in der Kette ausgesucht, um Rache zu nehmen.

Blueskin rannte, so schnell er konnte, und boxte sich den Weg frei, als ihm auf dem Hof vor dem Blue Bell Inn die Herumlungerer und Schaulustigen den Zugang versperrten. Ohne auf die entsetzten Schreie der Umstehenden zu hören oder darüber nachzudenken, ob es noch irgendeinen Sinn hatte, stürzte er sich in die lodernden Flammen, um Hope zu retten. Wenn er nur einen Augenblick innegehalten hätte, wäre ihm vermutlich die Absurdität seines Handelns bewusst geworden. Entweder war Hope kurz nach dem Ausbruch des Feuers aus dem Haus gelaufen oder geschafft worden, oder sie war längst tot. Denn das Gebäude brannte lichterloh, die Hitze im Innern war unerträglich, und ständig fielen brennende Bretter von der Decke. Kaum hatte Blueskin das Haus betreten, schon sackte die Fassade zum Hof mit einem lauten Getöse in sich zusammen. Der brennende Giebel schoss nach unten, die Dachbalken flogen wie Brandpfeile umher, und hätte sich Blueskin nicht mit einem waghalsigen Sprung unter eine Schräge gerettet, die er im letzten Moment erkannte, wäre sein nutzloses Leben im selben Augenblick beendet gewesen.

Er brauchte eine Weile, bis er wieder ein bisschen Luft bekam, auch wenn ihm jeder Atemzug in der Lunge brannte. Schließlich begriff er auch, unter welcher seltsamen Schräge er kauerte. Zwischen Hopes Haus und dem Nachbargebäude gab es einen kleinen Zwischenraum, der zu einer Art Dreieck geworden war, weil das altersschwache Haus im Lauf der Jahrhunderte zur Seite gekippt war. Wie ein nach oben hin spitz zulaufender Tunnel. Und in dem Augenblick, als er verstand, wo er sich befand, bemerkte er, dass er nicht allein war. Vor ihm lag ein Mann auf dem Boden. Regungslos und brennend. Einer der Dachbalken war auf den Mann gestürzt, und die Flammen hatten seine Hosen in Brand gesetzt. Doch das machte dem Mann nichts mehr aus – er war längst tot.

Blueskin wusste, dass die schmale Lücke zwischen den Häusern mitunter von Trunkenbolden aus dem Blue Bell als Schlafplatz benutzt wurde, falls sie es nicht mehr bis nach Hause schafften. Hier, in der hintersten Ecke des Yards und durch die schräge Mauer über ihren Köpfen vor Regen und Wind geschützt, konnten sie in aller Ruhe ihren Rausch ausschlafen. Vermutlich war der Tote ein solcher Trunkenbold gewesen, und der beißende Rauch hatte ihn erstickt, bevor er aus seinem Rausch erwacht war.

Der Anblick des inzwischen lichterloh brennenden Mannes faszinierte und schockierte Blueskin zugleich, hinzu kam der ekelerregende Geruch nach verbranntem Fleisch und angesengtem Haar, der ihn würgen ließ. Erst ein weiteres ohrenbetäubendes Krachen direkt über ihm riss ihn aus seiner Starre. Die Decke stürzte ein. Wieder kamen die brennenden Balken geschossen, er duckte sich, doch eine Bohle erwischte ihn an der Schulter. Blueskin ging zu Boden, das schwere Brett lag nun auf ihm, und seine Jacke fing Feuer. Als hätten der Schlag und der Schmerz ihn aus einer Ohnmacht befreit, kehrten die Lebensgeister in ihn zurück. In Windeseile stieß er den Balken zur Seite, zog seine brennende Jacke aus und warf sie zu Boden. Er hielt sich den Hemdsärmel vor Mund und Nase und sprang über den toten Mann in den hinteren Teil des Tunnels. Das war zwar eine Sackgasse, weil der Zwischenraum an einer Wand endete, die zu einem Gebäude des rückwärtig gelegenen George Yard gehörte, doch zum vorderen Blue Bell Yard konnte Blueskin nicht gelangen, ohne dabei zur lebenden Fackel oder von weiteren Dachbalken erschlagen zu werden.

So kroch er den schrägen und mit Rauch gefüllten Gang entlang, bis er die hintere Bretterwand erreicht hatte, die inzwischen ebenfalls in Flammen stand. Blueskin hatte keine Ahnung, was sich dahinter befand, doch es blieb ihm keine Wahl, als mit den Füßen gegen die brennenden Bretter zu treten. Er bekam kaum noch Luft, ihm schwanden die Kräfte, und seine Tritte gegen das Holz zeigten keinerlei Wirkung. Er ging auf die Knie und gab entkräftet auf. Beinahe im selben Augenblick wurden die Bohlen von der anderen Seite heruntergerissen, und ein Schwall Wasser landete auf Blueskins geschundenem Körper. Die Leute vom George Yard hatten das Ihrige getan, dem Feuer von der anderen Seite zu Leibe zu rücken, und waren in höchstem Maße erstaunt, als ihnen nun aus dem dampfenden Loch in der Wand ein schwarzes und am ganzen Körper angesengtes Wesen entgegenkroch.

»Da ist einer!«, riefen sie. »Hab ich doch gehört, dass da jemand klopft. Schnell, holt ihn raus!«

Doch Blueskin war bereits in den tiefer gelegenen und ebenfalls brennenden Pferdestall, zu dem die Bretterwand offensichtlich gehörte, gesprungen und wie ein waidwundes Tier zum Tor hinausgelaufen, bevor seine Retter ihn aufhalten oder auch nur ansprechen konnten. Sie hatten alle Hände voll damit zu tun, die Pferde hinauszutreiben und ein Ausbreiten des Feuers auf die umstehenden Häuser zu verhindern.

Blueskin wollte nur noch weg. Sich verkriechen, seine Wunden lecken und in aller Ruhe nachdenken. Kühlen Kopf bewahren, dachte er und musste grinsen, weil sich sein Schädel im Augenblick wie ein glühendes Kohlenstück anfühlte. Zu seinem Versteck in St. Giles-in-the-Fields konnte er nicht zurück, die Gegend war voller Leute, die ihn bestens kannten – auch wenn sie ihn in seinem jetzigen Zustand womöglich gar nicht erkannt hätten, nicht einmal sein bläuliches Gesicht war unter der dicken Schicht von Ruß und Schmutz auszumachen. Sein vertrautes St. Giles war für Blueskin dennoch ein zu heißes Pflaster geworden. Hier würde Mr. Wild zuallererst nach ihm Ausschau halten, und hier wimmelte es von Halunken und Spitzeln, die für einen Becher Gin ihre eigene Mutter verrieten. Blueskin eingeschlossen.

Poll Maggott fiel ihm ein. Anders als Edgworth Bess oder die meisten anderen Huren, die er kannte, lebte und arbeitete sie nicht in einem der zahlreichen Hurenhäuser Londons, sondern ging ihrem Broterwerb auf der Straße, in Kneipen oder den Häusern ihrer Freier nach. Das war durchaus nicht ungefährlich und hatte sie schon manches Mal in höchste Bedrängnis gebracht, doch es bedeutete zugleich, dass sie das mühsam verdiente Geld nicht mit einer Kupplerin oder einem Luden teilen musste. Poll trieb sich zwar die meiste Zeit in St. Giles oder im südlich der Themse gelegenen Southwark herum, aber ihre Wohnung hatte sie östlich der Stadtmauer, in der Petticoat Lane in Spitalfields. Ganz in der Nähe der Rosemary Lane, wo Blueskins Mutter ihren Gin-Shop führte.

Poll war für Blueskin nicht unbedingt das, was man gemeinhin unter einer guten Freundin verstand, doch zumindest hasste und verabscheute sie ihn nicht. Auch darin unterschied sie sich vom Rest der Bande, wie Blueskin nur zu gut wusste. Poll hatte ihn sogar einige Male im trunkenen Zustand an sich rangelassen, ohne Geld dafür zu verlangen. Was beinahe ein Freundschaftsbeweis war, wie er fand, auch wenn er von Freundschaften zwischen Frauen und Männern nicht viel hielt. Weil er von den Weibern im Allgemeinen nichts hielt. Poll war eines der wenigen Exemplare ihres Geschlechts, das er zumindest halbwegs ernst nehmen konnte. Sie würde ihn sicherlich für ein paar Tage bei sich aufnehmen und nicht gleich an Mr. Wild verpfeifen. Das hoffte er jedenfalls.

Da er nicht durch die City gehen und zwei bewachte Stadttore passieren wollte, schlich er sich in einem weiten Bogen und durch schmale Gassen um die Stadtmauer herum und brauchte beinahe eine Stunde, bis er die östlichen Außenbezirke erreicht hatte. Die Petticoat Lane führte parallel zur Stadtmauer von Spitalfields nach Whitechapel und trug ihren Namen nicht ohne Grund. Überall in der Gegend wimmelte es von Schneidern, Webern, Tuchmachern und Färbern. Es gab sogar ein riesiges unbebautes Gelände, das nur dem Zweck diente, die frisch hergestellten oder gefärbten Stoffe zu trocknen, zu spannen oder zu walken. Wie es hieß, war die Gegend einmal richtig vornehm gewesen, doch davon war schon lange nichts mehr zu spüren.

In der Petticoat Lane hatten sich vor allem die Händler von billigen Gebrauchtkleidern und modischem Krimskrams angesiedelt. Auch Polls Zimmer befand sich im Haus eines solchen Krämers, eines gewissen Mr. Skimpole, der seiner Mieterin – für eine entsprechende Gegenleistung ihrerseits – gerne mal ein unanständig hübsches Kleid oder einen schmucken Federhut überließ. Was Mrs. Skimpole jedes Mal in helle Aufregung und berechtigte Eifersucht versetzte.

Polls Zimmer befand sich direkt unter dem Dach des dreistöckigen Hauses, doch um zum Treppenhaus zu gelangen, musste man durch Mr. Skimpoles Laden. Der Hintereingang, der von der Treppe zum Hof führte, war stets abgeschlossen und zudem tagsüber von innen mit einem Riegel versehen, sodass selbst ein geübter Einbrecher wie Blueskin sie nicht aufbekam, ohne dabei verräterischen Lärm zu verursachen. Es blieb also nur der Weg durch den Kleiderladen, was in seinem jetzigen Zustand etwas heikel war.

Blueskin schaute durch das kleine Schaufenster und erkannte, dass Mr. Skimpole gerade einer sehr dicken Frau einen bunten Federhut aufschwatzen wollte und damit beschäftigt war, verschiedene Modelle aus unterschiedlichen Regalen oder Kisten zu holen. Mrs. Skimpole war nirgends zu sehen, und einen Lehrling gab es dem Anschein nach nicht. Blueskin wartete, bis eine weitere Kundin den Laden betreten wollte, und hielt ihr die Tür auf, wobei er ihr wie ein Bettler die offene Hand entgegenstreckte. Eine Klingel über dem Eingang meldete die neue Kundschaft.

Die Frau, offensichtlich eine Dienstmagd aus besserem Hause, blickte den arg ramponierten Blueskin mit einer Mischung aus Mitleid und Abscheu an, drückte ihm hastig einen Farthing in die schwarze Hand und beeilte sich, den Laden zu betreten. Blueskin huschte unbemerkt hinter ihr ins Innere und versteckte sich hinter einer Kommode. Wieder klingelte es beim Schließen der Tür.

»Bin gleich da!«, rief Mr. Skimpole von irgendwoher.

»Keine Eile, Sir«, antwortete die Dienstmagd.

Langsam schlich sich Blueskin in den hinteren Teil des Ladens, wo sich die Tür zum Treppenhaus befand. Auch diese Tür war mit mehreren Eisenriegeln versehen, die aber allesamt geöffnet waren. Als der Krämer auf eine Leiter stieg, um der dicken Frau einen weiteren Hut vom Regal zu holen, und die Dienstmagd sich über eine Truhe mit billigem Nippes bückte, verschwand Blueskin im Stiegenhaus. Eine Falltür zum Keller stand offen, und von unten war eine tiefe Frauenstimme zu vernehmen: »Angus, bist du das?«

Rasch eilte Blueskin die Stufen hinauf bis unters Dach und wartete, bis Mrs. Skimpole die Falltür geschlossen und wieder im Laden verschwunden war. Dann klopfte er leise an Polls Tür.

Wie er nicht anders vermutet hatte, war Poll nicht zu Hause. Er öffnete das Türschloss mit einem gebogenen Nagel, den er aus dem Treppengeländer gezogen hatte, und betrat das Zimmer. Drinnen war es duster und stickig, es roch nach feuchter Kleidung und altem Schweiß. Unterwäsche und Strümpfe hingen auf einer Leine. Neben dem Bett stand eine Waschschüssel mit dreckigem Seifenwasser, in der er sich die verbrannten Stellen wusch. Dann verband er seine Wunden mit einigen Taschentüchern, die er in einer Schublade fand, setzte sich auf einen Lehnstuhl, der vor dem einzigen, beinahe blinden Fenster stand, und starrte vor sich hin. Bis ihn der Schlaf übermannte.

2

Als er aufwachte, dämmerte bereits der Abend, soweit das durch das matt angelaufene Fensterglas überhaupt zu erkennen war. Ein seltsames Flackern war auf der Wand neben dem Fenster zu sehen, wie ein unsteter und heller werdender Lichtschein. Blueskin fuhr auf seinem Stuhl herum und sah eine Flamme auf sich zukommen. Er wich erschrocken zurück und stieß einen Schrei aus.

»Leise, verdammt!«, zischte Poll, nahm die Kerze beiseite, die sie in der Hand hielt, und setzte sich auf das Bett neben dem Fenster. »Wieso bist du nicht tot?«, fragte sie. Da er kein Wort herausbrachte und immer noch panisch auf die Kerze schaute, löschte sie das Licht und fügte hinzu: »Ich war vorhin im Black Lion. Der Wirt hat gesagt, du wärst tot. Alle haben das gesagt.«

»So kann man sich irren«, antwortete Blueskin und streckte sich. Die Brandwunden taten höllisch weh, vor allem die Schulter schmerzte, und in seinem Kopf hämmerte es wie in einem Bergwerk.

»Sie haben deine verkohlte Leiche gefunden«, beharrte Poll und setzte sich im Schneidersitz auf die Strohmatratze. »Neben deinem Dolch. Dein Name war im Griff eingeritzt.«

Blueskin stutzte und griff nach seiner Waffe, die er allerdings nicht fand, weil sie in der Jacke gewesen war, die er in der Dirty Lane zu Boden geworfen hatte. Direkt neben dem brennenden Mann.

Im selben Augenblick klopfte jemand an die Tür, und eine tiefe Frauenstimme meldete sich aus dem Treppenhaus: »Alles in Ordnung, Miss Maggott? Wir haben einen Schrei gehört.« Es klang eher misstrauisch als besorgt.

»Nichts passiert, Mrs. Skimpole«, rief Poll. »Ich hab mich nur vor einer Spinne erschreckt. Kann die Biester nicht ausstehen.«

»Eine Spinne?«, antwortete die Zimmerwirtin. »Das klang aber ganz anders.«

»Es ist nichts«, wiederholte Poll. »Alles in Ordnung.«

Ein ärgerliches Knurren war zu vernehmen, dann leiser werdende Schritte, das Knarren der Treppe und schließlich das Schlagen einer Tür.

»Wie bist du hier hereingekommen, Blueskin?«, flüsterte Poll, als hätte sie Angst, es könnten weitere Neugierige vor der Tür stehen.

»Na, wie wohl«, antwortete er ebenso leise.

»Und was willst du hier?«

»Mich verstecken.«

»Hier kannst du nicht bleiben! Die Skimpoles haben Augen wie Falken und Ohren wie Luchse. Denen entgeht nichts, und die Missis hat mich ohnehin auf dem Kieker. Wenn ich nicht hin und wieder für den Master die Beine breit machen würde, hätten sie mich längst auf die Straße gesetzt. Verdammte Heuchler!«

»Nur ein paar Tage«, bat Blueskin. »Ich weiß sonst nicht, wohin! Ich kann niemandem trauen.«

»Und warum traust du mir?«, wunderte sich Poll. »Ausgerechnet mir?«

»Du bist keine Verräterin wie Bess.«

Poll lachte ungläubig, doch sofort wurde sie wieder ernst und fragte: »Was soll überhaupt das Versteckspiel?«

»Mr. Wild ist hinter mir her.«

»Was du nicht sagst!«, lachte Poll. »Die ganze Stadt ist hinter dir her.«

»Nein, du verstehst nicht!«, entfuhr es Blueskin. »Wilds Leute haben das Haus in Brand gesetzt. Sie haben Hope auf dem Gewissen, aber eigentlich hatten sie's auf mich abgesehen. Hope war nur der Köder.«

»Aber sie ist doch gar nicht tot«, entgegnete Poll.

»Woher weißt du das?« Blueskin sprang auf und griff nach Polls Unterarm.

»Au, du tust mir weh!«, zischte Poll. Nachdem er sie losgelassen und sich neben sie aufs Bett gesetzt hatte, sagte sie: »Ich hab's von Godfrey. Und der hat's im Blue Bell gehört. Sie haben Hope aus dem brennenden Haus geholt und gleich nach Bedlam geschafft. Weil sie nicht richtig im Kopf ist und ihr Kerzenfimmel das Haus in Brand gesteckt hat. So wurde es mir berichtet.« Poll lachte abfällig und klopfte Blueskin auf den verbrannten Unterarm. »Hast dich ganz umsonst ins Feuer geworfen, du Dummkopf!«

»Hat auch sein Gutes«, antwortete er und biss sich vor Schmerz auf die Unterlippe. »Solange sie mich für tot halten.« Er griff nach Polls Hand und fragte: »Kann ich eine Weile hierbleiben?«

»Heute Nacht kannst du auf dem Boden schlafen, morgen sehen wir dann weiter«, antwortete sie, richtete sich auf und entzog ihm ihre Hand. »Aber beschlafen kostet, das sag ich dir gleich. Bin schließlich keine barmherzige Samariterin.«

»Schon gut«, antwortete er und hob abwehrend die angesengten Hände. »Mir tut schon bei dem Gedanken alles weh.«

Die folgende Nacht war kurz und schmerzhaft. Zwar hatte Poll die Wunden mit frischem Wasser gewaschen und anschließend mit billigem Rindertalg eingeschmiert, das sie sich von Mr. Skimpole geliehen hatte und mit dem er sonst die Lederstiefel wichste, doch die verbrannte Haut fühlte sich anschließend keinen Deut besser an. Auch der harte Boden, auf dem Blueskin liegen musste, war nicht dazu angetan, die Schmerzen zu lindern. Jede Bewegung verursachte Höllenqualen, er schwitzte und fror zugleich, und der Durst war unerträglich. Es fühlte sich an, als würde er innerlich verbrennen.

Schließlich hatte Poll ein Einsehen und ließ Blueskin zu sich ins Bett und unter die Decke kriechen. »Beschlafen kostet«, murmelte sie im Halbschlaf.

Als Blueskin am nächsten Morgen die verkrusteten und geschwollenen Augen öffnete, war Poll bereits fertig angezogen und ausgehbereit. Nur der weiße Puder im Gesicht und die Schönheitspflaster fehlten noch, die legte Poll erst kurz vor Beginn ihrer Arbeit in irgendeinem Gasthof auf.

»Aufstehen, Schlafmütze!«, sagte sie und deutete zum Tisch, auf dem ein halber Laib Brot, ein Krug Wasser und etwas Hartkäse lagen. »Das ist alles, was ich habe. Sieh zu, wie du zurechtkommst, und lass dich nicht von den Skimpoles erwischen. Ich schließe die Tür ab und komm erst heute Abend zurück. Was du in der Zwischenzeit machst, geht mich nichts an.«

»Kommt die Wirtin zum Reinemachen?«

»Das würde sie nur zu gern«, lachte Poll und schüttelte den Kopf. »Um in meinen Sachen zu schnüffeln. Aber seitdem ich sie einmal mit der Nase in meinen Schubladen erwischt hab, ist's damit aus. Jedenfalls hab ich's ihr strikt verboten. Keine Ahnung, ob sie sich dran hält.«

»Ich komm schon klar«, sagte Blueskin und schloss die Augen. »Ich werde den ganzen Tag im Bett liegen und versuchen zu schlafen. Wenn's an der Tür rumpelt, verschwinde ich durchs Fenster aufs Dach. Mach dir um mich keine Sorgen!«

»Wieso sollte ich mir Sorgen machen?«, antwortete Poll und hob verwundert die Augenbrauen.

»Und kein Wort zu niemandem!«, fuhr Blueskin ausweichend fort. »Weder Freund noch Feind dürfen davon erfahren.«

»Ja, ja!« Poll nickte und verabschiedete sich: »Cheerio!« Damit verließ sie das Zimmer und schloss die Tür von außen ab.

Und für Blueskin begann die Langeweile. Und das Grübeln.

Es gab so viel zu bedenken und zu überlegen. Er begriff die Zusammenhänge noch nicht. Vor allem musste er sich Gedanken darüber machen, wie er Hope aus dem Irrenhaus holen sollte. Mit Jack war er einmal in Bedlam gewesen, um dessen trunksüchtige Mutter zu besuchen. Mary Sheppard hatte sich im Gin-Wahn sämtliche Kleider vom Leib gerissen und war schreiend durch Spitalfields gelaufen, bis man sie wie einen räudigen Köter eingefangen und weggesperrt hatte. Zwölf Monate dauerte üblicherweise die Behandlung im Bethlem Royal Hospital, egal ob man bei der Einlieferung überhaupt verrückt oder bei der Entlassung genesen war. Ein Jahr lang wurden die Irren, Übergeschnappten und Trinker weggeschlossen, mit eiskaltem Wasser, Aderlassen und Stockhieben »zur Vernunft gebracht« oder, wenn die Behandlung keine Wirkung erzielte, in Ketten gelegt. Anschließend wurden sie, bekloppt wie sie waren, wieder auf die Straße gesetzt. Bis sie erneut auffällig oder widerspenstig wurden.

Was Blueskin bei seinem Besuch in Bedlam vor allem entsetzt hatte, waren der Lärm, der Gestank und die Dunkelheit gewesen, die in dem Irrenhaus wie selbstverständlich hingenommen wurden. Viele Verrückte schrien wie am Spieß, und niemand unternahm etwas dagegen; um die Sauberkeit des Hauses und der Eingesperrten schien sich ebenfalls keiner zu kümmern, deshalb stank es überall nach Schweiß und Scheiße; und weil die Fenster so winzig, obendrein vergittert und in großer Höhe über dem Boden angebracht waren, herrschte in Bedlam am helllichten Tag Dämmerung und zu allen anderen Zeiten finstere Nacht. Denn Kerzenlicht war in den Zellen und auf den Gängen strengstens verboten.

Hope würde diese zwölf Monate nicht überleben. Die Dunkelheit würde sie tatsächlich verrückt machen, sie würde so lange wie eine Wilde um sich schlagen und kreischen (Blueskin wusste das aus eigener Erfahrung), bis man schließlich gezwungen war, sie in Ketten zu legen. Was erst recht dazu führen würde, dass Hope zugrunde gehen und verenden würde. Das Irrenhaus würde Hope ohne Zweifel umbringen, und deshalb musste Blueskin etwas unternehmen.

Während er auf dem Bett lag, zur Dachschräge starrte und auf die dumpfen Geräusche im Haus hörte, kam ihm plötzlich der irre Geoff in den Sinn. Der war bereits mehrmals in Bedlam gewesen, anfangs wegen seiner abenteuerlichen Geschichten über das Feuer von 1666 und später einfach deshalb, weil er den Leuten mit seiner verschrobenen und aufdringlichen Art auf den Geist ging. Wenn Blueskin sich recht erinnerte, hatte Geoff nicht ein einziges Mal die zwölf Monate abgesessen, sondern war immer vorzeitig aus dem Irrenhaus entkommen. Als Blueskin ihn einmal gefragt hatte, wie ihm das trotz seines Holzbeins gelungen sei, hatte Geoff nur gelacht und mit bedeutsamer Miene gesagt: »Bin zwar ein Krüppel, aber nicht auf den Kopf gefallen.«

Ja, der irre Geoff konnte ihm vermutlich helfen, Hope zu befreien. Wenn er denn wollte. Doch damit kam Blueskin zu dem eigentlichen Problem des Unternehmens, und das hatte nichts mit Geoff zu tun. Es waren auch nicht seine Verletzungen, die Blueskin Sorge bereiteten. Die meisten der Brandwunden waren nur oberflächlich und leicht mit Wasser und Fett zu behandeln. Lediglich die tiefe Wunde auf der Schulter würde noch einige Wochen wehtun und womöglich Blasenwurf und Entzündungen nach sich ziehen. Aber das war zu verschmerzen. Nein, das Hauptproblem war er selbst oder besser: seine Haut!

Wie sollte er durch die Straßen gehen oder gar zu Hope ins bewachte Irrenhaus gelangen, ohne wegen seiner auffälligen Erscheinung sofort erkannt zu werden? Zwar galt er noch als tot und begraben, aber das konnte sich jederzeit ändern, wenn die Leute aus dem George Yard von dem seltsamen Mann berichteten, der ihnen im Pferdestall aus der Wand entgegengesprungen war. Und wenn Mr. Wild erst mal erfahren hatte, dass Blueskin noch lebte, würden seine Spitzel in Bedlam auf der Lauer liegen und mit gewetzten Messern auf ihn warten.

Bislang war ihm seine blaue Haut, so hässlich er sie auch fand, oft von Vorteil gewesen, weil sie die Leute einschüchterte (unabhängig davon, ob sie Blueskins Ruf kannten oder nicht), doch nun würde sie ihn auf Anhieb verraten und Mr. Wild unweigerlich auf seine Fährte locken. Und wie so oft verfluchte er seine Mutter, diese liederliche Hure, weil sie ihm die dunkle Haut eingebrockt hatte. Denn davon war er felsenfest überzeugt.

Blueskin hatte sich seit jeher darüber gewundert und amüsiert, dass alle Welt die wildesten Spekulationen anstellte, wie er zu seiner seltsamen Hautfarbe gekommen war. Dabei war die Lösung dieses vermeintlichen Rätsels ebenso naheliegend wie banal. Für Blueskin stand fest: Er war ein verdammter Sklavenbastard! Mochte seine Mutter das auch noch so vehement leugnen.

Vor etwas mehr als dreißig Jahren war seine Mutter, die spätere Mrs. Jane Blake, für sieben Jahre in die amerikanischen Kolonien deportiert worden. Blueskin hatte nie herausgefunden, weshalb sie zur Zwangsarbeit auf den Plantagen der Westindischen Inseln verurteilt worden war, aber er vermutete, dass man sie wegen Hurerei oder Diebstahls verschifft hatte. Was an sich noch nichts Ehrenrühriges war. Doch während andere

Sträflingsfrauen die Gelegenheit nutzten, um sich an die dortigen Plantagenbesitzer oder Farmer heranzumachen und als deren Geliebte oder bestenfalls sogar Ehefrauen ein neues Leben zu beginnen, hatte Blueskins Mutter sich einen verdammten Sklaven aus Afrika als Beschäler ausgesucht und war mit dem kleinen Joseph im Bauch nach England zurückgekehrt. Das jedenfalls war Blueskins unbeirrbare Überzeugung.

In London wartete derweil Nathaniel Blake auf sie. Ihr einstiger Verlobter (in der Zwischenzeit verheiratet und seit Kurzem kinderlos verwitwet) ehelichte die hübsche Jane trotz ihres unübersehbaren Makels. Er konnte ja nicht ahnen, welch bläuliche Gestalt kurz darauf das Licht der Welt erblicken würde. Und als wenige Jahre später Hope geboren wurde und die abermalige Missgeburt zu ihrer aller Unglück nicht gleich wieder starb, nahm Mr. Blake schleunigst Reißaus und ward nie mehr gesehen.

Blueskins Mutter unternahm allerlei Anstrengungen, um die peinliche Herkunft ihres Sohnes zu verschleiern und den Grund für seine Hautfarbe zu einem Mysterium zu machen. Sie behauptete felsenfest, ihr Joseph sei erst nach der Rückkehr aus Amerika gezeugt worden und Nathaniel Blake unbestreitbar der Vater des Kindes. Da Nathaniel nicht mehr zugegen war, um das Gegenteil zu behaupten, und Jane bald nach Nathaniels Verschwinden mit den Kindern in einen anderen Stadtteil zog, blieb die merkwürdige Hautfarbe ein Rätsel. Seine Mutter befeuerte die Spekulationen durch immer neue und stets wechselnde Erklärungen: Mal war Joseph als Säugling schwer an den Augen erkrankt und mit einem Medikament namens »Höllenstein« behandelt worden, das angeblich die Haut verfärbte. Dann wieder behauptete sie, ihr Sohn sei von einer alten Zigeunerin verhext worden, die ebenfalls pflaumenblaue Haut gehabt habe. Und schließlich spottete sie, halb im Scherz, Joseph sei kurz nach der Geburt in eine Sickergrube gefallen und der Dreck habe sich für alle Zeit in seine Haut eingebrannt. Und in sein nichtsnutziges Hirn.

Blueskin wusste es besser, auch wenn er seine Mutter nie dazu gebracht hatte, ihm die beschämende Wahrheit zu gestehen. Er ließ sich nicht so leicht hinters Licht führen. Zwar gab es ihm bisweilen zu denken, dass die dunkelhäutigen Sklaven, von denen es in den Londoner Herrenhäusern nur so wimmelte, allesamt schwarz oder braun, nie aber dunkelblau waren, doch wer konnte schon ahnen, was es in Westindien für merkwürdige Gestalten gab und was die Mischung des Blutes alles bewirken konnte.

Das spielte auch keine Rolle mehr. Jetzt versperrte ihm jedenfalls seine verdammte Hautfarbe den Zugang zu seiner kleinen Schwester. Und er hatte keine Ahnung, was er dagegen unternehmen sollte.

3

Es war Poll, die auf die Idee mit den Frauenkleidern kam. Vielleicht weil der gleiche Kniff bei Jacks Befreiung aus dem Newgate-Gefängnis so gut funktioniert hatte. Oder weil ihr die Vorstellung, den bekennenden Weiberhasser Blueskin in Petticoat und Rüschenkleid zu sehen, einen Heidenspaß bereitete.

So einfach und naheliegend Polls Idee auch war, Blueskin wäre niemals selbst auf den Gedanken einer solchen Maskerade gekommen. Nicht weil er es erniedrigend oder lächerlich gefunden hätte, in Frauenkleider zu schlüpfen, sondern weil es schlichtweg nicht Blueskins Art entsprach, Umwege zu machen und die direkte Konfrontation zu meiden. Er hatte tagelang gegrübelt und sich das Hirn zermartert, wie er Hope mit Gewalt aus dem Irrenhaus befreien und dabei die Wärter überwältigen könnte, die sich ihm zwangsläufig in den Weg stellen würden, sobald sie ihn und seine blaue Visage erkannt hätten. Sollte er einen Frontalangriff zur Besuchszeit wagen oder nächtens das vergitterte Fenster mithilfe eines Fuhrwerks aus der Mauer reißen? Und konnte er auf die Unterstützung seiner Kumpane bei dieser gefährlichen Unternehmung zählen?

Der einzige, mit dessen Hilfe er rechnen konnte, war Henry Ingram, denn bei ihm hatte er noch etwas gut. Ausgerechnet Macheath, dieser seltsame Kauz! Doch Henry war, ebenso wie Bess, seit der Flucht aus Wild's House wie vom Erdboden verschluckt. So hatte es Poll zumindest in Erfahrung gebracht. Niemand wusste, was aus den beiden geworden war.

Und dann kam Poll mit ihrer Idee, und alles war mit einem Mal ganz einfach und logisch. Frauen trugen bei jedem Wetter Handschuhe und hoch geschlossene Dekolletés, jedenfalls wenn sie vornehm und tugendhaft waren. Und ein Schleier vor dem Gesicht war ebenfalls nichts Ungewöhnliches, es galt sogar als schick und modisch, sich von Kopf bis Fuß zu vermummen. Niemand würde Blueskins Haut zu sehen bekommen, seine Narbe auf dem Kopf würde unter einer falschen Lockenpracht verborgen sein, und die schmerzenden Brandblasen auf der Schulter und den Armen ließen sich ebenfalls notdürftig bandagieren, ohne aufzufallen. Ganz simpel und dennoch wirksam.

Das einzige Problem bestand darin, ein passendes Kleid für Blueskin zu finden. Bei dem schmächtigen Jack war die Sache einfach gewesen, er hatte eines von Polls Kleidern angezogen, das sie unter ihrem Petticoat ins Gefängnis geschmuggelt hatte. Doch Blueskin würden Polls Kleider nicht passen. Auch Jenny Diver war viel kleiner als er. Eher schon hatte er Bess' Größe, doch die war ja verschollen, und wie Poll bei einem Besuch in Little Britain von Mutter Needham erfahren hatte, hatte sie ihre gesamte Garderobe mitgenommen.

»Hast du Geld?«, fragte Poll.
»Nicht genug«, antwortete Blueskin und schüttelte den Kopf.
»Dann werde ich wohl Mr. Skimpole fragen müssen«, erwiderte Poll achselzuckend.
»Wie willst du ihm erklären, dass du ein viel zu großes Kleid benötigst?«
»Es ist für eine Freundin. Eine große Freundin.«
»Er wird es dir nicht umsonst geben«, meinte Blueskin.
»Umsonst ist der Tod!«, lachte Poll. »Dann mach ich eben die Beine breit und du bist mir was schuldig.«
»Das bin ich ohnehin.«

Am Samstag, drei Tage nach dem Brand in der Dirty Lane, hatten sie Blueskins Frauengarderobe beisammen. Mr. Skimpole hatte Poll ein schlichtes, dunkelbraunes Kleid mit hohem Kragen aus Spitze überlassen, dazu einen schwarzen Biberfellhut, mit dunklem Schleier und kleiner Straußenfeder, sowie beigebraune Handschuhe. Komplettiert wurde die Garderobe durch Polls schwarze Lockenperücke und edle schwarze Schnürstiefel, die ihr zu groß und Blueskin nur ein wenig zu klein waren. Die Schuhe hatte ihr mal ein Schuster als Lohn für geleistete Liebesdienste gegeben. Alles in allem eine perfekte Tarnung, die von Poll in zwei Raten bei Mr. Skimpole »abbezahlt« werden musste.

Blueskin versprach, es wiedergutzumachen, doch sie schnaufte nur abfällig, schüttelte den Kopf und meinte: »Für bares Geld wär's um einiges teurer gewesen. Riemige Kerle sind schlechte Händler.«

Drei Tage lang hatte Blueskin das winzige Zimmer nicht verlassen. Er hatte die meiste Zeit im Bett gelegen, um sich nicht durch Schritte auf dem Boden zu verraten, er hatte seine Wunden mit Rinderfett und Kamillenblüten behandelt, sich ansonsten mucksmäuschenstill verhalten und gehofft, dass Mrs. Skimpole nicht unverhofft in Polls Wohnung auftauchte. Doch die Zimmerwirtin wie auch ihr Mann blieben der Dachkammer fern, niemand störte Blueskins Langeweile und unterbrach seine sich im Kreis drehenden Grübeleien. Und wenn Poll spätabends oder nachts nach Hause kam, freute er sich auf sie wie ein Schoßhündchen aufs Gassigehen.

Während sie dann in dem schmalen Bett nebeneinander lagen und an die Decke starrten, erzählte Poll ihm alles, was sie auf den Straßen und in den Gasthäusern aufgeschnappt hatte. Nach wie vor war Jacks Ausbruch aus dem Newgate-Gefängnis das Hauptthema in London: Die Zeitungen berichteten beinahe täglich davon, obwohl es gar nichts Neues zu vermelden gab und nur wilde Gerüchte über Jacks Verbleib kursierten. Die Gauner und Dirnen bejubelten den Ausbrecher und schmückten das Ereignis auf ihre ganz eigene Weise aus, und die Wärter von Newgate, die offiziell für die Ergreifung des Entflohenen zuständig waren, wurden von den eigenen Gefangenen ausgelacht und von den Autoritäten der Stadt unter Druck gesetzt. Mr. Pitt, der Hauptwärter von Newgate, spielte angeblich bereits mit dem Gedanken, ein zusätzliches Kopfgeld auf Jack auszusetzen.

Doch Poll hatte auch weniger Unterhaltsames zu berichten. Am Freitag war sie auf Blueskins »Beerdigung« auf dem Friedhof von St. Andrew gewesen, und nur auf sein Drängen und Bohren hin war sie damit rausgerückt, dass es eine sehr ärmliche und schlecht besuchte Veranstaltung gewesen war. Von seinen Freunden und Kumpanen war nur Jenny Diver erschienen, weder Godfrey noch George waren anwesend gewesen, und auch Mutter Blake hatte Poll nicht am Armengrab gesehen. Dafür waren gleich zwei von Mr. Wilds Handlangern vor Ort gewesen: Hell and Fury Sykes und Quilt Arnold.

»Vermutlich wollte Mr. Wild sichergehen, dass ich nicht im letzten Augenblick aus dem Sarg hüpfe«, lachte Blueskin.

»Oder er hat auf Jack gewartet«, entgegnete Poll.

»Kann sein.«

Poll berichtete auch, was sie über Mr. Wild und das Bethlem Hospital erfahren hatte. Angeblich benutzte der Halunke das Irrenhaus dazu, unliebsame Gestalten für einige Zeit mundtot zu machen. Gerade wenn es um Zeugen ging, die am Old Bailey vorgeladen waren und dem Diebesfänger gefährlich werden konnten. Wie es schien, hatte er die besten Kontakte zum Anstaltsleiter, einem Dr. Featherstone, der gerne mal beide Augen zudrückte und die Hand aufhielt, wenn Mr. Wild seine vermeintlich Irren in Bedlam ablieferte.

Was aus Hope geworden war, das wusste Poll nicht zu berichten. Insgeheim hatte Blueskin gehofft, man würde sie nach seinem Feuertod wieder freilassen, denn als Köder war sie ja nun nicht mehr von Wert, doch diese Hoffnung war dumm und naiv gewesen. Hope war als Irre in Bedlam eingeliefert worden und musste ihre zwölf Monate absitzen. Komme, was da wolle.

In der Nacht auf Sonntag, während Poll schnarchend auf der Matratze lag, zog Blueskin die engen Frauenkleider an, legte das lange Nachthemd, das ihm in den letzten Tagen als Kleidung gedient hatte, auf den Tisch und schlich sich zur Tür.

»Was ist?«, murmelte Poll schlaftrunken, als er den quietschenden Türriegel zur Seite schob. »Was hast du vor?«

»Es wird Zeit«, antwortete Blueskin, ohne sich umzudrehen.

»Zeit wofür?«

»Ich muss gehen.«

»Du kannst ruhig noch ein wenig bleiben, wenn du willst.«

»Hope kann nicht länger warten. Außerdem ist morgen Sonntag.«

»Wo willst du hin?«, erwiderte Poll verständnislos.

»St. Giles. In der Verkleidung erkennt mich dort niemand. Aber vorher muss ich noch jemanden suchen.« Blueskin schaute zögerlich über seine Schulter. Es war finster in der Kammer, nur etwas Mondlicht drang durch das kleine Fenster und beschien das Bett. Poll hatte sich aufgerichtet, doch ihr Gesicht lag im Schatten und war nicht zu erkennen.

»Sei vorsichtig, Blueskin.«

»Machst du dir etwa Sorgen um mich?«, fragte er neckend, um seine wahren und widerstreitenden Gefühle zu verbergen. Wie gern wäre er zurück in Polls Bett gekrochen, um sich an ihr zu wärmen oder sich an sie zu schmiegen. Nicht um sie zu beschlafen, sondern weil es sich gut und richtig anfühlte. Irgendwie normal. Auch wenn er keine Ahnung hatte, was Normalität eigentlich bedeutete. Doch diese Gedanken waren ebenso müßig wie überflüssig, er hatte ohnehin keine Wahl, er konnte seine Schwester nicht im Stich lassen.

»Pass auf dich auf!«, erwiderte Poll ernst.

»Wenn ich in Bedlam Erfolg habe, dann sehen wir uns bald wieder«, antwortete er. »Und wenn du nichts mehr von mir hörst, dann bin ich tot.«

»Du bist bereits tot. Schon vergessen?«, antwortete Poll, stand zögerlich auf und ging auf ihn zu. Als sie direkt vor ihm stand, streckte sie die Hand nach ihm aus. Blueskin glaubte, sie wolle ihm über die Wange streicheln, doch plötzlich hielt sie inne, zupfte ihm stattdessen den Schleier zurecht und sagte: »Die Toreinfahrt ist verschlossen. Du musst über den Hof und an den Latrinen vorbei. Im Zaun fehlen einige Bretter, dahinter führt ein Kiesweg zum Hounds Ditch.«

»Ich weiß gar nicht, wie ich dir danken soll.«

»Lass es!«, antwortete Poll und schniefte, als hätte sie einen Schnupfen. Sie räusperte sich und setzte hinzu: »Bleib einfach am Leben.«

»Zu Befehl!«, sagte Blueskin und ging hinaus.

Hinter ihm quietschte der Riegel, der Wind pfiff leise unter der Tür durch, es hörte sich beinahe wie ein Wispern oder Schluchzen an. Als er kurze Zeit später im Hof stand, bemerkte er, dass es völlig windstill war. Nicht der Hauch einer Brise wehte. Seltsam, dachte Blueskin und verschwand hinter den Latrinen.

4

Jonathan Wild war immer wie ein Vater zu ihm gewesen. Wie der Vater, den er nie gehabt hatte. Allerdings kein liebevoller oder fürsorglicher Vater, sondern ein strenger und eifersüchtiger. Wie der rachedurstige Gottvater aus dem Alten Testament, der keine anderen Götter neben sich duldete und für den Zuneigung und Mitgefühl Fremdworte waren.

Mr. Wild predigte und verlangte unbedingten Gehorsam, und wehe dem, der sich seinen Geboten widersetzte.

Vor ziemlich genau zehn Jahren hatte Blueskin den Diebesfänger, der damals noch am Anfang seiner doppelbödigen Karriere gestanden hatte, kennen und fürchten gelernt. Blueskin war noch zur Gemeindeschule in Cripplegate gegangen und hatte von einem Schulfreund gehört, ein gewisser Mr. Wild habe nahe dem Old Bailey ein Büro zur Wiederbeschaffung gestohlenen Eigentums eröffnet. Bei Tage sei dieser Mr. Wild ein ehrbarer und geachteter Ordnungshüter, der den Schurken ans Leder gehe, doch bei Nacht werde er zum durchtriebensten Halunken, der je auf Londons schmutzigen Straßen gewandelt sei. Und er suche immer junge Burschen, die für ihn stehlend und raubend umherzogen. Ein Angebot, das für Blueskin äußerst verlockend war. Er verließ kurzerhand Familie und Schule und wurde Mitglied in einer der zahlreichen Kinderbanden, die für Mr. Wild tätig waren und von ihm gelenkt wurden.

Blueskin erinnerte sich noch sehr gut an seine erste Begegnung mit dem Diebesfänger. In seinem Büro hatte Mr. Wild ihm ein großes, in Leder gebundenes Buch vor die Nase gehalten, in dem sich eine lange Liste von Namen befand. Hinter den Namen waren ein oder mehrere Kreuze zu erkennen.

»Möchtest du in diese Liste aufgenommen werden, Joseph?«, fragte Mr. Wild mit seiner hohen Stimme und deutete auf den Namen von Blueskins Schulfreund, der mit einem Kreuz versehen war.

»Ay, Sir!«, sagte Blueskin. »Aber was bedeuten die Kreuze hinter den Namen?«

»Ein Kreuz bedeutet, du gehörst dazu«, antwortete Mr. Wild mit finsterem Gesicht, das von Narben nur so übersät war. »Zwei Kreuze, du bist raus.« Er deutete auf einen Namen, der mit einem Doppelkreuz versehen war. Es handelte sich um einen berüchtigten Wegelagerer, der erst vor wenigen Tagen am Galgen von Tyburn hingerichtet worden war.

»Zwei Kreuze, du bist tot«, murmelte Blueskin.

»Du sagst es, mein Junge!«, bestätigte Mr. Wild grinsend, schrieb seinen Namen in die Liste und machte ein Kreuz dahinter. »Jetzt gehörst du dazu! Und es gibt kein Zurück.«

Es dauerte fünf Jahre, bis Blueskin sein zweites Kreuz erhielt. Und weitere drei Jahre, bis Mr. Wild seine Drohung wahr machte und ihm das silberne Schwert über den blauen Schädel zog.

Blinder Gehorsam war für Blueskin kein Problem gewesen, solange er ein dummer und unerfahrener Bengel gewesen war, doch im Jahr 1719, mit neunzehn Jahren, hatte Blueskin keine Lust mehr, nur Befehlsempfänger und Laufbursche zu sein. Das Rauben und Stehlen bereitete ihm Freude, und er war einer der gefürchtetsten Straßenräuber Londons, auch weil er rücksichtsloser und brutaler vorging als der Rest der Bande.

Doch Blueskin wollte sich nicht länger mit Almosen aus der Hand seines Meisters abspeisen lassen. Deshalb verließ er eines Tages Mr. Wilds Haus in der Chick Lane, wo er beinahe drei Jahre lang gelebt hatte, und schloss sich der erstbesten Räuberbande an, die nicht von Mr. Wild oder einem seiner Handlanger kontrolliert wurde. Dass er auf Dauer gegen den Generaldiebesfänger und seine allgegenwärtigen Spitzel und Informanten keine Chance hatte, hätte ihm eigentlich klar sein müssen. Doch er verdrängte die beiden Kreuze hinter seinem Namen und machte sich nur zu gern über seinen einstigen Herrn und Gebieter lustig. Bis dieser ihn im Dezember 1722 in seinem Versteck aufspürte und ihm, obwohl unbewaffnet und mit erhobenen Händen vor ihm stehend, die silberne Klinge über den Kopf zog, wo sie eine blutige Schneise vom Scheitel bis zum Ohr hinterließ.

Blueskin überlebte die schwere Verletzung, allerdings hatte er nicht die geringste Lust, anschließend am Galgen zu sterben. Deshalb bot er sich den Anklägern als Zeuge der Krone an, sagte umfassend gegen seine Kumpane aus und sorgte auf diese Weise dafür, dass sie allesamt am Galgen landeten. Doch wenn er gehofft hatte, anschließend als Dank auf freien Fuß gesetzt zu werden, so hatte er die Rechnung ohne Mr. Wild gemacht. Der ließ all seine Beziehungen spielen und veranlasste, dass Blueskin ins Wood Street Compter gebracht und dort, ohne richterliches Urteil, so lange festgehalten wurde, bis er sich kleinmütig bereiterklärte, wieder für Mr. Wild zu arbeiten. Als Spitzel und Verräter!

Mr. Wild schien einen Narren an Blueskin gefressen zu haben, vielleicht weil er dessen Fähigkeiten als Räuber und Einbrecher schätzte oder weil er wegen seines Aussehens Mitleid mit ihm hatte. Vielleicht aber auch, weil sie sich in vielerlei Hinsicht sehr ähnlich waren und Wild insgeheim Respekt für Blueskins direkte Art empfand. Beide waren sie überaus gewieft, skrupellos, gewalttätig und bis zur Trunkenheit von sich eingenommen. Wie Vater und Sohn.

Über ein Jahr lang sträubte sich Blueskin gegen das erpresserische Angebot von Mr. Wild. Sein Stolz verbot es ihm, klein beizugeben und als reuiger Sünder in die willenlose Herde von Gottvater Wild zurückzukehren. Den Hieb mit dem Schwert würde er ihm niemals verzeihen, und Blueskin schwor sich hoch und heilig, dass er es Mr. Wild heimzahlen würde. Auge um Auge! Wie in der Bibel.

Doch nachdem die erste Wut verraucht war und er Monate damit verbracht hatte, die verdreckten Wände seines winzigen Kerkers anzustarren, willigte er schließlich ein. Alles war besser, als wie ein Viehstück eingesperrt zu sein, und was zählte schon so eine mündliche Einwilligung? Blueskin würde Wege finden, sich aus der Umklammerung zu befreien, und Mr. Wild würde sehr bald bereuen, von seinem Grundsatz abgewichen zu sein, alle Doppelkreuze ins Jenseits zu befördern.

Als Spitzel sollte sich Blueskin zunächst um einen aufstrebenden jungen Räuber kümmern, der in den letzten Monaten für einiges Aufsehen gesorgt hatte und zum Liebling der Londoner Unterwelt geworden war: Jack Sheppard! Der hatte das Kunststück fertiggebracht, von Mr. Wild ein Doppelkreuz erhalten zu haben, ohne vorher mit einem einfachen Kreuz versehen worden zu sein. Jack hatte von Beginn an und rundherum abgelehnt, für den Diebesfänger, der sich sehr um ihn bemüht hatte, zu arbeiten. Was dessen Eitelkeit kränkte und seine Reputation unter den Gaunern schwächte. Kein Wunder, dass Mr. Wild geradezu darauf versessen war, Jack Sheppard nicht nur zu schnappen, sondern ihn zu zerstören. Und je länger und dreister Jack ihn an der Nase herumführte, desto schäumender wurde Mr. Wilds Wut. Vor allem, als er erfuhr, dass sich sein Spitzel auf die andere Seite geschlagen und ihn verraten hatte. Und das passierte schon zum wiederholten Male!

Blueskin empfand echte Hochachtung vor Jack. Dass dieser sich so standhaft und erfolgreich geweigert hatte, nach Mr. Wilds Pfeife zu tanzen, imponierte ihm. Jack würde niemals für den Diebesfänger arbeiten, weder als Informant noch als Dieb. Da war sich Blueskin ganz sicher, und deshalb bewunderte er ihn. Noch nie hatte er einen Menschen kennengelernt, der so entwaffnend ehrlich und zweifelsfrei verlässlich war wie Jack. Blueskin wusste diese Qualitäten sehr wohl zu schätzen, obwohl oder gerade weil er selbst in höchstem Maße verlogen und hinterhältig war. Und wie bei extremen Gegensätzen üblich, hatten sie sich sofort angezogen und angefreundet. Blueskin war stolz darauf, Jack seinen Freund und Vertrauten nennen zu können. Für Jack würde er mit Freude sein Leben lassen.

Neben Jack und Blueskin gab es (sah man einmal von dem undurchsichtigen Henry ab) nur einen einzigen Mann, der es in der Vergangenheit gewagt hatte, Mr. Wild offen die Stirn zu bieten. Auch dieser Mann hatte ein Doppelkreuz hinter seinem Namen, doch statt um sein Leben zu bangen, ging er unbehelligt seiner Wege, redete, wie ihm der Schnabel gewachsen war, und musste sich nicht darum scheren, ob er Mr. Wild mit seinem Gerede in die Quere kam. Denn er hatte seinen Tribut bereits gezollt. Der Mann hieß Geoffrey Ingram, besser bekannt als der irre Geoff.

Blueskin wusste nur wenig über den harmlosen Irren, kannte ihn aber aus seiner Zeit in der Chick Lane. Geoff war eine Art Mädchen für alles in Wild's House gewesen: Laufbursche, Stallknecht, Hausdiener, Mundschenk und Possenreißer, der mit seinen absurden Erzählungen und seiner verschrobenen Art die Leute zum Lachen gebracht hatte. Blueskin war vor sechs Jahren dabei gewesen, als der alte Geoff sein Bein verloren hatte. Oder besser, als ihm das Bein von einem silbernen Schwert direkt unterhalb des linken Knies abgetrennt worden war. Er konnte sich nicht erinnern, was Geoff verbrochen und was Mr. Wild dazu gebracht hatte, ihn derart zu verstümmeln, doch schon bald nach diesem Vorfall in der Chick Lane genoss der Alte in gewisser Weise Narrenfreiheit bei Mr. Wild. Zwar wurde er in besagter Nacht wie eine blutende Sau aus dem Haus gejagt und das abgetrennte Bein in den Fleet geworfen, doch nach seiner überraschenden Genesung wurde Geoff nicht weiter verfolgt. Statt sich über die wilden Tiraden, die der Irre über Mr. Wild verbreitete, zu ärgern und dem Krüppel das Maul zu stopfen, schenkte der Diebesfänger ihm sogar ein teures Holzbein aus Ebenholz. Als hätte er ein schlechtes Gewissen.

Der irre Geoff war seitdem zu einer Art Phantom geworden, das stets allein durch die Gegend zog. Sein Alter wurde auf etwas über siebzig geschätzt, aber nach seinem runzligen Gesicht zu urteilen, hätte er auch hundert sein können. Er wusste vieles, obwohl er wenig begriff. Er redete unentwegt und sagte nichts. Jedenfalls selten etwas Gescheites oder Verständliches. Man sah ihn überall, aber er wohnte nirgends. Nur seinen nächtlichen Schlafplatz im Keller von Mutter Blakes Gin-Shop änderte er nie, denn er kostete ihn nichts. Und genau dort wollte Blueskin ihn nun aufsuchen.

5

Es gab kein zweites Haus in London, das Blueskin so vertraut und gleichzeitig so vergällt war wie Mutter Blakes Gin-Shop in der Rosemary Lane. Er hatte, anders als Hope, nie länger hier gewohnt und die heruntergekommenen Räumlichkeiten immer nur für kurze Zeit als Unterschlupf benutzt, doch was er unter dem Dach seiner Mutter gesehen und erlebt hatte, war so widerlich und verdorben gewesen, dass es ihn auf ewig von seiner Mutter entfremdet hätte, wenn er sie nicht schon vorher abgrundtief gehasst hätte. Allein die Untaten, die Hope hier über sich hatte ergehen lassen müssen, waren mit Worten kaum zu beschreiben und trieben ihm noch heute die Zornesröte in sein dunkles Gesicht. Dennoch hatte er es stets gescheut, seine Mutter offen zur Rede zu stellen oder ausdrücklich mit ihr zu brechen. Wer wusste schon, ob sie ihm in Zukunft nicht noch einmal nützlich sein könnte. Also hatte er Hope kurzerhand und ohne ein einziges Wort der Erklärung mitgenommen und sie in dem verfallenen und leerstehenden Häuschen in der Dirty Lane untergebracht. Und seine Mutter hatte nie nach ihrem Verbleib gefragt. Gerade so, als hätte sie niemals eine schwachsinnige Tochter gehabt.

Geoff Ingram schlief jede Nacht in Mutter Blakes Keller, obwohl er nie in ihrer armseligen Bruchbude trank. Er trank überhaupt nie einen Tropfen Alkohol. Nachdem er mehr tot als lebendig aus Wilds Haus geworfen worden war, hatte Blueskin ihm aus einer plötzlichen Laune heraus das Bein mit einem Strick abgebunden, den Alten auf eine Schubkarre geladen und ihn in die Rosemary Lane geschafft. Nicht weil er irgendetwas für den Schwachkopf übrig oder Mitleid mit ihm gehabt hätte, sondern weil er hoffte, dass es Mr. Wild fuchsteufelswild machen würde. Und seine Mutter obendrein. Doch das Gegenteil war der Fall. Nur wenige Tage später erschien der Diebesfänger höchstpersönlich bei Jane Blake, drückte ihr eine Guinee in die Hand und trug ihr auf, einen Arzt zu holen und für Mr. Ingram eine anständige Unterkunft zu besorgen.

Blueskins Mutter nickte artig, behielt jedoch das Goldstück für sich, überließ die Wundheilung sich selbst und gestattete dem irren Geoff, nach überstandenem Wundfieber auf dem stinkenden Stroh im Keller zu nächtigen. Womit allen gedient sei, wie sie meinte.

So kam es, dass der irre Geoff zu einem Stammgast in Mutter Blakes Keller wurde, und als Blueskin jetzt in seiner Verkleidung vor dem Nebeneingang des Gin-Shops stand, hoffte er inständig, dass sich daran in der Zwischenzeit nichts geändert hatte. Es war weit nach Mitternacht, und weil es Neumond war, konnte man kaum die Hand vor Augen sehen. Die Verkleidung hätte Blueskin in dieser Nacht gar nicht gebraucht, und so hob er den dunklen Schleier an, ohne dass es dadurch heller wurde.

Als er die niedrige Holztür öffnete und sich zur schmalen Treppe vortastete, die in den Keller hinabführte, schlug ihm ein unerträglicher Gestank entgegen. Es roch wie in einer Sickergrube, die Galle stieg ihm hoch, und er musste einen Brechreiz überwinden. Blueskin würde nie verstehen, wie erwachsene Männer in ihrer eigenen Scheiße und Kotze schlafen konnten. Von den erwachsenen Frauen ganz zu schweigen. Und doch war der Keller in Mutters Absteige keineswegs die Ausnahme, sondern die Regel. Überall in London waren in den letzten Jahren die Kaschemmen wie Pilze aus dem Boden geschossen, in den Elendsvierteln der Stadt, vor allem außerhalb der Stadtmauern, wurde in jedem zweiten Haus gebraut, gebrannt und ausgeschenkt. Und weil das selbstgebrannte und nach Gutdünken zusammengepanschte Zeug auch die hartgesottensten Trinker umhaute, war es zur guten Sitte geworden, die Schnapsleichen einfach in den Keller zu schaffen und dort ihren Rausch ausschlafen zu lassen.

Nicht selten waren aus den Schnapsleichen am nächsten Morgen tatsächliche Leichen geworden, allein in Mutters Schänke hatte sich in den letzten beiden Jahren ein gutes Dutzend Männer und Frauen am »Wacholderfluch« zu Tode gesoffen. Was jedoch niemanden davon abhielt, sich weiterhin bei ihr zu betrinken.

Immer wieder hieß es, der König oder der Lord Bürgermeister wollten die unzähligen Gin-Shops und Privatschänken verbieten lassen, doch nie geschah etwas, und weil dem so war, nahm ihre Anzahl von Jahr zu Jahr rasant zu. Ganz London befand sich im Gin-Wahn und trank den billigen Wacholderschnaps wie Wasser oder Dünnbier. Selbst Kinder torkelten tags wie nachts betrunken über die Straßen und wurden blind von dem höllischen Gesöff.

Blueskin ekelte das alles an. Zwar trank auch er gern mal etwas Branntwein oder Bier, aber er konnte es nicht ausstehen, wenn sich die Leute besinnungslos soffen und wie Schweine benahmen, um anschließend wie das Borstenvieh im eigenen Kot einzuschlafen. Auch jetzt war der Keller leidlich mit Betrunkenen gefüllt, wie Blueskin an dem Konzert der Schnarchenden und Schmatzenden erkannte. Und er war froh, dass es so dunkel im Raum war. Das ersparte ihm den widerlichen Anblick der grunzenden Ferkel in Menschengestalt.

Der irre Geoff hatte seinen Stammplatz in einer kleinen Nische im hinteren Teil des Raumes. Seit seiner Verwundung vor sechs Jahren schlief er beinahe jede Nacht dort, alle Gäste wussten, dass dies Geoffs Schlafplatz war, und niemand hätte gewagt, ihm diesen streitig zu machen. Die bösen Tiraden und erbosten Tritte mit dem Holzbein, die darauf unweigerlich folgen würden, wollte kein noch so Betrunkener über sich ergehen lassen.

Blueskin tastete sich an der Wand entlang, stolperte über Beine und Bäuche, trat auf Hände und Haare, was jeweils ein kleines Aufstöhnen oder Grunzen zur Folge hatte, und stellte schließlich zufrieden fest, dass ein menschliches Bündel zusammengekauert in Geoffrey Ingrams Nische lag. Er tastete das Bündel ab und bekam ein Holzbein zu fassen, das lose neben dem Schlafenden im Stroh lag.

»Geoff«, sagte Blueskin und stupste ihn mit dem Holzbein an. »Wach auf! Ich muss mit dir sprechen. He, Geoff, mach die Augen auf!«

»Ich schlafe nicht, Blueskin«, antwortete der irre Geoff, und seine Stimme klang tatsächlich nicht verschlafen. »Warum hast du dich verkleidet?«

»Woher weißt du das?«, wunderte sich Blueskin, der sein Gegenüber in der Finsternis nicht einmal als Schemen erkennen konnte. Dabei lag er nur eine Armeslänge von ihm entfernt.

»Du raschelst wie eine Frau«, sagte Geoff. »Bist du jetzt ein Molly?«

»Quatsch!«, knurrte Blueskin ärgerlich und warf das Holzbein ins Stroh. »Verdammtes Schandmaul!«

»Man munkelt, dass du tot bist«, antwortete der Alte und lachte. »Zu Kohle verbrannt. Hab kein Wort davon geglaubt. Bin zwar ein Krüppel, aber nicht auf den Kopf gefallen.«

»Du musst mir helfen, Geoff!«

»So, muss ich das?«

»Ich will nach Bedlam.«
»Kein schöner Ort.«
»Und wieder raus.«
»Kann ich verstehen.«
»Mit Hope. Sie haben sie dort eingesperrt.«
»Oh!«, meinte Geoff und pfiff leise durch die Zähne. »Schwierig.«
»Deshalb sollst du mir ja helfen«, sagte Blueskin und legte seine Hand auf Geoffs linkes Knie, direkt über dem Stumpf. »Du kennst dich in Bedlam besser aus als jeder andere. Du weißt, wie's geht. Bist ja nicht auf den Kopf gefallen. Gemeinsam können wir Hope herausholen.«
»Ohne mich, Blueskin.«
»Du bist mir was schuldig.«
»Ach, kommst du jetzt mit den ollen Geschichten?«, höhnte der Alte. »Vergiss es. Such dir 'nen anderen Irren.«
Im gleichen Augenblick drückte Blueskin zu. Er umfasste Geoffs mageres Kniegelenk und quetschte es zwischen Daumen und Mittelfinger wie in einem Schraubstock, bis es leise knackte und Geoff vor Schmerz laut aufschrie.
»Schnauze, da drüben!«, beschwerte sich ein Schläfer.
»Selber Schnauze!«, brüllte Blueskin und ließ das Kniegelenk los. Dann wiederholte er seine Worte von vorhin: »Du bist mir was schuldig, Geoff!«
Geoffs Schreien war zu einem Winseln geworden, es klang wie das Wimmern eines Säuglings. Das Rascheln des Strohs verriet, dass er sich hin und her wälzte. Wieder legte Blueskin seine Hand auf Geoffs Knie, diesmal auf das rechte. Der Alte fuhr panisch zurück und bat: »Nicht weh tun, Blueskin. Bitte nicht weh tun!«
Blueskin ließ von Geoff ab. Vielleicht weil ihn die flehentlichen Worte an Hope erinnert hatten. Das Gleiche hatte seine Schwester gesagt, als er drauf und dran gewesen war, Henry die Kehle durchzuschneiden. Auch ein Ingram, wie Blueskin jetzt auffiel. Womöglich waren sie sogar verwandt? Verrückt waren sie jedenfalls beide.
»Morgen ist Sonntag«, sagte Blueskin und streichelte das Knie, als hätte er nie etwas anderes damit vorgehabt. »Besuchszeit. Um zehn Uhr. In Moorfields.«
»Mr. Wild wartet auf dich«, zischte Geoff zwischen den Zähnen.
»Ich bin tot«, lachte Blueskin, »weißt du doch.«
»Hältst du ihn wirklich für so dämlich?«, schnaufte Geoff verächtlich. »Dann wärst du dümmer, als ich dachte.«
Blueskin schluckte und schüttelte den Kopf, obwohl das in der Dunkelheit nicht zu sehen war. Er dachte an Mr. Wilds Männer auf seiner Beerdigung. Vielleicht hatten sie gar nicht nach Jack, sondern nach ihm, Blueskin, Ausschau gehalten. Er wehrte den Gedanken ab, klopfte auf

Geoffs Holzbein, das nutzlos auf dem Boden lag, und wiederholte: »Morgen früh um zehn. Sonst komme ich wieder.«
»Ay, Ma'am«, knurrte Geoff und setzte leise, aber doch vernehmlich hinzu: »Molly!«
»Schwachkopf!«, schimpfte Blueskin und stand auf.
Beim Hinausgehen trat er einem Trunkenbold auf den Fuß. Als der sich lautstark und lallend beschwerte, trat Blueskin ein zweites Mal zu. Diesmal mit voller Wucht. Die Beschwerde wurde zu einem Schmerzensschrei. Danach ging es Blueskin besser, und er hastete zur Treppe.

6

Von außen betrachtet erinnerte das Bethlem Royal Hospital eher an einen Palast als an ein Irrenhaus. Die Südseite des Gebäudes stieß gleich neben dem Moorgate an die alte Stadtmauer, die quasi den Abschluss des Geländes bildete, doch auf der Nordseite in Moorfields war das Hospital mit erstaunlichem Prunk und allerlei Verzierungen versehen. Exakt in der Mitte befand sich ein quadratisches Eingangsgebäude, in dessen Fassade mehrere Säulen und verschnörkelte Ornamente eingelassen waren und auf dessen Dach ein mächtiger, mehrstöckiger Turm samt Turmuhr thronte. Flankiert wurde dieses Hauptgebäude von zwei identisch aussehenden Flügeln, die im Osten und Westen jeweils von einem weiteren quadratischen Säulenbau mit Türmchen abgeschlossen wurden. Das gesamte Bauwerk war völlig symmetrisch und spiegelgleich errichtet. Und auch das monumentale zweiflügelige Tor, das direkt vor dem Haupteingang des Hauses zum Vorplatz führte, war ebenmäßig. Nur die beiden kahlköpfigen Steinfiguren, die links und rechts des schmiedeeisernen Tores eine Art Halbbogen über dem Eingang bildeten, unterschieden sich. Sie stellten die zwei Arten von Geisteskrankheiten dar: auf der rechten Seite der in Ketten gelegte Tobsüchtige mit wildem Blick und verzerrter Miene, auf der linken Seite der verrückte Melancholiker, der vor Trauer und Kummer den Verstand verloren hatte. Jeder Besucher, der Bedlam betreten wollte, musste ihre irrsinnigen Blicke über sich ergehen lassen.
»König Louis hat Gift und Galle gespuckt«, hörte Blueskin plötzlich die krächzende Stimme eines weiteren Irren hinter sich sagen.
»Du kommst zu spät, Geoff«, sagte Blueskin, der das »tock, tock« des Holzbeins auf dem Pflaster schon von Weitem gehört hatte, und deutete zur Turmuhr.
»Gift und Galle«, wiederholte Geoff und setzte lachend hinzu: »Aber er hat sich mit 'ner Kloake gerächt. Keine schlechte Idee, oder?«
»Wovon, zum Teufel, redest du?«, knurrte Blueskin und zupfte sich die zu engen Handschuhe zurecht. »Was denn für eine Kloake?«

»Bedlam wurde nach 'nem Schloss von König Louis erbaut«, antwortete Geoff und ging zum bewachten Gittertor voraus, ohne sich nach Blueskin umzuschauen. »Tullery oder so ähnlich. In Frankreich. Hat dem König dort natürlich gar nicht gefallen, dass sein Palast als Vorbild für 'n Irrenhaus herhalten musste. Also hat er ein Scheißhaus in seinem Schloss errichten lassen, das genauso aussieht wie der Palast von St. James.«

»Willst du mich auf den Arm nehmen?«

»Nay, im Ernst. Seitdem kacken die französischen Könige in einem Nachbau der Residenz der englischen Könige.« Wieder lachte der irre Geoff und schüttelte gleich darauf den Kopf. »Haste Geld? Kostet 'nen Penny pro Nase.«

»Daran soll's nicht scheitern«, antwortete Blueskin und reichte ihm zwei Silberpennys. In der Nacht, gleich nachdem er aus Mutters Gin-Shop verschwunden war, hatte er sich zu seinem Versteck in St. Giles begeben und die wenigen Wertsachen, die er besaß, an sich genommen.

»Du bezahlst!«

»Ay, Ma'am«, kicherte Geoff und lüpfte seinen Dreispitz.

»Halt's Maul!«, zischte Blueskin.

»Geht nicht«, antwortete Geoff flüsternd, »denn wenn *du* das Maul aufmachst, sperren sie dich gleich weg.« Er wandte sich an den Wachmann vor dem Tor und reichte ihm die beiden Pennys. »Für mich und die Missis.«

»Morgen, Geoff«, meinte der Wachmann, steckte die Münzen in ein Holzkästchen, gab ihm zwei handtellergroße Billetts im Tausch und klopfte ihm auf die Schulter. »Haste Heimweh nach Bedlam?«

»Bin nur Fremdenführer«, antwortete Geoff und wies mit dem Daumen auf Blueskin. »Verdien mir 'n bisschen was dazu. Kenn mich ja aus.«

»Allerdings«, lachte der Wachmann und wandte sich dann an die verschleierte Frau: »Kein schöner Anblick, Ma'am. Den Schleier werdet Ihr nicht brauchen, da drin ist's duster wie im Erdloch. Und haltet Euch ein Tuch vor die Nase!«

»Sie versteht kein Wort«, mischte sich Geoff ein.

»Taub?«

»Französin.«

»Ach so«, antwortete der Wachmann und runzelte die Stirn. »Kommen jetzt immer häufiger Ausländer her, um unsere Verrückten zu bestaunen. Bedlam ist 'ne echte Attraktion geworden. Fast wie die königliche Menagerie drüben im Tower.« Er zuckte mit den Schultern, tippte sich zum Gruß mit dem Finger an die Stirn und wünschte: »Na, dann viel Spaß.«

Von seinem Besuch bei Jacks Mutter wusste Blueskin, dass nur die wenigsten der sonntäglichen Besucher tatsächlich Freunde oder Verwandte der Eingesperrten waren. Bei den meisten handelte es sich um Schaulustige und Gaffer, die sich einen Spaß daraus machten, die Irren zu verhöhnen oder zu triezen, bis diese einen Anfall bekamen, was erst recht zur Belustigung beitrug. Der Vergleich mit den Löwen und Bären im Tower war gar nicht so abwegig. Hier wie da hofften die Besucher auf lautes Brüllen, wildes Gebaren und gefletschte Zähne. Denn solange die Bestien und Verrückten hinter Gittern oder angekettet waren, konnte den Maulaffen ja nichts passieren. Was Blueskin damals besonders überrascht hatte, war die Tatsache, dass es sich bei diesen Schaulustigen keineswegs allein um einfaches Volk und tumben Pöbel handelte, sondern um gut betuchte Bürger und sogar Adelige, die das Gezeter und Geschrei der Irren regelrecht zu erregen schien. Als würden sie ihnen beim Kopulieren zuschauen.

Blueskin und Geoff hatten inzwischen die Freitreppe vor dem Haupteingang erreicht. Geoff blieb plötzlich stehen, sodass Blueskin beinahe gegen ihn stieß, und er murmelte: »Hätte nicht gedacht, dass ich dieses Haus mal freiwillig betrete.«

»Wie willst du Hope rausbekommen?«, fragte Blueskin leise, als er sah, dass ein weiterer Wachmann an der Tür stand und alle Eintretenden begutachtete.

»Heute gar nicht«, meinte Geoff.

»Was?«, empörte sich Blueskin. »Aber deswegen sind wir doch hier. Nur sonntags sind Besucher in Bedlam erlaubt.«

»Heute schauen wir uns nur um«, antwortete Geoff kopfschüttelnd. »Hope weiß ja gar nicht, was sie machen und wohin sie gehen soll.«

»*Wohin* soll sie denn gehen?«, bohrte Blueskin. »Wo ist dein geheimer Ausgang?«

»Geheim?«, lachte Geoff und meckerte wie eine Ziege. »Kann man so nicht sagen. Hab nie behauptet, dass er geheim ist.«

Blueskin verlor allmählich die Geduld und fauchte: »Jetzt red schon!«

»Jeder Mensch hat einen Mund, und jeder Mensch hat einen Hintern.« Geoff streckte sein Hinterteil heraus, als wollte er sein Geschäft auf der Freitreppe erledigen. »Bei Häusern ist es genauso. Was vorne reingeht, wird genauestens unter die Lupe genommen. Aber fürs Arschloch interessiert sich kein Mensch. Weil's ihnen peinlich ist. Deshalb wird's in der Hose oder unterm Rock versteckt.« Wieder ließ er sein Ziegenmeckern erschallen, humpelte dem Eingang zu und zeigte dem Wachmann am Schalter die Billetts. Das Wappen des Königs und eine schematische Abbildung des Hospitals waren darauf zu sehen. Außerdem eine dreistellige Zahl in einer Ecke.

»Zu wem?«, fragte der Mann, notierte die Zahlen auf einem Zettel und schaute in ein Buch, das aufgeschlagen vor ihm auf der Theke lag.

»Wir wollen …« antwortete Geoff, doch Blueskin hob abwehrend die Hand und schüttelte den Kopf. »Uns nur mal umschauen«, beendete Geoff den Satz.

Der Wachmann nickte und klappte das Buch zu. »Die Männer rechts, die Frauen links«, sagte er und deutete auf die Passierscheine. »Und die müssen beim Rausgehen wieder abgegeben werden. Zur Kontrolle.«
»Habt Ihr Angst, dass die Besucher sich hier heimlich einschmuggeln, Sir?«, lachte Geoff und schüttelte den Kopf.
»Nay«, antwortete der Wachmann schmunzelnd, »aber manchmal ist es gar nicht so einfach, die Besucher und die Irren auseinanderzuhalten. Die Zettel sind der Beweis, dass Ihr nicht verrückt seid und wieder rausdürft.«
Geoff lachte wie über einen guten Witz und wedelte mit dem Billett vor Blueskins Nase herum: »Habt Ihr das gehört, Ma'am? Dieses Papier ist der Beweis, dass ich nicht verrückt bin.«
Blueskin stieß den Alten unauffällig mit der Hand in den Rücken und schob ihn sachte weiter. Als der Wachmann außer Hörweite war, fauchte Blueskin: »Lass die Mätzchen, Geoff!«
Sie hatten mittlerweile die Vorhalle erreicht, von der linker wie rechter Hand die Gebäudeflügel abgingen. In jedem der Flügel befand sich ein breiter Mittelgang mit nummerierten Zellentüren auf beiden Seiten, wie in einem Gefängnis. In die Türen waren vergitterte Fenster eingelassen, durch die man einen Blick ins Zelleninnere werfen konnte. Eine Eisentreppe am Ende des Mittelgangs führte ins obere Stockwerk, wo eine zur Mitte hin offene Galerie ringsum an den Zellen entlangführte.
Von der Vorhalle aus gelangte man durch eine Gittertrennwand, in die eine ebenfalls vergitterte Tür eingelassen war, in den zur Linken gelegenen Frauenflügel. Blueskin und Geoff zeigten dem Schließer an der Tür ihre Billets, traten ein und schauten sich um. Vom Gitter aus konnte man beinahe den gesamten Flügel und beide Stockwerke überblicken, allerdings war es stockfinster darin, weil es an der Stirnseite, direkt über zwei verschlossenen Eisentüren, nur zwei kümmerliche Fensterchen gab, durch die jeweils ein dünner Sonnenstrahl auf den Boden fiel. Wie bei seinem letzten Besuch entsetzte Blueskin neben der Dunkelheit vor allem der stechende Gestank und der ohrenbetäubende Lärm.
»Wohin führen die beiden Türen?«, fragte Blueskin.
»Zum Hof und in den Keller«, antwortete Geoff grinsend und deutete dann zur Galerie. »Da oben sind die Gefährlichen und Tobsüchtigen.«
Vor den geschlossenen Zellentüren scharten sich die Besucher und machten allerlei Faxen. Sie warfen Gegenstände durch das Gitterfenster und krakeelten herum, um die Verrückten zu reizen. Mit Erfolg, wie an dem dumpfen Schreien, Hämmern und Lärmen aus den Zellen zu erkennen war. Auf jeden Schrei aus der Zelle folgte eine Lachsalve vor der Tür. Blueskin musste an die Bemerkung des Wachmannes denken, dass die Besucher und die Irren nicht so leicht auseinanderzuhalten seien.
Im unteren Stockwerk waren die Harmlosen und Trübsinnigen unter-

gebracht. Zu den sonntäglichen Besuchszeiten wurden die meisten Zellen im Erdgeschoss geöffnet, um den Besuchern einen hautnahen Kontakt zu den Irren zu ermöglichen und ihnen etwas für ihr Geld zu bieten. Einige der Verrückten wurden mit Fußfesseln daran gehindert, ihre geöffneten Zellen zu verlassen. Andere wiederum konnten sich völlig frei bewegen, auch wenn die wenigsten diese »Freiheit« nutzten. Die Irren, die allesamt mit einer dunkelbraunen Kutte aus einfachem Kattun bekleidet waren, hockten auf dem Boden, wiegten teilnahmslos ihren Oberkörper hin und her und ließen sich ohne Widerspruch oder sichtbare Reaktion befingern. Andere flüchteten in die dunklen Ecken und hielten ihre Köpfe zwischen den Knien versteckt, während die Besucher sie umringten, oder sie unterhielten sich gestenreich mit irgendwelchen Gestalten, die nur sie sehen konnten. Einige wenige Insassen schienen völlig normal und bei wachem Verstand zu sein, sie unterhielten sich untereinander oder mit den Besuchern und lachten sogar – was in diesem schrecklichen Gebäude beinahe noch beängstigender klang als das gequälte Schreien von der Galerie.

»Wenn Hope oben in den Zellen ist, können wir gleich wieder gehen«, sagte Geoff und fuhr sich über das stoppelige Kinn. »Dann ist nichts zu machen.«

Doch Blueskin hatte seine Schwester bereits entdeckt. Das spärliche Licht hatte ihm den Weg gezeigt. Er deutete auf die Stelle, an der die beiden Lichtbündel von den Fenstern auf den Boden fielen. Zwei helle Quadrate mit Gittermustern auf dem dunklen Fußboden. Hope saß in einem dieser Vierecke und unterhielt sich mit einem Mädchen, das neben ihr hockte und genauso wie Hope aussah. Es hatte das gleiche Mondgesicht, die gleichen Schlitzaugen, die gleiche plattgedrückte Nase und die seltsam verwachsenen Ohren. Da man ihnen, wie allen Bewohnern von Bedlam, die Haare bis auf die Haut geschoren hatte, sahen sie sich tatsächlich zum Verwechseln ähnlich.

Blueskin näherte sich seiner Schwester, ging neben ihr in die Knie, legte seine behandschuhte Hand auf ihre Schulter und sagte: »Hallo, Hope!« Als sie überrascht aufschaute, hob er für einen kurzen Augenblick den dunklen Schleier an und flüsterte: »Ich bin's.«

»Joseph!« Hope strahlte und brummte: »Wo warst du?« Eigentlich sagte sie etwas wie »Jose! Wo wa u?«, doch Blueskin verstand jedes noch so undeutlich genuschelte Wort, das seine Schwester von sich gab, als wäre sie eine überdeutlich sprechende Schauspielerin auf der Theaterbühne.

Blueskin wollte sie in die Arme nehmen, doch sie schüttelte den Kopf und deutete mit dem Finger auf das andere Mädchen. »Das ist Mary.«

»Hallo, Mary«, sagte Blueskin, ohne sie anzuschauen, und streichelte Hope über den geschorenen Schädel. »Ich hol dich hier raus, Schwesterherz.«

»Mary, meine Freundin«, sagte Hope mit breitem Grinsen. »Freundin, ja.«

»Das ist schön«, sagte Blueskin. »Hast du verstanden, was ich gesagt habe?«

»Joseph!«, lachte Hope. »Bleibst du auch hier?«

»Nicht so laut«, machte sich Geoff bemerkbar, der neben Mary stand und sich vorsichtig umschaute. »Der Schließer schaut schon.«

»Das ist Geoff«, erklärte Blueskin. »Er weiß, wie man hier herauskommt. Wir schaffen dich bald nach Hause.«

»Haus ist abgebrannt«, sagte Hope. »Aber ich war's nicht.«

»Ich weiß«, erwiderte Blueskin nickend. »Ich weiß, dass du es nicht warst. Ich bring dich in Sicherheit und pass auf dich auf. Versprochen!«

»Mr. Wild passt auf mich auf«, sagte Hope und lächelte. »Er ist sehr nett.«

»Das ist er nicht«, widersprach Blueskin. »Er ist alles andere als nett.«

»Ist er wohl«, beharrte Hope.

»Was ist das?« Mary betrachtete staunend Geoffs Holzbein, fasste es vorsichtig an und lachte plötzlich schallend. Sie klopfte ans Holz, und nun fiel auch Hope in das alberne Lachen ein.

»Still!«, befahl Blueskin. »Begreifst du, was ich gesagt habe?«

»Ay«, sagte Hope. »Mary und ich bleiben.«

»Unsinn!«, entfuhr es Blueskin lauter, als er beabsichtigt hatte.

»Bleibst du auch?«, fragte sie.

»Du kannst nicht bleiben! Das lass ich nicht zu.«

Sie schaute ihn überrascht an, schob beleidigt die Unterlippe vor und sagte: »Doch! Ich bleibe bei Mary. Sie ist meine Freundin.«

Blueskin schaute hilfesuchend zu Geoff, doch der zuckte nur mit den Schultern und meinte: »Weibsbilder!«

»Bedlam ist nichts für dich«, unternahm Blueskin einen weiteren Versuch, doch erneut erntete er einen beleidigten und trotzigen Blick.

»Du bist blöd«, brummte Hope und kroch noch dichter an Mary, die ihre Freundin in die Arme nahm, als müsste sie sie vor ihrem Bruder beschützen.

»Das gibt's doch gar nicht«, murmelte Blueskin, hob verzweifelt die Hände und starrte verständnislos auf die beiden Mädchen, die ihre Köpfe wie zwei Turteltauben zusammensteckten.

»Blueskin, lass uns gehen!«, sagte Geoff. »Jetzt!«

»Was ist mit Hope?«, fragte Blueskin.

»Lass sie und steh unauffällig auf!«, flüsterte Geoff eindringlich und machte eine Kopfbewegung zur Gitterwand hin. »Wir kriegen Besuch.«

Blueskin wandte langsam den Kopf und schaute in die gewiesene Richtung. Direkt hinter der Gittertür, im fahlen Lichtschein des Oberlichts in der Vorhalle, sah er einen drahtigen und athletischen Mann, dessen Anblick ihm einen Schauer über den Rücken jagte: James Sykes, besser bekannt als Hell and Fury! Mr. Wilds Spitzel und Mann fürs Hinterhältige. Er hielt einen Schlapphut in der einen Hand, einen langen Stab in der anderen und schaute in ihre Richtung.

»Mist!«, fluchte Blueskin und erhob sich.

»Und noch mal Mist!«, setzte Geoff hinzu und zog Blueskin beiseite. »Da kommt sein Gebieter.«

Auch Blueskin erkannte nun Mr. Wild, dessen kleine Gestalt sich mit wieselflinken Schritten vom Haupteingang näherte und neben Sykes stehen blieb. Er schaute ebenfalls in den Frauenflügel, doch statt, wie von Blueskin erwartet, einzutreten, wandten sie sich ab und gingen weiter. Blueskin atmete erleichtert auf. Doch ebenso plötzlich und überraschend blieb Mr. Wild stehen, schaute über die Schulter, als wäre ihm etwas entgangen, und trat erneut an die Gittertür.

»Geoffrey?«, rief er. »Was machst du denn hier?«

Blueskin trat unauffällig einige Schritte zur Seite und beugte sich über eine alte Frau, die reglos im Schneidersitz auf dem Boden saß und brabbelnde Geräusche von sich gab. Gleichzeitig ging sein Blick zu Hope. Wenn sie Mr. Wild sehen und zu sprechen beginnen würde, wäre es um Blueskin geschehen. Doch Hope und Mary waren so sehr mit sich selbst beschäftigt, dass sie alles um sich herum zu vergessen schienen.

»Morgen, Sir!«, rief Geoff und humpelte eilig und geflissentlich zur Tür. »Ich besuche Miss Blake, wenn's beliebt.«

Zunächst erschrak Blueskin über Geoffs vermeintliche Dummheit, doch dann begriff er, dass Geoff nur das zugab, was ohnehin offensichtlich war. Eine fadenscheinige Lüge wäre vermutlich dümmer oder verdächtiger gewesen.

»Es beliebt keineswegs«, knurrte Mr. Wild mit seiner unangenehm piepsigen Stimme, die Blueskin jedes Mal durch Mark und Bein ging. »Was willst du von Hope? Sie hat dich nicht zu kümmern.«

»Ihre Mutter schickt mich«, antwortete Geoff und machte einen Diener, was wegen des abgewinkelten Holzbeins ein wenig ungelenk und komisch aussah. »Sie will wissen, wie's ihrer Tochter geht, traut sich aber selbst nicht her. Kann Verrückte nicht ausstehen, sagt sie. Und den Gestank auch nicht. Kann's ihr nicht verdenken.« Er kicherte blöde und setzte unnütz hinzu: »Nay, Sir, kann ich nicht.«

Mr. Wild schob den irren Geoff, der sich direkt vor ihm aufgebaut hatte, zur Seite und schaute in den Frauentrakt. Sein Blick blieb für einen kurzen Moment an Blueskin haften, doch als die alte Frau am Boden nach dessen Hand griff und scheinbar vertraut auf ihn einbrabbelte, beachtete Mr. Wild ihn nicht weiter. Er setzte eine falsch lächelnde Visage auf und winkte Hope zu.

Doch Hope war nur mit sich beschäftigt und lachte, als Mary ihr etwas

ins Ohr flüsterte. Braves Mädchen, dachte Blueskin und sah aus den Augenwinkeln, wie Mr. Wild mit seinem Schwert zum Ausgang wies.
»Raus mit dir, Geoff!«, befahl er. »Sag Jane, dass sie sich gefälligst um ihren eigenen Kram kümmern und sich von Hope fernhalten soll. Ein für alle Mal!«
»Ay, Sir«, antwortete Geoff, machte erneut einen Buckel und humpelte durch die Tür. »Eigener Kram, jawohl, Sir! Und eigener Gestank. Werd's ausrichten.«
»Von Gestank hab ich nichts gesagt, du Dummkopf!«, schrie Mr. Wild ihm nach.
»Natürlich nicht, Sir! Kein Gestank! Ein für alle Mal!«
Weg war er. Und mit ihm sein dummes Kichern.
Hell and Fury lachte schallend und machte eine verächtliche Miene. Doch Mr. Wild blieb noch eine Weile in der geöffneten Tür stehen und schaute sich suchend und misstrauisch um. Dann aber wandte er sich ab und gab Sykes ein Zeichen, ihm zu folgen. Der Schließer schloss die Tür und salutierte, als stünde ihm ein Vorgesetzter gegenüber. Statt jedoch hinüber zum Männerflügel zu gehen, näherte sich Mr. Wild einer Tür auf der Südseite der Vorhalle, genau in der Mitte zwischen Männer- und Frauentrakt, die Blueskin beim Betreten der Halle gar nicht aufgefallen war. Wie von Zauberhand öffnete sich diese Tür und schloss sich sogleich wieder. Hell and Fury blieb wie ein Wachmann der königlichen Garde vor der Tür stehen.

Blueskin stand immer noch über die brabbelnde Frau gebeugt und hatte Mühe, ihr seine Hand zu entziehen. Als die Frau plötzlich seinen Handrücken ableckte, stieß er sie angewidert beiseite und wandte sich an seine Schwester, die ihn überrascht anschaute, als hätte sie ihn gerade erst entdeckt.

»Ich komme wieder, Hope«, sagte er leise, ohne sich ihr zu sehr zu nähern und dadurch womöglich die Aufmerksamkeit von Hell and Fury zu erregen.

»Willst du auch zu Henry?«, fragte Hope.

»Henry?«, wunderte sich Blueskin. »Welcher Henry?«

»Unser Henry«, lachte Hope und schüttelte den Kopf, als zweifelte sie am Verstand ihres Bruders. »Und Bess natürlich. Die ist nämlich auch dabei.«

»Henry und Bess? Sie sind hier?«

Hope nickte und brummelte: »Mr. Wild ist gerade bei ihnen. Du magst Mr. Wild nicht, stimmt's? Dabei ist er sehr nett. Es war unhöflich, nicht zu grüßen, aber ich dachte, du wirst sauer, wenn ich's tu.« Sie schüttelte missfällig den Kopf und setzte hinzu: »Mr. Wild ist gar nicht so schlimm.«

»Ich komme wieder«, wiederholte Blueskin und streichelte im Vorbei-

gehen Hopes Pausbacke, stolz auf seine kleine, gescheite Schwester.
»Und sag niemandem, dass ich hier war!«
»Auch nicht Mr. Wild?«
»Auch nicht Mr. Wild«, bestätigte Blueskin und verließ den Raum, wobei er einen kurzen Blick auf Hell and Fury warf, der nach wie vor ungerührt die Tür bewachte. Am Ausgang zeigte Blueskin sein Billett vor und ließ seine Nummer durchstreichen, dann trat er hinaus ins Freie.

Als er das Gebäude verließ, blendete ihn die Sonne derart, dass er kaum etwas sah und in dem engen Kleid beinahe die Treppe hinuntergefallen wäre, wenn ihn nicht ein einbeiniger Bettler aufgefangen hätte.

»Das war knapp«, meinte Geoff und ließ offen, ob er den Beinahe-Sturz oder die Begegnung mit Mr. Wild meinte.

»Was befindet sich hinter dem Eingangsgebäude?«, fragte Blueskin und wies mit dem Finger nach Süden.

»Die Stadtmauer«, antwortete Geoff achselzuckend. »Und dazwischen ein schmaler Hof für die Verrückten. Wenn man sie denn rauslässt.«

»Sonst nichts?«

»Nur die Baustelle«, meinte Geoff und ließ sich von Blueskin das Billett geben. »Sie bauen einen neuen Flügel für die Unheilbaren, aber der ist noch nicht fertig. Wer da drin landet, bleibt für immer weggesperrt. Dann ist's Essig mit den zwölf Monaten. Neumodische Sitten in Bedlam!« Sie hatten inzwischen den Gitterzaun und das Portal erreicht, und Geoff reichte dem Wachmann die Passierscheine.

»Bis bald, Geoff!«, rief der Torsteher ihm nach und lachte.

Als sie die gegenüberliegenden Gärten von Moorfields erreicht hatten, wandte Blueskin sich um und schaute zurück zum königlichen Hospital von Bethlem. Wie ein Palast, dachte er noch einmal, wenn man nicht wüsste, was sich darin befindet.

»Heute Nacht zeigst du mir den Hintern!«, sagte Blueskin.

Geoff lachte schallend und meinte: »Du bist also doch ein Molly!«

»Den Hintern von Bedlam, du Blödmann!«, fauchte Blueskin, obwohl er inzwischen wusste, dass Geoff so blöde nicht war und den Dummkopf nur mimte, um die anderen zum Narren zu halten.

»Aber nicht in *den* Kleidern«, antwortete Geoff, zupfte an Blueskins Rüschenärmeln und kicherte. »Die kannst du nämlich anschließend wegschmeißen.«

7

Blueskin hatte sich schon oft gewundert, warum die Drapers' Gardens nicht bebaut waren. Die großzügig bemessenen Gärten der ehrenwerten Textilkaufleute, deren Zunfthaus in unmittelbarer Nähe lag, befanden sich mitten in der überfüllten und dicht besiedelten Londoner City.

243

Wenn das Rathaus im Westen, die königliche Börse im Süden und das Bethlem Hospital im Norden ein Dreieck bildeten und man die Spitzen des Dreiecks miteinander verband, stieß man direkt auf die Drapers' Gardens, die wie eine kleine und verträumte Oase im Gewimmel der Hauptstadt wirkten und weder durch einen Zaun noch durch eine Mauer befriedet waren.

Ausgerechnet hierher hatte Geoff ihn beordert. Um Punkt Mitternacht, wie er wichtigtuerisch nachgeschoben hatte. Zwar war das Irrenhaus von Bedlam nicht weit entfernt, doch es lag auch nicht gerade in unmittelbarer Nähe. Ein ganzer Block von Wohnhäusern, Tavernen und Stallungen befand sich zwischen den Gärten und der Stadtmauer, und Blueskin verstand nicht, wie man von hier aus unbemerkt zum oder gar ins Irrenhaus gelangen sollte.

Es war noch immer Neumond, eine pechschwarze Nacht, vor allem in den unbeleuchteten Gärten, die aus einer kleinen zentralen Rasenfläche und allerlei umstehendem Gebüsch bestanden. Verglich man die Drapers' Gardens mit den neu angelegten Parks und Gärten außerhalb der Stadtmauern, so musste man sie als verlottert und vernachlässigt bezeichnen. Niemand schien sich um den Wuchs der Büsche und Sträucher zu kümmern, Blumen und Zierpflanzen suchte man hier vergebens, und der Boden zu Blueskins Füßen war so nass, dass außer Binsen und Moos nichts Anständiges darauf zu wachsen schien. Beinahe wie die Sumpfwiesen in Lambeth, auf der Südseite der Themse.

Wegen der Dunkelheit hatte Blueskin keine Verkleidung anlegen müssen. Er hatte lediglich sein Barett, das ohnehin im Feuer verbrannt war, gegen einen ledernen Schlapphut getauscht und aus seiner nicht gerade umfangreichen Garderobe ein dunkles Hemd mit überlangen Ärmeln ausgesucht. Den Rest besorgte die Neumondnacht.

Pünktlich um Mitternacht, die Turmuhren von Bedlam und St. Paul's waren gerade verklungen, trat ein Schatten aus dem Gebüsch und an Blueskin heran, der trotz mehrmaligen Hinschauens den irren Geoff kaum erkannte. Das lag nicht allein an der Dunkelheit, sondern auch an der Tatsache, dass der Alte beinahe nackt war und lediglich eine Art Unterhose trug, die ihm bis zu den Knien ging. Vor allem aber hatte er sein Holzbein abgelegt und hüpfte auf einem Bein, als wollte er *Hopscotch* spielen.

»Was soll der Unfug?«, begrüßte ihn Blueskin unwirsch.
»Komm!«, antwortete Geoff und hüpfte wieder ins Gebüsch.
»Was ist mit deinem Bein?«
»Mach schon!«, befahl Geoff statt einer Antwort und war im nächsten Augenblick im Dickicht verschwunden.

Blueskin folgte ihm durch den knöcheltiefen Schlamm, ohne auch nur das Geringste erkennen zu können, und hatte sich binnen Kurzem in den Dornen- und Weidensträuchern verheddert. Beim Versuch, sich zu befreien, schlug ihm eine Weidenrute auf die verbrannte und von eitrigen Brandblasen übersäte Schulter und ließ ihn aufschreien.

»Hierher!«, rief Geoff aus dem Dunkel.

Schließlich hatte Blueskin die Stelle erreicht, von der die Stimme gekommen war, doch Geoff war nirgends zu sehen oder zu ertasten. Auf einem großen Stein lagen seine Kleider, und sein Holzbein hing an den Lederriemen in einem Baum, doch er selbst war wie vom Erdboden verschwunden.

»Zieh dich aus!«, erschallte Geoffs dumpfe Stimme, der ein seltsamer Hall nachklang, wie bei einem Echo.

»Wo steckst du?«, fragte Blueskin, bekam aber keine Antwort. Also zog er sich widerwillig aus, legte Hut und Kleider zu Geoffs Sachen und rief: »Oi, Geoff?«

»Kuckuck!«, machte Geoff, und sein Kopf schaute aus einer schlammigen Öffnung im Boden, die nicht von Menschenhand gemacht schien, sondern wie das Ergebnis eines Erdrutsches oder einer Unterspülung wirkte.

»Was ist das?«, fragte Blueskin und erkannte erst jetzt, dass Geoffs Kopf vom bloßgelegten Wurzelwerk eines Baums umrahmt war.

»Hast du dich nie gefragt, warum die Drapers' Gardens nicht bebaut sind?«, fragte Geoff, kicherte leise und gab selbst die Antwort auf seine Frage. »Weil der Boden mistnass ist. Und warum ist er so nass? Weil er von unterirdischen Flussläufen durchzogen ist. Und wohin führen die Flüsschen? Hä?«

»Keine Ahnung«, knurrte Blueskin.

»Zum Walbrook.«

»Zur Straße oder zum Stadtteil?«

»Zum Fluss.«

»Es gibt keinen Fluss mit dem Namen«, sagte Blueskin.

»Wie du meinst«, antwortete Geoff und verschwand unter der Erde.

»Warte!«, rief Blueskin und beeilte sich, ihm zu folgen. Er legte sich auf den Bauch und ließ sich langsam in die Öffnung hinab, wobei er sich an den oberirdischen Wurzeln festhielt und mehrmals mit den Füßen im unterirdischen Wurzelwerk hängenblieb. Zumindest verstand er jetzt, warum Geoff sein Holzbein abgelegt hatte. Nach einer Weile fühlte er eiskaltes Wasser an seinen Zehen und hörte Geoff sagen: »Trau dich!«

Blueskin ließ los und landete im Wasser, das ihm etwa bis zum Bauchnabel reichte. Doch weil es unter der Erde stockfinster war und außer dem Plätschern und Gurgeln des Bachs nichts zu hören war, hatte Blueskin augenblicklich jede Orientierung verloren. Er streckte seine Hände aus und drehte sich im Kreis, bekam aber nichts zu fassen. Mit nur leidlich unterdrückter Angst in der Stimme fragte er: »Wo bist du?«

»Hier«, antwortete Geoff. »Direkt neben dir.«
»Was ist das hier?«
»Der Fluss, den es angeblich nicht gibt.«
Blueskin staunte und fragte: »Und wohin jetzt?«
»Immer gegen den Strom. Der Walbrook fließt von Moorfields unter der Stadtmauer hindurch bis nach Dowgate. Wir hätten auch unten an der Themse einsteigen können, aber das hier ist 'ne Abkürzung. Wenn wir flussaufwärts schwimmen, gelangen wir unwillkürlich nach Norden. Aber pass auf deinen Kopf auf, an einigen Stellen musst du untertauchen, um voranzukommen. Wichtig ist, dass du die Ruhe behältst und nicht in Panik gerätst. Traust du dir das zu?« Und mit spöttischem Tonfall fragte er: »Kannst du überhaupt schwimmen?«
Statt einer Antwort schnaufte Blueskin verächtlich und fragte: »Wieso ist der Fluss unterirdisch?«
»Weil er überbaut wurde, schon vor langer Zeit. Platz war halt immer schon knapp in der Stadt. Und irgendwann haben die Leute vergessen, dass es ihn jemals gab.«
»Nur du nicht«, sagte Blueskin.
»Bin zufällig auf ihn gestoßen«, antwortete Geoff lachend und schwamm voran. »Manchmal wühlt man eben in der Scheiße und findet einen Schatz.«
Schweigend schwammen oder wateten sie durch das Wasser. Die einzigen Lebewesen, die ihnen begegneten, waren die Ratten, die hier unten, dem Fiepen nach zu urteilen, in Scharen zu leben schienen. Zum Glück konnte Blueskin sie nicht sehen und bekam nicht zufällig eine zu fassen. An einigen Stellen war der Bach nur ein knietiefes Rinnsal, dann wieder weitete er sich zu einem kleinen See. Mehrmals mussten sie untertauchen, aber ebenso oft war über dem Wasser so viel Platz, dass Blueskin nicht mit den Händen an die oft gemauerte oder aus Bohlen bestehende Decke dieses seltsamen Tunnels reichen konnte.
Nach einer Weile begriff Blueskin auch, was Geoff mit seinem »In-der-Scheiße-Wühlen« gemeint hatte. Es stank erbärmlich nach Exkrementen, und als ihm versehentlich etwas Wasser in den Mund drang, hätte er sich beinahe vor Ekel erbrochen. Zunächst redete sich Blueskin ein, der Gestank und der Geschmack kämen von der fauligen Erde oder den stinkenden Ratten, doch Geoff nahm ihm diese Illusion, indem er sagte: »In Moorfields fließt frisches Wasser rein, in Dowgate kommt bloß noch Kacke raus. Von überall wird Unrat in den Fluss geleitet. Ein Paradies für Ratten.«
»Ein natürlicher Abwasserkanal?«, meinte Blueskin.
»Wie der Fleet«, sagte Geoff. »Nur dass die Leute gar nichts von ihm wissen und den Walbrook für 'ne verdammte Straße halten.«
»Wie weit ist es noch?«

»Sind schon da«, antwortete Geoff und nahm Blueskin bei der Hand. Er zog ihn zur Seite, bis Blueskin etwas Steinernes, Halbrundes und Glitschiges zu fassen bekam. »Wir sind jetzt genau unter der Stadtmauer«, erklärte Geoff und klopfte auf das Mauerwerk, das eine zur Seite hin ansteigende Rinne oder Wanne bildete. »Diese Steine führen dich nach Bedlam. Aber sei vorsichtig, es ist sehr rutschig. Und tritt nicht aus Versehen auf eine Ratte, die Biester sind bissig.«

Blueskin zog sich an der gemauerten Rinne hinauf, wobei ihm der Gestank den Atem nahm und er sich nicht vorstellen wollte, worin er gerade auf Händen und Knien herumkroch.

»Den Rest schaffst du allein«, sagte Geoff. »Ohne mein Bein komm ich da nicht hoch. Bislang bin ich immer nur aus der anderen Richtung gekommen.« Er lachte und setzte hinzu: »Ist wie 'ne Rutschbahn.«

»Danke, dass du mir geholfen hast.«

»Hatte ich eine andere Wahl?«, brummte Geoff mürrisch. »Du hattest ziemlich zupackende Argumente, mein blauer Freund.« Er zog den Rotz hoch, spuckte ins Wasser und setzte nach einer kurzen, aber bedeutsamen Pause hinzu: »Na, soll mir recht sein, solange es nur Mr. Wild ärgert! Das wird es doch, oder?«

»Ay, das hoffe ich«, antwortete Blueskin, obwohl er sich seiner Sache gar nicht so sicher war. Er hatte nicht die leiseste Ahnung, was Mr. Wild mit Bess und Henry zu schaffen hatte und was er mit ihnen vorhatte. Aber die Tatsache, dass er zunächst Bess in der Chick Lane eingesperrt und anschließend sie und Henry nach Bedlam geschafft hatte, sprach dafür, dass sie für den Diebesfänger eine besondere Rolle spielten. Dass er etwas von ihnen wollte. Sonst hätte er sie einfach ins Newgate gesteckt oder gleich um die Ecke gebracht, wie es sonst seine Art war.

»Das hoffe ich«, wiederholte Blueskin und wollte bereits die Rinne hinaufklettern, als ihm plötzlich etwas einfiel und er sich zu Geoff umwandte. »Warum hat er es eigentlich getan?«, fragte er.

»Wer hat was getan?«, antwortete Geoff verwirrt.

»Warum hat Mr. Wild dich damals verstümmelt?«

»Ach, Gott!« Ein langer und tiefer Seufzer folgte. Geoff schien eine Weile zu überlegen und sagte dann: »So macht man das eben mit den Überbringern schlechter Nachrichten. Man macht sie für den Inhalt der Nachricht verantwortlich.«

»Welche Nachricht meinst du?«

»Erinnerst du dich an Mary Milliner?«

»Mr. Wilds Hure?«

»Seine bessere Hälfte«, verbesserte Geoff. »Die Frau seines Lebens. Das war sie jedenfalls, bis ich mich verplappert hab.«

Blueskin erinnerte sich sehr wohl an Mary Milliner. Die hübsche Mary. Sie war so etwas wie Mr. Wilds weiblicher Schatten gewesen. Die graue

Eminenz von Wild's House. Die heimliche Herrin in seinem verbrecherischen Reich, das sie angeblich gemeinsam aufgebaut hatten. Anfangs als Hure und Zuhälter. Später dann als nahezu gleichberechtigtes Paar. Sie als Kupplerin, er als Hehler und Diebesfänger. Bis man eines Tages ihre Leiche – und die ihres hübschen Liebhabers – aus dem Fleet gefischt hatte. An der gleichen Stelle, an der kurz zuvor Geoffs Unterschenkel gelandet war.

»*Du* hast Mr. Wild erzählt, dass Mary ihm Hörner aufsetzt?«, entfuhr es Blueskin. »Wie konntest du so dämlich sein?«

»Ist mir so rausgerutscht«, murmelte Geoff kleinlaut. »Ständig wollten sie lustige und verrückte Geschichten von mir hören, da hab ich's eben ausgeplaudert.«

»Hast es teuer bezahlt«, meinte Blueskin und stutzte plötzlich. »Aber warum hat Mr. Wild dann plötzlich seine Meinung geändert? Wieso hält er jetzt seine Hand schützend über dich und lässt dich in Ruhe, obwohl du ständig über ihn zeterst?«

»Mein Bein hab ich verloren, weil er mich für einen Lügner und Verleumder gehalten hat«, antwortete Geoff mit bitterem Lachen. »Und mein Holzbein hab ich geschenkt bekommen, weil ich eben kein Lügner und Verleumder war. Sondern nur ein Narr!«

Blueskin dachte einen Augenblick über Geoffs letzten Satz nach und sagte dann: »Du bist vielleicht ein Narr, aber deswegen noch kein Dummkopf.«

»Sag das mal meinem Sohn!«, lachte Geoff und ließ sich ins Wasser gleiten.

»Du hast einen Sohn?«, wunderte sich Blueskin. Davon hatte er noch nie etwas gehört. Auch eine Mrs. Ingram war ihm unbekannt. Er fragte: »Wo ist er?«

»Will nichts mehr mit mir zu tun haben«, antwortete Geoff. »Jeremiah ist jetzt 'n feiner Pinkel in Westminster. Hat ein schickes Kaffeehaus an der Piccadilly und hält sich für was Besseres. Sein alter verrückter Vater ist ihm peinlich.«

Blueskin dachte an seine eigene Mutter und meinte: »Familie eben.«

»Ein wahres Wort!« Geoff lachte und ließ sich von der Strömung nach Süden treiben. Zurück zu den Drapers' Gardens.

8

Blueskin wusste natürlich, welchem Zweck die gemauerte Rinne diente und wohin sie führte, aber dennoch hätte er nicht gedacht, dass es derart ekelerregend werden würde. Je höher er kletterte, desto mehr wimmelte es von Ratten und vielbeinigem Ungeziefer, das ihm über die Hände und das Gesicht krabbelte, und desto tiefer kroch er durch den Kot, der offensichtlich nur selten oder gar nicht mit Wasser weggespült wurde. Vielleicht lag es auch daran, dass das Gefälle der Abwasserrinne nicht besonders groß war – was das Hochsteigen erleichterte, aber die Sauberkeit minderte.

Auf den letzten Yards wurde die offene Rinne zu einem rundum geschlossenen Rohr, das senkrecht nach oben ging, aber breit genug war, dass er ohne größere Schwierigkeiten hindurchklettern konnte und schließlich unter einer Art steinerner Bank landete, in die zwei Reihen kreisrunder Öffnungen eingefügt waren. Blueskin hatte den Abort der Irrenanstalt erreicht. Den Hintern von Bedlam, wie Geoff es genannt hatte.

Normalerweise wurden Latrinen über einer Sickergrube oder einem Senkkasten errichtet, die immer wieder geleert werden mussten, wenn nicht die Abtritte selbst von Grube zu Grube wanderten. In Bedlam war dieses ebenso aufwändige wie unappetitliche Verfahren überflüssig. Die Erbauer der Anstalt hatten den unterirdischen Lauf des Walbrooks genutzt, um den Dreck des Irrenhauses auf dezente Weise in die Themse zu schaffen. Und sie hatten gleichzeitig einen unsichtbaren Ausgang geschaffen. Beziehungsweise einen Eingang, wie Blueskin gerade bewiesen hatte.

Er zwängte sich durch eine der Öffnungen in der Steinbank, schüttelte sich wie ein nasser Hund und tastete sich zur Tür vor, die mit einem Metallschloss versehen, dessen Riegel aber von innen mit einer Schnappvorrichtung zu öffnen war. Die Tür führte zum Innenhof des Hospitals, und nachdem Blueskin sich vergewissert hatte, dass keine Menschenseele im Hof war, schlich er sich hinaus und verkroch sich in einem dunklen Winkel unterhalb der Stadtmauer, die das Gelände nach Süden hin abschloss und auf der Mauerkrone mit langen Eisenspitzen bewehrt war.

Wie erfrischend und wohltuend die Londoner Stadtluft sein konnte und wie blendend hell eine finstere Neumondnacht! Blueskin schaute zum Himmel und sah die funkelnden Sterne, wie er sie noch nie zuvor wahrgenommen hatte. Er atmete tief ein und bemerkte erst jetzt, wie bestialisch er stank. Seine Haut war von Kopf bis Fuß mit Kot bedeckt, ebenso die Brandblasen auf der Schulter, die brannten und schmerzten, als stünden sie erneut in Flammen.

Da seine Augen an die völlige Finsternis unter Tage gewöhnt waren, konnte Blueskin die Umrisse der verschiedenen Gebäude und Mauern vor dem wolkenlosen Sternenhimmel erkennen. Er sah das zentrale Eingangsgebäude mit den beiden Seitenflügeln zur Linken und zur Rechten, und er sah den kleineren Trakt für die Unheilbaren, der sich direkt an das Hauptgebäude anschloss und den Geoff »die Baustelle« genannt hatte. Wie unschwer zu erkennen war, fehlte das Dach auf dem unfertigen Gebäude, nur der ungedeckte Dachstuhl ragte in den Himmel, und die rückwärtige Fassade, die beinahe an die Stadtmauer stieß, war bis zum Giebel mit einem hölzernen Baugerüst verkleidet. Ein Flaschenzug an einem schwenkbaren Balken befand sich am oberen Ende des Gerüsts und erinnerte Blueskin an einen Galgen. Über ein Seil war der Flaschenzug mit einem riesigen Sprossenrad und mehreren Seilwinden und Haspeln am Boden verbunden. Die Vorrichtung diente offenkundig dem Zweck, schwere Lasten auf das Dach zu befördern.

Beim Anblick des unverputzten Gebäudes, das einem Rohbau glich und gewiss noch nicht in Verwendung war, kamen Blueskin Zweifel an den Worten seiner Schwester. Warum sollten Henry und Bess ausgerechnet in diesem Haus untergebracht sein und festgehalten werden? Dann aber gab er sich selbst die Antwort auf die Frage: Weil sie hier vom Rest der Anstalt getrennt waren und keinerlei Kontakt zur Außenwelt hatten. Keine neugierigen Besucher störten die Abgeschiedenheit, niemand suchte an diesem Ort nach ihnen. Außerdem war das Gebäude, das ja für die Unheilbaren und Gemeingefährlichen errichtet wurde, vermutlich noch ausbruchsicherer als das übrige Hospital. Nur wenige und zudem sehr kleine Fenster waren in den Außenwänden zu erkennen, und einen Ausgang zum Hof konnte Blueskin ebenfalls nirgends entdecken. Wahrscheinlich gab es nur den direkten Zugang vom Zentralgebäude aus. Aus diesem Trakt, so schien es, gab es kein Entkommen. Wenn er denn erst einmal fertiggestellt war.

Doch noch befand sich das Haus im Bau, und das Gerüst wirkte auf Blueskin wie eine Einladung, auch wenn nirgends eine Leiter zu sehen war, um die unterste Ebene zu erklimmen. Er stieg auf die Sprossen des mannshohen Antriebsrades, zog an dem Lastenseil, bis es sich spannte, und hangelte sich an dem Seil des Krans hinauf bis in den zweiten Stock, wo die waagerechten Bohlen des Gerüsts begannen. Von hier aus führten kleine Holzstiegen in den dritten Stock und schließlich durch eine Öffnung im Giebel aufs Dach. Außer dieser Giebeltür gab es in der gesamten Südfassade keine einzige Öffnung, und auf der Hofseite, wo sich schmale, schießschartenartige Fenster im Gemäuer befanden, war das Gebäude nicht eingerüstet. Blueskin blieb nur der Weg über den Dachboden. Und die Hoffnung auf eine Dachluke.

Tatsächlich fand er am hinteren Rand der Ebene, die mit Holzbalken und Dachziegeln vollgestellt war, eine eiserne Falltür. Doch sie ließ sich nicht nach oben klappen, weil sie von unten verriegelt war. Mit einem krummgeschlagenen Nagel, den er auf dem Boden fand, versuchte Blueskin den Riegel zur Seite zu schieben, doch das gelang nicht. Vermutlich weil er auf der Unterseite mit einem Vorhängeschloss versehen war. Ohne Werkzeug war der Falltür nicht beizukommen, doch leider konnte er nichts dergleichen auf dem Dachboden entdecken. Die Zimmermänner und Maurer schienen gut auf ihre Gerätschaften aufzupassen. Nur einen alten Hammer fand er zwischen den Ziegeln, doch der schied aus naheliegenden Gründen als Werkzeug aus.

Blueskin setzte sich auf den Boden und dachte nach. Von irgendwoher drang ein leises Brummen an sein Ohr. Zunächst glaubte er, dass das Geräusch aus dem Hauptgebäude stammte, wo die Schwachsinnigen in ihren Träumen seltsame Laute von sich gaben, die wie unheimliche Gespensterklagen durch die Mauern drangen. Doch das tiefe Brummen kam aus einer anderen Richtung.

Er verließ die Luke und wandte sich zur Westseite des Hauses, von wo man bis zum nahe gelegenen Stadttor von Moorgate schauen konnte. Wieder brummte es unter ihm, und als er genauer hinhörte, erkannte er, dass dort jemand schnarchte. Wie auf der Hofseite befanden sich auch auf der Westseite des Hauses schmale Scharten in der Fassaden, die so winzig waren, dass sie nicht vergittert werden mussten. Und hinter einer dieser Scharten schlief jemand.

»Henry?«, rief Blueskin leise, doch ihm antwortete nur ein weiteres Schnarchen. »Bess?«, versuchte er es ein zweites Mal. Doch nichts geschah, niemand hörte ihn. Lauter zu rufen, wäre zu gefährlich gewesen und hätte entweder die Wärter von Bedlam oder die Nachtwächter am Moorgate alarmiert. Und näher an das schmale Fenster vermochte er nicht heranzureichen.

Sein Blick ging zur Giebelseite des Hauses, zu dem Flaschenzug und dem Galgen, an dem er befestigt war. Dieser bewegliche Winkelbalken ließ sich zur Seite schwenken, und wenn das Lastenseil lang genug war, konnte er sich an ihm an der Westfassade herunterlassen. Blueskin fand ein etwas dünneres Seil auf dem Dachboden, band sich das eine Ende um den Bauch und befestigte das andere an dem Haken des Lastenseils. Nun zog er das Seil stramm, ging damit zur Westseite, legte es um eine Dachsparre und ließ sich von der Traufe Yard um Yard nach unten, wobei er immer darauf achtete, dass das Seil straff blieb und sich nicht aus dem Haken löste. Als er den zweiten Stock erreicht und sich der Scharte genähert hatte, aus dem das Schnarchen zu kommen schien, hielt er seinen Mund an die Öffnung und rief: »Henry! Bist du das?«

Als Antwort grunzte es, dann verstummte das Schnarchen. Und kam nicht wieder. Nicht einmal ein Atmen war zu hören.

»Henry?«, flüsterte Blueskin. »Bist du wach?«

»Wer ist da?«, antwortete eine verschlafene weibliche Reibeisenstimme.

»Bess?«

»Ay?«, kam es zögerlich durch die Öffnung.

»Ich bin's, Blueskin.« Er versuchte, durch die schmale Scharte etwas zu erkennen, doch im Inneren war es so finster wie in einem Grab. »Hörst du mich?«

»Ay, ich höre dich.« Ihre Stimme klang ängstlich und verstört. »Was willst du von mir?«

»Na, was wohl? Ich will dich holen.«

»Nein!«, schrie sie entsetzt. »Verschwinde! Lass mich! Ich will nicht!«

»Nicht so laut!« Blueskin war von Bess' Reaktion so überrascht, dass er für einen Augenblick das Gleichgewicht verlor und zur Seite kippte. Im letzten Moment konnte er sich an der Maueröffnung festhalten. Und erst dann begriff er, warum Bess so entsetzt und verstört reagiert hatte. Sie hielt Blueskin für tot und begraben und musste daher annehmen, dass sein Geist gekommen war, sie ins Reich der Toten zu holen. Dass Blueskin zudem draußen vor dem Fenster schwebte und Bess nur seine Stimme hörte, machte das Ganze für sie sicher noch unheimlicher.

»Nein, Bess, ich bin kein Geist«, versuchte er, sie zu besänftigen. »Glaub mir, ich bin nicht tot! Nur ein wenig angesengt, aber ich lebe noch. Du brauchst keine Angst zu haben. Es ist alles in Ordnung.«

Bess antwortete nichts, aber wenigstens schrie sie nicht mehr. Und schließlich fragte sie: »Wo bist du?«

»Hier draußen, vor dem Fenster.«

»Kannst du fliegen?« Die Frage war vermutlich nicht so lustig gemeint, wie sie in Blueskins Ohren klang.

»Ich hänge an einem Flaschenzug«, sagte er, und auch das klang ziemlich komisch. »Kannst du etwas näher kommen, damit ich nicht so laut reden muss?« Er hörte etwas rascheln und anschließend ein metallisches Klirren. Dann glaubte er eine Bewegung hinter der Scharte zu erkennen, und im nächsten Moment streckte Bess ihre Finger hinaus und bekam Blueskin an der nackten Brust zu fassen. Sofort zog sie die Hand wieder zurück. Erneut klirrte es metallisch.

»Was ist das für ein Geruch?«, fragte sie. »Pfui Teufel, warum stinkt das so? Du riechst, als kämst du direkt aus der Hölle.«

»Aus der Unterwelt, aber nicht aus der Hölle«, antwortete Blueskin ausweichend. »Wo steckt Henry? Ist er auch in diesem Neubau?«

»Er war mit mir in dieser Zelle eingesperrt, aber heute Mittag haben sie ihn weggeschafft.«

»Sie haben euch in eine gemeinsame Zelle gesteckt?«

»Es ist die einzige fertiggestellte Zelle. Die anderen haben nicht einmal Türen. Der ganze Trakt ist eine Baustelle.« Bess lachte und setzte hinzu: »Außerdem konnten sie uns so besser bewachen. Und unsere Gespräche belauschen.«

»Stehen die Wärter jetzt vor der Tür?«, flüsterte Blueskin.

»Nein, die sind drüben im Haupthaus. Seitdem Henry nicht mehr hier ist, scheinen sie ihre Aufgabe nicht mehr ganz so ernst zu nehmen. Bin halt nur 'ne Frau und weiß von nichts. Oder sie kümmern sich um Henry.«

»Was ist mit ihm geschehen? Warum haben sie ihn fortgeschafft?«

»Er hat das Kerkerfieber bekommen, glaube ich, jedenfalls hat er seit gestern nur noch gekotzt und am ganzen Körper gezittert und wie irre geredet. Du kannst dir nicht vorstellen, was er für einen Unsinn gefaselt hat. Er käme aus der Zukunft und dort würden die Leute durch die Luft fliegen. Lauter so 'n absurdes Zeug.« Sie lachte bitter und dann folgte ein langer Seufzer. »Keine Ahnung, was sie mit ihm gemacht haben. Vielleicht haben sie ihn auf die Krankenstation gebracht. Ich befürchte, es geht mit ihm zu Ende.«

»Weshalb halten sie euch hier fest?«, fragte Blueskin, der nicht zu erkennen geben wollte, dass ihn diese Nachricht betrübte. »Was will Mr. Wild von euch?«

Bess schwieg eine Weile, vermutlich weil sie Blueskin nach wie vor nicht über den Weg traute, doch dann sagte sie: »Einen Brief.«

»Einen Brief?«

»Das ist 'ne lange Geschichte. Mr. Wild scheint ihn zu fürchten wie der Teufel das Weihwasser«, antwortete Bess. »Und er wird uns umbringen, egal ob wir ihm den Brief geben oder nicht. Ich begreife nichts von der ganzen Sache.« Sie stöhnte und setzte flehentlich hinzu: »Kannst du mich hier rausholen, Blueskin?«

»Deswegen bin ich hier«, antwortete er und erzählte ihr in wenigen Worten, auf welche Weise er ins Irrenhaus hineingelangt war und wie sie ihrerseits aus dem Irrenhaus herauskommen konnte. Als er geendet hatte, ohne dabei allzu sehr ins Detail gegangen zu sein, war er überrascht, dass Bess mit beharrlichem Schweigen antwortete.

»Hast du mich verstanden, Bess? Der Walbrook bringt euch nach draußen. Es ist ein Kinderspiel, weil vermutlich keiner der Wärter von dem unterirdischen Fluss weiß. Oder hast du etwa Angst vor dem Gestank?«

»Die Latrine ist nur für die Wärter von Bedlam«, antwortete Bess nach einer Weile. »Und für die gut betuchten Verrückten, die dafür ein Handgeld zahlen. Alle anderen bekommen einen Nachttopf oder kacken in die Ecke. Und mich werden sie bestimmt nicht dorthin lassen. Sie haben mich und Henry von allem ferngehalten, als hätten wir die verdammte Pest. Wir dürfen nicht einmal in den Hof. Außerdem haben sie mir Handschellen und Fußfesseln angelegt. Vergiss es, Blueskin!«

»Du *musst* zur Latrine, Bess!«, wiederholte Blueskin mit Nachdruck. »Das ist die schwache Stelle dieser Festung. Es gibt keinen anderen Weg hinaus.«

»Du sagst es«, meinte Bess resigniert. »Es gibt keinen anderen Weg.«

Blueskin ahnte, dass sie recht hatte. Für den irren Geoff war es ein Einfaches gewesen, sich über den Hof in die Latrine zu stehlen und dort in den Untergrund abzutauchen, weil man ihn nicht auf Schritt und Tritt

253

bewacht hatte. Er galt nicht als gefährlich, war dementsprechend nicht angekettet und durfte sich an Besuchstagen im Hof relativ frei bewegen. Nur eine einzige Tür mit einem lächerlichen Schnappschloss trennte ihn von der Freiheit. Für Bess hingegen sah die Sache ganz anders aus: Sie war die Privatgefangene von Mr. Wild und wurde gehütet wie sein Augapfel. Aus dem Beichtstuhl in der Chick Lane war sie auf beinahe wunderliche Weise entkommen, doch noch einmal würde sie nicht solch ein unverschämtes Glück haben. Dafür würde Mr. Wild schon sorgen. Auch wenn die Wärter ihrer Aufgabe im Moment ein wenig nachlässig nachgingen.

»Blueskin?«, wurde er aus seinen Gedanken gerissen.
»Hm?«
»Hast du Jack gesehen?«
»Nein, wieso?«
»Halt dich von ihm fern, wenn dir dein Leben lieb ist!«
»Was soll das jetzt wieder heißen?«
»Er und William Page haben die Seiten gewechselt. Jack ist jetzt einer von Mr. Wilds Leuten.«

Diesmal war es Blueskin, der zunächst verstummte und dann laut rief: »Nein! Halt dein Maul!«
»Jack hat uns verraten, Blueskin«, sagte Bess seelenruhig, aber sehr bestimmt. »Er hat Henry und mich an Mr. Wild verkauft. Er hat direkt vor mir gestanden und mir dabei ins Gesicht gelacht! Und vermutlich bist du als nächster an der Reihe.«
»Unfug!«, meinte Blueskin, dem das Ganze so absurd erschien, dass er es nicht für nötig hielt, auch nur einen Augenblick darüber nachzudenken. »Jack doch nicht! Er würde niemals für Mr. Wild arbeiten. Jack ist kein Verräter! Nie und nimmer. Du bist nur sauer, weil er dich verlassen hat und jetzt mit Kate zusammen ist. Du bist eifersüchtig, das ist alles.«
»Was kümmert mich denn Kate? Es geht hier nicht um irgendwelche Weibsbilder, mit denen Jack sich rumtreibt«, antwortete Bess, und ihre Stimme klang eher traurig als wütend. »Nein, Jack hat sich bei Mr. Wild einen Freischein erkauft. Er hat uns alle ans Messer geliefert. Was meinst du, warum wir in Bedlam sitzen? Und wieso das Haus in der Dirty Lane abgebrannt ist?«
»Mr. Wilds Leute haben es angezündet.«
»Eben«, antwortete Bess. »Aber woher wussten sie davon? Henry war in der Dirty Lane, als es gebrannt hat. Und was meinst du, wem er dort begegnet ist?«
»Du lügst, du dreckige Hure!«, platzte es aus ihm heraus.
»Wenn dir das lieber ist«, war alles, was sie darauf erwiderte. »Du wirst schon sehen, was du davon hast.«
»Halt dein verlogenes Maul!«, schrie er sie an und bereute postwen-

dend seinen Ausbruch. Vom Hauptgebäude her nahm er leise Stimmen und ein schlurfendes Geräusch wahr. Schritte näherten sich vom Männertrakt, und schließlich sah Blueskin zwei Gestalten in dem winzigen Hinterhof zwischen dem Anbau und der Westmauer.

»Glaubst du, ich bin taub?«, sagte eine Männerstimme. »Da war was.«

»Was soll denn da gewesen sein, Seamus?«, antwortete eine zweite Stimme. »Wahrscheinlich schnarcht die verdammte Hure wieder wie ein Pferd. Lass uns reingehen, mir ist kalt. Außerdem hatte ich ein formidables Blatt.«

»Die Whist-Karten müssen warten. Wir hätten unseren Posten gar nicht erst verlassen dürfen. Mr. Wild wird uns die Hölle heißmachen.«

Blitzschnell zog sich Blueskin an dem Seil hoch, hangelte sich über die Traufe und legte sich flach auf den Dachboden. Und im selben Augenblick erschallte unter ihm ein lautes und inbrünstiges Schnarchen, als schliefe Bess mit der Nase an der Scharte.

»Hab ich's doch gewusst!«, sagte der zweite Wächter. »Wie ein Pferd!«

»Das war kein Schnarchen, Bernie, sondern ein Schrei!«, beharrte der Mann namens Seamus. »Und er kam nicht von einer Frau.«

»Wenn wir wegen jedem Schrei so ein Gewese machen würden, hätten wir die ganze Nacht nichts anderes zu tun. Schließlich ist das hier 'n Irrenhaus.«

»Du weißt, was Mr. Wild gesagt hat«, erwiderte Seamus und befahl: »Bleib du hier, ich schau im anderen Hof nach. Nur zur Sicherheit.«

Blueskin löste den Knoten des Seils, schlich zur Giebelseite des Hauses und schaute vorsichtig durch die Öffnung. Unter ihm ging der Wächter gerade zwischen Baugerüst und Stadtmauer hindurch in den vorderen Hof und schaute sich suchend um. Er bemerkte die offen stehende Tür zur Latrine, zog ein kurzes Schwert aus dem Gürtel, ging hinein, kam kurz darauf wieder heraus, schloss die Tür und verharrte mit gezückter Waffe an Ort und Stelle.

Mist!, dachte Blueskin und schaute nach Osten, wo sich der Himmel am Horizont unmerklich erhellte. Noch war der Sonnenaufgang fern, aber wenn er weiter hier oben auf dem Dach verweilte, würde er unweigerlich entdeckt werden. Aus den oberen Stockwerken des Hospitals war er wie auf einem Präsentierteller zu sehen. Er musste verschwinden und zwar sofort. Blueskin ging zur Dachluke und nahm den krummen Nagel vom Boden, mit dem er vorhin vergeblich versucht hatte, das Schloss zu entriegeln. Dann griff er nach dem alten Hammer, der nach wie vor zwischen den Dachziegeln lag, und ging zur Westseite, wo der zweite Wächter missgelaunt der Dinge harrte. Blueskin holte weit aus und warf den Hammer in hohem Bogen von sich. Mit einem lauten Knall landete der Hammer direkt vor der Westmauer auf dem gepflasterten Hof und riss den Wächter aus seiner Schläfrigkeit.

»Oi, Seamus!«, rief der Wächter Bernie. »Komm schnell!«

Der andere Wächter hatte den Krach ebenfalls gehört und eilte zu seinem Kollegen.

Blueskin stand derweil an der Giebelöffnung, ließ den Mann vorbeihasten, kletterte wie eine Katze auf dem Gerüst nach unten und sprang, weil das Lastenseil wegen des verstellten Flaschenzugs nicht in Reichweite war, aus dem zweiten Stock nach unten. Mit einem dumpfen Aufprall landete er im Hof und fiel auf seine verletzte Schulter. Er biss sich auf die Zähne, um nicht laut aufzuschreien, und humpelte zur Latrine, weil er sich beim Aufprall den rechten Fuß verstaucht hatte. Mit dem krummen Nagel, den er die ganze Zeit in der Hand gehalten hatte, öffnete er das Schnappschloss. Eine Leichtigkeit für einen geübten Einbrecher. Dann verschwand er im Abort, zog die Tür hinter sich zu, zwängte sich durch eine der Öffnungen in der Sitzbank und kroch zum Fallrohr.

»Wie 'ne Rutschbahn«, hatte Geoff gesagt.

Wohl wahr, dachte Blueskin, als er mit den Füßen voran die Abwasserrinne hinuntersauste und schließlich mit einem lauten Platschen und begleitet vom panischen Fiepen der Ratten im Walbrook landete.

9

Alles war aus dem Lot. Alles aus dem Ruder gelaufen. Jack – ein Judas! Blueskin konnte und wollte es nicht fassen. Bess musste sich irren oder die Unwahrheit sagen. Man durfte ihr nicht trauen! Sie war eine notorische Lügnerin, eine Verräterin, eine käufliche Hure. Doch obwohl er Bess für ein Miststück hielt, glaubte Blueskin ihr. Gegen seinen Willen. Denn sie hatte keinen Grund zu lügen, sie zog keinen Nutzen daraus. Und überdies schien es ihr völlig egal zu sein, ob er ihr glaubte oder nicht.

Was aber folgte daraus? Was war nun zu tun? Was *blieb* ihm noch zu tun?

Blueskin war ein toter Mann. Nicht weil er für tot und begraben gehalten wurde, sondern weil sein Leben keinen Pfifferling mehr wert war. Wenn Jack und Mr. Wild gemeinsame Sache machten, dann hatte Blueskin verloren. Zusammen mit Jack hätte er dem Generaldiebesfänger womöglich trotzen können, das hatte er zumindest gehofft, und nur deshalb war er Mr. Wild in den Rücken gefallen. Wegen Jack Sheppard. Doch das war nun alles hinfällig. Er war auf sich allein gestellt und ohne jede Chance, es gab niemanden mehr, dem er vertrauen oder sich anschließen konnte, denn sie alle fraßen Jack aus der Hand. Oder standen unter Mr. Wilds Knute. Blueskin war selbst kein Anführer, kein Bandenchef, kein Räuberhauptmann. Und er war andererseits auch kein Einzelkämpfer. Das wusste er nur zu gut. Er war ein zweiter Mann, die linke

Hand, ein treuer Kumpan. Er brauchte jemanden, der die Richtung vorgab und ihm sagte, was zu tun war, und dem er dies mit Zuverlässigkeit und Rücksichtslosigkeit heimzahlen konnte.

Ja, Blueskin hatte ausgespielt. Zwar galt er immer noch als tot, und Jack hatte keine Ahnung, dass Blueskin die Wahrheit über ihn kannte, doch das verschaffte ihm allenfalls eine kurze Atempause. Es blieben ihm nur die Flucht aus London oder der Untergang. Was hielt ihn noch in der Stadt? Seine Schwester? Hope schien sich in Bedlam erstaunlicherweise wohlzufühlen, sie brauchte Blueskin und seinen Schutz nicht mehr, zum ersten Mal in ihrem Leben hatte sie eine ebenbürtige Freundin. Und das war mehr, als Blueskin von sich behaupten konnte. Der einzige Freund, den er je gehabt hatte, hatte sich als gemeiner Verräter entpuppt. Falls Bess die Wahrheit gesagt hatte. Davon abgesehen war Blueskin umgeben von Feinden und missgünstigen Weggefährten, die nur darauf brannten, ihn fallen und verrecken zu sehen. Nein, nichts und niemand hielt ihn in London. Für einen kurzen Augenblick kam ihm Poll in den Sinn, doch sofort schob er den Gedanken weit von sich. Poll hatte ohnehin Probleme genug, denn seit ihrer Beteiligung an Jacks Flucht aus Newgate wurde offiziell nach ihr gefahndet, und sie hatte sich in den letzten Tagen schon mehr als ausreichend um Blueskin gekümmert. Er war zu einer Belastung und zu einer Gefahr geworden, zu einem Fluch.

Es blieb ihm eigentlich nur die Flucht aufs Land, alles andere wäre einem Selbstmord gleichgekommen, und doch entschied er sich sehenden Auges für den Untergang. Er konnte nicht anders. Es gab noch einige offene Rechnungen, die zu begleichen waren. Auge um Auge, Leben um Leben! Wenn er schon unterging, dann wollte er nicht allein zur Hölle fahren. Dann wollte er Jack mitnehmen! Und Jonathan Wild obendrein. Das hatte er sich einst geschworen, und das schwor er sich nun erneut.

Vor allem aber wollte er es aus Jacks Mund hören! Es mit eigenen Augen sehen, am eigenen Leib spüren. Dass Jack zum Judas geworden war!

Nachdem Blueskin im unterirdischen Walbrook zurück bis nach Drapers' Gardens gewatet war, dort seine Kleider an sich genommen und seinen verdreckten Körper an der nächsten öffentlichen Wassertränke notdürftig gewaschen hatte, war er gerade eben vor Sonnenaufgang nach St. Giles-in-the-Fields geeilt und hatte sich in seinem Versteck verkrochen. Wie ein angeschossenes Wildtier.

Seine kaum vernarbten Wunden leuchteten rötlich und quollen an den Rändern auf, die aufgeplatzten Blasen auf der Schulter und an den Unterarmen brannten, als hätte er sie mit Geneva begossen, und sein verstauchter Knöchel war angeschwollen und blau angelaufen. Was allerdings bei Blueskins Haut kaum auffiel. Vor allem aber musste er entsetzt feststellen, dass er den Geruch nach Kot nicht losgeworden war. Er stank zum Erbarmen, und bald war das winzige Kellergelass, das sich unter einer Bauruine im Coal Yard befand, von dem ekelhaften Duft erfüllt. Blueskin hatte den Coal Yard mit Bedacht als Versteck ausgewählt, denn es handelte sich nicht um einen einzelnen Hof mit einem einzigen Zugang, sondern um eine Vielzahl schmaler Gassen und verwinkelter Yards, die sowohl vom oberen Ende der Drury Lane wie auch von High Holborn zu betreten waren. Über ein paar Hinterhöfe und einige leidlich hohe Mauern gelangte man zudem rasch zu den Feldern von Lincoln's Inn. Ein idealer Schlupfwinkel. Doch vor allem war dies ein Versteck, das nicht einmal Jack Sheppard kannte, weil Blueskin es erst vor kurzem aufgetan hatte, als Jack im Gefängnis gesessen hatte.

Auch zum »Black Lion Inn« war es nicht weit, und dorthin führten ihn seine ersten Schritte, kaum dass er ein wenig geschlafen und seinem geschundenen Körper eine kurze Verschnaufpause verschafft hatte. Er verkleidete sich diesmal nicht als Frau und unternahm keinerlei Anstrengung, seine dunkle Haut vor den Blicken der Passanten zu verstecken. Es war nun ohnehin alles einerlei! Als er etwa gegen Mittag das gut gefüllte Wirtshaus betrat, nahm er seinen Schlapphut ab, ging zum Schanktisch und fragte Mr. Hynd, den Wirt, ob er Jack gesehen habe.

Der gute Mann starrte ihn an wie einen Geist, sein Unterkiefer klappte nach unten, und er schüttelte stumm den Kopf.

»Ist jemand oben?«, fragte Blueskin und wies mit einem Kopfnicken zur Treppe.

Der Wirt brachte keinen Ton über seine Lippen, aber er schüttelte auch nicht den Kopf. Das war Blueskin Antwort genug. Er bestellte ein Pint Porter und bezahlte es, wartete aber nicht, bis der Wirt eingeschenkt hatte, sondern ging mit schnellen Schritten die Treppe hinauf.

Als er an der Tür zur Dachkammer ankam, vernahm er ein leises, aber unverkennbares Stöhnen und Ächzen. Zwar war die Tür von innen mit einem Klappriegel verschlossen, doch weil der Spalt zwischen Tür und Rahmen sehr breit war, ließ sich der Riegel ohne Weiteres mit einem Messer anheben. Blueskin öffnete die Tür und sah den bekleideten Rücken und den nackten Hintern von William Page. Er stand in seiner bunten Stutzerkleidung, aber mit heruntergelassener Hose vor dem Tisch und drang geräuschvoll in eine Frau ein, die rücklings auf dem Tisch lag, keinen Mucks von sich gab und ihre Beine um sein Hinterteil geschlungen hatte.

»William, altes Haus!«, rief Blueskin lachend und knallte die Tür zu.

»Verflucht noch mal!« William Page fuhr wütend herum, erkannte Blueskin und war wie vom Blitz getroffen. Er brauchte eine Weile, bis er seine Fassung und sein überhebliches Grinsen wiedergefunden hatte, und sagte dann: »Blueskin! Das ist allerdings eine Überraschung. Bist du von den Toten auferstanden?«

Statt eine Antwort zu geben, starrte Blueskin seinerseits zum Tisch, auf dem Poll Maggott an ihrem hochgeschobenen Unterkleid herumzupfte und ihn mit einer Mischung aus Scham und Erleichterung fixierte.

»Du lebst also?«, sagte sie und meinte damit natürlich nicht den Brand in der Dirty Lane, sondern das Überleben in Bedlam. Sie versuchte zu lächeln, hielt ihre Hand vor die entblößten, weiß gepuderten Brüste und richtete sich auf.

Will stieß sie unsanft zurück und rief: »Du bleibst gefälligst liegen. Wir sind noch nicht fertig! Schließlich hab ich dafür bezahlt.« Dann wandte er sich wieder an Blueskin, lächelte übertrieben und meinte: »Es dauert nicht mehr lange, mein Freund. Warte doch unten auf mich, ich bin gleich bei dir.« Er zog die Nase kraus, schnupperte und fragte: »Stinkst du so?«

»Das ist der Geruch der Hölle«, erwiderte Blueskin und versuchte, nicht erkennen zu geben, wie sehr ihn der Anblick der beiden verwirrte und verunsicherte. Zugleich aber ärgerte er sich über seine Verwirrtheit. Er wusste doch, womit Poll ihr Geld verdiente und dass sie sich die Kundschaft nicht aussuchen konnte. Aber es widerstrebte ihm, sie bei ihrer Arbeit zu beobachten. Ja, es bereitete ihm beinahe einen körperlichen Schmerz in der Brust, ihre Beine um Williams Rücken geschlungen zu sehen. Nicht nur, weil er inzwischen wusste, dass William ein Verräter war. Er lächelte gequält, holte tief Luft und sagte: »Richte Jack aus, dass ich ihn heute Abend sehen will. Kurz nach Sonnenuntergang in Mutters Schänke. Und zwar an der üblichen Stelle. Er soll allein kommen.«

»Jack?«, antwortete William achselzuckend. »Keine Ahnung, wo der sich versteckt hält.«

»Ihr habt doch zusammen die Stadt verlassen«, tat Blueskin verwundert. »Seid ihr nicht gemeinsam zurückgekommen?«

»Ja, nein, das schon.« William schien nicht zu wissen, was er sagen sollte oder durfte. »Hab aber Jack seit Tagen nicht gesehen. Sind ja alle wie der Teufel hinter ihm her.«

»Ich muss ihn heute Abend sehen! Es ist wichtig!«, sagte Blueskin mit Nachdruck, und aus einer plötzlichen Eingebung heraus fügte er hinzu: »Ich weiß jetzt, wie wir Mr. Wild fertigmachen können. Es gibt einen Brief.«

»Einen Brief?«, wunderte sich William, während er gleichzeitig in seinem Schritt herumnestelte und Polls Schenkel auseinanderschob.

Statt einer Antwort schaute Blueskin Poll in die Augen und murmelte leise: »Ja, Poll, ich lebe noch.« Er lächelte ihr unmerklich zu und verließ den Raum. Wenig später war das Ächzen wieder zu hören, und Blueskin beeilte sich, nach unten zu kommen.

Als er den Gastraum betrat, verließ einer der Laufburschen gerade die Schänke, und der Wirt starrte Blueskin an, als hätte der ihn bei etwas

Unsittlichem ertappt. Blueskin war sofort klar, wohin der Wirt den Jungen geschickt hatte.

»Blueskin!« Mr. Hynd hatte offensichtlich seine Sprache wiedergefunden. »Setz dich und trink, Kumpel!« Der Wirt wies auf den Humpen mit Porter auf dem Schanktisch und fügte hinzu: »Hätte ich mir doch gleich denken können, dass du uns alle an der Nase herumführst. Bist nicht totzukriegen, was?«

»Unkraut vergeht nicht.«

»Siehst ganz schön mitgenommen aus. Wo hast du gesteckt?« Auch der Wirt nahm den seltsamen Geruch offensichtlich wahr und rümpfte die Nase, er unterließ es aber, einen Kommentar abzugeben.

»Hier und da«, antwortete Blueskin und trat an den Tisch heran, ohne sich auf einen Schemel zu setzen. Er nahm einen großen Schluck von dem Dunkelbier, stellte den Krug zurück und wollte sich verabschieden, als sein Blick auf eine achtlos herumliegende Zeitung fiel. Es handelte sich um eine Ausgabe des *Daily Courant* vom 4. September, wie oben auf dem einseitig bedruckten Folio-Papier zu lesen war. Das Blatt war also drei Tage alt, und der Grund, warum es immer noch hier herumlag, stach Blueskin sofort ins Auge. Der Name, an dem er haften blieb, war ihm mehr als geläufig: Jack Sheppard.

In einer viertelseitigen Anzeige wurde eine Belohnung auf die Ergreifung oder Entdeckung des flüchtigen Räubers ausgesetzt. Zwanzig Guinees wurden demjenigen versprochen, der die Ordnungshüter auf Jacks Spur brachte. Anschließend wurde Jack wie folgt beschrieben: »Er ist etwa 23 Jahre alt und 5 Fuß, 4 Zoll groß, sehr schlank, von bleicher Gesichtsfarbe, hat einen Sprachfehler und ist Schreiner von Beruf.« Der Text endete mit den Worten: »Mitteilungen an Mr. William Pitt, Hauptwärter des Newgate-Gefängnisses.«

Bemerkenswert an dieser Anzeige war nicht nur die beachtliche Höhe der Belohnung, die etwa dem dreifachen Jahreseinkommen eines Hausdieners entsprach, sondern auch die Tatsache, dass Mr. Pitt selbst die Anzeige aufgegeben und die Suche somit nicht ausschließlich in Mr. Wilds Hände gegeben hatte. Vermutlich hatte sich der Kerkermeister von Newgate durch die aberwitzige Flucht seines Gefangenen derart gedemütigt gefühlt, dass er nun höchstpersönlich alle Hebel in Bewegung setzte, des Flüchtigen wieder habhaft zu werden. Nur eine Woche vor Jack war bereits einem anderen Häftling die Flucht aus Newgate gelungen, und wahrscheinlich hatte Mr. Pitt von den Stadtoberen, von denen er das Amt des Hauptwärters erworben hatte, eine Standpauke zu hören bekommen.

Offenkundig hatte Jack sich in Mr. Pitt einen persönlichen Feind geschaffen. Und das kam Blueskin sehr gelegen, denn es verschaffte ihm ungeahnte und unverhoffte Möglichkeiten. Er legte die Zeitung wieder beiseite und wollte die Schänke verlassen, wurde jedoch von Mr. Hynd zurückgehalten.

»Warum so eilig? Trink doch noch einen mit mir!«, rief der Wirt und hielt ihm einen weiteren Humpen vor die Nase. »Geht aufs Haus. Wir wollen deine Auferweckung begießen und auf das Seelenheil des armen Teufels anstoßen, der nun verkohlt in deinem Grab liegt.«

»Nichts für ungut, Mr. Hynd.« Blueskin lachte und winkte mit der Hand ab. »Richtet Mr. Wild aus, dass er sich noch etwas gedulden muss, bevor er mich an den Galgen knüpfen darf. Immer hübsch der Reihe nach.«

»Mr. Wild?«, gab sich der Wirt entrüstet. »Was hab ich denn mit dem zu schaffen? Willst du mich beleidigen?«

Blueskin grinste spöttisch und deutete auf die Zeitung. »Braucht Ihr die noch?«

Mr. Hynd machte eine mürrische Miene und schüttelte den Kopf.

Blueskin nahm die Zeitung, setzte den Hut auf und empfahl sich.

Als er draußen auf der Straße war, schaute er über die Schulter zum Giebelfenster hinauf und glaubte hinter der Scheibe ein weiß geschminktes Frauengesicht zu erkennen. Er wandte sich ruckartig ab, zog den Schlapphut tief in die Stirn und beeilte sich, zum Coal Yard zu kommen, bevor Mr. Wilds Männer erschienen. Bis zum Sonnenuntergang hatte er noch einiges zu erledigen.

10

Das Wiedersehen mit seiner Mutter war ein äußerst denkwürdiges und sonderbares. Am frühen Abend, etwa eine Stunde vor Sonnenuntergang, betrat Blueskin das Haus in der Rosemary Lane durch den geheimen Hintereingang. Drei Eingänge besaß der Gin-Shop: die offizielle Haustür zu ebener Erde, den niedrigen Nebeneingang zum Kellergelass und einen weiteren, der vom rückwärtigen Hof und über eine Remise direkt in den »Schrank« führte. So nannte Mutter Blake das gesonderte Zimmer, das nur für besondere Gäste und Anlässe gedacht und deren Tür zum Korridor hinter einem großen Schrank versteckt war. Ein weiterer Zugang zum »Schrank« befand sich hinter einem Teppich an der Wand, und von hier aus gelangte man durch eine schmale Luke zur angrenzenden Remise im Hof. Mutter Blake hatte diesen Geheimgang ersonnen, um den erlauchten Gästen im Separée die unbemerkte Flucht zu ermöglichen, falls es zu einer Razzia durch Mr. Wilds Leute, die Konstabler oder einen Gefängnis-Suchtrupp kam. Da sich dieser Hintereingang mit den Jahren bis zu Mr. Wild und seinen Diebesfängern herumgesprochen hatte, hatte er seine Funktion als Fluchtweg weitestgehend eingebüßt. Doch er bot Blueskin an diesem Montagabend zumindest die Möglichkeit, das Haus seiner Mutter zu betreten, ohne den Gästen in der Stube zu begegnen.

Als er den dicken Wandteppich zur Seite schob und in den »Schrank« kletterte, bekam er Beklemmungen in der Brust, wie beinahe jedes Mal, wenn er dieses karge und kaum möblierte Zimmer betrat. Denn dies war der Ort, an dem Hope den zahlungswilligen Lüstlingen »zugänglich« gemacht worden war und ihre panische Angst vor Dunkelheit entwickelt hatte. Da manchen Kunden der Anblick des schwachsinnigen Mädchens zuwider gewesen war, hatte Blueskins Mutter das Fenster zum Hof zumauern lassen und sämtliche Kerzen gelöscht, sodass sich die Männer an Hope vergehen konnten, ohne durch ihr absonderliches Äußeres abgestoßen zu werden. Blueskin hasste den »Schrank« und hätte ihn am liebsten, samt Haus und Remise, niedergebrannt. Mit seiner Mutter als lebendem Inventar.

Schnell tastete er sich durch den völlig finsteren Raum, öffnete die Tür, schob den Kleiderschrank zur Seite und wartete im spärlich beleuchteten Korridor darauf, dass seine Mutter auf dem Weg von der Stube ins ebenfalls bewirtete Obergeschoss hier vorbeikäme. Er musste nicht lange warten, bis sich ein Windlicht aus der Richtung der Wohnstube näherte. Seine Mutter hielt einen Bottich in der Hand und ging am Schrank vorbei zur Stiege. Blueskin fasste sie an der Schulter und zog sie mit einer raschen Bewegung ins Separée.

»Was, zum Henker!«, fluchte Mutter Blake und hätte beinahe das Windlicht fallen gelassen. Als sie ihren Sohn erkannte, zischte sie: »Du!« Sie stellte den Bottich, der bis zum Rand mit Gin gefüllt war, auf den Boden und fragte: »Was willst *du* denn hier?«

»Freust dich ja ungemein, mich zu sehen«, höhnte Blueskin und schob den Schrank wieder vor die Öffnung. »Scheinst sehr um mich getrauert zu haben.«

»Was hast du nur wieder angestellt, Joseph?«, fragte seine Mutter und schüttelte so heftig den Kopf, als beklage sie das gesamte Unrecht dieser Welt. »Mr. Wilds Männer waren am Nachmittag da und haben nach dir gefragt. Mal bist du tot, dann wieder nicht. Man weiß ja gar nicht mehr, was man denken soll.«

»Hat dich mein Tod so sehr aus der Fassung gebracht?«, brummte Blueskin, der sich seine wahren Gefühle nicht anmerken lassen wollte. »Der Freitag muss ja schrecklich für dich gewesen sein.«

»Freitag?«, stutzte seine Mutter. »Wieso?«

»Meine Beerdigung«, erklärte Blueskin. »Du warst doch vermutlich am Grab.«

»Sicher, mein Junge, sicher«, murmelte Mutter Blake, presste die Lippen aufeinander und nickte voller Trauer und Leid. »Es ist nicht schön für eine Mutter, das eigene Kind zu Grabe zu tragen. Es bricht einem das Herz. Du hättest dich ruhig melden können, um mich zu schonen. All die bitteren Tränen, ganz umsonst. Mir stockt jetzt noch der Atem.«

Blueskin hätte ihr am liebsten ins Gesicht gespuckt, doch er schluckte seine Wut hinunter und sagte: »Na, nun bin ich ja wieder da. Und Hope ist in Bedlam. Ihr geht's gut. Das freut dich sicherlich.«

»Der irre Geoff hat's mir gesagt«, antwortete seine Mutter und wich seinem Blick aus. »Nichts als Sorgen um die Kinder. Man könnte den ganzen Tag heulen, wenn's denn was bringen würde. Aber es nützt ja nichts.«

»Schon gut«, unterbrach Blueskin sie und klopfte ihr wie einem wehleidigen Kind aufmunternd auf die Schulter. »Jetzt wird alles gut. Alle leben und sind putzmunter, kein Grund, den Kopf hängen zu lassen. Und zur Feier des Tages wird Jack herkommen und mit uns anstoßen.«

»Jack?« Sofort leuchteten Mutter Blakes Augen, und ihre Mundwinkel gingen nach oben. »Der brave Junge. Er ist so ein Schatz.«

»Leider muss ich vorher noch mal kurz fort«, knurrte Blueskin und nahm das Kinn seiner Mutter in die Hand, damit sie ihn direkt anblickte. »Sag Jack bitte, dass ich um Mitternacht wieder da bin. Mit dem Brief. Er soll auf mich warten.«

Seine Mutter starrte ihn verständnislos an, und deshalb wiederholte er alles noch einmal Wort für Wort und fragte dann: »Wirst du ihm das ausrichten?«

»Um Mitternacht. Mit dem Brief. Jack soll warten«, sagte Mutter Blake und nickte. Dann lächelte sie und seufzte wehmütig: »Der gute Junge!«

So hatte sie Blueskin noch nie genannt, jedenfalls nicht in seinem Beisein. Doch das konnte er verschmerzen. Die Vorstellung, von seiner Mutter geliebt oder auch nur geachtet zu werden, erschien ihm völlig absurd. Da die Verachtung also gegenseitig war, hatte er keinen Grund, seiner Mutter böse zu sein.

»Bis später!«, verabschiedete er sich knapp, schob den Wandteppich zur Seite und verließ den »Schrank« durch den Geheimgang.

»Aber wasch dich vorher!«, rief sie ihm nach. »Du stinkst wie ein Toter!«

Als Blueskin die angrenzende Remise betrat, atmete er tief durch und hatte plötzlich das seltsame Gefühl, sich schmutzig gemacht zu haben. Schmutziger, als es in der verkackten Latrine einer Irrenanstalt möglich war. Er schüttelte sich und vertrieb den Wunsch, laut aufzuschreien, indem er mit dem rechten Fuß gegen einen Stützbalken trat. Der Schmerz schoss ihm durch den Körper, sein verstauchter und blutunterlaufener Knöchel hatte mittlerweile die Größe einer schwedischen Rübe, doch das hatte auch sein Gutes, denn der Schmerz brachte ihn wieder zu sich. Jetzt war keine Zeit für Gefühle und andere Albernheiten!

Statt durch das Tor in den Hof hinauszutreten, kletterte Blueskin durch ein Fenster auf der Rückseite der Remise, hangelte sich zum Schrägdach empor und schlich zu der Stelle, an der die Remise an das Haus stieß. Hier gab es einen kleinen Mauervorsprung, der einst zu einem inzwischen abgerissenen Erker gehört hatte. Dahinter konnte er sich verkriechen und sowohl den Hof wie auch den Eingang zur Remise im Auge behalten. Dann würde er schon sehen!

Er musste nicht lange warten. Die Dämmerung hatte längst eingesetzt, und da der Mond nur als kaum wahrnehmbare Sichel am Himmel stand, kam die Dunkelheit beinahe schlagartig. Kaum lag der Hof in völliger Schwärze, schon hörte Blueskin ein leises Rascheln und Trippeln, das ihm bekannt vorkam und sein Herz rasen ließ. Er konnte Jack nicht sehen, aber sein tänzelnder Gang war unverkennbar. Nur ein Federgewicht wie Jack konnte derart leise durch die Gegend schleichen, wie ein Wiesel oder Eichhörnchen.

Das Tor zur Remise öffnete und schloss sich, dann hörte er Schritte unter sich, schließlich Stille. Blueskin glaubte nach einiger Zeit, leise und gedämpfte Stimmen zu vernehmen, doch das mochte auch Einbildung sein. Das zugemauerte Fenster, die Teppiche an den Wänden und die winzige Luke zur Remise ließen keine Laute aus dem »Schrank« dringen, dafür hatte Mutter Blake schon gesorgt. Schließlich sollte niemand die verzweifelten Schreie hören.

Der Gedanke an Hope hatte ihn für einen Augenblick abgelenkt, und er schalt sich dafür, als er das leise Quietschen des Stalltors hörte. Jack war wieder im Hof, und im nächsten Augenblick erklang der Ruf einer Eule. Eine zweite Eule antwortete aus der Nähe.

Sehr einfallsreich!, dachte Blueskin und kroch auf allen Vieren aus seinem Versteck und im Schatten des Firsts zum hinteren Ende des Remisendaches. Hier befand er sich direkt über Jack, der an der Mauer zum Nachbarhof lehnte und sich eine Pfeife anzündete.

»Bist du bescheuert?«, schimpfte eine Bassstimme über den Hof. »Mach das Licht aus!« Und im nächsten Augenblick erschien der riesige Quilt Arnold, um Jack die Pfeife aus der Hand zu schlagen.

»Reg dich ab, Quilt!«, lachte Jack mit seiner wohlklingenden Jungenstimme. Er wich dem Schlag geschickt aus und ließ Quilts mächtige Pranke ins Leere sausen. »Blueskin ist noch nicht d-da. Kommt erst um M-Mitternacht. Mit dem Brief.«

»Wer sagt das?«

»Mutter Blake«, antwortete Jack und sog so heftig an der Pfeife, dass sein hübsches Gesicht rötlich leuchtete. »Und sie würde mich bestimmt nicht anlügen. K-Kann mich nämlich gut leiden, die hässliche V-Vettel.«

»Hm«, knurrte Quilt Arnold. »Das sind ja noch über drei Stunden. Sollen wir die ganze Zeit hier draußen hocken und ihm auflauern?«

»Ihr könnt auch drinnen warten und euch die Zeit mit Mutter Blakes

W-Wacholderfluch vertreiben«, lachte Jack und patschte Quilt wie einem kleinen Jungen auf den Buckel. »Sag den anderen B-Bescheid, wenn du willst. Bis Mitternacht wird nichts p-passieren. Blueskin ist so pünktlich wie eine Turmuhr. Auf ihn ist V-Verlass.«

Wieder knurrte Quilt etwas Unverständliches, dann nickte er und verschwand durch die schmale Passage neben dem Haus in Richtung Rosemary Lane. Dort warteten vermutlich die anderen im Hinterhalt auf Blueskins Erscheinen.

Obwohl das kurze Gespräch zwischen Jack und Quilt genau dem entsprochen hatte, was Blueskin vermutet oder befürchtet hatte, war er beim Hören der Worte so entsetzt und benommen, dass ihm ganz schlecht wurde. Bis zuletzt hatte er gehofft, Bess könnte sich irren oder hätte ihn absichtlich und aus reiner Bosheit belogen, weil es eben in ihrer Natur steckte. Doch nun konnte es keine Zweifel mehr geben: Jack war ein Verräter. Er war nicht anders als all die anderen. Ein Gauner von Mr. Wilds Gnaden. Ein verdammter Jämmerling!

Auf ihn ist Verlass! Jacks Worte klangen ihm wie Hohn in den Ohren. Und damit wich die Enttäuschung der Wut und dem Wunsch nach Rache. Immer noch stand Jack an die Hofmauer gelehnt und nuckelte an seiner Pfeife, als könnte er kein Wässerchen trüben. Schließlich jedoch stieß er sich mit dem Fuß von der Mauer ab und schlenderte zum Eingang der Remise. Zunächst vermutete Blueskin, Jack wolle sich zu Quilt Arnold und seinen neuen Freunden gesellen, doch das war höchst unwahrscheinlich. Es war für Jack mehr als ratsam, weiterhin den Schein zu wahren und sich nicht in aller Öffentlichkeit mit Mr. Wilds Leuten zu zeigen. Vielleicht wollte er stattdessen allein im »Schrank« auf Blueskin warten.

Blueskin musste sich beeilen und zückte den Totschläger, den er aus dem Coal Yard mitgebracht hatte. Eine hübsche kleine Metallkugel, in Leder verpackt und mit einer Handschlaufe versehen. Er sprang vom Dach, als Jack gerade die Remise betreten wollte, und landete direkt vor Jacks Füßen. Doch dann schoss ihm ein fürchterlicher Schmerz durch die Knochen, ließ ihn aufschreien und fällte ihn wie einen Baum. Er war zuerst auf seinem rechten Fuß gelandet, und das war ihm zum Verhängnis geworden. Er hatte seinen lädierten Knöchel schlichtweg vergessen und zahlte nun die Zeche dafür.

Beim Sturz hatte er seinen Totschläger verloren, und als er nun danach greifen wollte, trat Jack mit dem einen Bein auf seinen Unterarm und beförderte mit dem anderen den Totschläger aus Blueskins Reichweite.

»Oi, Blueskin!«, sagte er lächelnd. »William hat mir schon b-berichtet, dass du neuerdings eine V-Vorliebe für überraschende Auftritte hast. Deine Zeit als T-Toter scheint nicht spurlos an dir vorübergegangen zu sein. Du bist ein echtes G-Gespenst geworden.«

Blueskin wollte sich aufrichten, doch der stechende und kaum zu ertragende Schmerz im Knöchel sowie Jacks Fuß auf seinem Unterarm ließen dies nicht zu. Er trat mit dem linken Fuß nach Jack, doch der lachte nur, griff nach dem Fuß und drehte ihn um die eigene Achse, bis Blueskin vor Schmerz Hören und Sehen verging. Er bestand nur noch aus Pein und gab auf.

»Lass!«, flehte Blueskin. »Du hast gewonnen.«

»B-Braver Junge«, sagte Jack, ließ Blueskins Fuß los, trat ihm jedoch im nächsten Augenblick mit voller Wucht in den Unterleib. Blueskin spürte den Schmerz kaum noch, er krümmte sich und lag reglos wie ein Mehlsack auf dem Boden.

»Warum, Jack?«, wisperte er undeutlich. Der Speichel lief ihm seitlich aus dem Mund. »Wieso hast du das getan?«

»Man muss einsehen können, wenn man v-verloren hat«, antwortete Jack und griff nach seiner glimmenden Pfeife, die ihm vor Schreck oder Überraschung aus dem Mund gefallen war. »Das ist ein Z-Zeichen von Stärke, sagt Mr. Wild. Und wo er recht hat, hat er recht.«

»Verrat ist niemals Stärke«, erwiderte Blueskin tonlos. »Du trittst alles mit Füßen, wofür du noch vor Kurzem gekämpft hast. War das alles nur eitles Gefasel? Leeres Gerede? Bist du tatsächlich so tief gesunken?«

»Das sagt ja der R-Richtige«, erwiderte Jack kopfschüttelnd. »Darf ich dich daran erinnern, dass du vor ein paar Jahren deine gesamte B-Bande an den Galgen gebracht hast, nur um deinen eigenen K-Kopf zu retten?« Und abfällig schnaufend setzte er nach: »Blueskin Blake, Zeuge der K-Krone!«

»Das ist es ja eben«, murmelte Blueskin und ahnte im selben Augenblick, dass Jack es nicht verstehen würde. »Ich dachte, du bist anders als der verdammte Rest. Besser als wir Übrigen. Ich hab nie von mir behauptet, ein Heiliger zu sein. Aber ich hab gedacht, dass du …« Blueskin wurde plötzlich bewusst, dass er Jack für einen Heiligen gehalten hatte, für eine Art Messias. Doch das konnte er Jack natürlich nicht sagen, es hätte albern und unpassend geklungen. Daher schluckte er den Satz hinunter und fügte lediglich hinzu: »Du bist jämmerlich.«

»Nicht ich b-bin es, der hier rumjammert«, lachte Jack, und sein Lachen klang so aufrichtig und sympathisch wie eh und je. »Ich bin nur nicht dumm g-genug, freiwillig am Galgen zu b-baumeln, wenn ich's verhindern kann. Jeder ist sich selbst der Nächste. Und es tut mir nicht mal l-leid. Na ja, vielleicht ein b-bisschen.«

»Spar dir deinen Hohn!«, rief Blueskin und stöhnte leise. Der Schmerz hatte zwar ein wenig nachgelassen, doch das wollte er nicht zu erkennen geben. Aus den Augenwinkeln heraus hielt er nach dem Totschläger Ausschau, der dort irgendwo im Dunkeln auf dem Boden liegen musste.

»Nein, wirklich, du warst mir immer ein guter F-Freund«, sagte Jack und schien Blueskins Blick aufgefangen zu haben. »Aber damit hat es nun ein Ende.« Auch er schaute ins Dunkel und wandte sich um.

»Suchst du das hier?«, fragte eine helle Frauenstimme. Ein weiß gepudertes Gesicht tauchte wie ein Geist aus der Finsternis aus, dann surrte es leise – wie ein kaum zu vernehmender Windzug –, und der Totschläger landete mit einem hässlichen Krachen auf Jacks Kopf.

Wieder fiel die Pfeife zu Boden. Doch diesmal folgte auch Jack und blieb bäuchlings neben ihr liegen.

»Poll«, murmelte Blueskin verwirrt. »Was machst du denn ... wieso ... woher weißt du ...?«

»Ich hab auf dem Tisch gelegen, schon vergessen?«, antwortete Poll und half Blueskin, der die Zähne zusammenbiss, auf die wackligen und malträtierten Beine. »Und ich kenn dich inzwischen gut genug, um zu wissen, wenn mit dir was nicht stimmt. Dein Blick hat mehr verraten als deine Worte.«

»Gar nichts stimmt mehr«, sagte Blueskin und wehrte Polls Versuche ab, ihn abzustützen und fortzuschleppen. Er schaute zu Jack, der bewusstlos auf dem Boden lag, und setzte hinzu: »Nichts hat mehr einen Sinn. Jack hat alles ... kaputtgemacht.« Beinahe hätte er »entweiht« gesagt.

»Wir müssen verschwinden, bevor jemand kommt«, flehte Poll und unternahm einen weiteren Versuch, ihn von der Stelle zu bewegen. »Los, Blueskin, ich bring dich nach Hause.«

Als sie das sagte, musste Blueskin lächeln, und sein Herz raste, doch dann verfinsterte sich seine Miene, und er schüttelte den Kopf. »Ich hab noch was zu erledigen«, sagte er und deutete auf eine alte Schubkarre, die an die Wand der Remise gelehnt war. »Ich bin noch nicht fertig mit ihm.«

Er hatte es sich geschworen. Hoch und heilig!

SECHSTER TEIL

Mack the Knife

Und Macheath, der hat ein Messer.
Doch das Messer sieht man nicht.

Bertolt Brecht, Die Moritat von Mackie Messer

1

Henry wusste nicht, wie lange er ohnmächtig gewesen war. Das Letzte, woran er sich bewusst erinnerte, waren die beiden seltsam gekleideten Konstabler, die er mit seinem Messer in Schach gehalten hatte. Und Bess' erschrockener Blick, als Jack ihm von hinten eins über den Schädel gezogen hatte. Gefolgt von einem grellen Feuerwerk in seinem Kopf. Während seiner Ohnmacht waren ihm die wildesten Traumgebilde und wirrsten Gedanken durch den Kopf gejagt. Zusammenhanglose Bilder und undeutliche Satzfetzen aus der Gegenwart. Oder Zukunft. »Du hast ihn umgebracht!« Ein stechender Schmerz im Schädel. Blut an seinen Händen. Ein verschwommenes Bild von Sarahs entsetztem Gesichtsausdruck. Ein Schatten, der sich rasend näherte und alles verfinsterte. Das überhebliche und selbstgefällige Grinsen in Sean Leighs Gesicht. »Wir klären das jetzt, ein für alle Mal!« Eine dunkle Pfütze auf dem Sandweg im Postman's Park, eine rostige Eisenstange, das Knacken von Knochen. So laut und lärmend, als wären es die eigenen. Sarah mit dem Handy in der Hand. »Kommen Sie schnell, ich glaube, er stirbt!« Sirenen, die sich näherten und lauter wurden. Blaues Licht in den Baumwipfeln. Filmriss.

Als er aufwachte, rüttelte und schüttelte es ihn. Er konnte die Augen nicht öffnen, in seinem Kopf hämmerte es, und sein Körper fühlte sich an, als befände er sich in einer Schraubzwinge. Sie hatten ihm die Hände auf dem Rücken gebunden und seine Füße gefesselt, er lag seitlich auf dem Boden und hörte das Rattern einer Kutsche. Als er erneut versuchte, die Augen zu öffnen, bekam er die Lider ein wenig auseinander, und doch blieb es dunkel. Sie hatten ihm die Augen verbunden. Erst als er den Versuch unternahm zu reden und dabei nur undeutliches Gestammel aus seinem Mund kam, begriff er, dass sie ihn zudem geknebelt hatten. Es blieben ihm nur seine Ohren. Doch außer dem Rattern der Kutschräder auf dem Pflaster konnte er nichts vernehmen. Er zerrte an den Fesseln und versuchte, sich zu befreien, doch sofort stellte sich ein Fuß auf seine Schulter, und eine ihm bekannte Männerstimme befahl barsch: »Lieg ruhig, Kerl, sonst knallt's!«

Henry erstarrte und nickte. Unwillkürlich musste er an die Albträume seiner Jugend denken. Als Halbwüchsiger hatte er die Gruselgeschichten von Edgar Allan Poe geradezu verschlungen und war von ihnen bis in den Schlaf verfolgt worden. Beinahe regelmäßig hatte er davon geträumt, lebendig begraben zu werden und in einem Sarg oder einer Gruft aufzuwachen. Beengt, ohne Luft, in völliger Finsternis. Genauso fühlte er sich nun, auch wenn er natürlich wusste, wo und in wessen Begleitung er sich befand. Und wohin man ihn bringen würde: Bedlam Hospital!

Er hatte schon viel über das berüchtigte Irrenhaus gehört und gelesen, das über die Jahrhunderte zum Inbegriff von Chaos und Misshandlung geworden war. Was Newgate für die Gefängnisse darstellte, das war Bedlam für die Irrenhäuser. Die Blaupause eines wahrgewordenen Albtraums. Eine Ausgeburt der Hölle. So war es zumindest von Zeitgenossen geschildert und auf Bildern festgehalten worden.

Das Rattern der Räder auf dem Pflaster wurde zu einem Knirschen, sie fuhren wohl über Kies oder Sand. Schließlich hielt die Kutsche an, und dumpfe Befehle waren zu hören. Neben Henry stöhnte jemand, und obwohl es nur ein kurzes Geräusch gewesen war, hatte er Bess sofort erkannt. Sein Herz schlug heftig, und er versuchte vergeblich, sich bemerkbar zu machen. Eine Tür wurde geöffnet, kalte Luft strömte herein, Kleider raschelten, Bess' wütendes Murmeln, vom Knebel erstickt. Dann wurde Henry von zwei Seiten gegriffen und aus dem Wagen gezerrt. Erst über einen Kiesweg, dann die Stufen einer Treppe hinauf, es folgte das Quietschen einer schweren Eisentür. Henry wurde in ein Haus gebracht, dessen Akustik ihn an Bahnhöfe oder große Festsäle erinnerte. Die Schritte auf dem Steinboden echoten mehrmals, bevor sie sich unter der vermutlich sehr hohen Decke verloren.

Papier knisterte. Jemand räusperte sich und fragte: »Name?«

»Elizabeth Lyon und Henry Ingram.« Die Stimme gehörte Mr. Hornby, dem Wirt des Little Stanmore Inn. Er war es auch gewesen, der Henry im Wagen gedroht hatte. Er fragte: »Ihr wisst Bescheid, Sir?«

»Ay, Konstabler!«, antwortete der andere. »Mr. Wild und Dr. Featherstone haben alles herrichten lassen.«

»Na, dann«, knurrte Mr. Hornby. »Viel Spaß mit den beiden.« Zum Abschied verpasste er Henry eine klatschende Ohrfeige. Einfach so. Begleitet von einem hämischen Lachen.

Schritte entfernten sich. Wieder das Quietschen der Eisentür. Ein mehrfaches Echo, als die Tür ins Schloss fiel.

»Weg mit ihnen!«, befahl der Mann, mit dem Mr. Hornby gesprochen hatte.

Erneut wurde Henry gegriffen und fortgezerrt. Abermals durch eine Tür und eine Treppe hinauf. Ein seltsamer Geruch schlug ihm entgegen. Es roch nach feuchter Erde, Mörtel und Kalk. Wie auf einer Baustelle.

»Ich glaube, die Knebel brauchen wir nicht mehr, Bernie«, sagte ein Mann.

»Hier hört sie ohnehin keiner«, sagte ein anderer.

Henry wurden die Augenbinde und der Knebel abgenommen. Obwohl nur wenig Sonnenlicht durch eine schmale Schießscharte fiel, war Henry geblendet und verengte die Augen zu Schlitzen, bis sie sich an die Lichtverhältnisse gewöhnt hatten. Das erste, was er erkannte, war Bess. Auch ihr waren die Hände auf dem Rücken gefesselt und die Füße in Ketten gelegt worden. Sie sah derangiert aus, ihr Haar war zerzaust, das Gesicht verschrammt, das Oberkleid in Fetzen, das Mieder zerrissen. Es war offensichtlich, dass sie sich während der Fahrt von Little Stanmore nach Moorfields an ihr vergangen hatten.

Henry wendete den Blick ab und war beinahe froh, dass er bewusstlos gewesen war und nichts davon gehört hatte. »Wie geht es dir?«, fragte er, ohne Bess anzuschauen.

Statt einer Antwort schnaufte Bess verächtlich.

»Weiter!«, befahl einer der Männer und stieß Bess in den Rücken. Er trug eine Art Uniform aus dunkelblauem Stoff, mit einem Dreispitz auf dem Kopf und einem Degen an der Seite. Vermutlich war dies die Wärterkleidung in Bedlam. Oder die Uniform von Mr. Wilds eigener Wachtruppe.

Sie gingen eine schmale Holztreppe hinauf, die seltsam unfertig schien. Die Wände des Treppenhauses waren nicht verputzt, es fehlte ein Geländer, und die Treppenbohlen starrten vor Dreck. Als sie ins erste Obergeschoss kamen, erkannte Henry einen Zellentrakt, dessen Zellen keine Türen hatten. Einige der Mauern endeten auf halber Höhe, überall lag Werkzeug und Baumaterial herum. Bretter, Steine, Bottiche mit Kalk oder Ziegelmehl.

»Das ist ja eine Baustelle«, entfuhr es Henry ungläubig.

»Keine Bange«, sagte der Wärter namens Bernie und lachte. »Euer Gemach ist bereits fertig und wartet auf euch. Los, weiter!«

Das zweite Obergeschoss ähnelte dem ersten. Auch hier waren die Zellen zur Unterbringung der Irren noch nicht fertiggestellt. An einer Mauer lehnten die Gittertüren, die noch in die Öffnungen eingefügt werden mussten. Durch schmale Scharten an den Seiten fiel nur wenig Tageslicht ins Innere. Henry versuchte vergeblich, am Stand der Sonne zu erkennen, welche Tageszeit es war.

Das dritte Obergeschoss unterschied sich merklich von den beiden anderen. Zwar befand es sich ebenfalls noch im Bau, wie die vielen türlosen Öffnungen in den Wänden bewiesen, doch es lagen keine Werkzeuge herum, keine Bretter oder Steine waren zu sehen, und am Ende des Gangs war eine fertige Zelle mit eingefasster Gittertür zu erkennen. Davor stand ein Tisch mit einem brennenden Windlicht darauf.

»Ihr steckt uns gemeinsam in eine Zelle?«, wunderte sich Bess.
»Brauchst du ein Privatgemach?«, schnaufte der Wärter Bernie.
»Wir würden uns niemals trauen, euch Turteltäubchen zu trennen«, fügte sein Kollege hinzu. »Aber kommt bloß nicht auf dumme Gedanken! Durchs Gitter sehen wir alles.« Er lachte dreckig und stieß Bernie an.
»Sollen sie ruhig übereinander herfallen, Seamus«, meinte Bernie. »Dann haben wir wenigstens unseren Spaß.«
Henry und Bess wurden in die winzige Zelle geführt und von Kopf bis Fuß abgetastet. Bess ließ alles regungslos und ohne Gegenwehr über sich ergehen, auch als Seamus ihr unter den Rock griff und dort länger als nötig verweilte. Sie hatte unlängst noch Schlimmeres erlebt. Henry jedoch trat reflexartig nach Bernie, als dieser ihm grinsend zwischen die Beine fasste. Sofort fielen beide Wärter über ihn her und traktieren ihn mit Schlägen und Tritten. Sie drückten ihn gemeinsam zu Boden, quetschten ihm mit ihren Knien die Rippen und durchsuchten seine Kleidung. Als Bernie den Brillantring in seiner Jacke entdeckte, pfiff er leise durch die Zähne und ließ das Schmuckstück blitzschnell in seiner Hosentasche verschwinden. Mit einem Seitenblick auf seinen Kollegen vergewisserte er sich, dass Seamus es nicht bemerkt hatte.
»Was haben wir denn hier?«, rief dieser plötzlich und hielt Henrys Smartphone in die Höhe. »Hast wohl gedacht, du kannst das in die Zelle schmuggeln.«
»Was soll denn das sein?«, wunderte sich Bernie. »Ein Spiegel?«
»Es ist nichts«, antwortete Henry, der sein nutzlos gewordenes Mobiltelefon völlig vergessen hatte. »Nur ein Andenken.«
»Na, dann«, meinte Seamus, warf das Gerät zu Boden und trat mit den Füßen darauf, bis es knirschte und knackte und in viele Einzelteile zerbrach.
»So was hab ich ja noch nie gesehen«, knurrte Bernie und betrachtete eine winzige grüne Platine im Schein des Windlichts, das er auf dem Boden abgestellt hatte. Dann hielt er den Akku vor die Kerze und bestaunte das fluoreszierende Hologramm. »Was ist denn das für ein Teufelszeug?«
»Würdest es eh nicht verstehen«, sagte Henry und bekam als Antwort einen Tritt in die Seite.
Die Wärter sammelten die Einzelteile des Handys vom Boden, nahmen Henry und Bess die Handfesseln ab, ließen jedoch die Fußeisen angelegt und gingen hinaus. Die Gittertür fiel ins Schloss, und Seamus und Bernie setzten sich im Vorraum an den Tisch, wo ein Kartenspiel auf sie wartete.
»Du gibst«, sagte Seamus.
Henry starrte auf die Stelle, an der sein Smartphone gelegen hatte und

glaubte neben einigen Glasscherben und Plastikteilchen die kleine Speicherkarte zu erkennen, die aus dem Gehäuse gefallen und von den Wärtern übersehen worden war. Er nahm den winzigen Chip in die Hand und betrachtete ihn wie ein Ding aus einer anderen Welt. Vor gar nicht allzu langer Zeit hätte er alles für diese Speicherkarte gegeben, sein gesamtes Leben befand sich darauf, alle Freunde und Bekannten, alle beruflichen Kontakte und Adressen, sämtliche Termine sowie die Musik, die er liebte. Das alles bedeutete ihm nun wenig, und er überlegte, ob er den Chip wegwerfen sollte. Er würde Henry vermutlich ohnehin nie wieder von Nutzen sein. Doch dann steckte er die Karte in die Hosentasche, rappelte sich unter Schmerzen in der Brust auf und sah sich in dem kargen Raum um, der durch eine schmale Öffnung in der Mauer nur unmerklich mit Tageslicht versorgt wurde. Ein Strohsack lag in der Ecke auf dem Boden, ein Nachttopf stand daneben, davon abgesehen war die Zelle leer. Keine Waschschüssel, kein Hocker, kein Tisch. Nichts.

»Was, zum Teufel, wollen sie von uns?«, murmelte er und schaute zum schmalen Fenster hinaus. Draußen schien es zu dämmern. Der Himmel war violett gefärbt.

»Was sie von mir wollen, haben sie schon zu erkennen gegeben«, sagte Bess, ließ sich langsam auf den Strohsack sinken und versuchte notdürftig, ihr zerrissenes Mieder und das Oberkleid zu richten.

Henry nickte traurig und schüttelte dann den Kopf. »Ich glaube nicht, dass das der Grund ist, warum Mr. Wild dich hier gefangen hält. Und mich obendrein. Er will etwas Bestimmtes von uns, sonst hätte er uns längst umgebracht. Das ist auch der Grund, warum er dich in den Beichtstuhl in der Chick Lane gebracht hat. Hast du eine Ahnung, worauf er es abgesehen hat?«

»Wir werden es bald erfahren«, antwortete Bess, hob die Schultern und schloss die Augen. Es hatte den Anschein, als hätte sie jeden Lebenswillen und jeden Mut zur Gegenwehr verloren. Henry hockte sich neben sie auf den Boden und griff nach ihrer Hand. Zunächst wollte sie ihm die Hand entziehen, doch dann ließ sie es zu und streichelte ihrerseits mit der anderen Hand über Henrys Unterarm.

»Wir kommen hier wieder raus!«, sagte Henry und merkte selbst, wie schal und halbherzig seine Worte klangen.

»Sicher«, antwortete Bess und atmete tief aus. Im nächsten Moment erschlaffte ihre Hand, und ein leises Gurgeln aus ihrer Kehle verriet, dass sie eingeschlafen war. Er führte ihre Hand an seine Lippen und küsste sie zärtlich. Bess seufzte wohlig im Schlaf. Dann schloss auch Henry die Augen.

»Gott verdamm mich!«, rief Bernie im Vorraum und knallte zornig die Karten auf den Tisch. »Wasch dir die Pfoten, bevor du gibst. Was für Dreckskarten!«

2

Francis Atterbury! Der Bischof von Rochester war der Schlüssel zu Mr. Wilds Geheimnis. Er war der Grund, warum Bess' Ehemann Matthew und ihr Liebhaber Albrecht hatten sterben müssen. Während Henry rücklings neben Bess auf dem Boden lag und zur Decke starrte, die in der Dunkelheit gar nicht zu erkennen war, war er sich sicher, dass die Jakobiten hinter allem steckten. Bess schnarchte mittlerweile so laut, dass an Schlaf nicht zu denken war, doch Henry wollte sie nicht wecken, hielt weiterhin ihre Hand und streichelte ihren Unterarm. Obwohl es kalt in der Zelle war, schwitzte er, doch gleichzeitig hatte er eine Gänsehaut und Schauer fuhren ihm über die bloßen Arme. Er grübelte angestrengt und hatte Mühe, seine Gedanken zu sortieren.

Matthew Lyon, der Küster von Whitchurch, war ins Little Stanmore Inn gegangen, um den Liebhaber seiner Frau zur Rede zu stellen, und hatte dort etwas beobachtet, das ihm zum Verhängnis geworden war. Etwas oder jemanden. Den Bischof und seine jakobitischen Mitverschwörer vielleicht? Als Küster des Sprengels von Cannons House war er dem Bischof vermutlich mehrmals über den Weg gelaufen und hätte ihn erkannt, wenn er ihn in illustrer Runde beim Planen eines Königsmordes ertappt hätte. Das hatte ihn das Leben gekostet. Und ihn um ein Begräbnis in geweihter Erde gebracht.

Henry ärgerte sich, dass er sich nur in sehr groben Zügen an die missglückte Atterbury-Verschwörung von 1721 oder 1722 erinnerte. Die Jakobiten hatten so oft und stets erfolglos versucht, James Francis Edward, den Sohn des letzten Stuart-Königs, auf den englischen Thron zu befördern, dass es schwer fiel, den Überblick zu behalten. Wenn Henry sich recht erinnerte, dann hatte Bischof Atterbury nicht nur potente Geldgeber und militärische Ratgeber aus dem Ausland hinter sich gehabt, sondern er hatte auch eine schlagkräftige Truppe von Unterstützern im Inland für seine Sache geworben. Und diese Sache hieß: Den deutschen König George gefangen zu nehmen und den rechtmäßigen Stuart-König, den sie James III. nannten, auf den Thron zu hieven.

Die durchaus vielversprechende und bereits weit gediehene Verschwörung flog jedoch überraschend auf, Atterbury und weitere Anführer wurden verhaftet und einige Zeit im Tower gefangen gehalten. Später konnte der Bischof von Rochester nach Frankreich fliehen, oder er wurde vom König dorthin verbannt, so genau wusste Henry das nicht mehr, und wenn er sich recht entsann, war der Bischof viele Jahre später im französischen Exil gestorben und hatte nie wieder englischen Boden betreten.

Das Seltsame an der ganzen Angelegenheit war jedoch, dass keiner der namentlich bekannten Verschwörer zum Tode oder auch nur zu einer längeren Haftstrafe verurteilt worden war. Ausführliche Listen der Verschwörer waren bei den verhafteten Jakobiten gefunden worden, wurden aber schlichtweg ignoriert. Vermutlich waren so viele hochrangige Persönlichkeiten an dem so genannten »Atterbury-Plot« beteiligt gewesen, dass man es für opportun hielt, alles unter den Teppich zu kehren und die Sache zu vergessen. Niemandem aus dem ungeliebten Königshaus war ein Haar gekrümmt worden, kein Mensch wollte anschließend etwas gewusst haben, und viel zu viele hatten mitgemacht. Also löste sich alles in Luft und Wohlgefallen auf. Wie ein nichtiges Spukgebilde.

Doch genau das war es, was Henry nicht einleuchtete. Sein erster und naheliegender Verdacht war es gewesen, dass auch Mr. Wild zu den Atterbury-Verschwörern gezählt hatte und nun alles unternahm, um diese Beteiligung zu verschleiern. Womöglich hatte der Musiker Albrecht Niemeyer, der selbst einer der Jakobiten gewesen war und an dem konspirativen Treffen im Little Stanmore Inn teilgenommen hatte, den Diebesfänger mit seinem Wissen erpresst. Hatte Bess nicht gesagt, Albrecht sei erst vor Kurzem aus Frankreich nach London zurückgekehrt? War es nicht denkbar, dass er dort mit Bischof Atterbury verkehrt hatte? Es passte scheinbar alles zusammen.

Und dennoch war Henry irritiert und wollte das nicht glauben. Was hatte Mr. Wild schon zu befürchten? Niemand interessierte sich ernsthaft für die Verschwörer von einst. Wäre es wirklich so schlimm gewesen, wenn Jonathan Wild als Atterbury-Gefolgsmann entlarvt worden wäre? Dann befände er sich in guter und wohlangesehener Gesellschaft, die ebenfalls unbehelligt geblieben war – dem Herzog von Chandos beispielsweise oder dem Grafen von Burlington. Und warum hatte Mr. Wild es nun auf Bess abgesehen? Albrecht Niemeyer war tot, der Mitwisser von einst konnte Mr. Wild nicht mehr gefährlich werden. Nein, das ergab keinen Sinn. Henry ahnte, dass noch einige wesentliche Teile des Puzzles fehlten. Und er sehnte sich regelrecht danach, Mr. Wild unter die Augen zu treten, um ihn danach zu fragen.

Henry musste nicht lange warten. Bereits früh am folgenden Samstagmorgen wurden Bess und er mit Fußtritten aus dem Schlaf geweckt, und kommentarlos wurden ihnen eiserne Handschellen angelegt. Diesmal jedoch nicht auf dem Rücken; stattdessen wurden sie mittels einer Kette an den Fußschellen befestigt, was die Bewegungsfreiheit erheblich einschränkte.

»Was soll das?«, fragte Bess schlaftrunken und zerrte an den Ketten.

»Hoher Besuch«, antwortete der Wärter Bernie, der übernächtigt und übellaunig wirkte. Vermutlich hatte ihn sein Kollege Seamus beim Kartenspiel über den Tisch gezogen. Grimmig sagte er: »Damit ihr manierlich bleibt.«

»Hat Mr. Wild solche Angst vor uns?«, fragte Henry höhnisch.

»Angst?«, kam eine piepsige Stimme von der Gittertür. »Nein, nur einen gesunden Menschenverstand. Ihr habt guten Grund, mir ans Leder zu wollen, und ich habe allen Grund, das tunlichst zu verhindern.« Mr. Wild betrat mit einem selbstgefälligen Grinsen im Gesicht die Zelle und scheuchte den Wärter mit einer Handbewegung fort.

»Ay, Sir!«, machte Bernie, stellte das Windlicht auf dem Boden ab und verließ buckelnd die Zelle.

Der unvermeidliche Quilt Arnold baute sich hinter seinem Herrn und Meister auf und verschränkte die Arme vor der Brust.

»Du auch!«, fuhr ihn Mr. Wild an. »Raus mit dir!«

»Sir?«, wunderte sich Quilt Arnold, verließ dann aber zögerlich den Raum. Sein Gesicht erinnerte Henry an das eines eingeschnappten kleinen Jungen.

»Weshalb haltet Ihr uns hier gefangen?«, fragte Bess und baute sich vor dem Diebesfänger auf. Sie überragte ihn um einen Kopf und starrte ihn an, als wollte sie ihm im nächsten Augenblick in die Nase beißen.

»Unser letztes Gespräch wurde etwas abrupt unterbrochen«, meinte Mr. Wild, lächelte geringschätzig, machte aber dennoch einen Schritt zurück. »Und als ich das nächste Mal nach dir geschaut habe, warst du verschwunden. Mit Blueskin, Friede seiner schwarzen Seele, und dem da!« Er wies mit dem Daumen auf Henry, der sich nicht von der Stelle gerührt hatte und immer noch neben dem Strohsack auf dem Boden saß.

»Es hängt alles zusammen, nicht wahr?«, fragte Bess, und es klang beinahe flehentlich. Als ginge es ihr nur darum, endlich Gewissheit zu haben. »Matthew und Albrecht und der Herzog und Ihr, Sir! So ist es doch, oder?«

»Mit deinem seligen Mann habe ich nichts zu schaffen«, knurrte Mr. Wild, und wieder fiel Henry auf, wie unangenehm und durchdringend seine fiepende Stimme klang. »Ich bin Mr. Lyon nie begegnet.«

»Warum musste Matthew sterben?«, fragte Bess. »Er konnte keiner Fliege was zuleide tun. Er wollte doch nur mit Albrecht sprechen. Wegen mir!«

»Davon weiß ich nichts«, antwortete Mr. Wild ungeduldig, griff nach seinem Dreispitz, zupfte an den Federn und setzte den Hut wieder auf die Perücke. »Mit dem Little Stanmore Inn habe ich nichts zu tun, ich bin nie dort gewesen, und es kümmert mich auch nicht. Du hättest den Herzog von Chandos danach fragen sollen, als du Gelegenheit dazu hattest.«

»Oder Bischof Atterbury?«, meldete sich Henry zu Wort.

»Du bist ein kluges Bürschchen, Macheath!« Mr. Wild nickte und bedachte Henry mit einem abschätzigen Seitenblick. »Aber den Bischof werdet ihr nicht um Antwort bitten können, denn er ...«

»... ist in Frankreich«, setzte Henry den Satz fort. »Das wissen wir. Es

275

ist auch gar nicht nötig, ihn zu fragen. Warum er Matthew Lyon umbringen ließ, liegt ohnehin auf der Hand. Atterbury musste auf Nummer sicher gehen und konnte nicht riskieren, dass seine Verschwörung verraten wurde. Von einem Küster, der ihn ganz zufällig im Kreis jakobitischer Verschwörer gesehen hatte. Zu dem vermutlich auch der Herzog von Chandos zählte. Darum wurde der Fall auch so schnell zu den Akten gelegt und die Selbsttötung nicht infrage gestellt. Ein kurzer Prozess.«

Mr. Wilds abschätziger Blick wandelte sich zu einem verwunderten. »Warum stellt ihr Fragen, wenn ihr die Antworten längst wisst?«, fragte er und wandte sich dann an Bess: »Aber wie ich schon bemerkt habe: Ich kann dazu nichts sagen, da ich bei dem bedauerlichen Vorfall nicht zugegen war.«

»Und warum Albrecht?«, wollte Bess wissen. »Oder wollt Ihr etwa behaupten, dass Ihr bei diesem *bedauerlichen Vorfall* auch nicht zugegen wart?«

»Mr. Niemeyer war ein habgieriger Erpresser und liederlicher Lump«, entfuhr es dem Diebesfänger, bevor er sich die Worte überlegen konnte. »Keinen Schuss Pulver wert. Wie alle Deutschen! Ein niederträchtiges Pack!«

»Das sagt ja der Richtige«, lachte Henry und bereute umgehend seine Worte, als Mr. Wilds Fuß mit voller Wucht an seinem Kinn landete und sein Kiefer sich anfühlte, als hätte man ihn gespalten. Ein abgebrochener Schneidezahn landete auf dem Boden, und Blut rann ihm über die Unterlippe.

»Und jetzt müssen wir sterben?«, fragte Bess, aber es klang eher wie eine Feststellung. »Weil ich Matthews Frau und Albrechts Geliebte war?«

»Nein«, antwortete Mr. Wild und lachte plötzlich, als hätte ihm jemand einen guten Witz erzählt. »Deshalb nicht. Mit wem du dich in den Betten rumtreibst, ist mir einerlei.« Dabei schaute er Henry an und grinste. »Und dass ihr sterben müsst, ist gar nicht ausgemacht. Das hängt ganz davon ab, wie mitteilsam ihr euch zeigt.«

»Was, zum Teufel, wollt Ihr von uns?«, rief Henry, zerrte an den Ketten und wischte sich das Blut vom Kinn. Wegen der Zahnlücke zischelte er bei jedem Wort, und die Luft fuhr ihm beim Sprechen wie Feuer über den abgebrochenen Zahnstumpf.

»Den Brief!«

»Was für einen Brief?«, wollte Bess wissen.

»*Den* Brief!«, wiederholte Mr. Wild. »Du weißt genau, was ich meine.«

»Wie kommt Ihr darauf?«

»Du warst in seiner Wohnung«, sagte Mr. Wild. »In Covent Garden.«

»Ich wollte Albrecht umbringen«, erwiderte Bess. »Das habe ich Euch bereits gesagt. Aber Ihr seid mir zuvorgekommen.«

Mr. Wild lachte ungläubig und rief: »Ich weiß, dass du mit ihm unter einer Decke steckst, Bess. Hör auf mit dem dummen Theater!«

»Es geht also um Albrecht Niemeyers Brief«, sagte Henry, der nun endlich zu verstehen glaubte. »Der Brief, mit dem er Euch erpresst hat.« Und nach kurzem Nachdenken fügte er nickend hinzu: »Bischof Atterburys Brief. Aus Frankreich.«

»Es freut mich, dass ihr nicht länger die Unwissenden spielt«, sagte Mr. Wild zufrieden und lächelte. »Das erspart uns Zeit und peinliche Unannehmlichkeiten. Es war übrigens nicht Atterburys Brief, sondern meiner. Und Niemeyer hat ihn entwendet. Was ihm nicht gut bekommen ist.«

»Was denn für ein Brief?«, wiederholte Bess und schaute verwirrt von einem zum anderen. »Ich verstehe überhaupt nicht, wovon ihr sprecht.«

»Das wäre allerdings schade«, antwortete Mr. Wild. »Denn dann hätte ich keinen Grund, dich weiter am Leben zu lassen, mein Kind!«

»*Euer* Brief?«, murmelte Henry und stutzte plötzlich. Ihm kam mit einem Mal ein ganz neuer Gedanke. Ein Gedanke, der die scheinbaren Widersprüche, die ihn in der vergangenen Nacht so verstört hatten, in Luft auflöste. Das letzte Stückchen, das das Puzzle vervollständigte. Er schaute Mr. Wild überrascht an und nickte dann, als hätte er gerade eine Erleuchtung gehabt.

»Was gibt's da zu glotzen?«, fuhr ihn der Diebesfänger an.

»Es geht gar nicht darum, dass Ihr einer der Jakobiten wart oder immer noch seid«, antwortete Henry. »Damit hat Mr. Niemeyer Euch nicht erpresst.«

»Her mit dem Brief!«, fauchte Mr. Wild. »Wo habt ihr ihn versteckt?«

»Ihr seid der Verräter, Sir!« Henry lachte, passte diesmal aber auf, dass er nicht wieder von einem Fußtritt überrascht wurde. »Ihr habt Bischof Atterbury und die anderen Jakobiten an den König verraten. Euretwegen ist die Verschwörung aufgeflogen. Und dieser Brief beweist es?«

»Schon wieder eine Frage, auf die du die Antwort längst kennst«, wunderte sich Mr. Wild und lachte gleich anschließend. »Aber das wird dir nichts nützen.«

»Natürlich!«, sagte Henry, aber das war keine Antwort auf Mr. Wilds Bemerkung, sondern auf seine eigenen Gedanken, die endlich Sinn ergaben. »Von der Justiz oder aus dem Königshaus habt Ihr nichts zu befürchten, wohl aber von den Jakobiten, wenn sie herausfinden, wer sie verraten hat. Dann ist Euer Leben keinen Farthing mehr wert. Und das ist Grund genug, zum Mörder zu werden. Deshalb musste Albrecht Niemeyer sterben.« Henry stutzte plötzlich, schaute Mr. Wild verwirrt an und fragte: »Warum habt Ihr ihn umgebracht, bevor Ihr wusstet, wo er den Brief versteckt hatte?«

»Mr. Sykes war leider etwas übereifrig«, lachte der Diebesfänger gehässig. »Und das Genick des Flötenspielers nicht sehr belastbar.«

»Oboist«, verbesserte Bess.

Henry sah Bess eindringlich an und sagte dann: »Auch wir werden sterben. Ob wir den Brief nun überliefern oder nicht.«

»Schluss mit dem Gerede!«, schrie Mr. Wild, der völlig außer sich war und wie ein Rumpelstilzchen auf der Stelle trampelte. »Willst du mir nun sagen, wo der Brief ist oder nicht?«

»Ihr sollt daran verrecken!«, rief Henry und spuckte Blut vor Mr. Wilds Füße.

Der Diebesfänger wollte sich bereits auf Henry stürzen und griff nach seinem Schwert, als sich von draußen Quilt Arnold bemerkbar machte.

»Master! Schnell!«, rief er und öffnete die Tür. Henry konnte einen weiteren Mann im Vorraum sehen, der offensichtlich mit einer Nachricht gekommen war.

»Was denn?!«, fauchte Mr. Wild und hielt sein Schwert in der Schwebe.

»Jack ist wieder in London«, antwortete der andere und flüsterte Mr. Wild etwas ins Ohr.

»Ach, verdammt! Hab ich ihm nicht gesagt, er soll für eine Weile die Beine still halten?«, fluchte der Diebesfänger und schien eine Weile unschlüssig zu sein. Dann schnaufte er abfällig, steckte das Schwert in die Scheide, schnappte sich das Windlicht vom Boden und hastete hinaus. Als die Gittertür hinter ihm geschlossen war, wandte er sich an die Wärter: »Die Handschellen bleiben dran. Und sie kriegen weder Wasser noch Brot, bis ich wieder da bin. Verstanden?«

»Ay, Sir«, antwortete Bernie.

Dann entfernte sich das Windlicht und verschwand im Treppenhaus.

»Du gibst«, sagte Bernie zu seinem Kollegen.

»Hast du immer noch nicht genug verloren?«, antwortete Seamus.

Bess stand wie vom Donner gerührt mitten in der Zelle und starrte Henry verwirrt und verzweifelt an. »Was hat das alles zu bedeuten?«, fragte sie tonlos. »Ich begreife gar nichts mehr.«

Henry zog an der Kette seiner Handschellen, legte den Zeigefinger auf die Lippen, schüttelte den Kopf und wies auf den Strohsack. »Komm!«, sagte er leise und versuchte zu lächeln, obwohl ihm gar nicht danach war. »Wir müssen reden.«

3

Sie saßen sich auf dem Strohsack gegenüber, die Knie angezogen und die Gesichter so nah wie möglich beieinander, damit sie leise flüstern und die Wärter ihr Gespräch nicht belauschen konnten.

»Du machst mir Angst, Henry«, murmelte Bess und starrte auf die Fesseln an ihren Fußgelenken. »Woher weißt du das alles? Über den Bischof und Albrecht und die Jakobiten. Und über Mr. Wild. Warst du einer von seinen Leuten?«

Henry schüttelte den Kopf. »Ich bin auf der Flucht, Bess, das hast du vor ein paar Tagen ganz richtig geraten. Aber dennoch ist es ganz anders, als du denkst. Ich fliehe nämlich vor mir selbst. Vor dem, was ich getan habe. Oder noch tun werde.«

»Was redest du denn da?«

»Erinnerst du dich, wo ich herkomme?«, fragte er und legte seine Hand auf ihr Knie. »Was ich dir darüber gesagt habe?«

»Lambeth Marsh«, antwortete Bess.

»Lambeth Marsh in etwa dreihundert Jahren«, verbesserte Henry. »In dem Lambeth, aus dem ich komme, gibt es kein Marschland mehr. Nur eine kleine Straße, die so heißt. Direkt neben dem Bahnhof Waterloo und ganz in der Nähe eines Riesenrads, das größer ist als Big Ben.«

»Was denn für ein Ben?«

»Richtig, den gibt's ja noch gar nicht.« Henry fuhr sich über die Bartstoppeln, kratzte das getrocknete Blut ab und suchte nach Worten, die erklären konnten, was eigentlich nicht zu erklären war. Seine Gedanken verhedderten sich zusehends, und er entschied sich schließlich für den direkten Weg, für die Wahrheit: »Ich komme aus der Zukunft, Bess. Ich weiß nicht, wie und weshalb es mich hierher verschlagen hat und ob ich jemals wieder zurückkehren kann, aber ich komme aus dem 21. Jahrhundert.«

Statt einer Antwort lachte Bess laut und erschrocken auf.

»Erzählst du uns auch den Witz?«, rief Bernie aus dem Vorraum. »Damit wir mitlachen können.«

»Darf auch ruhig versaut sein«, kommentierte sein Wärterkollege.

Henry legte Bess die Hand auf den Mund, schaute sie eindringlich an und fuhr flüsternd fort: »Ich weiß, dass es völlig verrückt klingt, aber du musst mir glauben. Ich kann es nicht erklären, aber das ändert nichts an der Tatsache. Ich komme aus der Zukunft. Ich gehöre nicht hierher. In meiner Zeit fliegen die Leute in Flugzeugen von Land zu Land, schießen Raketen zum Mond, senden Informationen als unsichtbare Funkwellen durch die Luft und sprechen über weite Entfernungen miteinander, ohne sich auch nur sehen zu können. Mit einem Gerät, wie ich es auch bei mir hatte.«

»Aus der Zukunft«, wiederholte Bess, als müsste sie das Ungeheure erst aussprechen, bevor sie dessen Sinn begriff. »In dreihundert Jahren.«

»Ja«, antwortete Henry zaghaft und kicherte unangebracht, doch dann kam ihm ein anderer Gedanke. »Oder aus einem Theaterstück, das in wenigen Jahren im New Theatre aufgeführt wird. Ich bin Captain Macheath, eine fiktive Figur aus einem Singspiel, erfunden von John Gay, zu der Musik von Johann Pepusch. Es gibt mich gar nicht. Noch nicht.«

279

Bess lachte nicht, doch ihr spöttisches Grinsen verriet, dass sie Henry für übergeschnappt hielt. Natürlich tat sie das. Alles andere wäre ebenfalls verrückt gewesen.

»Wieso weiß ich wohl so viel über euch?«, nahm Henry einen weiteren Anlauf. »Über dich und Jack und Mr. Wild. Weil ihr in diesem Theaterstück vorkommt, weil ihr in die Geschichte eingegangen seid. Und in die Literatur.«

»Zuviel der Ehre«, murmelte Bess, und ihr Gesicht nahm einen besorgten Ausdruck an. Sie hob ihre Hand, so weit die Fesseln das zuließen, und wollte Henrys Stirn befühlen. »Hast du Fieber? Geht es dir nicht gut?«

Er schüttelte vehement den Kopf, wehrte ihre Hand ab und sagte: »Ich bin nicht krank, Bess. Ich bin auch nicht verrückt. Ich weiß diese Dinge, weil ich sie in Büchern gelesen habe.« Und im Internet, setzte er in Gedanken hinzu, sprach es aber wohlweislich nicht aus. »Daher weiß ich auch, dass Jack und Blueskin noch in diesem Jahr in Tyburn hingerichtet werden, und dass auch Mr. Wild in wenigen Monaten am Galgen landen wird.«

»Dann müssen wir ja nicht mehr lange hier ausharren«, lachte Bess.

»Das ist kein Witz«, beharrte Henry. »Und so viel Zeit bleibt uns nicht. Wir müssen hier raus, sonst werden wir sterben und zwar sehr bald. Mr. Wild hat gar keine andere Wahl, als uns umzubringen, wenn ihm sein Leben lieb ist.«

»Er wird doch ohnehin in wenigen Monaten hingerichtet, denke ich.«

»Mach dich nicht über mich lustig!« Er faltete seine Hände vor dem Mund, als müsste er sich an eine höhere Instanz wenden, und merkte, dass sie zitterten. »Wir brauchen diesen Brief. Ohne ihn sind wir verloren.«

»Fang du nicht auch noch damit an!«, antwortete Bess. »Ich weiß nichts von diesem verdammten Brief!«

»Aber es gibt ihn, es *muss* ihn geben«, fuhr Henry unbeirrt fort. »Mr. Wild fürchtet ihn und sucht verzweifelt nach ihm. Und tötet wegen ihm. Wenn wir diesen Brief in unsere Hände bekommen, haben wir Mr. Wild in der Gewalt.«

»Hier drin werden wir ihn bestimmt nicht bekommen.«

»Eben«, sagte er und rieb sich die feuchten Innenflächen der gefesselten Hände. »Hier drin werden wir sterben.« Und als hätte es sich die ganze Zeit in ihm angestaut, platzte es plötzlich, wie vor einigen Tagen in Piper's Green, aus ihm heraus: »Ich will hier raus! Das ist doch alles Wahnsinn! Hilf mir, Bess!«

»Sch-sch«, machte Bess, streichelte Henry über die Wange und erschrak. »Du bist ja ganz heiß und schwitzt. Du darfst dich nicht so aufregen. Du brauchst Schlaf.« Sie rückte an ihn heran, näherte sich mit ihrem Gesicht, hauchte Henry einen Kuss auf die Wange und flüsterte ihm ins Ohr: »Das ist das Fieber, Liebster!«

Der Kuss und die überraschende Anrede fuhren Henry wie ein Schauer über den Körper. Er wollte Bess umarmen, doch die Handschellen und die Kette verhinderten das, also ließ er seinen Kopf auf ihre Schultern sinken und küsste ihre Halsbeuge. Ihre Haut fühlte sich an wie Eis, und wieder fuhr ihm ein Schauer über den Rücken. Erst jetzt erkannte Henry, dass Bess recht hatte: Er hatte Fieber!

Bess fuhr ihm zärtlich über die Haare und den Nacken und flüsterte: »Es wird alles gut, mein Liebster!« Wieder küsste sie ihn, und wieder stellten sich ihm die Haare auf. Er presste sie an sich, sog ihren Geruch auf, küsste ihren Hals, schmeckte das Salz und den Schweiß auf ihrer Haut und schloss die Augen.

»Ich liebe dich, Bess«, wollte er sagen, doch es kamen keine verständlichen Laute über seine zitternden Lippen. Nur ein leises Seufzen.

»Ich bin da, Henry«, war das Letzte, was er hörte, bevor er in einen todesähnlichen Schlaf fiel.

Als er die Augen wieder aufschlug, hatte er keine Ahnung, wie lange oder ob er überhaupt geschlafen hatte. Wie nach einem Koma. Er lag rücklings auf dem Strohsack, den Kopf auf Bess' Schoß gebettet, und zitterte am ganzen Körper. An dem dämmrigen Licht in der Zelle war nicht zu erkennen, wie spät es inzwischen war. Bess streichelte seine Wange und wischte seine schweißnasse Stirn mit ihrem zerrissenen Brusttuch ab.

»Gott sei Dank!«, rief sie erleichtert. »Ich dachte schon, du stirbst.«

»Noch nicht«, murmelte Henry und hatte Mühe, sich zurechtzufinden.

»Mr. Wild war gerade da«, sagte Bess. »Er wollte dich wecken, aber du hast geschlafen wie ein Toter. Er kommt morgen wieder, hat er gesagt. Wenn wir ihm dann nicht verraten, wo der Brief ist, werden wir sterben.«

Henry wollte etwas erwidern, doch er wusste keine Antwort darauf und nickte nur. Seine Lippen waren trocken und gerissen, der geschwollene Kiefer fühlte sich an, als hätte man ihn mit glühenden Zangen bearbeitet. Alles brannte! »Ich hab Durst«, murmelte er schließlich, doch Bess schüttelte mit dem Kopf.

»Kein Wasser«, sagte sie, befeuchtete ihre Finger mit Spucke und fuhr ihm damit über die spröden Lippen.

Wieder nickte Henry und schloss die Augen. Und dann war der Gedanke wieder da. Er wusste nicht genau, ob er ihm im Schlaf oder bereits vorher gekommen war, doch jetzt erschien er ihm ebenso naheliegend wie erfolgversprechend. Schließlich war er ein Schauspieler, ein guter, wie er glaubte. Jetzt galt es, das unter Beweis zu stellen. Es kam ihm beinahe so vor, als hätten ihn die Jahre auf der Schauspielschule allein auf diese Situation vorbereitet. Damit er sich aus ihr befreien könnte.

Der Brief würde sie retten! Solange Mr. Wild nicht wusste, wo sich dieses Schreiben befand, war es für ihn zu riskant, sie umzubringen. Denn der Diebesfänger war ja davon überzeugt, dass Bess und Henry etwas über den Verbleib wussten. Das galt es auszunutzen. Und deshalb öffnete Henry die Augen und sagte: »Wir dürfen ihm den Brief nicht geben.«

»Da wir ihn nicht haben und nichts darüber wissen, wird uns das nicht schwerfallen«, meinte Bess achselzuckend.

Henry überlegte, ob er Bess in seinen Plan einweihen sollte, doch dann entschied er sich dagegen. Vielleicht war alles ja nur ein Fieberwahn, den er in seinem angeschlagenen Zustand nicht als solchen erkannte. Eine wirre Phantasmagorie. Gleichzeitig hatte er trotz des Fiebers das Gefühl, völlig klar denken zu können. Oder gerade wegen des Fiebers? Das Fieber gehörte schließlich zu seinem Plan. Wie der Brief. Wenn es denn überhaupt ein Plan war.

Nein, es war besser, Bess im Unklaren zu lassen. Sie würde viel überzeugender wirken, wenn sie glaubte, was sie sagte. Deshalb murmelte er: »Ich weiß, wo der Brief ist. Albrecht hat ihn mir gegeben.«

Bess starrte ihn ungläubig an und fragte: »Du hast Albrecht gekannt?«

»Wir haben gemeinsame Sache gemacht.«

»Jetzt redest du wieder irre«, meinte Bess und zog die Stirn kraus.

»Woher wüsste ich sonst von Bischof Atterbury?«, sagte er und versuchte vergeblich, sich aufzurichten. »Und dass er in Frankreich ist.«

»Du kommst aus der Zukunft und hast es in Büchern gelesen«, sagte sie ironisch, ohne dabei das Gesicht zu verziehen.

»Nicht in Büchern«, antwortete er, »sondern in einem Brief.«

Bess schüttelte den Kopf, doch ihrem Blick konnte Henry entnehmen, dass sie nicht mehr felsenfest davon überzeugt war, dass er irre sprach. Dennoch sagte sie: »Du hast Fieber, Henry. Ruh dich aus.« Und damit drückte sie seinen Kopf zurück in ihren Schoss und fuhr ihm beruhigend mit den Fingern über die Stirn.

»Mir ist kalt«, wisperte er und schüttelte sich. Und damit begann das Schauspiel, auch wenn daran noch nicht einmal alles erfunden war. »Halt mich fest, Bess!«

»Ach, wie niedlich!«, ertönte von der Gittertür die Stimme eines Wärters, die Henry unbekannt vorkam. Vermutlich die Tagschicht.

»Er ist krank!«, schnauzte Bess ihn an. »Er hat das Kerkerfieber und braucht Wasser, sonst verbrennt er innerlich.«

»Kerkerfieber? Papperlapapp!«, antwortete der Wärter. »Ihr seid doch erst seit gestern hier. So schnell kriegt man das fleckige Fieber nicht.«

»Er zittert am ganzen Körper«, beharrte Bess. »Siehst du das nicht?«

»Dann soll er sich warme Gedanken machen«, lachte der zweite Wärter. »Mr. Wild hat gesagt, kein Wasser. Und dabei bleibt's! Sonst kriegen wir Ärger.«

»Und wenn er stirbt, bevor er Mr. Wild gesagt hat, was er weiß?«, fragte Bess. »Dann bekommt ihr erst recht Ärger.«

»Ach was!«, entgegnete der andere Wärter. »Das macht gefälligst mit Mr. Wild aus.« Es klang nicht mehr ganz so abweisend und überzeugt.

Wunderbare Bess!, dachte Henry und bemühte sich, nicht zufrieden zu grinsen. Sie machte ihre Sache hervorragend, auch wenn sie gar nicht wusste, dass sie Teil eines Plans war. Er stöhnte laut auf, zerrte an den Fesseln und wand sich hin und her, als zerrisse es ihn innerlich. Und als Bess ihr Gesicht an das seine schmiegte und es mit Küssen bedeckte, hatte er nicht einmal ein schlechtes Gewissen.

»Bleib bei mir, Liebster!«, sagte sie.

Henry flüsterte ihr ins Ohr: »Ich liebe dich, Bess.«

»Erzähl mir was Neues«, antwortete sie und lächelte.

»Na, meinetwegen«, erklang es in diesem Augenblick von der Gittertür. »Aber nur einen Schluck! Und kein Wort zu Mr. Wild.«

Die Tür wurde geöffnet, und der Wärter erschien mit einem Krug in der Hand. Für einen Augenblick überlegte Henry, ob er die Gelegenheit nutzen und türmen sollte, doch dann verwarf er den Gedanken. Er war an Händen und Füßen gefesselt, und vor der Tür wartete der zweite Wärter. Selbst wenn er es durch den Vorraum und bis zur Treppe schaffte, hätten sie ihn in null Komma nichts wieder eingeholt. Nein, nur nichts überstürzen! Also ließ er sich einen Schluck Wasser in den Mund träufeln, schluckte ihn, wand sich plötzlich, steckte blitzschnell den Finger in den Mund und erbrach dem verdutzten Wärter das Wasser vor die Füße, wobei er würgende Geräusche von sich gab, als ginge ihm die Galle über.

»Verflucht!«, schrie der Mann und sprang zurück. »Verdammte Schweinerei!« Er ging zurück in den Vorraum und schloss die Tür. Den Krug hatte er vor Schreck in der Zelle stehen lassen.

»Sollen wir Bescheid geben?«, fragte der andere Wärter.

»Bald kommt die Nachtschicht«, erwiderte der Erste. »Sollen die entscheiden, was zu tun ist. Oder Mr. Wild, wenn er morgen früh hier auftaucht.«

Zufrieden hörte Henry das Gluckern des Wassers, als Bess sich den Krug an die Lippen hielt. Dann winselte und wimmerte er, als hätte sein letztes Stündlein geschlagen.

4

Henry war gut in Krankheiten. Sarah hatte immer gescherzt, Molière habe beim Schreiben von *Der eingebildete Kranke* vermutlich einen Hypochonder wie Henry vor Augen gehabt, niemand sonst sei so gern und so inbrünstig krank wie er. Jedes Wehwehchen werde gleich zu einem Notfall, jeder Pickel zu einem Geschwür, jeder Schnupfen zur Spanischen Grippe. Henry hatte darauf stets geantwortet, er sei kein Hypochonder, sondern ein Simulant. Das sei ein kleiner, aber wesentlicher Unterschied.

Schon während seiner Schulzeit hatte er ein erstaunliches Talent entwickelt, seiner Mutter weiszumachen, er sei krank und könne nicht zum Unterricht gehen. Frühmorgendliche und entsprechend unangenehm riechende Spucke wurde mit Fleiß in den Händen und auf der Stirn verrieben, Hyperventilieren mit gleichzeitigem Muskelkrampfen führte zu einem hochroten Kopf und äußerlicher Erhitzung, und sein Reizhusten klang wie der eines Kettenrauchers. Dabei hatte er nie in seinem Leben eine Zigarette geraucht.

Ja, Henry war gut in Krankheiten. Und das kam ihm jetzt zugute. Ebenso wie der Umstand, dass er tatsächlich Fieber hatte und sein Kranksein nur zum Teil vorgaukeln musste. Zwar fühlte er sich schlecht, weil er Bess ein derartiges Schauspiel bot und sie sich offenkundig Sorgen um ihn machte, doch wenn es ihm tatsächlich gelänge, aus dieser Zelle herauszukommen und auf die Krankenstation verlegt zu werden, dann heiligte der Zweck jedes Mittel. Wenn es denn überhaupt eine Krankenstation in Bedlam gab.

Die halbe Nacht wälzte sich Henry auf seinem Lager, während Bess ihn wie ein Kind wiegte, ihm Schlaflieder oder Kinderreime vortrug und dabei mit der eigenen Müdigkeit kämpfte. Mehrmals forderte Henry sie im vermeintlichen Halbdelirium auf, sich endlich schlafen zu legen, doch Bess wollte davon nichts hören und ließ stets ein weiteres »Cock a doodle do!« folgen. Henry liebte es, Bess' hauchende Reibeisenstimme zu hören und dabei ihre Hand auf seinem Gesicht zu spüren, auch wenn er sich dabei wie ein Schuft vorkam. Weil ihm immer mehr bewusst wurde, wie sehr er diese derbe und grobschlächtige und gleichzeitig so herzliche und feinfühlige Frau liebte. Gegen jede Vernunft.

Schließlich war es der Nachtwärter Bernie, der dem Singen und Trösten ein Ende bereitete. »Noch ein verdammtes *London Bridge is broken down*«, rief er aufgeregt von draußen, »und ich verpass dir 'nen Knebel! Und wenn der Kerl nicht bald mit seinem Stöhnen und Ächzen aufhört, kriegt er auch sein Maul gestopft! Ist ja nicht zum Aushalten!«

»Wie im Irrenhaus, was, Bernie?«, lachte seine Kollege Seamus.

»Leck mich!«

Wie durch ein Wunder, wurde Henry schlagartig ruhig und verfiel in eine Totenstarre. Das Seufzen und Wimmern hatte seinen Zweck erfüllt, die Wärter würden Mr. Wild am nächsten Morgen Bericht erstatten, eine weitere Probe seines schauspielerischen Könnens war nicht nötig. Zeit für den Vorhang.

Nur wenig später war Bess eingeschlafen, und die Wärter sollten es bald bereuen, ihr wohltuendes Säuseln unterbrochen zu haben. Das unweigerlich einsetzende und ohrenbetäubende Schnarchen hätte die London Bridge tatsächlich zum Einsturz bringen können.

Zu großes Gaumensegel, vermutete Henry, bevor auch er einschlief.

Am nächsten Morgen, es war inzwischen der siebte Tag seiner Zeitreise, nahm Henry die Inszenierung des *Eingebildeten Kranken* wieder auf und intensivierte sie sogar. Er schlug wie rasend um sich, wobei er allerdings darauf achtete, Bess nicht versehentlich mit den Ketten zu treffen. Er strampelte mit den Beinen und röchelte, als bekäme er keine Luft. Dabei hatten die Symptome des realen Fiebers merklich nachgelassen, keine Schauer mehr, kein Frösteln, kein Zittern. Nur hämmernde Kopfschmerzen und ein leichtes Unwohlsein, kombiniert mit Hunger und Durst. Doch das machte Henry durch sein Schauspiel mehr als wett, wie er an Bess' verstörtem und zunehmend panischem Gesichtsausdruck erkannte. Und als schließlich der Diebesfänger erschien und den Kranken in Augenschein nahm, schien allen Anwesenden klar zu sein, dass es mit Henry zu Ende ging.

Mr. Wild kam diesmal allein, ließ sich von Bernie und Seamus auf den Stand der Dinge bringen und betrat grußlos die Zelle, wo er sich breitbeinig vor der Schlafstatt in der Ecke aufstellte.

»Also?«, fragte er. »Wie lautet die Antwort?«
»Henry ist krank«, sagte Bess. »Das seht Ihr doch.«
»Pech für ihn.«
»Er wird sterben, wenn Ihr nichts unternehmt.«
»Zu schade«, höhnte Mr. Wild. »Soll ich jetzt weinen?«
»Ich werd ihn Euch nicht geben«, murmelte Henry wie abwesend.
»Was war das?«, fragte Mr. Wild.
»Ihr kriegt ... den Brief ... nicht von mir«, wisperte Henry und hatte das Gefühl, das Stottern etwas übertrieben zu haben. Darum setzte er leise, aber deutlich nach: »Lieber sterbe ich.«
Mr. Wild sah zunächst erstaunt Henry und dann fragend Bess an.
»Er redet wirres Zeug«, sagte Bess entschuldigend.
»Nein, ich geb ihn nicht her«, beharrte Henry und fuchtelte trotz der Handschellen in der Luft herum, als müsste er sich gegen einen unsichtbaren Angreifer zur Wehr setzen.
»Er weiß also, wo der Brief ist?«, fragte der Diebesfänger.
»Er behauptet es«, meinte Bess kopfschüttelnd und versuchte Henry zu beruhigen. »Er redet im Fieber und weiß nicht, was er sagt.«
»Natürlich kenn ich Albrecht«, lachte Henry plötzlich und wand sich aus Bess' Umarmung. »Woher wüsste ich sonst, wo sich Bischof Atterbury versteckt?« Und als hätte er völlig den Verstand verloren, schmetterte er mit einem Mal die Marseillaise: »Allons enfants de la Patrie ...!« Erst dann fiel ihm ein, dass es die Nationalhymne der Franzosen im Jahr 1724 noch gar nicht gab, und er verstummte schlagartig.

»Was weißt du davon?«, erboste sich Mr. Wild und fasste Bess grob an der Schulter. »Wovon redet der Kerl? Wo ist der Brief?«

»Ich habe nicht die leiseste Ahnung!«, rief Bess und riss sich los. »Ich weiß nicht, was er da zusammenfaselt. Ihr seht doch, dass er nicht bei Verstand ist. Ich habe diesen verdammten Brief nie gesehen, das hab ich Euch schon tausendmal gesagt.«

Henry lachte irre und sagte: »Bess nicht, Maestro Pepusch auch nicht. Die haben alle keine Ahnung, aber ich. Doch ich verrat's Euch nicht. Hab ihn gut versteckt. Ihr findet ihn nie.« Dann ließ er sich mit dem Kopf auf den Strohsack fallen und krümmte sich plötzlich wie unter Schlägen. Und wie aus dem Nichts übergab er sich und spuckte Galle vor Mr. Wilds Füße.

»Sag Sykes, er soll Dr. Featherstone holen!«, befahl der Diebesfänger und wischte sich die Schuhe am Strohsack ab.

»Es ist Sonntag«, gab Bernie zu bedenken.

»Na und?«, schrie Mr. Wild und fauchte: »Das ist immer noch ein Hospital, oder nicht? Hier wird's doch irgendeinen Doktor geben. Oder wenigstens einen Wundarzt.«

»Dies ist Bedlam, Sir«, meinte Bernie. »Hier sind Wärter wichtiger als Ärzte.«

»Dummes Zeug!«, schimpfte Mr. Wild. »Sykes steht unten vor der Tür. Er soll jemanden herschaffen. Wenn Dr. Featherstone nicht da ist, dann eben einen anderen. Und wenn's einer von den Irren ist. Wird's bald!«

»Ay, Sir!«, antwortete Bernie, machte einen Bückling und verschwand.

»Und jetzt zu dir!«, wandte sich der Diebesfänger an Henry und packte ihn am Kragen. »Wo hast du ihn versteckt? Raus mit der Sprache!«

Henry starrte an Mr. Wild vorbei, als wäre der gar nicht vorhanden, und brabbelte unverständliches Zeug. Er hatte vorerst genug gesagt, jetzt galt es, den Mund zu halten. Als Mr. Wild ihn rüttelte und schüttelte, kicherte Henry wie blöde.

»Lasst ihn!«, rief Bess. »Ihr seht doch, dass es nichts bringt.«

»Wo steckt der verdammte Arzt?!«, fauchte Mr. Wild.

Es dauerte eine geraume Weile, bis Hell and Fury Sykes mit einem jungen Mann erschien, den er als Mr. Bramble vorstellte. Einen Doktor hatte er auf die Schnelle nicht auftreiben können, an Sonntagen hielten sich die Mediziner nicht in Bedlam auf, auch wegen der vielen Besucher und des Geschreis in den Zellen, das eine Behandlung der Patienten ohnehin unmöglich machte. Aber Mr. Bramble war immerhin Wundarzt und versprach, sich um den Kranken zu kümmern.

»Er hat das Kerkerfieber«, sagte Bess.

»Kriegt Ihr ihn so weit hin, dass er wie ein normaler Mensch reden kann?«, fragte Mr. Wild. »Im Augenblick brabbelt er nur.«

Mr. Bramble zuckte mit den Schultern und beugte sich über Henry, der zitternd und röchelnd auf dem Boden lag. Er hatte sich gut auf die Visite des Arztes vorbereitet, seine Haut war heiß und glänzte feucht vor Spucke, sein Herz raste durch das Hyperventilieren, und das atemlose Röcheln klang bemitleidenswert.

Der Wundarzt befühlte die Stirn, horchte auf den Atem, legte die Hand auf die Brust und sagte: »Er hat Fieber.«

»Das seh ich auch!«, schnauzte Mr. Wild, und seine Fistelstimme überschlug sich. »Dafür brauch ich keinen Doktor.«

»Ich bin kein Doktor«, erwiderte Mr. Bramble trotzig, »sondern Wundarzt.«

Henry glaubte sich zu erinnern, dass die Wundärzte im 18. Jahrhundert noch zu den Handwerkern zählten und wie diese in Zünften organisiert waren. Ähnlich wie Barbiere, Bader oder sogar Hufschmiede waren sie für die äußere Behandlung von Verletzten und Kranken zuständig. Sie waren Handwerkschirurgen. Um die innere Medizin kümmerten sich die studierten Doktoren.

»Und?«, fragte Mr. Wild. »Was machen wir mit ihm?«

»*Wir* warten bis morgen«, antwortete Mr. Bramble, der offensichtlich immer noch beleidigt und von Mr. Wilds Gehabe wenig beeindruckt war. Vielleicht weil er nicht wusste, wen er vor sich hatte. Pikiert setzte er hinzu: »Morgen sind Dr. Featherstone und die anderen *doctores* wieder da.«

»Morgen ist Henry tot!«, rief Bess und sah den Wundarzt flehentlich an. »Könnt Ihr denn gar nichts für ihn tun?«

»Ich könnte ihn zur Ader lassen«, schlug Mr. Bramble vor. »Das entgiftet den Körper und bringt die Säfte ins Gleichgewicht. Das würde zumindest Linderung verschaffen.«

»Dann los!«, befahl Mr. Wild und zog seinen Dolch aus dem Gürtel. »Schneidet ihm die Adern auf!«

Henry schluckte, riss die Augen auf und strampelte mit den gefesselten Füßen.

»Hier? Damit?«, rief Mr. Bramble entrüstet und schüttelte den Kopf. »Bringt ihn rüber in Dr. Featherstones Labor. Dort sind alle nötigen Instrumente.«

»Der Kerl bleibt hier!«, fauchte Mr. Wild und hob drohend den Dolch.

»Wenn Ihr ihn töten wollt, Sir, nur zu!« Auch Mr. Brambles Stimme überschlug sich nun, und seine Augen funkelten wütend. »Dafür braucht Ihr mich nicht. Ich bin Wundarzt und kein Schlachter, Sir!«

Mr. Wild verschlug es die Sprache, und für einen Augenblick hatte Henry den Eindruck, als wollte er sich mit dem Dolch auf den Wundarzt stürzen. Dann jedoch steckte er die Waffe weg und befahl: »Schafft ihn raus!«

Henry wurde von dem Wärter Seamus und Hell and Fury grob an

Schultern und Füßen gepackt und aus der Zelle geschleppt. Mr. Bramble folgte mit finsterer Miene und gesenktem Kopf. Und Mr. Wild stapfte missmutig und innerlich kochend der seltsamen Prozession hinterher.

Henry krakeelte und wehrte sich ein wenig, um nicht aus seiner Rolle zu fallen, und blickte dabei über die Schulter zu Bess, die ängstlich und traurig in der Zelle zurückblieb und von Bernie wieder eingeschlossen wurde.

Durch die Gittertür sah Henry Bess die gefesselte Hand heben und die Finger an ihre Lippen führen. Dann sank sie kraftlos auf den Strohsack.

5

Henry hatte vermutet, sie würden ihn die Treppe hinunter bis ins Erdgeschoss und von dort in das Eingangsgebäude tragen, durch das Bess und er zwei Tage zuvor mit verbundenen Augen geführt worden waren. Doch bereits nach wenigen Stufen hielt Seamus plötzlich inne, schaute sich fragend zu Mr. Bramble um und fragte: »Zum Doktor?«

»Ay«, antwortete der Wundarzt und nickte. »Mr. Wild ist schließlich ein guter Freund von Dr. Featherstone.«

Auf halber Strecke zwischen dem zweiten und dritten Stock befand sich eine gemauerte Nische in der Wand, die Henry vor zwei Tagen auf dem Weg nach oben nicht weiter beachtet hatte. Vermutlich war sie ihm in der Dunkelheit und nach der langen Zeit mit verbundenen Augen gar nicht aufgefallen. Jetzt aber erkannte er, dass sich in der Nische eine eiserne Tür befand. Der Wärter schloss die Tür mit einem seiner zahlreichen massiven Bartschlüssel auf, die ihm am Gürtel hingen, und dahinter befand sich ein schmaler Gang, der zu einer weiteren Tür führte. Auch diese wurde aufgeschlossen, und sie traten auf eine Galerie hinaus, die sich direkt oberhalb einer riesigen Halle befand. Sie befanden sich im Eingangsgebäude von Bedlam.

Mehr noch als die enormen Ausmaße des Hauses überraschte Henry der Lärm, der ihnen plötzlich entgegenschlug. Das ganze Gebäude war erfüllt von einem Kreischen, Lachen, Wimmern und Klappern, das beinahe unmenschlich wirkte und dennoch von Menschen herrührte. Linker wie rechter Hand ging jeweils ein mehrstöckiger Seitenflügel von der großen Halle ab, und überall wimmelte es von Gestalten, die auf unterschiedlichste Weise zu dem akustischen Tohuwabohu beitrugen. Einige dieser Gestalten waren in einfarbigem Sackleinen gekleidet und zählten offensichtlich zu den Insassen der Anstalt, andere trugen Straßenkleidung oder sogar feinsten Sonntagsstaat und waren offensichtlich nur zu Besuch, aber Krach machten beide Gruppen in gleichem Maße. Eine Traube von Besuchern fiel Henry besonders auf. Sie standen vor einer

Zellentür und warfen kleine Gegenstände durch das Gitterfenster, und jedes Mal, wenn aus dem Inneren ein Schrei ertönte, antworteten die Besucher mit Johlen und Gelächter.

»Nach oben«, schrie Seamus gegen den Lärm an und führte die Gruppe zu einer Holztreppe, die von der Galerie aus direkt unter das Dach des Hauses führte. Dort befand sich eine weitere Eisentür, die nun von Mr. Bramble geöffnet wurde.

Kaum hatten sie diese Tür durchschritten, änderten sich das Wesen und die Wirkung des Gebäudes auffallend. Sie betraten einen hellen und weiß verputzten Vorraum, in dem ein Tisch und mehrere Stühle standen und von dem auf der rechten Seite zwei Holztüren abgingen. Am hinteren Ende des Raums war ein großes vergittertes Fenster in der Wand, durch das man einen Blick auf die tiefer gelegene Stadt London hatte. Henry glaubte, in der Ferne die helle Kuppel von St. Paul's und das breite, glitzernde Band der Themse zu erkennen. Direkt vor dem Fenster ragte ein vorsintflutlich anmutender Baukran oder eine Art Seilwinde in den Himmel.

Zwei uniformierte Wärter und ein sehr junger Bursche im blauen Kittel saßen gelangweilt am Tisch, rauchten Pfeife und betrachteten die Eintretenden mit großen Augen. Vermutlich hatten sie die Abwesenheit der Doktoren genutzt, um unbemerkt ein kleines Päuschen zu machen.

»Da rein!«, befahl Mr. Bramble und deutete auf die hintere der beiden Holztüren.

Der Blaukittel sprang auf und wandte sich an den Wundarzt: »Was ist passiert, Master?«

»Vermutlich Fleckenfieber, Duncan«, antwortete Mr. Bramble. »Wir müssen ihn zur Ader lassen. Du gehst mir zur Hand!«

»Ay, Sir«, sagte der junge Mann, vermutlich ein Lehrling des Wundarztes, und schloss die Tür auf.

Henry wurde in einen Raum getragen, der ihn im ersten Augenblick an einen Schlachthof erinnerte, vermutlich wegen der glasierten Tonziegel und hellen Keramikfliesen, mit denen der Fußboden und die untere Hälfte der Wände verkleidet waren. Auch der weiß getünchte Steintisch in der Mitte des Raumes hatte etwas von einer Schlachtbank. Henry dachte an den Aderlass, der ihm gleich bevorstand, und begriff, weshalb der Raum so reinigungsfreundlich gestaltet war.

Es befand sich nur wenig Mobiliar in dem Laboratorium. Ein Stehpult, ein Drehhocker, ein großes Wandregal, gefüllt mit diversen Tiegeln, Pfannen, Bottichen und Flaschen, außerdem ein niedriger Tisch, auf dem verschiedene Werkzeuge und Instrumente auf einem weißen Tuch ausgebreitet waren. Wie in dem Vorraum gab es ein vergittertes Fenster, das nach Süden ging. Außerdem führte eine doppelflügelige, mit Intarsien versehene Holztür auf der gegenüberliegenden Seite in den Nachbarraum. Womöglich das Büro oder der Privatraum des abwesenden Dr. Featherstone.

Henry wurde mit Schwung auf dem Steintisch abgelegt, wobei er sich heftig den Hinterkopf stieß, und ehe er sich versah, hatte man seine Arme von den Handschellen befreit und in ausklappbare Vorrichtungen gepresst, die er zuvor gar nicht bemerkt hatte. Dort wurden sie mit Lederriemen festgezurrt. Vor Aufregung und Angst vergaß er sogar das Stöhnen und Ächzen.

»Weg mit den Fußfesseln«, sagte Mr. Bramble bestimmt.

»Kommt nicht infrage«, empörte sich Mr. Wild.

»In seinem Zustand kann er ohnehin nicht laufen«, beharrte der Wundarzt und gab Seamus ein Zeichen.

Der Wärter nickte und nahm Henry die Fußschellen ab.

»So, und jetzt alle Gaffer raus!«, sagte Mr. Bramble ruhig, aber bestimmt.

»Wie bitte?«, rief Mr. Wild. »Was unterstehst du dich, Bürschchen?«

Der Wundarzt hielt Mr. Wild eine Art Skalpell vor die Nase, das jedoch keine Klinge hatte, jedenfalls keine sichtbare. »Wollt Ihr den Schnepper selbst bedienen, Sir?«, fragte Mr. Bramble und drückte auf einen Knopf oder Hebel. Eine spitze Klinge sprang heraus und im nächsten Augenblick wieder zurück in ihre Versenkung.

Mr. Wild zuckte erschrocken zurück.

»Oder möchtet Ihr doch lieber zu Eurem Dolch greifen?«, fragte der Wundarzt. »Damit der Mann auf jeden Fall das Zeitliche segnet?«

»Ich will nur sichergehen, dass der Kerl nicht verschwindet«, antwortete Mr. Wild grimmig. »Und gleich anschließend muss ich mit ihm sprechen.«

»Wohin sollte er wohl verschwinden? In Bedlam sind alle Fenster vergittert und sämtliche Türen verschlossen. Schaut Euch den Mann an, er ist mehr tot als lebendig.« Dann ergänzte Mr. Bramble mit seltsamer Betonung: »Und *anschließend* wird der Mann überhaupt nichts mehr können. Reden schon gar nicht.«

»Warum nicht?«, fragte Mr. Wild das, was auch Henry auf der Zunge lag.

»Weil er bewusstlos sein wird.«

Henrys Angst steigerte sich zur Panik. Sein Herz raste nun auch ohne Hyperventilieren, der Schweiß stand ihm in dicken Perlen auf der Stirn.

»Was heißt das?«, fauchte Mr. Wild.

»Die Behandlung des Fleckenfiebers verspricht nur Erfolg, wenn so viel schlechtes Blut abgeflossen ist, dass dem Patienten die Sinne schwinden«, erklärte Mr. Bramble mit geringschätzigem Grinsen im Gesicht. »Erst dann ist die Reinigung erfolgt und das Gleichgewicht der Säfte hergestellt.«

»Wie lange wird er ohnmächtig sein?«, fragte der Diebesfänger.

»Ein paar Stunden, das kommt ganz darauf an.« Und nach einem Räuspern fügte er hinzu: »Falls er überhaupt wieder aufwacht. Das liegt allein in Gottes allmächtiger Hand.«

Henry glaubte eigentlich nicht an einen allmächtigen Gott, dennoch sandte er ein unhörbares Stoßgebet zum Himmel.

Mr. Wild stand eine Weile unschlüssig da, rang die Hände und schaute unruhig zwischen Henry und Mr. Bramble hin und her.

»Meinetwegen«, sagte er schließlich und fuhr auf dem Absatz zu Hell and Fury herum. »Du hältst vor der Tür Wache! Hier kommt niemand rein oder raus, den du nicht in Augenschein genommen hast.«

Sykes nickte, Mr. Wild wies die Richtung zur Tür, und der Tross verließ das Laboratorium.

»Wisst Ihr eigentlich, wen Ihr gerade zurechtgewiesen habt?«, fragte der junge Mann im Blaukittel verblüfft, als sie allein im Raum waren. »Das war Mr. Jonathan Wild.«

»Ich weiß, Duncan«, antwortete Mr. Bramble und schnaufte abfällig.

»*Der* Jonathan Wild«, sagte Duncan.

Mr. Bramble nickte wissend und sagte: »Dieser ehrenwerte Mr. Wild hat meinen Vater hinter Gitter gebracht.«

»Tatsächlich?«, wunderte sich der Lehrling. »Was hat er verbrochen?«

»Nichts. Wegen ein Paar Pfund Mietschulden hat mein Vater monatelang im Schuldgefängnis gesessen. Mr. Wild ist unser Vermieter.« Mr. Bramble deutete auf den Schnepper in seiner Hand und ließ die Klinge springen. »Können wir?«

Der Lehrling nickte, während er gleichzeitig eine glasierte Tonschüssel unter Henrys linken Arm hielt. »Ihr wärt vermutlich nicht traurig, wenn der da nicht mehr aufwacht und Mr. Wild nichts mehr erzählen kann, was?«

Jetzt lachte Mr. Bramble, presste den Schnepper in Henrys Armbeuge und drückte auf den Knopf. »Könnte sein, dass Mr. Wild etwas länger warten muss«, sagte er und wiederholte die Prozedur am Handgelenk.

Henry wurde schlecht. Natürlich wusste er, dass der Aderlass eine zwar unsinnige, aber an sich nicht lebensbedrohliche Behandlung darstellte, doch als das Blut an seinem Arm nach unten lief und von den Fingerspitzen in die Schüssel tropfte, wurde ihm schwindelig. Die letzte Bemerkung des Wundarztes beruhigte ihn nicht gerade, denn sie wollten ihm anscheinend mehr Blut abzapfen als zwingend nötig, und in seinem ohnehin geschwächten Zustand war solch ein Blutverlust nicht ohne Risiko. Dem siechen George Washington war angeblich ein Aderlass zum Verhängnis geworden, wie Henry mal gelesen hatte.

Der Wundarzt und sein Lehrling widmeten sich inzwischen dem rechten Arm und ritzten auch ihn an mehreren Stellen. Es zwickte ein wenig, tat aber nicht besonders weh. Allerdings hoffte Henry, dass der Schnepper einigermaßen sauber gewesen war. Der Wert von Keimfreiheit und Desinfektion war schließlich noch nicht bekannt. Um kein Risiko einzugehen, inszenierte Henry vorzeitig die erwartete und erwünschte Ohnmacht. Er seufzte leicht, sein Brustkorb bebte, dann atmete er tief aus, schloss die Augen und ließ seinen Kopf zur Seite fallen.

»Na, das ging aber schnell«, hörte er den Lehrling sagen.

»Zu schnell«, antwortete Mr. Bramble. »Das Blut ist noch dunkel.«

Weil es aus der Vene kommt, du Dummkopf!, hätte Henry am liebsten gerufen. Doch da er gerade in Ohnmacht gefallen war, konnte er jetzt nicht plötzlich wieder aufwachen und den beiden Stümpern den Blutkreislauf erklären. Der hätte im Jahr 1724 ohnehin seit Langem bekannt sein sollen. Eigentlich.

Ein Gutes hatte seine falsche Ohnmacht immerhin: Die beiden Lederfesseln an seinen Oberarmen wurden entfernt. Was jedoch dazu führte, dass das Blut nun schneller floss und die Wunden zu brennen begannen. Nach einer Weile spürte Henry seine Hände nicht mehr, als wären sie taub oder eingeschlafen, nur kribbelten sie nicht. Dann merkte er, wie sich Müdigkeit in ihm breitmachte, sein Kopf war wie leergeblasen. Er musste an Ostern denken, wegen der ausgeblasenen Eier. Er lachte, ohne die Lippen zu bewegen oder einen Ton von sich zu geben. Er konnte sich nicht mehr konzentrieren, die Gedanken schweiften ab. Das gleichmäßige Plätschern des Blutes machte ihn schläfrig. Er wehrte sich dagegen und war doch nicht in der Lage dazu.

Es war keine gute Idee gewesen, die Augen zu schließen und eine Ohnmacht zu simulieren, dachte er noch, bevor ihm die Sinne schwanden.

6

»Er bewegt sich.« Eine unangenehm piepsende Stimme. »Wurde aber auch Zeit.«

Henry spürte eine kalte Hand auf seiner Stirn, eine weitere auf seiner Brust, und er hörte eine sonore Stimme sagen: »Das Fieber ist zurückgegangen, der Puls ist flach, aber normal. Der Mann scheint vorerst über den Berg zu sein. Gute Arbeit, Gavin.«

»Danke, Doktor«, antwortete Mr. Bramble.

»Kann ich mit ihm sprechen?«, meldete sich die Fistelstimme aus dem Hintergrund. »Es ist wichtig.«

»Heute nicht mehr, Jonathan«, antwortete der Doktor. Henry vermutete, dass es sich um Dr. Featherstone handelte, der vom Diebesfänger am heiligen Sonntag hergeholt worden war, und öffnete halb die Augen.

»Da!«, rief Mr. Wild. »Er hat die Augen auf.«

Ein Mann mit üppigem Vollbart und mächtiger Hakennase beugte sich über Henry und leuchtete mit einer Kerze in seine Augen. Er musste lange ohnmächtig gewesen sein, wenn es inzwischen so dunkel war, dass Kerzenlicht benötigt wurde. Dr. Featherstone bewegte die Kerze von links nach rechts, hielt sie nahe ans Gesicht und entfernte sie dann. Henry bemühte sich, nicht auf die Bewegungen der Kerze zu achten, sondern ungerührt und unfokussiert geradeaus ins Dunkel zu stieren. Deshalb nahm er die übrigen Anwesenden auch nur als dunkle Schemen wahr.

»Er ist aus der Ohnmacht erwacht«, bestätigte Dr. Featherstone und stellte die Kerze beiseite. »Die Pupillen verengen sich. Aber er ist noch nicht wieder ansprechbar. Keinerlei weitere Reaktion. Geben wir ihm ein wenig Zeit. Um sein Leben müssen wir jedenfalls nicht mehr bangen.«

»Ich bange nicht um sein Leben«, knurrte Mr. Wild.

»Morgen früh bringen wir ihn wieder in den Anbau«, sagte Dr. Featherstone. »Dann kannst du ihn befragen, wenn du möchtest, Jonathan. Heute ist mit dem Mann nichts mehr anzufangen, das siehst du doch.«

Henry glaubte ein abfälliges Schnaufen zu hören, das nicht von Mr. Wild stammte. Vermutlich ein Kommentar des eifrigen Mr. Bramble.

»Lassen wir ihn in Ruhe zu sich kommen«, beendete Dr. Featherstone die folgende peinliche Stille. »Hier können wir im Moment nichts tun.« Und völlig unvermittelt fragte er: »Einen Sherry, Jonathan? Frisch aus Jerez.«

»Sherry?«, fiepte Mr. Wild und zögerte einen Augenblick. »Da sag ich nicht Nein.«

Henry hatte die ganze Zeit angestrengt zur Decke gestarrt und seinen Kopf nicht bewegt. Doch jetzt schloss er die Augen halb und ließ seinen Kopf zur Seite fallen, als wäre er wieder bewusstlos. Durch die halbgeschlossenen Lider sah er den Mann mit dem Vollbart zum Wandregal gehen und ein Schubfach öffnen. Dann ging er zur Flügeltür, öffnete sie mit einem Schlüssel und machte eine einladende Handbewegung.

Mr. Wild nahm die Kerze vom Tisch und betrat den Nachbarraum.

»Du auch, Gavin«, sagte Dr. Featherstone lächelnd.

»Sehr gern, Sir«, antwortete Mr. Bramble, neigte den Kopf und folgte Mr. Wild nach nebenan. Als letzter betrat Dr. Featherstone das Zimmer, dann wurde die Tür von innen geschlossen.

»Unsereins kriegt wieder nichts ab«, hörte Henry die Stimme des Lehrlings Duncan von der anderen Seite des Laboratoriums.

»Wundert dich das?« Das war die Stimme von Hell and Fury.

»Kommst du nachher rüber auf ein Spiel?« Das war der Wärter Bernie.

»Ich glaub nicht, dass Mr. Wild mich lässt«, antwortete Hell and Fury. »Muss wahrscheinlich die ganze Nacht hier Wache schieben.«

»Dann kommen wir zu dir rüber«, schlug Bernie vor. »Bei uns ist eh nichts los. Das Weibsstück liegt die ganze Zeit auf dem Strohsack und rührt sich nicht. Außerdem schnarcht sie, dass die Wände wackeln.«

»Muss ja keiner erfahren«, meinte Sykes.

»Ich schweig stille«, lachte der Lehrling. »Wenn ihr mich einladet.«

»Nur wenn du Geld dabeihast«, sagte Bernie. »Und nicht weinst, wenn wir es dir abnehmen.«

»Abgemacht!«

Es dauerte eine Weile, bis der Doktor, der Diebesfänger und der Wundarzt wieder im Laboratorium erschienen. Dr. Featherstone schloss die Tür zu, ging anschließend zum Wandregal, öffnete das kleine Schubfach und verstaute etwas darin. Dann führte er die anderen in den Vorraum, und sie verschwanden samt Kerzen aus Henrys Blickfeld.

»Du bleibst vor der Tür, Sykes!«, befahl Mr. Wild. »Und rührst dich nicht von der Stelle. Verstanden? Nicht dass Macheath plötzlich von den Toten aufsteht.«

»Ay, Sir!«

»Was gibt's denn da zu grinsen, Kerl?«, fauchte Mr. Wild.

»Nichts, Sir«, antwortete Bernie kleinlaut. »Ich musste nur grad an was denken.«

»Denken bekommt dir offensichtlich nicht«, schnauzte Mr. Wild.

Die Tür wurde geschlossen, und ein Schlüssel drehte sich im Schloss.

Henry atmete erleichtert auf und öffnete die Augen. Es war völlig dunkel im Raum. Da kein Mond am Himmel stand, fiel kaum Licht durch das Fenster. Henry fasste sich mit der linken Hand ans rechte Handgelenk, das mit einem schmalen Leinentuch verbunden war und fürchterlich brannte. Und erst als er sich die Wunde gerieben hatte, begriff er, was das bedeutete: Er konnte seine Arme bewegen! Sie hatten vergessen oder es nicht für nötig erachtet, ihm die Lederfesseln wieder anzulegen. Auch seine Füße waren nicht in Ketten. Sein Herz machte einen Satz vor Freude, und er richtete sich mit Schwung auf. Ein Schwindel erfasste ihn, beinahe wäre er seitlich vom Tisch gefallen, und er musste sich rasch wieder hinlegen. Der Aderlass war nicht ohne Wirkung geblieben, Henry fühlte sich, als hätte man ihn wie einen nassen Lappen ausgewrungen.

Allmählich stieg ihm das Blut wieder in den Kopf, und seine Augen gewöhnten sich so weit an die Dunkelheit, dass er zumindest die Umrisse der Möbel erkennen konnte. Ganz langsam und vorsichtig richtete er sich ein zweites Mal auf, rieb sich die Schläfen und die Hände, in die erst nach und nach das Gefühl zurückkehrte. Gleichzeitig pochte es an den Schnittwunden. Dann ließ er sich seitlich von dem Steintisch herunter, bis er mit den Füßen den Boden berührte. Er stellte sich mühsam auf und fiel im nächsten Augenblick der Länge nach auf die Fliesen. Seine Beine trugen ihn noch nicht.

Während er auf dem Boden lag, horchte er angestrengt, ob sich im Vorraum etwas tat. Doch es blieb totenstill, sein Sturz war wohl nicht so laut gewesen, dass er seinen Wärter alarmiert hätte. Die Turmuhr von Bedlam schlug zur Mitternacht. Wieder wartete er eine Weile, und schließlich rappelte er sich so weit auf, dass er auf allen Vieren um den Tisch herum und zu dem großen Wandregal krabbeln konnte. Wie in Zeitlupe hangelte er sich an den Brettern hoch und hoffte, das Regal möge stehen bleiben und er nicht mit einem Heidenlärm darunter begraben und erschlagen werden. Als er endlich, nach einer gefühlten Ewigkeit und mit zittrigen Knien, in der Senkrechten stand, griff er in das kleine Schubfach, in das Dr. Featherstone vor dem Gehen etwas verstaut hatte, und war überrascht, als er darin tatsächlich einen Bartschlüssel fand.

»Sehr unvorsichtig, Doktor!«, murmelte er leise und grinste.

Im Schneckentempo tastete Henry sich zu der Doppeltür vor, steckte den Schlüssel ins Schloss und konnte sein Glück kaum fassen, als die Tür sich öffnen ließ. Im Nebenraum war es noch dunkler als im Laboratorium, weil das Fenster, das nach Westen ging, kleiner war als das Südfenster nebenan. Allerdings war es ebenso vergittert, wie Henry enttäuscht feststellte. Und als sich seine Augen einigermaßen an die Lichtverhältnisse gewöhnt hatten und er die vier Wände abgetastet und inspiziert hatte, begriff er, warum Dr. Featherstone so sorglos mit dem Schlüssel umgegangen war. Es gab keine weitere Tür in diesem Raum.

Henry war in einer Sackgasse gelandet. Der Schlüssel hatte ihn keinen Schritt weitergebracht. Ernüchtert tapste er zum Fenster und schaute hinaus. Nur einen Steinwurf entfernt konnte er das Moorgate erkennen, das von Fackeln und Laternen beschienen war. Er ließ sich auf den Armstuhl sinken, der neben dem Fenster hinter einem wuchtigen Schreibtisch stand, und starrte auf die Flasche Sherry, die der Doktor auf dem Tisch hatte stehen lassen. Henry hatte den ganzen Tag noch keinen Bissen zu sich genommen und keinen Schluck Wasser getrunken, dafür aber literweise Blut verloren. Jetzt an dem Sherry zu nippen, wäre eine unverzeihliche Dummheit. Und dennoch konnte er der Versuchung nicht widerstehen. Er setzte sich die Flasche an die Lippen und nahm einen großen Schluck. Der Sherry schmeckte erstaunlich gut und brannte wie Feuer in seinem Inneren, vor allem aber weckte er beinahe schlagartig seine Lebensgeister. Er nahm einen weiteren großen Schluck und spürte der Flüssigkeit nach, die sich in seinem ganzen Körper auszubreiten schien und eine wohlige Wärme mit sich brachte. Ein edler Tropfen!

Eigentlich hasste Henry Sherry, für ihn war es ein Alte-Frauen-Getränk, nur zu genießen, wenn man keine Zähne im Mund und eine lila gefärbte Dauerwelle auf dem Kopf hatte. Und wenn schon!, dachte er im nächsten Moment, nahm einen dritten Schluck und machte leise: »Aaah!«

Der Alkohol belebte ihn, er spürte seine Finger und Zehen wieder, das flaue Gefühl in der Magengegend war verschwunden. Und falls der Sherry ihn benebelte, so merkte er es wenigstens nicht. Ja, er hatte sogar das Gefühl, endlich wieder klar denken zu können. Alles, was an diesem Tag mit ihm geschehen war und was er durch sein Simulieren provoziert hatte, war einem eher vagen Plan entsprungen und hatte nur das Ziel gehabt, ihn aus seiner aussichtslosen Lage in der Zelle zu befreien. Diese Lage hatte sich nun geändert, denn anders als in den vergangenen Tagen war er seinen Peinigern gegenüber im Vorteil. Zwar war er immer noch eingesperrt und wurde von einem blutrünstigen Mörder vor der Tür bewacht, doch der hatte keine Ahnung, was tatsächlich mit Henry los war. Und das galt es auszunutzen.

Nach einem weiteren Schluck aus der beinahe leeren Flasche ging er zurück ins Laboratorium und stellte zufrieden fest, dass seine Knie nicht mehr zitterten und seine Füße sicher auftraten. Wie bei einem Alkoholiker, der seine tägliche Dosis erhalten hatte. Aus dem Vorraum hörte er leises Lachen und hin und wieder vereinzelte Ausrufe unterschiedlicher Männerstimmen. Bernie und Seamus waren zum Kartenspiel herübergekommen.

Er ging zum Fenster und starrte hinaus auf das nächtliche London, als läge dort die Lösung all seiner Probleme verborgen. Nur wenige Lichter brannten in der Stadt, in der Ferne glaubte er das Monument mit seiner vergoldeten Spitze in den Himmel ragen zu sehen. Dahinter die bebaute und bewohnte London Bridge, die so gar nichts mit der modernen Autobrücke zu tun hatte, die heute an selber Stelle über die Themse führte. Sein Blick ging zum riesigen Komplex des Bethlem Hospitals, das sich vor ihm ausbreitete und dessen Gebäudeflügel wie ausgestreckte Arme wirkten, die sich an der alten Stadtmauer festhielten. Direkt vor ihm befand sich die Baustelle des noch dachlosen Anbaus, in dem Bess gefangen gehalten wurde. Wie Rapunzel im Märchen.

Bei dem Gedanken an das Märchen musste er unwillkürlich lächeln. »Rapunzel, Rapunzel, lass dein Haar herunter!«, flüsterte er und erschrak im gleichen Augenblick. Der hölzerne Baukran oder Flaschenzug hatte sich bewegt! Hatte der waagerechte Galgen zunächst nach Süden gezeigt, so ragte er nun über den Dachboden hinaus nach Westen. Und wenn Henry sich nicht täuschte, baumelte etwas an einem Seil herab und schaukelte hin und her. Weil das Seil auf der Westseite des Anbaus hing, war Henry die Sicht darauf genommen. Also ging er hinüber in Dr. Featherstones Büro und schaute aus dem dortigen Fenster. Und tatsächlich, wenn er ganz nah ans Fenster heranging und an der Mauer entlangschielte, sah er, dass an dem Lastenkran etwas Dunkles hing. Ja, es hatte beinahe den Anschein, als klammere sich dieses Dunkle an der Außenmauer fest. Und im nächsten Augenblick hörte er Bess schreien.

Ihre rauchige und durchdringende Stimme war unverkennbar, und sie hatte sehr laut geschrien, beinahe panisch oder zu Tode erschrocken. Es hatte geklungen wie: »Nein! Lass mich!« Doch ebenso plötzlich war alles wieder still. Totenstill.

Kurz darauf hörte Henry Geräusche aus dem Vorraum. Stimmen, Rascheln, das Rücken von Stühlen. Dann einen Schlüssel im Schloss. Hastig verließ er das Arbeitszimmer, zog die Tür hinter sich zu und warf sich regelrecht auf den Steintisch. Gerade noch rechtzeitig, bevor die Tür geöffnet und eine Kerze in den Raum gehalten wurde.

»Nichts!«, sagte der Lehrling im Blaukittel. »Liegt da wie tot.«

»Aber da war was!«, beharrte Seamus. »Ihr habt den Schrei doch auch gehört.«

»Das kam von draußen«, meinte Bernie.

»Könnte das Weibsbild gewesen sein«, knurrte Hell and Fury.

»Ach was, wahrscheinlich einer von den Verrückten!«, wehrte Bernie ab. »Lasst uns weiterspielen.«

Henry lag reglos auf dem Steintisch, den Kopf zur Seite gewandt, und schaute durch die halb geschlossenen Lider zur Tür von Dr. Featherstones Büro. Es schoss ihm heiß durch den Körper, als er den Schlüssel im Schloss stecken sah. Hoffentlich bemerkte ihn niemand. Doch schon im nächsten Moment verschwand die Kerze wieder, und die Tür zum Vorraum wurde geschlossen.

Henry stand auf, näherte sich der Tür und horchte. Durch das Holz hörte er Bernie jammern: »Das ist nicht dein Ernst, Seamus! Du willst jetzt nach draußen?«

»Und ob!«, lautete die Antwort seines Kollegen. »Wir müssen nachschauen, was da los ist.«

»Aber nicht mitten im Spiel.«

»Wir können ja nachher weiterspielen«, meinte Duncan.

»Wehe, du gehst mir an die Karten!«

»Gutes Blatt, was?«, antwortete der Lehrling.

»Los, Bernie!«, befahl Seamus.

Es raschelte, eine Tür schlug zu, dann war Ruhe.

Nach einer Weile war Duncans Stimme zu hören: »Kannst du draußen was erkennen?«

»Nichts«, antwortete Sykes, der vermutlich am Fenster stand. »Alles pechschwarz! Verdammter Neumond.«

Wieder kehrte Ruhe ein. Eine Zeit lang passierte nichts, kein Ton war zu hören, weder von draußen noch aus dem Vorraum. Sykes und Duncan schienen sich sehr wenig zu sagen zu haben. Dann ein Schrei. Von draußen. »Nein!« Die Stimme eines Mannes. »Halt dein Maul!«

»Verflucht!«, stieß Hell and Fury aus. »Was war das?«

Henry lief zum Tisch, weil er befürchtete, die Tür würde erneut geöff-

net, doch stattdessen hörte er Hell and Fury sagen: »Bleib du hier! Ich schau draußen mal nach. Irgendwas stimmt da nicht.«
Schritte entfernten sich eilends, eine Tür knallte, dann war alles wieder still. Nun war nur noch ein Wärter vor der Tür: Duncan, der Lehrling. Und der war unbewaffnet, wenn Henry sich recht entsann. Aber sicher war er sich nicht.
Aus dem Hof war erneut die Männerstimme zu hören: »Du lügst, du dreckige Hure!« Henry glaubte die Stimme zu erkennen, doch das war ganz unmöglich. Denn Tote schrien nicht.
Er verscheuchte den absurden Gedanken und versuchte sich zu konzentrieren. Was nun?! Er kam sich vor wie in einem Hollywood-Actionfilm und fragte sich, was Bruce Willis an seiner Stelle getan hätte. Der Sherry!, schoss es ihm durch den Kopf. Er lief in den Nachbarraum, griff nach der Flasche, leerte den Rest mit einen kräftigen Schluck und warf auf dem Weg zurück den niedrigen Instrumententisch um, der laut scheppernd auf den gefliesten Boden fiel.
Dann stellte er sich hinter die Tür und wartete.
Es dauerte nicht lange, bis sich der Schlüssel im Schloss drehte. Die Tür wurde zögerlich geöffnet. Eine Kerze erhellte den Raum und beleuchtete den umgestoßenen Instrumententisch sowie den verwaisten Steintisch. Der erschrockene Lehrling wollte die Tür sofort wieder schließen, doch im gleichen Augenblick war Henry aus dem Schatten hervorgesprungen und hatte ihm die Sherryflasche über den Schädel gezogen.
Bewusstlos sackte Duncan in sich zusammen. Im letzten Moment konnte Henry die Kerze ergreifen, bevor sie ebenfalls zu Boden ging und erlosch. Er zog den Lehrling ins Laboratorium, betastete die Platzwunde an der Schläfe und kontrollierte seinen Puls und Atem, um sicherzugehen, dass der arme Bursche noch lebte. Dann ging er hinaus, verschloss die Tür, nahm den Schlüssel an sich und lief zu der Eisentür, die zur großen Halle führte. Kaum hatte er diese Tür geöffnet, schon hörte er hastige Schritte und laute Kommandos aus einem der Zellentrakte. Offenkundig war im Hauptgebäude Alarm gegeben worden. Sich jetzt dorthin zu wagen, wäre einem Selbstmord gleichgekommen.
Es blieb nur die vordere der beiden Holztüren in dem Vorraum. Was auch immer sich dahinter verbarg. Die Tür war verschlossen, ließ sich aber mit dem Schlüssel der anderen Tür öffnen. Zum Glück war die Sicherheitstechnik im 18. Jahrhundert noch nicht so ausgefeilt, dachte Henry und betrat einen langen und sehr schmalen Raum, dessen Wände ringsum mit massiven Regalen zugestellt waren. Ein Lager- oder Vorratsraum, der nicht nur keine zweite Tür, sondern nicht einmal ein Fenster besaß. Eine Sackgasse. Dennoch schloss Henry von innen die Tür zu und blies die Kerze aus. Was blieb ihm anderes übrig?

Vor der Tür waren nun Schritte zu hören. Und gedämpfte Stimmen: »Wo sind die denn? Verstehst du das?« Dann wurde von außen auf die Klinke gedrückt.
»Zu!«
»Hier auch!«
»Seltsam.«
»Komm!«
Damit verschwanden die Schritte und Stimmen, und eine Eisentür fiel ins Schloss. Wenn Henry das anschließende kratzende Geräusch richtig deutete, war die Eisentür mit einem Schlüssel zugesperrt worden. Er saß wieder einmal in der Falle.

7

Henry öffnete vorsichtig die Holztür und betrat den leeren Vorraum. Alles für die Katz!, schoss es ihm durch den Kopf, und am liebsten hätte er wie ein kleines Kind geheult, vermutlich eine Folge des Alkohols. Doch dann schlug er sich selbst auf die Wangen und zwang sich zur Ruhe. »Reiß dich zusammen!«, zischte er, und wieder fielen ihm die Worte seines Schauspiellehrers ein: »Überrasche mich! Überrumple mich! Nicht reagieren, agieren!«

Ja, das wollte er, das musste er. Und deshalb öffnete er die Tür zum Laboratorium, zog dem immer noch bewusstlosen Duncan den Blaukittel aus, schlüpfte selbst hinein, griff nach einem der Messer, die er vorhin vom Instrumententisch gefegt hatte, und steckte es in die Kitteltasche. Dann verschloss er das Laboratorium und ging zur Eisentür, um sich daneben zu postieren, als er das kratzende Geräusch hörte. Im selben Augenblick wurde die Tür von außen geöffnet.

Mr. Bramble stand mit einer Kerze in der Hand im Türrahmen und starrte Henry überrascht und verständnislos an.

Henry griff nach dem Messer und hielt es dem Wundarzt vor die Nase.

»Nun, das nenn ich mal eine wundersame Heilung«, sagte Mr. Bramble und bemühte sich um ein Lächeln, das jedoch allzu künstlich ausfiel. Und ängstlich. »Wollt Ihr mich wirklich töten?«

»Ich muss hier raus!«, antwortete Henry, senkte den Arm, hielt das Messer aber fest umklammert. »Sonst wird Mr. Wild mich töten.«

»Was habt Ihr verbrochen?«

»Seit wann muss man etwas verbrochen haben, um Mr. Wild in die Quere zu kommen? Nicht *ich* bin der Verbrecher, Sir. Das solltet Ihr eigentlich wissen.«

Mr. Bramble presste die Lippen aufeinander, nickte dann nachdenklich, deutete auf den Blaukittel und fragte: »Wo steckt Duncan?«

Henry wies mit einer Kopfbewegung zum Laboratorium und sagte:

»Ich befürchte, er wird morgen Kopfschmerzen haben.« Dann steckte er das Messer in die Tasche und wiederholte leise: »Ich muss hier raus.«
»Ihr kommt hier nicht raus.«
»Helft Ihr mir?«
»Warum sollte ich?«
»Was ist aus Eurem Vater geworden?«, antwortete Henry mit einer Gegenfrage.
Ein überraschter Blick, dann sagte Mr. Bramble: »Er ist ein gebrochener Mann.« Er zögerte einen Augenblick, schien mit sich zu ringen, griff schließlich in seine Rocktasche und holte einen Schlüssel heraus. »Die kleine Pförtnerloge im Erker neben dem Haupttor.« Er reichte Henry den Schlüssel und setzte hinzu: »Falls Ihr es bis dorthin schafft, lasst bitte den Schlüssel stecken, damit ich ihn wieder an mich nehmen kann. Falls Ihr es nicht schafft, gnade Euch Gott!«
»Vielen Dank, Sir.«
»Eine Frage noch«, sagte der Wundarzt, als Henry sich an ihm vorbeidrängen wollte. »Wie seid Ihr so schnell wieder auf die Beine gekommen?«
»Sherry, frisch aus Jerez«, antwortete Henry, schüttelte dem Wundarzt die Hand und hastete die hölzerne Treppe nach unten.
Auf der Galerie im ersten Geschoss kamen ihm mehrere uniformierte Wärter entgegen. Er senkte den Blick und deutete gleichzeitig mit der Hand nach oben. »Im Büro von Dr. Featherstone«, rief er. »Mr. Bramble braucht Hilfe.«
»Was ist passiert?«
»Keine Ahnung«, antwortete Henry. »Ich hol den Doktor.«
Die Männer rannten an ihm vorbei die Treppe hoch.
Henry hastete auf der Eisentreppe nach unten und stand kurz darauf in der großen Eingangshalle. Obwohl es inzwischen weit nach Mitternacht war und sämtliche Zellen verriegelt waren, war der Lärmpegel in den Zellentrakten beträchtlich. Das Rennen und Rufen der Wärter hatte die Eingeschlossenen geweckt, und nun machten einige von ihnen einen Radau, als wollten sie die Wärter anfeuern.
Die Gittertüren zu den beiden Gebäudeflügeln standen offen, und die Wärter schienen nicht recht zu wissen, was zu tun war oder von ihnen erwartet wurde. Einige Uniformierte liefen zur Tür, die zum Treppenhaus des Anbaus führte, andere rannten zur Stirnseite des Frauenflügels, wo sich zwei kleine Eisentüren befanden. Durch eine der beiden Türen betrat nun Hell and Fury Sykes das Gebäude und stieg auf einer Eisentreppe an der Stirnwand zur Galerie hinauf. Vermutlich war er auf dem Weg zu Dr. Featherstones Laboratorium.
»Was ist draußen los, Mr. Sykes?«, rief einer der Wärter zur Galerie hoch.

»Was soll sein?«, fauchte der Angesprochene. »Falscher Alarm. Kein Mensch weit und breit. War vielleicht einer von euch auf dem Scheißhaus und hat irgendwelchen Lärm gemacht?«

Die Wärter antworteten mit betretenem Schweigen. In diesem Augenblick war Mr. Brambles Stimme von der Holztreppe unter dem Dach zu vernehmen. »Mr. Sykes, kommt schnell!«

Während Hell and Fury auf der Galerie in Richtung Holztreppe rannte, begleitet vom Krakeelen der Verrückten und verfolgt von den neugierigen Blicken der Wärter, schlich sich Henry unbemerkt zur Hauptpforte und versteckte sich hinter dem Pförtnertisch, der zu dieser nächtlichen Stunde verwaist war.

Als Hell and Fury in Dr. Featherstones Vorraum verschwunden war, schaute Henry sich um und sah eine schmale Holländertür hinter dem Pförtnerpult. Die Tür war zweigeteilt, mit einem oberen und einem unteren Teil, die jeweils lediglich durch einen vorgeschobenen Riegel verschlossen waren. Wie bei einem Pferdestall. Henry kroch zu der Tür, öffnete den unteren Teil und schlüpfte durch die Öffnung in einen Raum, dessen Ausmaße und Einrichtung in der Dunkelheit nicht zu erkennen waren. Dies musste die Pförtnerloge sein, von der Mr. Bramble gesprochen hatte. Und tatsächlich fand Henry nach einigem Suchen und Tasten an der gegenüberliegenden Wand eine niedrige halbrunde Tür, die sich mit Mr. Brambles Schlüssel öffnen ließ und nach draußen führte. Henry ließ wie gewünscht den Schlüssel im Schloss stecken und trat hinaus. Er war frei!

Zwar war das gesamte Gelände von einem hohen und mit Spitzen besetzten Eisenzaun umgeben, doch auf der Frontseite des Bethlem Royal Hospitals, die nur von Besuchern, nicht aber von den Kranken und Irren betreten werden konnte, diente dieser Zaun vor allem repräsentativen Zwecken. So waren die Gitterstäbe mit Rosenornamenten und Querstreben in Rankenform versehen, die das Erklettern des Zauns merklich erleichterten. Nur die Spitzen stellten ein letztes Hindernis dar, an dem sich Henry die Hände und den Hintern schrammte, doch dann war er aus Bedlam entkommen.

Im Osten dämmerte es bereits, als er in den nebligen Feldern verschwand, die einst morastig gewesen waren und der gesamten Gegend ihren Namen – Moorfields – gegeben hatten.

8

Henry war die ganze Zeit auf dem Holzweg gewesen. Das war ihm in Bedlam klar geworden. Acht Tage dauerte dieser Albtraum nun schon, doch erst jetzt hatte er begriffen, wie verblendet oder zumindest kurzsichtig er gewesen war. Alles hatte er immer nur auf sich bezogen, wie ein kleines Kind, das nicht einsehen wollte, dass es nicht der Mittelpunkt der Welt war. Henry hatte in der *Bettleroper* den Captain Macheath gespielt und war kurz darauf dem tatsächlichen Räuberhauptmann Jack Sheppard begegnet. Also hatte er fortan den Captain Macheath gemimt, um Jack nahezukommen und zu beeindrucken. Er war zu Mack the Knife geworden! Denn Jack musste der Schlüssel sein, der Henry das Tor zur Gegenwart öffnete. Das erschien Henry naheliegend und offensichtlich. Und beinahe logisch.

Aber es war falsch!

Wie selbstgefällig und eitel war er gewesen, dass er gedacht hatte, er müsste die *Bettleroper* quasi neu erfinden, indem er den Schriftsteller Gay mit dem Komponisten Pepusch zusammenbrachte. Was änderte das schon? Was brachte es ihm ein? Es ging gar nicht um Henry (und damit nicht um Jack Sheppard oder seine Bande), sondern um Sean Leigh. Es ging um den Mann, dessen Blut er an den Händen hatte. Sarahs neuen Freund, den er im Postman's Park mit einer Eisenstange niedergestreckt hatte.

»Du hast ihn umgebracht!«

Wenn das stimmte und Henrys Reise durch die Zeit nichts anderes als eine Flucht war, wovon er inzwischen fest überzeugt war – auch wenn ihm immer noch völlig schleierhaft war, wie so etwas geschehen konnte –, dann blieb ihm nur die völlige und sofortige Kehrtwende. Er musste sich seiner Schuld stellen, Verantwortung für seine Tat übernehmen und die direkte Auseinandersetzung suchen. Sean Leigh hatte auf der Bühne den Hehler Peachum gespielt, und dieser Peachum war dem realen Gauner Jonathan Wild nachempfunden. Also war der Diebesfänger die zentrale Figur in diesem verwirrenden Geflecht. Mit ihm musste Henry sich messen, mit ihm ins Reine kommen. Doch dazu brauchte er den Brief, das war der einzige Ansatzpunkt, der Henry einfiel. Um Bess zu befreien, Wild zu befrieden und sich selbst zu erlösen.

Die Frage war nur, ob es ratsam oder erstrebenswert war, erlöst zu werden und in die Gegenwart zurückzukehren. Denn dort wartete womöglich die Zelle auf ihn, der er gerade erst auf so kuriose Weise entkommen war. Wollte er wirklich ins heutige London zurück, um dort im Pentonville-Gefängnis einzusitzen? Was erwartete ihn in der Gegenwart? Was trieb Henry zurück? Oder anders gefragt: Was hielt ihn hier? Gab es einen Grund, im Jahr 1724 zu verweilen? Die Antwort auf diese letzte Frage war einfach und dennoch kompliziert. Sie lautete: Bess.

Als er ihr gestern ins Ohr geflüstert hatte: »Ich liebe dich«, da war das kein Schauspiel gewesen. Keine Lüge, kein Simulieren. Und auch wenn sie seine Worte mit einem flapsigen »Erzähl mir was Neues!« abgetan hatte, änderte das nichts an Henrys Gefühlen, so unsinnig und gefährlich sie ihm auch erscheinen. Ja, er hatte sich gegen alle Vernunft und wider besseres Wissen in Bess verliebt, in eine durchtriebene Hure und Diebin, die sich ohne Hemmungen mit Räubern und Gesindel einließ und sie ebenso skrupellos ans Messer lieferte, wenn es ihr in den Kram passte. Hatte sie nicht gerade erst dem Diebesfänger gestanden, dass sie ihren ehemaligen Geliebten hatte töten wollen? Aus Rache. Wer wusste schon, was sie sonst noch auf dem Kerbholz hatte. Wem sie zum Verhängnis geworden war. Dass sie Jack an Jonathan Wild verraten hatte, sprach nicht gerade für sie. Auch wenn Jack es ihr in gleicher Währung heimgezahlt hatte.

Henry versuchte sich einzureden, dass Bess gegen ihren Willen und ohne eigenes Dazutun in ihre missliche Lage geraten war, dass sie eine dieser »gefallenen Frauen« war, von denen es in viktorianischen Romanen nur so wimmelte. Doch das war höchstens die halbe Wahrheit. Bess war keine Unschuld vom Lande, die durch die böse Großstadt oder niederträchtige Männer ins Elend gestoßen worden war und nun darauf wartete, von einem holden Mannsbild gerettet zu werden. Bess war nicht unschuldig, war es vermutlich nie gewesen, und gerade das faszinierte Henry. Und erregte ihn. Die brave Küsterfrau Elizabeth Lyon hätte ihn nicht interessiert, aber die ebenso zwielichtige wie selbstsicher auftretende Edgworth Bess hatte ihn wie eine Hexe in den Bann gezogen. *Weil* oder *obwohl* sie eine Hexe war? Henry war sich dessen nicht sicher.

Vor drei Tagen hatte er mit ihr im Little Stanmore Inn das Bett geteilt. Er dachte daran, wie sie ihm angeboten hatte, mit ihr zu schlafen – auch ohne dafür zu zahlen. Als wäre nichts dabei. Rein, raus, Augen zu, gute Nacht! Henry errötete vor Scham und Widerwillen und musste sich zugleich eingestehen, dass ihn der Gedanke nach wie vor erregte. Wie ihn Bess' körperliche Nähe erregt hatte.

Doch dann hörte er wieder ihre Worte aus der Zelle: »Bleib bei mir, Liebster!« Vermutlich hatte sie diese sanften und liebevollen Worte nur gesagt, weil sie ihn für im Delirium fiebernd gehalten hatte. Doch Henry war überzeugt davon, dass Bess nicht gelogen hatte. Jedenfalls wünschte er sich das.

Und wenn es tatsächlich so war? Wenn Bess ihn ebenfalls liebte? Was folgte daraus? Konnte er sich vorstellen, mit einer Frau wie Bess zusammen zu sein? Würde er ihretwegen dableiben, wenn er andererseits die Möglichkeit hätte, in die Zukunft zurückzukehren? Die Wahrheit war: Er wusste es nicht. Er wusste nichts mehr. Alles war aus dem Lot.

Henry wäre um ein Haar an dem Schweinestall vorbeigelaufen. So sehr war er in Gedanken vertieft und so wenig achtete er auf seine Schritte, die ihn von Moorfields bis nach Westminster geführt hatten, dass er es kaum bemerkte, als er die Bond Street erreichte. Auf seinem Weg nach Westen war er an beinahe allen Orten vorbeigekommen, die in den letzten Tagen so bedeutsam für ihn gewesen waren. Zunächst hatte er das

Hurenhaus in Little Britain passiert, in dem er seine Jungfernnacht verbracht und sich zum Dämlack gemacht hatte, dann hatte er unweit von Wild's House in der Cock Lane den stinkenden Fleet River überquert, schließlich war er zu den Lincoln's Inn Fields gelangt, wo einem Musiktheater der deutsche Kapellmeister abhanden gekommen war, und kurz darauf war er gleich unterhalb von St. Giles auf die Drury Lane gestoßen, die ihrem anrüchigen Ruf selbst zu dieser frühen Morgenstunde alle Ehre gemacht und vor Gesindel nur so gewimmelt hatte. Von dort war es nicht weit zum Covent Garden und schließlich zur vornehmen Piccadilly gewesen, wo er nun mit wundgelaufenen Füßen vor den Stallungen des Burlington Houses stand.

Die Sonne war inzwischen aufgegangen und stand als fahle Scheibe über dem Horizont. Der morgendliche Herbstnebel, der ihm anfangs durchaus zupass gekommen war, hatte sich merklich gelichtet. Henry wusste nicht, wie lange er für seinen Fußmarsch gebraucht hatte. Er wusste nur, dass er unbeschreiblichen Hunger und noch größeren Durst hatte. Und dass er todmüde war und ihm alle Knochen im Leib wehtaten. Sein abgebrochener Schneidezahn zwiebelte, sein blau angelaufener Unterkiefer schmerzte bei jeder Berührung oder Bewegung, und die Schnittwunden an den Armen brannten, als hätte er Essig hineingeträufelt. Er musste ein elendes Bild abgeben.

Henry war mit seinen Kräften am Ende. Und als er an die Stalltür klopfte, hoffte er inständig, dass ihm der alte Samuel öffnete und er nicht von irgendeinem anderen Bediensteten oder Knecht abgewiesen wurde. Die Flucht aus Bedlam war anstrengend genug gewesen, nun wollte er nicht auch noch ins Burlington House einbrechen müssen. Er hatte genug von alledem!

»Wer da?«, meldete sich eine krächzende Stimme aus dem Inneren.
»Samuel?«, fragte Henry. »Seid Ihr das?«
»Der ist bei den Hühnern.«
»Könnt Ihr ihn holen?«
»Wer will was von ihm?«
»Sagt ihm, Captain Macheath möchte ihn sprechen!«
»Kenn ich nicht.«
»Samuel kennt mich.«

Ein Knurren war zu hören. Dann das Schlagen einer Tür. Dann Stille.

Es dauerte eine Weile, bis sich im Stall wieder etwas tat. Eine Tür quietschte in den Angeln, jemand ächzte schwerfällig. Schließlich öffnete sich einer der beiden Torflügel, und das Gesicht des alten Knechts erschien. Bei Henrys Anblick erschrak er sichtlich und rief: »Was ist denn mit Euch geschehen, Captain? Ihr seht aus wie der bleiche Tod.« Mit einem Winken bat er Henry hinein.

»So fühle ich mich auch«, antwortete Henry und ging schwankend an

Samuel vorbei in den Stall. Den Gestank der Schweine nahm er kaum wahr, er fühlte nur die angenehme Wärme der Tiere und hätte sich am liebsten zu ihnen ins Geviert gelegt. »Ich brauche Hilfe, Samuel.«

»Stets zu Diensten«, wiederholte der Knecht die Worte, mit denen er sich beim letzten Mal verabschiedet hatte. »Was kann ich für Euch tun?«

»Ist der Deutsche noch da?«, fragte Henry, nachdem er sich überzeugt hatte, dass sie allein im Stall waren. »Der Musiker?«

»Ay, Captain«, antwortete der Alte. »Auch wenn man ihn kaum zu Gesicht bekommt. Mr. Pepusch und Mr. Gay stecken den ganzen Tag die Köpfe zusammen, als wollten sie irgendetwas aushecken.« Er schien regelrecht froh darüber, dass er mit Nachrichten dienen konnte, und plauderte munter drauf los. »Lord Burlington scheint eingeweiht zu sein, jedenfalls hat er Mr. Gay von seinen sonstigen Arbeiten entbunden und besucht die beiden Käuze regelmäßig im Gärtnerhaus. Der Lord hat dem Deutschen sogar ein Instrument besorgt. Sieht aus wie 'ne Geige, nur 'n bisschen größer.«

»Bratsche«, vermutete Henry und fragte: »Sie machen also Musik?«

Der alte Samuel nickte heftig mit dem Kopf und antwortete: »Und ob! Master Pepusch fiedelt, und Mr. Gay singt dazu. Trinklieder, wenn Ihr mich fragt. Und Spottgesänge.«

»Ich muss mit ihnen sprechen, vor allem mit Maestro Pepusch.«

»Dann müsst Ihr Euch einen Moment gedulden. Die beiden sind vorhin ins Herrenhaus gegangen«, sagte der Knecht und hob vielsagend die Augenbrauen. »Sie frühstücken gemeinsam mit Lord und Lady Burlington. Seitdem Maestro Pepusch hier ist, verkehren sie häufig im Herrenhaus. Mr. Gay ist durch den Deutschen im Ansehen gestiegen, wie es scheint. Das hat er Euch zu verdanken.«

»Warum wohnt er dann noch im Gartenhaus?«, wunderte sich Henry.

»Weil sie dort ihre Ruhe haben«, vermutete der Knecht achselzuckend. »Und sich ungestört betrinken können.« Er hielt den Zeigefinger vor die Lippen und setzte kichernd hinzu: »Aber das bleibt unter uns. Ich möchte keinen Ärger bekommen.«

Henry nickte und fragte: »Wo kann ich auf sie warten?«

»Macht es Euch in meinem Reich bequem!«, erwiderte Samuel und deutete auf einen Strohhaufen in der Ecke des Stalls. »Ihr seht aus, als könntet Ihr eine Mütze voll Schlaf vertragen. Das Stroh ist ganz frisch.«

»Ich würde lieber beim Gärtnerhaus warten, wenn Euch das recht ist.«

Der Knecht hob zustimmend die Achseln, und Henry folgte ihm hinaus auf die Weide und von dort in den Nutzgarten, wo zwei junge Kerle gerade dabei waren, Rotrüben zu ernten.

»Habt Ihr den kleinen Jack getroffen, Captain?«, wollte Samuel wissen, während er gebückt voranging und Henry die Pforte zum Park aufhielt. »Ist er noch auf freiem Fuß?«

»Ay, das ist er«, antwortete Henry knapp.

»Geht es ihm gut?«

»Das kann man wohl sagen«, erwiderte Henry und konnte nicht verhindern, dass seine Worte harscher klangen als beabsichtigt. Schnell fügte er hinzu: »Jack ist wie ein Katze. Er landet immer auf den Beinen.«

»Ja, das hat seine Mutter auch immer gesagt«, lachte der Alte und fügte nachdenklich hinzu: »Ganz anders als sein Bruder Tom. Der ist keinen Schuss Pulver wert. Den eigenen Bruder zu verraten! Wie kann man nur? Tom soll bald nach Amerika verschifft werden, heißt es. Geschieht ihm recht!«

»Keinen Schuss Pulver«, wiederholte Henry und folgte dem Alten auf einem gewundenen Weg, der unter alten Bäumen zu einem kleinen Cottage führte, das – wie alles in diesem albernen Pappmaché-Garten – auf alt und baufällig getrimmt war. Henry hätte es nicht gewundert, wenn auch das Efeu an den Wänden nur aufgemalt gewesen wäre.

»So, da wären wir«, sagte Samuel und machte eine einladende Geste.

Vor dem Häuschen, das einem antiken Tempel nachempfunden war, standen ein Lehnstuhl und ein kleiner Tisch, auf dem der wurmstichige Rest eines Apfels und ein Stück Brotrinde lagen. Henry biss ungefragt in den Apfel und verschlang die Rinde, als wäre sie aus Schokolade.

»Ihr seid hungrig, Captain«, sprach Samuel aus, was offensichtlich war. »Soll ich Euch etwas zu essen bringen? Wir haben drüben im Gesindehaus noch Porridge vom Frühstück übrig. Soll ich es Euch warm machen?«

»Das wäre sehr freundlich«, antwortete Henry und ließ sich in den Lehnstuhl fallen. Er sah noch, wie der Alte quer über den Rasen in die Richtung eines zweistöckigen Gebäudes humpelte, das aus der Ferne an eine altrömische Villa erinnerte. Dann wurde es Nacht um ihn.

9

Der durchdringende Klang einer Bratsche weckte ihn. Und eine tiefe Männerstimme, die etwas schief dazu sang: »Jeder Nachbar beschimpft seinen Bruder, Hure und Gauner nennt man Mann und Frau.«

Die Musik stoppte abrupt, und Henry hörte Maestro Pepusch in seinem abgehackten Tonfall und mit nasaler Stimme fragen: »Ist das nicht etwas zu starker Tobak, John?«

»Es ist die reine Wahrheit«, antwortete Mr. Gay. »Darum geht es doch, oder? Den Menschen einen Spiegel vorzuhalten, auch wenn sie darin eine Fratze zu sehen bekommen. Außerdem ist es unser Bösewicht, der so redet. Warum sollte er ein Blatt vor den Mund nehmen? Nein, wir müssen mit einem Tusch beginnen, und zwar nicht nur musikalisch.«

»Wenn du meinst«, antwortete Maestro Pepusch, aber er klang nicht sehr überzeugt.

Henry schlug die Augen auf und wunderte sich, dass er nicht mehr vor dem Gärtnerhaus im Lehnstuhl saß, sondern drinnen auf einem Sofa lag. Sie mussten ihn hineingetragen haben. Er richtete sich auf und hätte beinahe einen kleinen Beistelltisch umgestoßen, der vor ihm aufgebaut war und auf dem eine Schüssel mit Haferbrei stand. Noch dampfend. Er hatte also wohl nicht allzu lange geschlafen.

»Ah, da seid Ihr ja!«, rief Mr. Gay erfreut. »Willkommen, Captain!«

»Guten Morgen, die Herren«, antwortete Henry und schaute sich in dem spartanisch eingerichteten Raum um, in dem beinahe jedes Möbelstück mit Papieren oder Notenblättern belegt war. »Verzeiht mein aufdringliches Erscheinen und meinen vernachlässigten Aufzug. Ich hoffe, Ihr seht es mir nach.« Er bemerkte, dass er wieder den Captain Macheath mimte, schalt sich in Gedanken dafür und setzte weniger theatralisch hinzu: »Ich bin am Ende und auf Eure Hilfe angewiesen.«

»Esst!«, sagte Maestro Pepusch, dessen Nase verbunden war und der deshalb so näselnd sprach. »Der alte Samuel hat Porridge gebracht.«

»Was genau führt Euch zu uns?«, wollte Mr. Gay wissen. Anders als beim letzten Mal schien er regelrecht erfreut darüber, einen steckbrieflich gesuchten Mann in seinen vier Wänden zu haben. Er wirkte auf Henry wie aufgeblüht, sein Gesicht hatte sichtlich Farbe bekommen, und seine großen, braunen Augen schienen lebendiger. Er forderte Henry auf: »Erzählt!«

»Die reine Wahrheit?«, antwortete Henry mit einer Gegenfrage und schob sich einen Löffel Haferbrei in den Mund. »Auch wenn es starker Tobak ist?«

»Unbedingt«, antwortete Mr. Gay und klatschte in die Hände. »Alles andere würden wir nicht zulassen. Aber zur Wahrheit gehört Wein, dann kommt sie leichter über die Lippen.« Er füllte ein Glas mit Rotwein und stellte es auf das Tischchen. »Hier, trinkt!«

»Cheers!« Henry aß und trank und berichtete. Er erzählte alles, was er wusste, was er sich zusammengereimt hatte oder von anderen, vornehmlich von Bess, in Erfahrung gebracht hatte. Er berichtete von Jack Sheppard und Jonathan Wild, dem Oboisten Albrecht Niemeyer und dem Küster Matthew Lyon, von Dr. Arbuthnot und Bischof Atterbury. Und natürlich von Edgworth Bess. Sein Bericht sprang wild hin und her, vom Newgate-Gefängnis zum Cannons House, von der Drury Lane zum New Theatre, von der Cross Keys Tavern zum Bedlam Hospital, und endete mit seiner Flucht aus dem Irrenhaus. Dass er aus der Zukunft kam, verschwieg er vorsorglich, auch wenn dieses absurde Detail in seiner abenteuerlichen Geschichte vermutlich gar nicht weiter aufgefallen wäre.

Als er seine verwirrenden und nicht immer schlüssigen Ausführungen beendet hatte, antworteten die beiden Künstler mit hartnäckigem Schweigen. Allerdings war es, den Gesichtern nach zu urteilen, kein ungläubiges, sondern ein betretenes Schweigen. Henry hatte den Eindruck, dass die beiden Männer manches aus seiner Erzählung bereits aus anderen Quellen oder eigener Anschauung kannten.

»Arme Mistress Lyon«, sagte Mr. Gay schließlich, dem das spöttische Grinsen aus dem Gesicht gefallen war und der sich inzwischen ebenfalls ein Glas gefüllt hatte. »Wie können wir Euch behilflich sein?«

»Ich will Bess befreien. Ich muss sie da rausholen.«

»Ihr wollt wieder nach Bedlam?«, wunderte sich Mr. Gay.

»Sollen wir etwa mit Euch dort einbrechen?«, empörte sich Maestro Pepusch. »Seid Ihr noch bei Trost, Sir?«

»Nichts dergleichen habe ich vor, und nichts dergleichen verlange ich von Euch«, erwiderte Henry und ließ sich von Mr. Gay nachschenken. »Ich will nicht nach Bedlam, sondern Bess dort herausbekommen. Und dafür brauche ich den Brief des Bischofs Atterbury. Jenen Brief, mit dem Albrecht Niemeyer den Diebesfänger erpresst hat. Und vor dem Mr. Wild solche Angst hat.«

»Was haben wir damit zu tun?«, fragte der Maestro, obwohl seinem Gesicht anzusehen war, dass er die Antwort darauf kannte.

»Wenn Ihr nichts damit zu tun habt, warum seid Ihr dann vor Mr. Wild getürmt?«

»Das seht Ihr doch«, antwortete der Kapellmeister und deutete auf seine bandagierte Nase.

»Was hat es mit diesem Brief auf sich?«, beharrte Henry, wandte sich dabei aber an Mr. Gay. »Ich nehme an, auch Ihr wart ein Teil der Atterbury-Verschwörung? Wie Euer Freund, Dr. Arbuthnot, und vermutlich weitere Tory-Schriftsteller, die der guten alten Stuart-Zeit nachweinen? War Mr. Pope auch beteiligt? Seitdem die Hannoveraner regieren, habt Ihr keine guten Karten am Hof, nicht wahr?«

Mr. Gay hob verwundert die Augenbrauen und kratzte sich den kahlen Schädel. »Ihr seid erstaunlich gut unterrichtet«, sagte er schließlich. »Aber ich muss Euch enttäuschen, Captain, ich war zwar im Groben auf dem Laufenden, aber nicht im Einzelnen eingeweiht. So weit ging meine Liebe zu den Stuarts dann doch nicht. Auch an dem besagten Treffen im Little Stanmore Inn habe ich nicht teilgenommen. Zum Glück, wie ich heute sagen darf.« Sein Blick ging zu Maestro Pepusch, der verlegen zu Boden schaute.

»Und Ihr, Sir?«, wandte Henry sich an den Kapellmeister.

Der Angesprochene schwieg beharrlich.

»Könnt Ihr mir sagen, wieso Matthew Lyon sterben musste?«, bohrte Henry weiter. »Warum man den Küster ermordet hat?«

»Was taucht der Kerl auch plötzlich in der Schänke auf und bringt alles durcheinander?«, platzte es aus dem Maestro heraus. »Damit konnte doch nun wirklich keiner rechnen, dass er den Bischof kennt und den Herzog sowieso. Und all die anderen, die anwesend waren. Der Mann war nicht dumm, und deshalb ...«

»Deshalb war er eine Gefahr?«

»Damals dachten wir so«, gab Maestro Pepusch zu und starrte weiterhin zu Boden, als würde sein Blick wie von einem Magneten angezogen. »Der Bischof dachte so. Der Herzog ebenfalls. Es stand einfach zu viel auf dem Spiel. Damals konnte ja keiner ahnen, was noch geschehen und dass sich die ganze Geschichte wie ein Spuk auflösen würde. Wir dachten, wir würden alle am Galgen landen, wenn der Mann den Mund aufmacht.«

»Wer hat ihn umgebracht?«

»Der Verantwortliche«, erwiderte der Kapellmeister leise.

Henry begriff zunächst nicht, was damit gemeint war, doch dann sagte er: »Albrecht Niemeyer hat durch seine Liebschaft mit Mistress Lyon den Küster ins Inn gelockt, also musste er ihn aus dem Weg schaffen? Er hat Matthew erschossen und dem Toten die Waffe in die Hand gedrückt.«

Maestro Pepusch nickte.

»Und anschließend ist er nach Frankreich geflohen?«

»Nicht sofort. Erst nachdem er seine Aussage vor dem Coroner gemacht und sich um seine vorlaute Geliebte gekümmert hatte. Die hatte ja überall herumkrakeelt, dass ihr Mann ermordet worden sei.«

»Er hat sie bei Mutter Needham abgegeben und Bess damit zum Schweigen gebracht«, sagte Henry und nickte verstehend. »Wann ist Mr. Niemeyer aus Frankreich zurückgekehrt?«

»Erst vor einigen Wochen«, antwortete der Kapellmeister.

Kein Wunder, dass Bess ihn die ganze Zeit vergeblich gesucht hatte, dachte Henry und sagte laut: »Er wäre besser in Frankreich geblieben.«

»Mr. Niemeyer war ein Dummkopf«, sagte Mr. Gay kopfschüttelnd. »Ich weiß, dass man über Tote nichts Schlechtes sagen soll, aber er hat sich maßlos überschätzt. Schon immer! Und in jeder Hinsicht.«

»Wie meint Ihr das?«

»Er hatte keine Ahnung, mit wem er sich angelegt hat«, erklärte Mr. Gay und schnalzte mit der Zunge. »Er war lange im Ausland und wusste offensichtlich nicht, welche Rolle Mr. Wild inzwischen in London spielte. Das ist ihm zum Verhängnis geworden.«

»Ich habe ihn gewarnt und ihm gesagt, er soll die Sache auf sich beruhen lassen«, sagte Maestro Pepusch und rang die Hände, als wollte er seinen Worten Nachdruck verleihen. »Aber er hat nichts davon hören wollen. Albrecht konnte einfach nichts und niemanden ernst nehmen.

Die Musik nicht, die Liebe nicht und auch das Leben nicht. Für ihn war alles nur ein Spiel. Ihm ist alles zugeflogen, die Frauen, sein Talent, das Geld. Und er hat das für ganz selbstverständlich gehalten.«

»Ein Dummkopf«, wiederholte Mr. Gay knurrig und leerte sein Glas.

»Wie ist er in den Besitz des Briefes gelangt?«, fragte Henry, stand vom Sofa auf und ging in dem kleinen Raum auf und ab. »Woher hatte er ihn? Mr. Wild hat behauptet, dass ihm der Brief gehörte. Allerdings hat er nicht verraten, an wen das Schreiben adressiert war. War es der Bischof?«

»Wieso seid Ihr so sicher, dass der Brief tatsächlich in Mr. Niemeyers Besitz war?«, fragte Mr. Gay und hob spöttisch die Augenbrauen. »Womöglich hat er lediglich gewusst, dass es diesen Brief gab, und hat Mr. Wild gegenüber so getan, als besäße er ihn. Dass Mr. Niemeyer wie Bischof Atterbury eine Zeit lang in Frankreich war, ließ seine Behauptung glaubwürdig erscheinen.«

Henry blieb unvermittelt stehen und fragte: »Ein Bluff?«

»Ein *was*?«, antworteten Mr. Gay und Maestro Pepusch wie aus einem Mund.

»Ach, nichts.« Henry überlegte und hoffte, dass Mr. Gay Unrecht hatte. Denn sonst gäbe es keine Möglichkeit, Bess aus Bedlam freizupressen. Der Brief war ihre letzte Chance. Und seine. Deshalb beharrte er: »Ich muss diesen Brief in die Finger bekommen.«

»Selbst wenn es ihn gegeben und Mr. Niemeyer ihn besessen hätte«, gab Mr. Gay zu bedenken. »Wieso solltet Ihr ihn finden, wenn nicht einmal Mr. Wild dazu in der Lage war? Denn wenn der Brief seinen Verrat an den Jakobiten belegt, wie Ihr es behauptet, dann hat er bestimmt alles unternommen, um seiner habhaft zu werden. Nicht einmal vor einem Mord hat er zurückgeschreckt.«

Auch das stimmte natürlich. Mr. Wild hatte vermutlich jeden Zoll der Wohnung des Oboisten peinlichst untersucht. Wenn Mr. Wild und seine Handlanger das Schreiben nirgends gefunden hatten, warum sollte es ausgerechnet Henry gelingen? Doch dann blendete er alle Zweifel und Skepsis aus. Über sein Scheitern wollte er sich im Moment noch keine Gedanken machen. Mit fester Stimme sagte er: »Ich muss zu Mr. Niemeyers Wohnung.«

»Ihr wisst, wo sie ist«, antwortete Mr. Gay achselzuckend. Seinem mitleidigen Gesichtsausdruck war zu entnehmen, dass er keinen Penny auf Henrys Vorhaben setzen würde. »Wenn Ihr Glück habt, ist die Kammer noch nicht wieder vermietet.«

»Wo könnte er den Brief versteckt haben?«, wandte Henry sich an den Maestro.

Der Kapellmeister und der Dichter schauten sich lange an und zuckten dann mit den Schultern. Sie hatten nicht die leiseste Ahnung.

»Ich will Euch nicht länger von der Arbeit abhalten«, sagte Henry, neigte den Kopf und stellte das Glas auf den Tisch. »Danke für den Wein und den Brei. Eine Bitte hätte ich allerdings noch: Könntet Ihr mir unauffällige Kleidung leihen? In meinem jetzigen derangierten Aufzug errege ich zu viel Aufsehen.«

»Sicher«, antwortete Mr. Gay und ging zu einer Kommode unter einem kleinen Fenster, durch das man auf den sonnendurchfluteten Park und die hübsch platzierten Ruinen schauen konnte. Er kramte in den Schubladen und zog einige Kleidungsstücke heraus.

»Und etwas Geld?«, fügte Henry zögernd hinzu. »Ich bin blank.«

»Ihr und Mistress Elizabeth wart uns wertvolle Musen, Captain«, sagte Mr. Gay lächelnd und suchte in seinen Taschen nach einigen Münzen, die er Henry in die Hand drückte. »Ohne Eure Anregung und Hilfe hätten Johann und ich niemals zusammengefunden. Ihr habt Euch eine Belohnung verdient.«

»Danke, Sir. Euer Theaterstück macht also Fortschritte?« Henry deutete auf die verstreuten Papiere auf dem Boden und den Möbeln und entledigte sich des Blaukittels. »Habt Ihr schon einen Titel?«

»Woher wisst Ihr von dem Stück?«, staunte Maestro Pepusch.

Henry lächelte vielsagend und wiederholte seine Frage: »Wie heißt es?«

»Theater der Diebe«, erklärte Mr. Gay stolz und reichte ihm die Kleider.

Henry schluckte und schüttelte den Kopf.

»Gefällt Euch der Titel nicht?«, fragte Maestro Pepusch pikiert.

Wieder schüttelte Henry den Kopf. »Klingt langweilig«, sagte er, während er sich das Hemd über den Kopf zog. »Nicht dramatisch genug. Wie wäre es mit einem etwas spannenderen und geheimnisvolleren Titel?«

»Zum Beispiel?«, wollte Mr. Gay wissen.

Henry tat so, als müsste er überlegen. »Ich weiß nicht. Vielleicht ›Des Bettlers Oper‹ oder etwas in der Art?«, fragte er und zog seine zerrissene und vor Schmutz starrende Hose aus.

»Aber es ist keine Oper«, meinte Maestro Pepusch. »Es gibt keine Rezitative.«

»Vor allem gibt es keinen Bettler«, fügte Mr. Gay geringschätzig hinzu.

»Dann lasst den Bettler zu Beginn als Dichter des Stücks auf die Bühne treten und sich beim Publikum entschuldigen!« Henry schlüpfte in die Hose und das Hemd, die Mr. Gay ihm gereicht hatte, und erinnerte sich im letzten Augenblick an die Speicherkarte seines Handys, die er in der alten Hose verstaut hatte. Er steckte sie ein und ärgerte sich zugleich, dass er Sarahs Ring nicht mehr besaß. Der Wärter Bernie hatte ihn geklaut. *In Liebe Henry.*

»Wofür soll der Bettler sich entschuldigen?«, fragte Mr. Gay.

311

»Dass es gar keine Oper ist«, lachte Henry. »Und dass die Rezitative fehlen.«

»Wollt Ihr uns auf den Arm nehmen?«, rief Maestro Pepusch zornig. »Ein Bettler als Dichter, und eine Oper, die keine ist! So was hat's ja noch nie gegeben!«

»Eben drum«, antwortete Henry und zog als Letztes die leinene Joppe an, die ihm unter den Achseln zwar etwas zu eng war, aber wenigstens nicht nach Schweiß und Blut stank. »Denkt darüber nach!«

»Ihr seid ein seltsamer Vogel, Captain«, sagte Mr. Gay mit nachdenklichem Gesicht. »Aber was Ihr sagt, ist gar nicht dumm. Jedenfalls originell.«

»John!«, empörte sich Maestro Pepusch. »Wir machen uns ja lächerlich!«

»Nein«, entgegnete der Dichter und setzte eine Ballonmütze auf seine Glatze. »Wir machen die Oper deines Freundes Händel lächerlich.«

»Er ist nicht mein Freund«, sagte Maestro Pepusch mürrisch.

Mr. Gay lachte, schnappte sich eine schwarze Mantille, warf sie sich um die Schultern und öffnete Henry die Tür. »Nach Euch, Captain.«

»Ihr wollt ebenfalls gehen?«

»Allerdings«, antwortete Mr. Gay grinsend. »Und zwar mit Euch.«

10

Als Henry das letzte Mal den Wine Court in der Fleet Street betreten hatte, war der gesamte Hof mit neugierig drängelnden Menschen gefüllt gewesen, und der Leichnam eines Mannes war auf einen Pferdekarren gelegt worden, bewacht von einem kleinen Mann mit Dreispitz und Schwert. Das war der Tag gewesen, an dem Henry den Diebesfänger Jonathan Wild zum ersten Mal gesehen hatte. Den Anblick der vernarbten Gaunervisage würde er gewiss so bald nicht vergessen.

Wie anders wirkte der Hof an diesem Montagmorgen. Friedlich und verschlafen lag der Wine Court in der Herbstsonne, das Wirtshaus Ye Olde Cheshire Cheese war zwar geöffnet, doch durch die Fenster konnte Henry nur wenige Gäste im Inneren sehen. Er deutete zu dem Holzschild mit der Feder und dem Buch, das über dem Eingang hing, und führte Mr. Gay zum Hintereingang im Hof.

»Die Druckerei ist im zweiten Stock«, sagte Henry.

»Ich weiß«, antwortete der Dichter und folgte ihm die schmale Treppe hinauf. »Ich kenne Mr. Wilkins. Er hat vor einigen Jahren eines meiner Theaterstücke gedruckt. Ich schulde ihm noch Geld dafür.«

»Sollte es nicht andersherum sein?«, wunderte sich Henry.

»Mr. Wilkins hat die Bücher nur gedruckt«, antwortete Mr. Gay achselzuckend. »Verkauft hat sie ein Buchhändler in Cheapside, der leider spurlos verschwunden ist. Und mit ihm die Kasse.« Er lachte gallig und klopfte an die Tür der Druckerei.

Ein Lehrling im Graukittel öffnete, verbeugte sich und ließ sie hinein. Offensichtlich kannte er Mr. Gay, bat um etwas Geduld und eilte fort, um seinen Meister zu holen.

»Mein lieber Mr. Gay«, ertönte kurz darauf die Stimme des Druckers. »Was führt Euch zu mir? Kommt Ihr, um Eure Rechnung zu begleichen?«

»Mein lieber Master Wilkins«, antwortete Mr. Gay spöttisch und neigte den Kopf. »Ich bedaure zutiefst, Euch noch eine kleine Weile vertrösten zu müssen. Mein Geld schippert nach wie vor in der Südsee und findet nicht den Weg zurück nach London.« Er lachte, wies auf Henry und setzte hinzu: »Darf ich Euch einen Kollegen und guten Freund vorstellen?«

»Ein Dichter?«, fragte Master Wilkins mit einem Bückling, doch seine Worte klangen nicht eben freundlich.

»Ein Schauspieler«, sagte Henry und verneigte sich ebenfalls.

»Ein Schauspieler, der eine Bleibe sucht«, präzisierte Mr. Gay.

»Aha«, meinte der Drucker verständnislos. »Und wie kann ich dabei dienen?«

Sie hatten inzwischen die Werkstatt betreten, die zur Fleet Street hin ging und durch deren Fenster man auf die gegenüberliegende Kirche von St. Bride schauen konnte. In der Mitte des Raumes stand eine riesige hölzerne Druckerpresse, die von einem weiteren Lehrling bedient wurde. Der Rest der Werkstatt war gefüllt mit Setzregalen, Druckstöcken, Letterkästen und kleineren Handpressen. Es roch nach heißem Blei, das in Tiegeln auf einem Holzofen vor dem Fenster geschmolzen wurde, und nach Druckerfarbe, die in Eimern und Bottichen im ganzen Raum verteilt war.

»Wir wurden gewahr, dass Ihr ein Zimmer zu vermieten habt«, sagte Mr. Gay und nahm ein frisch gedrucktes und mit Ornamenten versehenes Papier in die Hand, das an einer Leine zum Trocknen hing.

Henry schaute ihm über die Schulter und erkannte, dass es ein Titelblatt war. Er las: »Eine allgemeine Geschichte der Raubüberfälle und Morde der berüchtigtsten Piraten. Von Captain Charles Johnson.« Henry erinnerte sich, dass er als Kind eine Jugendbuchausgabe dieses Klassikers gelesen hatte. Vor allem der grausame Pirat Blackbeard hatte es ihm damals angetan.

»Ein Zimmer?«, fragte der Drucker, nahm dem Dichter das Blatt aus der Hand und hängte es wieder an die Leine. »Da hat man Euch falsch informiert.«

»Die Dachstube«, mischte sich Henry ein. »Es hieß, sie sei frei geworden und werde vermietet.«

»Wer hat das behauptet?«

»Ein Musiker aus dem New Theatre«, log Henry und räusperte sich. »Er meinte, ein deutscher Kollege von ihm habe dort gewohnt und sich bedauerlicherweise das Leben genommen.«

»Das ist leider wahr«, sagte Master Wilkins, schüttelte aber gleichzeitig den Kopf. »Frei geworden ist die Dachstube dennoch nicht, weil sie bereits wieder vermietet wurde.«

»An wen?«, fragte Henry.

»Das geht Euch zwar nichts an, junger Mann«, mokierte sich Master Wilkins und starrte ihn unter buschigen Augenbrauen finster an. »Aber es ist schließlich auch kein Geheimnis. Der Mieter ist Mr. Jonathan Wild.«

»Mr. Wild wohnt in der Dachstube?«, entfuhr es Mr. Gay.

»Nein, niemand wohnt dort oben«, antwortete der Drucker. »Mr. Wild hat die Miete für den Rest des Jahres gezahlt, aber die Kammern sind unverändert, soweit ich weiß. Mr. Wild hat darum gebeten, dass die Dachstube nicht betreten wird. Und daran halte ich mich.«

»Findet Ihr das nicht seltsam?«, wollte Mr. Gay wissen.

Master Wilkins zuckte mit den Schultern. Es war offensichtlich, dass es ihm egal war, solange die Miete bezahlt war.

»Können wir die Dachstube sehen?«

»Wieso?«, fragte Master Wilkins. »Sie ist bereits vermietet. Das sagte ich doch. Außerdem hat Mr. Wild ...«

»Der Verstorbene war ein Freund von uns«, unterbrach ihn Henry und senkte den Blick. »Und da es wegen der Umstände seines Todes keine christliche Bestattung gab, würden wir gern auf diese Weise von ihm Abschied nehmen.«

»Ihr kanntet Mr. Niemeyer?«, fragte Master Wilkins argwöhnisch.

»Der arme Albrecht«, sagte Henry und presste die Lippen aufeinander.

Master Wilkins schien keineswegs überzeugt.

»Wenn Ihr uns hineinlasst«, sagte Mr. Gay und legte dem Drucker die Hand auf die Schulter, »werde ich in der nächsten Woche meine Rechnung begleichen. Bis auf den letzten Penny.«

»Nächste Woche?«, fragte der Drucker.

»Versprochen.«

»Bis auf den letzten Penny?«

Mr. Gay nickte und legte die Hand aufs Herz.

»Na, meinetwegen. Aber es wird nichts angefasst oder durcheinandergebracht.« Der Drucker suchte in einer Kommode nach einem Schlüssel und setzte, als er ihn gefunden hatte, hinzu: »Und kein Wort zu Mr. Wild. Ich will keinen Ärger.«

»Wir schweigen, wenn Ihr schweigt.«

Mr. Wilkins führt sie hinaus und die Treppe hinauf, und kurz darauf stand Henry auf dem Treppenabsatz, auf dem er erst vor ein paar Tagen gestanden und von wo aus er Hals über Kopf vor Mr. Wild und dem Grobian Quilt Arnold geflüchtet war. Wie viel war in der Zwischenzeit geschehen, und wie wenig hatte sich letztlich an Henrys Lage geändert! Der Meister schloss die Tür mit dem Bartschlüssel auf. Kaum hatte er die Dachstube betreten, entfuhr es ihm: »Was ist denn hier passiert?!«

In der Wohnstube, die sich über der Druckerwerkstatt befand, sah es aus, als hätte eine Bombe eingeschlagen. Sämtliche Schränke und Vitrinen waren von den Wänden abgerückt, und der Inhalt lag überall auf dem Boden herum: Trinkbecher, Teller, Gläser, Tücher, Besteck und Essensreste, die bereits zu schimmeln begannen und einen äußerst unangenehmen Geruch absonderten. Selbst der eiserne Ofen und das kleine Ofenrohr, das einst zum Erkerfenster hinausgeführt hatte, war in Einzelteile zerlegt. Entsprechend rußig und verdreckt waren der Boden und die Möbel. Hier hatte jemand gründliche Arbeit geleistet.

»Hm«, machte Mr. Gay grinsend. »Mr. Wild scheint Eure Einrichtung nicht gefallen zu haben, Master Wilkins.«

»Das ist ... da hört aber doch alles ...« Der Druckermeister schnappte nach Luft und schüttelte fassungslos den Kopf. »Wo gibt's denn so was?«

»Mal sehen, wie es im anderen Zimmer ausschaut«, schlug Henry vor und machte Master Wilkins Platz, der wie von der Tarantel gestochen an ihm vorbeirannte und die Tür zur hinteren Kammer aufriss. Auch hier war der Anblick ähnlich verheerend. Das ehemalige Schlaf- und Musizierzimmer des Oboisten glich einem Schlachtfeld, die Matratze und das Bettzeug waren mit Messern bearbeitet, Stroh und Stofffetzen lagen auf dem Boden, sämtliche Schubladen und Fächer waren geleert, der Inhalt war scheinbar wahllos auf den Dielen verstreut. Die Notenblätter und Bücher des Musikers hatte man auseinandergerissen, und ein Teil der Papiere stapelte sich angekokelt im Kamin.

Henrys Blick ging zur Decke, wo der abgeschnittene Strick immer noch von einem Dachbalken baumelte. Er seufzte und drehte sich einmal um die eigene Achse, dann bat er den Drucker: »Könntet Ihr uns einen Augenblick allein lassen?«

Master Wilkins rührte sich nicht vom Fleck.

»Oder habt Ihr Angst, dass wir etwas durcheinanderbringen?«, fragte Mr. Gay spöttisch. »Ich verspreche Euch, wir werden das Chaos nicht verschlimmern.«

Der Drucker schnaufte unschlüssig und schüttelte dann den Kopf. »Ich will keinen Ärger mit Mr. Wild.«

»Wer will das schon?«, entgegnete der Dichter.

Master Wilkins verließ schließlich zögernd den Raum, und als er die

Tür hinter sich geschlossen hatte, wandte sich Mr. Gay an Henry: »Wo fangen wir an? Oder anders gesagt: Lohnt es sich überhaupt?« Er wies auf das Tohuwabohu und hob zweifelnd die Augenbrauen.

Henry überlegte. Er erinnerte sich an eine Kurzgeschichte von Edgar Allan Poe, die er als Jugendlicher gelesen hatte. Sie hieß *Der entwendete Brief* oder so ähnlich. Darin war eine ganz ähnliche Konstellation beschrieben: Ein kompromittierender Brief war einer hochrangigen Persönlichkeit gestohlen und in der Wohnung des Diebes versteckt worden. Doch bei einer Hausdurchsuchung durch die Polizei war das Schreiben nicht entdeckt worden. Erst ein spitzfindiger Detektiv hatte es schließlich in einem offenen Postkartenständer gefunden, vor aller Augen sichtbar, aber so geschickt getarnt, dass gerade die Auffälligkeit des Verstecks die Unauffindbarkeit verursacht hatte. Zwar würde diese Kurzgeschichte erst in über hundert Jahren geschrieben werden, und Albrecht Niemeyer konnte sie somit natürlich nicht gekannt haben, dennoch suchte Henry die Dachstube nach einem ähnlichen Versteck ab. Aber in dem Zimmer gab es keine Briefe, die so auffällig drapiert waren, dass sie dadurch unverdächtig erschienen.

Henry wollte Mr. Gay bereits signalisieren, dass er recht hatte und die Suche nichts bringen würde, als sein Blick an den Musikinstrumenten hängenblieb, die neben einem Schemel auf dem Boden lagen.

»Die Oboen«, sagte er.

»Wurden bereits inspiziert«, antwortete Mr. Gay kopfschüttelnd und nahm ein in mehrere Teile zerbrochenes Instrument vom Boden. Er schaute es sich an, lugte hinein und sagte: »Nichts.«

Henry hob seinerseits einen Instrumentenkoffer vom Boden auf. Darin befand sich eine Barockoboe, die aus drei Teilen zusammengefügt wurde und kaum an heutige Oboen erinnerte. Sowohl der Koffer als auch das Holzblasinstrument waren durchsucht worden, wie an dem zerschnittenen Samtfutter und den Kerben und Kratzern im Holz zu erkennen war. Auch Henry sagte ernüchtert: »Nichts.«

Mr. Gay hatte inzwischen das dritte Instrument in Augenschein genommen. Es stand senkrecht auf einem vierfüßigen Ständer und unterschied sich merklich von den anderen beiden Instrumenten. Es war aus einem einzigen, sehr massiven Holzstück gefertigt und wirkte viel plumper und einfacher als die Oboen. Auch waren die Grifflöcher größer, und das Instrument endete unten in einem großen Schalltrichter.

»Ist das eine Oboe?«, wunderte sich Henry.

»Nein, eine Schalmei«, antwortete Mr. Gay und reichte ihm das Instrument.

»Wird darauf heute noch gespielt?«, fragte Henry, der Schalmeien nur von Mittelaltermärkten und Gauklerfesten kannte.

»Nur bei Trink- und Volksliedern«, sagte der Dichter. »Ich wusste gar nicht, dass Mr. Niemeyer solch profane Musik praktizierte. Sieht ihm eigentlich gar nicht ähnlich.«

Henry untersuchte die Schalmei und schaute durch die großen Grifflöcher, doch dahinter war alles schwarz. Wenn in dem Rohr ein Brief gesteckt hätte, hätte man ihn eigentlich sehen müssen. Henry schaute dennoch in den Schalltrichter und fingerte darin herum. Wieder sagte er: »Nichts.«

Mit einem enttäuschten Seufzer setzte er die Schalmei an die Lippen und blies hinein. Kein Ton kam heraus.

»Gibt's eine bestimmte Technik?«, fragte Henry.

»Nicht dass ich wüsste«, antwortete Mr. Gay, während er ein Stehpult untersuchte und den Deckel anhob. »Einfach blasen. Wie bei einer Flöte.«

Erneut blies Henry, und erneut kam kein Laut aus der Schalmei. Nicht einmal ein Quäken oder Quietschen. Nichts.

»Wir sind nicht zum Spielen hier, Captain«, gab Mr. Gay zu bedenken.

Doch Henry schaute sich erneut die Grifflöcher an und sagte: »Seltsam. Habt Ihr etwas Spitzes dabei? Einen Draht oder ein Messer?«

»Einen Gänsekiel?«, fragte Mr. Gay, holte eine Schreibfeder aus dem Innenfach des Stehpults und reichte sie herüber.

Henry stocherte mit der Federspitze in dem obersten Griffloch herum und pfiff leise durch die Zähne. »Na also«, sagte er und lächelte.

»Habt Ihr etwas gefunden?«

»Da steckt was drin, irgendwas Schwarzes und Weiches«, antwortete Henry und steckte die Feder in den Schalltrichter. »Da gibt's einen Widerstand.«

Mr. Gay nahm einen weiteren Gänsekiel aus dem Pult, und gemeinsam fingerten sie an der Schalmei herum. Während Henry durch die Grifflöcher piekste und das schwarze Ding zur Seite schob, versuchte Mr. Gay es vom Trichter her und angelte schließlich ein Stück Samt heraus.

»Kein Brief«, sagte er enttäuscht. »Vermutlich ein Reinigungstuch.«

Henry nahm ihm die samtene Rolle aus der Hand, befühlte sie und stieß erneut einen Pfiff aus. »Von wegen!«, rief er und hatte Mühe, seine Hand ruhig zu halten, während er das Samtstück auseinanderrollte und auf ein Papier stieß. »Der Brief!«

Das Schreiben bestand aus lediglich einer Seite, auf der nur wenige handschriftliche Zeilen zu lesen waren. Ganz oben auf der Seite waren neben dem Vermerk »Streng vertraulich!« der Adressat und die Anschrift notiert:

Rt. Hon. Sir Robert Walpole
Erster Lordschatzmeister
Schatzkanzler

Vorsitzender des Unterhauses
Houses of Parliament
Palace of Westminster.

Unten auf der Seite war der Brief mit den Worten unterschrieben:

Euer sehr ergebener Diener
Jonathan Wild
Generaldiebesfänger von Großbritannien und Irland.

Henry überflog die wenigen, aber äußerst blumig und ehrerbietig formulierten Worte und las, dass Mr. Wild den Politiker um ein Treffen ersuchte, um mit ihm »eine höchst delikate und das Schicksal des allseits geliebten Königs betreffende Angelegenheit« zu besprechen. Es wurden keine Namen genannt, und auch der konkrete Anlass des gewünschten Treffens wurde nicht ausdrücklich erwähnt.

»Das ist alles?«, wunderte sich Henry.

Mr. Gay, der den Brief ebenfalls gelesen hatte, deutete auf das Datum oben rechts in der Ecke: »Dezember 1721.« Er nickte und sagte: »In diesem Monat wurde Bischof Atterbury verhaftet und kurz darauf in den Tower gesteckt.«

»Wenn Mr. Wild in die Verschwörung eingeweiht war und sich mit dem Premierminister ...«

»Mit dem *was?*«, unterbrach ihn Mr. Gay.

»Mit Sir Robert«, verbesserte sich Henry, »getroffen hat, dann liegt es nahe, was der Grund dieses Treffens war. Und den Jakobiten dürfte es auch nicht schwer fallen, eins und eins zusammenzuzählen.« Wieder starrte er auf den Brief in seiner Hand und murmelte nachdenklich: »Fragt sich nur, wie Mr. Niemeyer in den Besitz des Briefes gelangt ist.«

»Das Parlament und selbst die Regierung ist voll von jakobitischen Spionen«, meinte Mr. Gay und hob die Achseln. »Irgendjemand wird das Schreiben aus Sir Roberts Büro geschmuggelt und weitergeleitet haben. Und als der Bischof später im Ausland war, hat Mr. Niemeyer vielleicht als Bote fungiert und das Schreiben für die eigenen Zwecke verwendet. Da er tot ist, werden wir es nie erfahren.«

»Der Verrat an den Verschwörern war der Karriere des Diebesfängers sicherlich sehr dienlich«, meinte Henry und steckte den Brief in die Außentasche seiner Joppe. »Der Lordschatzmeister und der König haben es ihm gewiss reichlich vergütet. Kein Wunder, dass er heute so machtvoll ist.«

»Doch jetzt könnte der Brief Mr. Wild das Leben kosten«, sagte Mr. Gay, nahm die Schalmei an den Mund und blies kräftig hinein. Ein schrecklich quäkender Ton erklang.

Beinahe im selben Augenblick schoss Master Wilkins zur Tür herein. »Nichts anfassen, hatte ich gesagt!«, rief er, riss dem Dichter das Instrument regelrecht aus der Hand und deutete zur Tür. »Ich muss Euch nun bitten zu gehen!«

»Habt vielen Dank, Master Wilkins«, sagte Mr. Gay und verneigte sich. »Es war sehr tröstlich, Abschied nehmen zu können«, fügte Henry hinzu und fühlte in der Tasche nach dem Brief. »Und wir werden Euch Mr. Wild gegenüber nicht verraten.«

»Das will ich meinen!«, erwiderte der Drucker und stellte die Schalmei auf den Ständer. »Will schließlich keinen Ärger.« Und mit Blick auf Mr. Gay setzte er nach: »Bis nächste Woche.«

»So Gott will«, murmelte Mr. Gay leise und grinste.

11

Es war etwa Mittag, als sie auf die Fleet Street hinaustraten und Mr. Gay nach einer vorbeifahrenden Mietkutsche rief.

»Fahrt nur allein!«, sagte Henry und winkte dem Dichter zu. »Ich komme später nach und möchte mir vorher ein wenig die Beine vertreten.«

»Es ist weit bis Burlington House«, sagte Mr. Gay verwundert.

Henry lachte. Wenn man die Entfernungen im heutigen London zum Maßstab nahm, war der Weg von der Fleet Street zur Piccadilly ein halber Katzensprung. Gerade einmal zwei U-Bahn-Stationen. Zwar war Henry immer noch müde und erschöpft, dennoch wiederholte er: »Ich komme später!«

Mr. Gay stieg in die Kutsche und verschwand in Richtung Temple Bar.

Henry musste amüsiert daran denken, dass er gerade Zeuge geworden war, wie John Gay auf die seltsame Idee gekommen war, in der Figur des Hehlers Peachum die realen Vorbilder Jonathan Wild und Robert Walpole zu vermengen. Er, Captain Macheath, hatte den Dichter auf die Fährte gebracht und zwei Personen miteinander in Verbindung gebracht, die eigentlich keinerlei Berührungspunkte hatten. Sah man einmal von dem verräterischen Brief ab.

Doch wie wollte Henry nun weiter mit dem Schreiben in seiner Tasche vorgehen? Was genau war sein Plan? Wie wollte er den Brief gegen Bess tauschen, ohne selbst wieder in die Fänge des Gauners zu geraten? Und wo sollte dieser Tausch stattfinden?

Er ging, in Gedanken versunken, auf der lärmenden Fleet Street nach Westen, durchschritt die Temple Bar und bog an der Kirche von St. Clement Danes in die Drury Lane ab. Das tat er ohne jede Absicht und beinahe aus Gewohnheit. Es war der Weg, den er in den letzten Tagen so oft gegangen war. Erst als er die schmale und dunkle Passage erreicht hatte, die zum Theatre Royal führte, blieb er plötzlich stehen und schaute sich um. Es war keine gute Idee gewesen, ausgerechnet hierher zu kommen, denn in der Drury Lane wimmelte es vermutlich von Mr. Wilds Spitzeln, und nach seiner Flucht aus Bedlam stand Henry gewiss an oberster Stelle auf der Fahndungsliste des Diebesfängers.

»Oi, Captain!«, wurde er denn auch sogleich gerufen. »Ihr seht aber mitgenommen aus. Habt Ihr schlecht geschlafen?«

Als er sich umwandte, sah er den kleinen Straßenjungen im Rinnstein sitzen, mit gekreuzten Beinen und beinahe an derselben Stelle, an der er ihn vor einer Woche zum ersten Mal gesehen hatte.

»Na, hat die Fleischpastete geschmeckt, die du mir gestohlen hast?«, erwiderte Henry, ohne auf die Bemerkung des Jungen einzugehen oder sich darüber zu wundern, dass er ihn mit »Captain« angesprochen hatte.

»Hab schon bessere gegessen«, wehrte der Junge geringschätzig ab.

Henry kam plötzlich eine Idee. Er ließ sich neben dem Jungen nieder und fragte: »Wie heißt du?«

»Rodney.«

»Willst du dir etwas Geld verdienen, Rodney?«

Der Junge lachte, schüttelte den Kopf und fragte: »Wieder 'ne zweite Elisabeth? Wollte die Münze 'nem Pfandleiher verkaufen, aber der hat gesagt, es wär' gar kein Silber. Ich lass mich nicht noch mal übern Tisch ziehen.«

Henry kramte in seiner Hosentasche und holte eine der Münzen heraus, die Mr. Gay ihm gegeben hatte. Darauf waren eine Drei mit einer Krone darüber und die Jahreszahl 1723 zu sehen. Er fragte: »Wie wär's mit Threepence?«

Rodney hielt seine offene Hand hin und fragte grinsend: »Wen soll ich kaltmachen, Captain?«

»Blueskin!«

»Wen?«

Doch Henry hatte gar nicht mit dem Jungen geredet, sondern einen erstaunten Ruf ausgestoßen. Denn aus einer Seitengasse der Drury Lane war er plötzlich aufgetaucht und nur wenige Augenblicke später in einer Häuserlücke auf der anderen Straßenseite verschwunden. Obwohl er einen Schlapphut tief in die Stirn gezogen hatte, hatte Henry ihn sofort erkannt: Blueskin! Seine dunkle Haut war unverkennbar. Er lebte also noch und war nicht in der Dirty Lane verbrannt. Henry musste an den nächtlichen Schrei in Bedlam denken: »*Du lügst, du dreckige Hure!*« Henry hatte keine Ahnung, was das zu bedeuten hatte, aber er wusste nun, dass es tatsächlich Blueskin gewesen war, den er in Dr. Featherstones Laboratorium gehört hatte. Der Schrei eines Toten.

»Was habt Ihr gesagt, Captain?«

Henry schüttelte heftig seinen Kopf, als müsste er sich erst wachrüt-

teln, dann wandte er sich dem Jungen zu und sagte: »Nichts, Rodney. Gar nichts!« Wieder ging sein Blick zu der Häuserlücke, doch von Blueskin war nichts mehr zu sehen.
»Also, was soll ich machen?«, fragte der Junge.
»Kennst du Mr. Wilds Haus in der Cock Lane?«
»Ay.«
»Ich möchte, dass du Mr. Wild eine Nachricht überbringst. Wenn er nicht in der Cock Lane ist, versuch es in seinem Büro in Old Bailey.«
Wieder hielt Rodney die Hand auf und sagte: »Her mit dem Wisch.«
»Kein Wisch. Du sollst ihm etwas mündlich ausrichten. Und nur ihm persönlich.«
»Ich höre.«
»Sag ihm, Captain Macheath hat den Brief und will ihn gegen Bess tauschen. Heute um Mitternacht, nein, besser morgen Nacht.« Henry war noch zu schwach auf den Beinen und völlig übermüdet, außerdem taten ihm die Knochen weh. Erst wollte er ein wenig zu Kräften kommen und sich ordentlich auf das Treffen mit dem Diebesfänger vorbereiten. Um nicht in eine Falle zu tappen oder durch eine Unachtsamkeit alles zunichte zu machen. »Sag Mr. Wild, er soll allein kommen. Nur Bess darf ihn begleiten, sonst wird der Brief den Leuten des Bischofs übergeben.«
»Und wohin soll Mr. Wild kommen?«, fragte der Junge.
Die Antwort auf diese Frage hatte sich Henry bereits sorgsam überlegt. Im Postman's Park, gegenüber vom White Horse House, hatte alles angefangen, hier hatte er Sean Leigh im Beisein von Sarah niedergeschlagen. An gleicher Stelle würde folgerichtig alles ein Ende finden – auch wenn es den Postman's Park und das »White Horse House« natürlich noch gar nicht gab. Deshalb sagte Henry: »In Little Britain. Auf dem Friedhof von St. Botolph.«
»Um Mitternacht auf dem Friedhof?«, wunderte sich Rodney. »Da würden mich keine zehn Pferde hinbekommen.«
»Hast du dir gemerkt, was ich gesagt habe?«
»Ihr habt den Brief und wollt ihn gegen eine Bess tauschen. Morgen um Mitternacht auf dem Friedhof in Little Britain. Nur Mr. Wild und diese Bess. Sonst geht der Brief zum Bischof.« Wieder ging Rodneys Hand auf. »Macht Threepence.«
Henry zögerte, dem Jungen das Geld im Vorhinein zu geben, doch sich anschließend noch einmal mit ihm zu treffen, wäre viel zu gefährlich gewesen. Es war anzunehmen, dass Mr. Wild den Jungen nach der Überbringung der Nachricht verfolgen ließ. Also fragte Henry: »Kann ich mich auf dich verlassen?«
»Jacks Freunde sind meine Freunde«, sagte Rodney wichtigtuerisch und nickte.
Henry drückte ihm die Münze in die Hand und befahl: »Ab mit dir!«

»Ay, Sir!«, sagte der Junge und sprang auf die Beine.
»Eins noch!«, rief Henry ihm nach. »Bernie soll den Ring rausrücken, den er mir gestohlen hat. Sag das Mr. Wild!«
Rodney zog die Stirn kraus, nickte verständnislos, rannte davon und war nach wenigen Sekunden hinter einer Häuserecke verschwunden.

Henry blieb noch eine Weile im Rinnstein sitzen, erhob sich schließlich schwerfällig und musste gegen einen Schwindel ankämpfen. Der Boden schwankte unter seinen Füßen, als befände er sich auf hoher See.

Verdammter Aderlass, verdammte Müdigkeit!

Als ihm das Blut wieder in den Kopf gestiegen und das Flimmern vor seinen Augen verschwunden war, überquerte er die Gasse und blieb vor der Baulücke stehen, in der Blueskin Blake eben verschwunden war. »Coal Yard«, war auf einem Holzschild zu lesen, doch Kohle wurde hier nirgends gelagert. Außer einer völlig verfallenen Bauruine befand sich nichts in diesem seltsam verwinkelten Hof, der von der Straße aus kaum einzusehen war und an ein Labyrinth erinnerte.

»Na, Großer«, wurde Henry von einer älteren Frau mit weiß gepudertem Gesicht angesprochen, deren schrumpelige Brüste aus dem Dekolleté herausschauten. Sie tippte mit ihrem Fächer an Henrys Schulter und fragte mit keckem Augenaufschlag: »Hast du Lust auf ein Schäferstündchen?«

»Schlafen würde ich schon gern«, antwortete Henry grinsend. »Aber nicht mit dir, meine Liebe.«

»Scheißkerl!«, fluchte die Hure. »Zieh Leine!«

»Zu Befehl!«, erwiderte er und ging.

SIEBTER TEIL

Der Diebesfänger

Peachum: What a dickens is the woman always a whimpring about murder for? No gentleman is ever look'd upon the worse for killing a man in his own defense; and if business cannot be carried on without it, what would you have a gentleman do?

(Peachum: Was, zum Teufel, winselt das Weib ständig von Mord? Kein Gentleman wird je geringer geachtet, wenn er einen Mann zur eigenen Verteidigung tötet; und wenn ein Geschäft nicht ohne ihn betrieben werden kann, was soll ein Gentleman dann tun?)

John Gay, The Beggar's Opera, Akt I, Szene IV

1. Edgworth Bess

Bess verstand die Welt nicht mehr. Während sie in ihrer Zelle in Bedlam wie in einem Backofen schmorte und zum Nichtstun verdammt war, schien um sie herum alles ins Wanken und aus den Fugen zu geraten. Die Ereignisse überschlugen sich, die Welt stand Kopf, und Bess fühlte sich, als würde sie von einem Strudel in die Tiefe gerissen. Ohne zu wissen, wie ihr geschah.

Erst war Henry wie aus dem Nichts vom Kerkerfieber ergriffen worden, hatte im Fieberwahn nichts als blühenden Unsinn erzählt und war beinahe vor ihren Augen und in ihren Armen krepiert. Dann hatte Blueskin wie ein Dämon draußen vor dem Fenster geschwebt und bestialisch gestunken, als wäre er wie der Leibhaftige in den Schwefelsee getaucht worden. Nur wenig später war das ganze Hospital in hellem Aufruhr gewesen, ein Geschreie und Gerenne hatte durch die Gänge und über die Höfe gehallt, und niemand hatte ihr verraten wollen, was es mit dem Durcheinander auf sich hatte. Immer wieder waren Wärter und Ärzte vor ihrer Zellentür erschienen, ohne ein Wort zu sagen, als wollten sie sich lediglich überzeugen, dass sie noch an Ort und Stelle war. Als befürchteten sie, Bess könne sich in Luft auflösen.

Als sie den Wärter Bernie gefragt hatte, was es mit dem Lärmen und Laufen auf sich habe, hatte der nur geantwortet: »Er hat uns alle zum Narren gehalten!«

»Wer, Blueskin?«

»Nein, Macheath«, fauchte Bernie. »Kerkerfieber! Dass ich nicht lache!«

»Henry?«, hatte Bess erschrocken gerufen. »Was ist mit ihm?« Doch Bernie hatte nicht darauf geantwortet, sondern ihr lediglich durchs Gitter vor die Füße gespuckt und gezetert: »Zum Teufel mit euch allen!«

Am nächsten Morgen war Mr. Wild in Bedlam erschienen, so wild und wütend wie sein Name. Er hatte sie heftig beschimpft und dabei ein ums andere Mal die gleichen Fragen gestellt, auf die sie keine Antworten gewusst hatte: Was Captain Macheath vorhabe. Wo der Brief versteckt sei. Wer sonst noch davon wisse. Ob es Komplizen gebe. Was sie sich davon verspreche, weiterhin zu schweigen. Ob sie wirklich denke, sie könne ihn für dumm verkaufen. Er werde sie alle zur Strecke bringen. An den Galgen!

Aus den wüsten Tiraden des Generaldiebesfängers hatte Bess immerhin herausgehört, dass Henry in der Nacht aus Bedlam entkommen und spurlos verschwunden war. Wie ihm das trotz des Fiebers, der Fesseln und der Wärter gelungen war, konnte sie sich nicht erklären, und es hatte den Anschein, dass auch Mr. Wild in dieser Hinsicht überfragt war.

Am Nachmittag erschien Mr. Wild ein zweites Mal. Seine Laune hatte sich seit dem Morgen merklich verbessert. Er machte sogar Scherze und verkündete, womöglich sei der ganze Spuk schon bald vorbei. Bess verstand zwar nicht genau, was er mit diesem »Spuk« meinte, aber er schien guter Hoffnung zu sein, schon bald Hand an Blueskin und Henry legen zu können. Er sei den beiden auf der Fährte und werde sie stellen, einen nach dem anderen. Ja, sie säßen bereits in der Falle und wüssten nichts davon.

»Schon seltsam«, meinte er und hob die Augenbrauen. »Erst will niemand was von dem Brief wissen, und plötzlich stehen sie Schlange, um ihn zu überreichen! Erst Macheath und dann Blueskin.«

»Blueskin ist tot«, behauptete Bess.

»Zumindest wird er es bald sein«, antwortete Mr. Wild lachend. »Heute Nacht noch, um genau zu sein. Dem guten Jack sei Dank!«

»Verdammter Verräter!«

»Auge um Auge, meine Liebe!«, lachte Mr. Wild. Seltsamerweise erkundigte er sich anschließend nach dem Hurenhaus in Little Britain und ob Mutter Needham etwa auch ihre hässliche Nase in fremder Leute Briefe gesteckt habe. Außerdem wollte er von Bess wissen, was es mit dem Friedhof von St. Botolph auf sich habe.

Bess hörte seine Worte, begriff aber ihren Sinn nicht.

Die erstaunlichste Nachricht erhielt sie allerdings am folgenden Dienstagmittag. Und es war der Wärter Seamus, der die Botschaft mit vor Schadenfreude strahlendem Gesicht überbrachte.

»Tja, jetzt ist es aus mit deinem Schätzchen!«, rief er boshaft.
»Henry ist tot?«, fragte sie und hatte das Gefühl, dass ihr Atem aussetzte. Ihr Herz schlug wie wild, ihr wurde übel, und sie musste zu Boden schauen, um Seamus ihre Gefühle nicht zu verraten.
»Welcher Henry?«, antwortete Seamus verwirrt. »Ich rede von Jack Sheppard. Und er ist nicht tot, sondern in Newgate. Auf einer Schubkarre angeliefert! Gefesselt und geknebelt. Wie ein Stück Vieh.«
»Gott sei Dank!«, entfuhr es Bess, allerdings so leise, dass der Wärter es nicht hörte. Dann erst begriff sie, was Seamus gerade gesagt hatte, und fragte: »Auf einer Schubkarre?«
»Ja!«, rief er und klatschte begeistert in die Hände. »Die ganze Stadt redet davon. Keiner kann es sich erklären, aber wie es scheint, hat jemand deinen Freund vor dem Newgate abgestellt und an die Tür der Lodge geklopft. Als man öffnete, stand niemand auf der Straße. Nur eine beladene Schubkarre mit einer Wolldecke über der Ladung. Und als die Schließer unter die Decke schauten, haben sie Jack gefunden. Ohnmächtig, mit blutendem Schädel und vertäut wie ein Paket. Und auf seiner Brust lag eine Zeitung vom Freitag.«
»Eine Zeitung?«
»Ja, der *Daily Courant* mit Jacks Steckbrief«, antwortete Seamus und kratzte sich das unrasierte Kinn. »Wo drin steht, dass es zwanzig Guinees für ihn gibt. Und das ist eben das Seltsame. Findest du nicht?«
Bess schaute ihn fragend an.
»Na ja«, meinte der Wärter, während er weiter in den Barthaaren pulte. »Da macht sich jemand die Mühe, Jack zu fangen und zu fesseln. Karrt ihn zum Newgate und liefert ihn am Gefängnis ab. Aber statt die zwanzig Goldmünzen einzustreichen, verschwindet der Kerl einfach. Ist doch komisch, oder?«
»Findet Mr. Wild das auch so komisch?«, fragte Bess grinsend.
»Mr. Wild? Wieso?« Seamus schien eine Laus in den Barthaaren gefangen zu haben, hielt sie zwischen den Fingern und knackte sie kaputt. »Freuen wird er sich schon, dass Jack wieder einsitzt. Auch wenn er gern selbst das Kopfgeld kassiert hätte. Aber damit ist es natürlich jetzt Essig.«
»Und niemand weiß, wer's war?«
Seamus zuckte mit den Schultern. »Es wird 'ne Menge geredet. Angeblich wollen mehrere Leute einen Mann und eine Frau gesehen haben, die mitten in der Nacht eine beladene Schubkarre an der Stadtmauer entlanggeschoben haben. Das Seltsame ist jedoch, dass die einen sagen, es war in Aldgate, und die anderen, es war in Cripplegate.«
»Das würde ja bedeuten, dass sie die Schubkarre einmal rings um die Stadtmauer geschoben haben«, erwiderte Bess zweifelnd.
Wieder hob Seamus die Schultern. »Wie auch immer, jedenfalls sitzt

dein Schatz wieder hinter Gittern. Genau wie du. Aber diesmal werdet ihr euch nicht gegenseitig befreien. Jetzt geht's euch an den Kragen!« Er lachte ihr ins Gesicht, tippte sich spöttisch an die Schläfe und setzte sich an seinen Tisch, wo er den Rest des Nachmittags schweigend verharrte.

Bess hockte sich auf ihren Strohsack und versuchte, sich einen Reim auf alles zu machen, aber es wollte ihr nicht gelingen. Dass Jack im Newgate eingesperrt war, freute sie über alle Maßen – nicht nur, weil er es verdient hatte, sondern auch, weil es Mr. Wild so gar nicht in den Kram passte. Vermutlich hatte er getobt, als er davon erfahren hatte, denn ein so wertvoller Spitzel wie Jack war nicht alle Tage anzuheuern. Gemeinsam wären die beiden besonders gefährlich und mächtig gewesen. Während Mr. Wilds Macht auf Schrecken und Einschüchterung beruhte, gründete Jacks Macht auf Beliebtheit und fast grenzenloser Anbetung. Eine beängstigende Kombination.

Gleichzeitig freute sich Bess, dass Henry und Blueskin immer noch auf freiem Fuß waren. Womöglich waren sie es ja gewesen, die Jack zur Strecke gebracht hatten. Dazu hätte auch gepasst, dass niemand die Belohnung eingestrichen hatte. Denn die beiden hätten sich damit selbst ans Messer geliefert. Die Frage war nur, wer die nächtliche Frau gewesen war.

Der Gedanke an Henry Ingram beglückte und verwirrte Bess. Ihr Herz pochte wie wild, und zugleich schalt sie sich für die kindischen und albernen Gefühle, die sie doch seit Langem überwunden geglaubt hatte und dennoch nicht unterdrücken konnte. Als Henry hilflos und fiebernd in ihren Armen gelegen hatte, hatte sie sich eingestanden, wogegen sie sich zuvor so vehement gewehrt hatte. Sie war ihrem eigenen Schwur untreu geworden und hatte es zugelassen, dass ein Mann ihr etwas bedeutete. Sehr viel bedeutete. Und das, obwohl sie nach wie vor überzeugt war, dass Henry ein doppeltes Spiel spielte, dass er etwas vor ihr und aller Welt verbarg, dass er nicht der war, der er zu sein vorgab. Und damit meinte sie nicht den Unfug, den er während seines Fieberwahns fabuliert hatte.

Bess musste es sich eingestehen. Sie liebte Henry. Wider besseres Wissen und ohne ihn wirklich zu kennen. Ein fahrlässiger und unbegreiflicher Fehler. Eine unverzeihliche Schwäche. Gegen die sie dennoch kein Mittel wusste.

Damals bei Albrecht war es die Dummheit und Naivität eines jungen Mädchens gewesen. Sie hatte keine Ahnung gehabt und sich auf ein Spiel eingelassen, dessen Regeln sie nicht verstand und dessen Folgen sie nicht absehen konnte. Und sie war aus einem schönen Traum aufgewacht und bitter dafür bestraft worden. Bei Henry konnte sie diese Entschuldigung nicht geltend machen, sie hatte gewusst, worauf sie sich eingelassen hatte und was sich daraus ergeben würde. Trotzdem hatte sie es nicht abwenden können. Nichts hatte sie aus ihren Fehlern gelernt, wieder hatte ihr Herz ihr Hirn aussetzen lassen. Und wie beim ersten Mal würde sie nun dafür büßen. Ja, Seamus hatte recht: Es ging ihr an den Kragen, und der Gedanke an Henry machte das sogar noch schlimmer.

Der Rest des Tages verging, ohne dass irgendetwas Besonderes geschah oder Neuigkeiten an ihr Ohr drangen. Sie starrte zur Decke, hörte Seamus im Vorraum schnarchen und hatte das Gefühl, man hätte sie einfach vergessen. Niemand sprach mit ihr, keine Menschenseele interessierte sich für sie. Wenigstens gaben sie ihr seit gestern statt Wasser und Brot wieder normales Essen, auch wenn der Eintopf an vergorenen Schweinefraß erinnerte und das Dünnbier wie Pisse schmeckte.

Gegen Abend erschien schließlich der Wärter Bernie, um seinen Kollegen abzulösen. Aus irgendeinem Grund war er fürchterlich schlecht gelaunt und schimpfte wie ein Rohrspatz auf Henry, Mr. Wild, Bess und sogar auf Seamus, der lediglich angemerkt hatte, er solle sich nicht aufführen, als hätte man ihm in die Tasche gegriffen.

»Was weißt denn du?«, schnauzte Bernie und schlug mit der Faust auf den Tisch. »Wie ein Strauchdieb wird man behandelt. Nur weil man seine Pflicht tut und sich an die Befehle hält. Schließlich sollten wir sie doch durchsuchen und alle Wertsachen an uns nehmen! Und jetzt tun sie so, als wär man ein Verbrecher!«

»Wovon redest du?«, fragte Seamus.

»Nichts!«, knurrte Bernie. »Jedenfalls bin ich froh, wenn das Weibsbild heute Nacht weg ist und wir wieder unsere Ruhe haben. Die verdammte Hure geht mir auf den Geist.«

»Was heißt das?«, fragte Bess erschrocken.

»Dass Mr. Wild dich nachher abholen lässt und wir die Zelle aufräumen sollen. Deine Wenigkeit wird offensichtlich nicht mehr gebraucht.« Bernie trat ans Gitter und setzte gehässig hinzu: »Bist du gar nicht froh, aus Bedlam rauszukommen? Musstest nicht mal die üblichen zwölf Monate absitzen!«

»Wo bringt er mich hin?«

»Wer weiß?« Bernie zuckte mit den Schultern und schnaufte abfällig. »Kann dir auch egal sein, für dich gibt's eh keinen Weg zurück.« Er strich sich mit dem Zeigefinger über die Gurgel und lachte.

Bess versuchte, mehr über Jacks Verhaftung oder den flüchtigen Henry zu erfahren, doch Bernie ließ sich kein weiteres Wort entlocken. Er streckte genüsslich die Beine auf dem Tisch aus, legte sich den blauen Uniformrock als Decke über den Bauch und schob sich den Dreispitz über die Augen. Und Bess blieb nichts anderes übrig, als der Dinge zu harren.

Es war bereits weit nach Sonnenuntergang, als Quilt Arnold schließlich den Anbau betrat, sich die Zelle aufschließen ließ und Bess kommentarlos die Hände auf dem Rücken fesselte. Er führte sie aus dem Trakt und die Treppe hinunter, dann durch die große Halle, wo sie von den Wärtern wie eine Erscheinung beäugt wurde, und schließlich durch den Haupteingang ins Freie. Dort wurde sie in einen bereitstehenden Einspänner geschoben.

»Setz dich!«, fiepte Mr. Wild, der bereits in der Kutsche saß, zog sie unsanft auf den Sitz neben sich und wippte aufgeregt mit den Knien. In der Hand hielt er einen schmalen Ring, den er zwischen den Fingern hin und her schob.

Quilt Arnold schwang sich zum Kutscher auf den Bock. Eine Peitsche knallte, die Räder knirschten im Kies, und wenig später hatte die Kutsche das Bethlem Royal Hospital verlassen.

»Wohin bringt Ihr mich?«

»Halt's Maul!«, fauchte Mr. Wild.

Die Fahrt dauerte nicht lang und führte erst an der Stadtmauer entlang nach Westen und dann auf der breiten Aldersgate Street nach Süden. Als Bess kurz vor dem Stadttor die drei Spitzgiebel der niedrigen Kirche von St. Botolph sah und die Kutsche rechter Hand nach Little Britain einbog, glaubte sie zu wissen, wohin die Reise ging: Zur Cross Keys Tavern.

Tatsächlich hielt die Kutsche kurz darauf vor Mutter Needhams Taverne, und Bess wurde von Mr. Wild mit einem Wollknäuel und einem Taschentuch geknebelt. Am liebsten hätte sie ihm in die Finger gebissen, doch was hätte das gebracht?

»Raus mit dir!«, befahl der Generaldiebesfänger und wandte sich dann an den Kutscher: »Warte nicht auf uns!«

Draußen wurde Bess von Quilt Arnold in Empfang genommen, doch er führte sie nicht durch die Hofeinfahrt zum Hurenhaus, sondern auf die andere Straßenseite, wo sich der Eingang zum Friedhof von St. Botolph befand.

Jetzt erinnerte sich Bess an die seltsame Bemerkung von Mr. Wild in Bedlam. Was es mit dem Friedhof von St. Botolph auf sich habe, hatte er von ihr wissen wollen. Verdutzt ließ sie sich von Quilt Arnold durch den Steinbogen auf den Kirchhof führen und versuchte, in der Dunkelheit etwas zu erkennen. Der Mond stand als kaum sichtbare Sichel am Himmel, und nur die Fackeln des nahegelegenen Stadttores von Aldersgate gaben ein wenig Licht ab. Trotzdem konnte man so gut wie nichts sehen.

Der spitz zulaufende Friedhof lag regelrecht eingezwängt zwischen der schmucklosen Kirche im Osten, der hohen Backsteinmauer auf der Seite von Little Britain und der klobigen und altersschwachen Stadtmauer auf der Südseite des Friedhofs. Außer dem Torbogen mit dem quietschenden Gitter, durch den sie das Gelände betreten hatten, und einer kleinen Tür zur Sakristei gab es keinen weiteren sichtbaren Zugang. Der Haupteingang zur Kirche befand sich an dem Platz vor dem Stadttor.

»Und nun?«, wandte sich Quilt Arnold an seinen Herrn.

Mr. Wild drehte sich einmal um die eigene Achse und deutete auf ein Grabmal in unmittelbarer Nähe der Kirche, dessen enorme Ausmaße vermuten ließen, dass dort ein hochrangiger Würdenträger der Gemeinde begraben lag. »Wir haben noch Zeit, ich will mich erst umsehen«, sagte er. »Hast du die Pistole geladen?«

»Ay, Sir«, antwortete der Handlanger und klopfte sich auf den breiten Gürtel, in dem eine doppelläufige Steinschlosspistole steckte.

»Versteck dich mit ihr hinter dem Grabstein und gib keinen Ton von dir«, befahl Mr. Wild. »Wir warten, bis der Mistkerl kommt, und dann machst du einfach, was ich sage. Und *wenn* ich es sage. Verstanden?«

Wieder bestätigte Quilt Arnold: »Ay, Sir!«

»Und dir rate ich, keine Mätzchen zu machen«, wandte sich Mr. Wild an Bess. »Wenn du Krach machst oder fortlaufen willst, wird Quilt dir das Genick brechen oder dir ein Loch in die hübsche Brust schießen.«

Bess schluckte und nickte, und Quilt Arnold meinte: »Mit Vergnügen, Sir!«

Dann begann das Warten. Während Mr. Wild mit auf dem Rücken gefalteten Händen über den Friedhof schlich und sich jedem Grabstein und jedem Strauch oder Baum mit einer Inbrunst zu widmen schien, die Bess übertrieben vorkam, machte es sich Quilt Arnold hinter dem Grabmal bequem, kontrollierte die Ladung seiner Pistole und lehnte seinen Rücken an die Wand der Sakristei, ohne dabei jedoch Bess loszulassen. Mit seiner riesigen Pranke hielt er ihren Unterarm so fest gepackt, dass sie das Gefühl in den Fingern verlor und vermutlich blaue Flecken davontragen würde. Sie kniete zwischen Grabmal und Kirchmauer auf dem feuchten Boden und fror zusehends.

Auf seinem Rundgang über den Friedhof kam Mr. Wild auch an der Tür zur Sakristei vorbei und prüfte, ob sie verschlossen war. Sie ließ sich nicht öffnen.

»Gut!« Mr. Wild nickte zufrieden und machte eine weitere Runde durchs Dunkel. Immer wieder hielt er an einem frisch ausgehobenen Grab unweit der Stadtmauer an, neben dem die Erde zu einem kleinen Hügel aufgehäuft war. Vermutlich war für den kommenden Tag eine Beerdigung geplant, jedenfalls stand am Kopfende der Grube bereits der Grabstein. Ob der Stein beschriftet war und das offene Grab mit Brettern bedeckt war, konnte Bess von ihrem Standpunkt aus nicht erkennen.

Der Diebesfänger schaute lange in die Grube und schüttelte immer wieder den kopf. Er schien nervös zu sein, es war offensichtlich, dass er mit dem Ort und den Gegebenheiten nicht glücklich war. Inzwischen war Bess überzeugt davon, dass Henry diesen Treffpunkt ausgewählt hatte, auch wenn sie nicht die leiseste Ahnung hatte, wieso seine Wahl ausgerechnet auf diesen finsteren und unheimlichen Ort gefallen war. Vor allem die beinahe zehn Fuß hohe Stadtmauer mit ihren verwitterten Zinnen, die ihren Sinn vor langer Zeit eingebüßt hatten, schien den Friedhof regelrecht zu erdrücken, und auch die alte Kirche mit ihrem baufälligen und durch Stützbalken abgesicherten Glockenturm war nicht dazu angetan, die Umgebung heimelig erscheinen zu lassen. Es waren nicht nur die Kälte und die Nässe des Bodens, die Bess immer wieder ein Frösteln über den Rücken jagten.

Sie hockten da und warteten. Nichts geschah, niemand erschien, kein Ton war zu vernehmen, keine Bewegung zu sehen. Es war, als hätte jemand die Zeit angehalten.

Als sie endlich die Glocken der nahen Kathedrale von St. Paul und etwas weiter entfernt die Turmuhr von Bedlam hörte, wusste sie, dass es inzwischen Mitternacht geworden war.

Beinahe im selben Augenblick quietschte die Gittertür im Torbogen und Henrys Stimme schallte über den Hof: »Ich hoffe, Ihr musstet nicht zu lange warten, Sir.«

»Ihr seid pünktlich, Captain.« Bess fiel auf, dass er Henry in der Höflichkeitsform ansprach, was er bislang nicht getan hatte. »Das ehrt Euch.«

»So viel Höflichkeit unter Gaunern muss sein«, antwortete Henry und betrat den Friedhof. Leider konnte Bess nur seine Umrisse erkennen.

»Habt Ihr den Brief dabei?«, fragte Mr. Wild und kam näher.

»Keinen Schritt weiter!«, rief Henry und zog einen Dolch aus dem Hosenbund. »Und weg mit dem Schwert!«

»Wo ist der Brief?« Mr. Wild legte sein Schwert auf einen Grabstein und hob die Hände, um zu zeigen, dass er unbewaffnet war.

Bess wollte sich etwas erheben, um besser sehen zu können, doch sofort wurde sie von Quilt Arnold nach unten gedrückt und spürte den Doppellauf der Pistole an ihrem Hals. Sie ging wieder in die Knie und wandte sich unwillkürlich zur Seite. Irgendetwas war anders als noch vor einem Augenblick. Sie schaute in die Dunkelheit, doch da war nichts zu sehen.

»Wo ist Bess?«, antwortete Henry mit einer Gegenfrage.

»Ganz in der Nähe.«

»Genau wie Euer Brief, Mr. Wild.«

»Ich will ihn sehen«, sagte der Diebesfänger. »Woher weiß ich sonst, dass Ihr die Wahrheit sagt und mich nicht hinters Licht führen wollt?«

Henry kam einen Schritt näher, zog etwas Weißes aus der Innentasche seines Rockes und hielt es Mr. Wild vor die Nase, allerdings so weit entfernt, dass er nicht danach greifen konnte. »Ein Schreiben an Sir Robert Walpole«, sagte Henry, »datiert vom Dezember 1721, mit Eurer Unterschrift. Zufrieden, Sir?«

Bess wunderte sich über Henrys Dummheit. Wieso hatte er den Brief nicht irgendwo anders deponiert, damit Mr. Wild keine Gelegenheit bekam, ihm den Brief einfach zu entreißen? Glaubte Henry tatsächlich, das Ganze würde wie ein Tauschgeschäft unter Gentlemen ablaufen? Und dass Mr. Wild allein auf dem Friedhof erschienen war? *»Höflichkeit unter Gaunern.«* So ein Unfug!

Während sie innerlich über Henry den Kopf schüttelte, bemerkte sie einen Schatten neben sich. Sie spürte ihn mehr, als dass sie ihn sah. Dann war er verschwunden. Doch es hatte den Anschein, als stünde die Tür zur Sakristei nun einen Spaltbreit offen. Da Bess sich bewegt hatte, packte Quilt Arnold sie noch fester und drückte die Pistole gegen ihren Kiefer, dass es schmerzte. Dann folgte ein leises, zischendes Geräusch, wie ein Luftzug.

Wusch!

Im nächsten Augenblick lockerte sich der Griff an ihrem Unterarm, und die Pistole fiel zu Boden. Gleich darauf kippte Quilt Arnold ohnmächtig nach vorne und landete bäuchlings im Dreck.

Beinahe hätte Bess geschrien, doch zum Glück war sie geknebelt. Hinter ihr hockte Blueskin, in der Hand hielt er etwas Schwarzes, das an einen dünnen Weinschlauch erinnerte. Er grinste, legte sich den Zeigefinger auf die Lippen, schnitt ihr mit einem Messer die Fesseln durch und nahm ihr den Knebel ab.

»In Ordnung«, sagte Mr. Wild und hob die Stimme, als spräche er nicht mit Henry, sondern mit jemandem, der weiter entfernt stand. »Es ist der Brief!«

»Wo ist Bess?«

»Knall ihn ab, Quilt!«, rief Mr. Wild.

Keine Antwort.

»Quilt! Schieß doch!«

Nichts geschah.

»Niemand da?«, lachte Henry. »Vielleicht ist er eingeschlafen!«

»Quilt, du Idiot!«, schrie Mr. Wild in Rage und wollte, als niemand antwortete, nach seinem Schwert auf dem Grabstein greifen. Doch Henry war ihm zuvorgekommen und hatte die Waffe bereits an sich genommen.

»Wollt Ihr unbedingt sterben, Sir?«, fragte Henry. »Dann macht nur so weiter.«

Der Stein, auf dem Mr. Wild seine Waffe abgelegt hatte, gehörte zu dem frisch ausgehobenen Grab an der Stadtmauer. Der Diebesfänger hob beschwichtigend die Hände und machte einige Schritte nach hinten, sodass er nun neben dem Grab und direkt vor dem Erdhügel stand.

»Ihr habt gewonnen, Captain!«, gab Mr. Wild sich geschlagen. »Ich habe übrigens Euren Ring dabei. Bernie hat behauptet, Ihr hättet ihm den

Ring geschenkt. Als Andenken.« Mit einem Lachen und einer kurzen Handbewegung warf er Henry etwas zu, das Bess auf die Entfernung und in der Dunkelheit nicht erkennen konnte. Im selben Augenblick bückte sich Mr. Wild blitzschnell, und plötzlich hielt er einen Spaten in der Hand, der vermutlich in dem Erdhügel gesteckt hatte. Und dann ging alles ganz schnell.

Mr. Wild holte aus. Henry erstarrte und schien so überrascht, dass er nicht in der Lage war, das Schwert zu heben. Bess sprang auf und schrie: »Nein! Nicht!«

Statt dem Schlag auszuweichen, starrte Henry mit aufgerissenen Augen zu Bess hinüber, als hätte er gerade eine Erscheinung gehabt.

Der Spaten sauste durch die Luft und traf ihn mit der flachen Seite an der Schläfe. Henry ließ das Schwert fallen, ging zu Boden und stürzte hinter den Erdhügel.

Bess wusste selbst nicht, woher sie die Waffe hatte, und konnte sich nicht erinnern, sie vom Boden aufgehoben zu haben. Doch plötzlich hielt sie Quilt Arnolds doppelläufige Pistole in der Hand, zielte auf Mr. Wild und drückte im selben Augenblick ab.

Ein Schuss krachte, doch die Kugel verfehlte das Ziel und schlug irgendwo weiter hinten in die Stadtmauer ein. Mr. Wild duckte sich, sprang zur Seite, hob den Brief vom Boden auf und rannte wie ein Haken schlagender Hase davon. Ein Gitter quietschte und knallte gegen eine Mauer, Schritte entfernten sich und verhallten, dann war alles ruhig.

Bess trat hinter dem Grabmal hervor und ging langsam in Richtung Stadtmauer. Als sie das offene Grab erreicht hatte, schaute sie hinter den aufgeworfenen Hügel. Dort lag Mr. Wilds Schwert neben dem Spaten, doch Henry war nirgends zu sehen. War er etwa in die Grube gefallen?

Inzwischen war Blueskin neben Bess getreten und schaute mit ihr in das offene Grab. In der Finsternis war der Grund des Erdlochs nicht auszumachen, also kniete Blueskin nieder und ließ sich am Rand hinunter, wobei er sich an einigen Baumwurzeln festhielt, die seitlich aus der Erde ragten.

»Und?«, fragte Bess mit bangem Herzen.

»Nichts.«

»Was heißt *nichts*?«

»Nichts!«, wiederholte Blueskin und kletterte aus der Grube. »Das Grab ist leer.«

Gemeinsam suchten sie die Umgebung ab, denn irgendwo musste Henry doch liegen! Der Schlag mit dem Spaten war so heftig gewesen, dass er unmöglich noch weit gekrochen sein konnte. Aber sie fanden ihn nicht. Nirgends. Weder tot noch lebendig. Nur ein silberner Ring lag auf dem Boden, zierlich und schmal, mit einem kleinen Edelstein besetzt. Der Ring einer Frau.

»Das gibt's doch gar nicht!«, entfuhr es Bess, die immer wieder zum offenen Grab zurückkehrte und hineinschaute, als hätten sie Henry beim ersten Mal lediglich übersehen. Oder als hätte er sich vor ihnen versteckt.

»Wir müssen verschwinden«, rief Blueskin schließlich und zerrte Bess mit sich fort. »Bestimmt hat jemand den Schuss gehört. Mr. Wild hat seinen Brief zwar bekommen, aber sicherlich schickt er uns umgehend seine Leute auf den Hals. Und Quilt wird auch nicht ewig ohnmächtig sein. Lass uns abhauen!«

»Aber Henry«, wandte Bess ein.

»Der wird schon wieder auftauchen«, meinte Blueskin achselzuckend.

»Und wenn nicht?«, fragte Bess und starrte auf den Ring in ihrer Hand. Sie steckte den Ring ein und folgte Blueskin zum Ausgang. »Wenn nicht«, sagte sie noch einmal leise.

2. Captain Macheath

Es war noch etwa eine Stunde bis Mitternacht. Henry lag neben Blueskin auf der alten Stadtmauer und schaute hinunter auf den Friedhof von St. Botolph.

»Warum ausgerechnet hier?«, fragte Blueskin.

»Hier hat alles angefangen«, antwortete Henry und kauerte sich hinter eine der Zinnen.

»Was hat hier angefangen?«, wollte Blueskin wissen.

»Wenn ich das bloß wüsste«, murmelte Henry. Den verwunderten Seitenblick Blueskins bemerkte er gar nicht.

Von ihrem Standpunkt aus konnten sie sowohl den Friedhof als auch die Kirche sowie einen Teil des Platzes vor dem Stadttor von Aldersgate überblicken. Auch wenn das in der Dunkelheit nicht einfach war.

Dass Blueskin hier neben ihm auf der Lauer lag, erschien Henry immer noch wie ein Wunder. Oder wenigstens wie eine glückliche Fügung. Seitdem er ihn am gestrigen Montag in der Drury Lane gesehen hatte, hatte Henry oft an den Gauner gedacht, der ihm immer noch so widersprüchlich und unfassbar erschien, und als er am Morgen von dem Stallknecht Samuel erfahren hatte, dass der arme Jack Sheppard auf einer Schubkarre vor dem Newgate-Gefängnis abgestellt worden war, hatte Henry sofort gewusst, wer hinter diesem seltsamen Einfall steckte. Das war ein Witz ganz nach Blueskins Art.

Am späten Nachmittag, nachdem er den Friedhof von St. Botolph ein erstes Mal in Augenschein genommen und zwei Totengräber beim Ausheben eines Grabes beobachtet hatte, war Henry erneut in die Drury Lane gegangen und hatte sich in der Ruine im Coal Yard auf die Lauer gelegt. Er hatte nicht ernsthaft damit gerechnet, Blueskin abermals zu begegnen, aber wenn er schon die Zeit bis zur Nacht totschlagen musste, so konnte er es ebenso gut an einem gottverlassenen Ort machen, wo ihm außer ein paar Ratten und streunenden Hunden niemand begegnete. Vor der Ruine spielten zwar einige Kinder im Schutt, und im hinteren Teil des Yards hatte ein Schmied seine Werkstatt, doch das zusammengefallene Haus selbst war wüst und leer.

Henry hatte sich seit dem Vortag merklich erholt, der Schlaf hatte ihm gut getan, seine Wunden und Blessuren schmerzten nicht mehr ganz so heftig, und auch das gräfliche Essen, das Mr. Gay und Mr. Pepusch für ihn aus dem Herrenhaus geschmuggelt hatten, hatte seine Kräfte und Sinne wiederbelebt. Er war hellwach und ausgeruht. Und dennoch wurde er von Blueskin überrascht.

Plötzlich spürte er ein Messer an seiner Kehle und hörte hinter sich die Worte: »Keinen Mucks, sonst stech ich dich ab!«

Henry hatte Blueskin nicht kommen hören, seine Stimme aber sofort erkannt. Also hob er die Hände und sagte: »Ich bin's. Henry.«

»Na, schlag mich tot!«, antwortete Blueskin und steckte das Messer ein. »Bist also tatsächlich aus Bedlam rausgekommen? Verdammter Teufel!«

»Und du bist von den Toten auferstanden. Auch nicht schlecht!«

»Wie hast du mich gefunden?«, fragte Blueskin mit finsterer Miene.

Henry schnupperte an Blueskin, der wie ein nasser Straßenköter roch, und sagte: »Immer der Nase nach.«

Sie lachten und umarmten sich. Die erste freundschaftliche Geste zwischen ihnen, soweit Henry sich erinnern konnte. Dann berichtete Blueskin in aller Kürze, was ihm seit dem Brand in der Dirty Lane widerfahren war. Henry hörte aufmerksam und staunend zu, doch als er sich am Ende nach Jack und der Geschichte mit der Schubkarre erkundigte, brach Blueskin abrupt seine Ausführungen ab und knurrte: »Ich will nicht darüber sprechen.« Dann wechselte er das Thema und fragte: »Wie sieht's bei dir aus? Was hast du vor?«

»Bess befreien.«

»Nicht schon wieder«, lachte Blueskin, wurde aber sofort ernst. »Hab's schon versucht, Kumpel. Kannst du vergessen.«

Henry schüttelte den Kopf, zog den Brief aus seiner Joppe und erzählte, was es mit dem Schreiben des Diebesfängers auf sich hatte. Seltsamerweise schien Blueskin gar nicht so überrascht, wie er es hätte sein müssen. Er nickte lediglich und fragte: »Und jetzt?«

»Tauschen wir Bess gegen den Brief.«

»Wir?«, schnaufte Blueskin verächtlich. »Was hab ich damit zu schaffen?«

»Mach es Bess zuliebe«, meinte Henry.

»Bess?« Blueskin lachte. »Die Sache in der Chick Lane hat mir gereicht.

Hast ja gesehen, was dabei rauskam. Das Haus haben sie uns angezündet. Und in Bedlam war ich auch. Bin durch die verdammte Scheiße gekrochen, um sie rauszuholen. Mir reicht's! So oft kann Bess gar nicht die Beine breit machen, dass sie's mir zurückzahlen kann.«

Henry zuckte unmerklich zusammen.

Blueskin hatte es bemerkt und lachte. »Wusste ich's doch!«, rief er und gab Henry einen Klaps auf den Rücken. »Bist in das Miststück verknallt!« Er fasste sich in den Schritt, machte eine obszöne Handbewegung und sagte: »Das ist allerdings ein guter Grund. Wann geht's los?«

Henry wurde jäh aus seinen Gedanken gerissen, als Blueskin neben ihm plötzlich etwas flüsterte.

»Was hast du gesagt?«, fragte Henry.

»Sie kommen«, wiederholte Blueskin.

Henry schaute durch die Zinnen auf den Friedhof. Tatsächlich. Eine Kutsche fuhr in Little Britain vor, wenig später war eine Bewegung unter dem Steinbogen zu sehen, dann das Quietschen der Tür zu hören. Und schließlich betraten Mr. Wild, Quilt Arnold und Bess den Friedhof.

»Der Riese ist dabei«, flüsterte Henry.

»Hast du ernsthaft geglaubt, Mr. Wild kommt allein?«

Henry schüttelte den Kopf und beobachtete weiter das Geschehen. Nachdem sich der Diebesfänger umgeschaut hatte, befahl er seinem Handlanger, sich mit Bess hinter einem Grabmal vor der Kirche zu verschanzen. Er selbst ging in nach vorn gebeugter Haltung kreuz und quer über den Friedhof und wirkte dabei auf Henry wie ein Raubtier im Käfig.

»Du hast ihm einen gehörigen Schrecken eingejagt«, murmelte Blueskin, dem offensichtlich ein ähnlicher Gedanke gekommen war. »Er ist ganz fickerig.«

Henry bedeutete Blueskin, dass er selbst von der Mauer auf den Friefhof springen und sich um Mr. Wild kümmern wollte, während Blueskin Quilt Arnold in Schach halten und Bess befreien sollte. Doch Blueskin schüttelte den Kopf und deutete nach Osten, in Richtung Stadttor.

Henry wollte ihn zurückhalten, doch Blueskin hatte sich bereits abgewandt und war auf der etwa fünf Fuß breiten Stadtmauer wie eine Echse davongekrochen. Henry tat es ihm notgedrungen nach und kletterte schließlich hinter Blueskin her in die winzige Magpie Alley, die sich im Osten zwischen Friedhofsmauer und Stadtmauer zwängte und wie ein völlig überflüssiger Blinddarm wirkte, weil sie von der Aldersgate Street kam, aber nirgendwo hinführte.

»Was hast du vor?«, zischte Henry ärgerlich.

»Ich will in die Kirche«, antwortete Blueskin und ging die Gasse entlang, die fürchterlich nach Kot und Urin stank. Offensichtlich wurde die Magpie Alley vor allem als öffentliche Toilette benutzt.

Blueskin betrat die Aldersgate Street unweit vom Stadttor, nestelte in seinem Schritt herum, als hätte er nur kurz seine Notdurft verrichtet, und wandte sich dann nach links, in Richtung St. Botolph. Gleich hinter der Kirche, deren Mauer direkt an die Straße grenzte, bog er erneut links ein, nach Little Britain.

Henry folgte ihm möglichst rasch und unauffällig, doch als er die Querstraße erreichte, war Blueskin verschwunden.

»Psst«, machte es und dann noch mal: »Psst!«

Erst jetzt sah Henry eine kleine Tür in der Nordfassade der Kirche. Vermutlich ein Nebeneingang, denn das Hauptportal befand sich in der Aldersgate Street. Die Tür war halb geöffnet, und Blueskins dunkler Kopf schaute durch den Spalt.

»Nun, mach schon!«, flüsterte er.

»Wie bist du da reingekommen?«

Diese Frage schien dem geübten Einbrecher Blueskin so dumm und überflüssig zu sein, dass er gar nicht darauf antwortete. Stattdessen zog er Henry ins Innere, schloss die Tür und führte ihn zum Chorraum, der sich in dieser Kirche seltsamerweise auf der Westseite befand. Vielleicht gab es im Osten einen weiteren Altar, das war in der Dunkelheit nicht auszumachen.

Vom Chorraum aus führte eine unverschlossene Holztür zur Sakristei, in der es so finster war, dass sie sich nur tastend vorwärts bewegen konnten. Schließlich hatten sie die westliche Kirchenmauer erreicht, in der sich eine weitere Tür befand. Gerade als sie den Ausgang zum Friedhof erreicht hatten, wurde von außen auf die Klinke gedrückt.

Henry stockte der Atem, und auch Blueskin fuhr zusammen. Doch die Tür war verschlossen, und draußen hörte man Mr. Wild sagen: »Gut!«

»Was jetzt?«, fragte Henry flüsternd, nachdem sich sein Puls beruhigt hatte.

»Noch mal wird er die Tür nicht ausprobieren«, antwortete Blueskin. Ein leises Kratzen war zu hören, dann ein ebenso leises »Klick!«, und schließlich drückte Blueskin auf die Klinke und öffnete die Tür einen Spaltbreit.

Nur wenige Schritte entfernt sahen sie Quilt Arnold und Bess hinter dem Grabmal kauern und den Friedhof beobachten, wo Mr. Wild nach wie vor seine Runden drehte. Die Tür zur Sakristei beachtete niemand mehr.

Blueskin schloss die Tür wieder und sagte: »Du gehst zum Haupteingang, und wenn die Glocken der Kathedrale zwölf Mal geschlagen haben, betrittst du den Friedhof durch den Steinbogen. Lass die Tür schön laut quietschen, damit ich Bescheid weiß. Pass anschließend nur auf, dass Mr. Wild dich nicht niedersticht oder eine Pistole zückt, um den Rest kümmere ich mich.«

Henry überlegte eine Weile und stimmte dann zu. Er klopfte Blueskin auf die Schulter, ging zurück in die Kirche und verließ das Gebäude auf der Nordseite, wo er sich in der Toreinfahrt der Cross Keys Tavern versteckte.

Gern hätte er gewusst, wie spät es nun war und wie lange er noch warten musste, und beinahe automatisch ging sein Blick zu seinem linken Handgelenk, wo einst seine Armbanduhr gewesen war. Acht Tage war das nun her, doch ein ganzes Leben lag dazwischen. Sein Leben! Mittlerweile war Henry nicht mehr davon überzeugt, dass sein Plan – oder wie man es sonst nennen wollte – funktionieren würde. Was hatte der Ganove Jonathan Wild mit dem Schauspieler Sean Leigh zu schaffen? Ebenso wenig wie Henry Ingram mit Jack Sheppard. Oder Sarah mit Edgworth Bess. Was würde der Showdown – wenn es denn überhaupt einer werden würde – mit dem Diebesfänger bringen? Was würde er ändern? Henry fühlte sich wie in einem Western, wo das Schicksal einer Frau durch ein tödliches Duell unter Männern entschieden wurde. *High Noon* um Mitternacht.

Endlich schlug es zwölf! Henry hatte keine Ahnung, was ihn erwartete, und war dennoch froh, endlich handeln zu können und nicht länger warten zu müssen. Er überquerte in großen Schritten die Straße, und als die Glocken von St. Paul verklungen waren, lehnte er sich mit dem Oberkörper gegen die Gittertür unter dem Steinbogen und ließ sie ordentlich kreischen.

Der Diebesfänger stand an dem offenen Grab, das die Totengräber am Nachmittag ausgehoben hatten. Nach dem Austausch einiger fadenscheiniger Höflichkeiten und nachdem Mr. Wild sein silbernes Schwert abgelegt hatte, hielt ihm Henry den verräterischen Brief vor die Nase.

Mr. Wild reagierte genau so, wie Henry es erwartet hatte. Er grinste schief und befahl: »Knall ihn ab, Quilt!«

Henry stockte der Atem; er erwartete seinen Tod. Doch nichts geschah, keine Kugel zerschmetterte ihm den Schädel. Blueskin hatte Wort gehalten. Er hatte sich um den Rest gekümmert.

»Niemand da?«, fragte Henry betont lässig.

Mr. Wild wollte sich auf sein Schwert stürzen, doch auch das hatte Henry vorhergesehen und die Waffe schon an sich genommen.

»Ihr habt gewonnen, Captain«, sagte Mr. Wild schließlich kleinlaut, hob die Hände und warf ihm Sarahs Ring zu. Doch während Henry nach dem Ring schnappte, bückte sich Mr. Wild plötzlich und schnellte wieder in die Höhe.

Und alles geriet durcheinander.

Etwas Schwarzes kam auf Henry zugesaust. Wie aus dem Nichts. Ein Spaten. Oder eine Eisenstange.

Eine Frau rief: »Nein! Nicht!«

Henry schaute zu Bess, doch sie war nicht mehr da. Stattdessen sah er

Sarahs entsetzten Blick und ihre vor Schreck erhobenen Hände. Und vor ihm stand nicht Jonathan Wild, sondern Sean Leigh, mit blutiger Nase, wütendem Gesichtsausdruck und einer Eisenstange in der Hand.

Zwei betrunkene Männer im Kampf um eine Frau.

»Wir klären das jetzt, ein für alle Mal!«

Wie in Zeitlupe landete die Eisenstange an seiner Schläfe, und gleichzeitig mit der Explosion in seinem Schädel kam die Erkenntnis: Nicht Henry hatte in jener Nacht zugeschlagen, sondern Sean Leigh. Henry war nicht der Täter, sondern das Opfer gewesen. Er hatte niemanden getötet. Er war getötet worden.

Das Knacken von Knochen. So laut und lärmend, als wären es die eigenen!

»Du hast ihn umgebracht!«

Eine dunkle Pfütze aus Blut auf dem Sandweg im Postman's Park, eine rostige Eisenstange auf dem Boden. Sarah mit dem Handy in der Hand.

»Kommen Sie schnell, ich glaube, er stirbt.«

Sirenen, die sich näherten und lauter wurden. Blinkendes Blaulicht in den Baumwipfeln und am Glockenturm von St. Botolph.

Dann Dunkelheit. Und Stille.

3. Henry Ingram

Henry spürte eine kalte Hand auf seiner Stirn, eine weitere auf seiner Brust, und er hörte eine sonore Stimme sagen: »Können Sie mich hören, Henry?«

»Ay, Sir«, wisperte Henry, ohne die Augen zu öffnen.

»Ay, Sir?«, lachte der Mann wiehernd. »Freut mich, dass Sie Ihren Humor nicht verloren haben. Und dass Sie überhaupt wieder da sind.«

Die Stimme des Mannes kam Henry bekannt vor, unangenehm bekannt. Als er die Augen aufschlug und den üppigen Vollbart unter der mächtigen Hakennase sah, hätte er am liebsten laut geschrien, doch er schaute dem freundlich lächelnden Mann in die Augen und sagte nur: »Dr. Featherstone.«

Der Doktor nickte überrascht. »Wie geht es Ihnen? Haben Sie Schmerzen?«

»Bin ich wieder in Bedlam?«, fragte Henry.

»Bedlam?« Wieder das wiehernde Lachen. »Sind Sie denn verrückt?«

»Wo bin ich denn dann?«

»Im Barts.«

»Was?«

»St. Bartholomew's Hospital«, erklang eine zweite Stimme von der anderen Seite des Bettes. »Sie befinden sich auf der Intensivstation der Chirurgie.«

Als Henry den Kopf drehen wollte, musste er feststellen, dass das nicht möglich war. Sein Schädel war bandagiert und fixiert. Aus den Augenwinkeln blickte er zu dem zweiten Mann und sah ein weiteres bekanntes Gesicht. Er rief: »Mr. Bramble!«

»Mr. Ingram war offensichtlich nicht so bewusstlos, wie es für uns den Anschein hatte, Gavin«, sagte Dr. Featherstone und fühlte den Puls an Henrys Handgelenk.

Henry bemerkte Pflaster und leichte Verbände an beiden Handgelenken und eine Kanüle mit angehängtem Schlauch in der linken Armbeuge. Er begriff noch immer nicht, was mit ihm los war, und fragte: »Haben Sie mich wieder zur Ader gelassen, Doktor?«

Diesmal lachte Mr. Bramble lauthals und rief: »Aderlass, sehr gut!«

Dr. Featherstone erklärte: »Sie haben viel Blut verloren, das ist wahr, aber dafür sind nicht wir verantwortlich. Sie wurden schwer verletzt und haben einen Schädelbasisbruch mit einhergehendem Schädel-Hirn-Trauma erlitten. Es gab Einblutungen ins Hirn, die wir jedoch glücklicherweise operativ in den Griff bekommen haben, bevor der Druck auf die Dura Mater zu groß wurde.«

»Sie haben mir den Schädel aufgebohrt?«

»Nur ein winzig kleines Loch. Kaputt war er ja ohnehin«, sagte Dr. Featherstone und lachte über seinen Ärztewitz. »Nach der Operation haben Sie acht Tage im Koma gelegen. Jedenfalls dachten wir das bis gerade.«

»Wissen Sie noch, was passiert ist?«, fragte Mr. Bramble. »Wie es zu der Verletzung kam?«

»Jonathan Wild hat mich mit der Schaufel …«, begann Henry, brach dann plötzlich ab und schaute zur Decke. Neonlicht blendete ihn, und er schloss erneut die Augen. »Sean Leigh hat mich mit einer Eisenstange im Postman's Park niedergeschlagen. Das wollen Sie doch von mir hören, oder?«

»Sie erinnern sich, das ist ein gutes Zeichen«, sagte Mr. Bramble zufrieden.

»Nach dem jetzigen Stand gibt es keinen Grund anzunehmen, dass irgendwelche dauerhaften Schäden zurückbleiben«, dozierte Dr. Featherstone und klopfte aufmunternd auf Henrys Knie. »Weder die Lungen noch das Herz waren in ihrer Funktion eingeschränkt, wir mussten Sie auch nicht künstlich beatmen. Die Epiduralblutungen waren natürlich nicht ohne Folgen und können Nachwirkungen haben. Wegen der Schwellungen kann es immer noch zu Bewusstseinsstörungen kommen, doch das wird sich mit der Zeit geben.«

»Bewusstseinsstörungen?«

»Ja, Schwindelgefühle, Gleichgewichtsstörungen, Sinnestäuschungen bis hin zu Halluzinationen. Aber keine Bange, das eingesickerte Blut

wurde vollständig ausgeräumt, die Schwellung hat bereits nachgelassen, das Hirn wurde nach ersten Tests nicht geschädigt, die Knochen werden rasch heilen, und das Ganze wird Ihnen bald wie ein dummer Traum vorkommen.«
»Ein Traum?«
»Was Sie jetzt vor allem brauchen, ist Ruhe«, sagte der Doktor.
»Aber ich habe das doch nicht geträumt«, murmelte Henry leise und öffnete wieder die Augen. »Das war keine Halluzination. Das wüsste ich doch! Ich bin durch die Zeit gereist und im Jahr 1724 aufgewacht.«
»1724?«, fragte Dr. Featherstone. »Interessante Zeit. Barock, nicht wahr?«
»Nein, im Ernst! Ich war im Bedlam Hospital und im Newgate-Gefängnis. Ich habe John Gay gesehen und sogar Georg Friedrich Händel. Das habe ich mir doch nicht eingebildet. Ich *war* Captain Macheath!«
»Das waren Sie am Abend vor Ihrer Verletzung«, sagte Mr. Bramble, nickte bestätigend und zupfte am Revers seines blauen Ärztekittels. »Auf der Bühne eines Theaters im East End. Ihre Freundin Sarah hat uns davon berichtet.«
»Nein«, beharrte Henry. »Ich war da, ich habe es erlebt. Es war so ... real.«
»Sie haben acht Tage im Koma gelegen«, wiederholte Dr. Featherstone, dem das Lächeln regelrecht eingemeißelt schien. Er breitete wie ein Messias die Hände aus und erklärte: »Das hier ist die Realität. Dieses Bett, dieses Zimmer, dieses Krankenhaus. Was Ihr Hirn in dieser Zeit erlebt oder Ihnen vorgegaukelt hat, vermag ich nicht zu sagen.«
»Das kann doch nicht wahr ...« Henry stutzte plötzlich und begriff erst jetzt, was Mr. Bramble gesagt hatte. Er fragte: »Sarah? War sie hier?«
»Jeden Tag«, bestätigte Mr. Bramble. »Sie hat sich Sorgen gemacht.«
»Sorgen?« Henry lachte bitter und schloss die Augen. »Um wen?«

Weitere Tests und Untersuchungen wurden vorgenommen. CT, MRT, EEG und sonstige klinisch-neurologische Untersuchungen mit unverständlichen Kürzeln, die Henry noch nie gehört hatte. Die Ergebnisse waren allesamt positiv und stimmten die Ärzte optimistisch. Dr. Featherstones günstige Prognose würde sich aller Voraussicht nach bewahrheiten.
Henry ließ alles willenlos und beinahe abwesend wie ein Schlafwandler über sich ergehen. Nicht seine Nervenbahnen oder sein Blutkreislauf machten ihm zu schaffen, sondern sein Verstand, an dem er zunehmend zweifelte. So seltsam und widersinnig es auch erscheinen mochte, jetzt, da er eine logische und sozusagen wissenschaftliche Erklärung für all den Irrsinn der letzten Tage erhalten hatte, wollte er sie nicht wahrhaben. Ja, er wehrte sich regelrecht dagegen, konnte die allzu simple Erklärung

nicht akzeptieren. Er suchte nach Argumenten und Belegen, die seinen Aufenthalt im Jahr 1724 als Tatsache bestätigten. Als Realität. Was natürlich nicht möglich war. Und das machte ihn erst recht wahnsinnig. Die Ärzte hatten selbstverständlich recht. Während seiner Bewusstlosigkeit war er in eine Welt gereist, die er so gut kannte, weil er während seiner Recherchen oft und lange in sie eingetaucht war. Er hatte sich eben gut auf seine Rolle vorbereitet, hatte sich in Zeit, Land und Personen eingearbeitet.

Die meisten Orte, die er während der acht Tage besucht hatte, existierten nicht mehr in der damaligen Form. Bedlam, Newgate, Burlington House, Theatre Royal, New Theatre, St. Botolph – keines der Gebäude befand sich heute noch an Ort und Stelle oder im einstigen Zustand. Von den Kneipen, in denen er sich herumgetrieben hatte, ganz zu schweigen. Dass er sie bis ins Detail beschreiben konnte, bewies also rein gar nichts, denn es ließ sich keine Gegenprobe vornehmen. Andere Gebäude wie der Tower, die Kathedrale von St. Paul oder die Kirche von St. Katherine Cree hatten ihr Aussehen seit damals nicht verändert und schieden somit als Beweismittel ebenfalls aus.

Dann aber fiel ihm etwas ein, und er bat Duncan, den Lehrling im Blaukittel, der Mr. Bramble im 18. Jahrhundert beim Aderlass assistiert hatte und der im *wahren Leben* Krankenpfleger im Barts war, im Internet für ihn zu recherchieren und ein bestimmtes Bild auszudrucken. Es gab nämlich ein einziges Gebäude, das er im Jahr 1724 gesehen hatte und das er nicht bereits aus dem 21. Jahrhundert aus eigener Anschauung kannte: St. Lawrence Whitchurch in Little Stanmore. Die kleine Kirche in der Nähe von Edgware, auf deren Friedhof er mit John Arbuthnot gesprochen hatte. Als Duncan, ein netter und hilfsbereiter Kerl, der von Henrys eigentlichen Absichten keine Ahnung hatte, eine passable Bilddatei gefunden und ausgedruckt hatte, bat Henry ihn, ihm das Foto nicht zu zeigen, sondern sich Henrys Beschreibung anzuhören und sie mit dem Bild zu vergleichen.

»Passt genau«, bestätigte Duncan und zog die Stirn kraus. »Und?«

»Das beweist, dass ich die Kirche gesehen habe.«

Duncan hob die Achseln, schob die Unterlippe vor und wiederholte: »Und?«

»Aber ich war nie in Little Stanmore oder Edgware. Nicht in der Gegenwart.«

Duncan überlegte eine Weile und schüttelte dann den Kopf. »Diese Dorfkirchen sehen doch alle gleich aus, oder?« Er bat Henry um etwas Geduld und verschwand aus dem Zimmer. Nach wenigen Minuten erschien er wieder, mit weiteren Ausdrucken in der Hand. Er hielt sie Henry vor die Nase, es waren Fotos von anderen Landkirchen, und die glichen sich alle wie ein Ei dem anderen: flaches Hauptschiff, angehängter niedriger Chorraum im Osten, Rundbogenfenster auf der Südseite und auf der Westseite ein kleiner viereckiger Turm mit Zinnen. Niedliche Dorfkirchen mit völlig identischem Aussehen, als wären sie alle vom selben Architekten entworfen worden.

»Sehen Sie?«, meinte Duncan.

Henry sah, aber er glaubte trotzdem nicht.

Vielleicht wehrte er sich auch deshalb gegen das Naheliegende und Offensichtliche, weil es bedeutet hätte, Bess als Hirngespinst oder Projektion zu akzeptieren. Er hatte sich in eine Frau verliebt, die er selbst erschaffen hatte. Wie Frankensteins Braut in dem alten Horrorstreifen, nur unendlich viel schöner, stärker und intelligenter. Ein Gegenentwurf zu Sarah, obwohl auch sie schön, stark und intelligent war, wenn auch auf völlig andere Art. Wie Negativ und Positiv bei einem Filmbild.

Als hätte sie Henrys Gedanken gelesen, erschien in diesem Augenblick wie aufs Stichwort Sarah im Krankenzimmer. Sie stellte sich ans Ende des Bettes, wartete, bis Duncan das Zimmer verlassen hatte, und sagte: »Hallo, Henry. Wie geht es dir?« Sie hielt eine Rose in der Hand und lächelte schüchtern.

»Hallo, Sarah«, war alles, was er sagen konnte.

»Es ist so schön, dass du ... dass es dir ...«

»Ja, es geht mir besser«, sagte er. »Was willst du?«

Sie kam einen Schritt näher, hielt ihm die Rose ungelenk hin, legte sie dann auf die Bettdecke und sagte: »Es tut mir alles so furchtbar leid. Ich hätte niemals gedacht ... ich wusste doch nicht, dass Sean zu so was ...«

»Schon gut«, unterbrach Henry sie und hob abwehrend die Hand. »Es muss dir nicht leid tun, Sarah. Es ist alles in Ordnung. Nichts ist passiert.«

»Nein, es ist nicht in Ordnung«, widersprach sie und griff nach Henrys Hand, die er ihr aber sofort wieder entzog. »Ich war eine blöde Kuh, ein Scheusal, das weiß ich jetzt. Und ich würde es gern wiedergutmachen, also ... ich meine ... vielleicht sollten wir ...«

»Nein«, sagte Henry bestimmt, »sollten wir nicht. Niemand muss irgendetwas wiedergutmachen. Ich bin dir nicht böse, Sarah. Und Sean auch nicht. Es gibt also keinen Grund, ein schlechtes Gewissen zu haben. Es ist alles gut so. Und ich entschuldige mich bei euch.«

»Du?«, wunderte sich Sarah. »Weswegen?«

»Weil ich ein Idiot war, ein Dummkopf, und blind obendrein.«

In diesem Moment klopfte es an der Tür, und Henry rief erleichtert: »Herein!«

Zwei Männer traten ein, nickten andeutungsweise und lüpften ihre Hüte.

»Bernie und Seamus!«, rief Henry lachend. »Ihr habt mir gerade noch gefehlt.« Er war tatsächlich froh, die beiden zu sehen. Beinahe jedenfalls.

Die beiden tauschten einen irritierten Blick, dann stellte sich der Ältere von ihnen vor: »Ich bin Detective Chief Inspector Seamus.« Mürrisch zückte er einen Ausweis. »Und das ist Detective Sergeant Murray. Wir sind von der City of London Police.«

»Murray?«, wunderte sich Henry. »Nicht Bernie?«

»Bernard«, sagte Sergeant Murray verwirrt und hielt ebenfalls seinen Ausweis hoch. »Meine Freunde nennen mich Bernie.«

»Waren Sie schon mal hier, als ich im Koma lag?«

Sergeant Murray nickte, und Inspector Seamus sagte: »Dr. Featherstone hat uns mitgeteilt, dass Sie mittlerweile wieder ansprechbar sind und sich an die Tatnacht erinnern. Wir würden Ihnen diesbezüglich gern einige Fragen stellen.«

»Es war Notwehr«, sagte Henry. »Es gibt keine *Tatnacht*.«

»Wie bitte?«, staunte Sergeant Murray.

»Ich habe Mr. Leigh zuerst angegriffen«, bestätigte Henry und hob die Hand, als wollte er mit einer imaginären Waffe zuschlagen. »Tätlich angegriffen, so heißt es wohl. Mit einem Stock oder Ast. Er hat sich nur verteidigt.«

»Sind Sie sicher?«, fragte Inspector Seamus. Sein Blick ging zu Sarah, die ebenfalls überrascht war und rasch zu Boden schaute. Es war offensichtlich, dass Henrys Aussage der Version der anderen Tatzeugin widersprach.

»Mr. Leigh hat sich nur gewehrt«, beharrte Henry. »Sonst hätte ich ihn womöglich niedergeschlagen und schwer verletzt. Wir waren beide sehr betrunken. Ich kann mich nur wiederholen: Es war Notwehr.«

»Aha«, meinte Sergeant Murray skeptisch. »Wenn das *so* ist.«

»So ist es«, sagte Henry. »Spielen Sie gern Karten, Bernie?«

»Wie bitte?« Der Sergeant stutzte und schaute zu seinem Vorgesetzten, der unmerklich die Augen verdrehte. Dann sagte er: »Das tue ich allerdings. Bridge, nur offizielle Turniere nach Punkten, versteht sich. Als Sport, nicht als Glücksspiel.« Er lächelte gequält und fragte: »Woher wissen Sie das?«

»Ich habe davon geträumt«, sagte Henry.

Chief Inspector Seamus räusperte sich, runzelte die Stirn und sagte mit verdrießlichem Unterton: »Wir benötigen Ihre schriftliche Schilderung des genauen Tathergangs, aber das hat noch Zeit. Wir haben ja vorerst Ihre mündliche Aussage. Wenn Sie denn bei dieser Aussage bleiben.«

Henry nickte, schaute zu Sarah und lächelte.

Sarah wich seinem Blick aus und nestelte an ihrem Kragen.

Wieder tat Seamus so, als hätte er einen Frosch im Hals, dann wandte er sich an seinen Kollegen und knurrte: »Sergeant?«

»Ach ja«, sagte Murray und griff in seine Manteltasche. Er holte einen durchsichtigen Plastikbeutel heraus und legte ihn auf den ausgeklappten

Tisch neben dem Bett. »Ihre Wertsachen, Sir. Und was sich sonst noch in Ihren Taschen befunden hat.« Er hielt Henry einen Block samt Kugelschreiber hin und bat: »Wenn Sie bitte quittieren wollen.«

»Sie haben geglaubt, dass ich sterbe, nicht wahr?« Henry unterschrieb und deutete auf den Plastikbeutel, in dem sich unter anderem sein Portemonnaie und seine Armbanduhr befanden. »Beweismittel für einen möglichen Mordfall?«

»Wir tun nur unseren Job«, meinte der Chief Inspector.

»Natürlich«, sagte Henry und schloss erschöpft die Augen.

»Ich geh dann mal«, sagte Sarah zaghaft. »Bis bald, Henry.«

Sie verließ mit den Polizisten das Zimmer. Doch das hörte er kaum noch.

»Sie sollten Ihren Geldbeutel nicht so offen herumliegen lassen«, wurde Henry durch Dr. Featherstones milde Stimme geweckt. Er schlug die Augen auf und sah den Arzt und seinen Assistenten neben dem Bett stehen. Die tägliche Arztvisite.

»Sie sind ein Glückspilz, Henry«, sagte Mr. Bramble. Wahrscheinlich war auch er ein Doktor der Medizin, doch in Henrys Vorstellung war er immer noch der Wundarzt mit dem Schnepper in der Hand. Der Mann, der ihn aus Bedlam hatte entkommen lassen.

»Weil mir niemand das Portemonnaie geklaut hat?«, fragte Henry.

»Nein, weil Sie einen so robusten Schädel haben«, sagte Dr. Featherstone und reichte Henry den Plastikbeutel mit dem Logo der »City of London Police«, in dem sich Henrys Habseligkeiten befanden. Dann fügte er lächelnd hinzu: »Aber auf Ihr Geld sollten Sie trotzdem aufpassen. Gelegenheit macht Diebe. Auch wenn das Polizeiwappen natürlich abschreckt.«

Henry schüttete den Inhalt des Beutels auf die Bettdecke. Neben dem Portemonnaie und der Armbanduhr, deren Glas gesprungen und die um kurz nach zwei Uhr stehengeblieben war, fand Henry ein Schlüsselbund, eine Packung Kaugummi und ein Taschentuch mit rostbraunen Flecken. Vermutlich Blut.

Das Handy fehlte. Ebenso Sarahs Ring. Henry lachte leise. Das Telefon war in Bedlam zertreten worden, der Ring auf dem Friedhof von St. Botolph geblieben. Dann aber durchzuckte es Henry plötzlich, und er rief: »Der Chip!«

»Bitte?«, fragte Dr. Featherstone.

»Wo ist die Speicherkarte? Sie war in meiner Hosentasche!«

»Ihre Sachen sind vermutlich im Schrank«, meinte der Doktor.

Mr. Bramble schaute nach und holte eine schwarze Leinenhose aus dem Spind neben der Tür. Es war nicht die Kniebundhose, die Henry auf der Bühne getragen hatte und mit der er im Ausnüchterungskeller der Rosemary Lane aufgewacht war, sondern seine eigene Hose. Und sie glich auffallend der Hose, die er von John Gay bekommen hatte. Warum war ihm das im Gärtnerhäuschen nicht aufgefallen?

»Rechte Tasche, vorne«, sagte Henry, obwohl er wusste, dass der Chip nicht dort sein konnte. Wie hätte er auch dort hinkommen sollen?

»Meinen Sie das hier?«, fragte Mr. Bramble und hielt etwas Schwarzes in die Höhe. »Sieht aus wie ein Flash-Speicher.«

»Haben Sie vielleicht ein Smartphone, Doktor?«, wandte sich Henry an Dr. Featherstone und war kaum in der Lage, seine Aufregung zu verbergen.

»Mobiltelefone sind auf der Intensivstation verboten.«

»Aber ich bin doch gar nicht an die Geräte angeschlossen, und einen Herzschrittmacher habe ich auch nicht«, sagte Henry. »Bis ins Nachbarzimmer werden die Strahlen schon nicht reichen.«

»Vorschrift ist Vorschrift«, meinte Mr. Bramble.

»Bitte!«

»Sie sollten sich erst mal beruhigen«, sagte Dr. Featherstone.

»Bitte!«, wiederholte Henry verzweifelt.

Die Ärzte wechselten einen Blick, zuckten dann mit den Schultern, nickten schließlich, und Dr. Featherstone besah sich die Speicherkarte. »In meins passt das nicht«, sagte er. »Viel zu groß.«

»Aber in meins«, erwiderte Mr. Bramble. Er zog ein Smartphone aus der Brusttasche seines Kittels, baute die Speicherkarte ein, schaltete das Gerät ein und fragte: »Soll ich die Daten importieren?«

»Nein, nicht nötig«, antwortete Henry. »Es reicht, wenn Sie sich die Dateien im Foto-Ordner auf der Karte anschauen. Eigentlich nur das letzte Foto.«

Mr. Bramble nickte, tippte auf dem Handy herum, zog die Stirn kraus, nickte erneut und sagte: »Unscharf.«

Er reichte Dr. Featherstone das Telefon. Der sagte: »Und unterbelichtet.« Dann gab er Henry das Gerät.

Beinahe wäre Henry das Handy aus der Hand gefallen, so aufgeregt war er. Und als er schließlich das Display vor Augen hatte, stellte er ernüchtert fest, dass die Ärzte recht hatten: Unscharf und völlig unterbelichtet. Auf dem winzigen Bildchen war etwas Helles vor dunklem Hintergrund zu sehen. Mit etwas Fantasie und viel gutem Willen konnte man eine Frau mit rundem Gesicht und üppigem Dekolleté erkennen, doch die Gesichtszüge oder sonstige Details waren kaum auszumachen. Ja, man konnte nicht einmal mit Bestimmtheit sagen, dass es überhaupt eine Frau war. Im Little Stanmore Inn war es dunkel gewesen, und er hatte mit Bess in einer Nische gesessen, hinter einem Wandschirm und weit weg von den Fenstern.

»Das ist Edgworth Bess«, murmelte Henry, dessen Enttäuschung schlagartig einer seltsamen Euphorie wich. Zwar würde er mit diesem Schattenriss niemanden davon überzeugen, dass er nicht geträumt, sondern alles wahrhaftig erlebt hatte, aber darauf kam es auch gar nicht an. Er wollte niemanden überzeugen, die anderen interessierten ihn nicht. Dieses Foto bewies *ihm*, dass er mit Bess in Little Stanmore gewesen war. Dass sie kein Hirngespinst war.

Denn dieses Foto hätte gar nicht existieren dürfen!

»Das Bild habe ich vor dreihundert Jahren gemacht«, sagte Henry wie zu sich selbst. »Verrückt, oder?«

Dr. Featherstone schaute besorgt drein und schwieg.

»Darf ich mal?«, sagte Mr. Bramble und nahm das Handy an sich. Er tippte erneut auf der Tastatur herum, schüttelte dann den Kopf und sagte: »*Sie* haben dieses Bild überhaupt nicht gemacht.«

»Warum?«

»Das Erstellungsdatum«, antwortete der Arzt und deutete mit dem Finger auf den Touchscreen. »Vor nicht mal einer Woche. Als dieses Foto aufgenommen wurde, haben Sie im Koma gelegen. Hier in diesem Zimmer. Und sie waren gewiss nicht in der Lage, irgendwen oder irgendwas zu fotografieren.«

»Ja«, sagte Henry. »Ich weiß.« Und er lächelte, als wäre ihm das ein Trost.

EPILOG

Die Bettleroper

Beggar: Macheath is to be hang'd; and for the other personages of the drama, the audience must have suppos'd they were all hang'd or transported.

Player: Why then friend, this is a downright deep tragedy. The catastrophe is manifestly wrong, for an opera must end happily.

(Bettler: Macheath soll gehenkt werden; und was die anderen Personen des Dramas betrifft, so muss das Publikum annehmen, sie würden alle gehenkt oder deportiert.

Spieler: Nun, mein Freund, das ist eine ausgesprochen tiefe Tragödie. Die Katastrophe ist offensichtlich falsch, denn eine Oper muss immer glücklich enden.)

John Gay, The Beggar's Opera, Akt III, Szene XVI

In der Nacht vom 15. auf den 16. Oktober 1724 gelang Jack Sheppard ein zweites Mal die Flucht aus Newgate. Und gerade dieser letzte spektakuläre Ausbruch machte »Gentleman Jack« für alle Zeiten unsterblich. Auch wenn er wenige Wochen später am Galgen von Tyburn gehängt wurde.

Wegen seiner vorherigen Ausbrüche und weil man bereits kurz nach seiner höchst sonderbaren Einlieferung Werkzeuge wie Hammer und Feilen in Jacks Zelle fand, die vermutlich von zwielichtigen Besuchern eingeschmuggelt worden waren, wurde er in die Sicherheitszelle *The Castle* im dritten Stock des Gefängnisses verlegt. Ihm wurden Handschellen und Fußeisen angelegt, und letztere wurden mit einer schweren Kette und einem gewaltigen Vorhängeschloss an einer eisernen Krampe im Boden befestigt. In besagter Nacht jedoch konnte Jack die Handschellen mit einem Nagel öffnen, die Kette an der schwächsten Stelle sprengen und sich, trotz der Fußeisen, im Kamin nach oben zwängen, wo ihm der Weg durch eine Eisenstange versperrt wurde. Es gelang ihm, die Stange aus dem Mauerwerk zu reißen und mit ihrer Hilfe die Wand zum so genannten *Red Room* zu durchbrechen, einer weiteren Sicherheitszelle, die sich direkt über dem *Castle* befand. Dort hatten sieben Jahre zuvor jakobitische Verschwörer eingesessen, doch seit deren Hinrichtung stand der Raum leer. Mit dem spärlichen Werkzeug, das er besaß, und ohne jedes Licht knackte Jack das Türschloss des *Red Rooms* und die Schlösser weiterer Türen und drang in die Kapelle des Newgate-Gefängnisses ein, wo er einen Metalldorn aus einer Bewehrung brach, mit dessen Hilfe er weitere zwei Türen öffnete und schließlich auf das Dach des Gefängnisses kletterte. Nun war er zwar aus dem Gebäude entkommen, doch unter ihm tat sich ein Abgrund von beinahe sechzig Fuß auf. Ein Sprung hinunter wäre einem Selbstmord gleichgekommen.

Also ging Jack, immer noch mit den Eisen an den Füßen, den ganzen Weg zurück bis in seine Zelle, wo er sich die Bettdecke um den Körper schlang. Anschließend kletterte er ein zweites Mal durch Kamin, *Red Room* und Kapelle bis hinauf aufs Dach, rammte den Metalldorn in die Traufe, befestigte die in Bahnen zerrissene und verknotete Decke daran, ließ sich herunter und sprang auf das Dach eines Nachbarhauses. Er drang in das Dachgeschoss ein, ging unbemerkt auf der Treppe nach unten und trat unbehindert durch die Vordertür in die Freiheit.

Die Kunde von Jacks abermaligem Entkommen aus Newgate ging wie ein Lauffeuer durch London. War seine letzte Flucht in Frauenkleidern bereits bemerkenswert und erstaunlich gewesen, so erntete er mit diesem Ausbruch noch weitaus heftigere Reaktionen. Die Gauner jubelten unverhohlen, das gemeine Volk lachte schadenfroh, die Autoritäten schäumten vor Wut, die Zeitungen berichteten auf den ersten Seiten über ihn, Lieder und Balladen wurden auf »Jail-breaker Jack« gedichtet und auf offener Straße vorgetragen, und bereits vier Tage nach der Flucht erschien eine erste Biografie des Räubers, geschrieben von Daniel Defoe, dem berühmten Autor des *Robinson Crusoe*.

Jack jedoch sollte nicht lange Freude an der wiedergewonnenen Freiheit haben. Nachdem er sich einige Tage in einem Kuhstall nahe der Tottenham Court Road versteckt gehalten hatte, überredete er einen fahrenden Schuhmacher, ihn gegen ein geringes Entgelt von den Fußfesseln zu befreien. Statt jedoch anschließend der Hauptstadt den Rücken zu kehren, wie es ratsam gewesen wäre, tat Jack das genaue Gegenteil. Als Bettler verkleidet kehrte er in die City zurück und amüsierte sich mit seiner Geliebten Kate Cook, in deren Wohnung er Unterschlupf fand. Er beging in den folgenden Tagen einige kleinere Einbrüche, schlenderte in der gestohlenen Kleidung eines Gentlemans, mit Perücke auf dem Kopf und Silberschwert an der Hüfte, durch die Straßen und betrank sich in den Schänken und Hurenhäusern, zumeist begleitet von Kate Cook oder anderen Gespielinnen. Ob er sich zu sehr auf seine Verbindung mit dem Generaldiebesfänger Jonathan Wild verließ, ob ihm sein Leben schlichtweg nichts galt oder ob ihm sein ungeheurer Ruhm zu Kopf gestiegen war, lässt sich rückblickend schwerlich sagen. Fest steht jedoch, dass Jack Sheppard am Morgen des 1. November 1724 in einer Schänke erkannt und von einem herbeigerufenen Konstabler festgenommen wurde. Jack war sturzbetrunken und nicht in der Lage, sich der Verhaftung oder seiner Verbringung ins Newgate-Gefängnis zu widersetzen. Eine seltsam banale Festnahme nach einer derart abenteuerlichen Flucht.

Diesmal wurde er in den *Middle Stone Room*, gleich neben dem *Castle*, eingesperrt, mit dreihundert Pfund Eisen in Form von Schellen, Fesseln und Ketten belegt und rund um die Uhr bewacht. Seine Zelle war für kurze Zeit die Hauptattraktion der Stadt, mehrere tausend Menschen zahlten einen erhöhten Eintritt, um den berühmten Räuber und Ausbrecherkönig zu sehen, und weiteres Handgeld, um einige Worte mit ihm zu wechseln. Unter den Besuchern befanden sich so illustre Herren wie Daniel Defoe, der seine Biografie auf den neuesten Stand bringen wollte, oder der Hofmaler Sir James Thornhill, der in der Zelle Skizzen für ein geplantes Ölgemälde anfertigte. Angeblich im Auftrag des Königs.

Obwohl wenige Tage später das Todesurteil bestätigt und die Hinrichtung für Montag, den 16. November, festgesetzt wurde, verlor Jack niemals seine gute Laune und seinen ansteckenden Humor. Er genoss seine Popularität, gab freimütig Auskunft über sein Leben und seine Gaunereien und schien sich keine Sorgen wegen seines baldigen Todes zu machen. Auf die Frage eines Priesters, wie er es mit dem geistlichen Beistand oder dem tröstenden Wort Gottes halte, soll Jack lachend geantwortet haben: »Eine F-Feile ist mehr wert als alle Bibeln dieser Welt.«

Am Tag der Hinrichtung sollen schätzungsweise zweihunderttausend Menschen den Weg zwischen dem Newgate-Gefängnis und dem Galgen von Tyburn gesäumt und dem beliebten Räuber die letzte Ehre erwiesen haben. Vielleicht waren sie auch deshalb so zahlreich erschienen, weil alle damit rechneten, dass Jack erneut einen Weg finden würde, dem Henker zu entkommen. Kurz bevor die makabre Prozession vor dem Gefängnis startete und Jack auf den Ochsenkarren gehievt wurde, entdeckte einer der Wärter ein Taschenmesser, das Jack unter dem Hemd trug und mit dem er auf dem Weg zum Galgen seine Handfesseln durchtrennen wollte. Jacks finaler Fluchtversuch wurde auf diese Weise verhindert, und er fügte sich achselzuckend in sein Schicksal. Auf dem Weg nach Tyburn wandelte sich der Todeszug zu einer ausgelassenen und beinahe heiteren Prozession, auch weil Jack bis zuletzt ein Lächeln auf den Lippen trug und der jubelnden Menge zuwinkte, geradezu berauscht von der Hochachtung und der Liebe, die man ihm bekundete. Es wurde ein Triumphzug zum Galgen.

Da er so schmächtig und leicht war, dauerte es außerordentlich lange, bis das Strangulieren zum Tod führte. Und noch während Jack die vorgeschriebenen fünfzehn Minuten am Strick baumelte, wurden seine überarbeiteten Memoiren von Daniel Defoe und dessen tüchtigem Verleger unters begierige Volk gebracht.

In seinen Erinnerungen beklagte sich der Gehenkte über seinen unzuverlässigen Freund Blueskin, den er einen wertlosen Gefährten schimpfte, und vor allem über seine ehemalige Geliebte Edgworth Bess, die ihn erst auf die schiefe Bahn gebracht und sich letztendlich als sein Ruin erwiesen habe.

Seinen Verrat an den Freunden und seine Zusammenarbeit mit Jonathan Wild erwähnte er in dem Buch mit keiner Silbe.

Joseph Blake, genannt Blueskin, war nur wenige Tage zuvor an gleicher Stelle durch den Strang vom Leben zum Tode befördert worden. Doch anders als bei seinem ungleich bekannteren Kumpan Jack war bei dieser Hinrichtung nur die übliche Menge von blutrünstigen Gaffern anwesend. Dabei hatte auch Blueskin sein kriminelles Leben mit einem kräftigen Tusch beendet.

Anfang Oktober, etwa einen Monat, nachdem Henry Ingram so plötzlich und spurlos verschwunden war, und einen Tag, bevor Jacks Bruder Tom als verurteilter Dieb in die amerikanischen Kolonien deportiert wurde, hatten Mr. Wild und sein hünenhafter Gehilfe Blueskin in dessen Versteck im Coal Yard ausfindig gemacht. Einer der vielen Spitzel des Diebesfängers hatte den Gesuchten in der Drury Lane gesehen und zur Bauruine verfolgt. Blueskin hatte das finstere Kellergelass seit Wochen nicht betreten und wollte nur einige Sachen holen, um anschließend zu Poll Maggott zurückzukehren, doch als er wieder in den Coal Yard trat, wurde er von Quilt Arnold überwältigt und zum Newgate gebracht. Bereits am 15. Oktober wurde ihm im Old Bailey der Prozess gemacht. Da er die Taten nicht bestritt und Jack Sheppard für dieselben Vergehen bereits zum Tode verurteilt worden war, stand das Urteil von Beginn an fest.

In einer Prozesspause wandte sich Blueskin vor dem Gerichtssaal an Mr. Wild und bat ihn, ein gutes Wort beim Richter für ihn einzulegen, damit das zu erwartende Urteil in lebenslange Deportation abgemildert würde. Es war Poll gewesen, die Blueskin auf Knien angefleht hatte, beim Generaldiebesfänger um Gnade zu bitten. »Lieber ein gemeinsames Leben in der Strafkolonie«, so hatte sie unter Tränen gesagt, »als der einsame Tod am Galgen!«

Doch der Generaldiebesfänger lachte seinem einstigen Schützling nur ins Gesicht und rief: »Zwei Kreuze! Du bist ein toter Mann!«

Daraufhin zog Blueskin, der nichts anderes erwartet zu haben schien, ein Klappmesser aus dem Hosenbund und stach dem völlig überraschten Mr. Wild damit in den Hals. Leider war die Klinge stumpf und Blueskin von vielen Menschen umringt, und so konnte er überwältigt werden, bevor er Mr. Wild die Kehle vollends durchgeschnitten hatte. Dem Diebesfänger wurde die weit klaffende und stark blutende Wunde an Ort und Stelle von zwei zufällig anwesenden Wundärzten genäht und er selbst ins nahe gelegene Krankenhaus von St. Bartholomew gebracht. Der Prozess wurde trotz des Vorfalls und in Abwesenheit des schwer verletzten Zeugen fortgeführt und endete mit dem fälligen Todesurteil. Als der Richter nach der Verkündung den regungslos starrenden Angreifer fragte, wie er es wagen konnte, vor Gericht einen derartigen Mordversuch zu unternehmen, antwortete Blueskin ohne jedes Anzeichen von Reue: »Es tut mir nur leid, dass ich kein besseres Messer hatte, um ihm den Kopf ganz abzuschneiden.«

Die Nachricht vom Anschlag auf Mr. Wild sprach sich schnell bis ins benachbarte Newgate-Gefängnis herum und sorgte dort für anhaltende Tumulte. Das Gefängnis stand Kopf! Und es war sicherlich kein Zufall, dass in derselben Nacht Jack Sheppard die Unaufmerksamkeit der Wächter nutzte und seine spektakuläre Flucht aus dem Castle unternahm.

Blueskin wurde am 11. November in Tyburn hingerichtet. Auf dem Weg zum Galgen wurde ihm von den Umstehenden ein ums andere Mal ein Glas Branntwein oder Sherry gereicht, und als der Karren in Tyburn ankam, war Blueskin so betrunken, dass er taumelnd unter dem Galgen stand und seine letzte Rede zu einem unverständlichen Lallen wurde. Einige der Anwesenden, die direkt neben dem dreibeinigen Gestell standen, beteuerten anschließend, Blueskin habe seinen inzwischen wieder verhafteten Freund Jack des Verrats bezichtigt und einen gewissen Henry Ingram oder Macheath (die Aussagen gingen in dieser Hinsicht auseinander) als Zeugen genannt.

Nach seinem Tod wurde Blueskin noch einige Tage in einer Schänke am Holborn Hill aufgebahrt und anschließend auf dem nahen Friedhof von St. Andrew begraben. Niemand veröffentlichte seine Memoiren, und bis heute ist kein authentisches Bildnis des Räubers überliefert.

Wenig später jedoch wurde ein Lied auf den Straßen Londons gesungen, das als »Blueskins Ballade« bekannt wurde und bei dem es sich um ein spöttisches Loblied auf den Mordversuch an Mr. Wild handelte. Die Ballade stammte, so wurde gemunkelt, aus der Feder eines gewissen John Gay.

Poll Maggott sah Blueskin nicht sterben. Sie hätte es nicht ertragen, ihn am Strick baumeln zu sehen, und blieb daher der Hinrichtung fern. Auch als er am Holborn Hill aufgebahrt lag, brachte sie es nicht übers Herz, seine Leiche zu betrachten, geschweige denn anzufassen. Poll wollte ihn so in Erinnerung behalten, wie sie ihn in den letzten Wochen seines Lebens erlebt hatte. Die Nachwelt würde sich, wenn überhaupt, an Joseph Blake als einen verderbten, brutalen, rücksichtslosen und hinterhältigen Ganoven erinnern. Einen gefährlichen Irren, wie ihn selbst seine einstigen Kumpane nannten. Doch Poll hatte ihn anders erlebt. Und liebgewonnen. Trotz allem.

Blueskins innige Beziehung zu seiner schwachsinnigen Schwester Hope gehörte in Polls Augen ebenso zu seinem Wesen wie die plötzlichen und übertriebenen Ausbrüche von Gewalt und Rachsucht, die ihn mitunter völlig in Beschlag nahmen und die Kontrolle über sich selbst verlieren ließen. Poll kannte Blueskins unerklärliche Launen und fürchtete sich vor seiner Raserei, aber sie hatte eben auch den liebevollen und hilfsbereiten Blueskin kennengelernt, auf den man sich bedingungslos verlassen konnte. Vermutlich war sie neben Hope die einzige Frau, der er diese sanfte Seite seines Wesens jemals offenbart hatte.

Poll wusste nicht, ob sie beide wirklich eine gemeinsame Zukunft gehabt hätten, doch allein der Gedanke daran bot ihr einen gewissen Trost. Als er an jenem Tag im Oktober nicht vom Coal Yard zu ihr in die Petticoat Lane zurückgekehrt war, wie er es versprochen hatte, da hatte sie zunächst geglaubt, er habe es sich im letzten Augenblick anders überlegt und sie im Stich gelassen. Gemeinsam hatten sie der Stadt den Rücken kehren und sich an der Südküste ansiedeln wollen, wo Polls entfernte Verwandte als Fischer lebten und wo niemand von ihrem Vorleben wusste. Poll hatte geahnt, dass Blueskin nicht für ein normales Leben oder harte und schlecht bezahlte Schufterei taugte, und so hatte sie beinahe damit gerechnet, dass sie ihn niemals wiedersehen würde. Doch dass es nun auf diese grausame Weise geschah, brach ihr das Herz, und sie schämte sich dafür, dass sie an ihm gezweifelt hatte.

Als Blueskin auf dem Friedhof von St. Andrew begraben wurde, stand Poll Maggott neben Edgworth Bess an seinem Grab und nahm schmerzvoll und unter Tränen Abschied von einem Mann, der ihr in gewisser Weise immer ein Rätsel geblieben und dennoch näher gewesen war, als sie es jemals für möglich gehalten hätte. Als die Erde auf den Sarg fiel, krümmte sie sich vor Pein und wäre beinahe ins Grab gefallen, wenn Bess sie nicht am Ärmel gehalten hatte. Bess schien sich über Polls immense Trauer zu wundern, unterließ es aber, sie darauf anzusprechen. Wie bei Blueskins erster Beerdigung im September, als man seine angeblich in der Dirty Lane verkohlte Leiche verscharrt hatte, waren nur wenige Menschen anwesend und noch weniger ehrlich Trauernde. Blueskins Mutter war abermals nicht erschienen, sie vollbrachte somit das Kunststück, gleich zwei Beisetzungen ihres Sohnes zu verpassen.

Erstaunlicherweise war jedoch Hope anwesend. Sie kam in Begleitung eines jungen Mannes, den Bess zu kennen schien. Er sei Wundarzt im Bedlam Hospital, flüsterte sie Poll ins Ohr. Ein Mr. Bramble oder Ramble. Hope selbst schien überhaupt nicht zu begreifen, was auf dem Friedhof vor sich ging und wer dort in dem schlichten Holzsarg in die

Erde gelassen wurde. Sie lachte immer wieder, pufffte ihren Begleiter in die Seite und brabbelte irgendetwas Unverständliches, das sich wie »Wo ist denn Joseph?« anhörte.

Als Poll und Bess nach der Zeremonie gemeinsam den Friedhof verließen, stand ihnen plötzlich Quilt Arnold gegenüber. Er lächelte seltsam, nickte ihnen beinahe respektvoll zu und machte keinerlei Anstalten, sie aufzuhalten. Dass sein Herr und Meister zu diesem Zeitpunkt zwischen Leben und Tod lag, schien ihn nicht besonders zu beunruhigen.

Jonathan Wild überlebte die Messerattacke durch Blueskin. Er wurde wochenlang von den besten und teuersten Ärzten der Stadt behandelt und war gegen Ende des Jahres wieder so weit hergestellt, dass er die Geschäfte, die zwischenzeitlich von seiner (mittlerweile fünften) Frau Mary Brown und seinem Gehilfen Quilt Arnold mehr schlecht als recht geführt worden waren, wieder aufnehmen konnte.

Dennoch schien er nicht mehr der Alte zu sein. Es war, als wäre etwas in ihm zu Bruch gegangen. Sein Tatendrang, seine Selbstherrlichkeit und sein unbedingtes Streben nach Macht und Einfluss schienen Schaden genommen zu haben. Auch sein Ansehen in der Bevölkerung, bei der Regierung und nicht zuletzt am königlichen Hof hatte er schlagartig eingebüßt. Gerade so, als wären sie alle froh gewesen, wenn er den Mordanschlag nicht überlebt hätte.

Blueskin hatte ihm zwar nicht das Leben genommen, wohl aber die Lebensader durchtrennt. Jonathan Wild war nur noch ein Schatten seiner selbst. Er war plötzlich antastbar geworden, er hatte seinen Schrecken verloren, und dieser Makel blieb und wurde ihm zum Verhängnis. Was vorher nur hinter vorgehaltener Hand gemunkelt worden war, das stand nun in den Gazetten und Zeitungen und war Gegenstand von Klatsch und Tratsch.

Im Februar 1725 wurde Jonathan Wild zusammen mit Quilt Arnold verhaftet, weil er angeblich einen steckbrieflich gesuchten Straftäter mit Waffengewalt aus der Obhut eines Konstablers befreit hatte. Vor Gericht wurde dieser Vorwurf jedoch überraschend wieder fallengelassen. Quilt Arnold durfte das Old Bailey als freier Mann verlassen, doch dem Generaldiebsfänger wurde völlig unvermittelt vorgeworfen, er habe sich der Hehlerei, der Erpressung und des Verrats schuldig gemacht. Ob die Freilassung seines Handlangers und die plötzlich auftauchenden Beweise gegen Mr. Wild in irgendeinem Zusammenhang standen, wurde nie zweifelsfrei geklärt, doch als der Diebesfänger zum Tode verurteilt wurde, war die Erleichterung darüber allenthalben zu spüren.

Jonathan Wild wurde am 24. Mai 1725 am Galgen von Tyburn hingerichtet, auch wenn er selbst vermutlich wenig davon mitbekam. Am Morgen der Exekution hatte er aus Angst vor dem Strick eine große

Menge Laudanum genommen, doch er erbrach die bittere Opiumtinktur, bevor sie ihn tötete. Mr. Wild fiel in eine tiefe Bewusstlosigkeit, aus der er bis zur Vollstreckung des Urteils nicht vollständig erwachte. Die Straße nach Tyburn war ähnlich gefüllt wie ein halbes Jahr zuvor bei Jack Sheppard, doch statt mit Blumen wurde der Diebesfänger mit Unrat beworfen, und statt Jubel begleiteten ihn Buh-Rufe ins Jenseits.

Quilt Arnold heiratete wenig später Wilds Witwe Mary und führte die Geschäfte weiter, ohne jedoch an den Erfolg seines Vorgängers anknüpfen zu können. Über seinen weiteren Verbleib ist nichts bekannt.

Jonathan Wilds Verwicklung in den Atterbury-Plot wurde niemals ruchbar, sein Verrat an den Jakobiten blieb ein Geheimnis, das er mit ins Grab nahm, und der verhängnisvolle Brief an Sir Robert Walpole tauchte nie wieder auf. Vermutlich hatte Jonathan Wild ihn noch in der Nacht nach den seltsamen Ereignissen in Little Britain vernichtet.

Sein Skelett wurde übrigens Jahrzehnte nach der Beerdigung aus wissenschaftlichen Gründen exhumiert und ist noch heute in London zu besichtigen. Es wird im pathologisch-anatomischen Hunterian Museum in Lincoln's Inn Fields ausgestellt. Nur wenige Schritte von dem Ort entfernt, an dem im Jahr 1728 die Uraufführung der *Beggar's Opera* stattfand.

John Gay und Johann Christoph Pepusch arbeiteten über Jahre hinweg immer wieder an ihrem Stück und gerieten oft in Streit über die politische und moralische Richtung und Aussage ihres ironischen Singspiels, das vor allem dem deutschen Komponisten zu gewagt und irritierend erschien. Während Mr. Gay das Libretto dazu nutzte, recht ungeniert mit den Missständen in Politik und Gesellschaft abzurechnen, fürchtete Mr. Pepusch die Konsequenzen, wenn die betreffenden Personen sich in den Figuren auf der Bühne wiedererkennen würden. Der als vermittelnde Instanz herbeigerufene Dr. Arbuthnot lobte zwar die Qualität des Stücks und klopfte seinem Freund anerkennend auf die Schultern, gab Mr. Pepusch aber dennoch recht. Das englische Volk sei noch nicht bereit für etwas derartig Originelles und besser aufgehoben in albernen italienischen Opern, von denen es kein Wort verstünde. Besonders die Entscheidung des störrischen Dichters, dem Räuberhauptmann den Namen Macheath zu geben, stieß beim deutschen Kapellmeister auf Ablehnung. Zwar sei der wahre Captain Macheath seit langer Zeit untergetaucht und weitestgehend in Vergessenheit geraten, dennoch handele es sich bei ihm nach wie vor um einen gesuchten Gauner, der in den Annalen des Newgate-Gefängnisses gelistet sei. Diesem Captain Macheath zudem die Züge des hingerichteten Frauenhelden Jack Sheppard zu verleihen, sei ein unentschuldbarer Affront gegen die Autoritäten.

Als das Stück im Jahr 1727 nach langem Ringen fertiggestellt war und

Mr. Gay dem Leiter des Theatre Royal in der Drury Lane sein Singspiel vorstellte, schüttelte Colley Cibber entsetzt den Kopf und lehnte es rundherum ab, sich damit zu befassen. Mr. Pepuschs Befürchtungen schienen sich zu bewahrheiten. Mr. Cibber sorgte sich um den Ruf seines Theaters und hielt es für ausgeschlossen, ein solches Schauspiel durch die Zensur zu bekommen. Man werde ihm das Theater schließen, sagte der Theaterleiter, und das sogar mit Recht. Er prophezeite dem Dichter, kein anderes Theater werde solch ein heißes Eisen anfassen.

Darin allerdings irrte Mr. Cibber, und er sollte seine Entscheidung schon bald bereuen. John Rich, der Leiter des aufstrebenden New Theatre, erkannte das Potenzial des Stücks und erklärte sich bereit, es in seinem Haus aufzuführen, nachdem hochrangige Persönlichkeiten, die nicht namentlich genannt werden wollten, sich für Mr. Gay und Mr. Pepusch starkgemacht hatten. Immer wieder auftauchenden Gerüchten, dass sich unter diesen Persönlichkeiten auch der Graf von Burlington befunden habe, wurde empört widersprochen.

The Beggar's Opera wurde ein sensationeller Erfolg. Allein unter der Leitung von John Rich wurde das Stück zweiundsechzig Mal hintereinander aufgeführt, eine bis dahin unerreichte Zahl. Die Lieder wurden zu Gassenhauern, die halbwegs fiktiven Räuber und Huren zu echten Helden, die Darsteller über Nacht berühmt. Die frivolen Anspielungen und politischen Spitzen wurden durchaus verstanden und sorgten für diebische Freude im Volk, und in den folgenden Jahren wimmelte es auf den Londoner Bühnen von mehr oder minder gelungenen Nachahmungen. Die italienische Oper, für die Georg Friedrich Händel stand und die zuvor schon an Bedeutung eingebüßt hatte, wurde fortan als unzeitgemäßer und pompöser Firlefanz belächelt. Ein Nebeneffekt, der Mr. Pepusch nicht unangenehm gewesen sein dürfte. Dass Maestro Händel ihm einst die Tür gewiesen hatte, hatte der Kapellmeister keineswegs vergessen.

John Gay wurde zum gefeierten Dichter, zu einem von der Obrigkeit gefürchteten und argwöhnisch beobachteten Literaten und ganz nebenbei zu einem reichen Mann. Die Verluste, die er durch die Südseeblase des Jahres 1720 erlitten hatte, konnte er mehr als ausgleichen. Er beglich sogar die Schulden bei Master Wilkins, dem Drucker in der Fleet Street, und entschuldigte sich dafür, sich so viel Zeit gelassen und sein damaliges Versprechen nicht sofort eingehalten zu haben.

Nach der Uraufführung am 29. Januar 1728 trat Mr. Gay unter dem tosenden Beifall des Publikums auf die Bühne und bedankte sich bei zwei Personen, die entscheidend zum Entstehen der Beggar's Opera beigetragen hätten. Beide Personen, ein Mann und eine Frau, deren Namen er nicht nannte, seien leider nicht anwesend, doch ohne sie hätte es das Stück in seiner jetzigen Form nicht gegeben. Die eine habe ihn mit der ungeschönten Wahrheit konfrontiert, der andere habe ihn daran erinnert, was es bedeute, ein Schauspiel zu schaffen. Beiden sei er zu unendlichem Dank verpflichtet.

Wen er mit seinen kryptischen Worten meinte, blieb den Zuschauern und den Kritikern ein Rätsel, das nie gelöst wurde.

Edgworth Bess entging dem tragischen Schicksal der Männer, von denen sie umgeben gewesen war und mit denen sie sich umgeben hatte. Der Galgen blieb ihr erspart, und auch in den Listen der britischen Gefängnisse und Gerichte jener Zeit sucht man vergeblich nach einer Elizabeth Lyon oder Edgworth Bess. Was aus ihr geworden ist, darüber schweigen sich die Geschichtsbücher aus.

In die Annalen ist sie – bis heute unwidersprochen – als jenes durchtriebene und verkommene Weibsbild eingegangen, das den braven und naiven Jack Sheppard zum Räuber gemacht und anschließend ins Unglück gestürzt hat. In Daniel Defoes Biografie wird sie als »die alleinige Urheberin all seines Missgeschicks« bezeichnet, und obwohl diese Bezeichnung ausschließlich auf der Aussage des Gehenkten beruhte und anderen Details und Ausführungen auffällig widersprach, wurde das wenig schmeichelhafte Bildnis anschließend ein ums andere Mal abgekupfert, bis niemand mehr an dessen Wahrheit zweifelte.

Für Bess selbst war all dies nicht von Belang. Jack Sheppard war für sie in dem Augenblick gestorben, als er Bess und Henry in Little Stanmore an Mr. Wild verraten hatte. Sie waren damit endgültig quitt, sie war ihm nichts mehr schuldig, alle Rechnungen waren beglichen. Das war die Hauptsache. Was anschließend mit Jack geschah, verfolgte sie zwar interessiert, doch sein Schicksal und sein Tod am Galgen berührten sie nicht annähernd so stark wie die Geschehnisse um Blueskin. Ihrem ehemaligen Geliebten, der von allen ringsum wie ein Heilsbringer und Volksheld verehrt wurde, weinte sie keine Träne nach. Doch um den finsteren und brutalen Blueskin, den sie stets für einen gemeinen Verräter und ihren gefährlichsten Gegner gehalten hatte, trauerte sie aufrichtig. Zweimal hatte Blueskin ihr das Leben gerettet, und sie würde diese Schuld niemals wettmachen können. Ein für Bess beklemmendes und bedrückendes Gefühl.

Was sie jedoch vor allem beschäftigte und verwirrte, war der Verbleib jenes Mannes, der von den meisten Captain Macheath genannt wurde, den sie aber unter dem Namen Henry Ingram kennen – und lieben – gelernt hatte. Wenn sie sich später an die wenigen Tage im September des Jahres 1724 erinnerte, so kamen sie ihr manchmal wie ein Traumgebilde vor. Wie eine fiebrige Einbildung oder eine bloße Wunschvorstellung. Die meisten Personen, die sie als Zeugen für die Geschehnisse jener seltsamen Woche hätte nennen können, waren tot oder verschollen. Jack, Blueskin und Mr. Wild waren hingerichtet, Poll war aus London verschwunden und hatte sich an der Südküste angesiedelt. Angeblich soll sie dort nach wenigen Monaten ein Kind zur Welt gebracht haben, das durch seine dunkle Hautfarbe auffiel. Vermutlich ein Sklavenbastard. Aber das war nur ein Gerücht, dem Bess keinen Glauben schenkte.

Die Zwillinge George und Godfrey waren kurz nach den Ereignissen verhaftet und in die Kolonien transportiert worden, und Mutter Blake, die Bess eines Nachts in ihrer verlausten Schänke aufsuchte, behauptete sogar, sie habe niemals einen Mann mit dem Namen Ingram oder Macheath gesehen, geschweige denn mit ihm gesprochen. Jeden, der etwas anderes behaupte, schimpfe sie einen Lügner!

Beim Verlassen des Gin-Shops wurde Bess vom irren Geoff aufgehalten, der gerade zum Schlafen in den Keller hinuntersteigen wollte. »Oi, Bess!«, sagte er und tippte sich bedeutsam an die Nase. »Ich hab den Captain gesehen.«

»Wen?«

»Henry!« Er kicherte irre und setzte hinzu: »Meinen Namensvetter.«

»Wann und wo?«, wollte Bess wissen und wagte vor Aufregung kaum zu atmen.

Diesmal tippte er sich an die Stirn und antwortete: »Ich hab ihn im Traum gesehen. Mit dir zusammen, aber du sahst irgendwie anders aus. Ihr habt fröhlich gelacht und Blut aus einem Kürbis getrunken.«

»Blut aus einem Kürbis?«, lachte Bess und versuchte, ihre Enttäuschung zu verbergen und den Verrückten abzuwimmeln. In Gedanken jedoch setzte sie hinzu: Ich träume auch oft von ihm.

»Es geht ihm gut«, sagte Geoff und hielt Bess am Unterarm fest.

»Warum auch nicht?«, gab sie sich unbeeindruckt. »Wenn er Blut trinkt.«

»Es geht ihm *wieder* gut«, beharrte Geoff und starrte sie eindringlich an. »Das wollte ich dir nur sagen. Dachte, es interessiert dich.« Damit ließ er sie los, setzte seinen Dreispitz auf, nickte kurz und humpelte auf seinem Holzbein davon.

»Verdammter Schwachkopf!«, knurrte sie.

Bess sah Henry nie wieder, und hätte sie nicht seinen Ring besessen, so hätte sie ernsthaft daran gezweifelt, dass es ihn je gegeben hatte. »In Liebe Henry«, war auf der Innenseite eingraviert. Als Bess zum ersten Mal die drei Worte entdeckt hatte, wäre sie beinahe vom Schlag getroffen worden. Wie war das möglich? Woher hatte er diesen Ring? Wieso hatte er auf dem Boden neben dem Grab gelegen? Und für wen war er bestimmt? Noch einige Male ging sie zum Friedhof von St. Botolph, in der Hoffnung, irgendetwas zu finden, das sie beim letzten Mal übersehen hatte. Irgendeinen Hinweis, eine Spur. Doch Henry war und blieb verschollen. Unauffindbar.

In Liebe Henry!
Manchmal erinnerte sich Bess an den fiebrigen Unsinn, den Henry ihr im Bedlam Hospital erzählt hatte. Von den Reisen zum Mond und den durch die Luft fliegenden Menschen. Und ihr gefiel plötzlich der absurde Gedanke, dass Henry aus einer fernen Zukunft zu ihr gekommen war, um ihr seine Liebe zu beweisen und den Ring als Zeichen dieser Liebe zurückzulassen.

Bess war klug und vernünftig genug, sich nicht in derlei Fantasiegebilde zu flüchten oder in Gefühlsduseleien zu verrennen. Sie behielt Henrys Ring am Finger und die Erinnerung an den komischen Kauz im Herzen. Doch sie hatte ein Leben zu leben. Und das war hart genug. In dieser Zeit.

Aber immerhin hatte sie wieder ein Leben.

Nach drei Wochen auf der Intensivstation des St. Bartholomew-Krankenhauses wurde Henry auf die Trauma-Station verlegt, wo er weitere drei Wochen behandelt und therapiert wurde. Wegen der Bewusstseinsstörungen und seiner anfänglichen, störrischen Behauptung, er sei durch die Zeit gereist, wurde Henry von einer Psychologin untersucht. Doch er hielt seine absurden Behauptungen nicht länger aufrecht und schien nun zu begreifen, dass all die Erlebnisse im Jahr 1724 nur in seinem Hirn stattgefunden hatten, während sein Körper im Koma gelegen und sich von dem heftigen Schlag mit der Eisenstange erholt hatte.

Henry war ein vorbildlicher und pflegeleichter Patient, der Schädelbruch begann ohne Komplikationen zu heilen, die Schwellung verschwand restlos, und auch die Beeinträchtigungen der Wahrnehmung und die Halluzinationen tauchten nicht wieder auf. Nach insgesamt sechs Wochen war er so weit genesen, dass man ihn aus dem Barts entließ. Zum Schutz sollte er noch einige Wochen lang einen schwarzen High-Tech-Helm aus Kunststoff tragen. Rein prophylaktisch.

Was tatsächlich in seinem Kopf vorging, davon erfuhren weder Dr. Featherstone noch die behandelnde Psychologin irgendetwas. Nachdem Henry das unscharfe Bild von Bess auf dem Handy-Chip gesehen hatte, bemächtigte sich eine seltsame Ruhe und Ausgeglichenheit seiner. Er wusste zwar, dass er Bess niemals wiedersehen würde, aber allein die Tatsache, dass er ihr begegnet war und derart starke Gefühle für sie entwickelt hatte, besänftigte ihn. Nach außen hin verlor er kein Wort mehr über die Ereignisse des Jahres 1724, doch insgeheim war er oft und lange bei Bess, redete sogar mit ihr und versuchte, ihr nah zu sein. So nah, wie sie sich in jenen wenigen Tagen gewesen waren. Mit der Zeit allerdings verblasste die Erinnerung, Henry wurde die Nichtigkeit seines Tuns zunehmend bewusst, und die Bess in seinen Gedanken ähnelte immer frappierender dem unscharfen und verschwommenen Handy-Bild. Bess wurde mehr und mehr zu einem Geist. Henry wusste, dass es Zeit war, Abschied zu nehmen. Und so ließ er sie los und zurück. Wo immer sie auch war.

Sarah sah er noch ein letztes Mal. Sie kam, um sich zu verabschieden und zu bedanken. Gemeinsam mit Sean Leigh, gegen den dank Henrys Falschaussage keine Ermittlungen mehr liefen, wollte sie London verlassen und nach Birmingham ziehen. In einem dortigen Theater hatte sie eine kleine Rolle in einer Hamlet-Aufführung ergattert. Und Sean hatte der Bühne vollends abgeschworen und wollte sich wieder um seine vorabendlichen Fernsehserien kümmern.

»Dass ich keine so gute Schauspielerin bin, wie ich immer dachte, ist mir übrigens gestern im Rosemary Lane bewusst geworden«, sagte Sarah beim Abschied. »Ich hab nämlich meine Nachfolgerin auf der Bühne gesehen. Solltest du dir nicht entgehen lassen.«

»Spielen sie die *Beggar's Opera* immer noch?«, wunderte sich Henry.

»Was denkst du denn?«, antwortete Sarah und lachte bitter. »Bei *der* Werbung, die wir für das Stück gemacht haben! Welches Theater hat die Berichterstattung über die Premiere schon auf den Titelseiten der Schmierenblätter?«

Mit diesen Worten und einer Kusshand verließ sie ihn.

Zwei Wochen später folgte Henry Sarahs Aufforderung und sah sich das Stück an. Da er keine peinlichen Mitleidsbekundungen oder kollegialen Glückwünsche zur Genesung provozieren wollte, hatte er sein Erscheinen nicht angekündigt und sich als ganz normaler zahlender Gast unters Publikum gemischt. Mit seinem merkwürdigen Helm auf dem Kopf war er ohnehin kaum zu erkennen.

Es war seltsam und verwirrend, die *Beggar's Opera* aufgeführt zu sehen. Nicht nur, weil Henry bis vor Kurzem selbst dort auf der Bühne gestanden hatte und das Stück so gut kannte wie kaum ein anderes, sondern auch, weil er in der Zwischenzeit den Vorbildern dieser fiktiven Gauner und Huren begegnet war. Der Hehler Peachum, der gleich zu Beginn auftrat und nun von einem anderen alternden Fernsehstar gespielt wurde, hatte so wenig mit dem tatsächlichen Mr. Wild gemein, dass Henry beinahe laut gelacht hätte.

Gespannt wartete er auf die siebte Szene des ersten Aktes, in der Polly Peachum ihren ersten Auftritt hatte. Sarahs neidisch bewundernde Worte hatten ihn neugierig gemacht, und er wurde nicht enttäuscht. Als Polly auf die Bühne trat, klappte Henry der Unterkiefer herunter, und dann schmetterte sie selbstbewusst die Worte heraus: »Wenn ich Captain Macheath einige unbedeutende Freiheiten erlaube, so habe ich doch dafür diese Uhr und andere sichtbare Zeichen seiner Zuneigung vorzuweisen.«

Henry konnte es nicht fassen. Dort stand Bess auf der Bühne. Die leibhaftige Bess! Natürlich wusste er, dass sie es nicht sein konnte, und bei näherem Hinsehen erkannte er, dass sie es nicht *war*. Doch die Ähnlichkeit war verblüffend und bestürzend, trotz der Perücke und der weißen Schminke. Oder vielleicht gerade deshalb. Auf dem Flyer, den er an der Kasse erhalten hatte, war die Besetzungsliste abgedruckt. Polly Peachum wurde von einer Melissa Cartwright gespielt. Henry hatte den Namen noch nie gehört, aber er war sicher, dass er ihn nicht so schnell vergessen würde.

Diese Melissa gab die Hehlerstochter Polly mit einer Resolutheit und gleichzeitigen Sanftheit, die alle Anwesenden sofort in den Bann zog. Jedenfalls kam es Henry so vor. Die eigenwillige Interpretation der Rolle mochte den Absichten des Dichters John Gay, der Polly als naives Dummchen konzipiert hatte, auffallend widersprechen, dennoch wirkte sie glaubwürdig und echt.

»Wie Bess!«, entfuhr es ihm.

»Psst!«, machte sein Sitznachbar.

Henry verfolgte das Schauspiel wie in Trance, doch was die übrigen Akteure (allen voran sein Nachfolger in der Rolle des Macheath) auf der Bühne veranstalteten, interessierte ihn kaum. Er hatte nur Augen und Ohren für Bess. Nein, Melissa! Und als sie in der letzten Szene dem zum Tode verurteilten Macheath zum Abschied zurief: »Kein Zeichen der Liebe?«, steckte ihm ein Kloß im Hals, als befände er sich nicht in einer bissigen Satire, sondern in einem sentimentalen Drama.

Nach dem letzten Vorhang ging Henry hinter die Bühne und wurde von den Schauspielern und Bühnenarbeitern, mit denen er vor zwei Monaten noch zusammengearbeitet hatte, mit einem freudigen Applaus empfangen. Man schüttelte ihm die Hände, umarmte ihn, klopfte ihm auf die Schultern oder tippte lächelnd an den schwarzen Kunststoffhelm. Henry ließ die freundlichen bis freundschaftlichen Bekundungen stoisch über sich ergehen und hielt Ausschau nach Melissa Cartwright, die noch in ihrer Garderobe zu sein schien.

»Sie ist 'ne Wucht, oder?«, bekam er von David, dem Regisseur des Stücks, als Antwort, als er sich möglichst beiläufig nach ihr erkundigte.

»Das ist sie«, bestätigte Henry und schaute zu Boden.

Als sie schließlich im Gruppenraum hinter der Bühne erschien – ohne Perücke, ohne Schminke, ohne Kostüm –, da fielen Henry die vielen Unterschiede zu Bess auf. Melissa war viel kleiner und zierlicher, sie hatte schwarzes kurzes Haar und ein schmaleres Gesicht, und ihr Busen war bei weitem nicht so üppig. Und doch sah Henry unentwegt Edgworth Bess in ihr. Wie eine Bilddatei, die man am Computer verfremdet hatte, in der das Original aber immer noch erkennbar war.

Er trat von der Seite auf sie zu, und als sie sich plötzlich zu ihm umwandte, fuhr sie erschrocken zusammen und lachte im nächsten Mo-

ment. »Oh!«, rief sie und fasste sich theatralisch an die Brust. »Petr Čech ist auch da!«
»Petr wer?«, stammelte Henry.
»Petr Čech«, wiederholte sie und deutete auf Henrys Helm. »Der Torwart von Chelsea. Spielt seit 'nem Zusammenprall mit dem gleichen Ungetüm.« Wieder lachte sie und fragte: »Bist du auch mit einem Stürmer zusammengerasselt?«
Ringsum verstummten die Gespräche, betretenes Schweigen folgte, einige räusperten sich oder lächelten verlegen.
»Fettnäpfchen?«, fragte Melissa und schaute Henry direkt ins Gesicht.
»Nein«, antwortete Henry kopfschüttelnd und lächelte. »Und es war kein Stürmer, sondern ein Ersatzspieler.«
Melissa runzelte die Stirn und schien darauf hinweisen zu wollen, dass dieser Satz keinen rechten Sinn ergab, doch dann fiel plötzlich der Groschen und sie schlug sich mit der flachen Hand gegen die Stirn. »Du bist Macheath, stimmt's?«, rief sie. »Oh, wie peinlich! Und wie dumm von mir.«
»Muss dir nicht peinlich sein«, antwortete er und reichte ihr die Hand. »Mein Name ist Henry.«
»Melissa«, antwortete sie und nahm seine Hand. »Meine Freunde nennen mich Liss.«
»Hübscher Ring«, sagte Henry und deutete auf einen Solitär am Ringfinger ihrer rechten Hand. »Verlobungsring?«
»Erbstück, schon uralt«, meinte sie achselzuckend und entzog ihm die Hand, die er immer noch in seiner hielt. »Kommst du mit?«
»Wohin?«
»Wir gehen noch ins Ye Olde Cheshire Cheese. Kennst du das?«
Henry lachte und nickte.
»Heute ist doch Halloween. Wir wollen ein wenig feiern.« Sie zog eine gruselige Grimasse und setzte hinzu: »Du weißt schon, Bloody Marys aus Kürbisgläsern und so. Hast du Lust? Oder hast du schon was anderes vor?«
»War lange nicht im Cheshire Cheese«, sagte er und ließ sich von Melissa mitschleifen. »Bin gespannt, wie's da jetzt aussieht.«
Als die gesamte Truppe draußen auf der Straße stand und nach Taxis Ausschau hielt, drehte sich Melissa plötzlich zu Henry um und fragte: »Sind wir uns eigentlich schon mal begegnet?«
»Nicht dass ich wüsste. Wieso?«
»Du kommst mir irgendwie bekannt vor.«
Henry tippte sich an den Helm und sagte: »Petr Čech.«
»Das wird's sein«, antwortete Melissa lachend, bevor sie ins Taxi stiegen.

ANMERKUNGEN UND ÜBERSETZUNGEN

S. 5 *Fuß:* (engl.: foot) Längenmaß, entspricht 30,48 cm
S. 6 *Die Bettleroper:* (engl. *The Beggar's Opera*), engl. Singspiel aus dem Jahr 1728, von John Gay (Text) und Johann Christoph Pepusch (Musik), Parodie auf ital. Barockopern, Vorbild für Bertolt Brechts *Die Dreigroschenoper*
Cockney: ein Londoner, der in Hörweite der Kirche St. Mary-le-Bow in Cheapside geboren wurde
S. 7 *Die Schatzinsel:* (engl. *Treasure Island*), Abenteuerroman von Robert Louis Stevenson (* 1850, † 1894) aus dem Jahr 1883
S. 8 *Daniel Defoe:* * 1660, † 1731, engl. Schriftsteller und Essayist (*Robinson Crusoe*)
Zoll: (engl.: inch) Längenmaß, entspricht 2,54 cm (12 Zoll = 1 Fuß)
S. 9 *Fielding:* Henry Fielding, * 1707, † 1754, engl. Schriftsteller und Dramatiker (*Tom Jones*), gilt als »Vater des engl. Romans«, war Friedensrichter in London
Thackeray: William Makepeace Thackeray, * 1811, † 1863, engl. Schriftsteller (*Barry Lyndon, Vanity fair*) und Karikaturist
Ay: (engl./veralt.) Ja, Jawohl
S. 10 *Joseph Blake:* * 1700, † 11.11.1724 (hingerichtet), genannt »Blueskin«, Londoner Dieb und Räuber, der Ursprung seines Spitznamens ist bis heute ungeklärt
Newgate: westl. Tor in der mittelalterl. Stadtmauer von London, von 1188 bis 1902 befand sich darin das berüchtigte Newgate-Gefängnis
S. 11 *Madame Tussaud:* * 1761, † 1850, berühmte Wachsbildnerin und Gründerin des nach ihr benannten Wachsfigurenkabinetts in London
Jack Sheppard: eigentl. John Sheppard, * 1702, † 16.11.1724 (hingerichtet), Londoner Räuber, Dieb und Ausbrecherkönig; berühmter als seine Verbrechen sind seine zahlreichen Ausbrüche aus div. Gefängnissen (darunter mehrmals das Newgate); Vorbild für die Figur des Räubers Macheath in John Gays *The Beggar's Opera*
S. 12 *Montag, der letzte Tag im August:* sämtl. Datumsangaben folgen dem Julianischen Kalender; der heutige Gregorianische Kalender (in Deutschland seit 1582 gültig) wurde in England erst 1752 eingeführt
John Gay: * 1685, † 1732, engl. Dichter und Dramatiker, schrieb Pastoralgedichte und Fabeln, vor allem berühmt für sein parodistisches Singspiel *The Beggar's Opera*
Jonathan Wild: * 1683, † 24.5.1725 (hingerichtet); berüchtigter Krimineller, lebte ein Doppelleben als Hehler und Bandenführer sowie als selbsternannter »Diebesfänger« und Ordnungshüter; Vorbild für die Figur des Hehlers Peachum in John Gays *The Beggar's Opera*
Robert Walpole: * 1676, † 1745, engl. Staatsmann, war seit 1721 als Erster

Lordschatzmeister und Schatzkanzler Englands de facto erster »Premierminister«

S. 15 *Großer Brand von 1666:* am 2.9.1666 brach in einer Backstube in der Pudding Lane ein Feuer aus, das binnen weniger Tage vier Fünftel der Londoner City vernichtete

S. 16 *Jenny Diver:* eigentl. Mary Young, * ca. 1700 in Irland, † 1741 (hingerichtet), Londoner Straßenräuberin, deren Spezialität es war, sich als Schwangere zu verkleiden

Diver: (engl.) Taucher, in der Londoner Gaunersprache: Taschendieb

Thief: (engl.) Dieb; verurteilten Dieben wurde bis ins 19. Jh. als Strafe ein »T« für »Thief« in den Handrücken gebrannt

S. 18 *Windsor:* Schloss Windsor, Residenz der brit. Könige in der Grafschaft Berkshire, hier hielt sich im Jahr 1724 der königl. Hof auf

S. 19 *Fleckfieber:* auch Kerkerfieber oder Hungertyphus genannt, durch Läuse übertragene Infektionskrankheit, die unbehandelt oft tödlich verläuft

S. 20 *Lodge:* (engl.) Pförtnerhaus, Portierloge

S. 22 *Triple Tree:* (engl.) »Dreifachbaum«, volkstüml. Name des dreieckigen Galgens in Tyburn, der öffentl. Richtstätte vor den Toren Londons

William Pitt: Name von zwei britischen Premierministern (Vater und Sohn) des 18. Jh.s, gemeint ist jedoch der gleichnamige Hauptwärter von Newgate, der das Gefängnis von 1707 bis 1732 leitete

S. 30 *Theatre Royal:* eigentl. Theatre Royal Drury Lane, Theater im Londoner West End, 1663 eröffnet und bis heute an gleicher Stelle in unterschiedlichen Gebäuden als Theater bespielt

New London Theatre: Theater im West End, an gleicher Stelle befand sich im 18. Jh. das Great Mogul, eine Taverne mit Vergnügungsprogramm

Shrek: computeranimierter US-Kinofilm aus dem Jahr 2001, basierend auf dem Kinderbuch von William Steig (* 1907, † 2003)

Große Pest: die Große Pest von London der Jahre 1665/1666 forderte etwa 70.000 Todesopfer und kostete damit einem Fünftel der Londoner Stadtbevölkerung das Leben

S. 32 *Colley Cibber:* * 1671, † 1751, brit. Dramatiker, Dichter und Theaterleiter, leitete von 1710 bis 1733 das Theatre Royal

Barton Booth: * 1681, † 1733, einer der berühmtesten engl. Schauspieler seiner Zeit, spielte zwischen 1708 und 1728 im Theatre Royal

Aphra Behn: * 1640, † 1689, engl. Bühnenautorin (bekanntestes Werk: *The Rover* aus dem Jahr 1677), die erste bekannte Frau in der engl. Literatur, die hauptberufl. als Schriftstellerin arbeitete

S. 33 *Konstabler:* (lat.-engl.) unbezahlter Ordnungshüter, entweder von der Gemeinde gewählt oder vom Friedensrichter bestimmt, als Zeichen seines Amtes trug er einen langen Stab

S. 41 *H. G. Wells:* * 1866, † 1946, engl. Schriftsteller und Pionier der Science-Fiction-Literatur (*The War of the Worlds, The Time Machine*)
Zurück in die Zukunft: US-amerik. Science-Fiction-Filmtrilogie der 80er Jahre (Regie: Robert Zemeckis)
Time Bandits: brit. Fantasyfilm über einen zeitreisenden Jungen aus dem Jahr 1981 (Regie: Terry Gilliam)
BBC-Krimiserie: gemeint ist die Polizei-Serie *Life on Mars – Gefangen in den Siebzigern* aus den Jahren 2005 und 2006, mit John Simm als zeitreisendem Detective Chief Inspector Sam Tyler
S. 45 *Mutter Needham:* Elizabeth Needham, * ?, † 1731, Londoner Zuhälterin und Bordell-Betreiberin, von William Hogarth (* 1697, † 1764) in seinen satir. Kupferstichen *A Harlot's Progress* (1731) verewigt
S. 46 *Shilling:* brit. Münze im Wert von 12 Pence oder 1/20 Pfund Sterling
Sixpence: brit. Münze im Wert von 6 Pence oder eines halben Shillings
Charteris: Colonel Francis Charteris, * 1675, † 1732, schott. Aristokrat und Lebemann, zu seiner Zeit der Inbegriff von Korruption und Lüsternheit, 1730 wegen Vergewaltigung seiner Dienstmagd zum Tode verurteilt, aber vom König begnadigt
S. 49 *Bedlam:* eigentl. Bethlem Royal Hospital, 1330 gegründet, eines der ersten Krankenhäuser für Geisteskranke in Europa, seit 1675 befand sich das Hospital in Moorfields, direkt in der Stadtmauer; berüchtigt wegen seiner menschenunwürdigen Zustände, das Wort »bedlam« ist bis heute in der engl. Sprache ein Synonym für Chaos und Durcheinander
S. 50 *Nay:* (engl./veralt.) Nein
Oi: (engl./slang) Cockneyausdruck für »Hey!« oder »Hallo!«
S. 51 *Captain Kidds Piratenschatz:* William Kidd, * 1645, † 1701 (hingerichtet), schott. Kaperfahrer und Pirat, der Legende nach hat er einen Schatz auf Gardiners Island vergraben, der nie vollständig geborgen wurde
Compter: (engl.) kleines Gefängnis, das einem Sheriff untersteht
S. 52 *Mack the Knife:* engl. Version des dt. Mackie Messer (Macheath) aus Bertolt Brechts *Die Dreigroschenoper* (bekannt wegen der *Moritat von Mackie Messer*)
Stew: (engl.) Eintopf
S. 53 *Haggis:* mit Innereien gefüllter Schafsmagen, schott. Nationalgericht
S. 54 *Farthing:* brit. Münze im Wert eines Viertelpenny
S. 58 *Edgworth:* der heutige Vorort Edgware im Norden Londons
Buttock and File: (engl.) eigentl. »Hinterbacke und Feile«
S. 60 *Roundhouse:* kleines Gemeinde-Gefängnis, das meist dem vorübergehenden Gewahrsam diente
S. 61 *Yard:* (engl.) Längenmaß, entspricht 3 Fuß = 91,44 cm; Yard kann aber auch »Hof« bedeuten
Barchent: (arab.) linksseitig aufgerauter Baumwollflanell

S. 64 *traitor:* (engl.) Verräter
S. 66 *Skittles:* (engl.) Vorform des Kegelns, wurde im Freien gespielt
S. 74 *Burlington House:* im 17. Jh. erbaute Privatresidenz an der Piccadilly, über die Jahrhunderte oft erweitert, heute befindet sich darin die Royal Academy of Arts
Graf von Burlington: Richard Boyle, * 1694, † 1753, 3. Earl of Burlington, ließ sein Haus im palladianischen Stil umbauen, Förderer der Künste und der Architektur
S. 75 *Pepusch:* Johann Christoph Pepusch, * 1667, † 1752, engl. Komponist, Theaterdirektor und Organist dt. Herkunft, er komponierte die Musik zu John Gays *The Beggar's Opera*
Händel: Georg Friedrich Händel, * 1685, † 1759, dt. Komponist, lebte seit 1712 in London, auch in Cannons House und Burlington House, ab 1727 engl. Staatsbürger, seine ital. Opern kamen in London u. a. mit der *Beggar's Opera* aus der Mode
Middlesex: eine der trad. Grafschaften Englands, umfasst etwa das Gebiet des heutigen »Greater London« und der nordwestl. Vorstädte
S. 76 *König George:* Georg I. Ludwig, * 1660, † 1727, Kurfürst von Braunschweig-Lüneburg, ab 1714 König von Großbritannien und Irland, war in England nicht gut gelitten, weil er kaum englisch sprach und sich häufig in Hannover aufhielt
Jonathan Swift: * 1667, † 1745, irischer Schriftsteller (*Gullivers Reisen*)
Alexander Pope: * 1688, † 1744, engl. Dichter und Satiriker (*The Dunciad*)
S. 80 *Jakobiten:* die Anhänger des 1688 aus England vertriebenen Stuartkönigs James II. (lat.: Jacobus) und seiner Nachkommen, besonders zahlreich in Schottland und unter Katholiken
langes Gedicht auf das Straßenleben von London: gemeint ist *Trivia, or the Art of Walking the Streets of London* (1716)
S. 81 *in vino veritas:* (lat.) Im Wein (liegt) die Wahrheit
S. 82 *New Theatre:* (auch: *Lincoln's Inn Fields Theatre*) 1714 errichtetes Theater, schon im 17. Jh. stand an gleicher Stelle ein Bühnenhaus (The Duke's Playhouse), 1728 fand hier die Uraufführung von *The Beggar's Opera* statt
Herzog von Chandos: James Brydges, * 1673, † 1744, 1. Herzog von Chandos, brit. Adeliger, Bauherr und Kunstmäzen, wegen seines Reichtums und luxuriösen Lebensstils »The princely Chandos« genannt
S. 83 *Scriblerus Club:* 1712 gegründeter Freundeskreis von Schriftstellern, der sich satirisch mit ihrer Zeit auseinandersetzte (*The Memoirs of Martinus Scriblerus*)
John Arbuthnot: * 1667, † 1735, schott. Arzt, Mathematiker und satirischer Schriftsteller
S. 85 *Te Deum Laudamus:* (lat.: Dich, Gott, loben wir) Lobgesang der christl. Kirche

S. 86 *Laudanum:* Opiumtinktur, bis ins 19. Jh. als Schmerz- und Beruhigungsmittel verbreitet
S. 87 *Heinrich Schütz:* * 1585, † 1672, dt. Komponist, seine Pastoralkomödie *Dafne* entstand 1627
S. 95 *Krypta:* (griech.) Gruft, unterirdischer Kirchenraum
S. 97 *Coroner:* (engl.) Beamter, der ungeklärte Todesfälle untersucht
S. 99 *The Book and Quill:* (engl.) Buch und Federkiel
S. 102 *Nonesuch House:* das vierstöckige, mit verzierten Giebeln und Türmen versehene Holzhaus wurde 1579 auf der London Bridge errichtet, nachdem es zuvor in den Niederlanden gebaut und in Einzelteile zerlegt worden war. Das erste nachweisliche »Fertighaus« wurde ohne Nägel, Mörtel oder Eisen, sondern allein mit Stiften zusammengefügt.
S. 107 *Bilsenkraut:* Schwarzes Bilsenkraut, giftige Arzneipflanze, wirkt narkotisch und halluzinogen, Extrakte des Krauts wurden zur Herstellung von Laudanum und zur Verstärkung der Wirkung von Bier verwendet
S. 115 *John Rich:* * 1692, † 1761, Schauspieler und Theaterleiter, führte seit 1714 das New Theatre, wo er 1728 die *Beggar's Opera* inszenierte
S. 121 *Medusa:* (griech. Mythos) weibl. Ungeheuer mit Schlangenhaaren, deren Anblick den Betrachter versteinerte
Down Syndrom: (auch Trisomie 21) nach dem brit. Arzt John Langdon-Down (* 1828, † 1896) benanntes genetisch bedingtes Krankheitsbild, das von einer Chromosomenanomalie verursacht wird (wurde früher meist »Mongolismus« genannt)
S. 122 *Unschlittkerzen:* (veralt.) Talgkerzen
S. 127 *Schlagfluss:* (veralt.) Schlaganfall
S. 138 *Ducking Pond:* (engl.) 1713 gebautes Wasserreservoir samt Wasserwerk, an dem der künstl. angelegte New River endete, aus dem London mit Frischwasser versorgt wurde; »ducking pond« bezeichnet eigentl. einen Teich, in dem Menschen als Strafmaßnahme eingetaucht werden
S. 142 *New River Company:* bereits 1613 gegründete Gesellschaft zur Wasserversorgung von London; der New River führte (im offenen Kanal oder als Aquädukt) von Hertfordshire bis nach Islington, von dort brachten unterirdische Rohre aus Ulmenstämmen das Wasser nach London
S. 150 *Victoria and Albert Museum:* das 1851 gegründete Museum in Kensington beherbergt die weltgrößte Sammlung von Kunsthandwerk
S. 155 *Dr. Jekyll und Mr. Hyde: Der seltsame Fall des Dr. Jekyll und Mr. Hyde,* berühmte Doppelgänger-Novelle von Robert Louis Stevenson aus dem Jahr 1886
S. 163 *Nervenfieber:* (veralt.) Typhus
S. 166 *Porter:* (engl.) »porter's beer« (Dienstmannsbier), weil es vor allem von Dienstmännern getrunken wurde; dunkles, obergäriges Starkbier

S. 169 *Lentil Stew:* (engl.) Linseneintopf

S. 171 *Eselsbegräbnis:* unehrenhaftes Begräbnis eines Selbstmörders, der Begriff leitet sich aus der Bibel (Jeremia 22,19) ab: »Er soll wie ein Esel begraben werden, fortgeschleift und hinausgeworfen vor die Tore Jerusalems.«

S. 172 *Blutacker des Judas Ischariot:* Judas, einer der zwölf Jünger Jesu, verriet laut den Evangelien Jesus für 30 Silberlinge an die Hohenpriester, von dem Geld wurde später ein so genannter Blutacker gekauft, als Friedhof für Fremde

S. 175 *Porridge:* (engl.) dicker (Frühstücks-)Haferbrei

S. 176 *Cassandra Willoughby:* * 1670, † 1735, Herzogin von Chandos und zweite Frau von Henry Brydges, Tochter des Naturwissenschaftlers Francis Willoughby, beschäftigte sich selbst mit Reiseliteratur und Familienkunde

Wollaton Hall: Landhaus der Familie Willoughby in Nottingham; in dem 1588 fertiggestellten Gebäude befindet sich heute ein Naturkundemuseum

S. 177 *Südseeblase:* (engl. »South Sea Bubble«) eine der bedeutendsten Spekulationsblasen der frühen Neuzeit; die Aktien der mit Handelsmonopol versehenen South Sea Company stiegen binnen eines Jahres von 100 £ auf beinahe 1000 £, bis zum Dezember fiel der Kurs der Gesellschaft (deren Südseehandel gar nicht existierte) wieder auf unter 100 £

S. 184 *Royal Hospital Chelsea:* 1692 eröffnetes Heim für verletzte oder alte Soldaten, die dort lebenden Veteranen werden »Chelsea Pensioners« genannt

S. 186 *Desaguliers:* John Theophilus Desaguliers, * 1683, † 1744, Philosoph, Naturwissenschaftler und Geistlicher, seit 1714 Gemeindepfarrer von Whitchurch; Freimaurer, seit 1719 Großmeister der Großloge von England

S. 187 *Turnpike:* Mautstation einer öffentl. oder priv. Straße, für deren Benutzung ein Wegzoll berechnet wurde; das Maut-System wurde 1707 in London eingeführt

S. 196 *Squire:* (engl., von »Esquire«) Gutsherr, Landedelmann

S. 197 *Pint:* (engl.) Volumeneinheit, entspricht 0,568 l

Bitter: (engl.) halbdunkles, obergäriges Bier

S. 202 *Christopher Marlowe:* * 1564, † 1593, engl. Dichter, Dramatiker (*Die tragische Historie vom Doktor Faustus*) und Übersetzer

William Shakespeare: * 1564, † 1616, engl. Dramatiker, Lyriker und Schauspieler

Pardonnez moi: (franz.) Verzeihen Sie mir

Au revoir: (franz.) Auf Wiedersehen

S. 203 *Skrofeln:* (von lat. scrofula: Halsdrüsengeschwulst), seltene Form der Tuberkulose; in England gab es die Vorstellung, der rechtmäßig ge-

salbte König könne Skrofeln durch Handauflegen heilen (desh. »The King's Evil«)
S. 204 *Samuel Bradford:* * 1652, † 1731, engl. Kirchenmann, wurde 1718 Bischof von Carlisle und 1723 Bischof von Rochester
S. 209 *Francis Atterbury:* * 1663, † 1732 (in Paris), engl. Kirchenmann und Tory-Politiker, wurde 1712 Bischof von Rochester, stiftete 1720 eine jakobitische Verschwörung an, die 1722 entdeckt wurde; Atterbury wurde abgesetzt und verbannt, er verkehrte freundschaftlich mit den Schriftstellern Swift, Pope, Arbuthnot und Gay
S. 216 *Lude:* (ugs.) Zuhälter
Petticoat Lane: die heutige Middlesex Street im East End, nur der Petticoat Lane Market erinnert noch an den alten Namen
S. 221 *Cheerio!:* (engl.-ugs.) Auf Wiedersehen!
S. 222 *Westindische Inseln:* Inselbogen in der Karibik, zu den brit. Kronkolonien zählten u. a. Jamaika, Barbados, Bermuda und die Bahamas
S. 223 *Höllenstein:* anderer Name für Silbernitrat, früher als Medizin und Färbemittel benutzt, bei Hautkontakt bilden sich bläulich-schwarze Flecken, wird heute noch zum Präparieren von Geldscheinen gegen Diebe genutzt
S. 232 *Guinee:* engl-brit. Goldmünze, ursprüngl. im Wert von einem Pfund Sterling, seit 1717 im Wert von 21 Shilling (1,05 £)
S. 233 *Molly:* (engl.) im 18. Jh. Bezeichnung für männl. Prostituierte, oft Homosexuelle und Transvestiten, die in so genannten »Molly Houses« ihre Freier trafen (worauf die Todesstrafe stand)
S. 235 *kahlköpfige Steinfiguren:* die Figuren *Raving and melancholy madness* wurden von Caius Cibber (* 1630, † 1700) gefertigt, dem Vater des Theaterleiters Colley Cibber
König Louis: Ludwig XIV. von Frankreich, genannt Sonnenkönig, * 1638, † 1715, ließ das Schloss Versailles zum Residenzschloss umbauen
S. 236 *Tullery:* gemeint ist der Tuilerienpalast in Paris, das 1871 niedergebrannte Stadtschloss der franz. Könige, das dem Architekten Robert Hooke als Vorbild für das Bethlem Royal Hospital diente
Palast von St. James: eines der ältesten Schlösser in London, errichtet 1532 bis 1540, bis 1837 die offizielle Londoner Residenz der brit. Monarchen
königliche Menagerie: von 1235 bis 1835 beherbergte der Tower eine Menagerie mit Wildtieren, der Besuch gegen Eintrittsgeld ist ab dem 17. Jh. bekundet
S. 239 *Kattun:* (arab.) sehr festes Baumwollgewebe in Leinwandbindung
S. 244 *Hopscotch:* Hüpfspiel, ähnlich dem dt. *Himmel und Hölle*, in England erstmals 1677 schriftl. erwähnt
S. 245 *Walbrook:* ein seit dem 17. Jh. unterirdisch verlaufender Bach in London, er entsprang nördl. von Moorfields, unterquerte die Stadtmauer, durchfloss die City von Nord nach Süd und mündete in die Themse

S. 255 *Whist:* (engl.) Kartenspiel mit 52 Karten, Vorgänger des Bridge-Spiels
S. 260 *Daily Courant:* erste engl. Tageszeitung, erschien von 1702 bis 1735, in der Ausgabe vom 4.9.1724 erschien der zitierte Steckbrief
Folio: Halbbogengröße, entspricht etwa DIN A 3
S. 263 *schwedische Rübe:* anderer Name für Steckrübe
S. 269 *Edgar Allan Poe:* * 1809, † 1849, US-amerik. Schriftsteller, prägte die Genres der Kriminal-, Abenteuer- und Horrorliteratur
S. 273 *James Francis Edward:* * 1688, † 1766 (in Rom), genannt »The Old Pretender«, Sohn des Stuart-Königs James II. und Thronanwärter im Exil
S. 279 *Big Ben:* der Uhrturm wurde (wie der restl. Palace of Westminster) trotz seines gotischen Aussehens erst im 19. Jh. gebaut
S. 283 *Molière:* eigentl. Jean-Baptiste Poquelin; * 1622, † 1673, franz. Schauspieler, Theaterdirektor und Dramatiker (*Der Menschenfeind, Der eingebildete Kranke*)
S. 284 *Cock a doodle do:* engl. Kinderreim, vermutl. aus dem späten 16. Jh.
London Bridge is broken down: engl. Kinderreim und Singspiel, vermutl. aus dem 17. Jh., heute meist mit den Worten »falling down«
S. 285 *Marseillaise:* die franz. Nationalhymne wurde erst im Jahr 1792 als Kriegslied der franz. Rheinarmee verfasst
S. 287 *Säfte im Gleichgewicht:* die auf den griech. Arzt Galen (* 129, † 216) zurückgehende und bis weit ins 18. Jh. geltende »Viersäftelehre« ging davon aus, dass die Lebenssäfte Blut, Schleim, Gelbe und Schwarze Galle im Gleichgewicht sein mussten, damit ein Mensch gesund blieb; die vier Säfte entsprachen jeweils einem der Elemente Feuer, Wasser, Erde Luft
S. 290 *Schnepper:* auch »Schröpfschnepper«, im 15. Jh. entwickeltes Gerät zum Anritzen der Haut (beim Schröpfen oder Aderlass)
S. 291 *George Washington:* * 1732, † 1799, Gründervater und erster Präsident der USA, er starb an einer Kehlkopfentzündung, womöglich in Verbindung mit der übermäßigen Behandlung durch Aderlass und Abführmittel
S. 293 *Jerez:* Jerez de la Frontera, span. Stadt in Andalusien, Heimat des Sherry-Likörweins, dem er auch den Namen gab (engl. Aussprache: Scherez)
S. 302 *Pentonville:* 1842 errichtetes Gefängnis in Nordlondon, dient heute u. a. als Untersuchungsgefängnis
S. 306 *Jeder Nachbar beschimpft seinen Bruder:* The Beggar's Opera, Akt I, Szene I, Air I
S. 308 *Tory:* Ende des 17 Jh. entstandene konservative politische Gruppierung (als Gegenpart zu den liberalen *Whigs*), die nach dem Tod der

letzten Stuart-Königin Anne und mit der Inthronisierung George I. (1714) deutlich an Einfluss verlor

S. 311 *Rezitativ:* (lat.) instrumental begleiteter Sprechgesang in der Oper

S. 313 *Captain Charles Johnson:* Ein bis heute ungeklärtes Pseudonym. Zwischenzeitlich wurde vermutet, der Autor des 1724 erschienenen semi-fiktiven Buches über die Piraten sei Daniel Defoe

Blackbeard: eigentl. Edward Teach, * 1680, † 1718 (hingerichtet), wegen seiner angebl. Grausamkeit berüchtigter engl. Pirat der Karibik

S. 316 *Der entwendete Brief:* (engl: *The purloined letter*) 1844 veröffentlichte Detektivgeschichte von E. A. Poe

S. 317 *Rt. Hon.:* (engl.) Abk. für »The Right Honourable«, ehrender Namenszusatz für Mitglieder des Privy Councils (Geheimer Rat)

Erster Lordschatzmeister: engl.»First Lord of the Treasury«; mit seiner Ernennung zum Ersten Lordschatzmeister im Jahr 1721 wurde Robert Walpole wegen seiner Machtfülle de facto zum ersten Premierminister Großbritanniens (obwohl es dieses Amt offiziell nicht gab)

S. 320 *Threepence:* hist. Münze (bis 1971) im Wert von drei Pence

S. 323 *Schwefelsee:* »Der Teufel aber, der sie verführt hatte, wurde in den Schwefelsee geworfen«, Offenbarung des Johannes 20,10

S. 337 *High Noon:* (dt. »Zwölf Uhr mittags«) US-amerik. Western aus dem Jahr 1952 (Regie: Fred Zinnemann)

S. 339 *Dura Mater:* (lat.) harte (äußere) Hirnhaut

Epiduralblutung: meist durch ein Schädel-Hirn-Trauma verursachte Blutung zwischen dem Schädelknochen und der äußeren Hirnhaut

S. 342 *Frankensteins Braut:* (OT: Bride of Frankenstein) US-amerikanischer Horrorfilm aus dem Jahr 1935 (Regie: James Whale)

S. 348 *Biografie des Räubers:* Bei der genannten Biografie handelt es sich um *The History of the Remarkable Life of John Sheppard*, die in diversen Überarbeitungen erschien

S. 349 *James Thornhill:* * 1675, † 1734, engl. Maler, seit 1718 Hofmaler unter George I., wurde 1720 vom König geadelt, seit 1722 Parlamentsmitglied

S. 351 *Blueskins Ballade:* eigentl. *Newgate's Garland*, aus dem Theaterstück *Harlequin Sheppard*, das am 28. November 1724, nur zwei Wochen nach Sheppards Tod, im Theatre Royal in der Drury Lane uraufgeführt wurde

S. 354 *Hunterian Museum:* das Museum befindet sich im Royal College of Surgeons, gleich nebenan lag einst das New Theatre

S. 361 *Petr Čech:* tschech. Torhüter des FC Chelsea London; seit einem Schädelbasisbruch, den er sich bei einem Zusammenstoß mit einem Gegenspieler zuzog, spielte Čech mit einem Spezialhelm